jojo moyes

dragoste într-o zi ploioasă

Traducere din limba engleză și note
VOLINA ȘERBAN

LITERA
București
2020

Sheltering Rain
Jojo Moyes

LITERA®
Editura Litera
O.P. 53; C.P. 212, sector 4, București, România
tel.: 021 319 63 93; 0752 101 777

Ne puteți vizita pe
www.litera.ro

Dragoste într-o zi ploioasă
Jojo Moyes

Editor: Vidrașcu și fiii
Redactor: Mona Apa-Slujenco
Corector: Cătălina Călinescu
Copertă: Flori Zahiu
Tehnoredactare și prepress: Bogdan Coscaru

Seria de ficțiune a Editurii Litera este coordonată
de Cristina Vidrașcu Sturza.

Descrierea CIP a Bibliotecii Naționale a României
MOYES, JOJO
Dragoste într-o zi ploioasă / Jojo Moyes;
trad. din lb. engleză: Volina Șerban – București: Litera, 2019
ISBN 978-606-33-4192-2

I. Șerban, Volina (trad.)

821.111

Pentru Charles Arthur
și Betty McKee

Prolog

Apoi arhiepiscopul va săruta mâna dreaptă a reginei. Iar ducele de Edinburgh va urca scările tronului și, după ce își va fi scos coroana princiară, va îngenunchea în fața Maiestății Sale. Își va pune apoi mâinile între cele ale reginei și va rosti cuvintele de omagiu:

Eu, Philip, duce de Edinburgh,
vă sunt vasal cu trupul și sufletul
și servitor pe acest pământ;
vă jur credință și adevăr,
și vă jur să trăiesc și să pier
în lupta împotriva vrăjmașilor Maiestății Voastre.
Așa să-mi ajute Dumnezeu.

Și, ridicându-se, va atinge coroana de pe capul Maiestății Sale și îi va săruta obrazul stâng. În aceeași manieră își vor aduce omagiile și ducele de Gloucester, și ducele de Kent.

Din *Ritualul slujbei de încoronare*, 1953

Joy se gândi mai târziu că fusese, poate, o impertinență din partea ei să își întâlnească viitorul soț într-o zi care se socotește, de fapt, a fi ziua prințesei Elisabeta. Sau a reginei Elisabeta a II-a, titulatura mai măreață sub care avea să fie cunoscută până la sfârșitul ceremoniei. Cu toate acestea, luând în calcul însemnătatea ocaziei pentru fiecare dintre ei, fusese destul de dificil (cel puțin pentru Joy) să afișeze entuziasmul cuvenit în asemenea moment.

Era o zi prevestitoare de ploaie, nu de numire divină. Cerul de deasupra portului din Hong Kong fusese mai toată ziua plumburiu și, cum mergea ea la pas mărunt, ocolind Victoria Peak, alături de Stella, ținând strâns în mână un dosar cu partituri ude și având subsuorile alunecoase de parcă ar fi fost date cu unsoare și bluza lipită de spate ca o glazură, Joy nu simțea mai deloc fervoarea regală cuvenită la gândul petrecerii organizate, cu prilejul încoronării, de familia Brougham Scott.

Pe de o parte, avea legătură cu mama ei, care deja se agita pe acasă, fremătând de nerăbdare și afișând aerul ei caracteristic de nemulțumire, fapt datorat în mare parte prezenței tatălui ei, întors de curând dintr-una din călătoriile lui în China. Vizitele sale păreau mereu să coincidă cu schimbările bruște de dispoziție ale lui Alice, transformându-i aspirațiile la o viață mai bună în gânduri mai răzbunătoare și sumbre.

– Doar nu o să porți așa ceva! se răstise ea la Joy, cu gura ei stacojie schimonosită într-o expresie de dezaprobare.

Joy își fixase privirea asupra ușii. Își dorea cu disperare să o întâlnească pe Stella și să evite să meargă la vila familiei Brougham Scott cu părinții ei, așa încât născocise o minciună, cum că gazdele ceruseră să primească partiturile mai devreme. Călătoriile cu părinții ei, chiar și pe jos, îi cauzau rău de mare.

– Te-ai îmbrăcat așa de simpluț, dragă. Și mai porți și tocuri. O să fii cu un cap deasupra tuturor!

Acel „dragă“ era o dulcegărie adeseori folosită ca să tempereze gustul amar lăsat de vorbele lui Alice.

– O să stau jos.

– Nu o să poți să stai jos toată seara.

– Atunci o să îmi îndoi genunchii.

– Ar trebui să porți o curea mai lată. Ți-ar mai tăia din înălțime.

– M-ar tăia în talie.

– Nu știu de ce trebuie să fii așa de dificilă. Eu doar încerc să scot ce e mai bun din tine. Nu e ca și cum ți-ai da vreun interes să arăți bine.

– Of, mămico, nu îmi pasă. Nimănui nu o să îi pese. Nu o să mă observe nimeni tocmai pe mine. Toți o fie atenți la prințesa care își depune jurământul sau ce o fi făcând acolo. Lasă-mă, te rog, să plec, spuse ea în cele din urmă.

E și așa destul că trebuie să suport temperamentul imposibil al lui Alice toată petrecerea, își zise Joy în sinea ei.

– Ei bine, mie îmi pasă. Lumea o să creadă că te-am crescut să fii o delăsătoare.

Gura târgului fusese dintotdeauna un lucru foarte important pentru Alice. Hong Kongul e un acvariu cu pești, spunea ea. Mereu se găsește cineva să se uite la tine, să te vorbească. „În ce lume mică și anostă trebuie să trăiască oamenii ăștia", ar fi vrut Joy să răspundă. Dar nu a făcut-o, în principiu pentru că era adevărat.

Pe de altă parte, avea să fie acolo și tatăl ei, care fără îndoială o să bea prea mult și o să sărute toate femeile pe gură și nu pe obraji, făcându-le să se uite speriate în stânga și în dreapta, neștiind dacă nu cumva chiar ele fuseseră cele care îl întărâtaseră. După ce se va fi dezlănțuit puțin, o să îi facă mai târziu toate reproșurile din lume lui Alice. Ce fel de nevastă i-ar interzice bărbatului ei un pic de distracție după săptămâni de muncă istovitoare în China (și cu toții știm ce groaznic e să ai de-a face cu *orientalii)*? Nu mai fusese același om după invazia japoneză. Dar oricum, nu vorbiseră niciodată despre asta.

Apoi, la petrecere avea să fie prezentă și familia Brougham Scott. Și familia Marchant. Și familia Dickinson. Și familia Alleyne. Și toate celelalte cupluri care făceau parte din acea clasă socială anume care locuia chiar lângă Peak, dar nu mai jos de Robinson Road (zona de mijloc era în zilele acestea rezervată mai degrabă ordinelor clericale), și care se vedeau la toate chefurile de la Clubul de Crichet din Hong Kong și se întâlneau la cursele de mașini de la Happy Valley Race Course, care împărțeau joncile companiei în timpul excursiilor alimentate cu sherry din belșug, în jurul insulelor învecinate, și care se plângeau despre cât de greu le este să găsească lapte, despre țânțari, despre costurile proprietăților imobiliare și despre grosolănia frapantă a personalului chinez. Erau oameni care vorbeau despre Anglia și despre cât de mult le lipsește, despre turiștii din Anglia, despre cât de anoste și lipsite de culoare sunt viețile lor și despre cât de fadă pare să fie Anglia, chiar dacă războiul se încheiase efectiv de secole. Dar, mai presus de toate, vorbeau unii despre alții; soldații foloseau un limbaj aparte, presărat cu glume pe care doar ei le înțelegeau și umor de cazarmă, comercianții comentau și vorbeau de rău pe seama rezultatelor concurenței, în timp ce soțiile lor se grupau și se regrupau în infinite permutații plictisite și otrăvitoare.

Cel mai rău dintre toți cei de acolo era William, omniprezent la orice adunare socială, cu bărbia lui trasă îndărăt și părul blond, fragil și subțirel ca vocea lui gâtuită și țiuitoare, care avea să își pună mâinile cleioase în jurul taliei sale și să o împingă spre locuri în care nu dorea să meargă. În timp ce ea pretindea politicoasă că ascultă, ar putea să se uite în jos, spre creștetul lui, și să estimeze unde urma să i se mai rărească părul.

– Crezi că are emoții? întrebă Stella.

Părul lucios, ca lacul încă neuscat, și-l prinsese într-un coc jos. Din el nu ieșea nici o șuviță mai rebelă care să se ciufulească din cauza aerului umed, spre deosebire de cocul lui Joy, care pornise haotic într-o misiune de evadare la câteva minute după ce fusese strâns cu agrafe. Bei-Lin, care îi era *amah*[1], o mustrase și dăduse dezaprobator din cap în timp ce Joy își fixa cocul, ca și cum totul s-ar fi întâmplat pentru că Joy nesocotise cu bună știință vreo regulă.

– Cine?

– Prințesa. Eu sigur aș avea în locul ei. Gândește-te numai la toți oamenii care sunt cu ochii pe ea!

Pe parcursul ultimelor săptămâni, Stella, care acum strălucea într-o fustă roșie, combinată cu o bluză albă și un cardigan albastru, alese special pentru această ocazie, continua să afișeze ceea ce Joy considera a fi un interes mai degrabă nesănătos față de prințesa Elisabeta, speculând despre bijuteriile alese, costumațiile purtate, greutatea coroanei și chiar și despre cum proaspătul ei soț ar fi putut fi invidios pe titlul ei, ținând cont că el nu reușise să fie încoronat rege. Joy începea să suspecteze un comportament de identificare deloc modest, venind din partea unui supus.

---

[1] Termenul *amah* desemnează o fată sau o femeie angajată de familiile din Asia de Est ca să aibă grijă de casă și de copii.

– Ei bine, nu o să o vadă toți. Mulți vor fi ca noi, care vom asculta doar la căști.

Amândouă s-au dat la o parte ca să lase o mașină să treacă, trăgând cu ochiul pe furiș, să vadă dacă era cineva cunoscut înăuntru.

– Dar ar putea totuși să stâlcească vreun cuvânt. Eu, una, aș face-o în locul ei. Sunt sigură că m-aș împletici.

Joy se îndoia de această afirmație, ținând seama că Stella era o domnișoară-model, sub toate aspectele. Spre deosebire de Joy, Stella avea înălțimea potrivită pentru o tânără și se îmbrăca întotdeauna în haine elegante, pe care croitoreasa ei din Tsim Sha Tsui[1] le crea după ultima modă de la Paris. Nu se împiedica niciodată în propriile-i picioare, nici nu era ursuză în contexte sociale și nici nu rămânea fără cuvinte în conversațiile cu șirul nesfârșit de ofițeri care, aflându-se în trecere, erau luați pe sus la recepțiile menite să le distragă atenția de la sosirea iminentă în mijlocul Războiului din Coreea. Joy se gândea adesea că imaginea publică a Stellei ar avea ușor de suferit dacă abilitatea ei de a râgâi toate literele alfabetului ar fi la fel de vizibilă.

– Crezi că trebuie să stăm la toată treaba asta?

– La ce? La toată ceremonia?

Joy oftă, lovind cu piciorul într-o piatră.

– O să țină inevitabil ore în șir și toți o să se amețească și o să înceapă să vorbească unii despre alții. Și mama o să înceapă să flirteze cu Duncan Alleyne și nu o să se mai oprească vorbind despre cum William Farquharson e înrudit prin alianță cu familia Jardine și că astfel îndeplinește toate condițiile ca să fie cu o fată de nivelul meu.

– Aș spune mai degrabă că e cam scund pentru o fată de nivelul tău.

Stella era și isteață.

– Tocmai de asta mi-am luat pantofii cu toc înalt.

– Ah, Joy, nu mai fi așa! E palpitant. O să avem o nouă regină.

Joy ridică din umeri.

– Ce ar trebui să fie așa de palpitant? Nu e ca și cum am trăi în același loc.

---

[1] Zonă intens urbanizată și turistică a Hong Kongului, renumită pentru multitudinea de restaurante și cluburi de lux

– Nu contează, tot e regina noastră. E aproape de o vârstă cu noi! Închipuie-ţi! Şi e cea mai mare petrecere de secole! Toţi vor fi acolo.

– Dar sunt tot aceiaşi oameni. Nu e distractiv să mergi la petreceri dacă dai mereu de aceiaşi oameni.

– Ah, Joy, eşti sortită să fii nefericită. Ai cunoaşte o mulţime de oameni noi dacă ai sta de vorbă cu ei.

– Dar nu am nimic de zis. Toţi sunt interesaţi doar de cumpărături şi de haine şi de cine cu cine s-a mai dezonorat.

– Ah, te rugăm să ne scuzi! exclamă Stella, ironic. Şi ce altceva mai e de vorbit?

– Nu mă refer la tine. Dar ştii la ce mă refer. Viaţa trebuie să aibă mai mult de atât de oferit. Nu ţi-ai dori niciodată să mergi în America? Sau Anglia? Să călătoreşti în toată lumea?

– Am făcut-o deja. Am fost în multe locuri.

Tatăl Stellei era comandant de navă.

– Sincer, cred că oamenii sunt interesaţi de aceleaşi lucruri, indiferent unde mergi. Când eram în Singapore, totul nu era decât o mare nebuloasă de petreceri cu ştaif. Până şi mămica s-a plictisit, spuse Stella. În orice caz, nu sunt mereu aceiaşi oameni. Sunt şi ofiţeri. O să fie mulţi astăzi acolo. Şi sunt sigură că nu i-ai cunoscut pe toţi.

Chiar erau prezenţi o mulţime de ofiţeri. Terasa panoramică a familiei Brougham Scott, cu privelişte spre port, într-unul din rarele momente când ceaţa de pe Victoria Peak se împrăştiase, era acum o mare de alb. În interiorul casei, sub ventilatoarele vâjâind ca nişte propulsoare uriaşe, chelnerii chinezi, îmbrăcaţi şi ei tot cu sacouri albe, se deplasau silenţios printre invitaţi, cu pantofii lor uşori, oferindu-le băuturi cu gheaţă, pe tăvi argintii. Un murmur de voci se ridică deasupra muzicii, care şi ea, la rândul ei, părea înăbuşită de toropeala umedă şi apăsătoare. Fanioanele cu Union Jack[1], agăţate de-a lungul plafonului, atârnau ca nişte rufe proaspăt spălate, abia mişcându-se în ciuda brizei înşelătoare.

Palidă şi seducătoare şi, aparent, la fel de moleşită, Elvine Brougham Scott se întindea pe un şezlong tapisat cu damasc, într-un colţ al

[1] Drapelul Regatului Unit al Marii Britanii şi Irlandei de Nord

salonului cu podea de marmură, înconjurată, ca de obicei, de un corp de ofițeri atenți. Purta o rochie de mătase de culoarea prunei, cu un decolteu în formă de inimă, și o fustă lungă, adunată, care cădea în pliseuri pe picioarele ei lungi și albe (nu avea nici urmă de transpirație la subsoară, băgă Joy de seamă, lipindu-și brațele mai strâns pe lângă corp). Unul dintre pantofii ei – căptușit parcă în glumă cu blană de hermină – fusese azvârlit deja pe podea, lăsând la iveală unghiile ei de un roșu-închis. Joy știa ce ar fi spus mama ei dacă ar fi văzut-o, în timp ce s-ar fi abținut să își arate frustrarea că nu e îndeajuns de Barbara Stanwyck[1] să poarte chiar ea așa ceva. Rujul de femeie ușoară era încercarea cea mai bună a lui Alice de a recrea o ținută de vampă, deși asta nu pentru că nu și-ar fi dorit să arate ca una.

Joy și Stella lăsară partiturile și dădură ușor din cap în semn de salut, știind că doamnei Brougham Scott nu i-ar plăcea să fie întreruptă.

– Cum o să ascultăm ceremonia? întrebă Stella impacientată, uitându-se în jur după aparatele de radio. Cum o să știe ei că a început?

– Nu te îngrijora, draga mea, mai sunt câteva ore bune, spuse Duncan Alleyne, aplecându-se ca să se uite la ceasul de la mână în timp ce trecu pe lângă ele. Nu uita că sunt cu opt ore înaintea noastră la Blighty.

Când vorbea, Duncan Alleyne avea mereu tonul unui erou al Forțelor Aeriene ale Armatei Britanice într-un film de război. Fetelor li se părea haios, însă Alice, spre dezgustul lui Joy, părea să creadă că asta o transformă într-un soi de Celia Johnson[2].

– Știi că trebuie să accepte „cuvintele însuflețite ale Domnului"? întrebă Stella entuziasmată.

– Ce?

– Prințesa Elisabeta. În timpul ceremoniei, trebuie să accepte „cuvintele însuflețite ale Domnului". Nu am nici cea mai vagă idee ce sunt astea. Ah, da, și mai are și patru Cavaleri ai Ordinului Jartierei[3] care se ocupă de ea. Crezi că e vreo posibilitate să se ocupe și de

---

[1] Actriță americană din perioada de glorie a Hollywoodului, protagonistă a numeroase filme din perioada anilor 1940–1950, renumită pentru feminitatea și frumusețea ei

[2] Actriță britanică populară între anii 1940–1950

[3] Cel mai înalt ordin cavaleresc britanic, instituit de regele Eduard al III-lea, în secolul al XIV-lea

jartierele ei adevărate? La urma urmei, doar are o persoană care îi compune ținutele. Betty Warner mi-a spus asta.

Joy fixă privirea absentă din ochii Stellei. Oare de ce nu putea și ea să se lase transpusă cu așa ocazie? Oare de ce gândul la seara ce urma o umplea doar de groază?

– Și nu o să ghicești niciodată. I se va unge pieptul cu mir. Chiar pieptul! Mi-ar fi plăcut să nu fim nevoiți să urmărim doar prin radio, ca să putem vedea dacă arhiepiscopul chiar îi va atinge pieptul.

– Bună, Joy. Dumnezeule! Pari... pari... de fapt, pari cam încinsă. A trebuit să vii pe jos până aici?

Era William, care se rușină și el de propria abordare, întinzându-i stângaci mâna, într-o încercare șovăielnică de salut.

– Scuză-mă, nu am vrut să spun că... adică, și eu am mers pe jos. Și sunt cât se poate de nădușit. Mai ceva decât tine. Uite!

Joy înșfăcă un pahar înalt, cu o băutură rozalie, de pe o tavă ce trecuse pe lângă ea și dădu conținutul pe gât. Nu doar prințesa Elisabeta își abandona propria viață de dragul patriei astăzi.

Până se apropie momentul încoronării, se goliseră deja câteva pahare înalte, cu băutură rozalie. Joy, care de obicei se deshidrata când era prea multă umiditate în aer, descoperise că băuturile rozalii în pahare înalte alunecă destul de bine pe gât. Nu aveau gust de alcool, iar atenția mamei sale era direcționată altundeva – prinsă între rictusul de personaj de pe o halbă Toby[1] al lui Duncan Alleyne și furia față de aparenta desfătare a soțului ei. Așa că fusese o surpriză destul de mare atunci când chipul prințesei Elisabeta apăru fixat undeva sus pe peretele sufrageriei, se multiplică dintr-odată și păru că zâmbește complice la încercările lui Joy de a merge în linie dreaptă.

Pe parcursul următoarelor ore, zgomotul petrecerii se tot amplificase și umpluse tot parterul generos al casei gazdelor, glasurile oaspeților fiind drese și alimentate de aprovizionarea copioasă cu băuturi. Pe măsură ce seara înainta, Joy se retrăgea treptat în sinea ei. Nu avea de ales, de vreme ce nu dispunea de capacitatea de a vorbi

[1] Halbă britanică din ceramică, înfățișând personalități precum regi sau celebrități în ipostaze hazlii

despre nimicuri, pe care astfel de evenimente păreau să o solicite. Aparent, Joy se pricepea doar să-i alunge pe oameni, nu și să-i captiveze. Reușise într-un final să se descotorosească de William, după ce îi spusese că doamna Amery voia să discute afaceri cu el. Stella dispăruse, înghițită de un cerc de ofițeri navali picați în admirație. Rachel și Jeannie, celelalte două fete de vârsta ei, stăteau așezate într-un colț de sală, împreună cu iubiții lor gemeni, ambii având părul dat pe spate cu briantină. Eliberată de oprobriul – și chiar de atenția – semenilor săi, Joy se împrietenise între timp la cataramă cu băuturile rozalii în pahare înalte.

Dându-și seama că paharul i se golise cumva din nou, aruncă o privire în jur după un alt chelner. Toți păreau să fi dispărut – sau poate că i se părea greu să îi distingă de invitați. Ar fi trebuit să poarte toți jachete cu Union Jack, decise ea și chicoti ca pentru sine. Union jack-ete. Sau coroane mititele.

Auzi vag, ca prin vis, o bătaie de gong și vocea veselă de tenor a domnului Brougham Scott, în încercarea de a-i aduna pe toți în jurul aparatului de radio portabil. Așteptând ca oamenii din fața ei să se miște, Joy se sprijini în treacăt de un stâlp. Când aceștia în sfârșit se mișcară, putu să iasă afară pe terasă și să tragă în piept briza marină. Însă acum, trupurile lor continuau să se legene și să se sudeze unele de altele, devenind un zid de netrecut.

– Sfinte! murmură ea. Am nevoie de aer!

Crezu că rostise aceste vorbe doar în mintea ei, dar, dintr-odată, cineva o apucă de braț și îi șopti:

– Atunci hai să ieșim afară.

Spre surprinderea ei, Joy își dădu seama că trebuie să privească în sus (rar se întâmpla ca Joy să trebuiască să se uite în sus la careva – era mai înaltă decât aproape toți chinezii și decât majoritatea bărbaților de la petrecere). Putu să distingă două fețe lungi, care o fixau cu priviri grave și care pluteau deasupra a două gulere strâmte și albe. Un ofițer naval. Sau doi. Nu era prea sigură. În orice caz, unul dintre ei o ținea de braț și o conducea încetișor prin mulțime, spre balcon.

– Vrei să iei un loc? Respiră adânc. Merg să îți aduc un pahar cu apă.

Ofiţerul o aşeză pe un scaun de rafie şi dispăru.

Joy sorbi lacom aerul proaspăt. Se însera şi ceaţa se lăsa peste munte, învăluind casa şi ascunzând-o de restul insulei Hong Kong. Singurele indicii că nu se afla acolo singură erau claxoanele grosolane din depărtare ale unor barje ce străbăteau apele de dedesubt, foşnetul banianilor[1] din apropiere şi un iz vag de usturoi şi ghimbir, care pătrundea prin aerul amorţit.

Tocmai acest miros îi puse capac lui Joy.

– Ah, Dumnezeule! exclamă ea. Ah, nu!

Se întoarse şi se uită împrejur. Observă uşurată că ultimul petrecăreţ tocmai dispărea în salonul unde avea loc transmisia în direct, aşa că se aplecă peste balcon şi, timp de o bună bucată de vreme, vărsă zgomotos.

Când se ridică cu pieptul palpitând şi părul lipit de tâmplele acoperite de sudoare, deschise ochii şi îl văzu pe ofiţerul naval stând în faţa ei şi oferindu-i un pahar cu apă. Joy nu putu să scoată nici un cuvânt. Doar îi aruncă o privire îngrozită, fără să spună nimic, după care îşi afundă faţa roşie de ruşine în pahar. Poate că în timpul acesta se ruga, acum că se trezise la realitate şi totul era atât de stânjenitor, ca el să fie deja plecat atunci când îşi va ridica ochii din pahar.

– Doreşti o batistă?

Joy rămăsese cu capul plecat, cu privirea sumbră pironită asupra pantofilor ei cu toc prea înalt. Ceva, cu neputinţă de menţionat, i se înţepenise în gât şi refuza să o ia la vale, în ciuda încercărilor ei repetate de a înghiţi.

– Poftim! Uite aici o batistă.

– Te rog să pleci.

– Ce?

– Am spus că te rog să pleci.

Ah, Dumnezeule, dacă nu ar fi plecat cât mai repede de acolo, mama ei ar fi venit să o caute şi atunci s-ar fi dezlănţuit furtuna. Parcă auzea deja cum ar suna capitolele romanului:

1. Nu era bună de scos pe nicăieri în lume.

2. Ruşinea purtării ei sau De ce nu poate fi şi ea ca Stella?

[1] Varietate de ficus care creşte în zonele cu climă tropicală

3. „Ce o să zică lumea?“

– Te rog. Te rog, pleacă.

Joy își dădea seama că se purta nepoliticos, dar groaza potențialei prinderi în fapt, precum și gândul că era captivă acolo și nevoită să poarte o conversație de complezență în timp ce pe bluză – sau, mai rău, pe față – avea cine știe de urme o făceau să aleagă răul cel mai mic.

Urmă o clipă de liniște. Un ecou de exclamații zgomotoase suprapuse răsuna, când mai tare, când mai încet, din salon.

– Nu prea cred. Cred că ar fi mai bine dacă cineva ți-ar ține companie o vreme.

Nu era un glas tânăr, nu era vocea aceea entuziastă și pătrunzătoare a celor mai mulți dintre ofițeri, însă, în același timp, nici nu avea acel *basso profundo* asociat cu deținerea îndelungată a unei funcții de autoritate. Era cu neputință să aibă un grad mai înalt decât cel de ofițer.

De ce nu pleacă? se întreba Joy.

Însă el stătea în continuare acolo. Observă că pantalonii lui de un alb imaculat aveau niște stropi mici, portocalii, pe gamba stângă.

– Uite, mă simt mult mai bine acum, mulțumesc. Și chiar aș prefera să mă lași singură. Cred că vreau să merg acasă.

Mama ei s-ar înfuria. Dar, pe de altă parte, ar putea spune că i s-a făcut rău. Nici nu ar fi fost propriu-zis o minciună, la urma urmei. În fond, bărbatul acesta era singurul care știa adevărul.

– Dă-mi voie să te însoțesc, spuse el.

Înăuntru, vacarmul se întețea din nou, iar pe fundal se auzea un hohot de râs țipător, vag isteric. Tocmai începuse o melodie de jazz, care se și termină la fel de brusc.

– Te rog, spuse el, ia-mă de mână. Te ajut să te ridici.

– Vrei, te rog, să mă lași în pace?

De data aceasta, vocea ei sună agresiv, chiar și pentru propriile-i urechi. Urmă un scurt moment de tăcere, iar apoi, după o pauză interminabilă în care își ținu răsuflarea, auzi sunetul pașilor lui pe terasă, în timp ce se îndrepta încetișor spre salon.

Joy era prea disperată ca să se simtă multă vreme rușinată. Se ridică, luă o înghițitură zdravănă din apa rece, după care se întoarse la pas vioi, puțin clătinat, ce-i drept, în casă. Cu puțin noroc, putea să dea de ştire personalului şi să evadeze de acolo, în timp ce toată lumea era cu urechile ciulite la transmisiune. Însă, pe când se pregătea să iasă pe uşa din sufragerie, oaspeţii începeau deja să se risipească. Cu ochii plini de lacrimi şi cu o expresie de dezamăgire profundă pe chip, Stella se afla printre primii.

– Ah, Joy, îţi vine să crezi?

– Ce? spuse Joy, întrebându-se cât de repede ar putea să plece mai departe.

– Nenorocitul ăla de aparat de radio. Ce zi mai nepotrivită să se strice? Nu pot să cred că au doar unul în toată casa. Cu siguranţă că toată lumea are mai mult de un aparat de radio.

– Nu te necăji, Stella dragă, spuse Duncan Alleyne, mângâindu-şi mustaţa cu degetele de la o mână, iar cu cealaltă mână zăbovind pe umărul Stellei, poate puţin cam prea mult pentru pretinsa lui intenţie de preocupare paternă. Nu o să dureze mult până când se va aduce unul de la casa familiei Marchant. Nu o să pierzi aproape nimic.

– Dar o să pierdem tot începutul! Şi nu o să mai avem niciodată ocazia să îl auzim din nou. Cel mai probabil nu o să mai fie vreo altă încoronare cât om trăi. Ah, nu pot să cred.

Stella plângea de-a binelea, ignorându-i pe ceilalţi oaspeţi din jurul ei. Unii dintre ei erau vădit de părere că sacra ceremonie regală era mai degrabă o întrerupere enervantă a unei petreceri pe cinste.

– Stella, trebuie să plec, şopti Joy. Îmi pare tare rău. Nu mă simt bine.

– Dar nu poţi să faci asta! Stai măcar până vin cu aparatul.

– O să îţi dau mâine un telefon.

Şi, sărind ca din puşcă, după ce observă că părinţii ei erau încă în grupul din jurul aparatului de radio mort, Joy o luă la fugă spre uşă. Dădu scurt din cap spre băiatul care o lăsă să iasă şi păşi afară, singură, în aerul umed al nopţii, având drept companie doar bâzâitul tânguit al ţânţarilor şi o vagă presimţire rea legată de bărbatul pe care îl lăsase în urmă.

Expatriaţii din Hong Kong erau deprinşi cu viaţa bună, având parte aproape noapte de noapte de petreceri şi dineuri, aşa încât câteva fețe de *gweilo*[1] pe străzi, la primele ore ale dimineții, nu constituiau o priveliște bizară. Însă Joy, pe care întâmplarea nefastă cu băuturile rozalii o lăsase cu o minte neobișnuit de limpede, observă că era singură în această situație.

Era ca și cum toți cei din Victoria Peak sufereau de mahmureală. Cupluri de femei și bărbați chinezi treceau pe lângă ea la pas domol, iar alții cărau coșuri grele sau trăgeau după ei cărucioare încărcate cu gunoi, însă nicăieri nu se zărea nici picior de european. În dreptul caselor zugrăvite în alb, retrase de la strada principală, atârnau șiruri de steaguri colorate, cerându-și parcă iertare, și fotografii înfățișând-o pe prințesă zâmbitoare fâlfâiau la ferestre, părând epuizate după desfrâul din noaptea ce tocmai trecuse.

Făcând potecă pe podeaua din lemn de tec a apartamentului, vorbea în șoaptă cu Bei-Lin – nici una dintre ele nu dorea să îi trezească pe Alice și Graham, ale căror certuri aprige și zgomotoase se întinseseră până la primele ore ale dimineții. Joy socotise de cuviință că singurul lucru pe care îl putea face era să meargă într-o excursie în Noile Teritorii[2], ca să călărească. Toți aveau să fie buimaci și într-o stare jalnică astăzi; și căldura aceea umedă era mai apăsătoare ca niciodată, amplificând durerile de cap date de mahmureală și având grijă ca întreaga zi să fie petrecută într-o toropeală marcată de proastă dispoziție, pe canapele și fotolii moi, sub ventilatoare. Nu era o zi în care să vrei să stai în oraș. Singura problemă cu care se confrunta Joy era că aceasta era singura dimineață în care nu găsea pe nimeni să o scoată afară.

Pe la zece mersese acasă la Stella, dar draperiile erau trase și nu ar fi vrut să dea buzna înăuntru. Chiar și tatăl ei, pe care în mod obișnuit s-ar fi putut baza să o ducă cu mașina pe prințesa lui, mai mult ca sigur că nu avea să se trezească până la prânz. Nu ar mai fi îndrăznit să roage pe nimeni altcineva. Acum, stând pe un scaun de rafie, în dreptul ferestrei, Joy cocheta cu ideea de a lua un tramvai până în centrul orașului, după care să se urce în tren, dar până acum nu mai fusese niciodată singură, iar Bei-Lin refuzase să o însoțească, știind

[1] Termen colocvial în cantoneză, folosit pentru a-i descrie pe occidentalii albi
[2] Zonă a Hong Kongului care cuprinde insulele din jurul acestuia

că stăpâna o să fie și mai arțăgoasă dacă, după ce se trezește, o să afle că servitoarea ei a ieșit afară „să facă o plimbare".

– Ah, Dumnezeu să o ocrotească pe regină, fir-ar să fie, bombăni Joy, în urma lui Bei-Lin.

Nu era pentru prima oară când Joy se revolta împotriva tuturor restricțiilor impuse de viața ei, atât geografice, cât și fizice. Pe vremea când trăia cu mama ei în Australia, la puțină vreme după ce japonezii invadaseră Hong Kongul, iar femeile și copiii părăsiseră colonia, Joy se trezise că se putea bucura de libertăți nemaiîntâlnite. Stăteau pe atunci cu sora lui Alice, Marcelle, ale cărei uși de la casa cu vedere spre mare păreau să rămână în permanență deschise, pentru ca Joy să poată ieși afară, iar o mulțime de vecini afișând un aer atât de vesel și de relaxat față de cei din Hong Kong, să poată intra înăuntru, când binevoiau.

Și Alice era mai liniștită acolo, înflorea văzând cu ochii în căldura aceea uscată, unde toți vorbeau limba ei, iar bărbații înalți, cu piele bronzată, flirtau fără nici un pic de jenă. Acolo, manierele lui Alice erau la apogeul rafinamentului, hainele ei nu semănau cu nimic din ce mai văzuseră până atunci localnicii, iar ea putea să se afișeze așa cum își dorise întotdeauna să o facă: cochetă, cosmopolită, exotică prin exilul ei. De asemenea, Marcelle era mai tânără decât ea și diferită, într-un mod plăcut, în tot ceea ce ținea de gusturi și stil. Această bunăvoință extraordinară însemna și că Alice se „preocupa" mult mai puțin de Joy decât de obicei, o lăsa să se ducă singură la plajă sau la centrul comercial, fără să se uite în urmă, spre deosebire de Hong Kong, unde era în permanență prea îngrijorată de deficiențele ei în materie de stil și maniere, precum și de potențiale pericole, într-o țară necivilizată, ca să o lase de capul ei.

– Îmi urăsc viața, izbucni Joy, dând frâu liber gândurilor sale și lăsându-le să plutească prin aer, ca niște nori amenințători.

– Domnișoară?

Era Bei-Lin, care stătea în pragul ușii.

– E un domn la intrare.

– Pentru mama mea?

– Nu, domnișoară. A întrebat de dumneata.

Bei-Lin surâse cu subînțeles.

– Păi, poftește-l înăuntru.

Încruntându-se, Joy își netezi părul pe spate și se ridică în picioare. Ultimul lucru pe care și-l dorea era să aibă companie.

Ușa se deschise și intră un bărbat pe care nu îl mai văzuse niciodată, îmbrăcat într-o cămașă albă, cu mâneci scurte, și pantaloni bej. Avea părul cu irizații roșcate tuns scurt și îngrijit, chipul prelung, cu trăsături distinse, și ochi de un albastru-deschis. Și el era înalt și făcu o plecăciune inutilă atunci când intră pe ușă, părând că își ieșise puțin din mână. Un ofițer naval, gândi ea distrasă. Mereu făceau plecăciuni când intrau într-o cameră.

– Domnișoară Leonard.

Ținea la piept o pălărie de paie și o strângea cu ambele mâini.

Joy privi cu indiferență. Nu înțelegea cum de îi știa numele.

– Edward Ballantyne. Îmi pare rău dacă deranjez. Eu m-am gândit doar... să vin să văd cum te mai simți.

Joy se uită fix la fața lui și roși brusc, îngrozindu-se când își dădu seama cine era. Mai văzuse fața aia doar dublu. Involuntar, ridică mâna și și-o duse la gură.

– Mi-am permis libertatea să o întreb pe prietena dumitale de nume și adresă. Voiam doar să mă asigur că ai ajuns acasă în siguranță. M-am simțit destul de vinovat că te-am lăsat să pleci singură.

– Vai, nu! spuse Joy, lăsând ochii în pământ. Eram bine. Ești foarte amabil, adăugă ea după o clipă, dându-și seama că se purtase nepoliticos.

Stătură așa în picioare preț de câteva minute, până când Joy înțelese că ofițerul nu avea de gând să se scuze și să plece. Era atât de stânjenită, încât simțea furnicături pe tot corpul. Nu se mai simțise în viața ei așa de rușinată ca în seara precedentă, iar acum scenariul se repeta, ca un gust neplăcut de care nu mai scapi. De ce nu putea pur și simplu să o lase în pace? Să o lase singură în umilința ei. Bei-Lin dădea târcoale impacientată prin dreptul ușii, dar Joy o ignora cu bună știință, gândindu-se că nu avea nici cea mai vagă intenție să îi ofere oaspetelui ceva de băut.

– De fapt, spuse el, mă întrebam dacă nu ți-ar plăcea să facem o plimbare. Sau să jucăm o partidă de tenis. Comandantului nostru i s-a oferit o permisiune specială să folosească niște terenuri mai jos de Causeway Bay.

– Nu, mulțumesc.

– Atunci, te-aș putea ruga să-mi arăți câteva dintre atracțiile locale? Nu am mai fost în Hong Kong până acum.

– Îmi pare foarte rău, dar eu tocmai mă pregăteam să ies, spuse Joy, băgând de seamă că nu se putea uita în ochii lui.

Urmă un moment de tăcere. Sigur stătea cu ochii ațintiți asupra ei. Simțea asta.

– Într-un loc drăguț?

– Poftim?

Joy își simțea inima zbătându-i-se în piept. De ce nu voia să plece?

– Tocmai spuneai că te pregătești să ieși. Mă întrebam numai... ei bine, unde?

– Merg la călărit.

– La călărit?

Joy ridică brusc privirea spre el, simțindu-i entuziasmul din voce.

– Sunt cai pe aici?

– Aici nu, spuse ea. Cel puțin nu pe insulă. În Noile Teritorii. Unul din prietenii tatei are niște grajduri acolo.

– Te-ar deranja dacă aș veni și eu? Acasă mergeam cu plăcere la călărit. Îmi lipsește tare mult. De fapt, au trecut nouă luni de când nu am mai văzut un cal.

O spunea cu acea melancolie cu care mai toți soldații vorbeau despre familiile lor. Joy își dădu seama că întregul chip i se luminase, iar chipul lui cu trăsături mai degrabă severe se îmblânzise și se înviorase. Trebuia să recunoască, era incredibil de chipeș, într-un fel foarte matur.

Dar se dezonorase complet în fața lui, când o văzuse vomitând peste balcon.

– Am mașină. Aș putea să te duc până acolo. Sau să te urmez, dacă așa ar fi mai... hm... potrivit.

Joy era conștientă că mama ei avea să fie inevitabil îngrozită atunci când Bei-Lin i-ar spune că domnișoara Joy dispăruse într-o mașină cu un bărbat necunoscut, dar poate că repercusiunile nu ar fi cu mult mai rele decât dacă i-ar sta toată ziua în cale lui Alice, oferindu-i-se mamei sale mahmure pe post de sac de box verbal. În plus, era și ceva foarte plăcut la gândul de a pluti pe drumuri liniștite cu bărbatul acesta ciudat, înalt și cu pistrui, care, în loc să o facă să se simtă jenată și stângace în conversație, așa cum aveau obiceiul mulți ofițeri, doar ar vorbi pur și simplu despre el, despre caii lui din Irlanda (în mod surprinzător, nu avea accent irlandez), despre natura sălbatică a ținuturilor vânătorești din care se trăgea și, la polul opus, despre plictiseala nesfârșită și claustrofobă cauzată de izolarea lui pe navă, prins mereu în aceeași lume mică, cu aceeași oameni, luni la rând.

Nu mai auzise vreodată un bărbat să vorbească așa cum o făcea el, fără nesfârșitele observații atent studiate, caracteristice celor mai mulți ofițeri cu care vorbise. Felul de a vorbi al lui Edward era limpede și direct. Vorbea ca un om căruia multă vreme îi fusese imposibil să vorbească, rostind propoziții întregi cu răsuflarea tăiată, ca și cum s-ar fi înecat și ar fi căutat disperat să mai ia o gură de aer, modulându-și frazele cu hohote de râs zgomotoase, din toți rărunchii. Apoi, din când în când, se oprea și o privea fix, ca și cum s-ar fi rușinat de propria-i lipsă de reținere, și rămânea tăcut până când următorul gând izbucnea din el.

Joy se surprinse și ea râzând, la început timid, în timp ce acest bărbat straniu îi elibera pas cu pas propria ființă, iar în momentul în care ajunseră la grajduri, era toată un zâmbet și radia într-un fel ce îi era complet necunoscut. După o absență de patruzeci de minute, Alice nu și-ar mai fi recunoscut deloc fiica. De fapt, nici măcar Joy nu se mai recunoștea pe sine, aruncându-i priviri furișe bărbatului de lângă ea, făcând pe timida și întorcându-și privirea atunci când o întâlnea pe a lui. Mai pe scurt purtându-se... ei bine, ca Stella.

Domnul Foghill spuse că o să îl lase să călărească. Joy sperase în secret că o să îl lase și, odată ce Edward ar fi rămas singur cu el în curtea cea mică, povestind cu aplomb despre vânători iscusiți pe care îi cunoscuse și aprobând evidenta superioritate a raselor irlandeze asupra celor engleze, firavul văduv își va fi pierdut toată rigiditatea inițială și chiar îi va fi recomandat propriul cal, un armăsar tânăr, zdravăn și nărăvaș, cu coama castanie. Îi ceruse lui Edward să dea câteva ture de manej cu el, doar ca să îi verifice postura în șa și mâinile, însă mai mult ca sigur că îl mulțumise ce văzuse, pentru că imediat după aceea se îndreptară la trap spre porți și ieșiră afară pe drum, spre câmpul deschis.

Până la acest moment, Joy deja nu înțelegea ce se petrecea cu ea. I se părea cu neputință să se oprească din zâmbit și dat din cap, cu toate acestea se străduia să priceapă tot ce zicea el, în ciuda bubuitului neobișnuit din timpane. Era recunoscătoare că reușea să țină frâiele în mână în timp ce privea îndelung, pe bună dreptate, la gâtul lung, cenușiu din fața ei, înălțându-se și coborând în ritmul tropotului copitelor, pentru că nu prea se putea concentra la nimic. Se simțea detașată de tot ce se afla în jurul ei și, în același timp, incredibil de conștientă până și de cel mai mic detaliu. Precum mâinile lui. Și pistruii lui. Și felul în care i se formau două cute pe fiecare obraz atunci când zâmbea. Nici măcar nu băgase de seamă țânțarii care îi bâzâiau în ceafă, sub părul strâns la spate, desfătându-se cu carnea ei palidă și fragedă.

Și, cel mai important, Edward știa să călărească bine, corect, șezând drept dar relaxat în șa, în timp ce mâinile i se mișcau ușor înainte și înapoi, astfel încât să nu-i tragă calului gura îndărăt. Se mai întindea doar din când în când înainte, ca să lovească sau să alunge câte o muscă nebănuitoare. Joy mai fusese la grajduri cu un alt bărbat de care îi plăcuse, un bancher sfios, prieten cu tatăl ei, și orice urmă de admirație i se împrăștiase ca fumul în bătaia vântului atunci când îl văzuse cum se împleticește pe spinarea calului, nefiind în stare să își ascundă teama atunci când animalul începuse să meargă ușor la trap. De William nici nu voia să se apropie. Nimic nu era mai eficient în a-ți spulbera orice urmă de admirație față de un bărbat ca momentul în care îl vedeai călărind. Cu toate acestea, Joy abia acum își dădea seama ce însemna farmecul năucitor al unui bărbat care știa să călărească bine.

– Ai fost vreodată în Scoția? o întrebă Edward.

– Poftim?

– Țânțarii ăștia. Sunt ca musculițele, zise el, dându-și o palmă peste ceafă. Te pișcă peste tot.

Joy roși și își coborî privirea. Mânară caii mai departe.

Cerul se întuneca și se lăsa tot mai greu, astfel că Joy nu era sigură dacă hainele i se udaseră și fire de iarbă rătăcitoare și semințe i se lipeau de piele din pricina umezelii aerului sau a sudorii. Aerul părea să înăbușe totul, îmbrăcând tropotul copitelor ca într-o flanelă și învăluindu-i pe ei doi într-o pătură călduță și umedă. Iar deasupra lor, sus, în dreptul stâncii Lion Mountain, chiar și șoricarii păreau să atârne în aer ca niște picături negre de abur condensat, ca și cum ar fi fost un efort mult prea mare chiar și să se miște, în vreme ce frunzele care îi atingeau cizmele lăsau dâre de apă, în ciuda faptului că nu ploua.

Și chiar dacă el îi ghicise gândurile care îi umblau haotic prin minte sau băgase de seamă că obrajii i se făcuseră de mai multe ori roșii ca focul sau vedea cum calul tot profia de neatenția ei ca să mai înșface o îmbucătură din tufele răzlețe, nu spuse totuși nimic. Se mai calmă atunci când galopară pe o potecă de-a lungul unui câmp de orez și încă o dată când el opri la o colibă de la marginea drumului, ca să îi cumpere o felie de pepene roșu. Nu era însă decât un calm aparent și se manifesta doar prin abilitatea de a se uita prelung la el fără să se rușineze. Atunci își dădu seama că panglica i se desprinsese, și părul îi atârna în șuvițe ciufulite și transpirate în jurul umerilor. Însă chiar și de ar fi observat asta, el nu schiță nici un gest. Se întinsese numai spre ea, când îi oferise batista lui, ca să îi dea la o parte o șuviță de păr de pe față. Atunci Joy simțise cum șocul atingerii lui îi făcu pielea de găină timp de câteva minute bune.

– Știi, Joy, m-am simțit tare bine astăzi, spuse el căzut pe gânduri, în timp ce ducea caii înapoi la manej. Nu ai idee ce a însemnat pentru mine să pot să călăresc din nou.

Joy era conștientă de faptul că, la un anumit punct, va trebui să vorbească, dar acum simțea că, dacă ar fi deschis gura, ar fi spus vreo stângăcie sau, și mai rău, ar fi scos la iveală acel dor straniu și apăsător care izvorâse din neant. Dacă nu ar spune nimic, care ar fi cel mai rău lucru pe care l-ar crede despre ea?

– Nici eu nu cunosc prea multe fete care știu să călărească. Acasă, fetele de la mine din sat sunt... cum să spun? Puțin cam rotunjoare, cum sunt fetele de la sat. Oricum nu sunt genul de fete cu care aș merge la călărit. Și oriunde acostăm, cele pe care le întâlnesc vor să meargă la petreceri cu cocktailuri și să facă pe istețele. Iar lucrurile astea nu prea sunt de mine. Am avut odată o iubită și semăna puțin cu tine, dar ea... mă rog, oricum s-a terminat. Și nu am mai cunoscut de secole pe cineva cu care să mă pot simți cu adevărat în largul meu.

Ah, dar Joy ar fi vrut să îl sărute. Știu, știu, îi venea să strige. Și eu simt la fel. Simt toate lucrurile pe care le simți și tu. Se mulțumi însă să zâmbească și să încuviințeze din cap, aruncându-i pe furiș câte o privire pe sub părul ud, mustrându-se în același timp pentru transformarea ei în genul de fată pe care îl detestase întotdeauna. Nu știa ce își dorea de la un bărbat – nu îi trecuse niciodată prin minte că ea era cea care trebuia să aibă anumite cerințe – și acum se trezise atrasă de el, și nu datorită unor anumite calități, ci datorită unei întregi liste de negații: abilitatea lui de a nu o face să se simtă stânjenită, faptul că nu stătea prăvălit în șa ca un sac de orez și că nu se uita la ea ca și cum și-ar fi dorit ca în locul ei să fi fost altcineva. Joy simțea cum se înfiripa și creștea în ea o senzație nouă; mai importantă decât starea de greață, dar cu aceeași forță de a o face să se simtă neputincioasă.

– Îți mulțumesc, oricum, pentru că m-am simțit tare bine azi.

Se scărpină în cap, astfel încât bretonul i se ridică pe frunte, și își întoarse privirea de la ea.

– Și știu că de fapt tu nu ai vrut să vin și eu.

Joy îl privi cu groază în timp ce el rostea acele cuvinte, dar acum Edward era cel care se uita drept înainte. Nu îi veni nici o idee cum să îi dea de înțeles că fusese vorba de o neînțelegere, că de fapt ea fugea de rușinea pe care o suferise în seara precedentă, când i se făcuse rău, și nu de el, fără să revină asupra întregii întâmplări, căci nu dorea ca el să o țină minte pentru asta. Ah, unde era Stella când aveai nevoie de ea? Ea știa mereu ce să le spună bărbaților. Până se decise că o scurtă negare ar fi fost cel mai bun răspuns, momentul trecu, și deja porniseră înapoi spre manej. Caii lor își întinseseră gâturile înainte, dând din cap istoviți în timp ce se întorceau spre casă.

Edward se oferi să o ajute să ducă înapoi caii în grajd, iar domnul Foghill îi sugeră să meargă până la toaleta doamnelor, să se reîmprospăteze. De îndată ce își zări reflexia în oglindă, își dădu seama că domnul Foghill fusese foarte atent cu ea. Arăta îngrozitor. Coada ei ajunsese o încâlceală năduşită şi ciufulită, ca un ghem de păr scos din dopul de la cadă. Când încercă să își treacă degetele prin ea, i se împotmoliră la câtiva centimetri buni de scalp. Fața îi era și asudată de la umezeală, și mânjită de praful ce se ridicase în aer de pe potecă, iar pe cămașa albă avea niște urme verzui de salivă, acolo unde calul încercase să își frece capul de ea, după ce descălecase. Se șterse furioasă pe față cu un prosop umed și aproape că izbucni în lacrimi din cauză că nu se gândise să își ia cu ea un pieptăn sau o panglică de rezervă. Stella nu ar fi scăpat niciodată așa ceva din vedere. Dar când ieși afară, Edward o întâmpină cu un zâmbet larg, ca și cum înfățișarea ei ar fi fost impecabilă. Atunci, Joy băgă de seamă că și pantalonii lui aveau pete de sudoare și noroi roșiatic și erau curați doar de la gambă în jos, unde începeau cizmele pe care domnul Foghill i le împrumutase.

– Trăsura vă așteaptă, spuse el, zâmbind amuzat de propria glumă. Acum tu trebuie să mă conduci înapoi. Nu am nici cea mai vagă idee unde suntem.

Edward fu ceva mai tăcut în drum spre casă, iar Joy își resimți și mai mult propria tăcere. Ar fi putut să îl direcționeze, însă, în ciuda faptului că se simțea în largul ei în compania lui, nu avu curajul să zică nimic interesant. Tot ce ar fi putut spune în acea clipă ar fi sunat cumva superficial, când tot ce voia ea să dea de înțeles era că, în patru ore scurte, reușise să îi dea lumea peste cap. În ochii lui zărea alte ținuturi, câmpii de un verde crud și câini de vânătoare, săteni excentrici și o lume lipsită de petreceri cu cocktailuri. În vocea lui auzea un discurs lipsit de artificii și de șiretenie, la continente distanță de limbajul manierat al expatriaților înstăriți din Hong Kong. În palmele sale late, acoperite cu pistrui, vedea cai și acte de bunătate și încă ceva ce îi făcea pântecul să se strângă de dorință.

– Cât mi-aș fi dorit să te fi cunoscut mai devreme, spuse el, în timp ce vântul îi purta vocea tot mai departe de ea.

– Poftim? Ce ai spus? zise Joy, ducând mâna la ureche.

– Am spus că mi-aş fi dorit să te fi cunoscut mai devreme.

Încetini maşina ca ea să poată auzi mai bine. Un autoturism plin cu ofiţeri navali goni pe lângă ei, claxonând bădărăneşte în semn de salut.

– Eu... eu... ah, nu ştiu. E doar cam neplăcut că trebuie să plec poimâine.

Joy simţi un fior rece străbătându-i inima. Îşi simţi sângele îngheţându-i în vine.

– Ce? Ce vrei să spui cu asta?

– Pornim mai departe peste două zile. Mai am o singură zi liberă pe uscat, după care trebuie să ne îndreptăm spre apele coreene.

Joy nu putu să îşi ascundă groaza de pe chip. Era mult prea cumplit: să întâlnească pe cineva – să îl întâlnească pe el –, iar el să trebuiască să plece deja atât de repede.

– Pentru cât timp?

Când vorbi, voce ei era mică şi tremurândă. Nu suna de parcă ar fi fost a ei. Edward se întoarse să îi întâlnească privirea, apoi surprinse ceva pe chipul ei şi se întoarse înapoi spre volan, semnalizând că avea de gând să oprească.

– Nu cred că ne mai întoarcem aici, spuse el, privind-o în ochi. Ne facem treaba cu yankeii în apele coreene, apoi ne îndreptăm spre New York. O să fiu luni de zile pe mare.

Se uita fix în ochii ei în timp ce rostea cuvintele acelea, părând a-şi dezvălui cumva sentimentul imposibilităţii formării unei legături atunci când erai mereu pe drum.

Joy îşi simţi capul gata să-i explodeze. Observă că mâinile începură să îi tremure. Era ca şi cum ar fi primit cheia de la o celulă de închisoare, doar ca să ajungă acolo şi să constate că de fapt era făcută din cauciuc. Îşi dădu seama cu stupoare că avea să izbucnească-n plâns.

– Nu pot, spuse ea încetişor, muşcându-se de buză.

– Ce?

Edward îşi întinse braţul, astfel încât mâna lui rămase foarte aproape de a ei.

– Pur şi simplu nu te pot lăsa să pleci. Nu te pot lăsa să pleci!

De data asta o spuse cu voce tare, întâlnindu-i privirea. Chiar când se auzi rostind cuvintele acelea, aproape că nu-i venea să-și creadă urechilor, o necuviință crasă din partea unei tinere cu educația ei. Însă cuvintele fură de neoprit, îi ajunseră pe buze gata conturate, ca niște pietricele calde, căzând ca o ofrandă la picioarele lui.

Urmă apoi o clipă de tăcere apăsătoare, timp în care crezu că o să moară. După care Edward îi luă mâna într-a lui. Mâna lui era caldă și uscată.

– Nu credeam că mă placi, zise el.

– Nu am plăcut pe nimeni niciodată. Până acum, vreau să spun. Nu m-am mai simțit în largul meu cu nimeni până acum.

Joy începu să îndruge vrute și nevrute, cuvintele luându-și zborul de pe buzele ei fără să bage de seamă, însă el nu se retrase.

– Îmi e atât de greu să vorbesc cu oamenii. Și aici nici nu prea sunt oameni cu care chiar să îmi doresc să vorbesc. În afară de Stella. Prietena mea, adică. Și când ai venit în dimineața asta, m-am simțit atât de stânjenită din cauza celor întâmplate aseară și mi-a venit mai ușor să te fac să pleci decât să mă port frumos cu tine. Dar după ce ai rămas și am mers cu mașina și toate cele, am simțit ceva ce nu am mai simțit vreodată. Nu m-am mai simțit niciodată atât de nejudecată. Adică pur și simplu să stau, și persoana de lângă mine să mă înțeleagă.

– Credeam că ești mahmură, zise el râzând.

Dar ea era prea încordată, prea pătrunsă de emoție, ca să poată râde împreună cu el.

– Sunt de acord cu tot ce ai spus azi. Tot ce ai zis am simțit și eu, la rândul meu. Bine, evident, fără partea cu vânătoarea, pentru că nu am mers niciodată la vânătoare. Dar tot ce ai spus tu despre petreceri și oameni și despre faptul că uneori îți plac mai mult caii și nu îți pasă dacă oamenii cred că ești cam ciudat, ei bine, așa sunt și eu. Așa sunt eu. E ca și cum mi-aș fi ascultat propriile gânduri. Așa că nu pot... nu pot să te las să pleci. Și dacă ești îngrozit de ce am spus și consideri că sunt cea mai penibilă și mai prost crescută ființă pe care ai cunoscut-o vreodată, chiar și așa, nu îmi pasă, pentru că acum, pentru prima dată în toată viața mea, am simțit că pot fi eu însămi.

Două lacrimi mari și sărate începură să coboare alene pe obrajii purpurii ai lui Joy, mânate de emoția din spatele a ceea ce, fără doar și poate, fusese cel mai lung discurs din viața ei de adult. Trase adânc aer în piept, încercând să își stăpânească plânsul, simțindu-se în egală măsură îngrozită și exaltată de ceea ce făcuse. Se pusese la picioarele acestui bărbat pe care nu îl cunoștea, într-un mod în care mama ei, și probabil că și Stella, ar fi catalogat-o drept nebună de legat. Iar când îi spusese că nu îi păsa, nu era adevărat. Dacă el și-ar fi întors acum fața de la ea, îndrugând vreo platitudine politicoasă despre ziua frumoasă pe care o petrecuseră și despre cum fără îndoială că trebuia să fie obosită, s-ar fi abținut până ar fi ajuns acasă și acolo ar fi căutat o cale... ei bine, ca să se sinucidă. Pentru că nu exista nici o altă modalitate să poată suporta să patineze la suprafața existenței sale banale după ce se aventurase în adâncurile ei și găsise ceva liniștitor, mângâietor și profund. Spune că măcar înțelegi ce zic, îl imploră ea în tăcere. Chiar dacă îmi spui doar că înțelegi, o să fie de ajuns pentru mine.

Urmă un moment lung și dureros de tăcere. Se auzi motorul unei alte mașini în trecere, accelerând pe lângă ei.

– Cred că cel mai bine ar fi să ne întoarcem, spuse el, punând mâna înapoi pe volan și folosind-o pe cealaltă ca să manevreze schimbătorul de viteze.

Chipul lui Joy încremeni și, ușor și imperceptibil, trupul i se afundă tot mai adânc în scaunul din dreapta, iar șira spinării și-o simțea atât de fragilă, aproape gata să se frângă. Înțelesese totul greșit. Bineînțeles. Ce o făcuse oare pe ea să creadă că o asemenea izbucnire ar putea câștiga respectul vreunui bărbat, darămite dragostea lui?

– Îmi pare rău, șopti ea, lăsându-și capul să-i cadă pe piept. Îmi pare atât de rău.

Ah, Dumnezeule, cum putea fi atât de prostănacă?

– Pentru ce? spuse Edward, în timp ce își întinse brațul și îi dădu la o parte o șuviță de păr de pe frunte. Vreau să vorbesc cu tatăl tău.

Joy îl privi înmărmurită. Avea oare de gând să meargă și să îi spună cât de prostănacă fusese?

– Uite, spuse el, luându-i obrajii în palme.

Mirosea a sudoare. Și a cai.

– Probabil te gândești că e puțin cam brusc, îmi dau seama de asta. Dar, Joy, dacă mă dorești, vreau să îi cer permisiunea să ne căsătorim.

– Sper că nu îți închipui că o să fim de acord, nu-i așa? zise mama ei, cu chipul marcat deopotrivă de oroare, precum și de uimire că fiica ei reușise să stârnească într-un bărbat niște sentimente așa de puternice (dispoziția ei proastă fusese accentuată și de sosirea lor înainte ca ea să fi apucat să se machieze). Nici măcar nu îl cunoaștem.

Vorbea de parcă el nici nu ar fi fost în cameră.

– O să vă spun tot ce doriți să știți, doamnă Leonard, o asigură Edward întinzând în față picioarele lungi, în pantalonii murdari.

Joy îl fixă cu o privire îmbătată de bucuria unei noi posesii. Își petrecuse restul călătoriei într-o zăpăceală desăvârșită, râzând aproape isteric la gândul nebuniei pe care o comiteau. Ea nu îl cunoștea pe el! El nu o cunoștea pe ea! Și, totuși, zâmbeau unul la altul cu un soi de complicitate maniacă, ținându-se stângaci de mână, iar ea se avântase de bună voie și nesilită de nimeni să-și pună viața în mâinile lui. Nu se așteptase să găsească pe cineva. Nici măcar nu se gândise vreodată să caute. Dar el părea că știa ce face și că știe mult mai bine decât ea ce era bine. Și nu fusese câtuși de puțin stingherit la gândul de a merge cu nebunia asta până în fața părinților ei.

Edward trase adânc aer în piept și începu să înșiruiască informațiile necesare:

– Tatăl meu a fost judecător, acum se află la pensie, iar el și mama au trebuit să se mute în Irlanda, unde cresc cai. Am o soră și un frate, amândoi căsătoriți, amândoi mai mari decât mine. Am douăzeci și nouă de ani, sunt în marină de aproape opt, de când am terminat facultatea, și dispun de un cont privat de economii, pe lângă salariul de ofițer naval.

Mama ei strâmbă ușor din nas când auzi de Irlanda, se însenină subit când Edward menționă „contul privat de economii". În schimb, Joy se uita fix la fața tatălui, căutând cu disperare un semn de aprobare.

– E exagerat de neașteptat. Nu văd de ce nu ați mai putea să așteptați.

– Crezi că o iubești?

Lăsându-se pe spate în scaun, cu ginul tonic în mână, tatăl lui Joy îl fixă cu privirea pe Edward. Joy se înroşi. Era aproape obscen să îl audă zicând asta aşa, cu voce tare. Edward o privi lung preţ de câteva clipe bune, după care îi luă mâna într-a lui, făcându-i obrajii să capete din nou culoare. Nici un alt bărbat nu o mai atinsese vreodată în faţa părinţilor ei.

– Nu ştiu dacă vreunul dintre noi ar putea deja să o numească dragoste, spuse el încetişor, aproape adresându-se direct lui Joy, dar nu sunt nici tânăr şi nesăbuit. Am cunoscut o mulţime de fete şi ştiu cu siguranţă că nu am mai întâlnit vreodată pe nimeni altcineva ca Joy.

– Asta cred şi eu, zise mama ei.

– Tot ce pot spune e că eu consider că pot să o fac fericită. Dacă aş fi avut mai mult timp la dispoziţie, nu v-aş mai fi chinuit şi v-aş fi lăsat mai mult răgaz să chibzuiţi. Dar, după cum stau lucrurile, trebuie să plec pe vapor cât de curând.

Lui Joy nu îi trecu prin minte să pună la îndoială repeziciunea sentimentelor lui. Era pur şi simplu cuprinsă de o recunoştinţă profundă la gândul că păreau să se potrivească în intensitate cu ale ei. Încă buimacă să audă că cineva îi spusese că era unică într-un mod pozitiv, avu nevoie de câteva minute până să constate că lui începuse să-i transpire mâna.

– E prea curând, Graham. Spune-le. Nici măcar nu se cunosc.

Joy surprinse sclipirea din ochii mamei şi agitaţia din spatele lor. E invidioasă, îi trecu ei dintr-odată prin minte. E invidioasă pentru că e dezamăgită de propria viaţă şi nu poate suporta gândul că cineva ar putea să mă elibereze dintr-a mea.

Tatăl ei, în schimb, îl privi pe Edward ceva mai multă vreme, ca şi când ar fi încercat să îşi dea seama de ceva. Edward continuă să se uite în ochii lui în timpul acesta.

– Deh, oamenii din ziua de azi se mişcă mai rapid, spuse Graham, făcându-i lui Bei-Lin semn să mai aducă ceva de băut. Îţi aminteşti doar cum era în timpul războiului, Alice.

Joy trebui să se străduiască din răsputeri să-şi înăbuşe un ţipăt de entuziasm. Îi strânse mâna lui Edward şi o simţi şi pe a lui strângându-i-o aproape imperceptibil pe a ei.

Tatăl ei dădu paharul pe gât. Păru distras pentru o clipă de ceva de la fereastră.

– Bun, tinere, deci să spunem că sunt de acord. Ce planuri aveți în următoarele treizeci și șase de ore?

– Vrem să ne căsătorim, spuse Joy pe nerăsuflate.

Se simți în stare să vorbească, acum când păreau să discute doar despre timp. Tatăl ei nu o auzi însă. I se adresase lui Edward.

– O să vă respect dorința, domnule.

– În cazul acesta, aș spune că aveți binecuvântarea mea să vă logodiți.

Lui Joy îi sări inima din piept. După care i se prăbuși la loc.

– Poți să o iei de soție când mai ai liber pe țărm.

Pentru o clipă, în încăpere se așternu o tăcere încremenită. Luptându-se să își țină în frâu dezamăgirea, Joy auzi ca prin vis foșnetul pașilor lui Bei-Lin, grăbindu-se să dea vestea mai departe la bucătărie. Mama ei se uita fix la ea, după care își mută privirea spre tatăl ei. „Ce o să zică lumea?“

– În caz că amândoi aveți intenții serioase, nu o să muriți dacă mai așteptați. Poți să-i cumperi inelul, să anunțați lumea și să vă căsătoriți mai încolo.

Tatăl ei așeză cu putere paharul înapoi pe masa lăcuită, vrând, parcă, să sugereze că verdictul fusese dat.

Joy se întoarse să îl vadă pe Edward, care lăsă să îi scape un oftat adânc, prelung. Te rog, opune-te, imploră ea în mintea ei. Spune-i că o să mă iei de soție acum. Ia-mă cu tine pe vaporul tău mare și gri. Dar Edward nu spuse nimic.

Privind spre el, Joy simți primul fior rece al dezamăgirii provocate de noul ei partener; o primă licărire, o recunoaștere amară că bărbatul în care își pusese cele mai mari speranțe și cea mai mare încredere de care era în stare ar putea să nu corespundă întru totul cu ceea ce nădăjduise ea.

– Când o să fie asta? întrebă ea, încercând să își stăpânească tremurul vocii. Când crezi că o să revii pe uscat?

– Următoarea noastră oprire mai lungă va fi în New York, spuse el, aproape cerându-și scuze. Dar nu va fi mai devreme de nouă luni. Poate chiar un an.

Joy ședea dreaptă în scaun și își întoarse privirea spre mama ei, care se mai liniștise. Aproape că schița un surâs în colțul gurii: un zâmbet superior, care părea să spună: „Ah, tinerețea! Ei cred acum că sunt îndrăgostiți, dar să vedem ce se va întâmpla peste șase luni de acum înainte“. Alice voia să le demonstreze că avea dreptate, își dădu Joy seama, simțind cum o trece un fior. Își dorea confirmarea că dragostea adevărată nu există și că toată lumea ajunge în căsnicii la fel de nefericite ca a ei. Ei bine, dacă se gândiseră pentru o clipă că gestul lor avea să o deziluzioneze, se înșelaseră.

– Atunci ne vedem peste nouă luni, spuse ea, privind țintă în ochii albaștri ai proaspătului ei logodnic și încercând să-i insufle toată siguranța de sine pe care o simțea și ea. Să... să-mi scrii!

Ușa se deschise.

– Dumnezeu să o ocrotească pe regină! spuse Bei-Lin, intrând în încăpere cu o tavă cu băuturi.

Capitolul 1

Octombrie 1997

Ștergătoarele lui Kate își dădură într-un final duhul, chiar la intrarea în Fishguard. Mai întâi se înțepeniră, după care se prăbușiră resemnate pe capotă, tocmai în momentul în care, chit că și până atunci plouase destul de tare, începu deodată să toarne cu găleata.

– Ah, la naiba, exclamă ea, virând în timp ce insista asupra comutatorului de la tabloul de bord, împingându-l când în sus, când în jos. Nu văd nimic. Iubito, dacă opresc la următoarea zonă de refugiu, ai putea să întinzi brațul afară și să ștergi un pic parbrizul?

Sabine își strânse genunchii la piept și se răsti la mama ei:

– Nu o să fie absolut nici o diferență. Putem pur și simplu să oprim.

Kate opri mașina, trase în jos fereastra din dreptul ei și încercă să șteargă jumătatea de parbriz din dreptul șoferului, cu un colț al eșarfei sale de catifea.

– Ei bine, nu putem să ne oprim. O să întârziem. Și nu pot să te las să pierzi feribotul.

Mama era de felul ei un om blând, însă Sabine cunoștea prea bine nota aceea tăioasă din glasul ei, care dădea de înțeles că nimic mai prejos de un *tsunami* nu avea să o împiedice pe Sabine să urce la bordul feribotului. Acest lucru nu o impresiona prea tare: era o notă pe care o tot percepuse în vocea mamei pe parcursul ultimelor trei săptămâni, dar ideea de a auzi încă o confirmare a neputinței sale supreme în fața mamei o făcu pe Sabine să își muște fără să-și dea seama buza de jos și să se întoarcă cu tot corpul, într-un soi de protest mut.

Având deja experiență cu schimbările bruște de dispoziție ale fiicei sale, Kate doar se uită scurt la ea și își întoarse privirea.

– Știi, dacă nu ai irosi atât timp încăpățânându-te să nu îți placă, ai putea probabil să te și distrezi.

– Cum aș putea oare să mă distrez? Mă trimiți într-un loc în care am fost doar de două ori în viața mea, la dracu-n praznic, la o bunică pe care tu o placi așa de mult că nu ai mai văzut-o de o mie de ani, ca să îi fiu un fel de om bun la toate, în timp ce bunicul dă colțul. Minunat. Ce vacanță tare. Mor de nerăbdare.

– Ah, ia uite. Au început să meargă din nou. Hai să vedem dacă ajungem la timp în port.

Kate trase de volan și Volkswagenul ei uzat hurducăi mai departe pe drumul ud, ambele ferestre laterale fiind împroșcate cu evantaie de apă mocirloasă.

– Uite ce e: nu știm dacă bunicul tău e atât de bolnav, din câte se pare, e doar slăbit. Și cred că o să îți prindă bine să ieși din Londra pentru o vreme. Abia dacă ai ajuns să o cunoști pe buni și ar fi drăguț să apucați să petreceți puțin timp împreună, până nu îmbătrânește prea tare sau până nu începi tu să călătorești sau mai știu eu ce.

Sabine se uita cu încăpățânare pe fereastra din dreptul ei.

– „Buni". De zici că am fi în *Happy Families*[1].

– Și știu cât de recunoscătoare ar fi pentru puțin ajutor.

Sabine refuza în continuare să o privească. Știa al naibii de bine de ce era expediată în Irlanda. Și mama ei știa, și dacă era de o asemenea ipocrizie încât să nu recunoască, ei bine, nu avea de ce să se mire că Sabine nu îi vorbea nici ea deschis.

– La stânga, spuse ea, fără să se întoarcă.

– Ce?

– La stânga. Trebuie să o iei la stânga ca să ajungi la terminalul pentru feriboturi. Ah, fir-ar să fie, mamă, de ce naibii nu îți pui ochelarii?

---

[1] Joc de cărți pentru copii, prin care se creează familii complete, alcătuite din personaje cu roluri și ocupații diferite

Kate viră brusc spre stânga, ignorând claxoanele de protest din urma ei, și, urmând instrucțiunile date fără nici un chef de Sabine, încetini în dreptul indicatorului măturat de vânt care marca zona de ambarcare destinată pasagerilor fără vehicul. Merse mai departe până ce găsi un loc de parcare, într-un deșert de beton gri aflat în bătaia vântului, la umbra unei clădiri cenușii fără pic de personalitate, ca un penitenciar comunist. De ce făceau oare clădirile de birouri să arate așa de demoralizant? se întrebă ea absentă. De parcă angajații nu ar fi și așa destul de nefericiți când ajung acolo.

Când mașina și ștergătoarele se opriră din nou, ploaia, serviabilă, șterse clădirea în doi timpi și trei mișcări, transformând fațada într-un soi de ceață impresionistă.

Kate, pentru care mai totul era o ceață impresionistă atunci când nu purta ochelari, își privi fiica din profil și își dori dintr-odată să poată și ele să aibă parte de acele momente afectuoase de rămas-bun, pe care era sigură că alte mame și fiice le împărtășeau. Ar fi vrut să îi spună că îi părea nespus de rău că Geoff trebuia să plece și că, pentru a treia oară în viața ei atât de fragedă, căminul lor și tot ceea ce ținea de el urmau să fie întoarse cu susul în jos. Ar fi vrut să îi spună că o trimitea în Irlanda ca să o protejeze, să nu o lase să asiste la scenele crunte de la care ea și Geoff abia se abținuseră până atunci, după ce își încheiaseră relația de șase ani, și ar mai fi vrut să îi spună că, deși Sabine și Kate nu mai aveau de mult nici un fel de relație, Kate își dorea ca ea să simtă că avea totuși cumva și o bunică și pe altcineva în afară de ea.

Cu Sabine însă îi era mereu peste putință să vorbească: i se părea că era învăluită într-o mantie de spini care se regenerau în permanență, ca un arici mic, cochet și bosumflat. Dacă Kate i-ar spune acum că o iubește, ar fi admonestată că se comportă ca personajele din *Little House on the Prairie*[1]. Dacă s-ar întinde spre ea să o ia în brațe, ar simți-o cum tresare în semn de protest. Cum de s-a ajuns oare la așa ceva? se tot întreba ea. Eram așa de hotărâtă ca relația noastră să fie diferită, ca tu să ai parte de toate libertățile care mie mi-au fost interzise. Să fim prietene. Cum ai ajuns să mă detești?

[1] Serial american din anii 1970–1980

Kate devenise expertă în a-și ascunde sentimentele față de propria fiică. Lui Sabine îi displăcea și mai tare dacă mama ei părea disperată după afecțiune și sentimentală; o făcea să fie și mai spinoasă. Așa că, în schimb, Kate scormoni prin geanta ei de rafie supraîncărcată și îi dădu biletele, pe lângă ceea ce ea consideră a fi o sumă generoasă de bani de buzunar. Sabine nu îi mulțumi.

– Păi, traversarea va dura cam trei ore. Marea pare puțin agitată, dar mă tem că nu am adus nimic împotriva răului de mare. O să ajungi la Rosslare cam la patru și jumătate, iar buni o să te întâmpine la biroul de informații. Vrei să îți scriu asta pe o foaie de hârtie?

– Cred că pot să țin minte doar „biroul de informații", răspunse Sabine sec.

– Ei bine, în cazul în care chiar se întâmplă ceva, ți-am notat numerele de telefon de acasă pe spatele plicului cu biletele. Și să mă suni când ajungi acolo, ca să știu că e totul în regulă.

Se asigură că are teren liber, gândi Sabine cu amărăciune. Cu siguranță că mama ei o credea proastă. Chiar își imagina că ea nu știa ce se petrece. Fuseseră atâtea ocazii în ultimele câteva săptămâni când îi venise să strige la ea: „Știu, să nu crezi că nu știu tot! Știu de ce tu și Geoff vă despărțiți. Știu de tine și de nenorocitul de Justin Stewartson. Și de asta mă expediezi din calea ta pentru câteva săptămâni, ca să poți să îți continui în voie aventura dezgustătoare, în timp ce eu și Geoff suntem plecați".

Însă cumva, în ciuda furiei ce mocnea înăuntrul ei, nu avusese niciodată chef să-i arunce acele vorbe în față. Pentru că mama ei părea prea tristă, prea jalnică după toată întâmplarea. Totuși, dacă ea își imagina că Sabine o să plece pur și simplu cu capul plecat, se înșela.

Rămaseră în mașină timp de câteva minute. Când și când, ploaia se mai domolea și astfel puteau să zărească terminalul monoton din fața lor, dar apoi se pornea din nou în rafale, transformând întreaga imagine într-o acuarelă cu contururi imprecise.

– Și Geoff o să fie plecat când mă întorc?

Sabine își ridică bărbia când zise asta, ceea ce conferi un ton mai degrabă provocator decât curios întrebării sale.

Kate o privi cu luare-aminte.

– Probabil, spuse ea încet. Dar poți să îl vezi în continuare, ori de câte ori vrei tu.

– Ca și cu Jim, și pe el puteam să îl văd ori de câte ori voiam.

– Erai mult prea mică pe atunci, dragă. Și lucrurile s-au complicat pentru că Jim și-a făcut o nouă familie.

– Nu, lucrurile s-au complicat pentru că am tot avut tați vitregi pe bandă rulantă.

Kate își întinse mâna spre brațul fiicei sale. De ce nu îi spusese nimeni că, atunci când aveai un copil, chinurile facerii erau cea mai ușoară durere?

– Trebuie să plec, mormăi Sabine, deschizând portiera. N-aș vrea să pierd feribotul.

– Lasă-mă să te conduc la terminal, spuse Kate, în timp ce lacrimile îi înțepau ochii.

– Nu te deranja, spuse Sabine.

Și, de îndată ce portiera se trânti cu un zgomot surd, Kate rămase singură.

Călătoria cu feribotul avea să fie dificilă, până într-atât încât copiii gălăgioși ajunseseră să se dea la vale cu tăvile șterpelite de la bucătărie, pe pasarela mochetată, în timp ce părinții lor se legănau înainte și înapoi pe băncile acoperite cu folie de plastic, beau din doze de Red Stripe și izbucneau când și când în hohote zgomotoase de râs. Alții stăteau la coadă la bar, clătinându-se în așteptarea cartofilor prăjiți la suprapreț, ignorând salatele ce se ofileau sub folia alimentară sau jucau jocuri mecanice ale căror zornăieli și note melodice răsunau de-a lungul scărilor. Judecând după numărul de familii și după hotărârea lor de a evita mahmurelile în ziua aceea, cursa cu feribotul de duminică după-amiaza era populară îndeosebi în rândul excursioniștilor de weekend.

Sabine stătea pe un scaun la fereastră, cu căștile de la walkman în urechi, izolându-se astfel de toți oamenii iritanți din jur. Păreau să fie din același aluat ca cei pe care îi vedea la benzinăriile de pe autostradă sau în supermarketuri. Oameni cărora nu le păsa prea mult cu ce se îmbracă sau dacă tunsoarea lor fusese la modă mai degrabă anul trecut sau dacă felul în care stăteau sau vorbeau era penibil. Așa o să fie și în Irlanda, spuse ea posomorâtă, ca pentru sine, peste melodia cu bas amplificat de pe CD-ul ei. Oameni înapoiați și fără pic de cultură. O zonă anti-cool.

Pentru a mia oară, o blestemă în gând pe mama ei pentru acest exil, pentru despărțirea de prietenii ei, de casa ei, de viața ei normală. Va fi un coșmar. Nu avea nimic în comun cu oamenii ăia, bunicii ei erau practic niște străini. Îl lăsa pe Dean Baxter pradă ghearelor malefice ale Amandei Gallagher chiar când credea că o să îi iasă lipeala cu el și, mai rău decât orice, nici nu avea telefonul mobil sau calculatorul la ea, ca să țină legătura. (Până și ea se văzuse nevoită să admită că un computer ar fi fost prea greu de transportat, în timp ce mama ei îi spusese că dacă își imagina că avea de gând să plătească pentru o extraopțiune de telefonie internațională, în plus față de factura ei care deja îi depășea bugetul, ar face bine să se mai gândească o dată. De ce oare se spunea așa? Dacă i-ar fi zis mamei că „se mai gândise o dată", Kate ar fi început să bodogăne despre cum ar fi trebuit să o trimită la o școală privată.)

Așadar, nu avea să fie doar exilată, ci și privată de confortul telefonului sau al e-mailului. Dar chiar și așa, cum ședea ea acolo și privea posomorâtă la Marea Irlandeză învolburată, Sabine își permise un scurt răgaz în care să se simtă ușurată că nu avea să fie toupi părtașă la tensiunile interminabile dintre Kate și Geoff, care își destrămau acum, încet și chinuitor, întreaga țesătură domestică.

Ea știuse ce urma să se întâmple chiar înaintea lui Geoff. Știuse încă din după-amiaza când coborâse de la ea din cameră și o auzise pe mama ei șoptind la telefon: „Știu. Și eu vreau să te văd. Dar știi că el e imposibil în momentul ăsta. Și nu vreau să înrăutățesc lucrurile".

Rămăsese așa în picioare pe scări, înmărmurită, după care tușise zgomotos. Mama ei închisese brusc telefonul, cu un aer de vinovăție, apoi exclamase mult prea bucuroasă, atunci când Sabine își făcuse apariția în sufragerie:

– Ah, tu erai, iubito! Nu te-am auzit! Tocmai mă gândeam, ce să mâncăm oare astăzi la cină?

Mama nu pregătea niciodată cina. Era o bucătăreasă inutilă. Asta era treaba lui Geoff.

În vremea aceea îl întâlnise *pe el*: Justin Stewartson, fotograf la un ziar național de stânga. Un bărbat atât de înfumurat, încât ar fi luat mai degrabă metroul decât să meargă cu mașina rablagită a mamei ei. Un bărbat care se credea cool pentru că purta o geacă de piele ce fusese, poate, la modă cu vreo cinci ani în urmă și pantalonii kaki, în combinație cu ghete din piele întoarsă. Încercase într-un mod mult prea ostentativ să intre în vorbă cu Sabine, aruncând câte un comentariu despre formații underground pe care credea el că ea le știa, încercând să pară cinic și în același timp cunoscător într-ale industriei muzicale. Ea, în schimb, îi aruncase ceea ce spera să fie o privire nimicitoare. Știa de ce încerca să fie prietenos cu ea și i se păruse inacceptabil. Un bărbat peste treizeci și cinci de ani nu avea cum să fie atât de cool, chiar dacă credea că se pricepe la muzică.

Bietul Geoff. Bietul și demodatul Geoff. Cum stătea el acasă, cu sprâncenele încruntate, îngrijorat noapte de noapte în privința pacienților pe care nu putuse să îi interneze și cum suna el la toate secțiile de psihiatrie din centrul Londrei, în încercarea de a împiedica vreun alt zănatic să sfârșească pe străzi. Nici nu îi trecuse prin minte ce se întâmpla. Iar mama ei se lăsase în voia sorții, purtându-se de parcă i-ar păsa, până în ziua în care Sabine coborâse scările și era evident că el știa, pentru că îi aruncase una dintre privirile acelea iscoditoare, încercând parcă să spună: „Știai? Și tu, Brutus?“

Era greu să îl duci de nas pe Geoff, pentru că era psihiatru de profesie. Așa că, atunci când îi întâlni privirea, încercă să transmită empatie și dezaprobare față de acțiunile patetice ale mamei sale.

Sabine se ferise ca vreunul dintre ei doi să afle cât de mult plânsese ea. Geoff era sâcâitor și puțin cam serios și nu-l tratase niciodată, în nici un fel, ca pe un tată. Dar, pe de altă parte, era bun la suflet, gătea și avea grijă de sănătatea mintală a mamei. În plus, fusese prin preajmă încă de când era ea mică. Mai mult decât oricare altul, de fapt. Pe lângă asta, gândul că mama ei și-o *trăgea* cu Justin Stewartson îi întorcea stomacul pe dos.

Anunțul că Rosslare se afla la doar câteva minute distanță fusese făcut la puțin timp după ora patru și jumătate. Sabine se ridică de pe locul ei și se îndreptă spre punctul de debarcare pentru pasageri, încercând să-și ignore forfota din stomac. Mai călătorise singură doar o singură dată și fusese un zbor „de vacanță" dezastruos spre Spania, unde se întâlnise cu Jim, fostul partener al mamei sale. El voise să o asigure că făcea încă parte din familia lui. Mama ei voie să o asigure că avea încă un tată de duzină. Stewardesa de la British Airways voise să o asigure că era o „fetiță mare", ținând cont că urma să călătorească de una singură. Însă chiar din clipa în care Jim o întâmpinase la aeroport, cu noua lui iubită pe urme, însărcinată în ultimul trimestru și aruncându-i priviri suspecte, știuse că vacanța avea să fie un dezastru. Îl mai văzuse doar o dată după aceea, când încercase să o „implice" și pe ea în venirea pe lume a noului său copil. Prietena lui o privise ca și cum ar fi vrut ca Sabine să fie cât mai puțin implicată. Și chiar nu o învinovățea. Bebelușul nu era, la urma urmei, vreo rudă de sânge și nici ea nu și-ar fi dorit să fie bântuită, ca de un suflet rătăcitor, de un copil al unei foste iubite a partenerului ei.

Ușile se deschiseră, și Sabine se trezi mânată de-a lungul culoarului de ieșire, împrejmuită din toate părțile de oameni care trăncăneau necontenit. Se gândi pentru o clipă să își pună căștile înapoi în urechi, dar se temea să nu piardă vreun anunț de importanță maximă. Ultimul lucru pe care și-l dorea era să fie nevoie să o sune pe maică-sa și să îi spună că făcuse vreo greșeală.

Se uită în jurul ei, întrebându-se cum arăta bunica ei. Cea mai recentă fotografie pe care o avea cu ea fusese făcută cu mai bine de zece ani în urmă, când mersese în vizită la casa lor din Irlanda. Avea numai amintiri foarte îndepărtate legate de bunica, însă fotografia înfățișa o femeie frumoasă, cu părul închis la culoare și pomeți înalți, care zâmbea reținut în timp ce mângâia un ponei micuț și cenușiu.

Dacă n-am s-o recunosc? se întrebă ea temătoare. Oare o să se simtă ofensată? Cărțile poștale pe care i le trimitea de ziua ei și de Crăciun erau întotdeauna scurte și formale, cu genul acela de formulări care trădau că expeditorul nu are simțul umorului. Ținând cont de cât de puține lucruri îi povestise mama ei, era floare la ureche să o dea în bară.

După care îl zări. Stătea în picioare, sprijinit de o tejghea, care ar fi putut să fie punctul de informații, ținând în mână un carton pe care scria „Sabine". Era potrivit de statură, destul de vânos, cu părul negru și des, tuns foarte scurt. Probabil cam de o seamă cu mama ei. În timp ce se îndrepta ușor spre ea, mai observă că avea doar un braț. Celălalt se termina cu o proteză de plastic înțepenită cumva într-o poziție chinuită, specifică manechinelor din vitrinele magazinelor.

Fără să își dea seama, își duse mâna la păr, verificând dacă nu se turtise prea tare în timpul călătoriei, după care merse mai departe spre el, încercând să afișeze un aer cât mai nonșalant cu putință.

– Te-ai schimbat, bunicuțo.

Bărbatul îi aruncă o privire întrebătoare în timp ce se apropia, ca și cum ar fi analizat dacă ea era fata pe care o așteaptă. Schiță apoi un zâmbet și îi întinse mâna cea bună. Asta presupusese să lase pe moment cartonul cu numele ei pe tejghea.

– Sabine! Eu sunt Thom. Ești mai mare decât am crezut. Bunica ta a zis că ești..., începu el și clătină din cap. Ei bine, ea nu a putut să vină pentru că Ducele primește o vizită de la veterinar. Așa că eu o să fiu șoferul tău.

– Ducele? făcu Sabine.

Bărbatul avea genul acela de accent irlandez cadențat, despre care ai fi crezut că există doar în serialele TV, îi trecu ei fugitiv prin minte. Bunica ei nu avea pic de accent irlandez. Încerca să nu se uite la mâna de plastic, care avea culoarea aceea ca ceara, specifică morților.

– Armăsarul cel bătrân. Băiatul ei. Are o problemă la picior. Și nu îi place să se ocupe altcineva de el. Dar a spus că o să te întâmpine acasă.

Așadar, bunica ei, pe care nu o mai văzuse de aproape zece ani, decisese să nu vină să o întâmpine, ca să stea să aibă grijă de un cal păduchios. Sabine simți pe neașteptate că o podideau lacrimile. Ei bine, asta spunea tot ce trebuia să știe despre modul în care era văzută vizita ei.

– Comportamentul ei e puțin ieșit din comun când vine vorba de el, spuse Thom cu prudență, în timp ce îi luă geanta. Nu aș interpreta asta în nici un fel. Știu că abia așteaptă să te vadă.

– Clar, replică Sabine, după care se uită scurt la Thom să vadă dacă nu îi păruse prea morocănoasă.

Se însenină pentru o clipă când ieşiră afară. Nu neapărat la vederea maşinii – un Land Rover uriaş, cam prăbuşit (chiar dacă era evident mai mişto decât al mamei) –, ci mai degrabă a încărcăturii: doi labradori imenşi, ciocolatii, mătăsoşi şi lucioşi ca nişte foci, foindu-se unul în jurul celuilalt, în încercarea lor entuziasmată de a-i saluta.

– Bella şi Bertie. Mamă şi fiu. Haide, încetează, animal dement ce eşti!

– Bertie?

Nu îşi putu reţine o strâmbătură nici măcar în timp ce mângâia cele două căpşoare adorabile, încercând să le dea boturile umede la o parte de pe faţa ei.

– Sunt amândoi cu B. Tot arborele genealogic, aşa cum sunt câinii de vânătoare. Doar că ei sunt cu H.

Sabine nu se sinchisi să îl întrebe despre ce vorbea. Se urcă pe scaunul din faţă şi îşi puse centura de siguranţă. Se întrebă, puţin îngrijorată, cum avea să conducă Thom fără un braţ.

Haotic, după cum se dovedi. Dar în timp ce virau pe străzile cenuşii din Rosslare, luând-o apoi pe drumul principal spre Kennedy Park, îşi dădu seama că nu era întru totul sigură dacă asta se datora apucării nesigure a schimbătorului de viteze. Mâna lui îl prindea într-o poziţie asemănătoare unei caschete care nu se potriveşte pe cap, zornăind uşor la atingerea plasticului, în timp ce maşina hurducăia pe drumurile proaste.

Decise că nu arăta prea promiţător pentru un drum spre casă. Pe străzile burniţate şi aglomerate din port nu se zărea nici un magazin unde şi-ar fi putut imagina că ar vrea să-şi mai omoare timpul. Toate erau ticsite, după cum vedea, cu chiloţi scorţoşi pentru babe sau piese auto, în timp ce în afara portului, oraşul părea să fie tot un mare gard viu, cu câte un bungalou modern ici-colo, dotat cu antenă prin satelit, ca o ciupercă bizară răsărind din cărămidă. Nici măcar nu se simţea aşa cum te simţi de obicei la ţară. Era şi un parc dedicat unui preşedinte mort, dar nu îşi imagina că o să îi vină aşa un dor de iarbă verde, încât să bată drumul până acolo.

– E ceva de făcut aici, în Wexford? îl întrebă ea pe Thom, iar el se întoarse scurt spre ea și râse, cu gura schimonosită într-un mod ce părea să sugereze că nu i se întâmpla prea des să râdă.

– Fata noastră de la oraș s-a plictisit deja, nu-i așa? spuse el, însă pe un ton prietenos, așa că Sabine nu se supără. Nu-ți face griji. Când o să vină vremea să te întorci, o să te întrebi ce-i de făcut la oraș.

Sabine se cam îndoia de cuvintele lui.

Ca să își mai distragă atenția de la emoțiile pe care le avea, Sabine se gândi la brațul lui Thom, care acum se odihnea pe frâna de mână, lângă ea. Până atunci, nu mai întâlnise pe nimeni care să poarte proteză. Oare era atașată cu vreun soi de lipici? Sau și-o scotea noaptea, așa cum făcea vecina ei Margaret care-și ținea proteza dentară într-un pahar cu apă? Și apoi mai erau toate aspectele practice – cum își trăgea oare pantalonii pe el? Odată își rupsese brațul și i se păruse imposibil să își tragă fermoarul. Trebuise să o roage pe mama să o ajute. Se surprinse apoi aruncând o privire furișă spre șlițul lui, să vadă dacă nu cumva pantalonii se prindeau cu arici, după care își întoarse rapid privirea. Avea să-și închipuie despre ea că e vreo perversă și, cu toate că Thom era drăguț, nu o interesa câtuși de puțin să facă prostii cu un tip ciung, în timpul șederii ei acolo.

În cele din urmă, Thom i se mai adresă doar o dată, ca să o întrebe ce mai făcea mama ei.

Sabine îl privi surprinsă.

– Cum de o cunoști? Credeam că ești pe aici de secole.

– Nu chiar. Dar am fost pe aici în tinerețe, după care am plecat în Anglia la lucru, la câțiva ani după ce a plecat ea.

– Nu a pomenit niciodată de tine.

De îndată ce își auzi cuvintele rostite cu voce tare, își dădu seama cât de necioplit sunau, dar el nu păru deranjat. Observă că atunci când vorbea, o făcea mereu cu un soi de întârziere, ca și cum și-ar fi măsurat cu atenție cuvintele înainte de a le da glas.

– Nu știu cât își mai amintește de mine. Lucram în curte, la grajduri, iar ea oricum nu se prea dădea în vânt după cai.

Sabine îl fixă cu privirea, arzând de nerăbdare să îl întrebe mai multe. I se părea cumva straniu să și-o imagineze pe mama ei acolo, poate prietenă cu îngrijitorul acesta de cai, cu un braț lipsă. Putea să și-o închipuie pe Kate doar într-un mediu urban: în casa ei din Hackney, cu podele lustruite, plante agățătoare și afișe de la spectacole artistice, etalându-și convingerile liberale tipice clasei de mijloc. Sau mâncând în vreun bistro cu specific exotic de pe Kingsland Road, discutând pe un ton serios cu prietenele ei furioase, cu cercei lungi, încercând să mai amâne momentul neplăcut când trebuia să se întoarcă acasă și să își scrie articolele. Sau ajungând acasă extaziată de la vreun film artistic pe care îl văzuse la cinema, în timp ce Geoff, veșnic cu picioarele pe pământ, s-ar fi plâns de abaterea creației cinematografice respective de la specificul vizual al școlii germane. Sau, mă rog, ceva de genul.

Când își aminti de Geoff, i se puse un nod în stomac și se nelinişti din nou. Se întrebă dacă va încerca oare să îi scrie. Cumva, știind că el și mama ei nu aveau să mai fie împreună, totul părea cam ciudat. Nu știa cum să se mai comporte cu el. Probabil că avea să își găsească o prietenă nouă în câteva luni, la fel ca Jim, după care mama avea să fie părăsită de Justin Stewartson și să sfârșească revoltată și tristă și să se întrebe de ce toți bărbații sunt „așa niște *ciudați*". Ei bine, ea nu avea de gând să îi arate pic de empatie. Și nu avea să fie niciodată de acord să meargă cu Geoff în vacanță dacă el își întemeia o nouă familie. Asta era sigur.

– Am ajuns, spuse Thom.

Nu avea nici o amintire legată de exteriorul casei din fața ei, exceptând mărimea. Interiorul casei și-l amintea însă din copilărie: scările din lemn închis la culoare și coridoarele circulare, mirosul de lemn ars și ceară și capetele de vulpi. Își amintea de capetele de vulpi, expuse și datate după ziua decesului, ițindu-se din micile lor scuturi și rânjind neputincioase de pe pereți. La șase ani ai ei, le găsise îngrozitoare și așteptase preț de câteva clipe bune ghemuită pe scări să vină cineva și să îi dea curaj să treacă pe lângă ele. Din exterior își mai amintea doar de un măgar tânguitor, care răgea necontenit dacă pleca de lângă el, șantajând-o astfel să mai stea. Mama ei și Jim credeau că e îndrăgostită de el și spuneau tuturor cât de drăguți sunt. Nu putea să le explice că se simțea constrânsă de el și răsufla ușurată când cineva o punea să meargă înapoi înăuntru.

Observă acum fațada obosită a casei, cu ferestre înalte în stil georgian, cu vopseaua cojită și pervazurile putrede, cu colțurile pleoștite, ca gura unei mătuși bătrâne. Era evident că fusese cândva o casă impozantă; mai impozantă ca a oricărei cunoștințe de-ale ei. Dar acum părea epuizată de trecerea anilor, într-o stare avansată de degradare, precum cineva căruia încetase să îi mai pese și doar aștepta o scuză bună să se ducă. Casa arată așa cum mă simt eu, gândi Sabine și o cuprinse brusc empatia.

– Sper că ți-ai adus haine de lână, spuse Thom din colțul gurii, în timp ce îi căra geanta pe scările de la intrare. E extrem de multă umezeală aici.

Așteptară câteva minute, după ce sunară la ușă. Ușa se deschise și o femeie înaltă apăru în prag, încălțată cu cizme de cauciuc și pantaloni de tweed, scuturându-și niște paie de pe puloverul cu nasturi. Era bătrână, iar sprâncenele, nasul și bărbia nu îi mai conturau o ținută demnă, ca odinioară, ci doar îi evidențiau și mai mult vârsta înaintată. Dar se ținea bine și era zveltă. Când îi întinse mâna, observă că degetele îi erau neașteptat de late și apropiate, ca niște cârnați de casă.

– Sabine, spuse ea, schițând un zâmbet.

După o clipă de gândire, întinse și cealaltă mână, ca și cum ar fi fost în așteptarea unei îmbrățișări.

– Îmi pare rău că nu te-am întâmpinat la vapor. A fost un haos de nedescris în după-amiaza asta.

Sabine nu știa dacă să înainteze sau nu.

– Bună ziua, răspunse ea, incapabilă să adauge: „bunico".

Se scărpină stângace în cap, neștiind ce să facă cu mâinile.

– Mă... mă bucur să te văd.

Bunica ei își retrase mâinile și rămase așa, în picioare, cu zâmbetul ceva mai rigid decât înainte.

– Da. Da... ai călătorit bine? Feribotul poate fi groaznic uneori. Eu, una, nu pot să îl suport.

– A fost în regulă.

Sabine își auzi vocea făcându-se tot mai mică până se preschimbă într-o șoaptă. Simți prezența lui Thom în spatele ei, așteptând, în timp ce asculta la acest schimb de replici ridicol.

– Puțin cam zgâlțâit. Dar nu a fost așa de rău.

Urmă o pauză lungă.

– Se simte bine calul?

– Nu. Nu chiar. Bătrânul de el. Dar i-am dat niște fenilbutazonă și ar trebui să aibă o noapte mai liniștită. Bună, Bella, bătrânico! Bună, bună! Da, știu. Da, Bella. Ești o fetiță foarte cuminte. Hei, Bertie, nici să nu îndrăznești să urci!

După ce se aplecă să mângâie blana lucioasă a câinilor, bătrâna se întoarse și intră, cu mersul ei țeapăn, în salon. Sabine rămase pe loc și se holba la Thom. El îi făcu semn să îl urmeze, iar apoi, după ce îi lăsă geanta pe treaptă, își luă rămas-bun și coborî înapoi pe scări, împiedicându-se ușor.

Cuprinsă brusc de un impuls copilăresc să îl roage să nu plece, Sabine se opri pentru o clipă. Își dădu seama cu un soi de indignare că bunica nici măcar nu îi mulțumise lui Thom că venise să o ia. Nici măcar nu îi era recunoscătoare. Sabine simți cum primele licăriri de ranchiună, pe care le purtase cu ea în tăcere încă de când părăsise Londra în acea dimineață, se preschimbau într-un simțământ mai viguros. Intră cu pași mărunți în încăpere, închizând după ea ușa masivă.

Mirosurile și sunetele din salon îi pătrunseră în memorie cu forța nimicitoare a unei bile de demolare. Ceară de lustruit. Materiale vechi. Ghearele câinilor zgâriind pardoseala cu dale de gresie. În spatele bunicii, care se mișca rapid de colo colo pe culoar, auzi ticăitul greoi al pendulei bunicului, marcând scurgerea timpului în același ritm distant ca și la ultima ei vizită, în urmă cu un deceniu. Câmpul ei vizual era singurul care se schimbase: înălțimea îi permitea acum să vadă pe deasupra meselor, pe care cai din bronz se odihneau sau erau surprinși sărind peste garduri vii, și ele tot din bronz. Pe pereți atârnau picturi în ulei înfățișând alți cai, iar alături erau și numele lor: Marinarul, Favoritul Vrăjitoarei, Ursa Mare, ca niște portrete ale unor membri ai familiei de care ceilalți nu își mai amintesc prea bine.

Prezența lor îi păru cumva mângâietoare. Pe atunci, nu eram așa de agitată, își spuse. Și, la urma urmei, e doar bunica mea, pentru numele lui Dumnezeu. Și ea e probabil neliniștită că sunt în vizită, încercând să ghicească cum să se comporte ca să mă simt cât mai confortabil.

Dar părea să-și ascundă destul de bine emoțiile.

– Ți-am pregătit camera albastră, spuse ea când ajunseră sus, arătând spre o încăpere din capătul îndepărtat al culoarului. Caloriferele nu funcționează prea grozav, dar am pus-o pe doamna H să îți facă focul. Și va trebui să folosești baia de la parter, pentru că aici, sus, nu mai curge apa caldă. Nu am putut să îți dau camera bună pentru că bunicul tău este acolo. Iar cea de la parter are mucegai pe pereți.

Sabine se strădui să nu tremure, învăluită în răceala aceea a nepăsării, și privi în jurul ei prin cameră, un hibrid straniu între stilurile anilor 1950 și 1970. Tapetul albastru cu modele chinezești fusese asortat cândva, cu mult optimism, la o carpetă ceva mai modernă, cu fir lung. Perdelele cusute cu brocart auriu cădeau peste ea, ca și cum ar fi fost luate de la o fereastră mult mai înaltă. O chiuvetă veche stătea țeapănă în colț, pe picioarele ei din fontă, cu un prosop subțire, verde pal, atârnând aproape de șemineu. O acuarelă înfățișând un cal și o căruță atârna deasupra șemineului, în timp ce un portret mai mare, cam nereușit, al unei femei tinere care ar fi putut să fie mama lui Sabine stătea agățat pe peretele de lângă pat. Sabine se tot uita la ușa din spatele ei, conștientă de prezența tăcută a bunicului, la distanță de doar câteva camere.

– Sunt câteva haine în dulap, dar ar trebui să fie suficient spațiu și pentru lucrurile tale. Asta e tot ce ai adus?

Bunica se uită în jos la geanta ei, apoi o ocoli cu privirea, ca și cum s-ar fi așteptat să găsească și alte bagaje. Sabine tăcu pentru o clipă.

– E și vreun calculator?

– Ce să fie?

– Vreun calculator?

Sabine își dădu seama în timp ce repeta întrebarea că știa deja răspunsul. Ar fi trebuit să știe de la început, judecând cum arăta camera.

– Calculator? Nu, nu avem calculatoare aici. La ce îți trebuie calculator?

Vocea îi devenise brusc tăioasă, neînțelegătoare.

– Pentru e-mailuri. Doar ca să păstrez legătura cu cei de acasă.

Bunica nu părea să o fi auzit.

– Nu, repetă ea. Nu avem calculatoare aici. Bun, după ce îți despachetezi lucrurile, o să bem niște ceai, apoi poți să mergi să îl vezi pe bunicul.

– E vreun televizor pe aici?

Bunica îi aruncă o privire iscoditoare.

– Da, un televizor este. Bunicul îl ține la el în cameră acum pentru că îi place să se uite la știrile de seară. Sunt sigură că poți să-l mai iei și tu din când în când.

În clipa în care intrară în sufragerie, Sabine se cufundase deja într-un nor negru de depresie. Nici măcar sosirea doamnei H – scundă, îndesată, emanând un miros dulceag de pâine și biscuiți de casă – nu reuși să o mai înveselească, în ciuda întrebărilor despre călătoria pe mare, starea de sănătate a mamei și dacă era mulțumită de aranjamentele din dormitor. Oricum ar fi luat-o, Thom părea să fie cea mai tânără persoană de acolo, și el era de o seamă cu mama ei. Nu aveau nici televiziune prin cablu, nici calculator, și încă nu își dăduse seama unde țineau telefonul. Și până se va întoarce ea acasă, Amanda Gallagher avea să i-l fure pe Dean Baxter. Cam așa trebuie să fie și în iad.

Când intră din nou în sufragerie, bunica nu părea să fie cu mult mai veselă. Se tot uita în jur cu privirea pierdută în timp ce mânca, ca și cum ar fi încercat să rezolve o problemă îndepărtată. Din când în când, se mai ridica țeapănă din fotoliul ei, se repezea spre ușă și striga după doamna H sau altă persoană neidentificată și dădea instrucțiuni. Așa că după ce se ridică pentru a patra oară, Sabine decise că bunica ei nu era obișnuită să își bea ceaiul după-masa și i se părea mai mult o obligație să stea atâta vreme acolo, cu nepoata ei. Nu o întrebă de mama ei. Nici măcar o singură dată.

– Poate vrei să mergi să vezi ce mai face calul? spuse ea în cele din urmă, dându-și seama că le-ar oferi amândurora o cale de scăpare ușoară.

Bunica o privi ușurată.

– Da. Da, ai dreptate. Ar trebui să verific ce mai face bătrânelul de el. Foarte bine.

Se ridică, scuturându-și firimiturile de pe pantaloni, și câinii săriră de îndată, să vadă ce căzuse pe covor. Păși spre ușă, după care se întoarse.

– Vrei să arunci o privire? Să vii să vezi grajdurile?

Sabine își dorea cu disperare doar să se facă nevăzută ca să se poată afunda singură în suferința ei tot mai mare, dar știa că ar fi fost nepoliticos să refuze.

– Cum să nu, spuse ea, indispusă.

Depresia ei legată de Dean Baxter putea să mai aștepte o jumătate de oră.

Măgarul se dusese de mult („Furbură, sărăcuțul de el", spusese bunica, de parcă ea ar fi știut ce mai era și asta), dar restul curții era învăluit într-un aer de familiaritate. Era cu siguranță mai animat decât înăuntru. De-a lungul șirului de grajduri, doi bărbați subțirei, aplecați, se mișcau încolo și încoace cu niște mături țepene și găleți zornăitoare, împărțind un balot de fân în secțiuni pătrate, în timp ce, în spatele lor, caii râcâiau cu copitele pe podeaua de ciment sau loveau în scândurile de lemn. Un tranzistor micuț, așezat într-un echilibru fragil pe o găleată întoarsă cu gura în jos, bolborosea niște cântece pe fundal. Privind această scenă, Sabine revăzu în fața ochilor o vagă amintire: ea, în timp ce era ridicată până la pragul de sus al uneia dintre uși, chițăind de groază și veselie în același timp când unul dintre capetele uriașe și lungi apăruse din întuneric și se îndrepta spre ea, ca s-o zărească mai de aproape.

– Presupun că ești prea obosită acum ca să călărești, dar ți-am închiriat de la New Ross un căluț castrat și îngrijit. O să îl călărești cât timp stai pe la noi.

Sabine rămase cu gura cască. Să călărească?

– Eu... eu nu am mai călărit de secole, se bâlbâi ea. De când eram mică. Vreau să zic că... mama nu mi-a spus.

– Ei bine, o să aruncăm o privire în magazia cu încălțăminte. Ce măsură porți? 37? 38? Cele vechi ale mamei tale ar putea să-ți vină.

– Au trecut vreo cinci ani de când m-am lăsat.

– Da, e al naibii de dificil să încerci să călărești la Londra, nu-i așa? Odată am mers la grajdurile din Hyde Park. A trebuit să traversez șoseaua principală ca să ajung la iarbă.

Bunica străbătu cu pași mari curtea și se opri să-l dojenească pe unul dintre grăjdari pentru modul în care construise patul de paie.

– Dar nu prea îmi doresc asta.

Nu o auzi. Luase o mătură de la unul dintre bărbați și îi arăta cum să o folosească, cu mișcări scurte și nervoase.

– Voiam să zic că... nu mă mai dau în vânt după călărit.

Glasul subțire și ascuțit al lui Sabine săgetă gălăgia din jur, făcându-i pe toți să se întoarcă spre ea. Bunica se opri brusc din ce făcea și se întoarse să-și privească nepoata în ochi.

– Poftim?

– Nu îmi place să călăresc. Cumva, m-am cam dezvățat.

Cei doi grăjdari se uitau unul la altul, unul din ei cu un soi de rânjet în colțul gurii. Cuvintele acelea erau probabil codul locuitorilor din Wexford pentru „Sunt o ucigașă de bebeluși“ sau „Îmi port chiloții pe dos ca să îi spăl mai rar“. Sabine simți cum obrajii îi luau foc și se boscorodi în gând pentru asta.

Bunica o privi împietrită preț de o clipă, după care se întoarse înapoi spre grajduri.

– Nu fi ridicolă, mormăi ea. Cina e la opt fix. Bunicul tău o să ni se alăture, deci să nu întârzii.

Sabine plânse înfundat aproape un ceas, în camera ei umedă și îndepărtată. O blestemă în gând pe mama ei pentru că o trimisese în locul ăsta stupid, o blestemă pe bunica ei țeapănă și antipatică, cu caii ei neghiobi și îl mai blestemă și pe Thom pentru că o lăsase să creadă pentru o clipă că nu o să fie chiar așa de rău. După aceea o blestemă în gând și pe Amanda Gallagher care – știa pur și simplu – se săruta cu Dean Baxter chiar în momentul în care Sabine zăcea acolo, în pat, mai blestemă în gând și feriboturile din Irlanda care nu-și anulau cursele când vremea era de rahat și carpeta turcoaz pentru că arăta atât de hidos, încât dacă cineva ar afla că stă într-o asemenea cameră, ar fi fost nevoită să părăsească țara de rușine. Pentru totdeauna. După care se ridică și se blestemă pe ea însăși pentru că se umplea de pete roșietice și muci atunci când plângea, în loc să pară tristă în felul acela melancolic, cu pielea curată și ochii mari, pe care bărbații îl găseau irezistibil.

– Toată viața mea e un dezastru nenorocit! se boci ea, după care mai plânse puțin pentru că sunase mult mai trist când o spusese așa, cu voce tare.

Bunicul lui Sabine era deja așezat la masă atunci când ea cobora ușor treptele. Îi văzu bastonul înainte să îl vadă pe el, ieșind în afară de sub masă, printre picioarele lui. Apoi, după ce ajunse în colțul sufrageriei, îi văzu spatele, curbat ca un semn de întrebare, sprijinindu-se într-o poziție incomodă de spătarul înalt al scaunului acoperit cu un pled în carouri. Masa era pusă pentru trei persoane, și între tacâmuri lucea întinderea uriașă de mahon, dar bătrânul stătea pur și simplu acolo, în lumina lumânării, și se uita în gol.

– Ah, spuse el încet, în timp ce fata intra în câmpul lui vizual. Ai întârziat. Cina e la opt. Opt.

Un deget osos făcu semn spre ceasul de pe perete, indicându-i lui Sabine că întârziase cam șapte minute. Sabine se uită înapoi la bunicul ei, nefiind sigură dacă trebuia sau nu să își ceară scuze.

– Hai, ia loc, ia loc, spuse el, coborându-și cu grijă mâna în poală.

Sabine aruncă o privire în jur, după care se așeză față în față cu el. Era cel mai bătrân om pe care îl văzuse vreodată. Pielea lui, prin care aproape că puteai să îi distingi forma craniului, era puțin spus ridată: se separase în sute de crevase mici, ca o mlaștină secată de zeci de ani. O venă subțire îi pulsa deasupra tâmplei, umflându-se ca un vierme prins sub piele. Sabine simți că abia putea să îl privească; era cumva prea dureros.

– Deci, spuse el, și vocea i se stinse ușor, epuizată, parcă, de propriul avânt. Tu ești tânăra Sabine.

Nu părea să aștepte un răspuns. Sabine dădu din cap aprobator.

– Și câți ani ai?

Chiar și întrebările păreau să aibă o notă descendentă.

– Am șaisprezece ani, răspunse ea.

– Poftim?

– Am șaisprezece ani. Șaisprezece, spuse ea.

Dumnezeule, mai era și surd.

– Ah. Șaisprezece, zise bătrânul, apoi făcu o pauză. Bine.

Bunica își făcu apariția pe o ușă laterală.

– Ah, aici erai. Bine, merg să aduc supa.

Prin acel „Aici erai" reuși și ea să îi dea de înțeles lui Sabine că întârziase. Care era problema cu oamenii ăștia? se întrebă Sabine, și așa într-o stare demnă de milă. Că doar nu îi cronometra nimeni.

– Câinii ți-au mâncat un papuc, strigă bunica din camera alăturată, dar bunicul păru să nu o audă.

După o luptă interioară, Sabine decise să nu transmită mesajul. Nu voia să fie responsabilă pentru rezultat.

Supa era de legume. Legume adevărate, nu de la conservă, cu multe bucăți vizibile de cartof și varză. O mâncă, chiar dacă acasă ar fi refuzat-o, pentru că frigul din casă îi făcuse poftă de mâncare. Era destul de bună, trebuia să recunoască. Simțind nevoia să facă un comentariu ca să mai dezghețe atmosfera, pentru că toți trei ședeau acolo fără să scoată vreun cuvânt, se îndreptă puțin în scaun și spuse:

– E bună supa.

Bunicul ridică ușor capul, sorbind zgomotos supa din lingură. Albul ochilor săi, observa ea, era aproape în totalitate de culoarea laptelui.

– Poftim?

– Supa, spuse ea mai tare. E foarte bună.

Cam cu nouă minute întârziere, ceasul din salon anunța că era ora opt. Un câine nevăzut lăsă să îi scape un scheunat fioros.

Bătrânul se întoarse spre soția lui.

– Vorbește despre supă?

Bunica nu își ridică privirea.

– Spune că e bună, afirmă ea cu voce tare.

– Ah. De care este? întrebă el. Nu îi simt gustul.

– De legume.

Sabine se surprinse ascultând la ticăitul ceasului din salon. Părea să fie din ce în ce mai zgomotos.

– De legume? Ai spus de legume?

– Da.

Urmă o pauză lungă.

– Nu are porumb dulce în ea, nu?

Bunica își tampona buzele cu șervetul de in.

– Nu, dragule. Nu are porumb dulce. Doamna H știe că nu îți place porumbul dulce.

Se întoarse la castronul lui, părând să îi examineze conținutul.

– Nu îmi place porumbul dulce, îi spuse el cu glas încet lui Sabine. E ceva înfiorător.

În clipa de față, Sabine ducea înăuntrul ei o luptă aprigă cu un impuls aproape isteric de a râde și a plânge în același timp. Se simțea de parcă ar fi fost prinsă într-un serial TV de mâna a doua, unde timpul îngheța în loc și nimeni nu mai scăpa vreodată de acolo. Trebuie să plec acasă, își spuse în gând. Nu îmi imaginez cum aș putea să suport seară de seară așa ceva. O să mă usuc și o să mor. O să mă găsească mumificată într-o cameră cu o carpetă turcoaz și nu vor putea să își dea seama dacă am murit de frig sau de plictiseală. Și pierd cele mai bune programe la televizor.

– Mergi la vânătoare?

Sabine ridică privirea spre bunicul ei, care își isprăvise în cele din urmă supa. Zări o dâră subțire și opacă de supă în colțul gurii lui.

– Nu, spuse ea încet.

– Poftim?

– Nu, nu merg la vânătoare.

– Vorbește foarte încet, îi spuse el tare soției lui. Ar trebui să vorbească puțin mai hotărât.

După ce termină de strâns farfuriile goale, bunica părăsi camera, într-un gest de diplomație.

– Vorbești foarte încet, spuse el. Ar trebui să vorbești mai tare. E foarte nepoliticos.

– Îmi pare rău, spuse Sabine răspicat și vag sfidător.

Bătrân afurisit și prost.

– Deci, cu cine mergi la vânătoare?

Sabine privi în jur și înăuntrul ei se trezi brusc dorința ca bunica să se întoarcă.

– Nu merg, aproape că țipă ea. Locuiesc în Hackney. Asta e în Londra. Acolo nu merge nimeni la vânătoare.

– Nimeni?

– Nu.

– Ah.

Părea destul de șocat, ca și cum ar fi fost un concept complet nou pentru el să nu mergi la vânătoare.

– Și, deci, unde mergi să călărești?

Doamne, Dumnezeule, era imposibil.

– Nu merg, spuse ea. Nu am unde.

– Păi și unde îți ții calul?

– Nu are cal, dragule, spuse bunica ei, aducând o tavă mare, argintie, acoperită cu un soi de cupolă tot argintie, despre care Sabine credea că le era rezervată doar majordomilor din comedii. Ea și Katherine locuiesc la Londra.

– Ah. Da. Londra, nu-i așa?

Ah, mamă, vino și ia-mă de aici, se rugă ea. Îmi pare atât de rău că am fost așa de rea cu tine, cu Geoff și cu Justin. Vino doar și ia-mă. Promit să nu mă mai văicăresc de nimic de acum înainte. Poți să ai o ceată întreagă de iubiți nepotriviți și nu o să mai comentez nimic niciodată. O să mă țin de școală și o să iau și examenul de absolvire. Ba chiar o să încetez și să îți mai fur parfumul.

– Bun, Sabine, acum zi, îți place în sânge sau bine făcută?

Bunica ridicase cupola argintie, iar grămăjoara de carne de vită rumenită și sfârâindă își slobozi aroma în aerul din cameră. Era înconjurată de un cerc de cartofi la cuptor și cufundată într-o baltă de sos dens de aceeași culoare.

– Poți să îți dau și una, și alta, dragă. O feliez eu. Haide, nu vreau să se răcească.

Sabine o privi cu groază.

– Nu ți-a spus mama, nu-i așa? zise ea, cu glas pierit.

– Ce să îmi spună?

– Ce? întrebă bunicul pe un ton enervant. Ce spui? Vorbește mai tare.

Sabine clătină încet din cap, dorindu-și să nu fi văzut vreodată expresia crispată și exasperată a bunicii.

– Sunt vegetariană.

Capitolul 2

Pesemne, era destul de simplu. Dacă făceai baie la parter (și nu în baia de la etaj, care fusese instalată fără doar și poate atunci când se construise casa și avusese parte ultima oară de apă caldă tot pe la acea vreme), atunci trebuia să înlături toate dovezile vizitei tale în cinci minute după ce îți terminai abluțiunea. Asta însemna prosoape folosite, sticle de șampon, bureți, chiar și periuța și pasta de dinți. Altminteri, te puteai aștepta să le găsești grămadă în fața ușii tale în mai puțin de o jumătate de oră.

Dacă voiai să mănânci la micul dejun, atunci trebuia să te asiguri că ești jos, în sala rezervată micului dejun, până cel târziu la ora opt și jumătate. Nu în sufragerie. Bineînțeles. Și nu la nouă și un sfert, oră la care deja trecuse jumătate de zi și doamna H avea lucruri mult mai bune de făcut decât să stea și să aștepte după toată lumea să mănânce de dimineață, deși era prea drăguță ca să recunoască. Iar de mâncare primeai terci, după care pâine prăjită, cu miere sau marmeladă. Ambele servite din niște borcănașe argintii. Și nu, nu aveau nici *Alpen*[1], nici *Pop Tarts*[2].

Și nu te plângeai de frig, ci te îmbrăcai corespunzător. Și nu te perindai mai mult dezbrăcată decât îmbrăcată, văicărindu-te că te trage curentul. Trebuia să pui pe tine pulovere groase și pantaloni.

[1] Marcă britanică de cereale pentru micul dejun

[2] Marcă americană de produse de patiserie

Și dacă nu aveai suficiente, trebuia doar să spui, pentru că mai erau o mulțime nepurtate în fundul șifonierului cel mare. Și doar cineva lipsit de maniere ar fi comentat că miros a vechi sau că arată de parcă fuseseră purtate ultima oară de orfani albanezi, cândva înainte să te fi născut tu. Și același lucru se aplica și la încălțăminte. Nu puteai să te aștepți să porți tenișii scumpi și să-i păstrezi ca scoși din cutie, ci trebuia să mergi în magazia de încălțăminte și să îți cauți o pereche de cizme de cauciuc zdravene. Și dacă te isterizai cumva din cauza păianjenilor, nu trebuia decât să le scuturi nițel înainte să le încalți.

Cam astea erau regulile, afară de cele de care nu trebuia să ți se aducă aminte. Cum ar fi să nu lași câinii la etaj. Sau să nu îți lași cizmele în salon. Sau să uiți televizorul pe alt post decât canalul de știri preferat al bunicului. Sau să nu începi să mănânci înainte ca toți ceilalți să-și fi primit mâncarea. Sau să nu folosești telefonul fără să întrebi înainte. Sau să nu stai pe plita sobei ca să te încălzești. Sau să nu faci baie seara (sau la o adâncime mai mare de cincisprezece centimetri).

După o săptămână de stat la bunici, Sabine descoperi că erau atâtea reguli de ținut minte, încât casa însăși părea a fi o persoană, și încă una tare cusurgie, care-și stabilea propriile reguli, la fel ca bunicii ei. Acasă crescuse aproape fără reguli: cu o satisfacție perversă, mama ei o lăsase să-și organizeze singură propria viață, ca un soi de existență Montessori[1]. Așa că acum, când se confrunta cu aceste exigențe interminabile și aparent de neînțeles, Sabine descoperi că o deprimau și o umpleau de ranchiună.

Asta până când o învăță Thom cea mai importantă regulă, care o făcu să-și redobândească un dram de libertate: să nu încerci niciodată să traversezi vreo distanță în casă sau în curtea din jurul ei într-un ritm mai lent decât mersul de Kilcarrion. Era vorba despre un umblet alert, hotărât, cu bărbia ridicată și cu privirea îndreptată în față, care, la viteza potrivită, te ajuta să eviți întrebări precum „Încotro?“ sau,

[1] Metoda pedagogică Montessori, după numele creatoarei sale, Maria Montessori (1870–1956, medic și pedagog italian), era adresată îndeosebi copiilor cu deficiențe cognitive, având drept principii de bază autoeducarea și încurajarea copiilor să ia propriile decizii.

și mai des întâlnita „Ce faci? Hai, poți să mă ajuți să curăț grajdul de bălegar / să aduc caii / să dau jos remorca / să spăl coteţul câinilor cu furtunul".

– Nu doar cu tine face așa, spuse Thom. Nu îi place să vadă pe nimeni că stă degeaba. O neliniștește. De-asta o facem cu toții.

Acum că se gândi la asta, Sabine își dădu seama că era adevărat. Cu excepția bunicului, nu surprinsese pe nimeni în casă mișcându-se într-un ritm mai lent decât viteza luminii. Dar ținând cont că îl văzuse pe bătrân doar așezat, nu putea să fie prea sigură în privința lui.

Însă nu era vorba doar despre casă și despre regulile ei întortocheate. Separată de prietenii ei, având dreptul doar la o convorbire scurtă și nesatisfăcătoare cu mama la telefon, Sabine se simțea izolată și îndepărtată de tot ce cunoștea. Se simțea străină de toate aceste împrejurimi, la fel de confuză în privința rudelor ei mai în vârstă cum erau și ele în privința ei. Părăsise casa și curtea doar o singură dată până acum, ca să o însoțească pe bunica ei la un soi de hypermarket în cel mai apropiat oraș, unde, dacă ar fi fost dispusă, ar fi putut să cumpere orice, de la brânză procesată la mobilier de grădină alb, din plastic. Cam atât găseai pe acolo, pe lângă un oficiu poștal și un magazin de specialitate cu toate cele de trebuință pentru cai. Nici un McDonald's, nici un cinematograf, nici o sală de jocuri electronice. Nici o revistă. Și, din câte văzuse, nici o persoană sub treizeci de ani. Având la dispoziție doar *Daily Telegraph* și *Irish Times* ca să țină legătura cu lumea exterioară, nici măcar nu știa cine mai era numărul unu în topurile muzicale.

În cazul în care observase alunecarea ei treptată în depresie, se pare că bunica hotărâse să o ignore sau să o trateze ca pe un soi de bizarerie adolescentină.

O „organiza" pe Sabine la începutul fiecărei zile, dându-i o serie de sarcini de făcut, cum ar fi să arunce hârtii în coteţe sau să aducă legume din grădină pentru doamna H și o trata cu aceeași detașare repezită cu care trata pe oricine din jurul ei. Pe oricine, mai puțin pe câini și, mai presus de toate, pe Duce.

Urmă apoi cea mai aprigă ciondăneală a lor de până acum, mai rea decât insistența bunicii ca vegetarianismul să includă și carnea de pui.

Se petrecuse două zile mai târziu, când Sabine se balansase pe poartă în timp ce Ducele era condus cu forța înapoi la el în grajd, uitând apoi să tragă zăvorul din partea de jos a porții, așa cum i se ceruse și, drept urmare, urmărise cum murgul cel bătrân, cu o voiciune demnă mai degrabă de un animal mult mai tânăr și mai puțin ologit, slăbise zăvorul din susul ușii cu dinții și pledase elegant pentru libertate de-a lungul curții, spre câmpul deschis care se întindea dincolo de ea.

Cu ajutorul a șase mere și al unei găleți de terci din tărâțe, bunica și amândoi băieții de la grajduri avuseseră nevoie de două ore ca să îl prindă, după ce goniseră disperați pe terenurile din deal în timp ce el venea ademenitor de aproape de ei, după care o lua la goană din nou, cu coada ridicată în semn de sfidare. Spre lăsarea serii, când se întorsese sătul de hoinăreală, își ținea capul plecat de epuizare, cumva jenat de ceea ce făcuse și șchiopăta. Bunica se înfuriase teribil. Urlase mai întâi la ea că e o „fată tare proastă", după care, cu ochii aproape scăldați în lacrimi, își concentrase toată atenția pe „băiețelul" ei, ba mângâindu-l pe grumaz, ba dojenindu-l cu voce blândă, în timp ce mergeau țepeni înapoi spre grajduri. *Și cu mine cum rămâne?* vru Sabine să țipe în urma ei, și ea cu ochii plini de lacrimi. *Sunt nepoata ta și nu mi-ai spus niciodată vreo vorbă bună.*

Acela fusese momentul în care Sabine începuse să-și plănuiască evadarea. Și să o evite pe bunica ei, care reușise să o facă să simtă greutatea dezaprobării ei, deși nu mai pomenise niciodată de evenimentul cu pricina. Nici nu încercase să o îmbrățișeze pe Sabine după întâmplarea asta. De fapt, i se păruse greu să îi spună ceva o zi-două. Se mai înseninase doar atunci când veterinarul o anunțase că inflamația de la piciorul Ducelui era pe cale de vindecare.

Așa că Sabine își petrecea cea mai mare parte a timpului cu Thom și cei doi băieți de la grajduri, Liam și John-John, ambii un soi de rude îndepărtate, ca și doamna H. Liam fusese jocheu de curse cu obstacole și era un tip cam libidinos, aproape incapabil să spună ceva fără dublu înțeles, în timp ce John-John, protejatul lui de optsprezece ani, era destul de tăcut, dar purta pe chipul său bătut prematur de vânt și soare disperarea de a avansa în hipodromul alăturat. Thom, deși era și el tăcut, părea să înțeleagă frustrarea și amărăciunea lui Sabine și, din când în când, o mai tachina, luând-o în râs prietenește. În punctul acesta deja încetase să îi mai observe brațul, care era oricum acoperit până la încheietură de mânecile puloverelor și jachetelor. Thom era cineva cu care putea să vorbească.

– Așa că am așteptat de mi-au sărit capacele până la zece jumate, ca să mă asigur că bătrânul a terminat cu baia, și după aia n-a mai fost deloc apă caldă. Nici măcar o picătură. Îmi era atât de frig când am ieșit din baie că mi se albăstriseră picioarele. Serios. Și-mi clănțăneau dinții.

Stând atârnată de ușa grajdului, dădu cu piciorul într-o găleată, trimițând o undă de apă peste marginea ei uzată. Thom, care afâna paiele curate făcute grămadă la perete, se opri și ridică dintr-o sprânceană, iar ea se dădu jos, uitându-se fără să își dea seama la Duce, în timp ce cobora.

– Nu au nici un uscător electric, mi s-a pleoștit de tot părul. Și cearșafurile sunt toate umede. Umede de tot. Adică, atunci când mă urc în pat, trebuie să dezlipesc cearșaful de deasupra de cel de dedesubt, de umede ce sunt. Și miros a mucegai.

– Cum îți dai seama?

– Cum îmi dau seama de ce?

– Că miros a mucegai. Ieri mi-ai spus că toată casa miroase a mucegai. Cearșafurile poate că de fapt miros destul de frumos.

– Se vede mucegaiul. Au puncte verzui pe ele.

Thom izbucni într-un hohot de râs, afânând mai departe.

– Probabil că e vrcun model pe cearșafuri. Pun pariu că vezi la fel de „bine“ ca mama ta.

Sabine se holbă la el, dând drumul ușii.

– De unde știi tu de vederea mamei mele?

Thom își sprijini grebla de perete. Se aplecă și luă găleata de sub piciorul lui Sabine, așteptând să se dea din drum înainte ca el să azvârle apa prin curte.

– Sunteți cu toții chiori. Toată familia. Toată lumea știe. Mă mir că tu nu porți ochelari.

Cam așa era Thom: credeai că știi cam cu cine ai de-a face, vorbeai cu el cum vorbeai cu un prieten, dar când și când te trezeai că îi scapă câte o informaţie despre mama lui Sabine sau despre propriul trecut care te reducea la tăcere, încercând să potriveşti acel nou detaliu în restul ansamblului.

Lucrurile pe care le ştia despre el (unele spicuite chiar de la el, altele de la doamna H, care era o adevărată reţea de transmisie când nu se afla în prezenţa bunicii) erau că avea treizeci şi cinci de ani, petrecuse câţiva ani în Anglia lucrând la un hipodrom, de unde se întorsese într-o oarecare umbră de suspiciune şi îşi pierduse braţul la călărit. Ultima informaţie nu venea de la el – oricât era de relaxat şi abordabil, nu se simţise îndeajuns de curajoasă să îl întrebe despre amputare –, dar doamna H îi spusese că ştiuse ea ce ştiuse când spusese că de la cai o să i se tragă moartea. „Vezi tu, n-are pic de frică. Absolut deloc. Şi tatăl lui era exact aşa." Nu cunoştea toată povestea, pentru că nu îi plăcea să o împovăreze prea tare pe sora ei – biata lui mamă –, dar avea de-a face cu vremurile când călărea peste beţe.

– Beţe? întrebase Sabine, având în minte un gard de uluci.

Se trăsese cumva singur în ţeapă?

– Garduri. A fost jocheu de curse cu obstacole. Sunt mult mai periculoase decât alergările la galop, ascultă la mine.

Aici totul se învârte în jurul cailor, gândi Sabine posomorâtă. Sunt al naibii de obsedaţi, până într-acolo încât nu le pasă dacă îşi pierd părţi din propriul corp. Până acum reuşise să tot amâne să îl călărească pe poneiul cenuşiu din fundul grajdului, spunându-i bunicii că o doare spatele. Dar îşi dăduse seama din expresia nerăbdătoare a bunicii, din felul în care deja pescuise o pereche de cizme de călărie şi o pălărie şi le lăsase dinadins în faţa uşii de la dormitorul ei, că zilele îi erau numărate.

Sabine nu voia să călărească. Doar gândindu-se la asta, o apuca greaţa. Reuşise să o convingă cu ani în urmă pe mama ei să o lase să renunţe, după ce observase că mersul săptămânal la hipodrom o făcea să se simtă din ce în ce mai rău din pricina neliniştii şi a presimţirilor rele – care de cele mai multe ori se şi adevereau – că săptămâna aceea va trebui să călărească unul din caii „malefici" ai şcolii de călărie, unul dintre cei care se năpusteau ca din puşcă şi azvârleau călăreţul din şa şi îi fugăreau pe ceilalţi cu urechile date pe spate şi dinţii la vedere şi că sigur urma să fugă calul cu ea, și să piardă orice control și echilibru, bălăngănindu-și picioarele și lovindu-le de șa și smucind zadarnic de frâie. Nu era o provocare, așa cum o considerau celelalte fete. Nici măcar nu era distractiv. Iar Kate nici nu păruse să se împotrivească atunci când Sabine îi spusese că nu vrea să o mai facă, ca și cum doar dintr-o dorință incertă de a duce mai departe tradiția familiei o pusese pe fiica ei să meargă la călărie.

– Nu vreau să călăresc, i se confesă ea lui Thom, în timp ce el mâna înapoi în grajd unul dintre caii legați.

– O să fie bine. Micuțul ăla de acolo e un adevărat cavaler.

Sabine aruncă o privire la pata gri din zare.

– Nu mă interesează cum e. Nu vreau să călăresc și basta. Crezi că o să mă forțeze?

– Calul e nemaipomenit. Urcă-te de câteva ori pe el și o să fie bine.

– La naiba, nu mă iei deloc în serios, aproape că țipă ea, făcându-l pe John-John să scoată capul pe ușa grajdului alăturat. Nu vreau să călăresc calul ăsta. Nu vreau să călăresc nici un cal. Nu îmi place.

Thom desfăcu liniștit frâiele calului și îi dădu ușor o palmă peste crupă cu mâna lui bună, în semn de apreciere. Se îndreptă spre ea, după ce închise și zăvorî ușa în spatele lui.

– Te temi rău, nu?

– Pur și simplu nu îmi place.

– Nu e nimic greșit să te pierzi cu firea. Cei mai mulți dintre noi au pățit-o la un moment dat.

– Ce nu înțelegi? Dumnezeule mare! Pur și simplu nu îmi place să călăresc.

Thom își puse mâna cu proteza pe umărul ei. Rămase cu ea acolo, țeapănă și neclintită, într-o contradicție bizară cu sentimentul pe care dorea să îl transmită.

– Știi, nu o să fie mulțumită până nu încerci măcar o dată. După asta o să vă înțelegeți mult mai bine. De ce nu vii cu mine mâine de dimineață? Am eu grijă să nu pățești nimic.

Lui Sabine îi veni să plângă.

– Dar chiar nu vreau. Doamne sfinte, nu-mi vine să cred. Sunt blocată aici. Viața mea e un dezastru.

– Mâine-dimineață. Doar noi doi. Uite, e mai bine dacă mergi la călărit prima oară cu mine decât cu ea, nu-i așa?

Se uită în sus spre el. Thom zâmbi.

– Știi c-o să te mănânce cu fulgi cu tot. Cea mai neînfricată șa din toată Irlanda de Sud. Așa era. Până să se ologească Ducele, încă mai mergea la vânătoare călare.

– O să-mi rup gâtul. Și atunci o să vă pară rău.

– Mie sigur o să îmi pară. Nu pot să te car tot drumul înapoi spre casă cu un singur braț.

Dar în dimineața următoare, Sabine reuși din nou să îl facă pe Thom să o lase în pace. De data asta, totuși, avea o scuză bună.

– Bun, eu o să fiu plecată mai toată ziua, și doamna H o să fie ocupată până peste cap, așa că aș vrea să ai tu grijă de bunicul.

Bunica își pusese hainele ei „de oraș". Sau, cel puțin, Sabine presupusese că sunt hainele ei de oraș: era pentru prima oară când o vedea purtând altceva decât pantalonii vechi în carouri și cizmele de cauciuc. În ziua aceea era îmbrăcată cu o fustă bleumarin de lână, de origine incertă, dar cu siguranță veche, cu un pulover cu nasturi verde-închis, peste o bluză cu guler rotund, și, pe deasupra, cu omniprezenta ei jachetă verde în carouri. Își pusese la gât un colier de perle și-și pieptănase părul pe spate ca să stea la locul lui, așa cum le stă mereu oamenilor bătrâni, cumva în valuri, în loc să fie ciufulit și electrizat.

Sabine se abținu cu greu să nu o întrebe dacă nu se ducea la vreun bairam. Cumva știa că bunicii nu o să i se pară amuzant.

– Unde te duci? întrebă ea distantă.

– La Enniscorthy. Mă întâlnesc cu un antrenor care vrea să cumpere unul din caii noștri tineri. Sabine oftă, nereușind să își mascheze plictiseala, iar informația îi intră pe o ureche și îi ieși pe cealaltă. Bun, bunicul tău o să vrea să mănânce de prânz la unu fix. Acum doarme sus la el în fotoliu. Să te asiguri că îl trezești cu cel puțin o oră înainte, pentru că cel mai probabil o să vrea să se aranjeze nițel. Doamna H o să-i pregătească prânzul și o să i-l lase în chicineta de lângă sufragerie. O să pregătească ceva și pentru tine, ca să nu mănânce singur. Dar va trebui să pui tu masa, pentru că ea o să fie ocupată în dimineața asta să ducă vecinilor fructele căzute din pomi. Să nu îl deranjezi pe Thom în grajd – au și așa o mulțime de lucruri de făcut. Și să nu îi lași pe câini la etaj. Bertie a intrat din nou în camera bunicului tău ieri și i-a mâncat peria de păr.

Nu văd cum ar putea asta să fie vreo mare pierdere, gândi Sabine. N-are mai mult de două fire de păr.

– O să mă întorc după prânz. Ai tot ce îți trebuie?

– Prânz la unu. Să nu întârzii. Să nu o deranjez pe doamna H. Să nu îl deranjez pe Thom. Să nu las câinii la etaj.

Bunica se holbă la ea preț de o clipă, cu privirea ei nefiresc de goală, așa că Sabine nu putu să își dea seama dacă luase aminte de tonul ei revoltat sau dacă, așa cum se întâmpla în cazul ei când nu se pomenea ceva legat de cai, pur și simplu informația trecea pe lângă ea. Își puse apoi eșarfa pe cap, o legă strâns sub bărbie și, rostind un scurt dar drăgăstos rămas-bun adresat Bellei, care dădea târcoale neliniștită la picioarele ei, se repezi pe ușă.

Sabine rămase în hol preț de câteva minute, până când sunetul produs de ușa trântită se descompuse în liniște, după care privi în jur, întrebându-se ce să facă. Părea că-și petrece cea mai mare parte a timpului întrebându-se ce să facă. Rămăsese fără toate lucrurile care acasă îi umpleau ziua fără cel mai mic efort – MTV-ul, internetul, conversațiile telefonice cu prietenii ei, umblatul gură-cască pe lângă blocul lor din cartierul Keir Hardie ca să vadă cine mai e pe acolo, ce se mai întâmplă –, rămânând cu acest gol nemărginit pe care trebuia să îl umple. Cât timp putea să-și petreacă rearanjându-și camera (în plus, carpeta turcoaz cu fir lung îi întorcea stomacul pe dos), și, dacă nu îți plăceau caii, ce naiba îți mai rămânea de făcut în locul ăsta?

Nu voia să meargă în curte pentru că știa că Thom o să înceapă iar să tragă de ea să călărească poneiul ăla stupid. Nu putea să se uite la televizor pentru că programele din timpul zilei erau triste și ultima oară când încercase pe ascuns să îi dea drumul după-amiaza, aproape că își spărsese timpanele.

– E dat așa tare ca să audă bunicul știrile, strigase doamna H, care se grăbise la etaj să vadă ce era cu zgomotul. Mai bine nu umbla la el.

În fiecare seară, la ora nouă, oriunde s-ar fi aflat prin casă, Sabine auzea vuietul năprasnic al genericului programului de știri. Bunicul ei stătea în timpul ăsta pe scaun, mijindu-și ochii la ecran, ca și când tot se străduia să audă, în timp ce toți cei din jurul lui citeau ziarul, prefăcându-se din politețe că nu-i asurzea volumul.

Totuși, gândi ea, urcând încetișor la etaj, cu Bella pe urmele ei, absența bunicii ei îi oferea cumva un sentiment de ușurare. Nu își dăduse seama cât de tare o neliniștea prezența bătrânei până când absența ei nu dezvălui acum această senzație necunoscută de calm. O jumătate de zi de libertate. O jumătate de zi de plictiseală. Nu știa ce era mai rău.

Sabine își petrecu cea mai mare parte din prima oră stând lungită în pat, ascultând muzică tare la căști și citind o carte de mâna a doua pe care i-o adusese doamna H. Doamna H era vădit convinsă că înțelegea nevoile fetelor tinere – povești de dragoste și o porție în plus de prăjituri – și ținând cont de starea lui Sabine, doamna H intuise exact de ce are nevoie. Nu era chiar literatură, dar era o carte în care toată lumea tânjea după ceva. Femeile erau împărțite în târfe, care tânjeau cu o poftă nedisimulată după eroi masculini, cărora nu le stătea gândul la ele, prea preocupați să salveze lumea, și fecioare, care tânjeau și ele cu dorință reținută, în timp ce aceiași eroi le seduceau cu măiestrie. De fapt, bărbații erau singurii care făceau ceva. Femeile ori erau omorâte (târfele), ori date de neveste bărbaților (fecioarele). Și în ciuda faptului că toți tânjeau după ceva, nu era o carte cu prea mult sex (Sabine răsfoise mai întâi prin toată cartea ca să vadă). Poate că asta însemna să fii într-o țară catolică. O grămadă de tânjeală și acțiune mai deloc.

– Ca și tine, Bella, spuse ea, mângâind câinele cocoțat la ea în pat.

Tânjeala asta o ducea cu gândul la Dean Baxter. Aproape că îl sărutase o dată. Dar nu era ca și cum ar fi fost primul ei sărut. Se mai pupase ea cu o mulțime de băieți, iar cu unii făcuse și ceva mai mult de atât, deși mai puțin decât majoritatea fetelor pe care le cunoștea. Știa că flirtează cu ea și odată stătuseră pe unul din zidurile din cartier după ce se înserase, iar el se apropiase foarte mult și începuse să o tachineze, așa că ea îl împinsese, iar el o împinsese la rândul lui, totul fiind doar o scuză ca să se atingă unul pe altul. Iar ea știa în momentul acela că probabil o să se sărute și nu avea nimic împotrivă pentru că îi plăcea de el de secole și, deși era amuzant, nu era prea insistent și nu era nici genul care să se laude apoi în fața prietenilor lui. În plus, nu o credea o ciudată pentru că avea casa plină de cărți și pentru că mama ei purta haine la mâna a doua. Ba chiar le spusese unora dintre fete să stea în banca lor atunci când o strigaseră „șoarece de bibliotecă" și „tocilară" pentru că își dădea examenele înaintea lor și nu fuma. Dar apoi se lăsase dus de val și, în loc să o împingă înapoi, o luase în cârcă, de parcă ar fi avut de gând să plece cu ea în spinare, iar ea se panicase și începuse să strige la el să o lase jos, iar în clipa în care el râsese, îl lovise de mai multe ori, mult prea tare, cu palma peste cap. Îi dăduse drumul după asta, se îndepărtase și se uitase la ea, ținându-se de urechea înroșită și întrebând-o care e faza. Dar ea nu putuse să îi explice, doar râsese, chiar dacă mai degrabă îi venea să plângă, și încercase să glumească pe tema asta. Dar el nu fusese amuzat și de atunci lucrurile se schimbaseră între ei, iar apoi, o săptămână mai târziu, auzise că se tot afișa cu Amanda Gallagher. Nenorocita de Amanda Gallagher, cu părul ei lung de mimoză aranjată și hainele ei spălate cu balsam și cu parfumul ei ieftin. Probabil nenorocita de Amanda Baxter, până se întorcea ea acasă. Poate că era vremea să uite de Dean Baxter. Și așa era plin de coșuri pe spate. Îi spusese sora lui.

Sabine scutură din cap, îndepărtând gândurile nedorite, și începu, în schimb, să se gândească la Thom. Întotdeauna i se păruse mai ușor dacă se gândea la altcineva. El era singurul bărbat de prin zonă care arăta cât de cât bine, decise ea. Era destul de chipeș, de fapt. Nu fusese niciodată cu un bărbat mai în vârstă, deși prietena ei, Ali, fusese și îi spusese că ei „chiar știu să se descurce". Dar nu prea putea să treacă peste faza cu brațul lui. Se temea că, dacă cumva ajunge să îl sărute (sau doar să tânjească după asta, ținând cont că e irlandez?) și încep să își dea hainele jos, e posibil să o ia la goană la vederea ciotului. Ținea prea mult la el ca să îl supere așa.

Dar nu știa dacă lui îi plăcea de ea. Părea mereu destul de încântat să o vadă și părea să îi placă să petreacă timp împreună. În plus, lui putea să îi spună orice. Dar îi era greu să și-l imagineze copleșit de pasiune sau privind-o cu o dorință arzătoare. Era cumva prea retras. Prea moderat. Poate că doar mai avea nevoie de timp. Poate că poveștile de dragoste funcționează altfel în lumea adulților.

Gândul la povești de dragoste din lumea adulților o făcu pe Sabine să-și amintească de mama ei și se dădu jos din pat, pornită să își distragă atenția.

Cu Bella dând târcoale în jurul ei, deschise sertarele, inspirând mirosul stătut al lucrurilor neclintite de la locul lor de secole și trăgând cu ochiul în străfundurile lor întunecate. Bunicii ei nici măcar nu aveau acele nimicuri obișnuite: dulapurile din dormitoarele altor oameni erau înțesate cu rochii de seară și jocuri de societate vechi, cutii cu scrisori și tot soiul de aparate electronice care nu mai funcționau. Ei, în schimb, aveau grămezi de rufărie brodată, fețe de masă și altele asemenea, pe jumătate putrezite, un abajur rupt și câteva cărți cu titluri precum *Ghid de călărie pentru fete* și un număr din 1967 al revistei *Bunty*.

În liniștea aceea complice, Sabine prinse curaj și porni să exploreze și alte camere. Ușa de la camera bunicului era închisă, dar între dormitorul lui și baie mai era o încăpere în care nu mai intrase până atunci. Apăsând ușor pe clanță, ca să nu facă vreun zgomot, deschise ușa și se furișă înăuntru.

Era o cameră de bărbat, un birou rudimentar, dar care nu trăda vreo activitate recentă, așa cum era cel de jos, din curte, unde era plin de scrisori pe masă și registre de contabilitate și cataloage în culori pline de armăsari cu nume precum „Jack Săltărețul de Filigran al III-lea – de Clătită de Filigran din Iemima cea Săltăreață“, care în ochii ei arătau toți la fel, deși Thom spusese că diferențele dintre ei valorează zeci de mii de guinee. Acest birou, cu perdelele lui pe jumătate trase, perfect nemișcate, de parcă ar fi fost sculptate, purta aerul prăfos al neglijării. Mirosea a hârtie mucegăită și a covoare nebătute și mici particule de praf străluceau suspendate în aer la fiecare mișcare. Sabine închise încetișor ușa în urma ei și păși spre centrul camerei. Bella se uită entuziasmată în sus, după care se trânti oftând pe preș.

Pe pereți nu se zărea nici o fotografie cu cai, doar o caricatură înrămată a unui vânător strigând, o hartă înrămată și îngălbenită a Orientului Îndepărat și câteva fotografii alb-negru cu oameni îmbrăcați ca la 1950, care acopereau întinderea nemărginită a tapetului în stil William Morris. Pe rafturile fixate lângă fereastră se aflau cutii de diferite mărimi, unele dintre ele cu manuscrise făcute sul deasupra, iar în mijlocul biroului era un model de navă de război cenușie, probabil la scală. În dreapta ei, pe un raft de lemn închis la culoare se aflau o mulțime de cărți cu coperți cartonate, cele mai multe despre război și Asia de Sud-Est, iar printre ele, câteva volume de benzi desenate și o carte cu copertă broșată despre toasturile de după cină. Pe raftul de sus erau câteva cărți deteriorate cu coperți de piele și titlurile aurite cojite aproape în întregime.

Dar ce văzu în capătul opus al încăperii îi atrase cu adevărat atenția: două albume de fotografii îmbrăcate în piele, așezate pe o cutie mare. Judecând după glazura lor generoasă de praf, nu mai fuseseră mișcate de acolo de ani de zile.

Sabine se aplecă și scoase cu grijă unul dintre albume. Era datat 1955. Stând picior peste picior, și-l așeză în poală și îl deschise, trecând ușor cu degetele peste foaia despărțitoare fină dintre paginile lui tari.

Pe fiecare pagină era câte o fotografie, și prima înfățișată era bunica. Sau cel puțin, credea că e bunica. Era o fotografie de studio a unei femei tinere așezate la fereastră, care purta o jachetă închisă la culoare, ușor sobră, cu un guler micuț, o rochie asortată și un colier de mărgele. Părul ei, care era castaniu-închis în loc de cărunt, fusese aranjat în valuri, și purta un machiaj specific acelor vremuri: sprâncene și gene vopsite intens și buze rujate într-o culoare închisă și conturate cu grijă. În ciuda poziției sale, părea ușor stânjenită, ca și cum ar fi fost prinsă făcând ceva suspect. Următoarea poză o înfățișa pe ea alături de un bărbat tânăr și înalt. Stăteau în picioare lângă un raft cu o plantă pe el; bărbatul strălucea de mândrie, iar brațul ei avea o poziție incertă, trecut printr-al lui, ca și cum abia dacă i-ar fi observat prezența. Părea mai puțin stânjenită de data asta, mai sigură pe sine și neobișnuit de demnă. Era ceva interesant legat de ținuta ei, sau mai precis de statura ei înaltă și zveltă. Nu stătea cocoșată ascunzându-și sânii și părea ușor smerită în același fel în care se afișa și mama lui Sabine.

Captivată, Sabine răsfoi prin tot albumul. Spre sfârșitul lui, pe lângă poze cu bunica ei, care părea să se simtă cel mai în largul ei într-o fotografie alături de o altă femeie tânără și incredibil de cochetă, mai erau și poze cu un bebeluș îmbrăcat în acel soi de rochie de botez foarte elaborată pe care nu o mai vedeai pe nicăieri în ziua de azi: croșetată complicat, cu nasturi micuți acoperiți cu mătase. Sub poză nu scria nimic, așa că Sabine se uită o bună bucată de vreme concentrată la poză, încercând să își dea seama dacă acest bebeluș zâmbăreț ar putea să fie mama ei sau unchiul Christopher. Nici măcar nu îți dădeai seama dacă e băiat sau fată - în acele vremuri, păreau să îmbrace toți bebelușii la fel.

Dar lucrurile deveniră interesante abia când deschise cutia: o fotografie fixată pe carton înfățișând-o pe bunica ei (cu siguranță ea era, decisese Sabine), la braț cu fata mai scundă și cochetă din poza anterioară, ambele cu câte un steguleț al Marii Britanii în mână, râzând în hohote. I se părea ciudat să își imagineze că bunica ei râsese așa cândva. În spatele lor se zărea o petrecere sau adunare, iar cei mai mulți dintre bărbați erau chipeși și îmbrăcați în alb, la fel ca Richard Gere în *Ofițer și gentleman*. În spatele lor se afla o tavă cu pahare înalte, care o făcu pe Sabine să se întrebe dacă bunica era beată, iar inscripția aurie de sub poză anunța că evenimentul fusese organizat în cinstea Încoronării Maiestății Sale Regina Elisabeta a II-a, în 1953. Era un moment istoric! Sabine rămase pentru o clipă nemișcată, să prelucreze puțin informația: bunica ei trăise într-o vreme când se scria istoria.

Alături, mai era o fotografie mai mică. Printre poze cu cai și fețe zâmbitoare de nerecunoscut, plutind pe apă în bărcuțe lungi și înguste, era fotografia unei fetițe de vreo șase ani, cu siguranță mama ei. Avea părul roșcovan și creț al lui Kate și, chiar și la vârsta aceea, felul ei insolit de a sta cu picioarele ușor îndoite. Se ținea de mână cu un băiețel, care putea sau nu să fie chinez, cu un zâmbet larg care îi ieșea la iveală de sub pălăria de paie. El părea ceva mai stânjenit, neîndrăznind să se uite drept la cameră, ci stătea aplecat spre fată, ca și cum asta l-ar fi liniștit.

Deci așa a crescut mama mea, gândi Sabine, trecându-și degetele peste fotografia în tonuri de sepia: înconjurată de fetițe și băieței chinezi. Știuse dintotdeauna că mama ei își petrecuse prima parte a copilăriei în străinătate, dar până în clipa asta, când o privea în rochia ei pastelată din bumbac și cu pălăria pe cap, nu și-o închipuise vreodată ca pe o ființă exotică. Curioasă, începu să răscolească și prin celelalte fotografii, căutând mai multe poze cu mama ei.

Fu însă trezită brusc din reverie de sunetul unei uși trântite la parter și de strigătul înăbușit al cuiva care părea să o cheme. Panicată, sări spre ușă urmată de Bella, deschise ușa de la birou, după care o închise rapid în urma ei. Aruncă o privire la ceas. Era douăsprezece și jumătate.

Rămase blocată pentru o clipă, apoi îi șopti câinelui să nu spună nimic.

– Dumnezeule, oftă ea după ce își dădu seama cu cine vorbește, m-au prins acum!

Coborî încetișor scările, scuturându-și praful de pe mâini.

Doamna H era în bucătărie cu șorțul deja pus.

– Ah, aici erai. Sunt în întârziere, Sabine, spuse ea zâmbind. M-a ținut Annie. Ți-a spus cumva bunicul ce vrea să mănânce la prânz?

– Hm, nu a spus prea multe de fapt.

– A, în regulă. O să îi pregătesc ouă poșate pe pâine prăjită. A mâncat bine de dimineață, așa că nu cred că vrea ceva care să îi pice prea greu la stomac. Tu ce vrei? La fel?

– Da. Perfect.

Trezindu-se la realitate, Sabine își dădu seama că nu îl trezise pe bunicul ei cu o oră înainte de prânz, așa cum fusese instruită. O luă în sus pe scări, alungând-o pe Bella, care încerca să o însoțească din nou, întrebându-se dacă, în cazul în care bătrânul chiar întârzia la masă, ar fi fost nevoită să îl ajute să se îmbrace. Te rog, Doamne, dă să nu trebuiască să mă ating de el, se rugă ea în fața ușii lui. Te rog, dă să nu pomenească nimic legat de spălat în pat sau oale de noapte sau de ce-or mai fi având nevoie bătrânii atunci când se pregătesc. Și te rog, Dumnezeule, dă să aibă dinții puși, ca să nu turbez.

– Hm, bună? strigă ea prin ușă.

Nu urmă nici un răspuns.

– Bună? De data asta o spuse mai tare, amintindu-și că era tare de urechi. Bu...bunicule?

Ah, Dumnezeule! Încă dormea. Era nevoită să îl atingă ca să îl trezească. Sabine rămase în fața ușii și trase adânc aer în piept. Nu voia să simtă pielea aia transparentă, fleoșcăită ca o clătită. Bătrânii îi dădeau un sentiment ciudat, chiar și acasă, când mai privea pe câte unul. Păreau prea vulnerabili, prea predispuși la fracturi și învinețiri. Atunci când îi privea de aproape, i se strepezeau dinții. Se gândi însă la reacția bunicii ei dacă nu ar fi făcut-o. Bătu tare la ușă, așteptă din nou, după care intră.

Patul pătrat din capătul celălalt al camerei era frumos: un pat cu baldachin în stil gotic, de al cărui cadru atârnau tapiserii de culoarea sângelui, brodate cu fir auriu chinezesc între coloanele sculptate dintr-un lemn închis la culoare, strălucitor. Pe saltea erau straturi, straturi de cuverturi vechi de mătase, de sub care se zăreau așternuturi de in, de un alb imaculat, ca dinții de sub niște buze strălucitoare date cu ruj roșu. Era genul de pat pe care îl vedeai în filmele americane când încercau să își imagineze cum arătau conacele englezești. Avea splendoarea exotică a Orientului Îndepărtat, a împăraților și a fumoarelor de opiu. Nici nu putea să îl compare cu patul ei scârțâitor, cu cadru din metal.

Dar el nu era acolo.

Îi luă lui Sabine mai puțin de zece secunde ca să-și dea seama că nu doar că nu era în pat, dar nu era nici altundeva în cameră. Doar dacă nu cumva se băgase în șifonier, lucru de care se îndoia profund (dar verifică, totuși, ca să fie sigură).

Trebuie să fie în baie. Sabine ieși din cameră și merse înainte pe coridor. Ușa era întredeschisă, așa că îl strigă mai întâi, dar, neprimind nici un răspuns, împinse ușa în lături și descoperi că și baia era marcată de absența evidentă a Persoanei Bătrâne.

Lui Sabine îi vâjâia capul. Bunica nu îi spusese că o să iasă afară. Îi spusese că doarme. Deci unde naiba era? Verifică în camera goală a bunicii (aranjată mult mai spartan, după cum observă ea), în baia de la parter, iar apoi, simțind că o cuprinde din ce în ce mai tare panica, în fiecare încăpere din casă, de la salonul unde luau micul dejun la magazia cu cizme de călărie. Nu era pe nicăieri.

Era aproape unu fără un sfert.

Trebuia să anunțe pe cineva. Alergă spre bucătăria de la parter și îi mărturisi doamnei H că reușise cumva să-l rătăcească pe bunicul.

– Nu e la el în cameră?

– Nu, acolo m-am uitat prima oară.

– Vai, Doamne. Unde e Bertie?

Sabine se holbă la ea, după se întoarse spre Bella.

– Nu l-am văzut, spuse ea.

– A ieșit afară cu câinele. Nu ar trebui să iasă afară singur acum și mai ales nu cu Bertie, pentru că e tânăr și îi trântește bastonul în care se sprijină.

Ieși afară din spatele mesei și merse să își scoată șorțul.

– Ar trebui să mergem să îl căutăm până nu se întoarce doamna Ballantyne.

– Nu, nu. Tu stai aici și ai grijă de casă. O să îl iau pe Thom să mă ajute.

Cu inima strânsă de frică, Sabine dădu fuga în curte, căutând cu privirea pe deasupra ușilor grajdurilor și strigându-i numele.

Thom își scoase capul din magazie, ținând un sendviș în dreptul feței. În spatele lui se auzea radioul și putu să zărească siluetele lui Liam și John-John care stăteau și citeau *The Racing Post*.

– Unde arde?

– E... e vorba de bătrân. Nu-l găsesc.

– Ce vrei să zici? Cum adică nu-l găsești?

– Ar fi trebuit să doarmă la el în cameră. Doamna H crede că ar fi putut să iasă cu Bertie. Zice că Bertie îl trântește la pământ. Mă ajuți să-l caut?

Thom blestemă printre dinți, cercetând deja împrejurimile din priviri.

– Să nu îndrăzniți să vă atingeți de prânzul meu, nemernicilor, bolborosi el, după care își luă haina și se grăbi în curte.

– Îmi pare tare, tare rău. Doar că nu știu ce să fac. Ar fi trebuit să fie în casă.

– E în regulă, spuse el căzut pe gânduri. Tu mergi să verifici pe drum, și dacă nu e acolo, verifică la deal. Eu merg spre vale și în livadă și o să mă mai uit și în șoproane. Ești sigură că te-ai uitat peste tot în casă? Adică, poate e totuși înăuntru și se uită la televizor.

Sabine, care în punctul acesta era de-a dreptul înspăimântată de expresia lui Thom, simți cum lacrimile îi înțeapă colțurile ochilor.

– Peste tot. Și nici pe Bertie nu îl găsesc. Trebuie să îl fi scos afară.

– Dumnezeule, la ce i-o fi trebuit bolândului să iasă afară? Uite, ia-o pe Bella cu tine. Și continuă să îl strigi pe Bertie. Dacă bătrânul a căzut, sper că poate să ne ducă la el. Ne vedem în douăzeci de minute. Ai aici un corn de vânătoare – dacă îl găsești, suflă tare în el.

Îi dădu cornul, se întoarse, după care sări peste gărduleț și fugi spre terenurile de dincolo de el, ambele împrejmuite cu gard viu.

Sabine, urmată de Bella, care o însoțea țopăind veselă, alergă și ieși pe porțile din față spre hipodrom, strigând la fiecare răsuflare. Nefiind sigură de momentul la care trebuia să se întoarcă, alergă până ce pieptul începu să o doară, trecu de ferma cea mare de la colț, de bisericuță și de un șir de case mici. Burnița și norii fumurii se adunaseră deasupra ei, prevestind parcă o soartă tragică. Mintea i se umplu cu imagini nedorite, cu bătrânul căzut grămadă la marginea drumului, așa că fugi și mai tare în direcția opusă și, pentru că nu avea nici un ceas, hotărî să se întoarcă și să verifice în sus, la deal.

– Ah, la naiba, unde ești? șopti ea. Unde ești?

După care tresări și inima aproape că i se opri atunci când o prelată imensă verde, prinsă pe jumătate în gardul viu, se îndreptă spre ea.

Bella se opri din mers la câțiva pași în fața ei, cu părul ridicat. Lătră o dată în semn de avertizare. Cu inima tresărind și cu ochii larg deschiși, Sabine se opri în mijlocul drumului, respiră adânc și aruncă o privire mai atentă, ridicând de un colț.

Dacă nu i-ar fi fost atât de frică, ar fi râs. În spatele cuverturii uriașe de plastic era un măgar gri, legat la o căruță mică. Măgarul deschise puțin ochii, ca și cum ar fi luat seama de prezența ei, după care se întoarse resemnat spre adăpostul din gard viu de lângă el.

Sabine lăsă prelata să cadă ușor și o luă din nou la fugă, cercetând cu privirea de la stânga la dreapta. Nu era nimic. Nici un semn. Pe lângă ticăitul inimii, tropăitul pașilor ei și șuieratul ploii, nu auzea mult așteptatul lătrat, nici vreo cârâială burgheză nerăbdătoare sau vreun corn de vânătoare. Cuprinsă de panică, Sabine începu să plângă.

Sigur murise. Cu toții aveau să dea vina pe ea, se gândi în timp ce mergea poticnit la vale pe dealul plin de iarbă. O să-l găsească, înghețat și jilav, probabil cu oasele lui fragile rupte, trântit de Bertie pe betonul tare și o să facă pneumonie și o să-i cedeze inima și o să fie doar vina ei pentru că fusese prea ocupată ca să îi pese, cu lecturi obscene și băgându-și nasul unde nu îi fierbea oala. Bunica o să se enerveze și mai tare decât atunci când l-a lăsat pe Duce să scape afară. Thom nu o să mai vorbească niciodată cu ea. Mama o să refuze să o ia de acolo pentru că i-a ucis tatăl, așa că soarta ei avea să fie acolo, captivă printre țărănoi, vorbită pe la spate și arătată cu degetul ca și cum ar fi vreun personaj din filmul *Eliberarea*[1], urmând să fie cunoscută drept „fata care și-a omorât propriul bunic".

Sabine nu se gândise să își pună cizmele de cauciuc, așa că picioarele îi înotau în noroi pe nenorocita aia de pășune. Pământul maroniu și vâscos îi înghițea cu totul tenișii, absorbit și dat afară din încălțăminte cu fiecare pas, îmbibându-i picioarele cu o umezeală rece. În urmă cu o săptămână ar fi luat-o razna la gândul că perechea ei nouă de Reeboks o să arate așa, dar acum era atât de mâhnită că abia dacă observă. Când își dădu seama că trecuse cam o jumătate de oră de când se pornise, suspină adânc, ștergându-și nasul cu dosul palmei.

În acest moment, Bella, udă leoarcă și tristă, o luă înapoi spre casă.

– Nu mă lăsa și tu! strigă Sabine, dar Bella o ignoră, părând prea pornită să se pună din nou pe picioare, la adăpost, lângă cuptorul cald.

[1] În original, în engleză, *Deliverance*, film din 1972, cu Jon Voight și Burt Reynolds în rolurile principale

Nu mai știa încotro să caute. Va trebui să îl întrebe pe Thom. Își târî picioarele la deal în urma câinelui, neștiind ce să îi spună doamnei H, dar convinsă că ea va fi cumva cea care va trage ponoasele.

Până să ajungă acasă, Bella dispăruse. În timp ce-și îndepărta părul ud de pe ochi și se străduia să nu izbucnească în plâns, Sabine ridică zăvorul de la ușa din spate și o deschise, auzind în timpul acesta pași pe pietrișul din urma ei.

Era Thom, cu părul lipit de cap și cu proteza lui, ținând stângaci la piept un alt corn de vânătoare. Era pe punctul să-și ceară scuze când văzu că, de fapt, Thom își fixase privirea undeva în spatele ei.

– Ai întârziat, se auzi o voce din capătul coridorului.

Lăsându-și o clipă să se obișnuiască cu întunericul, Sabine scrută holul pavat cu dale, până în punctul unde reuși să descifreze spatele încovoiat, cel de-al treilea picior al bastonului și doi câini ciocolatii, mârâind veseli unul la altul în semn de salut.

– Prânzul era la ora unu! Unu. Se răcește. Chiar nu înțeleg de ce trebuie să îți mai spun încă o dată.

Sabine rămase în pragul ușii cu gura căscată, copleșită de sentimente contradictorii.

– S-a întors acum vreo cinci minute, mormăi Thom în spatele ei. Probabil că ne-am încrucișat drumurile cu el.

– Ei bine, haide, haide. Nu poți să stai la masă în halul ăsta, o mustră bunicul. Trebuie să îți schimbi încălțămintea.

– Nărod ramolit, șopti Sabine, cu ochii plini de lacrimi, simțind mâna bună a lui Thom pe umărul ei în semn de răspuns.

Doamna H se ivi din spatele ușii de la bucătărie, rosti o scuză și ridică din umeri neajutorată.

– Să vă aduc un pulover uscat, domnule Ballantyne? întrebă ea, dar el îi făcu un semn exasperat cu mâna și o goni înapoi în bucătărie.

Bunicul o luă apoi țeapăn spre scări, scuturându-și picăturile de apă de pe pălărie cu mâna liberă. Câinii o luară la goană pe lângă el, ceea ce îl făcu să își piardă echilibrul pentru o clipă și își repezi brațul fusiform să apuce balustrada.

– Sper să nu mai fie nevoie să îți mai spun încă o dată.

Bombăni apoi ceva ca pentru sine și clătină din cap. Abia dacă i se vedea capul deasupra curburii exagerate a umerilor.

– Doamnă H, fiți, vă rog, drăguță și aduceți-mi prânzul. Se pare că nepoata mea ar dori să mănânce mai degrabă pe hol.

La scurt timp după ora ceaiului, Sabine își numărase banii primiți de la mama ei ca să vadă dacă are suficienți ca să se întoarcă în Anglia. Mamei n-avea să-i placă ideea, dar nu vedea cum traiul cu ea și cu odiosul de Justin putea fi mai rău decât să rămână aici. Era imposibil. Chiar și atunci când se străduia să facă totul bine, se comportau ca și cum ar fi greșit intenționat. Nu le păsa de ea. Singurul lucru de care le păsa erau nenorociții lor de cai și regulile lor cretine și fixiste. Puteau foarte bine să o găsească zăcând în bucătărie cu un topor înfipt în cap, iar ei ar fi certat-o pentru că a adus unelte în casă.

Căuta pe biletul de feribot un număr de telefon la care să își facă rezervare când auzi pe cineva bătând ușor la ușă. Era doamna H.

– Nu vrei să vii cu mine la Annie a noastră în seara asta? Bunica ta e de acord și ți-ar prinde bine să ai și ceva oameni mai tineri în jurul tău.

Ce voia ea să spună, de fapt, era că probabil e cel mai bine dacă tu și bunicii tăi v-ați acorda reciproc o pauză. Dar lui Sabine nu-i păsa. Orice era mai bine decât să petreacă încă o seară alături de ei.

Annie era singura fiică a doamnei H. Locuia la ferma cea mare, mai aproape de centrul satului, unde ținea o pensiune pentru turiști împreună cu soțul ei, Patrick, un bărbat mult mai în vârstă care scria cărți. („Nu am citit nici una – nu mă omor cu cititul", spusese doamna H, „dar am auzit că sunt foarte bune pentru ăștia mai intelectuali, știi tu.") Abilitățile de gazdă ale lui Annie erau însă mai puțin lăudate. După spusele lui Thom, pensiunea avea reputația de a-i face pe oaspeți să nu vrea să rămână încă o noapte. Uita diverse, din câte se părea. Cum ar fi, de pildă, micul dejun. Sau faptul că avea oaspeți la pensiune. Iar alții se plângeau de obiceiul ei de a tropăi prin casă la primele ore ale dimineții. Dar nici Thom, nici doamna H nu spuseră mai mult de atât.

– Nu e cu mult mai mare decât tine. Douăzeci și șapte. Tu câți ani ziceai că ai? Ah. Ei, atunci e un pic mai mare decât tine. Dar o să îți placă de ea. Toți o plac. Atâta doar să ignori faptul că e, ei bine, puțin mai distrasă.

Mergând încetișor pe drumul întunecos și ud de ploaie cu doamna H, strânse amândouă sub o umbrelă cam ponosită, Sabine se simțea ușor intrigată de descrierea făcută și își închipuia deja un soi de Maud Gonne[1], cu părul roșu și rebel și fuste de voal, care alungă îndoielile de ordin casnic cu o încheietură fină de artistă. Obiceiurile excentrice ale lui Annie păreau a fi din altă lume decât cele ale Casei Kilcarrion. Era puțin probabil pentru o femeie care uita să pregătească micul dejun să vrea să organizeze o cină formală, nu? Iar un soț scriitor nu suna ca cineva care vrea să vorbească tot timpul doar despre cai. Poate că ar putea să se relaxeze în seara asta acolo, să strălucească și să își arate istețimea într-un cerc care să o poată aprecia. Poate ar putea chiar să se uite și la ceva ca lumea la televizor. Poate că Annie are și antenă prin satelit, multe case irlandeze păreau să aibă. Și, pe lângă asta, doamna H îi spusese că o să treacă și Thom pe acolo mai târziu. O făcea adeseori, se pare, doar ca să vadă ce mai face Annie.

Dar cea care deschise ușa nu era tocmai femeia excentrică și radioasă pe care și-o imaginase Sabine. Era o femeie scundă, într-un pulover supradimensionat, cu părul castaniu și drept până la umeri, buze pline și ochi mari și triști. Formară mici riduri în colț când o salută și îi întinse mâna, nu ca să i-o strângă pe a lui Sabine, ci doar ca să o tragă ușor înăuntru. Purta de asemenea, după cum observă Sabine cu o oarecare dezamăgire, blugi cumpărați de la un lanț de magazine oarecare.

– Sabine! Ce faci? Ce drăguț că te-ai gândit să treci pe aici. Seara bună, mămucă. Ai adus șunca?

– Am adus-o. O să o pun în frigider.

Nu aveau hol: intrară direct în camera de zi, în care aproape un perete întreg era ocupat de un șemineu vechi din piatră, o imagine completată de buturugile care ardeau strașnic în el. Două canapele albastre și lungi, destul de zdrențăroase, erau așezate în unghi drept

[1] Revoluționară și feministă irlandeză (1866–1953)

față de șemineu, cu o măsuță de cafea între ele, încărcată cu teancuri uriașe și instabile de reviste și cărți. Acum că se uita mai bine în jur, era plin de cărți peste tot. Erau înșirate pe fiecare perete pe rafturi lăsate sub greutatea lor, pe sub scaune și sub mese, în grămezi dezordonate.

– Sunt toate ale lui Patrick, spuse Annie din zona de bucătărie din capătul celălalt al camerei. Tare-i mai place să citească.

– Annie? Ce-ai pregătit la cină?

Doamna H stătea în fața frigiderului și căuta ceva cu privirea, ca și cum s-ar fi așteptat să vadă vreo oală clocotind pe aragaz.

Annie se scărpină la cap, încruntându-se.

– Ah, mamă, îmi pare rău. Am uitat complet de asta. Putem să băgăm ceva rapid la microunde.

– Nu, nu putem, se opuse cu înverșunare doamna H. Doar nu vrei să se întoarcă Sabine la moșie zicând că nu i-am dat ca lumea de mâncare.

– N-aș spune așa ceva, zise Sabine, căreia puțin îi păsa. Oricum nu îmi e așa de foame.

– O fată așa slăbuță ca tine. De fapt, uită-te la amândouă. Până și câinele măcelarului are mai multă carne pe oase. Annie, stai tu de vorbă cu Sabine cât pregătesc eu niște cotlete. Am pus niște cotlete la congelator acum câteva săptămâni.

– Eu... eu nu prea sunt cu carnea, sări Sabine.

– Nu, bineînțeles că nu ești. Păi atunci poți să mănânci legumele. Și o să îți facem un sendviș cu brânză pe lângă. Ce zici?

Annie zâmbi conspirativ la Sabine și îi făcu semn să ia loc. Nu era prea vorbăreață, dar în felul acesta Sabine căpătă mai multă încredere și, la scurtă vreme, începu să verse tot ce avea pe suflet, de la nefericirea ei până la nedreptățile care i se aduceau la casa Kilcarrion. Îi povesti lui Annie despre *nesfârșitele* reguli și regulamente și despre cum îi era *efectiv imposibil* să le țină minte pe toate. Îi mai mărturisi că i se părea *ridicol* cât de dificil era să comunice cu bunicii ei și cât de *demodați* erau. Îi povesti și cât de *străină* se simțea printre toți obsedații ăia de cai și cât de dor îi era de prietenii și de televizorul ei și de casa ei și de toate lucrurile ei, precum CD-urile și calculatorul.

Annie doar asculta și dădea din cap înțelegătoare, așa că după o vreme Sabine bănui că probabil auzise deja multe din lamentările ei de la doamna H. Acest gând îi alimentă și mai mult sentimentul de victimizare. Pentru că asta era ea acolo, o victimă, câtă vreme ceilalți vorbeau despre ea cu milă și înțelegere.

– Și de ce nu e și mămuca ta aici, Sabine? Lucrează?

Sabine se opri o clipă, neștiind cât de mult să dezvăluie din poveste. Erau oameni de treabă, dar abia dacă îi cunoștea și se simțea cumva datoare să fie de partea mamei.

– Da, minți ea. A vrut și ea să vină, dar era prea ocupată.

– Ce mai face acum? întrebă doamna H. Nu am văzut-o de mult.

– Scrie. Făcu o pauză. Nu cărți și din astea, doar articole pentru ziare. Despre familii.

– Și despre familii pe care le știm noi?

Doamna H azvârli o tavă de mâncare în cuptor.

– Nu chiar. Despre viața de familie în general. Probleme și din astea.

– Sună foarte util, spuse doamna H.

– Pesemne că îți e dor de ea, spuse Annie.

– Poftim?

– De mămuca ta. Trebuie să îți fie dor de ea, știi tu, că e departe de tine.

– Un pic. Ezită o clipă, după care zise plină de curaj: Oricum nu suntem noi chiar atât de apropiate.

– Dar e mămuca ta. Trebuie să fiți apropiate.

Și, dintr-odată, într-un gest inexplicabil, ochii lui Annie se umplură de lacrimi.

Sabine se holbă la ea cu groază, încercând să își dea seama ce spusese oare de o făcuse să plângă. Aruncându-i mai întâi o privire tăioasă fiicei sale, doamna H strigă:

– Sabine, am găsit puțin pește în congelator. Ți-ar plăcea dacă îl fac în sos de unt? Poate îmi dai o mână de ajutor să îl dezgheț la microunde. Annie, iubire, nu vrei să mergi să îl aduci pe Patrick și să îi spui că punem masa în vreo douăzeci de minute?

Sabine se ridică încetișor și, încercând să nu se holbeze prea ostentativ la Annie, merse în bucătărie.

Annie fu foarte tăcută pentru următoarea jumătate de oră după întâmplarea asta. Abia dacă scosese vreo vorbă în timpul cinei, iar soțul ei nu era nici el prea vorbăreț, așa că mai rămăseseră doar doamna H și Sabine, care era și așa prea agitată ca să se mai ocupe și de conversație. Patrick nu era genul de scriitor pe care și-l imaginase. Nu era slăbănog și chinuit, ci un bărbat masiv, cu pieptul cât un butoi și trăsături cam aspre, cu riduri ca niște șanțuri arate pe frunte și sub colțurile gurii. În schimb, era galant și atent și avea aerul acela liniștit al omului inteligent, care o cam inhiba pe Sabine și o făcea să își dea seama că aproape tot ce zicea suna banal sau stupid.

– E bună mâncarea, Patrick? Mă tem că am făcut totul cam pe fugă.

– E o minunăție, mămucă, răspunse el. O bucățică tare bună de miel.

Lui Sabine, care se surprinse scrutând-o cu privirea pe Annie, îi venea greu să și-i imagineze pe cei doi împreună. El era așa de masiv, cu trăsături aspre, în timp ce ea părea ștearsă și neînsemnată, ca și cum briza melancoliei ar fi putut să o ia pe sus. Și, cu toate acestea, era evident că el o adora; deși nu spunea multe, Sabine observase cum îi atinsese brațul de câteva ori și cum o dată o mângâiase pe spate cu mișcări line și drăgăstoase.

– Aveți oaspeți la sfârșitul săptămânii? întrebă doamna H, în timp ce apucă un cotlet cu cuțitul și furculița și îl puse pe farfuria lui Patrick, care dădea deja pe dinafară.

Patrick se uită la Annie, apoi iarăși la soacra lui.

– Nu cred că a rezervat nimeni vreo cameră la noi. Mă gândeam să merg cu Annie la Galway, așa, ca să mai schimbăm puțin peisajul.

– Galway! exclamă doamna H. Lough Inagh e un loc tare frumos! Mergeam cu tatăl tău în vacanță acolo în fiecare an, Annie, când erai tu mică. Dintr-un motiv sau altul, vremea era mereu groaznică, dar ție îți plăcea tare mult. Îți cumpăraserăm cizmele alea de cauciuc cu sclipici, știi, și toată ziulica săreai cu ele prin apă.

Annie nu își ridică privirea.

Rătăcind pentru o clipă în fericirea vremurilor trecute, doamna H continuă.

– Într-o seară chiar insistaseşi să dormi cu ele în picioare, aşa de mult îţi plăceau cizmele alea. Dimineaţă, tot patul îţi era plin de nisip şi a trebuit să îţi scutur cearşafurile pe fereastră. Ah, sărăcuţa! Aveai doar trei ani.

Annie îi aruncă o privire tăioasă mamei sale, care se opri imediat din vorbit. Preţ de câteva clipe, în cameră se auzi doar trosnitul vreascurilor din foc şi sunetul distant al ploii care cădea pe pervaz. Părtaşă la această discuţie, Sabine privi înapoi spre Annie şi se întrebă oare ce zisese doamna H de o deranjase aşa de tare. Însă Annie stătea în continuare acolo, cu privirea plecată, şi îşi împinse farfuria pe jumătate plină spre mijlocul mesei. Surprinzător, doamnei H nu părea să îi pese. Doar mai aşteptă puţin, cât să fie sigură că au terminat toţi de mâncat, şi începu să strângă farfuriile. Şi nu într-un fel repezit, ca pentru a demonstra că o face doar ca să sublinieze ceva, aşa cum făcea Kate când Sabine era nepoliticoasă cu ea. Pur şi simplu părea sincer netulburată, ca şi cum singurul lucru la care îi stătea gândul era unde să pună farfuriile.

– Nu e musai să mergem la Galway, îi şopti Patrick la ureche soţiei lui. Am putea să mergem la Dublin, într-o scurtă călătorie. Din ce zic alţii, pare să fie distractiv acolo.

Urmă un scurt moment de linişte.

– Poate altă dată, da?

Annie îl bătu uşor cu palma pe braţ, se ridică şi ieşi din cameră fără nici o explicaţie.

Doamna H îşi trase şi ea scaunul de la masă şi se grăbi spre bucătărie.

– Sabine, acum urmează desertul. Nu vrei? Avem plăcintă cu mere pe care pot să o încălzesc la microunde sau îngheţată de ciocolată. Sunt sigură că nu o să zici nu la îngheţată, nu-i aşa?

Nu-i lăsa lui Sabine nici o secundă să se dumirească ce se întâmplă. Patrick părăsi şi el camera după ce o pupă afectuos pe mama soacră pe obraz, dar dădu din cap aprobator atunci când ea îl întrebă de desert, semn că avea să se întoarcă repede. Tocmai în clipa aceea, când Sabine rămăsese așa perplexă, ușa se deschise și intră Thom, cu vântul suflându-i din spate. Impermeabilul îi era lucios de la ploaie. Sabine aproape că alergă ca să-l întâmpine. Începuse să se simtă un pic ca pe ace.

– Am ratat cina? Începuse să se scurgă apă prin acoperișul unuia dintre grajduri, așa că m-am gândit să încerc să azvârl o prelată peste el înainte să plec. Tare noroios mai e afară!

– Stai jos, iubire, stai jos. Pune-ți paltonul pe scaun. Pe ale tale le-am lăsat în cuptor. Vrei cotlete de miel?

Atmosfera din încăpere se însenină într-o clipită, așa că Sabine putu să stea mai relaxată și se lăsă pe spate în scaun. Prin felul lui de a fi, Thom părea să reușească întotdeauna să risipească orice neliniște. Îi zâmbi, și-i răspunse și el cu un zâmbet.

– Ei bine, Sabine, ai reușit să vezi ceva frumos la televizor?

Sabine îi aruncă o privire doamnei H.

– Nu am venit doar ca să mă uit la televizor. Voiam să îi cunosc pe toți.

– Ah, voiai să vezi ceva anume, iubire? Sinceră să fiu, m-am prins așa de tare cu pregătitul cinei că nu m-am mai gândit la asta. Haideți să îl pornim și să ne uităm cât mâncăm desertul, nu vreți? S-ar putea să fie vreun film, nu-i așa?

Stăteau acolo așezați, ca niște prieteni buni, zapând printre canalele de la televizor, în timp ce Thom se înfrupta cu o foame de lup din bucatele care i fuseseră întinse dinainte. Înfuleca cu poftă, cu capul plecat, în timp ce cuțitul și furculița din mâini lucrau în tandem ca să îi îndese mâncarea în gură. Mânca așa cum fac copiii din familii mari, cu mulți frați și surori, hotărâți să nu rămână fără mâncare dacă nu se săturau și ar mai fi vrut o porție. Doamna H dădea din cap și zâmbea cu un soi de satisfacție tacită. I se citea pe chip că ținea foarte mult la nepotul ei. Îl privea așa cum îți privești fiul preferat. În timp ce urmărea scenele care se derulau în fața ei în camera călduroasă, cu burta plină și cu vuietul îndepărtat al vântului și ropotul ploii pe fundal, Sabine simți dintr-odată că nicicând casa bunicii ei n-avea să fie la fel de caldă și primitoare ca aceasta. Nici măcar nu îi cunoștea prea bine pe oamenii ăştia şi deja o întrista gândul de a se întoarce la casa Kilcarrion.

Îşi ridică privirea în momentul în care Annie se reîntoarse în cameră, cu zâmbetul pe buze. Patrick stătea în spatele ei, cu o urmă uşoară de frământare pe chip.

– Salutare, Motanule Tom! spuse Annie, smotocindu-i părul lui Thom. Ce mai face verişorul meu preferat? Arăţi ca un şobolan înecat.

– Poate ai vrei şi tu să încerci să ieşi afară, spuse Thom, întinzându-şi braţul ca să îi strângă mâna. Aşa-i cu vremea asta.

Zâmbind în continuare, Annie se aşeză din nou la masă. Patrick i se alătură, fără să-şi ia privirea de la ea. Nu se atinse de desert.

– Pe unde ai umblat toată săptămâna? îl întrebă Annie pe Thom. Te-ai făcut scump la vedere!

– Am fost prin zonă, spuse el. E o perioadă mai încărcată a anului. Pregătesc caii pentru noul anotimp. Toate bune, Patrick?

– Tu şi caii tăi! Poate oi vrea şi tu să îţi găseşti vreo iubită şi să ai nişte domenii de interes adevărate. Ce s-a întâmplat cu fata de la restaurant? Părea numai bună.

Thom nu îşi luă privirea de la mâncare.

– Nu era genul meu.

– Şi care e genul tău?

– Nu ea.

Doamna H, care făcea curat în bucătărie, izbucni în râs.

– Ar fi trebuit să ştii deja asta, Annie. Nu scoţi niciodată vreun cuvânt de la Thom. Ar putea prea bine să aibă deja acasă o nevastă şi şase copii, şi propria lui familie nu ar şti nimic. Ai mai întâlnit vreodată un tip ca el, Sabine?

Fata simţi cum se înroşeşte. Spre uşurarea ei, nimeni nu păru să observe.

– Problema ta e că eşti prea pretenţios, spuse Annie, împingându-şi îngheţata topită cu lingura în castron.

– Probabil.

Doamna H se uită la fiica ei de câteva ori, dar nu făcu vreo remarcă referitoare la scurta ei absenţă. Se îndeletnici cu spălatul vaselor, refuzând-o pe Sabine care se oferise mai mult din politeţe să o ajute.

– Tu stai acolo jos. Ești oaspete.

– Ah, nu spune asta, mămucă. O să o faci să se simtă ca familia Twoobie.

Sabine privi spre Thom în așteptarea unei explicații.

– Familia Twoobie. Oaspeți la pensiune, spuse Patrick. Oaspeții noștri care plătesc.

– Credeam că sunt deținuți, spuse Thom. Doar nu încerci să îmi spui că îi mai faceți să vă dea și bani?

– Tu nu ești oaspete, spuse Annie ignorându-l și așezându-și mâna pe brațul lui Sabine. Tu ești o Ballantyne, deci practic faci parte din familie. Și ești bine-venită oricând. Mi-ar prinde bine niște companie.

Zâmbetul ei era cald și sincer.

Doamna H dădu aprobator din cap.

– Vrei o cană de ceai, Patrick? Pot să ți-o aduc sus dacă lucrezi.

– Mulțumesc, mămucă. Îmi ajunge vinul pe care îl am. Thom, ai primit ceva de băut?

Sabine merse să îi aducă sticla de vin, dar până să ajungă la el, doamna H îi dăduse deja un pahar cu suc de portocale, pe care el îl goli cu nesaț.

– Eu o să-mi mai pun ceva de băut, zise Annie, privind în jur. Unde îmi e paharul?

– L-am spălat, răspunse doamna H.

– Atunci poți să îmi aduci altul. Nu am terminat de băut.

– Cum merge cartea? întrebă Thom.

Patrick clătină din cap.

– Merge cam greu momentan, ca să fiu sincer.

– Nu știu cum faci asta. Stai acolo sus singur, zi de zi, spuse doamna H. M-aș plictisi de moarte. Fără oameni, fără cineva cu care să schimbi o vorbă, doar personajele alea din mintea ta. Mă mir că nu ai luat-o razna... Bine atunci, eu am terminat. O să plec într-o clipă. Tatăl tău e la club în seara asta și vreau să ajung acasă până se întoarce.

– Ei na, pleci să te vezi cu iubițelul tău, mămucă? Patrick se ridică și îi ținu haina. Nu-ți face griji. N-o să scoatem o vorbuliță.

– Îi place să îl întâmpine când vine acasă, spuse Thom, clătinând din cap sceptic.

– Nu e treaba nimănui, decât a noastră, dacă îmi place mie sau nu să îmi întâmpin bărbatul acasă, spuse ea pe un ton ușor tăios.

– Și a vecinilor, zise Patrick rânjind spre Thom. Bieții de ei.

– Ești un ștrengar, Patrick Connoly, spuse doamna H, de data asta tăioasă de-a binelea. O duce unul dintre voi pe Sabine acasă, bine? Nu vreau să meargă singură pe drumul ăla întunecat.

– Sunt doar vreo nouăzeci de metri. E în regulă, serios, spuse Sabine, enervată de aluzia la vârsta ei.

– Nu te îngrijora, spuse Thom. O să o azvârlim afară după ora închiderii.

– Mulțumesc pentru mâncare, mămucă, spuse Annie în timp ce o conducea spre ușă și o sărută pe obraz.

Era toată un zâmbet acum, un zâmbet blând și prietenos, cu toate că nu era un zâmbet larg, care să i se citească și în ochi. Venind spre ea pe la spate, Patrick o sărută drăgăstos, după care urcă încetișor înapoi la etaj. Ea îl bătu ușor cu mâna pe umăr în semn de răspuns, așa cum faci cu un copil.

În timp ce Sabine o privea, Annie închise ușa după mama ei, apoi rămase așa în picioare în mijlocul camerei, de parcă n-ar fi știut unde să se proptească. După câteva secunde se îndreptă spre canapea și se prăbuși pe ea, strângându-și genunchii sub bărbie.

– Așa, Sabine, nu vrei tu să cauți vreun film sau ceva de genul? spuse ea, părând dintr-odată ruptă de oboseală. După care zise spre ea și Thom: Voi doi stați de vorbă, iar eu o să cad lată aici pe canapea. Sper că nu vă deranjează, dar mi-a ajuns cu vorbăria pe ziua de azi.

– Prietena ta Melissa a sunat și voia să știe dacă te duci la petrecerea ei pe cinșpe. I-am spus că nu știu dacă te întorci până atunci.

– Ah.

– Și Goebbels a vomitat la tine în cameră, dar ți-am dus covorul la curățătoria chimică și au spus acolo că nu o să fie nici o problemă să scoată petele.

– E bine?

– E bine acum. I s-a făcut rău doar din cauză că se terminase mâncarea pentru pisici și a hălpăit o conservă întreagă de ton.

– Nu ar fi trebuit să-i dai ton.

– Știu, dragă, dar magazinul de la colț era închis și n-am vrut să îl văd înfometat. Nu îi face rău atunci când nu îl mănâncă așa repede.

Sabine o sunase pe mama ei cu o zi în urmă, cu intenția să o implore să îi dea suficienți bani cât să se întoarcă acasă. Plănuise să îi spună că o iubește, că îi pare rău că fusese așa o vacă și că totul o să fie mai bine dacă ar putea să se întoarcă odată acasă pentru că știa că nu mai suporta să mai rămână acolo nici un minut în plus, și mai știa și că mama ei o să înțelege. Dar deja vorbeau la telefon de vreo șapte minute, și era limpede că mama ei era cam derutată de intenția lui Sabine atunci când îi lăsase un mesaj „urgent" să o sune înapoi. Cu toate acestea, Sabine nu își găsea cuvintele. Voia să se întoarcă, chiar își dorea asta, dar cumva era mai puțin urgent de când cu seara precedentă petrecută acasă la Annie. Și, în plus, undeva în adâncul ei, încă mai era furioasă la gândul poveștii cu Geoff și Justin. Și era mult prea *greu* să fie exagerat de drăguță cu mama ei. Pe Kate o apucaseră emoțiile și nu se mai oprea din îndrugat verzi și uscate, așa că în cele din urmă lui Sabine i-a părut rău că pomenise ceva de asta și se simți ușor iritată că dezvăluise prea mult din ce avea pe suflet. Mama nu putea niciodată să lase lucrurile așa cum sunt și să nu comenteze la nesfârșit.

– Deci... ce ai făcut până acum? Te-a dus bunicuța deja să călărești?

– Nu. Și nici nu am de gând să fac asta.

– Atunci ce altceva ai făcut?

Sabine se gândi la cutia cu fotografii pe care le revăzuse din nou în acea dimineață când bunica era la magazin și la cele pe care le găsise cu mama ei când era fetiță alături de băiețelul chinez. Se gândi la casa lui Annie și la felul în care Annie adormise așa pur și simplu, dintr-odată, în fața ei cu o seară înainte, ca și cum nu i-ar fi păsat de ce aveau să creadă ceilalți despre asta. Se gândi la Thom care întrebase, cumva cam prea stângaci, ce mai face mama ei.

– Nimic, răspunse ea.

Capitolul 3

Motanul Goebbels stătea pe unul dintre stâlpii porții, ca o santinelă de piatră, cu blana ușor ridicată pe spinare, ca un termometru texturat, pentru frigul de afară. Peste drum, domnul Ogonye, cu o căciulă de lână pe cap, trebăluia la mașina lui, așa cum făcea adeseori, aventurându-se cu hotărâre sub capotă, ca un îmblânzitor de la circ atunci când intră în gura leului, retrăgându-se apoi și ștergându-și amărât mâinile cu o cârpă, ca și cum și-ar fi adunat puterile să o facă din nou. Între tomberoanele de gunoi de lângă bordură, multe încă rămase de la colectarea de dimineață, două pungi de chipsuri se fugăreau în rotocoale.

> V-ați întrebat vreodată dacă dumneavoastră și copilul dumneavoastră vorbiți aceeași limbă? Ei bine, conform celui mai recent studiu efectuat în Elveția, s-ar putea să nu.
>
> Într-un raport care se prea poate să declanșeze, în case din întreaga Europă, bombăneli de tipul „știam eu", psihologii de la Universitatea din Geneva au descoperit că ceea ce zic părinții și ceea ce aud copiii sunt de multe ori două lucruri diferite.

Îmbrăcată cu un palton subțire, albastru, și mergând încet, cu noul ei cadru metalic, Agnes se opri și schimbă câteva vorbe cu el în trecere, iar domnul Ogonye ridică mâhnit din umeri, făcând un semn spre motor. În timp ce vorbeau, aerul rece se solidifica în fața lor în nori mici ca niște ciupercuțe, ca niște bule de dialog așteaptând să fie umplute.

> „Părinții se pun foarte rar în pielea copiilor lor", a spus profesorul Friedrich Ansbulger, care a condus studiul, efectuat pe 2000 de familii. „Totuși, dacă ar face-o, ar înțelege de ce, adesea, copiii nu le ascultă instrucțiunile. Nu e neapărat vorba de sfidare – pur și simplu felul în care sunt formulate nu este compatibil cu logica lor diferită."

Kate oftă și se forță să se uite înapoi în calculator. Îi luase aproape o oră să scrie trei paragrafe și în ritmul acesta avea să câștige o plată pe oră care i-ar lăsa mască și pe muncitorii exploatați dintr-o fabrică din Bangladesh.

Nu era greu pentru o femeie cu imaginația ei să inventeze motive pentru incapacitatea de a lucra zilele acelea. Pentru început, în casă era mult prea liniște. Chiar dacă Sabine era de obicei mai mult plecată, lui Kate i se părea acum că apartamentul era nefiresc de pustiu, știind că nimeni nu avea să trântească ușa de la intrare sau că nu avea să audă tropăitul familiar pe scări, apoi ușa de la dormitor cum se închide, urmată de ritmurile înfundate al vreunei formații inaudibile. Și, doar din când în când, vreo formă de salut mormăită.

Apoi mai era centrala termică, defectată, care o obliga să își pună pe ea straturi peste straturi de haine, ca oamenii străzii. Instalatorul clătinase din cap în semn de milă și resemnare, cam la fel ca domnul Ogonye, promițând să se întoarcă cu piesa corespunzătoare. Asta fusese în urmă cu trei zile.

Apoi mai era articolul ăsta stupid, care refuza cu încăpățânare să se scrie singur. Într-o zi bună, Kate putea să producă două articole a câte opt sute de cuvinte, până în prânz. Azi nu era una din acele zile: persoanele contactate nu o sunau înapoi, cuvintele alunecau stângaci pe foaie. Nivelul de motivație al lui Kate scădea sub nivelul autocompătimirii.

Aceasta era prima săptămână din viața ei de adult în care era complet singură. Sabine fusese întotdeauna acolo, iar atunci când era în excursii cu școala sau ieșea cu prietenii, era Geoff cu ea, și înainte de el, Jim. Știuse mereu că o să aibă cu cine să împartă o porție de paste și o sticlă de vin seara și să dezbată întâmplările de peste zi. Acum Geoff nu mai era, Justin plecase într-o călătorie de afaceri fără să îi fi spus vreo dată exactă de întoarcere, iar Sabine se afla în Irlanda, decisă, aparent, să vorbească cu ea cât de puțin posibil. Și era doar vina ei.

Pentru a mia oara, încercă să nu se gândească cum Geoff ar fi rezolvat problema cu centrala în câteva ore. Dintre ei doi, el era cel cu simț practic. Avea numere de telefon care ar fi adus în pragul ușii meșteri de încredere, pe care îi știa de ani de zile, oameni care veneau în primul rând pentru el, ca o favoare, urmând să fie apoi recompensați generos cu „ceva de băut", așa cum Geoff obișnuia să spună, în stilul lui desuet. Când îi ceruse prima oară lui Kate să îi aducă electricianului „ceva de băut", ea îi făcuse un ceai de plante, iar cei doi bărbați zâmbiseră trist unul la altul, după care izbucniseră într-un râs complice, ca între bărbați. La vremea respectivă, o scosese din sărite treaba asta, considerându-se percepută drept naivă. Însă acum, privind în urmă și stând într-o casă rece ca gheața, îi păru destul de drăguț. Dar nu putea să îl roage pe Geoff. Iar Justin, după cum îi spusese plin de regret, nu făcea treburi domestice.

De fapt, în trei luni de relație, începeau să se tot adune lucruri pe care Justin „nu le făcea". Nu suna în fiecare seară când nu era cu ea („Uite, dragă, nu e mereu posibil. Rămân des fără baterie și dacă lucrăm până târziu sau dacă sunt în zone dubioase, ultimul lucru pe care pot să îl fac e să mă duc să caut o cabină telefonică"). Nu o făcea nici pe asta cu locuitul împreună („Îmi place ce avem. Și nu vreau să stric nimic. Și aș strica totul dacă am face pasul acesta"). Și nici planuri de viitor nu își făcea („Ești cea mai minunată femeie pe care am întâlnit-o. Vreau să fiu cu tine mai mult decât am vrut să fiu cu oricine. Și asta ar trebui să ajungă pentru moment").

Uitându-se în gol la monitor, Kate se forță să se concentreze asupra lucrurilor pe care le făcea, mustrându-se că tot caută nod în papură. O iubea, nu? Doar îi spunea asta întruna.

Agnes își împingea în continuare, vitează, cadrul metalic spre colțul străzii. Capul ei alb, pufos se legăna pe grumazul fragil, ca o păpădie în bătaia vântului. Era probabil în drum spre cafeneaua lui Luis de pe strada principală, unde ajungea zi de zi, fără excepție, la douăsprezece patruzeci și cinci ca să își mănânce omleta cu cartofi prăjiți, să-și bea ceaiul și să se hlizească singură cu ochii în ziarele de scandal. Apoi se ducea, în funcție de zi, fie la sala de bingo, fie la centrul caritabil sau la bibliotecă, întorcându-se acasă doar la ora închiderii. Lui Kate îi trebuiseră câțiva ani buni, timp în care o avusese pe Agnes ca vecină, ca să descopere că stilul ei de viață atât de sociabil ascundea incapacitatea de a-și încălzi așa cum trebuia căsuța. Haide, își spuse ea, liniștită de un val brusc de empatie, termină articolul ăsta sau o să trebuiască să ieși afară.

Poate că toată singurătatea asta avea să fie spre bine. Geoff urma să vină diseară să își ia ultimele lucruri și, după dezastrul primei lor întâlniri, nu ar mai fi putut suporta ca el și Justin să fie încă o dată în aceeași încăpere. Era și așa greu să îl vadă doar pe Geoff.

Kate stătea acolo, uitându-se la cuvintele din fața ei, cântărind cele două opțiuni la fel de neatrăgătoare pentru după-amiaza respectivă. După care își schimbă ochelarii cu lentilele de contact, își mai puse un strat de haine și se îndreptă spre centrul comunitar, cu un soi de presimțire.

– Poți să tragi mesele alea încoace, cele de la ușă? Nu cred că sunt suficiente pentru toată lumea.

Maggie Cheung stătea în picioare, încotoșmănată în paltonul ei căptușit, în mijlocul sălii din centrul comunitar, dând indicații celor care așezau mobila, ca un polițist beat pus să dirijeze traficul. Sprâncenele i se încruntau de la concentrare, gesticula apoi înțelegătoare, după care se răzgândea, trimițând-o pe Kate sau pe unul dintre studenți înapoi în capătul celălalt al încăperii cu tot cu mesele lor de melamină târșâite zgomotos pe podea, încercând să își dea seama care era modul cel mai bun de a le aranja, astfel încât să încapă toată lumea.

Stând în cerc în spatele ei, un grup de chinezoaice în vârstă pălăvrăgeau zgomotos, evident în cantoneză, complet absorbite de un joc ca un fel de domino. În capătul opus al încăperii, lângă bărbații în vârstă care sorbeau ceai de iasomie din pahare de plastic, două femei tinere, la fel de tăcute și cu o privire la fel de dezolantă ca și copiii lor, se ignorau atât reciproc, cât și pe bărbatul mai tânăr dintre ele.

– Nu vor fi suficiente scaune oricum le-ai aranja, spuse Ian, managerul, după un scurt calcul aritmetic în gând.

– Asistenții pot să mănânce din picioare, zise Maggie.

– O să fie oricum destul de strâmt. Ar fi mai bine, poate, să intrăm pe ture.

Expresia posomorâtă a lui Ian și paloarea lui cenușie ilustrau dificultățile unei vieți de compromis, finanțată din bani publici.

– Mai bine să îi înghesuim pe toți odată decât să facem două ture, observă Maggie. Așa o să ne fie măcar mai cald.

– Îmi pare rău în legătură cu căldura, spuse Ian pentru a cincea oară. E de la tăierile bugetare. Trebuie să economisim ce avem pentru cei mai în vârstă și pentru proaspetele mămici, marțea și vinerea.

Kate, care acum se încălzise de la efort, cără cele două mese de-a lungul încăperii și le instală în formă de cerc, la instrucțiunile lui Maggie, aproape de bucătărie. În ciuda convingerii afișate de Maggie, ea, una, nu era prea încrezătoare că toată lumea va putea să mănânce de prânz în același timp. Dar Maggie insista: acest grup de asistență avea ca scop aducerea laolaltă a bătrânilor și tinerilor, a nou-veniților și a vechilor locatari, și își pierdea scopul dacă tot ce aveai de gând să faci era să îi separi.

– În plus, spuse ea veselă, ține de cultura noastră. Toată lumea trebuie să mănânce împreună.

Kate nu se legă de faptul că acea cultură pe care Maggie o ridica în slăvi era destul de flexibilă, permițând excursii la McDonald's cu fiii ei, cine pe ture cu soțul ei doctor, care avea un program de lucru haotic la spitalul din zonă, și o iubire necondiționată pentru serialul *Coronation Street*. Nu avea oricum nici un rost să porți discuții în contradictoriu cu Maggie: ca un politician versat, refuza să audă orice nu se potrivea cu viziunile ei actuale asupra lumii, reafirmându-și, neabătută, opiniile, ca și cum nu ar fi fost niciodată puse la îndoială.

– Acolo! Gata! exclamă ea câteva minute mai târziu. Și putem să păstrăm mesele așa după aceea. V-am povestit că am convins unul dintre profesorii de la școala Brownleigh să vină să țină un curs de scris și citit? Dacă mai văd vreun formular de servicii pentru locatari, cred că mor.

– Dacă nu o să am succes cu formularul domnului Yip, cred că o să se asigure că eu sunt ăla care dă colțu', spuse Ian.

Cam atât putea el să scoată în materie de umor, așa că Maggie și Kate îi zâmbiră din politețe.

– Nu îmi spune că iar l-au trimis înapoi.

– Pentru a patra oară. Nu m-ar deranja, dar eu sunt cel care îl completează. Dacă nici *mie* nu îmi reușește, după unsprezece ani în care am lucrat pentru consiliu, cum naiba ai putea să te aștepți să-i reușească altcuiva?

Kate începuse să lucreze ca voluntară la Grupul de Asistență pentru Asiatici Dalston și Hackney cam cu un an înainte de despărțirea de Geoff. Într-o noapte, ridicând ochii din *American Journal of Applied Psychiatry*, Geoff deplânsese ratele alarmant de crescute ale bolilor mintale în rândul imigranților, determinate de izolarea, înstrăinarea și rasismul din centrele municipale din oraș și vorbise despre eforturile lui Maggie de a combate această situație. Kate fusese surprinsă să afle cât de implicată era Maggie. În ciuda unei prietenii de lungă durată, ea și Maggie aveau tendința să își rezume conversațiile la partener și copii. Geoff mai adusese încă o dată subiectul în discuție, într-o seară în care Maggie și Hamish veniseră pe la ei la cină, iar Kate descoperise că reticența lui Maggie de a-i povesti mai multe despre asta se datora doar faptului că ea îi lăsase impresia că nu ar interesa-o prea tare subiectul. În schimb, Maggie reușise rapid să-i smulgă lui Kate o promisiune șovăielnică, cum că o să vină și o să dea și ea o mână de ajutor.

– Nu știu ce aș putea să fac, spuse ea, nefiind sigură dacă își dorea într-adevăr să meargă acolo.

Dar când Maggie descoperi că își petrecuse primii ani din copilărie în Hong Kong, nu mai era cale de scăpare.

– Dumnezeule, femeie! Cunoşti cultura chineză! exclamase ea. Practic, eşti chinezoaică!

Ignorase protestele lui Kate cum că, de la vârsta de opt ani, „cultura“ ei se rezumase doar la internatul din Shropshire şi viaţa la ţară, în sudul Irlandei.

– Şi ce? răspunse ea. Crezi că eu am locuit vreodată mai la est de Theydon Bois[1]?

Chiar şi după toate aceste luni, Kate nu era de prea mare ajutor. Spre deosebire de alţi voluntari, nu vorbea limba, nu ştia să gătească şi nici nu se descurca să completeze formularele alambicate pentru solicitarea ajutoarelor sociale. Tot ce putea să ofere era asistenţă în timpul cursurilor de alfabetizare şi prezenţa ei fizică. Dar pe Maggie nu părea s-o deranjeze. Şi lui Kate chiar îi plăceau anumite lucruri, ca de exemplu să îl vadă pe bucătarul voluntar de la cantina din cartier cum găteşte mâncăruri chinezeşti autentice în chicineta centrului, să observe cum oamenii mai în vârstă păreau să fie mult mai apropiaţi şi animaţi decât omologii lor europeni. În felul acesta se bucura de scurtele ei incursiuni într-o lume diferită. Îi plăcea felul în care Maggie trecea cu o repeziciune uimitoare de la engleză la chineză, felul în care adunase oamenii aceştia diferiţi în jurul ei, aducându-i laolaltă doar prin simpla forţă a personalităţii ei. Dar avea şi un motiv mai egoist: munca voluntară de la grup o ajutase să îşi mai potolească sentimentul de vinovăţie care nu îi dădea pace de când îl părăsise pe Geoff, oferindu-i ocazia să îşi cumpere o dată pe săptămână penitenţa pentru păcatele ei. De cele mai multe ori, funcţiona.

– Nu credeam că o să vii azi, spuse Maggie, făcându-şi brusc apariţia, lângă umărul ei.

Statura ei minionă însemna că era neobişnuit să o vezi din orice alt unghi, în ciuda preferinţei ei pentru tocurile cui.

– Am fost cât pe ce, recunoscu Kate. Nu prea aveam chef.

– Întotdeauna e mai bine să ieşi afară din casă dacă te simţi jalnic. Cât mai departe de aragaz. Ah, stai, tu ai plită electrică, nu? Mai vorbim la prânz.

– Nu ştiu dacă rămân până la prânz.

---

[1] Sat din comitatul Essex

Maggie nu o asculta.

- Uită-te la ele! Ar trebui să vorbească una cu alta! exclamă ea, trăgând-o pe Kate deoparte și făcând semn spre una dintre mamele tinere tăcute.

- Două fete tinere, doi bebeluși. E absolut ridicol că stau acolo fără să scoată nici un cuvânt. Trebuie să le facem să vorbească. Știi, cea de acolo, trebuie să îi ducem copilul la vaccinat. E aici de aproape șase luni, dar prostuța nu vrea să meargă la clinică. La patru săptămâni după ce a adus-o pe fată în Anglia, spuse Maggie, soțul ei a plecat, spunându-i că merge să strângă niște bani. I-a zis cineva o dată că l-ar fi văzut prin Nottingham, dar în rest nu a mai auzit nimic de el de atunci. Ea are permis de ședere în țară, dar nu are de lucru, stă cu cineva într-o garsonieră și banii nu îi ajung să se întoarcă acasă. Trebuie doar să vorbească cu ceilalți. Să se deschidă un pic. Mergi și stai de vorbă cu ea până văd eu cum rezolvăm cu prânzul, o instrui ea și se făcu nevăzută.

Lucrul la centru o făcea adesea pe Kate să își pună propriile probleme în perspectivă, dar nu prea îi venea să-și petreacă acolo toată dimineața: starea ei jalnică declanșată de tăcerea nefirească de acasă îi tăiase în mod perfid apetitul pentru companie. Sabine îi spusese odată că, la școală, colegii împărțiseră fetele de la ea din clasă în „rigole" și „calorifere", caloriferele fiind acele fete populare care emanau interes și entuziasm, atrăgând oamenii în jurul lor, iar rigolele fiind... ei bine, niște șanțuri care înghițeau și duceau pe apa sâmbetei atmosfera plăcută și starea de bine. Kate se gândi o clipă că azi ea era cu siguranță o rigolă.

O rigolă care trebuia să se comporte ca un calorifer. Târându-și picioarele ca o școlăriță, Kate înaintă cu pași mărunți spre fată, care stătea cocoșată într-un colț, îmbrăcată într-un hanorac ieftin, cu încălțăminte de plastic și emanând un aer de profundă suferință. Nu era sigură cum putea ea să ajute în fața unei asemenea deznădejdi. Și Maggie știa că fata nu vorbea engleză. Dar cu aerul ei autoritar, de profesor la școala duminicală, se aștepta ca oamenii să se descurce pur și simplu. Cine are voință găsește și cale de înfăptuire.

Kate trase adânc aer în piept, se opri când ajunse la o distanță de câțiva pași față de tânără, dându-i timp să își dea seama că se apropie, după care zâmbi și făcu semn spre bebeluș.

– Bună, spuse ea. Sunt Kate.

Cu părul prins în coadă și pete ușor albăstrui sub ochi sugerând mai mult decât lipsa de somn obișnuită a unei tinere mame, fata se uită cu privirea pierdută la ea și apoi în jurul ei, prin încăpere, după Maggie sau unul dintre asistenții chinezi.

– Kate, spuse ea, arătând cu degetul spre sine, conștientă că vorbea prea tare, ca un colonialist imbecil care se aștepta ca doar vorbind cât mai tare, se putea face înțeles de băștinași.

Fata o privi cu ochi mari, în expectativă. Cu un gest la fel de neînsemnat precum întreaga ei apariție, clătină din cap.

Kate inspiră adânc. Ce naiba ar fi trebuit să facă? Nu avea darul acela de a-i face pe oameni să se simtă în largul lor încă din prima clipă. În cea mai mare parte a timpului, nici ea nu se simțea în largul ei în contexte sociale.

– Sunt Kate. Dau o mână de ajutor aici, spuse ea cu disperare. După care o întrebă: Pe tine cum te cheamă?

Tăcerea ce urmă fuse spartă de un hohot de râs venit din celălalt capăt al camerei și de bubuitul imediat produs de piesele de domino ce se împrăștiară pe masă. Bătrânii își încheiaseră partida. Maggie merse la ei, exclamând și felicitându-i în chineză, iar părul ei negru și neted îi acoperi fața atunci când se aplecă să se uite la tabla de joc.

Kate se întoarse înapoi spre fată, încercând să își păstreze zâmbetul.

– Fată sau băiat? spuse ea, arătând spre copilaș, căruia i se mai vedea doar fața adormită sub straturile de îmbrăcăminte donată. Băiețel? zise și făcu semn cu mâna spre un bărbat așezat lângă ele, care o privi și el destul de sceptic. Sau fetiță?

Acum arătase spre ea însăși.

Ah, Dumnezeule, vorbea fix ca o idioată. Începea să devină dureros să își mențină zâmbetul, așa că se apropie și mai mult de copil.

– Ce copil frumos!

Chiar era. Când dormeau, toți erau.

Fata se uită la copilul ei, după care înapoi la Kate, strângând în timpul acesta bebelușul ceva mai tare la piept.

O să mă las bătută, gândi Kate. O să o conduc spre masa cu mâncare și o să o las pe Maggie să se descurce mai departe. Pur și simplu nu mă pricep la treaba asta. Se gândi pentru o clipă, cu dor, la casa ei goală. După care, dintr-odată, două cuvinte îi răsunară în cap, ca un soi de ecou mental: două cuvinte din copilăria ei, șoptite ușor de *amaha* ei.

– *Hou leng*, spuse ea, făcând semn spre copil.

După care mai tare:

– *Hou leng.*

Fata se uită în jos spre copil, după care își ridică din nou privirea. Se încruntă ușor, ca și cum nu i-ar veni să creadă ce aude.

– Copilul tău. *Hou leng.*

Două cuvinte dulci, duioase: „Foarte frumos". Limbajul internațional al complimentelor.

Kate simți cum o căldură i se revarsă în tot corpul. Putea să facă asta, la urma urmei. Își stoarse creierii, încercând să își amintească dacă utilizase tonurile corecte.

– *Hou leng.* Foarte frumos, spuse ea din nou, zâmbind cu o plăcere binevoitoare.

După care Maggie apăru în spatele ei.

– Ce îi faci bietei fete? întrebă ea. Nu vorbește cantoneza. E de pe continent, femeie nebună. Vorbește mandarina. Nu are nici cea mai vagă idee ce îndrugi tu acolo.

Hamish, un bărbat înalt, suplu, profesor la o școală de stat, nu era genul de partener cu care ți-ai fi imaginat-o pe Maggie. Oamenii tot spuneau asta de optsprezece ani, de când erau căsătoriți. Și asta nu din cauza staturii sau a voluptății ei întunecate, trupești, în contrast cu paloarea lui imaterială sau a emoțiilor zgomotoase, directe, specifice chinezilor, afișate de ea și de copiii lor în raport cu seninătatea nord-europeană a lui Hamish. Pur și simplu părea prea mult pentru el. Prea mult pentru oricine altcineva, de fapt, că tot veni vorba. Era prea gălăgioasă, prea directă, prea sigură pe ea. Kate era convinsă că nu se schimbase câtuşi de puţin din adolescenţă încoace. Şi pentru asta, Hamish o adora.

Pe de altă parte, Kate se schimbase cu fiecare bărbat cu care fusese. Prin schimbările pe care le produceau în ea, măsura cât de îndrăgostită era de ei. Când fusese cu Jim, era mămica rockeriţă. Îi plăcea într-atât de mult felul iubitor şi relaxat în care o trata atât pe ea, cât şi pe fiica ei, încât pentru prima oară de la naşterea lui Sabine nu se mai simţise definită în totalitate doar de statutul ei de „mămică". Îi înapoiase ceva din tinereţea ei, o înseninase, o făcuse să nu se mai îngrijoreze. O învăţase despre sex. Dar apoi, când lucrurile începuseră să nu mai meargă, şi ea devenise bănuitoare, deja nu mai suporta persoana în care el o transformase. Ura faptul că devenise aşa de paranoică, o femeie jalnică implorând să i se spună adevărul, schimbându-şi înfăţişarea într-o încercare disperată de a-i recâştiga atenţia în faţa ameninţării nevăzute. Iar atunci când se despărţiseră, tristeţea i se amestecase cu uşurarea că nu mai trebuia să fie acea persoană.

Când Geoff se mutase la ea, devenise deja o parteneră mai experimentată şi mai înţeleaptă. Lui nu îi mai dăruise atât de mult, conştientă de nevoia să păstreze ceva şi pentru ea de data aceasta. Totuşi, el îi dăruise ei tot ce-i stătuse în putinţă. Tot ce era în stare. Cu Geoff se maturizase. El îi lărgise orizonturile, vorbise cu ea despre politică şi societate şi o făcuse să deschidă ochii mai bine la nedreptăţile lumii din jurul ei. Şi era în regulă dacă avea parte mai mult de linişte decât de pasiune, îşi spusese ea. Îi era probabil mai bine cu cineva care îi oferea stabilitate. Cu Geoff învăţase să îşi exerseze mintea şi simţea astfel că se maturiza. Şi fusese întotdeauna atât de drăguţ cu Sabine, nu încercase niciodată să o forţeze să îl placă sau să-şi asume rolul de „tătic", ci doar îi oferise baza aceea solidă de dragoste şi înţelepciune.

Dar apoi, şase ani mai târziu, apăruse Justin, care o făcuse să îşi dea seama de o latură latentă a ei în toţi aceşti ani, care insista acum cu tot dinadinsul să iasă-n prim-plan. Ea era o fiinţă sexuală, iar el îi trezise sexualitatea. Odată ce ţâşnise la suprafaţă ca un gheizer, refuzase să mai fie ţinută în frâu. Nimeni nu o mai făcuse să strălucească aşa cum o făcuse el. Nimeni nu o mai făcuse să roşească şi să meargă împleticit pe stradă, ca o beţivă, la ora nouă dimineaţa. Nimeni nu o mai înconjurase cu o aură invizibilă de voluptate, nimeni nu o mai înfășurase cu o mantie electrizantă de feromoni. Începuse să observe cum bărbații întorceau capul după ea sau o fluierau, chiar și atunci când era îmbrăcată din cap până în picioare. Și merita asta doar, nu? își spusese ea, încercând cu disperare să își găsească o scuză pentru durerea pe care urma să o pricinuiască. Îi fusese acordată o nouă șansă. Unde scria că trebuia să renunți la dragostea romantică la vârsta de treizeci și cinci de ani?

– E cumva vreo conspirație a slăbănogilor? Cât timp ai stat tu acolo pe gânduri, eu am mâncat aproape toate rulourile de *cheung fun*[1].

Proptită de chiuveta din bucătărie, Maggie îi flutură cu viteză pe sub nas lui Kate bețișoarele chinezești.

– Doar pentru că nu știi care e diferența dintre cantoneză și mandarină, asta nu înseamnă că nu ai voie să mănânci.

– Scuze, spuse Kate, în timp ce se juca abătută cu bețișoarele prin mâncarea care începea să se coaguleze în castron.

Crezuse că îi era foame, dar, ca de obicei în ultima vreme, îi dispăruse pofta de mâncare.

– Ah, Dumnezeule! Sper că nu suferi în continuare din dragoste? Sper că nu ești la stadiul de „nu pot să mănânc nimic". Cât să fie acum? Trei luni?

– Nu știu la ce stadiu sunt, spuse Kate pe un ton demn de milă. Ba da, știu. La stadiul de vinovăție.

Maggie ridică dintr-o sprânceană atent pensată. Când Kate îi dezvăluise că îl părăsește pe Geoff pentru Justin, se așteptase ca Maggie, care îl știa pe Geoff de mai multă vreme, să fie automat de partea lui. Dar lucrul acesta nu s-a întâmplat. Tipic, probabil, pentru cineva aparent capabil să apere două puncte de vedere opuse în același timp, Maggie putea să își manifeste concomitent loialitatea față de două persoane.

– La stadiul de vinovăție? Ah, nu te pleoști așa. Pentru numele lui Dumnezeu! Ești fericită, nu-i așa? Justin e fericit? Și sincer acum, Geoff nu e genul suicidal. Chiar nu cred, cu toată pregătirea lui

[1] Rulou dintr-o foaie de orez umplută cu legume, carne de vită, creveți sau alte ingrediente, specific bucătăriei cantoneze din Hong Kong și China de Sud

psihiatrică. Probabil chiar acum, cât timp stăm noi aici, el își ține un discurs motivațional.

Și izbucni într-un hohot de râs care o făcu să azvârle un tăițel până în capătul celălalt al mesei.

– Nu e vorba despre Geoff. Ci despre Sabine, spuse Kate. Îi distrug viața.

Maggie luă ultimul crevete învelit în hârtie, oftă adânc, după care își împinse castronul spre chiuveta deja plină.

– Înțeleg. Treceți prin iadul adolescenței, nu? Puștoaica îți face zilele un chin?

– Nu chiar. Abia dacă vorbește cu mine. Dar îmi dau seama din toate gesturile ei. Crede că i-am distrus viața. Și mă urăște pentru că am trimis-o să stea la mama.

– Ei bine, *pentru asta* chiar nu poți să o învinovățești, dacă tot ce mi-ai spus până acum e adevărat. Dar în ceea ce privește viața distrusă, nu fi așa de melodramatică, zise și zâmbi spre Kate. De acord, eu nu cunosc situația, dar serios acum, nu e ca și când fiică-ta e vreo orfană abuzată, nu?

Kate privi lung spre ea, într-o nevoie disperată de a primi asigurări. Maggie ridică o mână și începu să numere pe degetele durdulii:

– Unu la mână: are ce mânca și cu ce se îmbrăca? Da. Prea bine, dacă mă întrebi pe mine... toate țoalele alea ridicole de firmă. Doi la mână: ai adus vreodată pe cineva crud și nemilos în viața ei? Nu. Toți bărbații tăi, bine, cei cu care ai și locuit, au adorat-o pur și simplu, nu că micuța domnișoară le-ar fi făcut vreodată viața ușoară, draga de ea. Trei la mână: Geoff era tatăl ei bun? Nu, la cât se strofoca să îi aducă aminte, cu fiecare ocazie. Patru la mână: o să plece cumva de acasă în următorii ani fără să se uite o clipă în spate? Fără îndoială.

– Ah, asta mă face să mă simt mult mai bine.

– Ăsta e adevărul, dragă. Tot ce încerc să îți spun e că îți faci prea multe griji. Sabine e o adolescentă perfect normală pentru mediul în care o crești. Și spun asta la modul pozitiv. E inteligentă, combativă și nu suportă rahaturi din partea nimănui. Nu ai de ce să te îngrijorezi.

– Dar nu mai vrea să vorbească cu mine. Pur și simplu a încetat să îmi mai vorbească.

– Are șaisprezece ani, pentru numele lui Dumnezeu. Eu nu am vorbit cu părinții mei aproape patru ani. Și ei erau doi la număr.

– Dar dacă e din cauza mea? Dacă o să continue să mă urască?

– Stai să vezi când o să vrea o mașină. Sau avansul pentru primul apartament. Atunci o să se întoarcă dragostea, crede-mă. Dragostea o să se întoarcă.

Kate privi pe fereastră la fațadele cenușii de pe Kingsland Road: magazine cu echipamente stereo și piese auto, cafenele de cartier, panouri publicitare mizerabile și oficii de ajutoare sociale, demonstrând că, în ciuda insistențelor agenților imobiliari, această „zonă cu potențial" se încăpățâna să nu facă nici un progres. Oare ce o făcuse să creadă că fiicei sale avea să-i fie mai bine pe pășunile verzi, rupte de lume, din Kilcarrion? De parcă *ei* îi fusese vreodată mai bine acolo?

Se juca cu un crevete roz durduliu, lansându-l într-o călătorie singuratică de-a lungul marginii farfuriei.

– Tu nu te plictisești niciodată de Hamish?

Nu era sigură de unde venise întrebarea, dar odată ce o pusese, își dădu seama că voia să știe răspunsul.

Ținând o cană în dreptul gurii, Maggie o coborî încetișor și medită în același ritm și la răspunsul pe care avea să îl dea.

– Să mă plictisesc? Nu știu dacă e vorba de *plictiseală.* Câteodată îmi vine să îl sugrum. Asta voiai să știi?

– Dar ce vă face să fiți în continuare împreună? Nu poți doar să fii fericit tot timpul, nu-i așa?

Ultimele cuvinte îi ieșiră ca un soi de lamentare, așa că încercă să le întoarcă într-o glumă.

– Bineînțeles că nu suntem fericiți tot timpul. Nici un cuplu nu e fericit tot timpul și dacă cineva îți spune că e, atunci e o minciună sfruntată. Dar știi și tu asta.

Maggie se încruntă.

– Ce e cu tine, Kate? Serios, câteodată când vorbești despre relații, parcă ai fi o puștoaică de cinșpe ani.

– Asta pentru că mă simt la fel de pricepută la relații ca o puștoaică de cinșpe ani. Dar ce vă ține pe voi împreună? Ce vă face să rămâneți unul alături de altul în momentele în care mai degrabă v-ați lua tălpășița?

În momentele alea în care eu chiar îmi iau de obicei tălpășița, zise ea doar pentru sine.

– Ce ne ține împreună? În afară de costurile pentru un avocat bun specializat pe divorțuri și faptul că valoarea locuinței noastre n-a crescut mai deloc în cinci ani? Ah, și monștrii ăia răi deghizați în copiii noștri? Vrei să auzi adevărul, Kate? Sinceră să fiu, nici eu nu știu. De fapt, știu. E faptul că, deși e un porc și jumătate câteodată, habar n-are să își administreze banii, se îmbată adeseori și, sincer, deși nici nu mi-o trage cum trebuie decât de aniversări și ocazii speciale, chiar nu îmi pot închipui viața alături de altcineva decât de Hamish. Te ajută răspunsul ăsta?

– Eu nu am fost vreodată într-o relație în care să nu-mi închipui cum ar fi să fiu cu altcineva, mărturisi Kate cu tristețe.

– Ah, nu pun la socoteală fanteziile cu Robert Mitchum[1].

– Dar nici eu. Ah, Dumnezeule! Robert *Mitchum*?

– Știu, zise Maggie schițând un zâmbet. E secretul meu vinovat. Arată pur și simplu așa, ca și cum ar fi foarte *dur*, știi ce zic?

– Eu nu vorbesc de fanteziile sexuale. Mereu mă gândesc cum ar fi să fiu împreună cu altcineva. Mă amorezez de alții și chestii d-astea.

– Chiar ai cinșpe ani. Știam eu.

– Doamne, Dumnezeule, ce-o fi greșit la mine? De ce sunt așa de varză când vine vorba de relații?

Nu intenționase să zică asta cu voce tare.

Maggie începu să strângă castroanele goale îngrămădite unele peste altele pe tăvi, prin bucătărie.

– Îmi pare tare rău să spun asta, frumoaso, ținând cont de starea în care te afli, dar poate că pur și simplu încă nu ai întâlnit persoana potrivită.

Justin sună la șapte fără un sfert, cu puțin timp înainte ca Geoff să ajungă. Kate îi era recunoscătoare pentru acest telefon, recunoscătoare pentru faptul că, prin acea mică linie telefonică, sunetul vocii

[1] Actor american de film din anii 1940–1960

lui putea să o inunde cu dorință și căldură, asigurând-o că decizia pe care o luase era cea potrivită. Conversația ei cu Maggie fusese cam deconcertantă, chiar dacă ea o inițiase, cu starea ei exagerat de introspectivă. Acum Justin, care suna când nici nu se aștepta, o făcea să se simtă iarăși bine.

– Mă gândeam la tine, spuse el. Voiam doar să îți aud vocea.

– Ah, sunt așa de bucuroasă că ai făcut-o, spuse ea cu respirația întretăiată. Îmi e atât de dor de tine.

– Ah, cât aș fi vrut să fii aici! Mă gândesc încontinuu la tine.

Vocea lui suna ca de la milioane de kilometri distanță.

– Cum merge...?

– Unde ești...?

Vorbeau concomitent, după care se opreau, nici unul nedorindu-și să îl întrerupă pe celălalt.

– Tu primul, spuse Kate, înjurând în gând centrala telefonică pentru decalajele penibile.

– Uite, nu pot să vorbesc prea mult. Voiam doar să îți spun că o să mă întorc probabil până în weekend. Mai avem doar o persoană de văzut și sper să îi las pe ceilalți aici și să prind un zbor devreme.

– Vrei să te aștept la aeroport? Sună-mă când știi cu ce avion vii.

– Nu, nu te deranja. Nu sunt mare fan al reuniunilor în aeroporturi și al chestiilor de genul ăsta.

Kate se strădui să își alunge dezamăgirea care-i dădea târcoale. Avea o imagine cu ei doi îmbrățișându-se în mijlocul aeroportului Heathrow, el fiind îmbrăcat în haine de un kaki prăfuit, cu chipul încruntat de oboseală, apoi înseninându-se brusc la vederea ei. Pentru numele lui Dumnezeu, se mustră ea. Maggie avea dreptate. Chiar am cinșpe ani.

– O să gătesc ceva bun atunci, pentru când te întorci.

– Nu e nevoie să faci asta.

– Dar vreau. Îmi e dor de tine.

– Voiam doar să spun că mai mult ca sigur o să fiu frânt de oboseală, murdar și că probabil o să trec mai întâi pe acasă și o să dorm vreo douășpe ore. O să ne vedem când sunt curat și odihnit și putem merge undeva să ne distrăm.

Kate îi spuse că abia așteaptă, încercând să-și ascundă dezamăgirea pe care o simțea față de lipsa lui de nerăbdare. Ea voia să îl vadă de îndată ce ateriza: transpirat, epuizat sau cum ar fi fost. Voia să îl acopere cu sărutări, să îi pregătească o baie fierbinte, să îi mai dea câte un pahar de vin în timp ce el îi povestea întâmplările lui eroice, după care să îl îndoape cu mâncare gătită de ea și să îl vadă cum adoarme mulțumit pe canapeaua din sufrageria ei. Dar Justin nu prea era genul care să adoarmă așa, oriunde. De fapt, avea o bănuială bine întemeiată că Justin nu era chiar așa departe de a fi hiperactiv. I se părea dificil să stea locului oriunde s-ar fi aflat. Se juca și bătea darabana pe genunchi, se scărpina prin părul nisipiu sau făcea potecă prin cameră. Presupunea că tocmai asta îl făcea să fie așa de bun la jobul lui. Chiar și în timpul somnului, tresărea și murmura ca și cum ar fi străbătut în continuare vreun traseu nocturn.

Neliniștită, Kate se strecură ușor la ea în cameră și rămase în picioare în fața oglinzii înalte de pe ușa șifonierului în stil edwardian. Ce vede oare la mine? gândi ea, simțindu-se dintr-odată foarte vulnerabilă și nemulțumită de cum arată. Ar putea să aibă ce femeie vrea și, cu toate astea, m-a ales pe mine: o femeie de treizeci și cinci de ani, cu vergeturi și un început clar de laba gâștei și un păr care, deși bogat și roșu, era aparent prea lung pentru vârsta ei, conform spuselor lui Sabine. O femeie care, după ce și-a ratat tinerețea, nu a reușit niciodată să priceapă moda. Nu știa deloc unde să se încadreze. Sabine îi spusese că hainele la mâna a doua în stilul anilor 1950 și 1960, cumpărate de la magazinul din Stoke Newington, erau „o glumă", dar ei îi plăcuseră; îi plăcuseră materialele bune și sentimentul că își cumpărase un produs de calitate pe care nu și l-ar fi putut permite dacă era dintr-o colecție actuală. Îi mai plăcuse și faptul că hainele acelea o ajutau să se distingă de toate acele mame de treizeci și cinci de ani pe care le vedea la Sainsbury's. Dar acum, cu norul acesta de neîncredere în sine deasupra capului, se întreba dacă nu cumva arăta doar bizar, ca dintr-o altă poveste. Oare o să mă părăsească? se întrebă ea, privind spre reflexia ei din oglindă. Era de o seamă cu ea, dar tot stilul lui de viață era atât de nestatornic, atât de lipsit de responsabilități, încât ar fi putut la fel de bine să fie al cuiva cu zece ani mai tânăr. Nu va vrea oare, în cele din urmă, să fie cu o femeie care să se bucure de aceeași libertate ca și el?

Kate închise ușa șifonierului, încercând să risipească gândurile care i se aglomeraseră în minte. Pur și simplu nu știa să stea singură: îi rămânea prea mult timp de gândire, prea mult timp să răstălmăcească lucrurile. Fericirea îi era dictată prea mult de viața ei amoroasă, asta îi spusese Maggie. Astfel că devenise prea vulnerabilă. Negase acest lucru, dar era evident că nu putea aduce nici un argument ca să demonstreze că Maggie nu avea dreptate. Iar Maggie spusese ceea ce spusese fără ca măcar să știe tot adevărul: că ea cheltuise o avere pe o lenjerie nouă de pat pentru că observase odată că el dormea cel mai bine pe bumbac alb egiptean, că refuzase două comenzi bine plătite pentru că nu era sigură când se întorcea el și nu ar fi vrut să lucreze chiar atunci, că i se părea un efort mult prea mare să se aranjeze atunci când Justin nu era prin preajmă și petrecuse cea mai mare parte a absenței lui în pijama și cu ochelarii de citit pe nas.

Dumnezeule, chiar nu îi pria să stea singură. O să își ia un chiriaș. Sau un câine. Sau orice. Orice ar fi putut să-i oprească gândurile astea deprimante. Haide, se dojeni ea. Geoff o să ajungă în curând. Pune-te la punct.

Bucuroasă că găsise un motiv să se oprească din gândit, Kate își perie părul, uimită de câlții cu care se procopsise în cele două zile de neglijență, se dădu cu ruj, apoi, fără să stea pe gânduri, cu parfum: *Mitsouko* de la Guerlain. După care se holbă cu groază la sticluță. Geoff îi cumpărase parfumul ăla. I-l cumpăra în fiecare an de Ziua Îndrăgostiților. Era preferatul lui. Ar putea să creadă că se răzgândise, că vrea să se întoarcă înapoi la ea. Kate se uită fix la imaginea ei din oglindă, iar apoi, după o clipă de ezitare, luă un șervețel și își șterse rujul. Își încheie până la ultimul nasture bluza bej de mătase, în stilul anilor 1950, își dădu jos lentilele de contact și își puse ochelarii de lucru, deloc atrăgători. După care își frecă gâtul cu o batistă, încercând să scoată parfumul. Îl rănise deja destul; ultimul lucru pe care voia să îl facă era să îl stârnească doar dintr-o cochetărie. Luând asta în calcul, să apară în fața lui plată, îmbătrânită, spălăcită, ca și cum și-ar fi petrecut ultimele două ore muncind, era cel mai potrivit cadou pe care i-l putea oferi.

Geoff întârzie, lucru care o surprinse. El era întotdeauna punctual. Era una dintre fixațiile lui. Se simți aproape recunoscătoare când auzi soneria. Până atunci, rămăsese așezată în liniște în camera de zi, holbându-se, ca și cum le-ar fi văzut pentru prima oară, la spațiile goale din bibliotecă și la locurile de pe pereți unde cândva stătuseră atârnate lucrurile lui. Cum se va simți oare Sabine când o să vadă că lipsesc atâtea obiecte familiare? Se atașase cumva de vreunul dintre ele? Le observase vreodată? Cum îți dai seama ce se petrece în mintea unei enigme?

Geoff o privi, iar ea îl observă atent în timp ce trecea pe lângă ea, pe hol, arătând ceva mai bine decât ultima oară când îl văzuse. Mai puțin îmbătrânit de toată întâmplarea. Dar poate că nu era nimic surprinzător aici: era Ziua Mutării; toate aceste săptămâni de la despărțire fuseseră cât un veac pentru amândoi.

Rămase în picioare acolo, în camera de zi: un bărbat înalt, de cincizeci de ani, ușor adus de spate, care, după câte se părea, nu era sigur unde ar fi trebuit să se așeze. Dintr-odată, cuprinsă de bucuria perversă de a-l vedea, Kate îi zâmbi neliniștită și făcu semn spre canapea.

– Vrei ceva de băut? Lucrurile tale sunt la etaj, dar știu că ai venit cu mașina până aici și nu aș vrea să te simți de parcă ar trebui să pornești imediat înapoi la drum.

Geoff se scărpină la ceafă, trecându-și degetele prin părul înspicat, un gest pe care nu i-l mai văzuse până atunci, și se așeză stingher.

– De fapt, nu vin de acasă, ci de la Islington. O să mă întorc tot acolo.

Kate era sigură că el spusese că avea să închirieze o locuință în Bromley, mai aproape de spitalul de psihiatrie, dar nu zise nimic. Întrebările inocente aveau mereu darul de a se transforma în ceva mai mult. Nu mai era treaba ei.

– Ceai? Cafea? Vin roșu? E o sticlă deschisă.

– Niște vin ar fi numai bine. Mulțumesc.

Se tot agită cu sticla prin bucătărie, uimită să constate cât de rapid partenerul tău de viață se poate metamorfoza într-un oaspete venit într-o vizită formală. Când îi întinse paharul, simți cum ochii lui îi caută chipul, și fiorul unei emoții nedorite o făcu să roșească.

– Și, ce mai faci? spuse el.

Ceea ce o cam dădu peste cap, pentru că își propusese ca ea să-i adreseze lui acea întrebare.

– Sunt... sunt bine, răspunse ea.Totul e în regulă.

– Sabine mai e la mama ta?

– Da. Nu i-a plăcut prea tare la început, dar săptămâna asta nu a mai sunat. La cum e ea, presupun că e un semn bun.

– Nici o veste e o veste bună, cum se zice.

– Ceva de genul.

– Data viitoare când mai vorbiți, să-i spui că țin mult la ea.

Kate încuviință din cap.

– Sigur că o să îi spun.

Urmă o pauză lungă. Kate observă că i se desfăcuse nasturele de sus al bluzei. Se gândi că ar părea ciudat dacă și l-ar încheia la loc. Așa că își strânse mai tare pe corp cardiganul gros, în speranța să rezolve problema.

– Nu ai dat drumul la căldură? o întrebă el, de parcă ar fi observat dintr-odată cât era de frig.

– Am avut niște probleme cu boilerul. O să vină mâine instalatorul, minți ea.

– E priceput? Doar nu vrei să îți vină vreun ageamiu – ar putea să strice toată treaba, partea electrică, instalația, setul.

– Ah, e foarte priceput. Cu licență și toate cele.

– Bun. Știi că trebuie doar să îmi spui. Eu..., începu, iar glasul îi pieri, stingher. Oricum, mă bucur că ai rezolvat.

Kate rămase cu privirea ațintită asupra paharului de vin, simțindu-se deplorabil. Era și mai rău dacă se purta așa de drăguț. I se părea mai ușor când țipa la ea. Când îi spusese despre aventura ei, începuse să țipe și să o facă „curvă" – cuvânt care, în mod surprinzător, nu o rănise la vremea respectivă, în parte pentru că așa se simțea și ea în secret, dar și pentru că fusese singurul cuvânt urât pe care i-l adresase vreodată și îi oferise o scuză să fie nervoasă pe el.

– De fapt, spuse el, trebuie să vorbesc cu tine.

Lui Kate i se puse un nod în gât. Geoff o privea lung, cu ochii blânzi și cu o expresie de bunăvoință. Te rog să nu mai fii îndrăgostit de mine, îl imploră ea în gând. Nu pot suporta răspunderea pentru asta.

– Să îți aduc lucrurile jos mai întâi? se repezi ea să spună. Am putea să stăm de vorbă după aceea.

– Nu.

Rămase blocată.

– Uite ce e, aș vrea să vorbim acum.

Ne petrecem toată viața încercând să îi facem pe bărbați să vorbească, se gândi ea, și atunci când o fac, ne-am dori să fim la un milion de kilometri distanță.

În acel moment, Goebbels păși ușurel în cameră, cu blana lui neagră, înfoiată și udă de ploaie. Ignorând-o pe Kate, se îndreptă spre Geoff și, după ce îi amușină cracul pantalonului cu o lipsă de interes studiată, sări zvelt lângă el pe canapea. Nu și tu, gândi Kate disperată.

– E tare incomodă situația asta..., începu el.

– Nu, nu, eu sunt cea care ar trebui să se simtă incomod. Geoff, îmi pare atât de rău pentru ce s-a întâmplat. Chiar îmi pare. Ești un bărbat minunat și aș da orice să nu se fi întâmplat ceea ce s-a întâmplat. Îmi pare atât, atât de rău. Dar eu pur și simplu am trecut peste asta. Am depășit momentul, înțelegi?

Kate îi zâmbi într-un fel în care spera că îi transmite toată dragostea și toată recunoștința pe care le simțise pentru el de-a lungul anilor și, în același timp, convingerea că nu mai aveau ce să repare.

– E foarte drăguț, spuse el, uitându-se în jos la pantofi.

Erau noi, observă ea. Cu talpă groasă. Păreau scumpi. Deloc tipici pentru Geoff.

– Mă bucur că ai spus asta. Pentru că mă simțeam ușor stânjenit că am venit azi aici.

– Nu trebuie să te simți niciodată așa, spuse Kate, sinceră, deși nici măcar ea nu credea în totalitate ceea ce spusese. Sabine o să vrea mereu să te vadă. Și eu o să... (aici se strădui să își găsească cuvintele)... o să țin mereu la tine. Mi-ar displăcea tare mult să știu că nu o să ne mai vedem niciodată.

– Chiar simți asta?

Se aplecă spre ea, cu mâinile rezemate ușor pe genunchi.

– Da, chiar simt, spuse ea. Ai fost o parte foarte importantă din viața mea, Geoff.

– Dar ai trecut peste.

Kate simți că o podidesc lacrimile.

– Da, așa este.

– Mă bucur, spuse el, și pentru prima oară, expresia feței i se relaxă. Pentru că ceea ce trebuie să îți spun... ei bine, eram puțin îngrijorat pentru că nu știam cum ești.

Kate se holbă la el, neînțelegând ce vrea să spună.

– Uite, asta îmi ușurează puțin situația. Pentru că și eu am trecut peste asta. Am... Ei bine, am cunoscut pe cineva.

Kate simți că mintea i se golește de orice gând. Geoff clătină ușor din cap, ca și cum nici lui nu i-ar fi venit să creadă ceea ce tocmai spusese.

– Am cunoscut pe cineva și pare să fie destul de serios. M-a făcut să îmi dau seama că aveai dreptate, ai avut tot dreptul să faci ceea ce ai făcut. Ah, știi cât de rănit m-am simțit atunci. Nu poți să îți închipui cât de rănit eram. Ceea ce face și mai uimitor faptul că s-a putut întâmpla așa de repede. Pentru că atunci când mi-ai spus... când a fost? Acum șase săptămâni?

Kate dădu din cap prostește.

– Dar persoana asta, femeia asta, m-a făcut să înțeleg că decizia ta a fost incredibil de curajoasă, pentru că doar ne îndepărtam din ce în ce mai mult unul de altul. Chiar nu ne stimulam reciproc și nici nu ne făceam fericiți unul pe altul. Acum am toate astea. Și dacă și tu simți așa, ei bine, Dumnezeule, nu pot să cred că spun asta, dar înseamnă că tot răul a fost spre bine. Atâta vreme cât Sabine e ok, bineînțeles.

Lui Kate începură să îi țiuie surd urechile. Se încruntă, în încercarea de a scăpa de această senzație.

– Te simți bine? zise Geoff, întinzându-i mâna.

– Da, spuse ea ușor. Sunt doar puțin... surprinsă.

Pantofii, îi trecu ei prin minte. Femeia aia îl făcuse să își cumpere pantofii. Plecase de trei săptămâni și femeia aia îl convinsese deja să își cumpere o încălțăminte de doamne-ajută.

– Cine e? spuse ea, ridicându-și privirea. O cunosc?

Geoff păru puțin stânjenit.

– Despre asta voiam să vorbesc cu tine, zise și făcu o pauză. E vorba de Soraya.

Kate rămase împietrită. După care continuă:

– Soraya? Doar nu vorbești de Soraya de la tine de la lucru?

– Ba da. Acea Soraya.

– Soraya, cea care a venit la noi la cină? De cinci sau șase ori?

– Da.

Soraya, regina asiatică a psihiatriei. Soraya, zeița de patruzeci și ceva de ani, cu ochi de căprioară, care poartă doar haine de la marii designeri și încălțăminte scumpă. Soraya, moștenitoarea unei case imense în stil georgian, situată în Islington, cu mobilier de un alb imaculat. Soraya, fără copii și cu bani în bancă, pe lângă contul de salariu. Soraya, vrăjitoarea. Hoața de bărbați. Cățeaua. Cățeaua. Cățeaua.

– Nu a pierdut deloc timpul, nu-i așa?

Nu putu să își ascundă nota de amărăciune din glas.

Geoff ridică din umeri și zâmbi cu regret.

– A fost suficient de precaută și a întrebat dacă decizia e finală. Știi că nu ar fi făcut-o altfel, din principiu. Când i-am spus că da, mi-a zis că, dacă nu pune ea repede mâna pe mine, o s-o facă altcineva. E de părere că lumea duce lipsă de bărbați cumsecade și maturi.

Avusese bunul-simț să roșească repetând complimentele ei, dar nici nu putuse să își ascundă mândria pe care i-o treziseră.

Lui Kate nu îi venea să creadă. Pusese mâna pe Geoff cea mai eligibilă dintre femeile singure pe care le cunoșteau amândoi. Pe Geoff, care dintr-odată devenise premiul cel mare pentru clasa feminină de mijloc. Cum se ajunsese oare la asta? Era ea într-atât de oarbă încât ratase vreo calitate de-a lui?

– Ți-am spus doar pentru că mi-ai zis că ești fericită alături de Justin. Nu aș fi vrut niciodată să te rănesc, știi asta.

– Ah, nu te îngrijora în privința noastră. Ne merge bine. Extraordinar.

Știa că sună pueril, dar, cumva, nu se putea abține.

Stătură acolo în liniște preț de câteva minute, timp în care Kate își dădu vinul peste cap ceva cam repede. În cele din urmă, vorbi din nou.

– Chiar e serios?

– Da. Este.

– După trei săptămâni?

– Nu are nici un rost să o mai lălăi la vârsta mea.

Încercase să o facă să sune ca o glumă.

– Ce, adică v-ați și mutat împreună?

Încă nu îi venea să creadă. Cum putea el oare să aibă deja o viață nouă când ea nici nu începuse să se împace cu pierderea vechii lor vieți comune?

– Păi, eu am închiriat apartamentul din Bromley pe trei luni. Dar da, îmi petrec cea mai mare parte a timpului la Islington.

– Ce drăguț.

– Știi că genul ăsta de lucruri nu au contat niciodată pentru mine.

Kate se holba la pantofii lui. Până acum, gândi ea. Înainte să te dumirești tu ce se întâmplă, o să te echipeze ea, Soraya, și o să te transforme într-unul din intelectualii ăia cu țoale de firmă, care poartă geci de la Nicole Farhi și cămăși de in.

Geoff mângâie pisica. Ambii păreau mult prea în largul lor.

– A... a fost ceva între voi înainte?

Suspiciunea care i se strecurase în minte îi umpluse dintr-odată creierul ca o Meduză toxică, cu multe capete.

– Poftim?

– Zic și eu, toată treaba pare să fi picat la țanc, nu? La trei săptămâni după ce pleci de aici, practic te muți cu una dintre prietenele noastre bune. Trebuie să recunoști că a mers cam repede treaba.

Expresia lui Geoff era cât se poate de serioasă.

– Kate, pot să îți jur cu mâna pe inimă că nu s-a întâmplat nimic până când nu mi-ai spus de... de Justin. Într-adevăr, Soraya mi se părea dinainte o femeie atractivă, dar nu pot să zic că o remarcasem mai mult decât pe alte prietene de-ale noastre. Ei bine, poate că o găseam mai atractivă decât pe celelalte, dar nu m-am gândit niciodată mai mult la ea decât la altcineva, dacă înțelegi ce vreau să spun.

Spunea adevărul. Lui Geoff îi fusese mereu imposibil să mintă. Atunci de ce era atât de supărată?

– Mi-a spus că i-a plăcut de mine întotdeauna, dar nu s-ar fi apropiat cât timp eram cu altcineva. Și dacă nu ar fi făcut ea vreo mișcare, ei bine, probabil că m-aș fi refugiat în apartamentul meu cam urât și mi-aș fi lins rănile ani de zile. Știi cum eram. Știi cum sunt. Pur și simplu nu sunt genul care să înșele.

Iar eu sunt, gândi ea, dar ești prea drăguț ca să o spui. Simțindu-se în mod inexplicabil lăsată pe dinafară, Kate simți nevoia să urle. Să țipe și să zbiere fără rețineri, ca și cum ar fi fost înșelată, și să plângă până când îi venea să verse, iar mușchii abdominali începeau să o doară. Și era doar vina ei.

Poate, se gândi ea în nebunia ei, că l-ar putea seduce. Să sară pe el, să îi sfâșie hainele și să facă dragoste cu el, cu o pasiune animalică ce l-ar lăsa tremurând, ștergându-i îngâmfarea aceea oferită de siguranța noii lui iubiri. Voia să îl vadă nesigur, anxios. Voia să o distrugă pe Soraya, cu zâmbetul ei asiatic, misterios. Putea să o facă, știa că poate să o facă. Îl cunoștea mai bine decât oricine altcineva, la urma urmei.

După care îl văzu pe Geoff uitându-se fix la ea, cu o mină blândă și îngrijorată. Era genul de privire, după cum își dădu ea seama, pe care o rezerva de obicei pacienților. Și asta era mai rău decât infidelitatea. Își aranjă ochelarii, aducându-și aminte cu neplăcere de faptul că era nemachiată și neîngrijită.

– Ești bine?

– Bine? Dumnezeule, mă simt extraordinar. Sunt doar uimită de veștile minunate pe care mi le-ai adus. Mă bucur așa de mult pentru tine.

Se ridică, lăsându-și bluza de mătase să se deschidă la guler.

– Nu e minunată viața?

Conștient că prin asta se punea capăt brusc întâlnirii lor, Geoff se ridică și el, lăsând paharul de vin pe jumătate băut pe măsuța de lângă canapea.

– Ești sigură că nu te deranjează? Poți să crezi ce vrei, dar pentru mine e important să știu că ești în regulă în privința asta.

Ochii lui Kate scăpărară.

– Să mă deranjeze? De ce ar trebui să mă deranjeze?

Își netezi părul, privind absentă prin încăpere.

– Justin o să fie uimit când o să îi povestesc cum s-au aranjat lucrurile. Așa de uimit. Și de încântat. Da, suntem amândoi foarte încântați. Acum haide să îți aducem lucrurile, nu vrei? spuse ea senină și se îndreptă spre ușă, cu un zâmbet larg, imobil, pe față.

Capitolul 4

– Asta e! Călcâiele jos, şezi dreaptă. Aşa, vezi? Te descurci de minune.

– Mă simt ca un sac de cartofi.

– Te descurci foarte bine. Ridică puţin braţele. Până la grumazul lui.

– Braţele sunt singurul lucru care mă ţin să nu cad.

Sabine se strâmbă, vârând nasul în eşarfă, în timp ce Thom rânjea la ea, şi simţi cum propria răsuflare îi trimitea o mică rafală fierbinte înapoi pe faţă. Trebuia să admită că se distra destul de bine, nu că ar fi avut de gând să îi spună şi lui Thom. În timp ce Thom vorbea, Cenuşiul se mişca ascultător sub ea, cu urechile fluturându-i înainte şi înapoi, cu grumazul arcuit precum cel al unui căluţ de lemn. Nu încercase să o arunce din şa, să o muşte, să o lovească, să intre în vreun gard sau să o ia la goană kilometri întregi, aşa cum se temuse ea în secret. Nici măcar nu o privise cu expresia aceea răuvoitoare, specifică tuturor cailor de la şcoala de călărie. În schimb, părea pur şi simplu mulţumit să iasă afară şi să se bucure de aerul înţepător din acea dimineaţă de iarnă, acceptându-şi pasagerul uman ca pe un preţ pe care trebuia să îl plătească.

– I-am spus eu bunică-tii că am ochiul format pentru cai, zise Thom, de la o înălţime mai mare, de pe calul roşcovan masiv din spatele ei.

Ținea ambele frâie în mâna dreaptă, în stil Western, în timp ce celălalt braț atârna relaxat pe partea stângă.

– Nu te-ar fi lăsat ea vreodată să te urci pe un cal prea nărăvaș. A avut grijă ca micuțul ăsta să te facă să te simți în siguranță înainte să îl aducă aici. Am auzit-o chiar eu când vorbea la telefon.

Sabine simți că în acest punct se aștepta de la ea să-și exprime recunoștința sau admirația. Dar nu putea. Bunica abia dacă o observase în ultimele zile, și atunci când o făcuse, o interesase doar ca să vadă ce prostii mai face. Ca de exemplu atunci când nu își spălase noroiul de pe cizme înainte să le pună la loc în magazie. Sau când îl lăsase pe Bertie să doarmă la ea în pat după-amiaza. Ba chiar țipase la doamna H că pusese un sortiment greșit de unt în ouăle jumări ale bunicului, ducând singură tava înapoi și bodogănind despre asta la nesfârșit, de parcă biata doamnă H încercase să îl otrăvească sau ceva de genul. Sabine voise să se răstească la ea, dar după ce bunica se întorsese la el în cameră cu tava reîncărcată, doamna H îi pusese o mână pe umăr și îi zisese că nu contează. „Are multe pe cap. Trebuie să o menajăm puțin", spusese ea.

– De ce îi lasă toată lumea pe amândoi să își facă de cap? îl întrebă ea pe Thom, în timp ce acesta coborî să deschidă o poartă de lemn.

– Pe cine? Cum să își facă de cap?

– Pe ei. Pe bunicii mei. De ce mai lucrați toți pentru ei când se comportă atât de îngrozitor cu toată lumea? Mi-e greu să cred că vă dau o căruță de bani, că doar o aud întruna cum vorbește despre *agoniseli*.

Scuipă ultimul cuvânt, de parcă ar fi avut un gust înfiorător.

Thom deschise poarta, își conduse calul înăuntru, lovindu-l ușor pe crupă, iar acesta se roti stângaci în jurul lui. Sabine intră în urma lui călare, copitele calului ei producând niște sunete stridente, ca niște ventuze în noroi.

– E în regulă.

– Nu, nu este. Nu îți mulțumește niciodată pentru toate lucrurile pe care le faci. Și a fost nepoliticoasă cu doamna H ieri. Și, cu toate acestea, nici unul dintre voi nu îi răspundeți.

– Nu are nici un rost. Nu e nimic personal.

– Asta nu e o scuză.

– Nu spun că ar fi. Dar fiecare om are felul lui de a fi, și ăsta e felul ei. Dumnezeule, e frig tare în dimineața asta.

Mormăind, Thom își puse piciorul pe scara de șa și, împingând în ea, își aruncă celălalt picior peste spinarea calului. Cizmele îi erau pline de noroi.

– Dar e umilitor. Vă tratează ca pe niște servitori. De parcă ați trăi cu toții în secolul nouășpe.

Thom lovi ușor cu palma grumazul musculos al murgului său.

– Ei bine, presupun că, într-un fel, *suntem* servitorii ei.

– Asta-i ridicol. Sunteți angajați.

Thom rânjea din nou acum. Zâmbetul i se ridică deasupra eșarfei înfășurate strâns în jurul gâtului.

– Și care-i diferența?

– Pur și simplu, e o diferență.

– Hai, să auzim.

Sabine se uită fix la urechile calului ei. Cea dreaptă se mișca înainte și înapoi. Thom putea fi așa de enervant câteodată.

– Diferența o face ea. Sau ei, de fapt, ambii. Diferența constă în modul în care vă tratează: ca egali sau... mă rog, fără pic de respect.

Îi aruncă o privire furișă lui Thom, întrebându-se dacă mersese prea departe. Își dăduse seama abia pe la mijlocul conversației că ar putea să se simtă, pe bună dreptate, jignit de ceea ce îi spunea.

Dar el se mulțumi să ridice din umeri și smulse o frunză dintr-o creangă de deasupra.

– Eu nu văd lucrurile așa. Bunicii tăi sunt oameni buni, dar mai de modă veche. Trebuie să îți amintești că au crescut cu servitori. Au crescut în colonii. Le place ca lucrurile să fie făcute într-un anume fel și sunt pur și simplu bătrâni și se necăjesc repede dacă nu se întâmplă asta.

Thom își opri calul și se întoarse să o privească.

– Dacă ar fi fost o singură persoană pe care ar fi tratat-o urât sau la care ar fi țipat, cred că eram plecați cu toții de mult. Nu e nici unul dintre noi vreun fraier, orice ai crede tu, Sabine. Dar îi înțelegem, pe ei și felul lor de a fi. Și, deși tu poate că nu vezi asta, și ei ne respectă pe noi.

Sabine tot nu era de acord, dar ceva în felul de a vorbi al lui Thom o făcea să îi piară tot cheful să mai continue conversația.

– Și indiferent ce crezi despre ea acum, doamna H are dreptate. Bunica ta are foarte multe pe cap. Ar trebui să te deschizi puțin în fața ei, Sabine. Să vorbești cu ea. Ai putea să rămâi surprinsă.

Sabine ridică din umeri, ca și cum nu ar fi fost treaba ei să îi pese. Dar ceea ce avea bunica pe cap, știa și ea, era starea proastă de sănătate a bunicului, care se agrava pe zi ce trecea. Nu mai coborâse de la el din cameră de cinci zile încoace, iar doctorul, un tânăr locțiitor, cu maniere alese, era un oaspete frecvent în casă.

Sabine nu voise să întrebe ce se întâmplă. Odată, doamna H o rugase să îi ducă sus tava cu mâncare. El era adormit, iar ea rămăsese în pragul ușii, înmărmurită și fascinată când văzuse că pe patul oriental de un roșu aprins, capul lui scheletic se chinuia să respire, șuierând și scuipând într-un somn întrerupt. Nu ar fi spus că nu arăta bine. Era prea bătrân ca să arate altcumva decât, ei bine, bătrân.

– O să moară? îl întrebă pe Thom.

El se întoarse în șa și se uită la ea scurt, după care își mută privirea, ca și cum s-ar fi răzgândit.

– Cu toții o să murim, Sabine.

– Ăsta nu e un răspuns.

– Păi, asta pentru că nu îți pot da un răspuns. Haide, se strică vremea. Trebuie să băgăm caii înăuntru.

Totul începuse în noaptea câinilor de vânătoare. Cu vreo săptămână în urmă, Sabine se trezise dis-de-dimineață din pricina vacarmului de sub fereastra ei, stârnit de ceea ce păruse să fie o haită de lupi, cu vocile ridicate într-un cor strangulat și frenetic. Nu urlau tânguitor, ci mânați de un soi de sete de sânge de nestăvilit, un cântec în armonie, menit să trezească fricile primitive. Speriată, coborâse încetișor din pat și se târâse desculță până la fereastră, cumva așteptându-se, în starea de reverie în care se afla, să vadă luna plină. În schimb, în lumina palidă și albastră, putu să distingă sub fereastră doar silueta firavă a bunicii, cu cămașa de noapte strânsă pe corp, alergând printre grajduri. O apariție fantomatică. Striga la cineva să se întoarcă. Nu era genul de strigăt plin de furie și disperare al cuiva care urmărește un infractor, ci unul scurt, aproape stăruitor:

– Vino înapoi, dragule! Vino înapoi acum! *Te rog!*

Sabine rămăsese în picioare, cu o mână sprijinită de fereastră atunci când bunica dispăruse, neștiind ce să facă. Pe de o parte, voia să ajute, pe de altă parte, avea o puternică presimțire că n-ar fi făcut decât să le invadeze intimitatea.

După care, câteva clipe mai târziu, urletul se făcuse neauzit. În schimb, începuse să audă zgomot de pași, după care din nou vocea bunicii, de data aceasta blândă și dojenitoare, cum era atunci când vorbea cu Ducele. Sabine trăsese perdeaua și o văzuse pe bunica ei mergând cu bunicul înapoi spre ușă. El se tot apleca și șchiopăta, iar vântul îi lipea pijamaua de trup, și oasele păreau să îi iasă prin ea, ca niște umerașe îndoite.

– Voiam doar să văd de ce latră câinii, continua el să spună. Știu că bărbatul ăla nu le dă destulă mâncare. Voiam doar să văd de ce latră câinii.

Sabine nu vorbise cu bunica ei despre acest incident. Mai mult, nici nu era prea sigură dacă ar fi trebuit să știe că se petrecuse. Dar de la acel episod, bunicul nu mai ieșise deloc din camera lui. Iar noaptea, când Sabine se trezea pe jumătate, auzea pe coridor pașii grăbiți ai bunicii, care mergea să se asigure că soțul ei era încă în pat și nu dispăruse într-o nouă misiune nocturnă.

Mânată de curiozitate, Sabine o întrebă totuși pe bunica dacă putea să meargă să vadă câinii de vânătoare. Ar fi vrut să o ducă Thom, dar bunica, după ce îi aruncase una dintre acele priviri, de parcă nu i-ar fi venit să creadă că Sabine era cu adevărat interesată de așa ceva, spuse că poate să o însoțească mai încolo în acea după-amiază.

– Sunt din rasa Black and Tan, îi spuse ea lui Sabine, în timp ce străbăteau curtea, cu pași iuți. E o rasă specială de câini. Se cresc aici la noi în zonă de generații întregi, explică bătrâna, pronunțând „jenerații".

Era cel mai lung discurs pe care i-l adresase de o săptămână încoace.

– Membrii familiei Ballantyne au fost întotdeauna Maeștrii de Vânătoare, adică cei care conduc, călare, vânătoarea de vulpi. Au început să țină câini de vânătoare la finalul secolului trecut, iar bunicul tău și-a petrecut o bună bucată din viață asigurându-se că tradiția nu se pierde. A fost maestru până acum vreo zece ani, când s-a lăsat de călărit. Sunt niște câini minunați. Ar fi trebuit să îi vezi cum dădeau limbi peste tot ultima oară când am ieșit cu ei.

Făcu o scurtă pauză și zâmbi, savurând acea amintire plăcută.

Străduindu-se să nu chicotească la auzul ultimelor cuvinte ale bunicii, Sabine nu îi spuse că avea alte motive pentru care voia să îi vadă. Era convinsă că sărmanii câini sunt ținuți în condiții mizere: nici un animal mulțumit nu ar fi putut produce sunetele din noaptea aceea. Și gândul că stăteau în coteţe de beton, departe de căldură și fără barem un preș uzat pe care să se odihnească, aproape că o făcea să izbucnească în lacrimi. Nu era prea sigură ce avea să facă atunci când o să îi vadă. În zilele proaste, ar fi făcut cumva să îi elibereze sau ar fi contactat pe cineva de la oficiul local pentru protecția animalelor, ca să facă scandal. Dar asta i-ar băga pe toți în belele, inclusiv pe Thom. În zilele ei bune, nici nu s-ar fi gândit la ei.

Îi țineau la cinci minute de mers pe jos de casă, într-o curte cu țarcuri de beton, unele dintre ele cu porți metalice înalte sau sârmă ghimpată în față. Arăta ca un soi de închisoare, se gândi Sabine cu amărăciune, în timp ce se zorea să țină pasul cu bunica ei. Mirosea a dezinfectant, a excremente de câine și a ceva putrezit, greu de identificat. Cum putea oare să aibă atâta grijă de labradorii ei și în același timp să țină câinii ăștia așa, afară, în frig?

– Ce face Horatio, Niall?

– Ceva mai bine, doamnă Ballantyne, răspunse un bărbat între două vârste, care apăru dintr-unul din țarcuri, când ele se apropiară.

Purta un șorț lung de piele, ca de fierar, iar fața îi era prea adunată în jurul nasului, ca și cum cineva i-ar fi strâns capul între palme.

– O să îi dăm bandajul jos de pe picior destul de curând și rana se vindecă frumos dedesubt.

– Să aruncăm o privire?

Nu era o întrebare. Bunica mărșălui în pas rapid spre un coteț din colț și miji ochii în întuneric. Din spatele ei, Sabine putu să distingă un câine întins pe paie, cu lăbuța bandajată, strânsă sub el, vrând parcă să se apere.

– Ce a pățit? îl întrebă Sabine pe bărbat.

Câinele ciuli urechile când bărbatul ajunse lângă el, ca și cum ar fi așteptat ceva, și se pleoști puțin când îl văzu că se întoarce spre Sabine.

– A fost călcat de un cal. Unul dintre oaspeții de la hipodrom nu a putut să oprească animalul și l-a prins pe prichindelul ăsta sub copită, zise bărbatul, clătinând din cap în semn de dezaprobare. Ascultați la mine, doamnă Ballantyne, nu li se spune nimic, nici măcar despre regulile de bază pe care trebuie să le urmeze înainte să îi lase să plece călare. Doar le iau banii și îi dau afară pe poartă. Nu le pasă dacă știu sau nu să călărească.

Bunica încuviință din cap, cu privirea fixată în continuare asupra câinelui.

– Cam așa e, cum zici tu, Niall. Din păcate, așa stau lucrurile.

– E mult mai rău de când l-au transformat în hotel. Cel puțin înainte veneau în mare parte doar oameni de-ai locului. Acum îți vin toți turiștii, oamenii de afaceri și alții asemenea, cărora nu le pasă decât să se distreze la o zi la vânătoare. Nu poți să le spui nimic. Bătrânul John MacRae de la grajduri îmi spune că v-ar podidi plânsul dacă ați vedea în ce stare sunt aduși înapoi unii dintre cai.

Bunica se uită la el.

– Betegi, nu?

– În cel mai bun caz. Unii îi călăresc câte patru-șase ore, până când vomită, pur și simplu. Ieri am avut un cal căruia i-a dat sângele pe nas. Și iapa aceea micuță, castanie pe care au adus-o de la Tipperary? V-o mai amintiți? I-a speriat pe toți pe aici, spuse el arătând în jur, pentru că femeia aia netoată a insistat să poarte pinteni și și i-a pus invers.

Sabine observă cum chipul bunicii se schimonosi de durere. Era o expresie pe care nu i-o mai văzuse până atunci.

– Cred că trebuie să stau de vorbă cu Mitchell Kilhoun, spuse ea, pe un ton ferm. O să îi spun că va trebui să aibă grijă mai bine de animalele lui sau nu o să îl mai lăsăm să conducă vânătoarea.

– O să discutați cu maestrul?

– Ba bine că nu, spuse ea.

– Ar fi minunat, doamnă Ballantyne. Mi se frânge sufletul să văd animale nevinovate, rănite așa, pentru nimic.

Se uită apoi spre câinele de vânătoare care își lingea laba sănătoasă, într-un gest de empatie prost plasată.

– Mititelul de el, ar fi putut să fie împușcat.

Sabine, care în timpul acesta se tot uitase, absentă, la câinele rănit, se întoarse spre bărbat și îl fixă cu privirea.

– Împușcat?

Niall se uită scurt la bunica, după care își întoarse privirea spre Sabine.

– Da, domnișoară. Ar fi fost cel mai milostiv gest pe care l-am fi putut face pentru el.

– Să îl împușcați? Cum ați ajuns la concluzia asta?

Niall se încruntă ușor.

– Păi, un câine de vânătoare cu trei picioare nu mai e bun la nimic, nu? O să fie lăsat în urmă. Poate chiar agresat de ceilalți. Nu i-am face nici un bine dacă l-am lăsa să trăiască, nu-i așa?

– Chiar l-ați fi împușcat? se răsti Sabine, holbându-se la bunica ei.

Niall are dreptate, Sabine. Un câine de vânătoare rănit nu mai are viață.

– Dacă îl împuști, atunci nu mai are viață.

Mânioasă, Sabine simți o dorință inexplicabilă de a izbucni în plâns.

– Cum poți să fii atât de crudă? Cum ar fi dacă l-aș împușca pe Bertie pentru că nu mai e în stare să își facă treaba? Nu ai deloc simțul răspunderii?

Bunica trase adânc aer în piept. Schimbă câteva priviri cu Niall, după care o luă ușor din loc, ca și cum ar fi vrut să o conducă pe Sabine înapoi spre casă.

– Nu sunt animale de companie, dragă. Nu sunt precum Bertie și Bella, ci sunt câini de vânătoare, crescuți special...

Fu întreruptă de vuietul puternic al Land Roverului ce tocmai vira în curte, urmat de o remorcă albastru-deschis, cam ponosită. Zdrăngănitul apropierii sale fu întâmpinat de o cacofonie de zgomote de la două dintre țarcuri. După care câinii se grăbiră să iasă afară și se azvârliră în sârma ghimpată, într-un extaz de lătrături și scheunături, îngrămădindu-se unii peste alții în încercarea de a ajunge mai repede afară.

În mijlocul acestei cacealmale, portiera șoferului Land Roverului se deschise și din mașină sări sprinten Liam.

– Îmi pare rău că a durat atât, Niall. Nu am găsit pe nimeni să îmi facă plinul la nenorocirea asta. Ah, îmi cer scuze, doamnă Ballantyne, nu v-am văzut.

– Haide, Sabine, spuse bunica, îndreptându-se hotărâtă spre poartă. Hai să mergem înapoi acasă.

Fata însă nu se lăsă.

– Ce se va întâmpla cu câinele lovit la labă? Horatio? O să fie împușcat?

Bunica se uită scurt la remorca pe care Michael începuse deja să o lase-n jos, după care o împinse ușor, până aproape de spatele lui Sabine.

– Nu, nu o să fie împușcat. După cum ne-a spus Niall, veterinarul e de părere că se face bine.

– Dar de ce nu îi tratați ca pe ceilalți câini?

Niall merse în capătul celălalt al rampei, și Michael, care se afla între ei, o coborî până la nivelul pământului, lăsând-o să cadă cam vreo cincisprezece centimetri, cu un zgomot răsunător, care îi făcu pe câini să urle cu și mai multă furie. Arătau amândoi cam înspăimântător, după cum observă Sabine în sinea ei.

– Sabine, hai *odată*! Chiar trebuie să mergem.

În acest moment, bunica începuse deja să tragă de ea. Sabine rămase înțepenită acolo, holbându-se la ea cu un soi de uimire. Ce era așa de urgent? Ce nu voia ca ea să vadă?

Un picior țeapăn, maro-închis, îi dădu răspunsul la întrebare. Se balansa ca o limbă de ceas stricată și ieșea din remorcă, așa rigid cum era, într-un unghi ciudat, arătând în sus spre hornurile de pe casă. La capătul lui era o copită neagră, luciind încă de la un soi de unguent decorativ. În timp ce Sabine asista la scenă, Niall înfășură calm o frânghie în jurului copitei și trase, în timp ce Michael, care înclină rampa ușor în sus, bălmăji ceva, în efortul lui de a descărca orice s-ar fi aflat în remorcă.

– Ce fac? șopti ea.

Era prea șocată să vorbească cu voce tare.

– E mort, Sabine.

Tonul vocii ostenite a bunicii sugera că era ceva de așteptat.

– Nu mai simte nimic.

Sabine se întoarse spre bunica ei, cu ochii cufundați în lacrimi. În spatele ei, câinii se azvârleau înnebuniți în sârma ghimpată.

– Dar ce fac?

Bunica privi spre cadavrul murgului, care aluneca, centimetru cu centimetru, la vale pe rampă.

– Îl duc la abator.

– La abator? La abator?!

– Trebuie să mănânce și câinii ceva, dragă.

Ochii lui Sabine se făcură cât cepele. Se holbă la calul mort, după care la câinii din spate, care salivau deja. Tot ce zărea erau dinți, gingii și balc.

– O să îl sfâșie în bucățele.

Vocea îi suna gâtuită și, fără să-și dea seama, își duse mâinile la față.

– Doamne, Dumnezeule, nu pot să cred că o să îi lași pur și simplu să îl sfâșie în bucățele. Ah, Dumnezeule...

Cei doi bărbați se opriră, după care continuară să tragă de animalul mort, în timp ce Sabine se năpusti pe poartă afară și fugi spre casă.

Doamna H îi făcuse o ceașcă de ceai cu vreo jumătate de oră în urmă, dar până când Joy Ballantyne își aminti să ia cana de pe marginea aragazului, o pojghiță se formase deasupra, ca un soare pal, maroniu, la mijlocul suprafeței de lichid.

Ar fi trebuit să știe că era o idee proastă să o ducă pe Sabine la țarcurile câinilor. Era o treabă tare murdară, și asta în zilele bune, iar fata se afla încă sub globul de cristal al vieții de la oraș. Orășenilor li se părea greu să fie martori ai brutalității vieții și morții, de la o distanță atât de mică, și, fără doar și poate, Sabine era o orășeancă tipică, până în măduva oaselor. Joy avea și așa destul de multe pe cap, acum că starea lui Edward se înrăutățea pe zi ce trecea.

Își ridică privirea, fără să-și dea seama, ca un câine care încearcă să detecteze orice sunet produs de vreo mișcare la etaj. Însă doamna H era la cumpărături și casa era cufundată în tăcere. Singurele sunete pe care le putea distinge erau freamătul îndepărtat al boilerului și, din când în când, vreun sforăit sau un vânt de la cei doi câini culcați la picioarele ei.

Joy oftă. Se gândise zile în șir ce să îi ofere puștoaicei ăsteia, cum să scoată puțin entuziasm din ea, un licăr de viață din fețișoara ei îmbufnată și suspicioasă. Dar nu părea să vrea *să facă* nimic, se încuia pur și simplu la ea în cameră sau încerca să se dea dispărută în diverse cotloane ale casei, iar neplăcerea de a se afla la Kilcarrion îi ieșea prin toți porii, ca un miros neplăcut. Oriunde ar fi fost, nu părea deloc să se simtă în largul ei, fie că era la ea în cameră, la cină, dacă era atinsă de cineva pe neașteptate, ba chiar și în propria piele.

Oare și Kate fusese așa? Poate că da. Sorbind din ceaiul călduț, în bucătăria goală, Joy își trecu în revistă propriile amintiri, ca și cum ar fi încercat să găsească o pagină anume într-o carte: toanele adolescentine ale lui Kate, furia ei provocată de neputința părinților de a-i înțelege preocupările, încăpățânarea ei ulterioară de a renunța la călărit, ceea ce îl lăsase pe calul roșcovan, pe care îl căutaseră luni de zile pentru ea, părăsit în grajdurile din spate, fără cineva să îl călărească, ca un simbol fizic care să le amintească permanent de prăpastia care se căsca între ei. Era atât de diferită de fratele ei mai mare, Christopher, care își petrecea fiecare sfârșit de săptămână în afara Dublinului, participând cu calul său la cursele cu obstacole. Îi era greu să creadă că sunt rude de sânge. Dar iată că povestea se repeta, de data aceasta cu fiica lui Kate.

Crezuse că vizita avea să fie un eveniment plăcut pentru toți, recunoscu Joy cu tristețe, în timp ce își termina ceaiul. Își dorise să o placă pe Sabine. Își dorise să îi ofere o ședere plăcută și distractivă, la aer curat, cu activități și mâncare bună, să o trimită înapoi cu puțină culoare în obrajii ei palizi și petrecuse ore în șir căutând un căluț simpatic care să îi țină companie. Cel mai mult își dorise să aibă ocazia să se comporte ca și cum ar avea o nepoată, în loc să tot încerce să-și alunge gândul acesta din minte, cum tot făcuse de când ea și Kate se certaseră aprig. Atunci când Kate o sunase din senin și o întrebase dacă putea să o trimită la ea, confundase tăcerea lui Joy cu reticența și își retrăsese imediat, indignată, rugămintea. Dar tăcerea lui Joy fusese doar o reacție de uimire plăcută. Nu își imaginase niciodată în ultimii zece ani că va avea ocazia să o primească pe nepoata ei în vizită.

Iar acum, singurele momente în care se simțeau amândouă în largul lor erau atunci când Sabine dispărea acasă la Annie, lucru pe care îl făcea din ce în ce mai des. Sabine nici măcar nu părea să își simpatizeze bunica. Și Joy se vedea nevoită să recunoască în sinea ei că prezența fetei o făcea să se simtă incomod, chiar irascibilă.

Poate că suntem prea bătrâni pentru ea, gândi Joy, la auzul trosniturii din genunchi atunci când se apleca să mângâie capul mătăsos al Bellei. Suntem prea bătrâni și prea plictisitori, iar ea e obișnuită cu viața de la oraș, genul de viață pe care noi nici nu mai sperăm să o înțelegem vreodată. Calculatoare, asta vrusese, nu? Calculatoare și televizor? Ce naivitate să cred că o să se simtă bine aici. Ce naivitate să mă enervez pe ea doar pentru că nu poate să înțeleagă povestea cu Ducele. Până acum, nu i s-a dat prilejul de a avea vreun soi de responsabilitate adevărată. Și ar trebui să îmi pară rău de ea, nu să mă enervez, gândi Joy. Ce viață nefericită, meschină și confuză a avut până acum. Nu ar avea cum să fie altfel. Și asta din vina lui Kate.

– Haideți, copilași, spuse ea, ridicându-se. Haideți să mergem să o căutăm pe Sabine!

Înfățișarea severă a lui Joy se afla în contradicție cu generozitatea ei sufletească. Deși îi era greu să se schimbe în vreun fel, nu era nici într-atât de rigidă încât să nu mai lase de la ea atunci când nu avea dreptate. Erau lucruri pe care le-ar fi putut face ca s-o mai înveselească pe puștoaică, n-avea nici o îndoială în privința asta. Să-i dea câteva lire și s-o întrebe pe Annie dacă nu vrea să meargă cu ea la cinematograf. I-ar prinde bine și lui Annie să mai iasă din casă. Ar putea apoi să vadă dacă Thom n-ar vrea să o învețe să conducă Land Roverul pe câmp, în spatele grajdurilor. Sigur i-ar plăcea asta. Trebuia să încerce să găsească ceva în comun cu ea.

Joy le spuse câinilor să rămână acolo, iar ea porni sus pe scări. Când venise mai devreme să îi aducă lui Edward niște apă proaspătă, o auzise cum suspina la ea în cameră. Exasperată și nesigură dacă nu cumva o încercare de abordare din partea ei s-ar fi lovit de un refuz vehement, decisese să coboare în liniște înapoi la parter. Își aminti de asta cu un soi de rușine. Pentru numele lui Dumnezeu, femeie, se dojeni ea. E doar un copil. Tu ești cea care ar trebui să fie suficient de matură încât să o abordeze.

Ajunse în dreptul camerei ei și încercă să distingă sunete care ar indica vreo mișcare, după care bătu ușor de două ori la ușă.

Nici un răspuns.

Joy bătu din nou, după care împinse încet ușa. Patul, deși arăta de parcă tocmai se ridicase cineva din el, era gol. Privi în jur, după care, dându-și seama că îi invada intimitatea lui Sabine, se retrase. Probabil că se dusese la Annie. Joy încercă să își alunge amărăciunea provocată de gândul că propriei sale nepoate îi era mai ușor să stea într-o casă plină de străini decât cu cei mai apropiați membri ai familiei.

Nu e vina ei, își spuse Joy. Pur și simplu noi nu am încercat suficient de tare să o înțelegem.

Închise ușa după ea fără zgomot, ca și cum Sabine ar fi fost cumva prezentă și făcu doar câțiva pași pe coridor, până când ușa biroului îi atrase atenția. Era întredeschisă.

Enervată, Joy vru să meargă să o închidă, dar, din instinct, merse să arunce o privire înăuntru. Deschise ușa și intră în încăpere.

Era o cameră în care intra foarte rar. Edward renunțase să o mai folosească în urmă cu câțiva ani, iar doamna H fusese instruită de ea să nu trebăluiască pe acolo, așa că putu imediat să își dea seama că lucrurile fuseseră deranjate. Ar fi fost ușor de observat chiar și dacă nu ar fi găsit cele două cutii pe podea și albumul de fotografii deschis și rezemat de unul dintre cele două covoare făcute sul.

Joy își pironi privirea pe fotografiile împrăștiate pe jos. Era una cu ea și Stella, râzând probabil la vreo glumă, în ziua Încoronării. Mai zărise și jonca pe care o închiriau duminicile ca să meargă la plaja de la Shek O. Mai era și o poză cu Edward îmbrăcat în costumul său alb de ofițer naval. Și mai era și o poză cu Kate, de când era doar o copilă. Cu micuțul ei prieten. Cu micuțul ei prieten chinez.

Joy simți un val de furie la vederea propriilor amintiri împrăștiate haotic pe covor, ca niște obiecte lipsite de importanță. Cum îndrăznise? Cum îndrăznise să se uite peste toate aceste lucruri personale fără ca măcar să întrebe? O văzu dintr-odată pe nepoata ei ca pe o intrusă, ca pe cineva care scotocise pe furiș în trecutul ei. Fotografiile acestea erau *personale*. Erau viața ei, amintirile ei, mementourile ei personale ale anilor trecuți. Și să le lase așa împrăștiate în cea mai mare dezordine, ca și cum nu ar fi avut nici o însemnătate...

Încercând să își stăpânească indignarea, Joy se aplecă și începu să arunce fotografiile de pe jos înapoi în cutie, după care puse capacul la loc, apăsând zadarnic cu putere. Se îndreptă spre ușă și porni așa într-o goană în jos pe scări, astfel încât câinii, în loc să o aștepte cu nerăbdare, o luară la fugă la apropierea ei.

Sabine vedea deja pentru a treia oară *Mic dejun la Tiffany*. Știa partea asta, când pălăria femeii de la petrecere lua foc și nimeni nu observa. Știa și partea când Audrey Hepburn adormise în patul lui George Peppard (iar el nu încercase să profite de ea în nici un fel, spre deosebire de felul în care decurg lucrurile în viața reală), cât despre partea în care ea îl îndemnase să își caute cartea la bibliotecă, ei bine, Sabine ar fi putut să o recite din memorie. Dar nu conta, pentru că era mult mai interesată de Annie. Pentru o femeie care nu părea să facă nimic altceva decât să stea în fața televizorului și să vadă filme zi de zi (Annie avea abonament la toate canalele prin cablu, la fel și la toate magazinele de închiriat casete video de pe o rază de patruzeci de kilometri), rareori se uita la vreunul dintre ele. De când ajunsese Sabine la ea, ceea ce însemna cam o oră întreagă de *Mic dejun la Tiffany*, răsfoise vreo două reviste, își însemnase niște articole de îmbrăcăminte într-un catalog gros, se ridicase să se uite pe fereastră de cel puțin două ori și, mai ales, stătuse cu privirea în gol spre ecran. Se ajunsese până într-acolo încât lui Sabine i se părea mai palpitant să nu se mai uite la film și să o privească pe Annie.

Însă, la urma urmei, era ceva normal pentru Annie să nu se poată concentra prea mult timp asupra unui lucru, oricare ar fi fost acela. În timpul conversațiilor, atunci când stăteau față în față, conspirând la o ceașcă de ceai, Annie pierdea șirul întâmplărilor, astfel că Sabine trebuia să îi reamintească. Sau se mai întâmpla să rămână înmărmurită, după care, când și când, să dispară la etaj preț de cinci sau zece minute. Adeseori o mai lua și somnul, ca și cum ar fi fost pur și simplu ceva extenuant să fie prezentă. La început, pe Sabine o enervase acest gen de comportament și o făcuse să se întrebe dacă nu cumva greșea ea cu ceva, după care observase că așa se comporta Annie cu toată lumea, cu Patrick, cu mama ei și chiar și cu Thom, și concluzionase că pur și simplu așa era ea. După cum îi explicase Thom, fiecare om are felul lui de a fi și, atât timp cât nu e nimic personal, trebuie să acceptăm lucrurile așa cum sunt.

– Și pe unde ai fost azi de dimineață, Sabine?

Annie, care stătea pe canapeaua cea mare și albastră, cu picioarele strânse sub ea, își întoarse fața de la ecranul televizorului. Purta un pulover tip plasă, care părea să o înghită cu totul. Probabil că era al lui Patrick.

– Ai fost la călărit?

Sabine dădu din cap că da. Observă că imitase fără să își dea seama poziția lui Annie pe cealaltă canapea, și piciorul de dedesubt începuse să-i amorțească și s-o înțepe.

– Te-a luat Thom cu el?

– Da, răspunse ea și își îndreptă piciorul, uitându-se la șosetă. Ai văzut vreodată câinii de vânătoare?

– Mă întrebi dacă am văzut vreodată câinii de vânătoare? Desigur că i-am văzut. Îi vezi mai tot timpul pe drum în timpul sezonului de vânătoare.

– Vreau să spun dacă i-ai văzut acolo unde îi țin.

Annie o privi întrebător.

– La țarcuri? Sigur. Oribil loc, nu-i așa? De ce? Te-ai speriat un pic?

Sabine încuviință din nou din cap. Nu voia să îi spună lui Annie toată povestea. Casa lui Annie era locul în care trebuia să pretindă că duce o viață normală, cu televizor și bârfe și fără bătrâni nebuni, reguli stupide și mortăciuni.

Annie observă expresia lui Sabine, după care își întinse picioarele în jos, pe podea.

– Thom nu ar fi trebuit să te ducă acolo. Nu e un loc prea drăguț dacă nu ești obișnuită cu fermele de animale.

– Nu Thom m-a dus. Acolo ajung toți caii morți?

– Nu doar caii. Ci și vitele, oile, de toate. Trebuie să le ducă undeva, nu? Nu m-aș necăji din pricina asta. Mă duc să pun ibricul pe foc. Vrei un ceai?

Dar bineînțeles că Annie avu nevoie de cincisprezece minute să îl întrebe pe Patrick dacă voia ceai. Când se întoarse înapoi în sufragerie, Audrey Hepburn se cuplase cu George Peppard și își găsise pisica pierdută, iar Sabine decisese că poate avusese totuși o reacție exagerată la vederea țarcurilor. Animalele erau moarte, după cum zisese și Annie. Iar câinii trebuiau să mănânce și ei ceva. Fusese doar un mic șoc să vadă cât de crudă era toată situația. Mai ales pentru o vegetariană.

La Londra, mama ei avea grijă să îi respecte părerile legate de consumul de carne și se asigura că aveau mereu în frigider brânză, sos de paste și tofu. Iar Geoff gătise de multe ori mâncare vegetariană pentru toți trei. Era mai ușor, spunea el. Și era probabil mai bine și pentru ei să nu consume prea multă grăsime animală. Era și așa destul de greu să îți respecți principiile fără ca ceilalți să le trateze ca pe niște toane adolescentine. Aici, oamenii păreau să „uite“ întruna că ea nu mănâncă deloc carne și i-o serveau oricum. Sau se comportau de parcă era vreo bizarerie de a ei la care avea să renunțe cândva. Dar, în același timp, acasă nu exista viață și moarte – asta dacă nu puneai la socoteală ce vedeai la televizor. Aici, păreau să fie pretutindeni; la micile animale pe care Bertie le chinuia în curte, în abatorul oribil de la țarcuri, pe fața ridată și aspră a bunicului, lipsită deja de energia necesară să producă diverse expresii.

– O să moară bunicul? întrebă ea.

Annie rămase în pragul ușii de la bucătărie, după care începu să-și netezească stângaci, cu ambele mâini, tivul puloverului.

– Nu îi e prea bine, recunoscu ea.

– De ce nu vrea nimeni să îmi dea un răspuns pe față? Știu că e bolnav, și pe bunica nu pot să o întreb. Vreau doar să știu dacă o să moară.

Annie turnă ceaiul în niște căni cu dungi. Rămase tăcută pentru o vreme, după care se întoarse spre Sabine.

– Și care ar fi diferența?

– Nu o să fie nici o diferență. Vreau doar ca oamenii să fie sinceri cu mine.

– Sinceritate, ha. Poți să ai parte de prea multă sinceritate, crede-mă.

Sabine recunoscu jenată o ușoară notă de agresivitate în tonul vocii lui Annie.

– Dacă nu e nici o diferență, atunci nu contează. Ar trebui să îl apreciezi cât timp e prin preajmă. Ba chiar să îl iubești.

Sabine făcu ochii mari la auzul acestor vorbe. Ideea că dragostea era ceva ce îți puteai impune să simți față de bătrânul ăla arțăgos i se părea aproape ridicolă.

– El... el nu prea e genul de persoană iubitoare, se hazardă ea, timidă.

– De ce? Pentru că e bătrân? Și dificil? Sau pentru că nu ești tu în largul tău când e prin preajmă?

Sabine începu să se simtă din ce în ce mai stânjenită de tonul vocii lui Annie. Annie era unul dintre puținii oameni care o înțelegeau, iar acum se comporta de parcă ea ar fi spus ceva greșit.

– Nu am vrut să te jignesc, spuse ea îmbufnată.

Annie îi puse o cană de ceai în față. Când Sabine ridică din nou privirea, Annie se uita la ea cu ochi blânzi.

– Nu m-ai jignit, Sabine. Cred doar că e important să îi iubești pe oameni cât timp îi ai. Atâta vreme cât sunt prin preajmă.

Ochii i se umplură de lacrimi și își întoarse privirea în altă parte.

O dăduse iar în bară. Pe Sabine o trecu un fior, conștientă că o făcuse cumva pe Annie să plângă din nou. De ce nu putea oare să înțeleagă cum funcționau oamenii ăștia? De ce se simțea întotdeauna ca și cum ar fi interpretat greșit niște semnale importante, ca atunci când ieșise odată în Londra cu o gașcă pe care nu o cunoștea și nu înțelesese nimic din ce vorbeau și nici una din glumele lor criptate?

– Chiar încerc să fiu drăguță cu toată lumea, îndrăzni ea să spună, în disperarea de a o face pe Annie să revină la sentimente mai bune pentru ea.

Annie suspină și își șterse nasul cu dosul mânecii.

– Sunt sigură că încerci, Sabine. Dar nu prea îi cunoști, atâta tot.

– Doar că nu sunt niște oameni în fața cărora să-ți arăți cu ușurință sentimentele. Nu sunt foarte... ei bine...nu sunt foarte sensibili, dacă înțelegi ce vreau să spun.

Annie râse și își puse mâna deasupra celei a lui Sabine. Era rece, moale și uscată. Mâinile lui Sabine, în schimb, ardeau din pricina rușinii.

– Aici, ai dreptate. Să îi faci pe ăștia doi să își arate sentimentele... ce să zic, probabil că ai avea mai mult succes cu Ducele.

Râseră amândouă, complice, spărgând tăcerea din încăpere. Sabine începea să se mai calmeze. Probabil că nimerise pur și simplu într-o perioadă de turbulențe invizibile pentru ea.

– Dar serios, Sabine, acum pe bune. Doar pentru că le e greu să își arate sentimentele, asta nu înseamnă că nu simt nimic.

Discuția lor fu întreruptă de niște bătăi puternice în ușă. Aruncându-i scurt o privire întrebătoare lui Sabine (doamna H și Thom intrau întotdeauna fără să bată), Annie se ridică de pe scaun și se îndreptă spre ușă, dându-și părul după urechi.

Sabine putu în clipa aceea să o vadă pe Joy în pragul ușii, înaltă și țeapănă, cu baticul pe cap, cu fața încordată și cu brațele acoperite de jacheta în carouri, înțepenite stângaci pe lângă corp.

– Îmi pare rău că te deranjez, Annie. Mă întrebam dacă pot să stau de vorbă cu Sabine.

– Desigur, doamnă Ballantyne.

Annie se trase îndărăt, deschizând și mai larg ușa.

– Intrați înăuntru.

– Nu, nu o să intru, mulțumesc foarte mult. Sabine, aș vrea să vii acasă.

Sabine se uită fix la Joy, observând furia pe care bunica ei cu greu reușea să și-o reprime. Făcu o scurtă trecere în revistă a potențialelor motive de enervare: nu, sticlele de șampon erau la ea în cameră, cizmele îi erau curate, ușa de la ea din cameră era închisă ca să nu îl lase pe Bertie să intre. Cu toate acestea, ceva din expresia lui Joy o făcea să se împotrivească mai mult decât oricând să părăsească siguranța și confortul casei lui Annie. O fixă pe Joy cu privirea, încercând din greu să își potolească sentimentul tot mai puternic de neliniște.

– Tocmai mi s-a adus ceaiul, spuse ea. O să vin imediat.

Joy tresări ușor. Ceva în privirea ei deveni rece și metalic.

– Sabine, spuse ea, vreau să vii acasă *acum*!

Lui Sabine îi bătea inima de parcă ar fi fost cât pe ce să îi sară din piept.

– Nu, spuse ea. Îmi beau ceaiul acum.

Ochii lui Annie licăreau, prinsă între cele două musafire.

– Sabine..., zise ea, iar în vocea ei se distingea un avertisment.

– Sunt sigură că nu poate fi atât de urgent, spuse Sabine sfidătoare.

Știa că se află pe teritorii necartografiate acum, dar ceva în adâncul ei se opunea cu înverșunare să se întoarcă în casa aia nenorocită ca să fie certată pentru vreo abatere domestică minoră. Sabine se săturase.

– O să vin când sunt gata, spuse ea.

Pentru Joy, asta păru să fie picătura care umplu paharul. Trecu într-un suflet pe lângă Annie și intră în cameră, purtând aerul rece de afară în jurul ei ca o vibrație radioactivă.

– Cum îndrăznești? spuse ea gâfâind. Cum îndrăznești să te uiți prin lucrurile mele personale? Cum îndrăznești să îmi scotocești prin fotografiile mele personale fără să te gândești să îmi ceri permisiunea? Erau personale, înțelegi ce zic? Nu trebuia să te fi uitat peste ele.

În clipa aceea, Sabine își aminti de fotografii, iar descoperirea o făcu să roșească. Nici măcar nu se gândise să le pună la loc. Păruse o treabă inutilă pentru că oricum nu mai intra nimeni altcineva în cameră. Dar orice formă de vinovăție era pusă în umbră de modul disproporționat în care reacționase bunica ei. Nu o mai văzuse niciodată să se piardă așa cu firea. Glasul îi trosnea ca un buștean uscat în foc, iar părul păru să i se electrizeze dintr-odată, eliberându-se din strânsoarea celor două agrafe. Dar pe măsură ce tirada continua în atmosfera tensionată, adrenalina îi crescu și ei, iar Sabine se trezi că țipă înapoi la bunica ei.

– Erau doar niște fotografii, strigă ea, acoperind-o pe Joy. Tot ce am făcut a fost să mă uit pe niște nenorocite de fotografii dintr-o cutie! Doar nu m-am uitat prin dulapul tău cu chiloți, nu?

– Nu erau ale tale ca să te uiți peste ele! Nu aveai nici un drept!

Vocea lui Joy accentuă ultimul cuvânt, sunând neobișnuit, cumva adolescentin.

– Nici un drept? Nici un drept?

Sabine se ridică, împingându-și scaunul înapoi cu o mișcare violentă.

– Nu am nici un drept de când am venit aici, fir-ar să fie. Nu pot să fac nimic fără să îți cer permisiunea, nu-i așa? Nu pot să mă plimb pe lângă casă, nu pot să vorbesc cu angajații, nu pot nici măcar să fac o baie nenorocită fără să îmi fac griji că o să dea cineva buzna peste mine și o să bage o riglă în cadă să vadă dacă nu cumva am pus prea multă apă.

– Erau lucrurile mele personale! urlă Joy. Cum ți s-ar părea dacă m-aș apuca și eu să îți scotocesc prin lucrurile personale?

– Știi ceva? De ce nu mergi să arunci o privire? Pentru că eu nu am nici un lucru personal, nu? Nu pot să îmi țin nici periuța de dinți personală în baie. Nu pot să mă uit la programele la care vreau. Nu pot nici măcar să folosesc telefonul pentru un apel personal!

În acest moment, vocea lui Sabine începu să se facă tot mai mică și fata își strânse pumnii pe ochi, încăpățânându-se să nu o lase pe bătrână să vadă că plânge.

– Sabine, puteai să faci tot ce pofteai, dar nu așa, pe furiș, dând târcoale pe lângă casă și refuzând să te implici. Trebuie să te implici.

– În ce să mă implic? Să merg la vânătoare? Să arunc cai morți de mâncare la câini? Pardon, la câini de vânătoare. Să îi ajut zi de zi pe cei opt milioane de oameni care se dau de ceasul morții ca să îi fiarbă bunicului ouă?

Sabine abia dacă băgă de seamă că Patrick coborâse și el și stătea în pragul ușii de la bucătărie.

– Ești musafir la mine în casă, zise Joy, de parcă s-ar fi străduit să își controleze suflul. Și atât timp cât ești musafir, ultimul lucru la care mă aștept de la tine este să îți bagi nasul acolo unde nu îți fierbe oala.

– Sunt doar niște fotografii afurisite! Câteva fotografii de doi bani! În afară de cele cu mama, nici măcar nu sunt prea reușite.

Sabine izbucni în plâns.

– Dumnezeule, nu pot să cred că faci așa un scandal din treaba asta. Mă plictiseam, bine? Mă plictiseam și eram sătulă până în gât și voiam să văd cum arăta mama când era de vârsta mea. Dacă aș fi știut că o să faci asemenea tam-tam, nu m-aș fi apropiat de fotografiile tale idioate. Te urăsc. Te urăsc și nu vreau decât să plec acasă.

Plânsul ei se preschimbă în suspine adânci, fără vlagă. Sabine se așeză la masă și își îngropă chipul între brațele încrucișate.

Annie, care în tot acest timp rămăsese acolo, în picioare, neștiind ce să facă, închise ușa de la intrare și se îndreptă spre masă. Îi puse lui Sabine o mână pe umăr.

– Uitați, doamnă Ballantyne, interveni ea, sunt sigură că Sabine nu a avut intenții rele.

Patrick păși încetișor spre mijlocul camerei.

– E totul în regulă aici? întrebă el.

– Poți să mergi înapoi sus, Patrick. Totul e în regulă.

– Avem oaspeți la pensiune. O să se întrebe ce se petrece.

– Știu, dragule. Mergi sus, spuse Annie. Nu o să mai facem gălăgie.

Joy clătină ușor din cap, ca și cum ar fi uitat de prezența celeilalte femei. Se uită în sus și îl văzu pe Patrick și dintr-odată păru să se rușineze de propria-i izbucnire.

– Îmi pare atât de rău, Annie, Patrick, spuse ea în cele din urmă. Nu îmi stă în fire să-mi pierd așa cumpătul.

Patrick se uită prudent la Joy și la Sabine.

– Serios. Îmi pare atât, atât de rău.

– O să fiu sus dacă aveți nevoie de mine, îi spuse el soției lui și părăsi camera.

Urmă o scurtă clipă de tăcere, întreruptă doar de suspinele lui Sabine. Joy își puse palmele pe obraji, ca și cum ar fi verificat dacă nu cumva avea febră, după care se îndreptă rapid spre ușă.

– Annie, îmi pare atât de rău. Te rog să îmi accepți scuzele. Eu... da... Păi, cred că mai bine merg acasă. Sabine, ne vedem mai târziu.

Sabine refuză să ridice privirea.

– Îmi pare rău, spuse Joy în timp ce deschidea ușa.

– Stați liniștită, doamnă Ballantyne, spuse Annie. Nu e nici o problemă. O să o las pe Sabine să își termine ceaiul și o să se întoarcă ea mai târziu.

Joy ședea pe marginea patului soțului ei. El stătea întins, rezemat de o grămadă de perne albe, cu privirea rătăcind prin cameră, fixând focul din vatră, pe care doamna H îl ațâțase înainte să iasă. Era întuneric afară și singura lumină din încăpere venea de la o lampă de pe noptieră și de la văpaia focului, care se reflecta pâlpâind în cadrul de mahon al patului și pe mânerele de alamă ale dulapurilor de sub fereastră.

– Oh, Edward, am făcut un lucru îngrozitor, spuse ea.

Ochii umezi ai lui Edward se rotiră ca să îi întâlnească pe cei ai lui Joy.

– M-am pierdut complet cu firea din cauza lui Sabine. De fața cu Annie și Patrick. Nu știu ce m-a apucat.

Își șterse ochii cu o mână, iar în cealaltă ținea strâns batista pe care o scosese din dulap când se întorsese acasă. Lui Joy nu îi stătea în fire să plângă. Nici măcar nu mai ținea minte când făcuse asta ultima oară. Dar silueta aceea subțire, adolescentină, care izbucnise în lacrimi de copil în fața ei, nu îi mai dădea pace acum, iar ceea ce o tulbura chiar și mai mult de atât era chiar propria reacție violentă pe care o avusese față de ea.

– Vezi tu, a intrat în birou.

Joy trase adânc aer în piept și îi luă mâna lui Edward într-a ei. Era osoasă și uscată. În clipa în care o atinse, își aminti de vremurile când era lată, ca o cazma, arsă de soare de la munca sub cerul liber.

– A scormonit prin fotografiile vechi din Hong Kong. Și apoi m-a apucat ceva când le-am revăzut... eu... ah, Edward, m-am pierdut complet cu firea.

Edward își ținea în continuare ochii pironiți pe chipul soției sale. Ei i se păru că simțea cum o strângea ușor de mână, în semn de răspuns.

– E doar un copil, nu-i așa? Nu înțelege. De ce să nu aibă voie, la urma urmei, să se uite peste fotografii? Mai mult ca sigur că nu știe mare lucru despre familia ei. Ah, Edward, mă simt ca o babă nebună. Ce n-aș da să pot întoarce timpul înapoi.

Căzută pe gânduri, Joy începu să își împăturească batista. Știa ce avea de făcut, dar nu știa cum să o facă. Era puțin probabil să poată apela la Edward pentru un sfat bun, dar el păruse să fi avut o zi mai bună. Și în plus, nu mai era nimeni altcineva care ar fi putut s-o înțeleagă.

– Tu te-ai priceput întotdeauna mai bine la oameni. Mult mai bine decât mine. Ce pot să fac ca să mă revanșez?

Joy privi îndelung la soțul ei și își schimbă poziția, astfel încât să se poată apleca și să audă ce zice.

Edward își luă ochii de la ea, ca și cum s-ar fi gândit profund. După o bucată de vreme, își întoarse fața spre ea. Joy se aplecă și mai mult. Știa că vorbea greu acum.

Atunci când îi auzi vocea, era aspră și casantă, precum hârtia de orez.

– O să mâncăm cârnați la cină? întrebă el.

Capitolul 5

Singurul avantaj de a locui într-o casă supusă matematic regulilor și regulamentelor era că îți permitea să treci mai ușor neobservat. Sabine își programase întoarcerea la Kilcarrion pentru ora opt și cincisprezece, când știa că bunica lua cina în sufragerie. Chiar și atunci când bunicul mânca de seară la el în cameră, Joy continua să mănânce acolo, la masa așternută cu grijă, ca și cum ar fi păstrat de una singură vreo tradiție grandioasă. Iar Sabine planificase o rută de întoarcere care nu presupunea să treacă prin sufragerie: dacă avea să intre pe ușa din spate și să meargă pe vârfuri de-a lungul coridorului care ducea la baie, ar putea să urce pe scările din spate și apoi să ajungă pe palierul principal, fără ca bunica să știe că ea era acolo.

Pentru că nici în ruptul capului nu avea de gând să mai stea de vorbă cu ea. Data viitoare când avea s-o întâlnească, va fi doar ca să își ia rămas-bun. O să aștepte până când bunica se va fi dus la culcare, după care o să se furișeze pe vârfuri până în camera de zi, unde o să o sune pe mama ei și o să îi spună că se întoarce acasă. Bunica nu avea telefon la ea în cameră, așa că nu urma să audă nimic. Iar bunicul oricum nu auzea de fel nimic. Atât timp cât câinii nu aveau să se agite și să înceapă să latre, totul urma să fie planificat și pregătit înainte ca bunica să mai poată face ceva pentru a schimba situația.

Micul ghem de neliniște pe care Sabine îl simțise în stomac pe tot restul șederii ei la Annie nu dispăruse în timp ce punea la cale toate acestea, dar nu îi păsa prea tare. Era aproape recunoscătoare. Furia pe care o simțea și nedreptatea care i se făcuse îi dădeau puterea să își ducă mai departe planurile. Da, avea să îi fie dor de Thom și de Annie și de doamna H și era păcat, mai ales acum când abia începuse să se simtă și ea puțin mai bine acolo. Dar nu mai avea de gând să rămână nici măcar o zi cu femeia aceea. În nici un caz. La un moment dat, după ce bunica plecase deja, când ea era la stadiul de suspine și sughițuri, îi sugerase lui Annie că ar putea să o lase să doarmă în camera goală de lângă dormitorul lor, cea care nu era folosită niciodată de oaspeți. În felul acesta nu ar mai fi trebuit să se întoarcă deloc la Kilcarrion. Dar la auzul acestei întrebări, Annie se comportase din nou ciudat, așa cum o făcea adeseori și o refuzase, spunând că nimeni nu o să folosească acea cameră vreodată. Sabine se decisese să nu forțeze nota. În acel moment, avea nevoie de cât mai mulți prieteni.

Sabine își trase geanta de voiaj de sub pat și începu să își arunce hainele înăuntru. Era mai bine așa, își spuse ea. Pur și simplu nu se putea înțelege cu bunica. Pricepea acum de ce mama ei nu se mai întorsese vreodată în Irlanda. Imaginează-ți cum e să crești cu așa ceva toată viața! Pe Sabine o lovi dorul de Kate și se consolă cu ideea că a doua zi pe vremea asta avea să fie înapoi la casa ei din Hackney. Asta era tot ce conta pentru moment. De treaba cu Justin avea să se ocupe mai încolo.

Se îndreptă apoi spre dulap, deschizându-l și azvârlindu-și hainele în geantă haotic, nepăsându-i dacă aveau sau nu să se șifoneze. Era sătulă până în gât să facă lucrurile așa cum zic alții că trebuie. De acum înainte, o să facă totul așa cum consideră ea.

Dar în timp ce împacheta, își dădu seama că nu trebuie să se gândească prea mult la Justin. Sau la Geoff. Sau la lucrurile bune de la Kilcarrion, ca mersul la călărit cu Thom din dimineața asta sau felul în care își pusese mâna pe umărul ei și îi spusese că o să facă din ea o mare călăreață. Sau la felul în care se apleca spre ea atunci când își dezlegau caii în curte și îi arunca priviri amenințătoare lui Liam atunci când se apuca să facă glume bădărănești în prezența ei. Sau la doamna H și mâncarea ei, care cu siguranță era de o mie de ori mai bună decât orice ar fi primit acasă, unde nu mai era decât mama ei.

Sau la Bertie, care acum se ținea după ea și părea să o adore într-un fel în care Goebbles nu o făcuse niciodată, chiar dacă ea era cea care îl crescuse singură încă de pe vremea când era doar un pisoiaș. Sau chiar și la Annie, oricât de ciudățică ar fi fost. Pentru că, dacă s-ar fi gândit prea mult la oricare dintre aceste lucruri, Sabine ar fi izbucnit imediat în plâns. În hohote.

Tresări la auzul bătăii ușoare în ușă, după care încremeni. Prinsă în fapt, se gândi ea. Apoi își dădu seama că orice ar fi făcut bunica ei zilele astea, tot așa ar fi făcut-o să se simtă. Sabine rămase nemișcată și nu spuse nimic, dar, în cele din urmă, ușa se deschise oricum, încet și precaut, producând un sunet ca un hârșâit ușor pe carpeta turcoaz.

Bunica apăru în fața ei, cu o tavă în mână, pe care erau un castron cu supă de roșii și niște pâine irlandeză cu bicarbonat și unt, făcută de doamna H. Sabine se holbă la ea pentru o clipă, așteptând nemișcată și încordată următorul atac.

Dar Joy rămăsese cu privirea pironită asupra tăvii.

– M-am gândit că poate îți e foame, spuse ea, după care, ca și cum s-ar fi așteptat ca Sabine să riposteze, se îndreptă cu pași mărunți spre măsuța de machiaj.

Chiar dacă observase geanta de voiaj pe jumătate făcută, nu spusese nimic. Așeză ușor tava pe suprafața eliberată de alte lucruri, după care se întoarse, ca să își poată privi nepoata.

– Mă tem că e făcută doar din roșii de la conservă. Sper că e în regulă.

Sabine, care rămăsese nemișcată lângă pat, dădu din cap prudentă.

Urmă apoi un moment de tăcere. Sabine aștepta ca Joy să se clintească din loc. Dar bunica ei nu părea să aibă de gând. În schimb, își împreună palmele, cu o ușoară stânjeneală, și, ridicându-le puțin în direcția lui Sabine, afișă un zâmbet larg. După care vârî adânc mâinile în buzunarele vestei căptușite.

– Thom mi-a spus că ai călărit foarte bine azi. Foarte ordonat, așa mi-a spus.

Sabine se holbă la ea.

– Da. Mi-a spus că te înțelegi tare bine cu Cenușiul. Astea sunt vești bune. Vești foarte bune. Mi-a mai spus și că ai mâinile ușoare. Și o șezută foarte frumoasă.

Sabine, care în tot acest timp o urmărise prudentă pe bunica, fu pentru o secundă distrasă de gândul că Thom o analizase de la spate. Era oare doar un termen din echitație? Sau se uitase la ea din alte motive?

– Oricum ar fi, părea să creadă că voi doi o să începeți curând să faceți salturi. E tare priceput la salturi, Cenușiul. L-am văzut pe teren. E neînfricat ca un leu, un sufletel care are multe de oferit.

Sabine își dădu seama că bunica nu se simțea deloc în largul ei. Acum își tot freca palmele, strângând între ele o batistă veche și albă, și părea să îi fie greu să o privească pe Sabine în ochi.

– E în stare să sară peste un mal de Wexford, să știi. Fără nici o problemă.

Deodată, Sabine se simți brusc cuprinsă de tristețe la vederea stânjenelii vădite a bătrânei. Nu o făcea deloc să se simtă mai bine. Își ridică privirea și spuse:

– Ce e asta?

– Un mal de Wexford? Ah, e unul dintre cele mai grele lucruri. Un salt deloc ușor.

Joy vorbea acum prea rapid, ca și cum ar fi fost ușurată că Sabine îi răspunsese în cele din urmă.

– E un mal mare și vechi de pământ, care are undeva între un metru și jumătate și doi metri înălțime, cu un șanț lat de o parte și de alta. Toți caii galopează până la el, după care sar până în vârf, iar cei isteți încearcă acolo sus să își mențină puțin echilibrul, ca și cum ar fi pe poante.

În acest punct, Joy își împreună din nou mâinile, orientându-le în jos și rotindu-le, așa unite, de la stânga la dreapta, imitând parcă pe cineva care încerca să-și mențină echilibrul.

– După care sar jos peste celălalt șanț. Dar vezi tu, nu toți pot să o facă. E nevoie de mult curaj și de niscaiva înțelepciune. Și unii dintre ei aleg întotdeauna calea cea mai ușoară.

– Pe poartă.

– Da, spuse bunica, aruncându-i o privire foarte serioasă. Unii o iau mereu pe poartă.

Bunica și nepoata rămaseră în tăcere pentru o clipă. După care Joy se îndepărtă ușor de tavă și se îndreptă spre ușă. Când ajunse acolo, se întoarse. Arăta foarte bătrână și cam tristă.

– Știi, m-am gândit că poate că ar fi o idee bună dacă aș face ordine în birou. Mă întrebam dacă vrei să îmi dai o mână de ajutor. Poate că aș putea să îți spun câte ceva despre locurile în care a crescut mama ta. Asta, bineînțeles, dacă nu ți se pare prea plictisitor.

Urmă o pauză lungă, după care Sabine se uită la propriile mâini. Nu prea știa ce să facă cu ele.

– Ți-aș fi tare recunoscătoare, să știi.

Sabine privi lung la ea, după care la tavă. Privi apoi la geanta de voiaj de pe podea, din care îi ieșeau șosetele, ca niște limbi albastre scoase afară cu impertinență.

– Bine, spuse ea.

Capitolul 6

SS Destiny, *Oceanul Indian, 1954*

De sub borurile largi ale pălăriei sale albastre, doamna Lipscombe le povestea cum născuse. Din nou. Moașa îi dăduse coniac, pe care îl vomitase, pentru că nu era ea cu băutul. „Cel puțin, nu atunci", râse ea sec. După care femeia aia prostuță se aplecase, încercând să îi curețe încălțămintea. Din păcate, acela fusese momentul în care Georgina Lipscombe se ridicase greoi în picioare și, scoțând un urlet, se apucase de ce găsise la îndemână și împinsese. Propulsată de o contracție finală atotputernică, Rosalind țâșnise, plină de sânge, prin încăpere, fiind prinsă apoi, ca o minge de rugby, de servitoarea vigilentă care aștepta alături.

– Da, am rămas cu jumătate din părul femeii ăleia în mână, jur, spuse doamna Lipscombe cu un soi de mândrie. Îmi spuseseră că nu o să o scot în mai puțin de o oră. A fost floare la ureche, vă zic eu. A fost tare furioasă, copila.

Joy și Stella, care stăteau lângă ea pe șezlonguri, schimbau grimase abia perceptibile. Poveștile Georginei Lipscombe erau o sursă utilă de divertisment, dar odată ce dădea pe gât câteva ginuri tonice, începeau să devină cam scabroase.

– A fost bine fetița? întrebă Joy, politicoasă.

– Rosalind? Oh, da, a fost bine. Nu-i așa, drăguțo?

Rosalind Lipscombe stătea pe marginea piscinei, cu picioarele ei grăsune de copil pe jumătate scufundate în apa rece și albastră. În timp ce mama ei vorbea, își ridicase capul și le privise scurt pe cele trei femei, după care se întorsese să își examineze picioarele palide. Deși cu greu ai fi deslușit vreo expresie pe chipul ei, Joy își închipuia că și ea auzise probabil de multe ori până atunci povestea cu pricina.

– Nu înțeleg de ce nu înoată. E așa de cald. Rosie, dragă, de ce nu te bagi în apă? O să te arzi cumplit dacă stai așa.

Rosalind își ridică privirea spre mama ei, tolănită în șezlong, după care, fără nici un zgomot, își scoase picioarele din apă, se ridică și merse tiptil spre cabinele de schimb.

Georgina Lipscombe ridică dintr-o sprânceană.

– O să vedeți și voi curând cum e, fetelor. Ah! Durerile! I-am spus lui Johnnie că asta a fost. Gata, mi-a ajuns. Nu o să mai trec încă o dată prin așa ceva.

Pufăi apoi afară, în aerul luminos, un mic nor de fum.

– Bineînțeles, l-am făcut apoi pe Arthur în același an.

Spre deosebire de sora lui, Arthur stătea singur în capătul mai puțin adânc al piscinei, împingând o bărcuță de lemn pe deasupra valurilor. În ciuda arșiței, era singura persoană care se aventurase în piscină, fapt datorat spectacolului de varietăți din seara precedentă, care, judecând după numărul mahmurelilor de a doua zi, avusese destul de mult succes.

Fosta navă de război *SS Destiny* se afla pe mare de aproape patru săptămâni, iar pasagerii ei epuizați, soții de ofițeri navali, care se duceau să își întâlnească bărbații, și ofițeri care călătoreau spre următoarea destinație, aveau disperată nevoie de ceva care să îi distreze pe parcursul călătoriei interminabile, mai ales acum, pe arșița asta dogoritoare. Zilele treceau pe nesimțite, legănate de valurile mării, iar singurele puncte marcante erau mesele, micile bârfe și schimbările lente dar sigure de climă, pe măsură ce se îndreptau din portul Bombay-ului spre Egipt. Joy se întrebase adesea cum reușiseră oare trupele să supraviețuiască, blocate acolo jos de tot, fără să aibă nici măcar ferestre în cabine. Ar fi vrut să îi întrebe pe musulmanii din camera motoarelor cum era acolo, în măruntaiele zgomotoase, uleioase și zornăitoare ale navei, dar i se explicase deja că nu se cădea să își manifeste interesul legat de astfel de subiecte. Și, din disperarea de a avea parte de o schimbare de program, după toate plimbările interminabile de pe punte („Haide, Joy!" exclama Stella dimineață de dimineață, trezind-o pe Joy din somnul ei adânc. „Zece ture de punte pentru coapse ferme!"), jocurile de cărți sau, atunci când vremea nu era de partea lor, coniacul și berea de ghimbir împotriva răului de mare, Joy și micul grup la care ea și Stella se treziseră atașate inexplicabil încă de când se îmbarcaseră tot pândeau orice ocazie să facă ceva diferit.

Se serviseră o mulțime de băuturi. Și mai multe decât de obicei. Unul dintre oaspeții de la masa căpitanului dăduse tonul cu o variantă proprie și bine pusă la punct a melodiei *My Blue Heaven*, după care, după câteva proteste vagi, Joy și tovarășele ei de la bord aproape că începuseră să se ia la ceartă care să cânte mai întâi, să spună glume sau să facă vreo destăinuire nepotrivită în public. Cu trei ginuri tonice la bord, Stella se ridicase în picioare și cântase *Singing In the Rain*, compensând prin șarmul ei lipsa de ureche muzicală. Fusese urmată de Pieter, olandezul cel zdravăn și ars de soare, care făcea „ceva cu diamante" și care cântase o melodie săltăreață în limba lui maternă. Încercase apoi destul de direct, însă fără sorți de izbândă, să o convingă pe Stella să i se alăture într-un duet la pian, strângându-i mâinile firave de parcă ar fi vrut să i le așeze chiar el pe clapele pianului. Modestia elegantă cu care Stella reușise să își exprime refuzul fusese atât de admirată la masa lor, încât Joy nu mai menționă că singura piesă pe care Stella știa să o cânte la pian era *Chopsticks*.

Seara degenerase după ce însoțitorii de bord aduseseră la masă o sticlă de coniac destul de tare. Degenerase și mai tare după ce Pieter acceptase provocarea să dea gata dintr-o înghițitură treimea care mai rămăsese. Degenerase însă de-a dreptul atunci când, după ce îi lăsaseră pe toți muți cu interpretarea lor stridentă a piesei *I Get A Kick Out Of You*, domnul Fairweather și soția lui se ridicaseră, se luaseră de mână și încercaseră să o pună de un duet din *The Pearl Fishers*, apogeul dureros care o făcu pe Georgina Lipscombe să se înece, vărsând băutura pe nas, peste corsetul violet de satin al rochiei ei, și pe Louis Baxter, unul dintre ofițerii de la bord, să azvârle cu chifle. Fusese nevoie în cele din urmă de intervenția căpitanului, care să le solicite, tuturor, amabil să se calmeze. Îi reuși în cele din urmă, însă doamna Fairweather, profund rănită în orgoliu, nu mai vorbise cu nimeni pentru tot restul serii, nici măcar atunci când fusese târâtă și, în ciuda expresiei sale de dezgust, așezată la mijloc între doi însoțitori de bord, într-un șir haotic de conga, împleticindu-se în cerc de-a lungul punții. Acela fusese momentul în care Joy băgase de seamă că Stella dispăruse din nou.

– Vai, mie mi-a luat toată ziua numai ca să pot să mă țin pe picioare, spuse Georgina, împingându-și ochelarii de soare pe nas. Nu știu cum reușiți voi fetelor să arătați așa de bine și de odihnite. O fi pentru că nu vă scoală copiii cu noaptea în cap.

– Ah! Arăt groaznic, spuse Stella calmă, netezindu-și părul ciufulit.

Așa ar trebui, gândi Joy, amintindu-și cum Stella se furișase înapoi în cabină la vreo oră după ce se crăpase de ziuă.

Cum stăteau acolo pe punte, în costume de baie noi, din două piese, Joy încerca să nu se gândească prea mult la absențele tot mai dese ale Stellei. Era destul de sigură că îl iubea pe Dick, pilotul elegant cu care se căsătorise la scurt timp după nunta lui Joy („Altfel, nu aș străbate cu vaporul jumătate de glob ca să merg să-l văd, nu-i așa?“, răspunsese Stella tăioasă la întrebările șovăielnice ale lui Joy), dar era ceva în flirturile ei tot mai vădite cu ceilalți ofițeri și în mod special în prietenia ei cu Pieter care o făcea pe Joy să se simtă destul de tulburată, sentiment pe care nu putea să îl pună în totalitate pe seama răului ei de mare.

Deloc înțelept, îi mărturisise îngrijorarea ei Georginei Lipscombe, cu care împărțeau o cabină, într-o seară după ce copiii ei merseseră la culcare. Georgina ridicase dintr-o sprânceană și sugerase că, oricum ar fi, Joy era naivă.

– Se întâmplă pe toate navele, dragă, spusese ea, aprinzându-și una din nelipsitele ei țigări. E greu pentru unele fete să rămână fidele atunci când sunt mulți ofițeri chipeși prin preajmă. Aș pune asta mai mult pe seama plictiselii. Ce altceva să faci la bord?

Discursul blazat al Georginei și aerul nonșalant cu care rostise ultima propoziție, printre pufăieli, o făcură pe Joy să se întrebe dacă nu cumva chiar era naivă. Nu o văzuse pe Georgina, care era măritată cu un inginer naval, să se împrietenească prea tare cu nimeni, dar le ruga mereu pe Joy și pe Stella să iasă din cabină ca să le poată citi copiilor o poveste și treceau vreo două ore bune între momentul în care ele părăseau cabina și cel în care Georgina ieșea afară la cină. Și Joy știa sigur că însoțitorul de bord prietenos din Goa era cel care le făcea întotdeauna baie și le citea povești celor doi copii, pentru că le spusese chiar el. Poate că și Georgina se lăsa distrasă când și când de câte un „ofițer chipeș". Poate că Joy era singura femeie care nu făcea asta. Se gândi la Louis Baxter, care fusese extrem de atent cu ea în seara precedentă, ba chiar insistase să se așeze lângă ea. Dar prezența lui Louis, oricât ar fi fost de agreabilă, nu o făcea pe Joy cu nici un chip să se îndoiască de sentimentele ei: nimeni de la bord nu ar fi putut vreodată să se compare cu Edward.

După cum se întâmpla adesea, se gândi la ultima oară când își văzuse soțul, în urmă cu aproape șase luni. Sau, mai bine zis, pe cel care îi era soț de numai două zile, la vremea aceea. Se căsătoriseră în Hong Kong, în timpul permisiei lui de patruzeci și opt de ore, doar în preajma rudelor apropiate, spre marea dezamăgirea a mamei sale, după care se ținuse un mic dejun la care se servise pui în sos de maioneză cu pudră de curry și vin Chablis, transportat cu vaporul la comanda unuia dintre colegii tatălui ei, care știa pe cineva priceput la vinuri.

Joy purtase o rochie simplă, pe corp, din satin, croită în bie („O să te facă să arăți mai puțin deșirată", sugerase mama ei), iar Edward purtase un zâmbet pe care îl menținuse pe aproape toată durata celor patruzeci și opt de ore. Stella o eclipsase într-o rochie albastru-închis, cu un decolteu adânc, și o pălărie cu pene, ținută care le făcuse pe toate femeile prezente să țâțâie dezaprobator și să șușotească între ele, din colțurile buzelor lor rujate. Mătușa ei, Marcelle, care călătorise tocmai din Australia ca să poată fi de față la eveniment, pășise în urma ei și o călcase pe trenă, după care se prăbușise lată pe un scaun, plângându-se de umiditatea din aer. Tatăl ei băuse prea mult și plânsese și îi dăduse bucătarului francez de la Hotel Peninsula un bacșiș atât de generos, încât mamei sale îi fusese cu neputință să mai scoată vreo vorbă în ultima oră a evenimentului. Dar lui Joy nu-i păsa. Abia dacă lua seama când ceva nu mergea cum ar fi trebuit. Se mulțumea să-l țină strâns pe Edward de mâna lui lată, înțesată de pistrui, așa cum te agăți de o barcă de salvare, nevenindu-i să creadă că, după aproape un an de îndoieli tacite (declanșate în mare parte de cele foarte vocale ale mamei), Edward se întorsese ca să se căsătorească cu ea.

Nu era vorba că Alice nu își dorea ca fiica ei să fie fericită, decisese ea încă de pe atunci. Nu era o femeie rea. Dar credea, pur și simplu, așa cum face un antropolog care studiază vreun trib ciudat, că orice formă de contact mai apropiat de lungimea unui braț se sfârșește inevitabil prost.

– În noaptea nunții, îi spusese ea grav într-o seară, în timp ce împachetau trusoul lui Joy, ar trebui să încerci... ei bine, încearcă să pari cât mai puțin deranjată. Ca și cum ți-ar plăcea.

Alice privi lung la mătasea de culoarea sidefului, brodată cu dantelă bej, ca și cum s-ar fi luptat cu propriile amintiri.

– Bărbaților nu le place să le arăți că nu savurezi momentul, spusese ea în cele din urmă.

Și cu asta, Alice își încheie scurta introducere în viața de femeie măritată.

Joy stătuse și o ascultase stânjenită, conștientă că mama ei încerca să îi ofere un soi de sfat matern important. Auzise prea puține vorbe din gura ei care să nu implice vreo critică, așa încât simți că singura reacție potrivită era să trateze ceea ce Alice tocmai îi spusese cu un anumit respect. Însă oricât se strădui, nu putea să stabilească vreo legătură între experiența mamei sale și cea a ei cu Edward. Mama tresărea vizibil când tatăl ei, de cele mai multe ori beat, încerca, stângaci, să o ia în brațe. Mâinile lui rătăcind pe trupul ei o făceau să sară cât colo, ca și cum s-ar fi așezat din greșeală pe un mușuroi de furnici roșii. Joy, în schimb, își petrecea mai tot timpul cât nu dormea dorindu-și ca el să o atingă.

Așa că atunci când sosise noaptea cea mare, nu îi trecuse prin cap că ar putea fi îngrozită. Ajunsă până în acel moment, era pur și simplu disperată să treacă de cealaltă parte a barierei invizibile care le împărțea pe femei în cele care știau și celelalte, ca și ea, care nu știau. Și mânată de absența îndelungată, în care nu putuse să facă altceva decât să suplinească lipsa de cunoștințe cu propriile-i fantezii nedeslușite și imperfecte, se aruncă în acea îmbrățișare cu aproape la fel de multă ardoare ca și el.

Nu a fost perfect, bineînțeles. Nici nu era sigură cum ar fi trebuit să fie ca să fie perfect. Însă pentru Joy era o desfătare să îl aibă atât de aproape, să se lase mistuită de plăcerea simplă de a simți pielea lui lipită de a ei, pielea lui aspră, masculină, cu mirosurile și texturile ei atât de diferite, în mod încântător, de feminitatea dichisită și pudrată care o ghidase în viață până în acea clipă. Îi plăcea bizareria lui, puterea trupurilor lor îngemănate, statura lui, care o făcea în sfârșit să nu se mai simtă ca și cum ar fi fost prea înaltă, dorința lui, care îi risipea senzația că ar fi putut face ceva greșit. Iar în ziua următoare, veselă și sigură pe sine în noua ei stare, îi întâmpinase privirea întrebătoare a mamei sale cu un zâmbet larg, liniștitor. Însă Alice, în loc să pară ușurată, așa cum Joy intenționase, tresărise și se făcuse nevăzută, pretinzând că ar avea ceva de verificat în bucătărie.

Joy își gravase în amintire fiecare mic detaliu al acelei nopți, ca să poată derula în minte episodul, în interminabilele nopți ploioase pe care avea să le petreacă singură în patul ei din casa părintească. Nu avea oricum de ales, fiindcă urmau cinci luni și paisprezece zile până să îl revadă, atunci când ea avea să ajungă la Tilbury după un voiaj de șase săptămâni la bordul navei *SS Destiny*.

Stella urma și ea să se întâlnească cu Dick, iar la auzul veștii că fetele aveau să călătorească împreună, părinții lor se mai liniștiseră, nu îndeajuns totuși încât să prevină un potop de sfaturi nesolicitate, pe parcursul săptămânilor de dinaintea plecării. Alice era convinsă că navele de transport erau adevărate „cuiburi de desfrâu“: verișoara lui Bei-Lin lucrase ca bucătăreasă pe o navă de trupe în timpul războiului și îi povestise cu un soi de desfătare despre șirul nesfârșit de soții de ofițeri plictisite care se fâțâiau înainte și înapoi pe scara îngustă ce ducea la pavilionul bărbaților. Joy nu era sigură ce o șoca mai tare pe mama ei: ideea aventurilor extraconjugale sau faptul că se petreceau cu soldați, și nu cu ofițeri. Mama Stellei, cu „nervii ei sensibili" ce păreau să zornăie ca niște clopoței de vânt în zilele cele mai bune, era mai îngrijorată de scufundarea recentă a navei *Empire Windrush*, într-o furtună în apropiere de Malta. Dar Stella și Joy, care aveau să fie pentru prima dată departe de privirile vigilente ale părinților, erau hotărâte să profite cât mai mult de acea aventură.

Atâta doar că, la câteva săptămâni după ce ajunseseră pe vas, se dovedise că Stella percepea ideea de aventură ușor diferit față de Joy.

– În regulă. O să merg să fac o plimbare scurtă, spuse Stella, ridicându-și picioarele ei fine și bronzate de pe șezlong și făcând un semn din cap spre Georgina Lipscombe.

Georgina înălță privirea spre ea. Era imposibil să știi la ce se gândea, în spatele ochelarilor de soare.

– Mergi în vreun loc drăguț? spuse ea.

Stella făcu un gest vag spre prova.

– Ah, vreau doar să îmi întind puțin picioarele, spuse ea degajată. Să văd ce mai fac ceilalți. Mai toată lumea pare să fi rămas în cabine astăzi.

Joy se uită fix la Stella, conștientă că prietena ei îi evita cu obstinație privirea.

– Distracție plăcută, spuse Georgina.

Zâmbi, cu dinții ei drepți și albi, pe sub ochelarii de soare.

Stella se ridică în picioare și, după ce își trase pe ea rochia de plajă, se îndreptă cu pași rapizi spre bar. Simțindu-se dintr-odată cuprinsă de îngrijorare, Joy abia se stăpâni să nu meargă după ea.

Urmă un scurt moment de tăcere, timp în care Georgina acceptă încă un pahar de băutură de la chelnerul din Goa care își făcuse apariția lângă ea.

– Micuța ta prietenă vrea să fie discretă, dragă, spuse ea, cu același zâmbet impenetrabil din spatele ochelarilor de soare. Nu e nici o altă cale mai rapidă să îți faci renume decât să te joci puțin cât ești pe apă.

Joy stătea întinsă pe patul ei supraetajat, cu picioarele întinse pe saltea, în dresuri, poziționată între fereastră și ușa deschisă, în bătaia brizei. În aceste ultime zile de călătorie, petrecuse multe după-amiezi așa, în dorința de a evita să se afle întreaga zi în compania celorlalte soţii şi a copiilor lor neastâmpăraţi şi plictisiţi sau a ofiţerilor care se strângeau la bar şi depănau amintiri despre bătăliile purtate şi se minunau când auzeau despre diverse slăbiciuni de-ale cunoştinţelor lor comune. În ziua în care porniseră pe mare, Joy arsese de nerăbdare şi entuziasm, dorindu-şi cu disperare să se îmbarce în prima aventură adevărată din viaţa ei. Dar de când intraseră pe ruta cea lungă din Bombay spre Suez, zilele păreau să se scurgă tot mai încet, în lâncezeală, pe măsură ce temperaturile creşteau. Lumea lor se îngusta şi se reducea la elemente familiare precum barul, puntea şi sala de mese, ceea ce îi făcu pe toţi să se simtă de parcă s-ar fi transformat în nişte instalaţii la bord, rareori deranjându-se măcar să se mai aventureze pe ţărm atunci când nava oprea în diferite porturi. Treptat, le venea din ce în ce mai greu să îşi închipuie că viaţa adevărată exista într-un alt loc şi, prin urmare, unii dintre ei alegeau să nu o facă deloc, lăsându-se purtaţi de ritmul lent al vieţii la bord şi legănaţi de căldura toropitoare. Preocupările lor anterioare, partidele de tenis de pe vas, plimbările de după-amiază şi înotul solicitau eforturi din ce în ce mai mari şi chiar şi conversaţiile deveneau tot mai rare. Acum, din ce în ce mai mulţi pasageri dormeau după-amiaza sau se uitau la filme seara şi doar câţiva mai cântau apatici, urmărind mingea săltăreaţă de pe ecran. Alţii priveau în gol la apusuri de soare irizate, devenind, prin repetiţie, insensibili la frumuseţea lor supranaturală. Doar cei precum Georgina Lipscombe, care erau forţaţi să iasă afară la solicitările insistente ale copiilor, se mai angrenau în vreun soi ce activitate.

Stella se plictisise şi era din ce în ce mai neliniştită, aşa că, uneori, Joy chiar îşi dorea să mai dispară în vreuna din escapadele ei. Dar pe Joy toate acestea nu o deranjau, ba dimpotrivă. La început, găsise că cercul strâmt al vieţii de pe vapor era prea asemănător cu cel pe care tocmai îl lăsase în urmă în Hong Kong, în schimb acum, putea să îşi dezvăluie nestingherită firea ei antisocială, fără să aibă parte de vreun comentariu. Îi plăcea să se retragă singură în cabină atunci când ştia că toţi ceilalţi aveau să fie afară, să privească îndelung la ceea ce ea numea în secret „comorile ei edwardiene": scrisorile de la el, care începeau să se deterioreze de la cât fuseseră de citite şi răscitite, fotografia lor de la nuntă, înrămată, şi micul tablou chinezesc, ilustrând un cal albastru, pictat pe hârtie de orez, pe care Edward i-l cumpărase în prima zi de după nuntă, în timp ce făceau o plimbare prin Hong Kong.

O trezise devreme, iar ea își deschisese larg ochii și privise confuză în jur pentru o clipă, neînțelegând cum de ajunsese în pat cu acel bărbat. Când își amintise, se întinsese să îl îmbrățișeze, împletindu-și brațele languros în jurul gâtului său pistruiat și mijind ochii în razele soarelui. El o trăsese mai aproape de el, murmurând suav. Ea nu auzi însă nimic altceva decât foșnetul ușor al cearșafurilor.

După aceea, când sudoarea i se uscase pe pielea nudă, el se ridicase sprijinindu-se într-un cot și o sărutase ușor pe nas.

– Hai să ne sculăm, șoptise el. Vreau să ne petrecem prima dimineață împreună doar noi doi, înainte să se trezească toți ceilalți. Hai să ne facem nevăzuți.

Joy își alungase un vag sentiment de dezamăgire la gândul că el nu voia să mai zăbovească în patul lor conjugal, înlănțuindu-și trupul cald cu al ei. Însă dornică să-i facă pe plac, Joy se ridicase, se îmbrăcase numaidecât cu rochia de mătase naturală și își pusese o jachetă scurtă pe care mama ei i-o făcuse special la croitorie, ca parte a ținutei din ziua plecării. Comandaseră ceai de la room-service și îl băuseră rapid, aruncându-și priviri timide peste masă, după care ieșiseră, mijind ochii, pe străzile cu hârtoape, străbătute de claxoane ale capitalei, având simțurile asaltate de mulțimea de imagini, sunete și mirosuri nu tocmai aromate, care compuneau orașul Kowloon dis-de-dimineață. Joy privise atentă în jurul ei, cu aerul uluit și confuz al unui nou-născut, uimindu-se cât de mult se putea schimba lumea în douăzeci și patru de ore.

– O să luăm feribotul Star, spusese Edward, strângând-o de mână și trăgând-o spre terminal. Vreau să te duc pe Cat Street.

Joy nu mai fusese niciodată la piața de pe Cat Street. Dacă ar fi îndrăznit să sugereze vreodată așa ceva, mama ei s-ar fi albit la față și ar fi îndrugat vrute și nevrute despre reputația locului ca fief al infractorilor și prostituatelor (cu excepția faptului că mama ei le-ar fi numit „femei ușoare"), remarcând că nici un om *de clasă* n-ar pune vreodată piciorul acolo. Era, în același timp, și capătul vestic al insulei, o zonă pe care Alice ar fi descris-o oarecum perfid ca fiind „prea chinezească". Însă în timp ce stăteau pe scaunele de lemn ale feribotului, cufundați în fericirea lor de proaspăt însurăței și ignorând complet vocile gălăgioase din jurul lor, Edward îi spusese că, de la revoluția din 1949 din China, zona era înțesată cu obiecte de familie, dintre care multe erau piese valoroase de anticariat.

– Vreau să îți cumpăr ceva, spuse el, trasând o linie cu arătătorul în palma ei. Vreau să ai ceva care să îți amintească de mine până când o să ne revedem. Ceva special pentru tine și pentru mine.

Atunci o numise „doamna Ballantyne", iar Joy se simțise invadată de o plăcere nemărginită. De fiecare dată când îi amintea de statutul ei de soție, nu putea să nu se gândească la intimitatea conjugală pe care o experimentase în noaptea trecută.

Trecuse puțin de ora șapte când ajunseseră, însă piața din Cat Street forfotea deja, plină de viață: negustori stând cu picioarele încrucișate în spatele pânzelor așternute, pe care erau întinse ceasuri vechi sau pietre de jad cu tăieturi alambicate și înșiruite pe câte un fir roșu, bătrâni așezați pe băncuțe, având lângă ei colivii cu păsări mici fluturând din aripi. Cufere aurite. Mobile smălțuite. Și toate învăluite în aroma dulceagă a prăjiturilor de nap pregătite de vânzătorii ambulanți, care fluierau, țipau și vorbeau atât de repede încât nici măcar Joy, care știa atâta cantoneză încât ajunsese să-i îngrijoreze pe părinții ei, nu spera să înțeleagă vreo iotă.

Se simțea ca în Vestul Sălbatic. Însă observând cât de entuziasmat era Edward, Joy luptase împotriva dorinței de nestăvilit să se țină strâns de el. El nu își dorea o soție sufocantă – cel puțin atâta lucru îi spusese în seara precedentă. Admira la ea puterea, independența ei și faptul că nu se agita și nu se foia inutil, așa cum făceau celelalte soții de ofițeri pe care le știa. Mai cunoscuse doar o singură femeie ca ea, spusese el încet, atunci când se întinseseră înlănțuiți în întuneric. O iubise și pe ea. Dar ea murise în timpul războiului, ucisă de o bombă la Plymouth, unde se afla în vizită la sora ei. Joy simțise cum i se strânge inima atunci când el spusese că o „iubise", în ciuda faptului că știa că acea femeie nu mai reprezenta nici o amenințare în sensul convențional al cuvântului. Și odată cu acel sentiment, îi venise și gândul înspăimântător că, de acum înainte, fericirea ei era în captivitate, prizonieră a cuvintelor lui necugetate, dependentă aproape în totalitate de bunăvoința altuia.

– Uite, spuse el, arătând spre o tarabă în fața căreia roiau oamenii. Asta căutam. Ce crezi?

Joy se întorsese, urmând direcția indicată de degetul lui, și văzu un tablou micuț, într-o ramă de bambus, rezemat de o oală de fier cu modele ornamentate. Imaginea înfățișa un cal albastru, în tușe groase de cerneală pe hârtie albă, contorsionându-se ca și cum ar fi fost surprins în toiul unei evadări, dar înconjurat de linii închise la culoare ce sugerau un soi de graniță.

– Îți place? o întrebase el, iar ochii îi străluceau ca unui copil.

Joy se uitase atent la tablou. Nu îi plăcea, de fapt. Sau, cel puțin, nici nu l-ar fi observat dacă ar fi fost singură, dar expresia lui o îndemnase să încerce să-l vadă prin ochii lui.

– Îmi place foarte mult, spuse ea.

Soțul ei voia să îl cumpere pentru ea, soția lui.

– Îmi place foarte mult.

– Cât costă? zise el, făcându-i semn negustorului, care îi observase de ceva vreme, atras în special de hainele lor bune, de albul specific uniformelor navale.

Negustorul ridicase din umeri, pe sub mustața lui lungă și țepoasă, ca și cum nu ar fi înțeles.

Joy se oprise și se uitase la Edward.

– *Geido tsin ah?* întrebase ea.

Negustorul o privise, după care ridicase din nou din umeri. Joy se uitase fix la el, știind că înțelesese ce îi spusese.

– *Mgoi, lei, Sinsaahn*, spuse ea acum, cu un glas mai dulce. *Geido tsin ah?*

Bărbatul își scosese pipa de lut dintre buze, ca și cum s-ar fi gândit la ceva. După care îi spusese un preț. Un preț de-a dreptul exorbitant.

Joy îl privise suspicioasă.

– *Pengh di la!* strigase ea, rugându-l să se mai gândească.

Dar bărbatul clătinase din cap.

Ea se întorsese apoi spre Edward, încercând să își stăpânească furia din glas.

– E ridicol, spusese ea încet. Cere de zece ori mai mult decât face doar pentru că porți uniformă. Haide să mergem mai departe.

Edward privise lung la Joy, după care la negustor.

– Nu, spuse el. Spune-mi doar cât face. Azi nu mă interesează cât costă. Ești soția mea și vreau să îți cumpăr un cadou. Cadoul acesta.

Joy îi luase mâna într-a ei.

– E foarte drăguț din partea ta, spusese ea. Dar nu pot să îl primesc. Nu la prețul ăsta.

– De ce?

Joy se uita fix la el, întrebându-se cum să formuleze ceea ce voia să spună.

– Mi-ar strica toată bucuria, zisese ea în șoaptă, pentru că atunci când o să mă uit la tablou, nu o să văd dragostea ce mi-o porți, ci o să te văd pe tine cum ai fost tras pe sfoară de un om lipsit de scrupule. Și nu așa vreau să mă gândesc la tine. Uite, îi șoptise ea la ureche, iar mirosul lui îi distrăsese atenția, făcând-o dintr-odată să își dorească să nu mai fie în piața aceea, ci înapoi în camera de hotel. Hai să ne prefacem că plecăm. O să se sperie și o să creadă că ne pierde de clienți. După care probabil o să ne facă o ofertă mai rezonabilă.

Dar bărbatul rămăsese acolo nemișcat și privise în urma lor, fapt ce îl neliniștise pe Edward. Nu găsise nimic altceva care să îi placă, nici după ce trecuseră pe la toate tarabele. Tabloul era perfect. Voia să cumpere tabloul.

– Haide să mergem la templu, spusese Joy, făcând semn spre roșul și auriul intens al templului Man Mo, colț cu Hollywood Road, de unde fumul de tămâie părea să clocotească în aer, ca și cum s-ar fi împotrivit să se ofere zeilor în numele credincioșilor.

Dar Edward îi răspunsese distrat să se ducă singură. El avea să facă o scurtă plimbare. Se balansase puțin de pe un picior pe altul, sugerând că ar vrea să meargă la toaletă.

Joy se întorsese cu spatele la el, simțindu-se distrusă, ca și cum l-ar fi dezamăgit într-un fel. Dimineața nu se dovedea a fi așa cum își imaginase.

Între zidurile întunecate ale templului, aproape că își dorise să se fi răzgândit. Grupul de chinezi care își aprindeau ofrandele în spate se întorseseră ușor să o privească pe ea, o *gweilo* care le invada spațiul sacru. Nedorindu-și să îi jignească, Joy îndrugase ceva în cantoneză în semn de salut, fapt ce păruse să îi liniștească, cel puțin cât să se întoarcă la treburile lor. Joy privise îndelung la tavanul din care bețe de tămâie spiralate, imense ardeau ușor, și se întrebase când ar trebui să iasă din templu și cât timp i-ar trebui oare să îl convingă pe Edward să urce înapoi pe feribotul Star, astfel încât să profite cât mai mult de ultimele ore pe care le mai aveau împreună.

După care Edward apăruse lângă ea, radiind de bucurie.

– L-am luat, îi spusese el.

– Ce ai luat? îl întrebase ea.

Dar știa.

– L-am luat la un preț bun.

Ținea micul tablou cu ambele mâini, de parcă el i-ar fi făcut ei acum o ofertă.

– A lăsat din preț după ce ai plecat. Probabil că nu voia să se facă de râs în fața unei doamne, nu? Știu că toată treaba asta cu reputația e foarte importantă aici.

Joy privise fascinată la chipul zâmbitor și mândru al proaspătului ei soț și la călușul de pe hârtia de orez, pe care i-l întindea. După o scurtă pauză, îi spusese:

– Ce isteț ești! și îi dăduse apoi un sărut. Îl ador.

El fusese atât de încântat atunci când ieșiseră din templu, încât nu mai avusese vreun rost ca ea să menționeze că nici măcar nu îi spusese prețul cerut de negustor.

Stând în dreptul ușii și mișcând din degetele de la picioare, Joy privi lung la călușul albastru, după care la fotografia de nuntă. Se gândi apoi dacă să se delecteze cu una dintre scrisorile lui. Trebuia să se mulțumească cu o singură epistolă, conștientă că până la urmă aveau să se destrame complet, dar câteodată îi era greu să îi invoce prezența fără ele. Citindu-i scrisorile, parcă avea o mică parte din el alături de ea: râsul lui baritonal, palmele lui late, felul în care i se așezau pe picioare pantalonii albi al uniformei de ofițer. Îi era însă din ce în ce mai greu să și-l imagineze pe de-a întregul. Pe parcursul ultimelor câteva săptămâni de dinainte să se îmbarce pe vas, se panicase că nu mai reușea să-și contureze în fața ochilor întreaga lui imagine. O săptămână și patru zile, își spuse ea, devenită deja atât de pricepută la socoteli în minte, încât cifrele îi apăreau în fața ochilor cu aceeași ușurință ca propria ei zi de naștere. Și după asta o să îl revăd.

– Ai emoții? o întrebase Stella cu o săptămână în urmă, atunci când discutaseră ce o să poarte în ziua în care o să își revadă soții. Eu știu sigur că o să am. Câteodată mă întreb dacă o să fiu în stare să îl mai recunosc.

Trecuseră până în trei luni de când Stella îl văzuse ultima oară pe Dick, cu un secol mai puțin decât Joy.

Dar Joy nu avea emoții. Voia doar să îl vadă, să îi simtă forța îmbrățișării, să îi privească chipul strălucind ca un soare deasupra ei. Când le spusese asta celorlalte soții, în timp ce își coafau părul, Stella se făcuse că îi vine să vomite, fapt care o rănise pe Joy, chiar dacă înțelegea de ce Stella se comportase astfel, pe când celelalte soții își aruncaseră priviri cu subînțeles. Ca și mama ei, cu multe luni în urmă, sugerau că era încă o copiliță inocentă și naivă, care mai avea multe de învățat despre viața conjugală. Doar doamna Fairweather îi zâmbise și dăduse din cap în semn de înțelegere, însă soțul ei nu fusese niciodată înrolat și părea doar să se țină scai de ea și de șoldurile ei dolofane. După această întâmplare, Joy nu mai spusese nimic despre Edward în public; îl păstrase doar pentru ea, ca și cum ar fi păzit vreun secret de preț.

O singură scrisoare, își spuse ea, scoțând-o din plic pe cea mai recentă, ca și cum ar fi desfăcut ambalajul unei ciocolate fine. O scrisoare pe zi până o să îl revăd. După care o să le împachetez și o să le pun deoparte, ca să pot să mă uit la ele când o să fiu bătrână, foarte bătrână, și o să îmi amintesc cum era să fiu departe de omul pe care îl iubesc.

Atmosfera se schimbă treptat pe măsură ce se apropiau de Canalul Suez, iar zvonurile vagi privind un potențial conflict îi smulseseră pe pasageri din starea lor de reverie. Cuvintele „Suez“ și „guvern“ erau aruncate în conversațiile din timpul cinei, iar bărbații, stând laolaltă și discutând, păreau din cale-afară de serioși, așa încât Joy, care nu avea cea mai vagă idee despre semnificația acestor cuvinte, descoperise că era și ea destul de panicată și mai degrabă bucuroasă de prezența ofițerilor prin preajmă. După spusele prim-ofițerului, britanicii ocupau încă partea africană a canalului.

– Dar nu m-aș apropia prea tare de marginile punții atunci când traversăm, avertizase el, pe un ton grav. Nu poți să ai încredere în arabii ăștia. Ni s-a raportat că galopează în lung și în lat pe țărm, purtând arme asupra lor. Și e știut că profită de trecerea navelor străine ca să își mai exerseze ținta.

La auzul acestor vorbe, toate femeile icniseră și își duseseră mâna la gât, teatral, în timp ce bărbații încuviințaseră din cap cu înțelepciune, mormăiseră ceva despre barajul de la Assuan, după care lăsaseră să se înțeleagă că doamnele ar fi exagerat, totuși.

Joy nu icnise laolaltă cu celelalte: era de-a dreptul electrizată. În ciuda avertizărilor înfiorătoare, nu putea să rămână înăuntru când nava *SS Destiny* traversa canalul, ci de cele mai multe ori stătea singură pe punte, camuflată sub pălăria de soare, și zâmbea timid la avertizările ofițerilor care treceau pe lângă ea, sperând în secret să zărească vreun asasin cu turban pe o cămilă. Știa că ofițerii o considerau puțin cam sălbatică, știa că personalul hindus de pe vapor o vorbea, dar nu îi păsa. De câte ori va mai avea șansa să dea peste o aventură adevărată?

Canalul Suez nu se dovedi însă a fi pasajul sfâșiat de război, înconjurat de beton, pe care și-l imaginase, ci o limbă de apă de culoarea mercurului, cu dune de nisip de o parte și de alta, străbătută de o impunătoare procesiune de nave aproape silențioase, înșiruindu-se unele după altele. Îi venea greu să creadă că, în preajma acelui șir ordonat și tăcut, s-ar putea afla ceva de care să se teamă. Singurul fior pe care îl simțise fusese în noaptea în care căpitanul ordonase să se stingă toate luminile, după care toți rămăseseră în sala de mese, cufundată în beznă, reduși temporar la tăcere. Însă chiar și atunci se simțise cumva pervers recunoscătoare că se întâmpla și altceva în afară de veșnicele partide de bridge sau de tenis.

Mai târziu, în momentul în care nava se îndrepta spre Egipt, prim-ofițerul le spusese despre balul mascat. Urma să se țină în noaptea de dinainte de a acosta la Southampton, un punct culminant pe măsura călătoriei, și căpitanul voia să le acorde tuturor suficient timp să își pregătească ținuta. Joy se gândi că intenția lui fusese probabil doar să le distragă atenția de la călătoria prin Egipt, dar nu aduse vorba despre asta, văzând cât de entuziasmați erau ceilalți, ca și cum gândul la ultima noapte pe vapor adusese cumva momentul acostării mai aproape. De atunci, începură cu toții să se agite cu costumațiile pentru seara cea mare.

– Vreau să mă costumez în Carmen Miranda[1], dar nu cred că or să îmi facă rost de turbanul cu fructe, spuse Stella când ieșiră din sala de mese.

Pieter nu își făcuse apariția la cină în seara aceea, fapt care îi cam stricase dispoziția Stellei, așa că Joy se abținu să spună cu voce tare ce gândea de fapt, și anume că ținuta lui Carmen Miranda ar putea să fie un pic cam deșucheată pentru a fi purtată de o femeie măritată fără să-și încaseze comentarii din partea celor din jur.

– Sau aș putea fi Marilyn Monroe în *Cum să te căsătorești cu un milionar.* Asta dacă aș găsi pe cineva să îmi modifice rochia roz.

Stella privi lung la reflexia ei într-o fereastră.

– Crezi că ar merita să îmi deschid părul cu două-trei nuanțe? Mă gândesc la asta de o veșnicie.

– Ce ar spune Dick? întrebă Joy, conștientă, de cum îi ieșiră cuvintele din gură, că nu erau cele mai potrivite.

– Ah, Dick o să mă placă așa cum sunt, spuse Stella categorică. La urma urmei, e norocos că mă are.

Pieter îi spusese asta, gândi Joy cu amărăciune. Nu era ceva ce Stella ar fi spus înainte de călătoria cu vaporul. Dar, în același timp, era dificil să îți dai seama ce avea să spună noua Stella sau ce ai putea tu să îi spui fără să stârnești o reacție nedorită. Dacă ani întregi avusese sentimentul că putea să facă și cele mai dureroase confesiuni, Joy descoperea acum că discuțiile cu Stella erau din ce în ce mai

[1] Dansatoare de samba, actriță și cântăreață de origine portugheză, foarte populară între anii 1930–1950

asemănătoare cu mersul pe nisipuri mișcătoare. Trebuia să pășești cu grijă și, chiar și atunci, nu erai sigur dacă nu cumva o să te împiedici și o să cazi.

– Păi, dacă ești de părere că lui Dick o să îi placă... eu sunt convinsă că ți-ar veni de minune. Dar nu ai vrea să arăți la fel ca atunci când v-ați luat rămas-bun, ca el să nu se simtă... ei bine, stânjenit?

– Ah, Dick, Dick și iarăși Dick, spuse ea enervată. Serios, Joy, nu mai încetezi odată. Ți-am zis, Dick o să fie fericit să mă vadă și dacă o să mă afișez în fața lui arătând ca o asiatică, așa că nu înțeleg de ce insiști atât? E doar un bal mascat, la urma urmei.

Afectată, Joy nu mai scoase nici un cuvințel până ajunseră înapoi la cabină. Iar în acest moment, pe care Joy îl prevăzuse deja, Stella spuse că nu poate să mai suporte sforăielile copiilor ălora și o să meargă să facă o plimbare pe punte. Singură.

A doua zi, îi mai revenise buna dispoziție, iar în următoarele zile se comportă ceva mai mult ca vechea Stella, preocupată de căutarea materialelor potrivite pentru a-și compune costumația. Când ajunseră în Port Said, câtorva comercianți li se permise să urce pe navă, aducând cu ei coșuri imense de lemn, pline cu tot soiul de podoabe și mărgele, așa încât până și cineva precum doamna Fairweather, care în mod normal nu îi socotea pe egipteni demni de atenția ei, nu se putu abține să nu scormonească prin coșuri și să nu se tocmească pe fel și fel de brizbizuri și pene, într-un mod care, după cum decretă Georgina Lipscombe, era pur și simplu lipsit de demnitate.

Joy încercă să își ocupe și ea timpul cu ținute și costumații de petrecere, dar de îndată ce pătrunseră în apele mai liniștite ale Mediteranei, singurul lucru la care se mai gândea era că acum nu mai avea săptămâni, ci zile până când avea să îl vadă din nou pe Edward. Câteodată își închipuia chiar că simte apropierea lui din ce în ce mai mare, ca o prezență fizică. Fără îndoială că și la auzul acestei mărturisiri, Stella s-ar fi făcut că-i vine să vomite.

În noaptea balului mascat, urmau să străbată ultima întindere mai mare de apă și să intre pe Canalul Mânecii. După cum îi avertizaseră cei versați într-ale călătoriilor pe apă, golful Biscaya era renumit pentru apele lui agitate, aşa că fetele trebuiau „să ţină bine paharele în mână".

– Şi dacă tot se ţin de pahare, ar putea să se ţină şi de mine, spusese Pieter, mult prea tare, ceea ce le făcu pe doamnele de lângă el să se tragă deoparte discret, cu un zâmbet calcifiat pe faţă.

Însă perspectiva petrecerii, ce vestea totodată apropierea de destinaţie, îi molipsise treptat pe cei mai mulţi dintre pasageri, astfel că în ultima seară, chiar dacă puntea era rece şi udă, împroşcată de apele Atlanticului, de pretutindeni răsunau chiote necuviincioase, în timp ce pasagerii, îmbrăcaţi în costume exotice, alergau dintr-o cabină în alta.

Domnul şi doamna Fairweather înfăţişau un raj indian împreună cu soţia lui, purtând costume autentice pe care le achiziţionaseră în timpul unei scurte şi, după spusele doamnei Fairweather, destul de dificile detaşări la Delhi, costume pe care, aparent, le luau cu ei în timpul tuturor călătoriilor cu vaporul, în eventualitatea unor astfel de evenimente. Doamna Fairweather se dăduse pe faţă şi pe braţe cu ceai rece, ca să capete nuanţa potrivită pentru o indiancă, după cum îi asigură ea autoritar pe ceilalţi, trăgând de materialele exotice în care era înfăşurată ca să-şi ascundă pielea contrastant de palidă din jurul taliei. Stella, care trebuise să renunţe la ideea cu Marilyn Monroe după ce i se spusese cum o să îi afecteze decolorantul de pe navă părul, se metamorfozase în Rita Hayworth, în rolul din *Salomeea*, şi se afişase într-un costum din care lipseau cel puţin două din cele şapte voaluri[1]. Fu scoasă din sărite când descoperi că Georgina Lipscombe, care îl convinsese pe unul dintre ofiţerii navali să îi împrumute costumul lui, era cel puţin la fel de strălucitoare ca ea, dacă nu chiar o eclipsa, arătând uimitor de sofisticat cu părul ei negru îndesat sub chipiu. Joy lăsase pregătirile pe ultima sută de metri şi fusese destul de neinspirată, astfel că Stella îi făcu o coroană de aluminiu şi îi spuse să se costumeze în regină.

– Am putea să coasem nişte vată pe marginea robei mele violet, ca să arate a hermină. Şi oricum nu poartă ea prea mult machiaj, aşa că o să te simţi în largul tău, spuse ea.

[1] Referinţă la scena celebră a *Dansului celor şapte voaluri*, reproducând dansul Salomeei în faţa regelui Irod

În ciuda pasiunii pe care o avusese cu mai puțin de un an în urmă, Stella nu mai era acum interesată de Elisabeta. După o fază scurtă cu prințesa Margareta („un simț vestimentar *incomparabil* mai bun"), trecuse la Hollywood.

Joy se simțea cam ridicol costumată în regina Elisabeta, neștiind dacă se simțea mai stânjenită de aroganța alegerii sau de costumul pueril. Dar când ajunseră în sfârșit în sala de mese și Joy văzu câteva dintre costumațiile celorlalți, își mai veni în fire.

Pieter se costumase în negustor egiptean, cu pieptul dezvelit și înnegrit cu ceva ce părea a fi cremă de ghete, lăsându-i mușchii să strălucească și să se contureze în lumina palidă. Părul blond și-l acoperise cu o căciulă neagră de lână, croșetată de bătrâna doamnă Tennant, iar în mână ținea un coș plin cu mărgele și sculpturi de lemn. Surescitat deja, se mai arunca din când în când pe câte o femeie, care țipa teatral și îl împingea cât colo, râzând, dar totuși vag iritată. Pe Joy, în schimb, nu se aruncă.

– M-am pătat? spuse doamna Fairweather, îndreptându-se spre ea în timp ce stătea la masă. Sunt sigură că spray-ul mi-a lăsat pete.

Joy îi studie cu atenție pielea colorată cu ceai.

– Arată bine, spuse ea, dar pot să mai repar puțin dacă vreți. Sunt sigură că unul dintre ospătari poate să ne prepare niște ceai rece.

Doamna Fairweather își scoase pudriera din geantă și își analiză reflexia în oglindă, aranjându-și bijuteriile din parura de pe cap.

– Ah, tare nu aș vrea să îi deranjez. Cu toții sunt extrem de ocupați în seara asta. Mi s-a spus că va fi o cină specială.

– Bună, Joy! Sau ar trebui să spun, mai degrabă, Maiestatea Voastră?

Era Louis, care făcu o plecăciune adâncă în fața ei, după care îi sărută mâna, iar lui Joy îi luară foc obrajii.

– Trebuie să recunosc că arăți de parcă ai fi fost făcută pentru asta, nu-i așa, doamnă Fairweather?

Louis purta o fustă ponosită în carouri și un batic, iar pe buze se dăduse cu un ruj într-o nuanță ce ridica niscaiva semne de întrebare.

– Ah, categoric, spuse doamna Fairweather. Are un aer cu adevărat regal.

– Ah, vă rog, nu, spuse Joy râzând, în timp ce Louis se așeză lângă ea. Cred că o să mi se urce la cap. Pot să te întreb în ce Dumnezeului te-ai costumat?

– Nu îți dai seama? o întrebă Louis, posomorât. Nu îmi vine să cred că nu îți dai seama.

Joy se uită la doamna Fairweather, după care înapoi la Louis.

– Îmi pare rău, spuse ea.

– Sunt o *Land Girl*[1], spuse el, ținând în mână o furcă. Uite! Pun pariu că nu îți vine să crezi cum am pus mâna pe așa ceva!

– O *Land Girl*?

Doamna Fairweather râse.

– Acum îmi dau seama, spuse ea. Ai priceput, Philip? Domnul Baxter s-a costumat într-o *Land Girl*. Uite, are cu el și un sac de cartofi.

– Ce e o *Land Girl*? întrebă Joy sfioasă.

– Unde ai trăit până acum? În Timbuktu?

Joy privi în jur să vadă dacă mai era cineva care îi împărtășea ignoranța. Dar Stella țipa la Pieter, Georgina Lipscombe stătea de vorbă cu prim-ofițerul, iar celălalt spectator, un balerin cu picioare suspicios de păroase, nu părea să asculte.

– Când ai fost ultima oară în Anglia? o întrebă Louis.

– Ah, Dumnezeule! În copilărie, cred, spuse Joy. Când Hong Kongul a fost invadat, am fost trimiși toți în Australia.

– Imaginează-ți, Philip. Joy nu știe ce e o *Land Girl*.

Doamna Fairweather îi dădu un ghiont soțului ei, care privea lung, pe sub turban, la ginul lui tonic.

– Închipuie-ți, spuse el blând. Chiar nu le-ai văzut niciodată?

Joy se simțea stânjenită. După cum observase, la genul acesta de adunări, se întâmpla mereu ceva care o făcea să se simtă ignorantă sau proastă. De asta îl iubea pe Edward: el nu o făcuse niciodată să se simtă așa.

[1] Referință la *Women's Land Army* (trad. „Armata terestră a femeilor"), o organizație civică britanică ce a activat în timpul Primului și celui de-al Doilea Război Mondial, menită să le ofere femeilor dreptul de a lucra în agricultură în locul bărbaților plecați în armată. Membrele acestei organizații erau numite colocvial *Land Girls* (trad. „agricultoare").

– Nu cred că Joy are vreun motiv să știe ce e aceea o *Land Girl*, se repezi Louis. Cu siguranță sunt o mulțime de lucruri despre Hong Kong pe care eu nu o să le înțeleg niciodată. Pot să îți aduc ceva de băut, Joy? Doamnă Fairweather?

Joy îi zâmbi recunoscătoare pentru galanteria lui, iar momentul trecu. Oceanul devenea tot mai agitat pe măsură ce pasagerii terminau de mâncat felul întâi, astfel că ospătarii trebuiau să se mai apuce ocazional de câte un colț de mobilă ca să nu scape farfuriile pe jos. Vinul din paharul lui Joy se legăna în unghiuri alarmante.

– Așa e întotdeauna, spuse Louis, care stătea lângă ea.

Rujul i se ștersese în timp ce mâncase, așa că Joy putea în sfârșit să îl privească fără să chicotească.

– Prima oară când am experimentat așa ceva, am căzut din pat, în somn.

Pe Joy nu o deranja. Fiecare val imens o aducea mai aproape de Tilbury. Dar unele dintre doamne izbucniseră în remarci dezaprobatoare, ca și cum ar fi fost cineva de vină pentru această ireverență meteorologică. Glasurile li se ascuțiră, devenind precum țipetele unor pescăruși și acoperind orchestra, care, la ordinele căpitanului, cânta mai departe, chiar dacă muzicienii erau mai mult preocupați să-și mențină echilibrul, iar notele muzicale se preschimbaseră mai degrabă într-o cacofonie. În acest moment, Stella, care încerca să se țină pe picioare în timp ce se îndrepta spre toaletă, aproape căzu, iar Pieter sări să o ajute, răsturnându-și scaunul pe spate. Joy observă expresia Stellei când îi mulțumi și se simți dintr-odată cuprinsă de un val de neliniște.

Louis, care în acest timp o privea, îi umplu din nou paharul cu vin și îi spuse să îl bea pe tot.

– Dacă bei suficient, o să crezi că tu te legeni, și nu vaporul, spuse el, iar mâna lui o atinse din greșeală pe a ei.

Privind în continuare cum Stella se ținea încă de brațul sprijinitor al lui Pieter, cumva cam prea strâns, Joy aproape că nici nu băgase de seamă gestul lui Louis.

Așa că bău tot. Fusese relativ abstinentă până în seara aceea, dar, la fel ca și ceilalți, acum prinsese și ea microbul finalului de călătorie, o nesăbuință declanșată de izolarea din ultimele săptămâni și de gândul la o viață mai cumpătată, la o existență mai matură, care o aștepta. Toasturile erau din ce în ce mai gălăgioase și mai ridicole: pentru ultimul rege, pentru vechea patrie, pentru Elisabeta, moment în care se surprinse ridicându-se și făcând un semn din cap, precum regina, pentru Lone Ranger și Tonto, pentru pudding, o creație elaborată, din cremă, pandișpan și alcool; și pentru *SS Destiny* însăși, care își croia drum printre valuri.

Joy se surprinse chicotind, fără a se mai sinchisi așa de mult de câte ori Louis își trecea brațul în jurul ei, și nu mai băgă de seamă cine dispăruse de la masă și când. Iar în clipa în care căpitanul urcă pe podium și anunță că urma să ofere premiul pentru cel mai bun costum, Joy îl întrerupse la fel de nepoliticos și de nemilos ca și restul oamenilor de la masa ei.

– Ssst! Ssst! Doamnelor și domnilor! insistă prim-ofițerul, lovind cu un cuțit în paharul de coniac. Liniște! Vă rog!

– Știi, Joy, chiar cred că ești absolut minunată.

Joy își desprinse atenția de la podium și se holbă la Louis, ai cărui ochi căprui căpătară brusc expresia aceea de dorință molcomă a unui cățeluș.

– Tot voiam să îți spun asta de la Bombay încoace.

Își puse mâna peste a ei, iar Joy și-o retrase rapid, temându-se că ar putea să îi surprindă careva.

– Acum, doamnelor și domnilor, faceți puțină liniște. Haideți, haideți!

Căpitanul își ținea mâinile drepte, pe lângă corp, după care ridică brusc un braț în aer atunci când nava se clătină spre tribord, ceea ce îi făcu pe pasageri să strige și să chiuie.

– E o perioadă îngrozitor de lungă să stai despărțit de cel pe care îl iubești, Joy. Știu asta. Și eu am o fată acasă. Dar asta nu te oprește să vrei pe altcineva, nu-i așa?

Joy îl privi lung, întristată că trebuise să complice lucrurile. Îl plăcea. În alte împrejurări... ei bine, poate. Dar nu acum... Joy clătină din cap, încercând să imprime un soi de regret acelei mișcări scurte, doar ca să îi protejeze sentimentele bărbatului din fața ei.

– Haide să nu vorbim așa, Louis.

Louis se uită insistent la ea, după care își întoarse privirea spre masă.

– Îmi cer scuze, spuse el. Probabil că am băut prea mult.

– Ssst, spuse doamna Fairweather. Nu vreți voi doi să tăceți? Omul ăsta încearcă să vorbească.

– Știu că acesta este momentul pe care l-ați așteptat cu toții și aș vrea să pot spune că toată lumea și-a dat silința să se costumeze cât mai interesant... doar că n-ar fi adevărat.

Căpitanul făcu o scurtă pauză, așteptând ca hohotele de râs să se domolească.

– Nu, nu. Glumeam doar. Ei bine, am dezbătut mult asupra costumelor voastre. Asupra unora am dezbătut cât de mult am putut.

În acest moment se uită cu subînțeles la voalurile diafane ale Stellei. Îngrijorată cum era, Joy se simți ușurată văzând că Stella era încă la masă. Pieter, însă, lipsea de ceva vreme.

– Dar decizia copleșitoare pe care a trebuit să o iau împreună cu colegii mei a fost să decernăm premiul, spuse el în timp ce ținea sus o sticlă de șampanie, unui bărbat care s-a dovedit capabil de a nu se sinchisi câtuși de puțin că nu va ieși cu fața curată din toată povestea. La propriu.

Pasagerii adunați în fața scenei așteptau tăcuți să audă numele câștigătorului.

– Doamnelor și domnilor, Pieter Brandt. Sau ar trebui să zic mai degrabă „negustorul nostru egiptean"?

Întreaga sală de mese izbucni în ropote de aplauze, iar prin aer zburau șervete și chifle pe jumătate mâncate. Alături de restul pasagerilor de la masa ei, Joy se uita în jur, în încercarea de a-l localiza pe Pieter printre toate capete elaborat deghizate. Pe măsură ce peruca lui neagră de lână refuza să iasă la iveală, aplauzele se estompară tot mai mult și din mulțime se ridică un murmur ușor, în timp ce pasagerii întorceau privirile în stânga și în dreapta.

Joy se uită la căpitan, care fu redus la tăcere pentru o clipă de absența lui Pieter, după care la Stella, care părea să fie la fel de confuză.

– Poate că a plecat să își vândă marfa, glumi căpitanul. Cel mai bine merg și îl rog pe bucătar să arunce o privire prin magazie.

Apoi privi în jur, întrebându-se, fără doar și poate, ce să facă mai departe.

Fu întrerupt de o șoaptă venind dinspre celălalt capăt al sălii de mese. Murmurul se răspândi de-a lungul șirului de mese, ca un vânt domol, astfel că Joy, care îi urmă traiectoria, băgă de seamă în cele din urmă de unde venise. Toți ochii aterizară pe Georgina Lipscombe, care intrase cu pași nesiguri pe ușile din capătul sălii, cu părul desfăcut pe sub chipiu, căzându-i acum în bucle mari pe umeri. Se clătina în încercarea de a-și recăpăta echilibrul și se întinse ca să se prindă de spătarul unui scaun liber.

Joy se holbă la ea, încercând să deslușească scena care se desfășura în fața ochilor ei, după care privi spre Stella, care pălise cu totul, căci costumul alb al Georginei nu mai era acum atât de imaculat. De la epoleți și până undeva la mijlocul coapselor, uniforma ei afișa urme șterse, dar vizibile, de cremă de ghete. Fără să suspecteze nimic, Georgina se uită uimită la toate fețele întoarse spre ea, după care, ridicând capul, decise în mod vădit să ignore privirile. Odată ce ajunse la masa lor, se așeză cumva greoi pe scaun și își aprinse o țigară. Urmă un scurt moment de tăcere apăsătoare.

Și apoi:

– Curvă ordinară! urlă Stella și se repezi la ea peste masă, înfigându-se în părul, în epoleții ei, în fiecare petic de carne sau de uniformă la care reuși să ajungă, înainte ca Louis și prim-ofițerul să sară ca arși de la locurile lor și să încerce să o potolească.

Înmărmurită de uimire, Joy rămase la locul ei, nevenindu-i să creadă că vrăjitoarea aceea cu ochi turbați, cu voalurile deșirându-i-se din costum, în timp ce se întindea s-o prindă pe Georgina, era prietena ei.

– Curvă ordinară ce ești! urlă Stella din toți rărunchii, cu lacrimile curgându-i șiroaie și cu machiajul încărcat, de dansatoare, împrăștiat pe toată fața.

Louis o prinse de braț, forțând-o să își ia mâna din părul Georginei, dar abia după câteva clipe bune, ceilalți bărbați îndrăzniră să-i dea drumul.

– Ssst, gata acum, dragă, spuse doamna Fairweather, mângâind-o pe cap, în timp ce bărbații se așezau din nou la locurile lor la masă. Haide, liniștește-te. Ajunge cu distracția pe noaptea asta.

Toată sala de mese era amuțită. Căpitanul făcu semn orchestrei să înceapă să cânte din nou, dar urmă un moment interminabil de tăcere apăsătoare, înainte ca muzicienii să se dumirească unde rămăseseră. În jurul lor, ceilalți meseni râdeau șocați sau exclamau dezaprobator, în timp ce își redirecționau treptat atenția înapoi spre mesele lor.

Georgina, cu părul încâlcit și umflat într-o parte, acolo de unde o apucase Stella, se pipăi pe față, să vadă dacă are urme de sânge. Privindu-și apoi degetele, nu zări nici o dovadă în acest sens, așa că începu să își caute, pe fața de masă, țigara aprinsă care îi fusese azvârlită din mână. Plutea acum, dezolant, în băutura doamnei Fairweather. Își scoase apoi calmă încă una din tabachera ei de argint și și-o aprinse. După care ridică privirea și se uită cu luare-aminte la Stella. Urmă un scurt moment de liniște.

– Prostuțo, spuse ea scoțând un nor lung de fum. Doar nu credeai că ești singura?

Joy stătea afară la tribord, cu brațele înlănțuite în jurul Stellei, care nu își mai stăvilea hohotele de plâns, și se întreba cât avea să mai dureze până să îi poată spune că nu doar că erau amândouă fleașcă, dar îi mai și clănțăneau dinții de frig.

Stella plângea deja de mai bine de douăzeci de minute, fără să ia seama la valurile care le împroșcau cu apa lor glacială și la puntea care se zgâlțâia, cufundându-se și mai mult în îmbrățișarea umedă și îndurerată a lui Joy.

– Nu pot să cred că m-a mințit, spuse ea, cu răsuflarea tăiată, într-o scurtă pauză de la sughițuri și suspine. Toate lucrurile pe care le-a spus...

Joy hotărî să n-o iscodească cu privire la ceea ce se petrecuse între ei. Sau la ce credea că ar fi putut să ducă toată treaba asta.

– Tocmai cu ea, care e oribilă. E bătrână, pentru numele lui Dumnezeu.

Stella privi lung la Joy, cu ochii ei inundați de lacrimi. Parcă nici ei nu îi venea să creadă ce zice.

– Are o față butucănoasă și se machiază prea strident. Ba chiar mai are și *vergeturi*.

După cum suspecta Joy, nu era supărată neapărat pentru că Pieter o înșelase, ci mai degrabă pentru că se arătase atât de puțin selectiv în alegerea lui.

– Ah, Joy... ce o să mă fac?

Joy își aminti de întoarcerea lui Pieter Brandt la masă. La început râsese și făcuse niște glume porcoase și, din pricina stării de ebrietate avansate, nu reușise să își dea seama că masa la care se așezase îl întâmpinase într-o tăcere deplină. După care râsul îi devenise mai degrabă forțat, apoi mai spusese o anecdotă, străduindu-se, parcă, să refacă atmosfera. Dar în clipa în care căpitanul venise și trântise sticla de șampanie în fața lui, anunțându-i sec că el era câștigătorul, după care plecă, Pieter se dumiri și el că lucrurile se schimbaseră radical față de momentul în care se făcuse nevăzut, în urmă cu vreo jumătate de oră.

– S-ar putea să ai nevoie să te mai dai cu niște cremă de ghete, bătrâne, spusese Louis, uitându-se cu subînțeles la pieptul palid al lui Pieter, după care spre costumul pătat al Georginei.

Din motive evidente, fusese imposibil de spus dacă Pieter pălise, însă îi privise speriat pe ceilalți pasageri, după care se scuzase pe motiv că trebuia „să își întindă picioarele". Georgina părea plictisită, trăgând tacticos din omniprezenta ei țigară, reușind să privească în gol fără să întâlnească privirea nimănui. În cele din urmă, după plecarea lui, părăsise și ea masa, vădit afectată de lipsa de atenție masculină.

Dar Stella plecase deja, după ce doamna Fairweather o condusese la baie, o ștersese în zadar pe față cu o batistă de dantelă, nepotrivită pentru o așa ocazie, și o tot îndemnase să se oprească din plâns.

– Machiată, erai așa de frumușică, bălmăji ea. Doară nu vrei s-o lași pe femeia aia să vadă că te-a supărat.

Păruse destul de ușurată în clipa în care Joy intrase în baie și i-o pasase pe Stella, cam prea plină de recunoștință și entuziasm.

– Voi două sunteți prietene, spusese ea. Tu știi cum să o mai înveselești. Ocupă-te tu de ea.

După care dispăruse într-un nor de Arpège, mărgele și voaluri.

– Ce o să mă fac? spuse Stella o jumătate de oră mai târziu, privind în gol la marea neagră și înspumată. Totul s-a terminat. Poate că ar trebui pur și simplu să...

Joy îi urmări privirea Stellei de-a lungul punții și își strânse prietena și mai tare de braț.

– Să nu îndrăznești să vorbești așa, spuse ea panicată. Nici să nu îndrăznești să gândești așa, Stella Hanniford.

Stella se întoarse să o privească, cu o expresie lipsită de orice artificiu și viclenie.

– Dar ce o să mă fac, Joy? Am stricat totul, nu-i așa?

Joy îi luă mâinile într-ale ei.

– Nu ai stricat nimic. Doar te-ai apropiat cam tare de un bărbat prost de bubuie, pe care după ziua de mâine nu va mai trebui să îl vezi niciodată în viața ta.

– Dar tocmai ăsta e lucrul cel mai groaznic, Joy. O parte din mine *vrea* să îl mai vadă.

Stella o privi cu ochii ei mari și albaștri înecați în jale. Își desprinse o mână din strânsoarea lui Joy, ca să-și dea părul la o parte de pe față.

– Era absolut minunat. Mult mai bun decât Dick. Și asta e partea cea mai rea... cum să mă întorc eu la Dick și să pretind că totul e bine, când am putut să simt ceva cu mult peste asta?

Lui Joy îi veni rău. Pe de o parte, ar fi vrut să își astupe urechile, să spună „Stella, oprește-te! Nu vreau să mai aud nimic!", dar știa prea bine că era singura confidentă pe care o avea Stella. Singura confidentă a unei femei care, deși fusese dintotdeauna mai dramatică de fel, privea la valurile acelea într-un fel de-a dreptul tulburător.

– Trebuie să îl uiți, spuse ea, în zadar. Trebuie să faci să meargă căsnicia cu Dick.

– Dar cum ar fi fost dacă nu m-aș fi măritat cu Dick? Ah, eram îndrăgostită de el. Mă jur, dar cum aș fi putut să știu asta pe atunci?

Mai sărutasem doar doi bărbaţi înainte să îl cunosc. Cum aş fi putut să ştiu că o să ajung să îmi placă mai mult de altcineva?

– Dar Dick e un bărbat bun, spuse Joy, gândindu-se la pilotul chipeş şi amabil. Eraţi atât de fericiţi împreună. Puteţi fi din nou.

– Dar nu mai am chef. Nu vreau să trebuiască să îi zâmbesc şi să îl sărut şi să îl las să mă apese cu trupul lui bătrânicios şi oribil. Eu îl vreau pe Pieter... şi acum sunt captivă pentru tot restul vieţii mele alături de cineva de care nu îmi mai place.

Joy o luă din nou în braţe pe prietena ei şi privi lung la cerul întunecat. Nu se mai zărea nici o stea pe cer în noaptea aceea, toate constelaţiile erau acoperite de nori joşi, fumurii.

– O să fie bine, şopti ea, la urechea rece a Stellei. Îţi promit. Totul o să fie mai bine mâine-dimineaţă.

– Tu de unde ştii? spuse Stella, ridicând din nou capul.

– Pentru că aşa se întâmplă mereu. Eu mă simt mereu mai bine la lumina zilei.

– Nu, nu asta. Tu de unde ştii că ai făcut alegerea potrivită?

Joy se gândi un moment, nedorind să îi dea răspunsul greşit. Îi fugi mintea apoi pentru o secundă la Louis.

– Păi presupun că nu ştii niciodată, zise ea în cele din urmă. Trebuie doar să speri.

– Dar *tu* ştii. *Tu* ştii asta.

Joy tăcu pentru o clipă.

– Da, încuviinţă ea.

– Cum?

– Pentru că nu mă simt complet în largul meu în prezenţa altcuiva. Când sunt cu el... e ca şi cum aş fi cu tine... la care se adaugă şi partea sentimentală.

Privi pe furiş la Stella, care o urmărea atentă.

– Presupun că îmi pare a fi versiunea mea masculină. Jumătatea mea. Când sunt cu el, vreau să fiu demnă de această versiune a mea. Nu vreau să îl dezamăgesc.

Joy şi-l închipuia în faţa ochilor acum, zâmbindu-i, cu riduri fine în colţurile ochilor, arătându-şi puţin dinţii pe sub buza de sus.

– Nu mi-a păsat niciodată ce se crede despre mine până a apărut el, spuse ea. Iar acum nu îmi vine să cred că m-a ales tocmai pe mine. În fiecare dimineață mă trezesc și îi mulțumesc lui Dumnezeu pentru asta. În fiecare seară merg la culcare și mă rog ca timpul să treacă mai repede ca să pot să fiu din nou cu el. Mă gândesc mereu la ce face acum, cu cine vorbește. Fără vreo urmă de gelozie sau ceva asemănător, ci vreau doar să fiu mai aproape de el, și dacă îmi imaginez ce face, mă ajută.

Acum cred că doarme, gândi ea. Sau citește o carte. Poate una dintre cărțile lui despre cai pur-sânge, pline de pasaje despre generații întregi de cai, clădindu-și visurile pe un arbore genealogic ecvestru.

– E mai mult decât orice mi-aș fi putut dori vreodată. Mai mult decât aș fi sperat vreodată, spuse ea visătoare. Pur și simplu, nu mă pot imagina vreodată alături de altcineva.

Urmă o scurtă pauză. Joy își dădu seama că uitase aproape cu desăvârșire de prezența Stellei.

Dar Stella se ridică din locul unde șezuseră împreună, lângă bărcile de salvare. Se oprise din plâns și își strângea șalul mai bine în jurul corpului, ca să se încălzească.

Joy se ridică în picioare și îi dădu părul ud la o parte de pe față.

– Da, ei bine, ești norocoasă, spuse Stella, refuzând să o privească pe Joy în ochi. Ție ți-a fost ușor.

Joy se încruntă ușor la auzul tonului prietenei sale.

Stella se îndreptă spre ușă, după care se întoarse, călcând apăsat și împroșcând-o pe Joy, prinsă în burnița nopții.

– Da, ție ți-a fost mult mai ușor. La urma urmei, pe tine nu te-ar fi luat nimeni altcineva.

Capitolul 7

Sabine stătea pe jos, în mijlocul covorului persan roș, uitându-se atent la fotografia care o înfățișa pe Stella într-o rochie de un albastru-închis. Nuanțele șterse ale camerei vechi pe care o ocupase dispărură pentru o clipă și lăsară loc punților legănate de valuri și spălate de ploaie și celor aproximativ șapte voaluri cu paiete, îmbibate de apă.

– S-a întors la Dick în cele din urmă?

Sabine privi îndelung la ochii strălucitori, la zâmbetul complice al Stellei, încercând în zadar să și-o închipuie dezolată și abandonată pe o navă în furtună. Părea prea sigură pe ea.

Joy, care sorta conținutul unei cutii cu certificate vechi, aruncă o privire peste umărul lui Sabine.

– Stella? Da, dar nu pentru prea multă vreme.

Sabine se întoarse cu fața la Joy, în așteptarea unei explicații. Joy puse cutia pe genunchi și se gândi pentru o clipă.

– El o adora, într-adevăr, dar cred că sentimentele ei pentru Pieter Brandt au cam tulburat-o și, după o vreme, cum nici copii nu făcuseră, cred că s-a decis că ar fi mai bine să caute ceva mai palpitant în altă parte.

– Și ce s-a întâmplat apoi?

Joy își frecă mâinile, încercând să le scuture de praf. Se bucura că vorbea din nou cu Sabine, dar stilul acela al fetei de a despica firul în patru o cam obosea. Trase adânc aer în piept, ca și cum s-ar fi pregătit să dea o veste proastă, așa cum o făcea Stella cu mulți ani în urmă.

– A ajuns să fie cu destul de mulți bărbați. Nu și-a găsit niciodată cu adevărat liniștea alături de cineva.

– Îndrăzneață, fata asta, nu glumă, spuse Sabine voioasă.

Îi cam plăcea ce auzea despre Stella.

– Cred că se poate spune și așa. Cu siguranță că și-a trăit viața din plin cât a fost tânără. Abia când a mai îmbătrânit, a început să se întristeze. Obișnuia să bea cam mult.

Joy își duse o mână la ochi, care începuseră să o usture.

– Ultimul ei soț a murit de insuficiență hepatică și, după ce l-a pierdut, cred că și-a dat seama că nu mai avea pe nimeni. Vezi tu, avea șaizeci și doi de ani la vremea aceea. O vârstă destul de grea să rămâi complet singur.

Sabine încercă să își închipuie silueta strălucitoare și fermecătoare din fața ei nu doar ca pe o femeie abandonată, dar și ca pe o bețivancă bătrână și singură.

– A murit?

– Da. În urmă cu doar câțiva ani. Cred că în '92. Păstraserăm legătura, dar ea se mutase apoi într-un apartament micuț de pe coasta spaniolă și nu ne-am mai văzut după asta. Am aflat că a murit pentru că nepoata ei mi-a trimis o scrisoare foarte amabilă.

Joy păru distrasă pentru o clipă.

– În fine. Cred că ar trebui să scap de toate rozetele astea vechi. Par un pic cam mucegăite. Ce păcat!

Sabine așeză fotografiile înapoi în cutia din fața ei, încercând să și-o imagineze pe mama ei în locul Stellei Hanniford. Era mai puțin strălucitoare decât Stella, dar la cum se prezenta, putea bine-mersi să își facă de cap cu unul și cu altul pentru tot restul vieții și să sfârșească singură într-un apartament din Spania. Sabine avu dintr-odată o viziune cu ea vizitând-o, în timp ce Kate stătea întinsă pe o canapea ponosită, ținând în mână o sticlă de vin de Rioja și, în beția ei, depănând amintiri despre cei pe care îi lăsase în urmă.

– Ah, Geoff, ar spune ea, cu părul ei roşcat atârnându-i neglijent pe umeri şi cu rujul întins în jurul gurii, ca un măscărici. A fost un an bun. Geoff. Sau poate George?

Mereu îi încurca.

Îşi alungă imaginea asta din cap, neştiind dacă o făcea mai degrabă să râdă sau să plângă, şi privi pe furiş la bunica ei, care vărsa cutia cu rozete vechi într-o pungă neagră de plastic, încercând în schimb să asocieze silueta ţeapănă, în reiat verde, de lângă ea cu imaginea perfectă a amorului tânăr, care i se înfiripase în închipuire. Pe parcursul ultimelor zile, Sabine se simţi obligată să îşi vadă bunicii într-o altă lumină. Perechea asta băţoasă şi prost dispusă avusese cândva o poveste de dragoste care ar fi bătut orice se difuza acum la televizor. Bunicul ei fusese chipeş. Bunica... ei bine, şi ea fusese arătoasă. Dar ceea ce o marcase într-adevăr pe Sabine fusese lunga ei aşteptare, tot timpul acela în care fuseseră despărţiţi, fără ca Joy să-şi pună vreo clipă senimentele la îndoială. Şi, printre toţi acei ofiţeri, ea îi rămăsese fidelă.

– Nimeni nu s-ar mai logodi după o zi în epoca noastră, gândi Sabine cu voce tare. Şi mai cu seamă dacă ar trebui să aştepte după aceea un an întreg.

Joy, care lega cu sfoară gura sacului de plastic, se opri şi îşi privi nepoata.

– Nu, nu cred că ar face-o mulţi.

– Dar tu ai face-o din nou? Adică, dacă ar fi să o faci acum.

Joy aşeză punga pe podea şi rămase în picioare în mijlocul camerei, căzută pe gânduri.

– Cu bunicul tău?

– Nu ştiu. Bine, da, cu bunicul.

Joy privi pe fereastră, unde ploaia bătea cu pietre de o strălucire metalică. Deasupra, o pată maronie, semicirculară marca locul în care jgheaburile alunecaseră de la locul lor, oferindu-i ploii încă un loc prin care să se furişeze cu entuziasm în casă.

– Da, spuse ea. Bineînţeles.

Dar nu suna prea convingător.

– Ai avut vreodată emoții? Vreau să zic, înainte să îl revezi. După tot timpul ăla petrecut pe navă?

– Ți-am spus, dragă. Eram doar bucuroasă să îl văd.

Sabine nu se mulțumi cu acel răspuns.

– Dar trebuie să fi simțit ceva în acele momente chiar de dinainte să îl vezi. Când așteptai ca vaporul să acosteze și te uitai peste bord, încercând să îl reperezi. Trebuie să ți se fi pus un nod în gât. Eu așa aș fi pățit.

– Totul s-a petrecut cu prea mult timp în urmă, Sabine. Au fost de atunci atâtea întâlniri... Chiar nu îmi mai amintesc. Acum, o să duc gunoiul jos, trebuie să treacă gunoierii și nu vreau să îi ratez.

Cu o mișcare bruscă, Joy își scutură praful de pe haine și merse spre ușă.

– Haide, lasă alea din mână, am face bine să mergem jos să luăm prânzul. Bunicului sigur i s-a făcut foame.

Sabine se ridică și își desfăcu brațele. Sesizase tonul abrupt al bunicii, dar nu o deranjase prea tare. Pe parcursul ultimelor săptămâni, în care petrecuseră câteva ore pe zi împreună, uitându-se peste fotografii vechi și amintiri, atitudinea aspră a lui Joy se mai îmblânzise, în special atunci când se lăsa purtată de val, povestind vreo întâmplare din vremea în care ea și Edward erau la începutul căsniciei lor. Amintirile îi deșirau puțin câte puțin frazele, întinzându-le în povestiri lungi, fluide, conferindu-le culoare, iar Sabine o asculta fascinată și bucuroasă că i se permitea să arunce o privire într-o altfel de lume plină de privilegii, conformism și comportamente nepotrivite.

Și sex. Era ciudat să o audă pe bunica ei vorbind despre sex. Ce-i drept, nu pronunțase niciodată cuvântul „sex", dar nu-i lăsase lui Sabine prea multe îndoieli referitoare la motivul pentru care Stella Haniford ajunsese să o păruiască pe Georgina Lipscombe. Lui Sabine nu îi venea să creadă cât sex făceau oamenii în anii 1950. Îi venea destul de greu să își imagineze și că mama ei o făcea acum. Sabine se gândi la mama ei și se întrebă, nu pentru prima oară, de ce nu putuse și ea să aibă parte de o singură mare poveste de dragoste romantică, așa, ca bunicii ei. O dragoste adevărată, gândi ea melancolică, o dragoste care să supraviețuiască tăișurilor sorții, un fel de *Romeo și Julieta* ai anilor

1950, ridicându-se deasupra meschinăriilor și profanului. Genul de iubire despre care citești în cărți, care inspiră artiștii să compună cântece, care te saltă ca pe o pasăre în zbor, dar care e în același timp trainică, de neclintit ca o stâncă, vastă, atotcuprinzătoare și durabilă.

Rămasă în pragul ușii, Joy se întoarse cu fața spre ea.

– Haide, Sabine. Ridică-te și hai să mergem. Doamna H gătește egrefin și dacă ne ia prea mult să i-l aducem sus bunicului, o să îmi fie apoi cu neputință să îl mai conving să mănânce.

Odată ce bunica se mai temperase, iar ea se acomodase la aerul umed și începea chiar să îi placă să călărească (deși încă nu recunoștea cu voce tare), dorul de casă al lui Sabine, deși poate că nu dispăruse cu totul, se diminuase considerabil. Televizorul nu-i mai lipsea așa de mult, oricum. Și abia dacă se mai gândea la Dean Baxter. Doamna H și soțul ei împlineau duminică treizeci și doi de ani de la căsătorie și, cu toate că nu era una dintre aniversările importante (era nunta de granit sau de hârtie sau ceva de genul, și nu de aur sau de diamant), doamna H spusese că, în ceea ce o privea, era suficient cât să merite a fi sărbătorită și că Sabine, alături de mai toată lumea din familia doamnei H, era invitată.

Sabine fu destul de încântată de idee, nu doar pentru că îi oferea o scuză să își petreacă seara în altă parte (deși se împrietenise cu bunica, cinele la masa aceea imensă rămâneau un supliciu), dar și pentru că îi arăta că începea să facă parte nu doar din familia extinsă a doamnei H, dar și din cea a lui Thom și Annie. Din moment ce fusese întotdeauna copilul unic al unei mame când și când singure, aceasta era prima familie adevărată pe care avea șansa să o observe îndeaproape; o familie care părea a fi infinit de numeroasă, dar cu toate acestea, destul de apropiată încât fiecare să știe ce fac ceilalți; o familie în care rudele se vizitau între ele, cu siguranța oferită de apartenență, știind pur și simplu că acolo era locul lor. Dar ceea ce îi plăcea cel mai mult lui Sabine era zgomotul: felul în care vorbeau unii peste alții la nesfârșit, întreruperile, explozia de râsete, glumele tăioase pe seama altora. Casa lui Sabine fusese întotdeauna liniștită. De când o știa, era liniștită cu un scop, și anume ca mama ei să poată lucra, așa că atmosfera era permanent sumbră și înăbușită, ca și cum casa ar fi fost acoperită cu o pătură groasă. Și atunci când ea, mama ei și Geoff se așezau la masă, nu izbucnea nimeni în hohote gălăgioase de râs, doar Geoff o mai întreba politicos cum i-a fost ziua, tratând-o cumva cu grijă, ca pe un adult, în timp ce mama ei se uita în gol, mâncând și visând cu ochii deschiși la cine știe ce. Probabil că la Justin, se gândi Sabine, plină de resentimente. Dintr-un oarecare motiv, începuse din nou să îl deteste pe Justin.

Era pentru prima oară când pășea în casa doamnei H, un bungalou situat la marginea satului. Casa stătea ghemuită în mijlocul unui teren pătrat, înconjurată de dalele din curte, cu răsaduri de flori îngrijite în față. O antenă parabolică răsărea întrebătoare dintr-o parte, ca un cornet acustic, iar la ferestre atârnau perdele cu motive florale, în nuanțe deschise și, pe fiecare pervaz, jardiniere cu ciclame roșii și roz.

Casa etala o fațadă placată cu piatră, despre care Sabine știa că l-ar fi făcut pe Geoff să pălească. Fusese construită în totalitate de soțul doamnei H, Michael, pe care toată lumea îl striga Mack. De fapt, casa în sine era numită Mackellen – ceea ce, gândi Sabine, reprezenta cea mai apropiată dezvăluire pe care o obținuse, spre aflarea numelui adevărat al doamnei H.

– E cu mult diferită de casa buneilor tăi, să știi, spuse Thom, care o conducea pe Sabine într-acolo, de la casa cea mare.

– Pare să fie oricum mai puțin mucegăită, observă Sabine, iar Thom râse.

Când ajunseră înăuntru, îi dădu dreptate lui Thom. Imediat cum deschise ușa, fu întâmpinată de aerul cald venind de la centrala dată la maxim și de întinderile ample de mochetă autoadezivă, deschisă la culoare. Pereții erau decorați cu poze de familie, fotografii înrămate și câteva versuri brodate, dar cel mai mult îi atrăseseră atenția nenumăratele decorațiuni: mici elefanți de sticlă care râdeau, clovni cu detalii din cauciuc, păstorițe zglobii, cu turme hoinare. Toate strălucind sub lămpile puternice, fără pic de praf pe ele, luminoase, vesele și imaculate. Sabine se holbă la batalioanele de mici creaturi, fascinată pe moment de numărul lor uriaș.

– Haide înăuntru, Sabine. Închide ușa, Thom, că intră umezeala. Vai de mine, ce frig e în seara asta!

Strălucitoare, doamna H se îndreptă spre ea să îi ia haina. Nu arăta deloc ca doamna H pe care o știa din casa bunicilor. Doamna H de la Kilcarrion purta un halat pastelat din nailon, avea părul pieptănat pe spate și tenul lucios, trandafiriu, fără urmă de machiaj. Această doamnă H purta un pulover mov-închis și două lănțișoare de aur la gât, de unul dintre ele atârnând o cruciuliță. Părul ei ondulat și sclipitor părea mai voluminos, iar chipul îi era luminat de un machiaj care o făcea să pară mai tânără, destul de sofisticată și oarecum intimidantă. Sabine se neliniști pentru o clipă și își dădu seama, spre rușinea ei, că nu luase niciodată în calcul posibilitatea ca doamna H să aibă o viață personală dincolo de casa cea mare și rolul ei de bucătăreasă și menajeră. Chiar și când o vizita pe Annie, nu stătea niciodată locului, făcând mereu câte o treabă prin casă.

– Arătați... arătați bine, spuse ea, cu glas șovăielnic.

– Crezi? Ce drăguță ești! spuse doamna H în timp ce o conducea de-a lungul coridorului. Annie mi-a cumpărat puloverul ăsta acum câțiva ani și abia dacă l-am purtat vreodată. L-am tot păstrat pentru o ocazie specială. Ea mă ceartă, desigur, dar pare prea bun ca să-l iei la purtat zi de zi.

– Vine și Annie?

– Annie e deja aici, iubito. Haide, mergem dincolo. Thom, ai grijă să lași pantofii la ușă. Mi-a ajuns cât am văzut aspiratorul pe ziua de azi.

Urmând-o pe doamna H, Sabine se gândi la ziua precedentă, când trecuse călare pe lângă curtea din spate a lui Annie și aruncase o privire înăuntru, în speranța să o vadă și să îi facă cu mâna. Annie îi spusese adesea să o strige atunci când trecea pe acolo, ca să o vadă călare, iar Sabine, trebuia să recunoască, se simțea mândră în secret de redobândirea abilităților ei într-ale echitației. Începuse să exerseze singură salturile și, încetul cu încetul, prindea curajul să încerce să sară peste garduri mici, încurajată de aparenta siguranță a căluțului ei.

Dar atunci când își strunise ușor calul și aruncase o ocheadă pe fereastra din bucătărie, n-o zărise pe Annie făcându-i zâmbitoare cu mâna, ci pe soțul ei, Patrick, stând la masă, cu fața îngropată în palme și cu spatele cocoșat, doborât parcă de povara unei greutăți copleșitoare. Ascunsă pe jumătate de reflexiile sticlei, Annie stătea și ea la masă, față în față cu el, și privea în gol.

Sabine își înfrână călutul, așteptând ca cei doi să se miște, dar după ce trecură câteva minute și nici unul din ei nu se clintise, o pornise mai departe, temându-se ca nu cumva să o vadă și să creadă că îi spionează. Se întrebase dacă ar fi trebuit să îi spună doamnei H, dar nu își dădea seama cum să înceapă conversația; în plus, doamna H se mișcă rapid și deja ajunseseră în sufragerie.

Rudele doamnei H ședeau pe canapele imaculate și confortabile și stăteau de vorbă în grupuri restrânse, în timp ce sorbeau din pahare pe jumătate pline. Într-o parte, se afla o masă extensibilă încărcată cu farfurii și tacâmuri, decorată cu ornamentații florale strălucitoare și înconjurată de scaune aproape lipite unul de altul. În mijlocul camerei, pe un covor în nuanțe de albastru pal și bej, doi băieței se jucau pe un circuit de curse electronic, controlând vehicule miniaturale, care ieșeau zgomotos de pe pistă și se loveau de mobilierul tapițat. În sufragerie era chiar mai cald decât în vestibul, și Sabine simțea că o trec toate apele în puloverul ei gros. Se obișnuise cu traiul într-o casă rece, așa că nu mai mergea nicăieri cu mai puțin de patru straturi pe ea, și, nereușind să-și amintească, trebui să arunce o privire să vadă cât de prezentabile erau celelalte trei.

Sabine nu recunoștea pe nimeni, în afară de Annie și de Patrick, pe care, abia acum își dădea seama, nu îi mai văzuse nicăieri altundeva decât între cei patru pereți ai casei lor. Patrick ridică paharul spre ea în semn de salut. Îi dădu un ghiont lui Annie, care se uita prin cameră, iar ea tresări, după care îi zâmbi larg lui Sabine și îi făcu semn să vină și să se așeze lângă ea. Încercând să își șteargă din minte imaginea din ziua în care trecuse călare pe lângă casa lor, Sabine ezită o clipă, după care se îndreptă spre ea, împinsă mai mult de la spate de doamna H, care trebuia să își ridice vocea neobișnuit de tare, ca să se facă auzită peste pălăvrăgelile și muzica din fundal.

– Lume, ea e Sabine. Sabine, nici nu vreau să ți-i iau pe toți la rând pentru că nu o să îți amintești oricum cum îi cheamă. Eu o să încep să servesc masa în cinci minute, așa că veniți toți după ce terminați acolo. Thom, vezi să primească și Sabine ceva de băut.

Annie purta din nou unul dintre puloverele ei imense. Sabine, care deja trăgea de gulerul puloverului ei, se întrebă de ce Annie nu pare să se simtă nici pe jumătate la fel de încinsă ca ea.

– Ce mai faci, Sabine? spuse Patrick. Am auzit că te descurci de minune pe călutul tău cenușiu.

Sabine încuviință din cap, observând că Patrick arăta groaznic. Avea cearcăne sub ochi și un cioc neras de cel puțin două zile. În ciuda faptului că era un bărbat masiv, cu trăsături aspre, pe care l-ai fi văzut mai degrabă fermier decât scriitor, Patrick se afișa mereu proaspăt bărbierit și foarte îngrijit. De obicei mirosea a balsam de rufe.

– O să ieși cu câinii de vânătoare săptămâna viitoare? Să vezi ceva și din zonele rurale ale Wexfordului?

– Negreșit, spuse Thom, care luase loc pe podea, alături de băieți. O să o duc chiar eu. O voi testa întâi la niște salturi mai serioase, ca să văd dacă face față distanței, după care o să ne bucurăm de o zi măreață la vânătoare.

Sabine nu știa dacă să protesteze împotriva ideii de a merge la vânătoare de vulpi sau să radieze de bucurie pe dinăuntru fiindcă Thom avea s-o însoțească. Nu voia să meargă și să ucidă vulpi, chiar nu voia. Doar era vegetariană, pentru numele lui Dumnezeu. Plânsese de atâtea ori când văzuse animale călcate de mașini pe stradă. Dar ideea de petrece o zi întreagă cu Thom, doar ei doi...

– E și mămuca ta cu tine, Sabine?

Vorbise o femeie între două vârste, cu părul scurt, de culoarea vinetelor coapte, și cu o bluză cu niște umeri falși voluminoși, ce păreau să concureze pentru atenție cu sânii ei colosali. Sabine o privi întrebător.

– Sabine, ea e tușa May, spuse Thom. E sora mămucii lui Annie și a mămucii mele. Iar el e Steven, soțul ei.

– O știu pe mămuca ta de când stătea și ea aici.

– Nu vreți să vă așezați la masă? Mack, scoate, te rog, niște linguri pentru servit.

– O fată superbă, mama ta, spuse femeia, punându-și mâna grăsuță pe brațul lui Sabine. Se ducea la dans cu Sarah mea. Ele două erau de nedespărțit pe vremuri. E și ea cu tine?

– Nu. A trebuit să rămână acasă, să lucreze.

– Ah, ce păcat! Mare păcat. Mi-ar fi plăcut tare mult să o văd. Bineînțeles, aș fi putut și eu să merg să o văd când am fost în Anglia. Când s-a întâmplat asta, Steven? Acum doi ani? Dar cu șoldurile mele... îmi e greu să mă deplasez prea mult.

Sabine dădu din cap, în timp ce era condusă spre scaunul ei, neștiind cu ce ar fi trebuit să contribuie la conversație.

– Artrită. Te omoară, nu alta. Doctorii nu pot să facă prea multe, din câte mi s-a spus. Așa că nu mai durează mult până când o să ajung într-un cărucior cu rotile. Și momentul acesta o să fie sfârșitul vieții mele pe două picioare. Dar spune-i, te rog, mamei tale că îi transmit salutări.

– Sabine, să te servești din toate. Ceata asta de sălbatici nu o să aștepte, așa că trebuie să te năpustești.

– Să îi spui să mă viziteze dacă trece prin zonă. După cum ziceam, eu nu o să fiu în stare să ies prea mult din casă până atunci, dar o să o întâmpin întotdeauna bucuroasă.

– Îți e mai rău cu șoldurile, May? Nu ne-ai zis niciodată.

Această intervenție fu acompaniată de un chicotit aproape imperceptibil.

– Mătușică Ellen? Poți să îmi pui niște suc?

– Cartofii, Sabine. Nu o să te îngrași cu politețea pe aici, spuse Thom. Dacă nu iei cât mai poți, să fii sigură că o să o facă altcineva.

Pe tot parcursul acestui schimb de replici, Annie rămase cu privirea ațintită asupra draperiilor din fața ei, cu mintea hoinărind departe, departe de zarva încăperii suprapopulate. Patrick, care în mod normal menținea un soi de contact fizic cu soția lui, fie că o mângâia pe spate sau o ținea de mână, refuza acum să o privească și își propusese, încruntat, să dea gata doza de bere din mână.

Ah, Dumnezeule, gândi Sabine, în timp ce îi analiza. Se destramă. Doar era deja expertă în deslușirea semnelor.

– Uite aici, mai ia nişte legume, Sabine. Abia dacă îţi ajunge pe o măsea ce ţi-ai luat acolo.

– Las-o în pace, Mack. O să îşi ia ea ce vrea, nu-i aşa, Sabine?

Cum se întâmplă cu limba care nu se poate abţine să nu revină şi să zgândăre dintele care se clatină, Sabine constată că, orice ar fi făcut în timpul mesei, îşi tot îndrepta atenţia asupra dinamicii nefericite dintre Annie şi Patrick. Băgă de seamă şi cum Patrick încercă de două sau de trei ori să vorbească cu soţia lui şi cum ea, chiar şi atunci când catadicsea să răspundă, abia dacă îşi îndrepta privirea spre el. Privirea ei era concentrată mereu într-un punct invizibil, chiar în spatele lui. Observă cum Annie băuse mai mult decât de obicei şi cum însăşi mama ei îi pusese, în cele din urmă, pe furiş un pahar cu apă în faţă. Văzu cum Thom, care evident că înţelegea ceva din ce se întâmpla, o copleşea pe Annie cu atenţia lui, încercând să o facă să râdă, conspirând cu Patrick, atrăgând-o în conversaţii, în timp ce ea plecase de mult cu mintea de la petrecere.

Din păcate, şi ea devenise din ce în ce mai neliniştită pe măsură ce privea toate astea, gândi Sabine, fiindcă altfel probabil că s-ar fi bucurat de petrecere. Pe lângă doi curcani imenşi, mai erau şi o mulţime de legume delicioase şi o bucată de somon doar pentru ea, iar toată lumea vorbea mult şi se acopereau unii pe alţii, aşa încât nu conta dacă intra şi ea în conversaţie sau stătea deoparte şi îi privea. Familia lui Thom îl tot tachina cu privire la firea lui singuratică şi glumeau cum că avea să ajungă pustnic, trăind într-o baracă în fundul pădurii.

– Sunt sigur că am văzut o colibă cu acoperiş de tablă pe acolo când am trecut ultima oară, spuse Steven. Asta ar fi prima ta ipotecă, nu-i aşa, Thommo?

– Neh. Aia e casa iubitei lui, spuse unul dintre băieţi, pe amândoi părând să-i cheme James. Ea e deja acolo, prinde lilieci ca să îi pregătească la cină.

Între timp, domnul şi doamna H se tot atingeau unul pe altul şi îşi tot întâlneau privirile într-un fel în care, dacă ar fi fost proprii ei părinţi, Sabine s-ar fi ruşinat peste măsură. Se tot atingeau cu mişcări lascive, iar când şi când domnul H îi şoptea doamnei H ceva la ureche, care o făcea să roşească şi să exclame: „Oh, Mack!", iar restul mesei băga de seamă ce se petrece și începea să îi tachineze, spunându-le „mai țineți-vă puțintel“ și „nu puteți avea răbdare până punem copiii la culcare?“

Cu toate acestea, Annie, care când și când mai zâmbea stânjenită, era cam la fel de animată ca unul dintre ornamentele doamnei H, doar că mai puțin voioasă. Sabine o privea și avu o presimțire. De ce îi era așa de greu lui Annie să se simtă bine?

Se întâmplase cam pe la jumătatea desertului – o creație uriașă, pe bază de ciocolată și biscuiți pisați, servită cu înghețată direct din caserolă – când Sabine simți cum abdomenul i se strânge ușor, cu o durere surdă, dar persistentă, care o întrerupse din a-i mai studia pe comesenii ei și o făcu să își împreuneze picioarele de frică.

Ah, Dumnezeule, nu acum. Nu aici. Ritmul vieții ei din Irlanda fusese atât de diferit de cel de acasă, încât nici măcar nu luase în calcul această posibilitate. Dar acum, în timp ce număra în gând săptămânile și se juca cu furculița în porția ei de desert, își dădu seamă că, deși ea uitase, corpul ei își amintise perfect.

Așteptă un moment oportun, în care oaspeții aveau un schimb deosebit de zgomotos de replici, și se furișă de pe scaun.

– Îmi puteți arăta unde e baia? îi șopti doamnei H, care râdea în hohote la ceea ce tocmai spusese una dintre rudele ei mai în vârstă.

– După colț, prima ușă pe dreapta, spuse doamna H, punându-și mâna pe brațul ei. Dacă e ocupat, încearcă și la cealaltă de lângă bucătărie.

Sabine se încuie în baie și constată cu uluire prezența petei doveditoare, la care se așteptase și de care se temuse. Venise complet nepregătită. Și nici nu se punea problema să mai stea pe scaunul cu tapițerie pastelată al doamnei H, dacă nu găsea ceva care să o facă să se simtă în largul ei.

În lipsă de altceva, împături o bucată de hârtie igienică și o folosi pe post de protecție temporară. După care deschise ușile cât putu de silențios, conștientă că nu se cuvine să scormonești prin dulapurile din baia gazdei, după care începu să scormonească prin dulapurile din baia gazdei.

Spumă de baie, înălbitor, adeziv pentru proteza dentară (pentru cine oare? gândi ea, încercând în zadar să își imagineze dinții doamnei H), săruri de baie, săpunuri și hârtie igienică. O pensetă cam ruginită, vată, o plasă de păr, o cutie cu medicamente vechi de când lumea și o sticlă de șampon. Nici urmă de tampoane. Și cu atât mai puțin, de absorbante. Sabine oftă și se uită în jurul ei să vadă dacă nu cumva scăpase ceva din vedere.

După ce căută, pentru orice eventualitate, sub păpușa de cârpă care acoperea rolele de hârtie igienică (ei bine, poate că doamna H era rușinoasă) și în dulăpioarele suspendate, de mânerele cărora atârnau prosoape asortate, în culori pastelate, Sabine nu putu decât să constate că doamna H era probabil un pic cam bătrână ca să aibă ceea ce căuta ea. Singura persoană în afară de ea era Annie – la urma urmei, avea vârsta potrivită –, dar cum oare să o scoale de la masă și să o întrebe, fără să atragă toată atenția celor din jur asupra ei? Toți de acolo abia așteptau prima ocazie ca să se ia peste picior unul pe altul și dacă ar fi aflat cumva ce căuta ea și ar fi început cu glumele, ar fi *murit* de rușine, nu alta. Știa că așa s-ar fi întâmplat.

Poate dacă avea să mai aștepte acolo câteva minute, gândi Sabine, așezându-se pe capacul toaletei, îmbrăcat într-o husă cam ciudățică, dintr-un material creponat, își vor fi terminat desertul și se vor fi mutat din nou pe canapea. Așa i-ar fi fost mai ușor să stea puțin de vorbă cu Annie. Rămase acolo așezată pentru o vreme, inspirând aroma sintetică de pin, după care tresări cu un sentiment de vinovăție la auzul bătăii ușoare la ușă. Își ținu respirația, întrebându-se dacă nu era cumva unul dintre bărbați, care căuta o toaletă liberă, după care auzi vocea doamnei H.

– Sabine? Ești bine, iubito?

– Da, da, spuse Sabine, pe un ton care se voia cât mai firesc.

Ceea ce însemnă că se ridică imediat cu o octavă și îi sună tremurat.

– Ești sigură? Ai plecat de la masă cu mult timp în urmă.

Sabine șovăi, după care se ridică și merse să deschidă ușa. Doamna H stătea în dreptul ușii, ușor aplecată, ca și cum ar fi tras cu ochiul pe gaura cheii.

– Te simți bine, scumpo? spuse ea, îndreptându-se de spate.

Sabine își mușcă buza.

– Oarecum.

– Ce s-a întâmplat? Mie poți să îmi spui.

– Trebuie să o rog pe Annie să îmi dea... ceva.

– Ce anume?

Sabine îi evită privirea și se simți prinsă între nevoia acută și umilința îngrozitoare de a-și mărturisi problema.

– Haide, iubito, nu te sfii.

– Nu mă sfiesc. Nu chiar.

– Ce s-a întâmplat?

– Puteți să o chemați pe Annie?

Doamna H ridică ușor dintr-o sprânceană, reușind în același timp să își păstreze zâmbetul.

– Pentru ce ai nevoie de ea?

– Vreau să o rog să îmi dea ceva.

– Să îți dea ce?

Chiar așa de greu era să își dea seama? Sabine se simți brusc exasperată că doamna H nu pricepea deloc care era încurcătura ei.

– Vreau să o rog să îmi dea un absorbant, sau un tampon, sau ceva de genul, spuse ea, roșiind până-n vârful urechilor că trebuise să rostească efectiv cuvintele acelea.

Doamnei H îi dispăru zâmbetul de pe față și privi în spate, spre zgomotul care răsuna din camera de zi.

– Puteți să o aduceți încoace?

– Nu cred că e o idee bună, iubito.

Doamna H avea acum o expresie profund serioasă, și orice urmă de strălucire din obraji îi dispăruse cu desăvârșire.

– Știi ceva, așteaptă aici să dau o fugă până la vecina. Carrie sigur are ce îți trebuie ție.

După care doamna H dispăru.

Până când se întoarse, Sabine rămase acolo, în baia goală, cuprinsă de un sentiment de neliniște, storcându-și creierii să găsească un motiv pentru care nu avusese voie să îi ceară lui Annie un tampon. Oare ea și Patrick erau într-atât de săraci încât ar fi jenat-o o astfel de întrebare? Aveau cumva vreo obiecție religioasă bizară vizavi de asta? Odată, pe vremea când erau mai mici, o fată de la ea de la școală îi spusese că fetele catolice nu folosesc tampoane pentru că le dezvirginează. Dar Patrick și Annie erau căsătoriți și o făceau deja de ani întregi, deci sigur nu i-ar fi păsat de asta.

În clipa în care se întoarse cu o pungă discretă de hârtie, doamna H tot nu o lămuri. Îi spusese doar să revină când era gata și o lăsase singură.

Când se întoarse în sufragerie, erau cu toții așezați încă în jurul mesei, cu toate că două dintre femei o ajutau pe doamna H să strângă farfuriile. În atmosferă pluteau hohotele lor de râs, ca și cum tocmai ar fi auzit cea mai bună glumă din viața lor. Sau poate că era doar sensibilitatea acută pe care Sabine o afișase în fața dilemei sale recente. Nu era sigură.

– Nu mai vrei desert, Sabine? Ți-am lăsat farfuria pe masă, pentru orice eventualitate.

Sabine clătină din cap, privind spre Annie, care se juca absentă cu șervețelul din fața ei, răsucindu-i colțurile la nesfârșit.

– Cine mi se alătură acum la o bericică?

Mack rămase ridicat în picioare, la celălalt capăt al mesei, privind spre Patrick.

– O să te însoțesc eu pentru câteva minuțele, spuse Thom.

– Tu nu-mi ești de nici un folos dacă stai doar pe un amărât de suc de portocale. Cine vine cu mine să bem ceva pe bune? Steven, tu vii. Bărbat adevărat. Patrick?

– Eu o să rămân cu Annie, spuse el, părând însă deloc entuziasmat de acea perspectivă.

– Annie o să vină și ea cu noi, nu-i așa, fetiță? A cam venit vremea să faceți o excursie la Black Hen. Nu ați mai dat pe-acolo de secole.

Annie privi spre mama ei.

– Mulțumesc, tată, dar nu prea am chef acum.

– Haide, fetiță! Bărbatul tău vrea să bea și el ceva și nu vrea să vină fără tine. Vino și tu și ține-i de urât până bea un pahar.

– Nu, mergeți voi. Eu rămân aici să o ajut pe mămuca să curețe.

– Ba nu. Mașina de spălat vase o să se ocupe de teancul ăsta de farfurii. Haide, Annie. Du-te să te mai distrezi și tu.

Urmă un val de complicitate din partea restului mesenilor.

– Haide, Annie, protestară în cor. Du-te și tu cu ei. Mergi să bei ceva.

– Haide, tu. Cred că deja îmi datorezi câteva beri pentru toate filmele pe care ți le-am adus, zise Thom, ridicându-se în picioare și oferindu-i brațul.

– Dar chiar nu am chef acum. Mulțumesc.

– Ah, haide. Nu-i strica cheful bărbatului tău care vrea să te scoată în oraș să beți ceva.

Annie se întunecă la față.

– Dar ce-ar fi să mă lăsați în pace odată? Nu vreau să merg la nenorocitul ăla de pub. Vreau doar să merg acasă.

Și după ce reduse la tăcere întreaga încăpere, se întoarse și ieși în fugă, urmată imediat de doamna H.

Sabine se holbă la fețele din jurul ei, șocată de ferocitatea reacției lui Annie. Întâlnindu-i privirea, Thom îi zâmbi, încercând s-o mai liniștească. Un soi de zâmbet încurcat, vrând parcă să spună: „Femeile astea! Nimeni nu știe ce le trece prin cap". Nu era tocmai convingător.

– Are Ellen grijă de ea, mormăi Mack. Haideți, băieți. O luăm din loc.

– Da, mergeți, spuse mătușica May, ridicându-se de pe scaun și întinzându-se după un teanc de farfurii.

– Haide, Patrick, o să îți prindă bine să te mai relaxezi puțin.

– Ești în regulă, Sabine? o întrebă Thom, lăsând privirea în jos spre ea și ridicând întrebător din sprâncene.

Nu, vru ea să îi răspundă. Dar era evident că nimeni nu avea să o invite la pub, așa că decise doar să dea din cap aprobator.

– Sunt bine, mulțumesc, spuse ea.

Bărbații mărșăluiră afară din cameră, fără să mai zică nimic, tocmai în clipa în care doamna H se reîntorcea. Ea, Mack și Patrick își spuseră câteva vorbe în liniște, după care doamna H se îndreptă în grabă înspre mijlocul camerei, afișând un zâmbet larg.

– Annie s-a dus acasă, să se întindă puțin. Cred că avea o migrenă. A spus că se întoarce mai încolo.

Sabine privi în jur, observând că nimeni nu credea ceea ce doamna H tocmai spusese. Dar nici nu a continuat nimeni discuția: au început să-și facă de lucru cu operațiunea de strângere și spălare a vaselor, timp în care purtau conversații mărunte despre oameni de care Sabine nu auzise niciodată.

– Mergi și stai jos, Ellen, spuse mătușica May. Mergi și ține-i companie lui Sabine și ai grijă de copii. De bucătărie ne ocupăm noi. Haide, doar e aniversarea ta, femeie. Și de când am venit, nu te-am văzut să stai jos mai mult de cinci minute.

Doamna H protestă până când mătușica May ridică mâna încărcată de bijuterii, ca să o facă să tacă din gură.

– Nu te mai ascult, Ellen. Ți-am zis doar să ai grijă de băieți. Oricum, îmi face bine la șolduri un pic de mișcare. Ca să nu se anchilozeze de tot mai încolo.

Doamna H, care încă ținea cârpa de șters vase în mână, se așeză pe canapea lângă Sabine. Băieții porniră televizorul și stăteau acolo așezați, în șosete, uitându-se în gol la ecran. Doamna H încercase pentru o clipă să vorbească cu ei, dar se vedea că erau cu gândul în altă parte. Sabine se uită la ea, cugetând dacă își putea permite să o întrebe ceva ce nu se cădea, de fapt. Deja, senzația că nu i se împărtășea și ei un secret foarte important devenise împovărătoare. Asta îi amintea lui Sabine de un incident recent de acasă, când fetele de la ea din clasă se separaseră în bisericuțe exclusiviste și cele pe care le considera prietene o lăsaseră pe dinafară și nu îi spuseseră de petrecerea pe care o organizau, iar toate o priviseră ca niște oițe neștiutoare și speriate, atunci când le întrebase unde și când e petrecerea. Nu era vorba că și-ar fi dorit așa de tare să meargă (nu era mare amatoare de petreceri), ci de spaima de a fi exclusă.

– Annie e cumva alcoolică? o întrebă pe doamna H.

O invitaseră totuși, în cele din urmă. După care fusese rândul lui Jennifer Lang să fie exclusă.

Doamna H își întoarse brusc privirea spre ea. Părea de-a dreptul șocată.

– Annie? Alcoolică? Desigur că nu. Ce te face să întrebi asta?

Sabine se înroși.

– Nu spun că pare alcoolică sau ceva de genul ăsta... Pur și simplu păreți cu toții neliniștiți când e ea prin preajmă și nimeni nu spune nimic atunci când se comportă ciudat. Eu... eu doar mă întrebam dacă nu cumva e din cauză că bea prea mult.

Doamna H își îndreptă o mână spre păr și începu să îl mângâie, un obicei pe care îl avea atunci când era agitată. Sabine nu observase asta până acum.

– Nu, Sabine. Nu e alcoolică.

Urmă o pauză lungă, timp în care băieții se ciondăniră pe seama telecomenzii.

Ascultând clinchetul surd al vaselor din bucătărie, Sabine se simți deopotrivă rușinată că îndrăznise să întrebe așa ceva și indignată pentru că nimeni nu părea încă să vrea să îi spună motivul pentru care Annie se comporta așa de neobișnuit. Ba chiar, comportamentul ei devenise și mai bizar în ultima vreme. Părea să fi uitat cum se face curățenie și ori de câte ori Sabine mai trecea pe la ea, în sufragerie, care fusese și așa destul de dezordonată, acum începea să se instaleze haosul. Adormea brusc din ce în ce mai des, iar atunci când era totuși trează, părea să nu asculte ce îi zici. Poate că lua droguri, se gândi Sabine dintr-odată. Nu era chiar în mijlocul orașului, dar Sabine era sigură că auzise ceva la știri despre consumul de droguri în zonele rurale. Poate că Annie se comporta așa din cauza drogurilor.

Doamna H își fixase privirea pe propriile mâini. După care se ridică și îi făcu semn lui Sabine să o urmeze, privind în urmă spre bucătărie.

– Haide, spuse ea. Vreau să stăm puțin de vorbă.

În dormitorul doamnei H domnea o ordine desăvârșită, la fel ca și în restul casei, și era chiar mai cald. Patul era încadrat de o ramă tapițată de culoarea zmeurei, peste care se revărsa o imensă pătură brodată. Pătura de culoare roz se asorta cu perdelele de velur și se completa cu franjurile pernuțelor de pe balansoarul din colț. Friza care străbătea tavanul ilustra imagini pastelate, cu ciorchini de struguri împletiți cu vlăstari de viță și frunze verzi. Era genul de cameră la vederea căreia mama ei și cu ea ar fi schimbat niște zâmbete malițioase – doar știau amândouă că nu e de bun gust să asortezi chiar totul – cu toate astea, Sabine nu se mai simțea deloc sigură pe părerile ei anterioare și nici la fel de răutăcioasă ca odinioară. În acea clipă, uniformitatea plăcută și caldă a casei doamnei H părea cu mult mai primitoare decât orice ar fi avut propria ei familie de oferit.

În celălalt capăt al camerei se afla un șir de dulapuri care acopereau tot peretele, unele dintre ele având uși cu oglindă. În timp ce propria reflexie îi apăru în fața ochilor, doamna H deschise una dintre uși, apoi trase cu grijă sertarul din spatele ei.

Îi făcu semn lui Sabine să ia loc, după care, venind spre ea, se așeză cu greutate lângă fată și îi înmână conținutul sertarului: o fotografie în ramă argintie, ce înfățișa o fetiță cu ochii mijiți în lumina soarelui, stând lângă o tricicletă albastru-deschis.

– Ea e Niamh, spuse doamna H.

După care, în timp ce Sabine rămase cu ochii pironiți asupra surâsului larg al fetiței și a cosițelor ei blonde, continuă:

– E fiica lui Annie. A fost fiica lui Annie. A murit acum doi ani și jumătate, lovită de o mașină atunci când ieșea pe poartă. De atunci, Annie nu a mai fost niciodată la fel.

Sabine rămase cu ochii fixați asupra fetiței, în timp ce inima-i bubuia din pricina șocului și simțea că o podidesc lacrimile.

– Trei ani avea. S-a întâmplat chiar după ziua ei. Lui Annie și Patrick le-a fost greu pentru că nu au mai reușit să facă alt copil. Au încercat, dar nu a fost să fie. Și asta e o povară în plus pe care Annie trebuie să o suporte. De aceea nu am vrut să te las să îi ceri... înțelegi tu. E ceva care îi amintește lună de lună de asta.

Vocea doamnei H era destul de calmă, de măsurată, ca și cum așa ar fi reușit să-și țină în frâu emoția brută, explozivă din spatele cuvintelor abia rostite. Sabine simțea asta, era ca un raft uriaș care i se ridica până în esofag și îi umplea pieptul, făcând-o să vrea să izbucnească în hohote de plâns.

– Să sperăm că o să își revină cândva, în cele din urmă, continuă doamna H, cu voce scăzută. Anii ăștia au fost îngrozitori. Dar unii oameni au nevoie de mai mult timp decât alții.

– Îmi pare atât de rău, șopti Sabine.

Alcoolică. Cât de josnică trebuie să o fi crezut doamna H acum.

– Nu aveai de unde să știi, spuse doamna H, bătând-o ușor pe mână. Nu vorbim deloc despre Niamh, pentru că nu am face altceva decât să înrăutățim situația. Annie nu vrea să păstreze fotografii cu ea prin casă, așa că o țin pe cea de aici în sertarul meu. E păcat, totuși.

Își trecu degetul ușor peste chipul fetiței din fotografie.

– Mi-ar fi plăcut să am câteva fotografii cu ea prin preajmă. Doar ca să îmi reamintească de ea, știi?

Sabine încuviință din cap, încă transpusă de povestea tragică a fetiței. De jos se auzeau râsetele mătușicii May și ale altor oaspeți, care acopereau sunetul televizorului.

– Camera aceea a fost, așadar, a ei? Acasă la Annie?

– Cea de lângă dormitorul lui Annie și Patrick? Da, a ei a fost. Annie nu vrea să lase pe nimeni să intre acolo, zise bătrâna, cu un oftat. Îi tot spun că a venit timpul să o elibereze, dar nu mă ascultă. Și nu pot să o oblig.

Sabine căzu o clipă pe gânduri.

– A fost vreodată la... la medic?

– Ah, i s-a oferit consiliere. Și preotul a încercat să o ajute. Dar cred că ea și Patrick au considerat că pot face față singuri. Acum cred că Patrick regretă decizia, dar e cam târziu. Ea nu vrea să mai meargă nicăieri. Nici măcar la un medic. Probabil ai observat că nu prea îi place să iasă din casă.

Rămaseră în tăcere, reamintindu-și amândouă de plecarea bruscă a lui Annie din acea seară. Sabine privi îndelung la fotografia fetiței. Purta cizmulițe de cauciuc roșii și un tricou cu un pinguin. Sabine era sigură că nu mai văzuse niciodată îndeaproape fotografia vreunui copil mort. Privind-o în ochi, lui Sabine i se păru că întrevede un soi de premoniție a propriei morți, în acel zâmbet știrb.

– Vă e dor de ea?

Doamna H puse cu grijă fotografia înapoi în sertar. Când închise dulapul, rămase pentru o clipă nemișcată, timp în care Sabine nu îi văzu fața.

– Îmi e dor de amândouă, Sabine. Îmi e dor de amândouă.

*

Oricât de mult ar fi ținut la doamna H și la familia ei, Sabine se bucurase să poată petrece câteva zile singură, doar cu bunicii ei. Avea nevoie de timp să proceseze ceea ce îi spusese doamna H, să recalibreze în mintea ei portretului lui Annie, de la „excentrică și dificilă" la „mamă tânără cu poveste tragică". Nu avea nici cea mai vagă idee ce ar fi putut să îi spună unei mame tinere cu o poveste tragică și încă nu își dăduse seama ce însemnătate avea asta pentru prietenia lor. Până atunci, se simțiseră cumva la același nivel: faptul că Annie era măritată era cumva contrabalansat de stângăcia ei incorigibilă; faptul că Sabine era tânără era contrabalansat de cunoștințele ei avansate cu privire la ce era la modă și ce nu (sau cel puțin, așa vedea Sabine lucrurile). Acum totul se schimbase, iar Sabine nu știa cum ar fi trebuit să se comporte. Observând această reticență din partea ei, doamna H devenise o prezență foarte discretă, însă, în același timp îi reamintise lui Sabine că fusese o plăcere să o aibă invitată la cină și că toți de acolo se bucuraseră mult să o cunoască. Așa era ea, drăguță. Toată familia ei era drăguță.

Dar chiar și bunica se purta frumos cu ea acum: servise plăcintă cu legume de la cina din seara precedentă, iar acum se ospătau cu *kedgeree*, o combinație ciudată de orez, ouă, pește și stafide, care cumva, luate așa împreună, aveau un gust mai bun decât ai fi crezut.

– E un mic dejun vânătoresc, să știi, îi spusese ea atunci când o văzu cum se uită cu ochii cât cepele la farfuria ce îi fusese pusă în față. Dar merge și ca o cină ușoară.

Sabine își dădu seama că era binedispusă pentru că bunicul se mai „înzdrăvenise", după cum spusese doctorul. Oricât s-ar fi bucurat pentru ceilalți, Sabine n-ar fi spus neapărat că era „înzdrăvenit". Dar asta însemna că era în stare să coboare la parter, să alunge câinii cu un băț și, acum, după ce mâncase cât o vrăbiuță, să stea în camera de zi pe unul dintre scaunele cu spătar înalt de lângă șemineu.

După ce o ajutase pe bunica să strângă masa (spiritul de cooperare putea funcționa de ambele părți, la urma urmei), Sabine tocmai se pregătea să fugă la ea în cameră, atunci când bunica o strigă să se întoarcă.

– Trebuie să merg să văd ce mai fac caii, spuse ea, punându-și paltonul în carouri și legându-și un fular vechi de lână la gât. Vreau să îi pun Ducelui o compresă la picior, așa că s-ar putea să dureze puțin. Vrei, te rog, să îi ții bunicului tău companie până mă întorc?

Sabine se posomorî toată și se strădui să nu arate cât de mult îi displăcea acea rugăminte. Să îi ții companie bunicului părea să fie o contradicție prin simpla formulare. Abia dacă deschisese gura pe tot parcursul cinei, exceptând remarca „sărmanele oi", aparent legată de o observație pe care o făcuse cu câteva ore bune în urmă despre starea pășunii de la ferma învecinată. Și abia dacă îi remarcase prezența. Cu siguranță nu remarcase nici prezența lui Bertie, pe care reușise să îl calce de două ori, atunci când se așezase și se ridicase de la masă, fapt ce atrăsese după sine niște schelălăieli înfiorătoare. Gândul că trebuia să poarte conversații politicoase cu el pentru o oră întreagă, până la știrile de la ora zece, o făcea pe Sabine să vrea să se năpustească numaidecât pe ușă afară.

– Sigur, spuse ea și se întoarse cu pași mărunți în sufragerie.

Bunicul stătea cu ochii închiși, așa că Sabine luă un exemplar din revista *Country Life*, din teancul de pe măsuța de cafea, și se îndreptă silențios spre scaunul umplut excesiv cu vatelină de vizavi. I-ar fi plăcut mai degrabă să se așeze pe canapea, dar camera era atât de rece și de umedă, încât apropierea de șemineu era cumva obligatorie pentru o ședere inactivă între acei patru pereți.

Răsfoi preț de câteva minute revista, întrebându-se care dintre reședințele exotice din Maldive aparțineau diferitelor staruri pop, după care pufni disprețuitor la vederea debutantelor blonde, cu priviri tâmpe. Dar în rest nu era mai nimic interesant în revistă, dacă nu cumva erai pasionat de bisericile vechi din Anglia de Est sau de măcelării eco, așa că, în scurt timp, abandonă lectura și se trezi că se holba la bunicul ei.

Nu mai văzuse vreodată pe cineva care să aibă atâtea riduri pe față. Ridurile lui nu erau alungite, gravate în piele, precum cele ale lui Geoff atunci când se îngrijora pentru pacienții lui, sau fine și delicate ca niște șoapte firave din viitor, precum cele pe care le zărise pe chipul mamei sale. Nu, cele ale bunicului se întrepătrundeau, într-un șablon aproape simetric, asemenea marcajelor de pe o hartă veche, doar că mai uscate. Pe alocuri, pielea îi era atât de subțire, încât putea zări venele albăstrii, care șerpuiau ca niște șosele, camuflate pe jumătate de pete mari, de bătrânețe, iar la linia scalpului, câteva fire de păr alb, ciudate, se ițeau ca niște călători singuratici în deșert.

Îi era greu și să își închipuie cum cineva putea să fie atât de bătrân. Sabine privi în jos, la mâinile ei, la pielea ei, prin care nu se zăreau decât niște vinișoare violacee abia perceptibile, pulsând de tinerețe și sănătate. Mâinile lui, în schimb, erau atât de osoase, încât semănau mai degrabă cu niște gheare, iar unghiile îi erau îngroșate și îngălbenite, de parcă ar fi fost făcute din corn de animal.

Tresări în clipa în care bătrânul deschise ochii. Știa că nu era politicos să te holbezi la oameni și mai mult ca sigur că avea să îi amintească asta. Privi spre ea pe sub pleoapele lui ca de reptilă, după care privirea îi fugi la stânga și la dreapta, luând seama că erau singuri în cameră. În liniștea încăperii, buștenii trosneau și împroșcau mici scântei peste portița șemineului, de-ai fi zis că erau roși de niște lemingi.

Bunicul dădu să zică ceva, se opri pentru o clipă, după care vorbi:

– Mă tem că nu mai *fac* prea multe, spuse el ușor, articulând cu grijă fiecare cuvânt.

Sabine se uita țintă la el. Brusc, fața lui părea animată, ca și cum s-ar fi concentrat mult asupra mesajului pe care încerca să îl transmită.

– Tind doar să... *exist*.

Apoi închise ușor gura, ca și cum efortul de a vorbi l-ar fi epuizat, dar își păstră privirea vie, îndreptată spre Sabine.

Privind înapoi spre el, Sabine simți un mic licăr de înțelegere. Și empatie, dându-și seama că tocmai își ceruse cumva scuze. Încuviință din cap, cu o mișcare abia perceptibilă, spunând astfel, în felul ei, că înțelegea, după care întoarse capul spre focul din șemineu.

– Bine, spuse el în cele din urmă.

Și închise ochii.

Capitolul 8

În dimineața vânătorii, domeniul Kilcarrion își reamintise care era menirea lui. Întreaga casă părea să se fi deșteptat după un somn adânc și să se fi pus în mișcare cu un scârțâit, precum cel al rotițelor unei mașinării rar folosite, străduindu-se să își ducă la îndeplinire scopul pentru care fusese creată. Când se trezi, Sabine își găsi hainele așezate la capul patului, doamna H îi propti o ceașcă de ceai în mână, iar la parter și afară era o asemenea agitație, încât celebrul mers de Kilcarrion părea acum doar o plimbărică letargică. Molipsiți și ei de agitația generală, câinii lătrau și se foiau pe hol; telefonul suna periodic ca un soi de alarmă, anunțând schimbări minore de plan. Chiar și boilerul, al cărui uruit îndepărtat o trezea pe Sabine adesea în mijlocul nopții, părea să zdrăngăne și să se hurducăie cu și mai multă înverșunare.

Doamna H alerga și ea de colo colo, aprinzând focul în cameră lui Sabine, călcându-i hainele și spunându-i cine avea să fie „afară" în acea zi, în timp ce bunica își tot făcea apariția în pragul ușii, îndemnând-o pe Sabine să vină „mai repede, *mai repede*", atât doar că tonul pe care o spunea sugera că era mai degrabă nerăbdătoare decât nervoasă. În timp ce Sabine încerca să se îmbrace, cu degetele tremurânde, o auzea de la parter sau din curte, strigând și dându-le instrucțiuni băieților.

Deși era evident revoltător, imoral și de o cruzime fără seamăn, trebuia să admită că vânătoarea de vulpi era un sport destul de fascinant.

Putea să își dea seama de asta judecând după hainele pe care Joy i le împrumutase: tivite cu mătase și făcute la comandă, jacheta bleumarin și pantalonii de călărie bej o făceau să arate ca un personaj dintr-o dramă de epocă (bunica ei afișase un surâs larg în clipa în care terminase de îmbrăcat, fiind pentru prima oară când zâmbea atât de sincer și deschis); putea să își dea seama și judecând după coamele împletite și strălucitoare ale calului ei și al lui Thom, după ce fuseseră pregătiți cu grijă vreme de un ceas; își dădea seama și din felul în care bunica se agitase și se foise, ceea ce nu îi stătea deloc în fire, atunci când trebui să îi potrivească eșarfa de călărie la gât lui Sabine sau să își prindă acul de siguranță de aur fără să se înțepe sau când se îngrijorase că cizmele nu îi erau suficient de bine lustruite... toate acestea explicau de ce, vreo două ore mai târziu, atunci când ea și caii fuseseră descărcați din vagon la locul de desfășurare al competiției, Sabine fu convinsă că nu ajunseseră unde trebuia.

Nu se aflau pe domeniul vreunei reședințe impunătoare, înconjurați de faimoasele jachete roz[1] (nu fuseseră niciodată numite roșii, după cum îi spusese bunica) și bând șampanie sau vreo altă băutură scumpă, din cupe de argint. Fuseseră escortați pe ploaia aceea torențială până la o răscruce în mijlocul pustietății și, în clipa în care copitele cailor se izbiseră de rampa de lemn și coborâră pe asfalt, Sabine nu mai putuse să zărească altceva decât o adunătură pestriță de ponei înnoroiți, care purtau în spinare copii cu pelerine de ploaie și hanorace, câțiva cai mari și stângaci, alături de fermieri cu haine de tweed și o serie de cai destul de neîngrijiți, cu însoțitori de diferite mărimi și culori, mergând pe jos, flancați de oameni cu impermeabile și umbrele în mână, fie cu părul ud și ciufulit de vânt, fie purtând căciuli de lână trase bine peste urechi. Mai erau chiar și câțiva bărbați tineri în mașini de teren, îmbrăcați cu geci de camuflaj. Iar peste tot era noroi: pe marginea drumului, amestecat într-un fel de supă maronie de copitele fremătătoare ale cailor nerăbdători, pe cizmele călăreților, pe labele câinilor de vânătoare care dădeau

---

[1] Jachetele de culoare stacojie purtate prin tradiție la vânătoarea de vulpi, denumite după creatorul lor, Thomas Pinque, al cărui nume de familie se pronunță în limba engleză la fel ca *pink* (trad. „roz")

târcoale printre toți cei prezenți, scheunând sau lătrând din când în când. Doar vreo trei oameni purtau efectiv jachete roz, iar unul dintre ei, spre dezamăgirea lui Sabine (avea o față brăzdată de vene proeminente și un nas borcănat, cu urme de vărsat de vânt), era Maestrul, după cum îi menționase Thom.

Nu era deloc ca în fotografii, nici ca pe șervetele de masă ale bunicilor ei, care înfățișau o herghelie de cai pur-sânge, zvelți, și bărbați privilegiați, cu jachete roz. Nu era nici ca în picturile în ulei care atârnau pe pereții din casa bunicilor. Nu era nici măcar ca la știrile de la televizor, unde sabotori ai vânătorii, cu coafuri afro, cântau și suflau în fluiere și purtau un război de clasă împotriva membrilor de rang inferior ai clasei regale, aflați călare. Era mai degrabă ca un soi de pichet de grevă, la care se adăugaseră și niscaiva câini și mașini de teren. Și eventual și cu ceva mai mult noroi.

Sabine se simți oarecum dezamăgită. Deși nutrea în continuare sentimente contradictorii față de participarea la vânătoare, se convinsese cumva că era important să vadă mai întâi totul îndeaproape înainte să condamne și, pe bună dreptate, sperase ca Thom să o privească altfel decât ca pe bebelușul familiei, încotoșmănită cu straturi peste straturi de pulovere și cizme de cauciuc. Își dorea să o vadă mai degrabă sub noua ei înfățișare, ca pe o fantasmă în bleumarin și piele lustruită, ca pe o călăreață neînfricată, în lumea ei strălucitoare. Deși, în momentul de față, era mai degrabă o călăreață neînfricată care, din pricina emoțiilor, simțea întruna nevoia să meargă la toaletă.

– Uite, ai aici niște batoane de ciocolată Mars, spuse Thom, punându-i câteva în palmă. O să ai nevoie de ele mai târziu.

Își potrivi mai bine pălăria pe cap, în timp ce încerca să îl țină în frâu pe Păsărel, calul său nărăvaș, un pur-sânge entuziasmat peste măsură de a doua sa participare la o partidă de vânătoare. Vântul ridică în aer coada tânărului animal, care își umfla nările, țopăind în stânga și în dreapta și dându-se apoi îndărăt, când vârtejurile de frunze se apropiau de el.

– Nemernicul de Liam i-a tot ațâțat, spuse Joy îngrijorată. A crezut că e nostim să sufle într-un corn de vânătoare înainte să apucăm să îi încărcăm în vagon. Acum băiețelul ăsta nu știe dacă vine sau pleacă.

Efectul cornului de vânătoare asupra cailor de la Kilcarrion o fascinase pe Sabine. Cu câteva săptămâni în urmă, Thom suflase într-unul, în timp ce încerca să o convingă pe Sabine că vânătoarea era ceva distractiv pentru cai. Ducele se năpustise asupra ușii de la grajdul său și scosese capul masiv deasupra porții, privind în stânga și în dreapta, după care se scăpă brusc, de entuziasm.

– De unde știi că nu frica îi determină de fapt să se comporte astfel? îl provocase Sabine. Probabil că și eu m-aș apropia să văd despre ce e vorba și aș face pe mine dacă m-aș teme la auzul unui anumit zgomot.

– Știi doar cum se comportă băiețeii ăștia când sunt înspăimântați, spuse Thom. Își pleoștesc urechile și le pleacă pe spate, după care lovesc din copite. Poți atunci să le vezi albul ochilor. Tot nu mă crezi? Bine. Dacă aș deschide ușa asta acum, Ducele nostru ar ieși afară și s-ar propti în dreptul vagonului, gata de plecare.

Și ca să îi demonstreze, făcu asta, iar Ducele se comportă întocmai. Sabine aproape că pufni în râs la vederea bătrânului cal tropăind direct spre vagon, proptindu-se în dreptul rampei și așteptând cu răbdare să urce. Iar în timp ce Thom îi oferea o bomboană cu mentă și îl conducea încet înapoi spre grajdul său, Sabine trebui să admită în sinea ei că, deși nu îi plăcea vânătoarea, cel puțin în curtea asta plină de patrupede, ea era în minoritate.

Acum când Thom o ajuta să urce pe călușul ei cenușiu, lui Sabine i se făcu rău de la stomac din pricina emoțiilor. Simțind tensiunea pasagerei din spatele său, calul, care de obicei se comporta exemplar, începu să dea din copite și să își rumege nerăbdător mâncarea, iar urechile îi fâlfâiau înainte și înapoi ca niște schimbătoare de viteze.

– Orice ai face, să nu cumva să îl depășești pe Maestru.

Cu eșarfa pe cap, Joy netezea frâiele calului lui Sabine și îi repeta nepoatei sale instrucțiunile pe care i le mai dăduse deja de două ori pe drum.

– Ține-ți calul afară din calea câinilor de vânătoare și nu te pripi la salturi. Dacă se stă la rând în fața ta, te oprești și îi aștepți să pornească. Nu galopa pe mijlocul terenurilor. Și nu îl epuiza pe băiețelul ăsta, spuse ea, mângâind călușul cenușiu pe nas, cu mâna udă. Lasă-l să alerge până obosește, după care venim noi din urmă și vă luăm cu vagonul. Nu vreau să îl forțezi până se face întuneric doar pentru că te-ai lăsat dusă de val.

Sabine, care simțea deja un nod în stomac, se gândi că ea ar fi fost probabil ultima persoană dintre cele de față care s-ar fi lăsat dusă de val. Dusă de val poate doar pe apa sâmbetei. Toți ceilalți păreau să se bucure, să se salute și să își admire caii. Chiar să fi fost ea singura convinsă că avea să dea colțul?

– Nu vă îngrijorați, doamnă Ballantyne, spuse Thom, trecându-și piciorul peste șa. O să am grijă de ea.

– Nu o lăsa să ajungă prea departe pe terenurile din față, Thom, spuse Joy, temătoare. E foarte noroios, iar în spatele Maestrului va fi o ceată de indivizi care nu prea știu să se comporte.

Sabine îi urmări privirea spre un grup de bărbați tineri, care râdeau și își gâdilau caii unul altuia cu bicele, făcându-i să se enerveze și să dea din copite.

– Idioți, spuse Thom, dar cu zâmbetul pe buze. Nu vă îngrijorați, doamnă Ballantyne. O să am eu grijă.

Apoi, dintr-odată, după ce se suflă de câteva ori în corn, porniră cu toții, iar asfaltul răsună de tropotele a peste o sută de copite potcovite.

– Zâmbește, spuse Thom, zâmbind la ea. O să te distrezi copios.

Sabine simțea că nu îi poate spune ce gândește ea de fapt: că mai degrabă avea să sfârșească zdrobită de copitele vreunuia din animalele astea sălbatice, că nu se simțea în stare să sară peste nici un obstacol, ce să mai vorbim de vreo poartă cu cinci bare, și că i se făcuse atât de rău încât îi venea să vomite.

– Nu vreau să văd nimic ucis, spuse ea, vârând capul în piept, ca să se apere de vânt. Nu vreau nici măcar să fiu prin apropiere. Și dacă îndrăznesc să facă porcăria asta în fața mea, probabil că o să îi omor pe toți. Fie ei Maeștri sau nu.

– Nu te aud, spuse Thom, îndreptându-și biciul înainte. Haide, rămâi cu mine. Suntem ghidați spre terenul următor.

Începând din acest moment, ziua trecu ca prin ceață. De îndată ce caii simțiră gazonul umed sub copite, o luară la sănătoasa, avântându-se spre dealul mlăştinos şi plin de gropi. Prinsă în mijlocul lor, Sabine descoperi că frica iniţială o cuprindea şi pe ea cu un sentiment tot mai puternic de exaltare, pe măsură ce feţele zâmbitoare, împroşcate de noroi ale celorlalţi călăreţi treceau în galop pe lângă ea. Când ajunseră sus, Sabine descoperi că şi ea era toată un zâmbet şi uită să şi-l şteargă de pe faţă atunci când Thom ajunse în dreptul ei.

– Eşti bine? o întrebă el zâmbind.

– Sunt bine, spuse ea gâfâind.

– O să prinzi nişte culoare în obraji astăzi, zise el, după care o luară din nou la galop.

Prima parte a vânătorii trecu într-o viteză ameţitoare. Înconjurată din stânga şi din dreapta de adunătura pestriţă de cai şi călăreţi, Sabine descoperi că îşi punea toată încrederea în căluţul ei cenuşiu, închizând des ochii şi ţinându-se strâns de coama lui atunci când se apropiau de vreun obstacol peste care zburau laolaltă cu mulţimea ce forfotea precum argintul viu. Nu mai avea timp să îi fie frică şi, la scurtă vreme, după ce observă numărul impresionant de puştani călare pe ponei şi copii nesăbuiţi de moşieri în spinările unor bălţaţi neîngrijiţi, îşi dădu seama că nu erau multe lucruri cu care aveau să se confrunte în acea zi cărora ea, călare pe un cal mai mare şi mai curajos, nu le-ar fi putut face faţă.

Sabine nu avea nici cea mai vagă idee încotro era condusă sau ce trebuia să facă. Ochii o înţepau, în gură avea un gust de noroi, azvârlit în permanenţă de copitele cailor din faţă, dar inima îi bătea plină de exaltare şi îşi mână calul să alerge mai repede, ca să câştige teren. Thom încerca să stea pe lângă ea, dar adesea o luau pe căi diferite, fie când unul dintre ei trebuia să aştepte ca să sară pe terenul următor, fie pentru că vânătoarea, prin natura ei, separa, iar călăreţii rămâneau adesea nemişcaţi în aşteptarea sunetelor de corn care aveau să îi readucă pe toţi împreună.

Vânătoarea presupunea neaşteptat de mult timp petrecut pe loc, descoperi Sabine, de obicei tocmai atunci când te obişnuiai cu galopul. Acest lucru părea să se întâmple pur şi simplu pentru ca oamenii să poată sta de vorbă unii cu alţii, să facă observaţii cu privire la performanţa cailor lor sau să bârfească despre cine a dispărut cu cine, neluând în seamă ploaia care cădea șuvoaie peste ei, li se scurgea pe geci și le lipea cailor, în chip nefericit, cozile de crupe. Faptul că Sabine nu mai știa pe nimeni în afară de Thom nu o făcea să se simtă exclusă: o doamnă rotofeie, între două vârste, îi spusese că se descurca „de minune" și îi mai povestise că o cunoaștea pe mama ei; un bărbat subțire, cu nasul acvilin îi zisese că îi știa calul, iar unul dintre puștii mai șleampeți o întrebase dacă putea să ia și el o gură din batonul ei de Mars. I-l dăduse pe tot. După aceea, însă, deveni brusc preocupată, când observase, în timp ce stăteau așa pe loc, cum o tânără cu părul lung, blond și ondulat, prins într-o plasă de păr, se tot dădea pe lângă Thom și vorbeau și râdeau, iar ea își mai ștergea când și când, cu mișcări elegante, noroiul de pe nas sau, surâzătoare, îl ruga pe el s-o ajute. Îl plăcea. Era *atât* de evident. Era practic moartă după el. Dar când Sabine remarcase asta în prezența lui Thom, în timp ce îl așteptau pe unul dintre bărbații mai în vârstă să se urce înapoi în șa, el o privi nedumerit, ca și cum nici nu ar fi băgat de seamă.

Sabine constata iritată că și astăzi insista să o trateze ca pe un copil mic. Se dăduse de două ori jos de pe cal, spunându-i că vrea să verifice chingile de la șaua ei, împingându-i piciorul la o parte, ca să strângă mai bine catarama. Dar nu avusese nici o intenție să flirteze sau să îi atingă coapsa, iar când Sabine încercase să îi șteargă noroiul de pe eșarfa lui albă de călărie, râsese și își mânase calul mai încolo pentru a se ocupa singur de asta.

– Acum trebuie să ai grijă de tine, spuse el, lovindu-se ușor peste cap, într-un gest inexplicabil. Se pot întâmpla multe lucruri mai rele decât să-ți pătezi puțin de noroi echipamentul.

Sabine își dădu seama că trecuseră aproape trei ore de la începerea partidei, și ea nu văzuse nici o vulpe. Îi era rușine că uitase că scopul acelei zile era să fugărească și să ucidă o vulpe, însă în acel moment nu mai era nici un câine de vânătoare prin apropiere, iar calul ei, alături de alți trei sau patru, luaseră cumva alt drum decât restul participanților la vânătoare. Mergeau la pas „ca să lase animalele să își tragă sufletul", după cum spusese fermierul cel roșcovan din față.

Sabine îl pierduse pe Thom într-o pădure, atunci când el descălecase ca să îl ajute pe unul dintre cai, care-și prinsese piciorul în sârmă ghimpată. Patru oameni stăteau în picioare în jurul calului, iar unul dintre ei își scosese din geacă foarfeca pentru sârmă și Thom îi ținea capul nefericitului animal, în timp ce se derula operațiunea de eliberare.

– Tu mergi mai departe, îi strigase el lui Sabine. La noi s-ar putea să mai dureze. Te prind eu din urmă.

Aparent, nu mai era îngrijorat în privința ei, o eroare de judecată, după cum avea să se dovedească: la vreo zece minute după aceea, calul ei alunecase pe o bucată de lemn, iar ea se răsturnă peste capul lui.

– Ești bine? o întrebă unul dintre bărbații mai tineri, care sărise imediat jos de pe cal ca să o ajute, în timp ce altcineva îi prinsese calul.

– Sunt bine, spuse ea, ridicându-se din mocirlă. Doar un pic înnoroită.

Puțin spus, după cum constată ea cu tristețe: pantalonii ei de călărie albi aveau acum un crac maro, făcând-o să arate ca un bufon ieftin, în timp ce frumoasa jachetă bleumarin a lui Joy era acoperită în întregime de noroi.

Bărbatul scoase o batistă destul de murdară din buzunar și i-o oferi lui Sabine.

– Ca să te ștergi pe față, spuse el. Ai puțin noroi în jurul ochilor.

Când ridică batista spre ochiul greșit, el încercă inițial să o corecteze, după care îi luă batista din mână și o șterse el. Abia atunci îl observă: ochi căprui, piele deschisă la culoare, zâmbet larg. Tânăr.

– Nu ești de-a locului, spuse el, însoțind-o spre calul ei, pe care îl verificaseră și era bine sănătos. Nu cu accentul ăsta. Din Londra, nu?

– Da, răspunse ea, gândindu-se că întrebarea fusese adresată pe un ton cam îndrăzneț. Sunt în vizită la bunicii mei.

– Unde?

– La Kilcarrion. Într-un sat numit Ballymalnaugh.

– Îl știu. Cine sunt bătrânii tăi?

– Îi cheamă Ballantyne.

Băiatul își îndreptă brațele spre cizma ei, ajutând-o să urce pe cal.

– Îi cunosc, bătrânii englezi. Nu știam că au rude.

Sabine se uită spre el, zâmbind.

– Ah! Și tu știi care e treaba cu fiecare, nu?

El îi întoarse zâmbetul. Era destul de chipeş, de fapt.

– Auzi, londonezo, aici toată lumea ştie care e treaba cu toată lumea.

Rămăsese mai departe cu ea după această întâmplare, stătură de vorbă şi chiar şi acum, când mergeau în grupul lor restrâns de terenurile mlăştinoase, el continua să vorbească. Locuia într-un oraş la vreo şase kilometri de al lor, spera să meargă la Universitatea din Durham, precum fratele său, şi îşi petrecea timpul liber făcându-şi de lucru la ferma părinţilor. Îşi spunea Robert, însă toţi ceilalţi îl strigau Bobby, iar Sabine nu îşi amintea să mai fi întâlnit vreodată pe cineva care să vorbească mai mult decât el.

– Deci, Sabine, ieşi des în oraş?

– Poftim? În Londra?

– Nu, aici. Sunt sigur că o fată frumoasă ca tine nu duce lipsă de oferte în Londra.

Sabine miji ochii la el. Bobby avea un fel de a spune lucruri fermecătoare şi în acelaşi timp de a o lua foarte subtil peste picior. Sabine era conştientă de posibilitatea de a mai fi şi luată peste picior.

– Da, mai ies din când în când, spuse ea.

– În puburi şi locuri de genul ăsta? zise el, strunindu-şi puţin calul, ca să meargă unul lângă celălalt.

– Cam aşa ceva, răspunse ea, uşor nesinceră.

Sabine nu fusese în nici un pub de când ajunsese acolo. Bunicii ei nu erau genul de oameni care să frecventeze puburile, iar Thom nu se arătase niciodată doritor să o invite.

– Ai vrea să ieşim cândva în oraş?

Sabine se înroşi. Voia să o scoată la întâlnire! Îşi plecă privirea şi se uită la propriile mâini, dojenindu-se în gând pentru roşeaţa din obraji. Dumnezeule, uneori nu reuşea deloc să fie cool.

– Dacă vrei, bălmăji ea.

– Păi, nu trebuie să te simţi obligată, zise el. N-o să-ţi forţez mâna, zise el zâmbind în continuare.

Sabine îi zâmbi înapoi. Putea să se hotărască ce părere avea despre el când ajungea acasă. Dar cum naiba avea să le explice bunicilor ei o potenţială întâlnire?

– Bine, atunci.

– Bun. Acum, ține-te bine, o luăm pe scurtătură ca să îi prindem pe ceilalți din urmă.

Până să se dezmeticească și să mediteze puțin asupra lui Bobby McAndrew, Sabine începuse deja să galopeze de-a lungul terenului de vânătoare, ținându-se cât mai aproape de murgul lui. Se înnopta și, pe măsură ce goneau spre capătul celălalt al terenului, Sabine își dădu seama că o durea tot corpul și că nu își mai simțea degetele de la picioare. Ochii îi rămăseseră fixați pe crupa împroșcată cu noroi din fața ei, iar în clipa aceea simți dintr-odată o poftă să stea într-o cadă cu apă fierbinte și spera să nu fie prea departe de casă. Nu avea nici cea mai vagă idee unde urma să îl întâlnească pe Thom și ce se întâmpla dacă nu îl găsea, după cum nu știa nici unde se presupunea că trebuie să o întâlnească pe bunica. Nu ascultase cu atenție în dimineața aceea.

Își făcea atâtea griji cum o să ajungă înapoi acasă, încât trecură câteva secunde bune până îl auzi pe Bobby strigând la ea. Ciuli urechile prin șuieratului vântului, ca să audă ce zice, și scutură din cap, așa că în cele din urmă el se trase puțin îndărăt și strigă în direcția ei:

– Urmează un mal de Wexford. E ceva mai dificil de străbătut. Înfige-ți bine picioarele în scăriță și ține-te strâns de coamă.

Cu ochii mari, Sabine se uită spre locul pe care i-l arăta el. În fața lor, întrezări doi cai, care părură să facă niște salturi aproape verticale până-n punctul cel mai înalt, pentru a-și lua apoi din nou avânt și a zbura, împroșcând cu copitele noroiul din jur. Inima îi îngheță.

– Eu nu pot să fac asta! țipă ea.

– Va trebui, strigă Bobby. Singura cale să ieșim din câmpul ăsta e să ne întoarcem pe unde am venit.

Și de îndată ce termină de vorbit, își strânse frâiele și se pregăti să facă saltul.

Sabine decise că o călătorie lungă de una singură era de preferat decât să își rupă gâtul și încercă să îl strunească pe Cenușiul. Dar Cenușiul nici nu voia să audă. Încăpățânându-se să rămână pe urmele celorlalți, își întinse gâtul înainte și se avântă spre mal, fără a lua în seamă smuciturile și rugămințile ei. Sabine nu avea timp să stea pe gânduri: fie se arunca jos de pe cal pe pământul ud, fie își punea toată încrederea în animal și se străduia din răsputeri să rămână în șa. Malul ce se întindea amenințător în fața ei părea incredibil de vast, iar în șanțul din dreptul lui era beznă ca într-un mormânt. Tocmai văzuse calul lui Bobby, care își luase avânt, după care plonjase înainte, derapând ușor în vârf, pentru a se face apoi nevăzut, cu un nechezat scurt.

Dădu drumul hățurilor, își împinse picioarele cu putere în scărițe și închise ochii. O să mor, se gândi ea. Te iubesc, mamă! Și dintr-odată, calul alunecă înainte și se înălță sub ea, ceea ce o propulsă înapoi și o făcu să se clatine în șa, după care își deschise ochii pentru o clipă. În acel moment erau sus, iar calul își ținea gâtul plecat, verificându-și parcă poziția corectă a picioarelor, iar apoi, când Sabine închise din nou ochii și scoase un țipăt, săriră din nou jos, străbătând o distanță imposibilă, și se trezi azvârlită în față pe spinarea calului, cu picioarele ieșite din scărițe și cu brațele înlănțuite haotic în jurul grumazului său.

– Uite, aici! Poftim! strigă Bobby, punându-i unul dintre hățurile atârnânde înapoi în mână și râzând. Ai reușit. Bravo!

Sabine se îndreptă în șa, râzând în hohote, și îl bătu ușor cu mâna pe spate pe căluțul ei, nevenindu-i să creadă ce tocmai se întâmplase.

– Bravo, băiatule! Bravo! îngână ea cu o voce cristalină. Băiat isteț ce ești!

Cu adrenalina pompându-i în vene, îi venea să strige și să chiuie de bucurie și să sară din nou peste chestia aia afurisită.

– Nici eu n-am crezut că o să reușesc. Felicitări că te-ai ținut în șa!

Sabine se întoarse spre Bobby, cu fața luminată de un zâmbet larg și sincer, și rosti cuvintele pe care fiul fermierului de la șase kilometri distanță nu le pricepu câtuși de puțin.

– Nu am luat-o pe poartă!

Cumva parcă nu era cinstit ca un om care tocmai sărise peste cel mai mare mal din lume să trebuiască să petreacă atât timp spălând noroiul de pe picioarele calului, curățând harnașamente și lustruind cizme, când avea dureri în tot corpul, își simțea oasele bazinului de parcă ar fi fost lovite cu un drug de fier și îi era atât de frig încât degetele îi erau fără vlagă şi moi ca nişte cârnaţi cruzi, dar Joy fusese destul de fermă:

– Calul e pe primul loc. Ţi-a fost de folos astăzi, aşa că revanşează-te şi curăţă-l frumos.

Până scoase Sabine şi ultima pată de noroi (noroiul irlandez, după cum ştia prea bine acum, avea această abilitate enervantă să se strecoare *peste tot*), îşi ieşise aproape complet din starea de euforie de după vânătoare, se simţea amorţită şi încordată şi i se părea că ar fi avut ea însăşi nevoie de un masaj şi de un terci fierbinte de tărâţe cu melasă (mirosea aşa de bine, încât se decisese odată să îl încerce – avea gust de preş). Din păcate, tocmai atunci, Joy coborâse de la etaj în magazie şi îi adusese la cunoştinţă lui Sabine, cu vorbe care atingeau capacitatea maximă a bunicii ei de a-şi cere scuze, că din cauza problemelor cu apa caldă, nu va putea să facă baie.

– Sper că glumeşti, spuse Sabine, simţind brusc că o podideau lacrimile.

Simplul gând că va trebui să îşi dezlipească hainele umede de pe corp, în camera aceea jilavă, şi să îşi tragă imediat pe ea alte haine răcoroase era mult prea deprimant.

– Nu, nu glumesc, zise Joy, apoi făcu o pauză. Dar am stat de vorbă cu Annie. Mi-a spus că nu au oaspeţi astă-seară şi că eşti mai mult decât bine-venită să mergi şi să faci o baie la ea acasă.

Schiţă un zâmbet vag către Sabine, în timp ce se pregătea să iasă pe uşă şi s-o închidă în urma ei.

– Doar nu credeai că o să te las fără o baie caldă la finalul unei partide de vânătoare, nu-i aşa? E practic cea mai bună parte a zilei.

Sabine îi întoarse zâmbetul, mirându-se în sinea ei de umorul bizar al bunicii, după care alergă la etaj să îşi ia prosopul şi şamponul. Baie la Annie! Apă caldă nelimitată! Săpun care nu avea fisuri gri prin el. Gata cu sprinturile de la baie până la ea în cameră, în timp ce tremura din toate încheieturile. Sabine aproape că alergă pe drum spre Annie, încărcată cu forţe proaspete la gândul apropierii de atâta căldură şi de un asemenea lux.

Cu toate acestea, după cum observă de îndată ce deschise uşa casei, atmosfera acolo era glacială. Intrase valvârtej în sufragerie, nerăbdătoare să îi povestească lui Annie cum își petrecuse ziua și despre Bobby, care o invitase la o întâlnire, și să îi mulțumească pentru baia pe care avea să o facă, dar de îndată ce îi văzu pe amândoi, cu ochii ațintiți spre capete opuse ale încăperii, cuvintele îi înghețară pe buze.

– Ahm... salutare, spuse ea și rămase în pragul ușii.

Era o tăcere nefirească; până și omniprezentul televizor era acum stins. Domnea un soi de liniște nedorită – apăsătoare, încărcată de cuvintele care fuseseră rostite înainte.

– Sabine, zise Patrick, îndreptându-se ușor de spate.

Cu gulerul de la puloverul ei supradimensionat ridicat până sub bărbie, Annie privi parcă prin ea, ca și cum nici nu ar fi fost acolo. Sabine se foia de pe un picior pe altul, neștiind dacă să se retragă sau nu.

– E... e în regulă să mai fac baie la voi?

Patrick încuviință din cap, dar Annie își ridică puțin bărbia, părând să nu înțeleagă ce voia să spună.

– Baie?

– Credeam că bunica...

– Tocmai ce ai spus că poate să facă o baie la noi. I-ai spus doamnei Ballantyne la telefon. Te-am *auzit*.

Patrick părea exasperat, ca și cum ar fi fost doar ultima dintr-un lung șir de astfel de replici.

Annie ridică din umeri.

– Sigur că poți să faci baie aici. Oricând.

Sabine se holbă la ea temătoare.

– Și acum? Bunica mi-a spus că e în regulă dacă vin acum.

Urmă un scurt moment de tăcere. Patrick nu se mai putu abține în fața confuziei lui Sabine:

– Sigur că e în regulă, Sabine. Te așteptam. Mergi sus și cheamă-ne dacă ai nevoie de ceva. Stai cât vrei.

Sabine traversă cu pași mărunți sufrageria și se îndreptă spre scări.

– Mi-am adus prosoapele mele, spuse ea cu glas șoptit, ca și cum asta ar fi putut s-o mai înveselească pe Annie.

Dar Patrick fu cel care îi răspunse:

– E în regulă, Sabine. Să-ți fie de bine.

Sabine rămase o vreme în baie, dar nu se bucură de prea multă relaxare. Se trezi nemișcată în cadă, cufundată într-o liniște deplină în apa care se răcea, trăgând cu urechea la indiciile acustice ale unei dispute; pauzele mult prea lungi, vocile sacadate, oftatul grav, de exasperare, tipic certurilor între adulți. Era evident că se certau, dar părea să fie o dispută unilaterală, ca și cum Annie ar fi refuzat să ia parte la conflict și îl lăsase pe Patrick să se descurce de unul singur. Ținând cont că Annie era prietena ei, Sabine ar fi sărit, cel puțin cu gândul, în apărarea ei: cum putea Patrick să se comporte așa oribil cu o femeie care își pierduse fiica? Cum putea oare să găsească motive de ceartă cu cineva care încă nu se resemnase cu pierderea suferită? Atunci când îl privea însă mai îndeaproape, i se părea că Patrick era cel care suferea mai tare.

Nu voia să se întoarcă la parter. Nu voia să străbată acea zonă de război în timp ce zâmbea și se străduia să poarte conversații politicoase, doar ca să poată pleca, să ajungă în patul ei și să se întindă acolo, epuizată. Dacă voiam să intru într-o zonă de război, aș fi putut pur și simplu să rămân acasă, își zise în sinea ea și zâmbi ștrengărește la propria-i glumă. Dar nu era deloc de râs. Nu își dorea ca Patrick și Annie să se despartă. Era evident că Patrick o iubea pe Annie și că Annie o iubea pe fiica lor și că ar fi trebuit să se susțină reciproc ca să poată depăși împreună drama aceea, în loc să-i despartă. Uneori lucrurile îi păreau atât de simple lui Sabine, încât nu îi venea să creadă cum se făcea că adulții înțelegeau totul pe dos.

Într-adevăr, adulții păreau să complice lucrurile fără motiv; mama ei punea mereu totul la îndoială, chiar și atunci când lucrurile mergeau bine. Pur și simplu nu reușea să accepte ceva așa cum era. Iar Sabine știa sigur ce urma să se întâmple odată ce Justin se muta la ele, dacă nu cumva se și mutase între timp: el și cu ea aveau să se ia la ceartă în cele din urmă, iar Kate, după ce luni întregi se purtase de parcă ar fi fost cu toții o mare familie fericită, avea să plângă peste masa din bucătărie din cauză că distrusese viețile tuturor și avea s-o întrebe pe Sabine dacă era de părere că vor fi mai fericite doar ele, singure. Pentru că voia să îi dea și lui Sabine un cuvânt de spus, chiar voia... Sabine știa precis ce avea să-i răspundă. În secret, îi plăcea să-și pregătească scenariile pentru disputele cu mama ei și uneori rămânea și ea uimită când acestea se desfășurau întocmai conform previziunilor. „Ah! Deci acum am și eu un cuvânt de spus legat de viața ta, nu? Cum se face că nu am avut nici un cuvânt de spus când a plecat Geoff? Cum se face că nu am avut nici un cuvânt de spus când a plecat Jim? Ia zi!" Iar mama avea să fie copleșită și spășită, dându-și seama că în tot acest timp ar fi trebuit să îi semene mai mult mamei sale.

Sabine stătea nemișcată și aduna în ea toată nedreptatea resimțită pentru că avea șaisprezece ani și era neputincioasă, în timp ce se cufunda în apa din cadă, care se răcea de-a binelea. În cele din urmă, dându-și seama că degetele i se zbârciseră ca niște prune uscate și că temperatura apei nu mai era deloc confortabilă, se ridică și se șterse cu un prosop.

Când se întoarse în sufragerie, nu mai era nimeni acolo. Nu știa dacă să se simtă ușurată. Însă pe drumul ud spre Kilcarrion, ceva o făcu să se uite înapoi. Silueta lui Annie, care privea spre grădină, se întrezărea la fereastra laterală. Nu o văzuse pe Sabine. Nu părea să vadă nimic. Își ținea mâinile lipite de pântec, peste puloverul ei prea gros.

– O cină specială pentru tine în seara asta, Sabine.

Bunica puse oala aburindă în mijlocul mesei lucioase și luă capacul de pe ea, cu un gest zglobiu, deloc tipic pentru Joy.

– Doamna H a gătit special pentru tine: tocană de legume la cuptor, cu găluște vegetariene din brânză și ierburi aromatice. O mâncare numai bună să te încălzească după o zi de vânătoare.

Sabine inspiră adânc aroma bogată a mâncării, iar stomacul i se strânse și mai tare de foame. Pe tot parcursul după-amiezii regretase că îi dăduse puștiului batonul ei de Mars și doar tăișul frigului insuportabil îi mai luase gândul de la chiorăiturile mațelor.

– M-am gândit să gust și eu, ca să îți țin companie.

– Arată delicios, spuse Sabine, întrebându-se dacă ar fi nepoliticos să se servească deja.

– Mereu am fost de părere că ai nevoie de o tocană bună să te încălzească după o zi întreagă pe terenul de vânătoare, spuse Joy, cotrobăind prin dulap după șervete. Pe mine mă lua așa o foame... și de fiecare dată nu știu cum se făcea că, deși îmi luam sendvișuri la mine, sfârșeau prin a-mi cădea din buzunare și a fi luate în copitele cailor.

Te rog, grăbește-te odată, o imploră Sabine în gând. Conform regulilor, nu putea să înceapă să mănânce până când nu se așeza și Joy la masă. Drept răspuns la mirosul mâncării, stomacul începu să-i chiorăie atât de tare încât Bertie ridică privirea, iscoditor.

– Așa, unde am pus oare inelele pentru șervete? Puteam să jur că erau în dulapul ăsta. Poate că le-a dus doamna H în bucătărie.

– Eu aș putea... aș putea să...

Mirosul aromat și îmbietor al sosului o făcea să amețească.

– Cred că o să merg să arunc o privire. Nu te deranjează să mai aștepți un minut, nu-i așa?

– De fapt, eu...

Fură întrerupte însă de un zdrăngănit și de un bubuit îndepărtat, venind din afara sufrageriei. Ambii câini săriră de sub masă și fugiră la ușă, schelălăind și zgâriind, ca să fie lăsați afară.

Abandonându-și misiunea, Joy se îndreptă rapid spre ușă și o deschise.

– Edward! Ce faci?

Se dădu cu un pas înapoi, iar Sabine îl privi pe bătrân cum intră cu mersul lui clătinat în cameră, târșâindu-și pașii și gâfâind, cocârjat peste două bastoane, ca un soi de patruped preistoric.

– Ce crezi că fac, mormăi el, cu privirea neclintită de la podea, pe măsură ce înainta. Am venit la cină.

Joy aruncă o privire îngrijorată spre Sabine, iar Sabine, din respect pentru sentimentele ei, se uită în altă parte. Fiindcă nu prezența neanunțată la cină a lui Edward era ceea ce o alarmase pe bunica ei, ci ținuta lui neconvențională. Purta o pijama groasă din bumbac, cu un imprimeu alambicat, de un roșu aprins, asortată la papucii de casă, din care Sabine observă cum îi ieșeau gleznele vinețiі și înfiorător de umflate. În partea de sus, peste bluza de pijama, purta o jachetă de un alb imaculat, cu guler mandarin, împodobită cu epoleți și emanând un iz vag, dar inconfundabil, de naftalină. O uniformă de ofițer naval, gândi Sabine. În jurul gâtului avea legată eșarfa de cașmir, mov cu floricele albastre, a lui Joy și, per ansamblu, arăta ca un soi de dandy de la Polul Nord.

În timp ce Sabine rămase cu ochii pironiți în farfurie, el avansă și se așeză greoi pe scaunul lui. Odată ce se văzu așezat, își puse deoparte bastoanele, oftă, se aplecă în față și se uită cu atenție la masa lustruită din dreptul său.

– Nu am farfurie, anunță el.

Joy rămăsese în picioare în prag, cu o sprânceană ridicată.

– Nu ne așteptam să vii jos în seara asta. Mi-ai spus că nu îți e foame.

– Ei bine... îmi e foame.

Urmă un scurt decalaj, ca atunci când dai un telefon în străinătate. Ștergându-și fără rost palmele de pantaloni, Joy așteptă până se asigură că Edward se hotărâse. După care se duse la bucătărie, alungând nervoasă câinii care i se împleticeau printre picioare.

– O să îți pregătesc tacâmurile.

Mulțumit, bunicul se lăsă pe spate în scaun și aruncă o privire în jurul lui, ca și cum ar fi încercat să repereze ceva. Când o zări pe Sabine, se opri și își puse greoi o mână pe masă.

– Ah. Aici erai.

Sabine îi zâmbi nesigură.

– Bun, zise și trase aer în piept, cu un șuierat. Am înțeles că ai fost la vânătoare.

O spuse cu un soi de satisfacție.

Până să apuce Sabine să deschidă gura, Joy reveni în cameră cu veselă și tacâmuri, pe care le așeză cu iuțeală în fața soțului ei.

– Da. A avut parte de o zi frumoasă în natură.

Edward privi ușor în sus spre soția lui, cu fața lipsită de expresie, dar adresându-i-se pe un ton vădit iritat:

– Vreau să vorbesc cu nepoata mea. Aș prefera să nu ne întrerupi.

Joy ridică dintr-o sprânceană, dar îl ignoră. Se întoarse la locul ei și începu să porționeze tocana de legume.

– Așa..., spuse el precaut, fixând-o pe Sabine cu o privire în care, ar fi putut să jure, se citea o vagă malițiozitate. Ai avut o zi bună?

În afară de mica plăcere pe care i-o oferi spectacolul de a o vedea pe bunica pusă la colț, Sabine, care se desfăta cu prima înghițitură din mâncare, nu-și dorea câtuși de puțin să fie întreruptă și nevoită să vorbească.

– Da, spuse ea, încuviințând energic din cap, ca să nu o pună să repete.

– Foarte bine...

Se lăsă din nou pe spate în scaun și zâmbi.

– Ce cal ai călărit? Cumva pe Duce?

– Nu, Edward. Ducele e șchiop. Știi că Ducele e șchiop.

– Poftim?

– Ducele. E șchiop.

Joy îi turnă lui Sabine un pahar mic de vin roșu și împinse paharul înspre ea.

– Ah. Șchiop, zici?

Bunicul făcu o pauză și își mută privirea asupra farfuriei din fața lui.

– Dumnezeule, ce e asta?

– Tocană de legume, spuse Joy cu voce tare. E preferata lui Sabine.

– Ce fel de carne e înăuntru? întrebă, scobind impacientat cu furculița în porția lui. La mine în farfurie nu e deloc carne.

– E fără carne. Sunt doar legume.

Edward ridică privirea, suspicios.

– Dar unde e carnea?

Joy păru exasperată pentru o clipă.

– Ție nu ți-am pus deloc, zise ea în cele din urmă. Nu mai rămăsese.

Îi aruncă o privire scurtă lui Sabine, recunoscându-și minciuna, dar îndemnându-și nepoata să procedeze la fel.

Edward se holbă din nou în farfurie.

– Ah... are porumb dulce în ea?

– Da, spuse Joy, jucându-se cu furculița prin propria mâncare. Are. Va trebui să îl alegi.

– Nu îmi place porumbul dulce.

– Sabine a sărit astăzi peste un mal de Wexford, spuse Joy, cu glas plin de entuziasm. Mi-a spus Thom.

– Ai sărit peste mal? Foarte, foarte bine.

Colțurile gurii i se arcuiră într-un zâmbet. Sabine se surprinse cum îi zâmbi și ea înapoi. Dădea încă pe-afară de mândrie când se gândea la asta.

– Al naibii de înșelătoare, obstacolele alea.

– Calul a făcut toată treaba, spuse Sabine cu modestie. Eu doar m-am ținut strâns de el.

– Uneori cel mai înțelept lucru pe care îl poți face e să te lași în voia calului, spuse Joy, ștergându-se la gură. Al tău e oricum un băiat destul de isteț.

Privindu-și bunicii în timp ce mâncau, Sabine se simți deodată cuprinsă de sentimentul de a fi parte dintr-o familie mai mare și își dădu seama ce plăcut era să se bucure de aprobarea lor. Nu credea să se fi simțit vreodată mai mândră ca în acel moment. Își luase examenele GCSE[1] în vară, dar cumva fericirea îi fusese umbrită de treaba cu Geoff și Justin. Deși se bucura în sinea ei de reușită, să se afișeze la fel de încântată ca mama ei de rezultatele la examene ar fi marcat un soi de complicitate între ele, iar Sabine fusese prea furioasă pe ea toată vara pentru a face așa ceva. Cumva, aici la bunici, viața era mai puțin complicată. Chiar nu mă mai deranjează deloc să fiu aici, gândi ea. Cred că de fapt îmi și place.

– Așa și... de câte ori ai tras?

Sabine se uită la bunicul ei, după care își mută privirea pe scaunul bunicii, care era gol. Nu avea nici cea mai vagă idee despre ce vorbea.

– Poftim? spuse ea cu voce slabă, ascultând zgomotul de pași marcând întoarcerea iminentă a lui Joy de la bucătărie.

Bunicul păru să fie destul de agitat, aparent din cauza efortului de a repeta lucruri care erau, evident, lesne de înțeles.

– Am întrebat de câte ori *ai tras*.

[1] *General Certificate of Secondary Education* (trad. „Certificatul general pentru absolvirea ciclului secundar de învățământ“) este un examen pe care elevii din Marea Britanie îl susțin în jurul vârstei de șaisprezece ani, echivalent cu o evaluare națională la absolvirea a zece clase.

Nu ar fi știut să spună exact de ce, dar Sabine nu voia să admită că nu știa despre ce vorbește. Așa de mult se bucurase de aprobarea lor neobișnuită și tacită. S-ar fi simțit ca și cum ar fi rupt o vrajă. Bunicul s-ar simți dezamăgit și i-ar crea impresia că e un soi de impostoare. Bunica ar fi arborat din nou expresia aceea goală, dar marcată de o ușoară exasperare, care până de curând era omniprezentă la orice schimb de replici dintre ele. Iar ea avea să redevină Sabine, orășeanca neintegrată.

– Șase.

– Poftim?

Șase părea să fie un număr bun, de mijloc.

– De șase ori? făcu bunicul, bulbucând ochii la ea.

Bunica se reîntoarse în încăpere cu un fund de lemn încărcat cu pâine.

– Ai auzit, Joy? La vânătoarea de azi, Sabine a tras de șase ori.

Joy îi aruncă o căutătură tăioasă lui Sabine. Iar fata, deja conștientă că zisese ceva greșit, încercă din răsputeri să-și explice din priviri gestul.

– E incredibil, spuse el, clătinând din cap și privind în farfurie. Ultima oară când am auzit de o vânătoare la care s-a tras de șase ori trebuie să fi fost prin... '67, nu, Joy? În iarna în care veniseră cei din familia Pettigrew la noi. A fost de cinci sau șase ori, nu?

– Nu îmi amintesc, spuse Joy scurt.

– Se poate să fi numărat greșit, spuse Sabine, disperată.

– De șase ori, spuse bunicul, clătinând din nou din cap. Oricum... a fost un sezon tare bun, cel din '67. Și caii au fost buni în anul acela. Îți mai amintești de mânzul ăla mic pe care l-am cumpărat din Tipperary, Joy? Cum îl chema?

– Maestrul Ridley.

– Maestrul Ridley, da, așa. Am mers tocmai până la Tipperary și am cheltuit atâția bani pe calul acela, încât nu ne-a mai rămas nici un chior pentru hotel. A trebuit să dormim într-o rulotă. Nu-i așa, dragă?

– Așa e.

– Da. Am stat într-o rulotă. Tare frig a mai fost. Era plină de găuri.

– O, da.

– Tare bine am mai petrecut atunci. Da.

Zâmbi ușor, ca pentru sine, iar fața lui bătrână și brăzdată de riduri părea istovită de acel efort. Sabine observă că și Joy părea să se mai fi relaxat.

– Da, spuse ea. Tare bine am mai petrecut.

– Pare o distracție pe cinste, mormăi Sabine, profitând de ocazie ca să își mai pună o gălușcă.

– De șase ori... știi, nimic nu se compară cu cântecul câinilor de vânătoare, zise el, ridicându-și capul, ca și cum ar fi auzit o muzică îndepărtată. Nimic altceva nu sună la fel.

După care se uită direct spre Sabine, ca și cum ar fi văzut-o pentru prima oară.

– Nu ești deloc ca mama ta, nu-i așa? întrebă el.

Și se prăbuși cu fața în tocană.

Pentru o fracțiune de secundă, Sabine se holbă la el, întrebându-se absentă dacă nu era vreun soi de glumă. După care Joy, strigând înspăimântată, sări de pe scaun și alergă spre soțul ei, ridicându-i capul din farfurie și sprijinindu-i-l pe umărul ei.

– Cheamă doctorul, strigă la Sabine.

Zguduită din starea ei de încremenire, Sabine își împinse scaunul într-o parte și ieși în fugă din cameră. În timp ce căuta haotic printre numerele de telefon de pe masă și forma, cu degete tremurânde, numărul doctorului, imaginea înfricoșătoare a bunicului îi plutea încă prin fața ochilor. Era genul de imagine despre care știa deja că o să o bântuie multă vreme după ce lucrurile vor fi revenit la normal. Ochii lui pe jumătate închiși, gura întredeschisă. Lichidul fierbinte și roșu îi șiroia în pâraie prin crevasele de pe față. I se scursese pe eșarfa cu floricele și pe epoleții imaculați, ca un sânge palid și subțiat.

Kate stătea pe canapea lângă Justin și se gândea dacă să se sprijine de el sau să își treacă degetele prin părul lui. Sau poate să îl ia de mână. Sau chiar să își treacă ușor degetele pe piciorul lui, într-un mod relaxat, dar teritorial. Privi pe furiș la fața lui, în încercarea de a-și da seama care dintre variante ar fi fost cea mai potrivită. Acestea nu erau îngrijorări pe care să le fi avut în urmă cu vreo două luni. Pe vremea aceea, prezența lui nu o inhiba deloc și era sigură că orice gest asupra lui avea să fie întâmpinat cu răspuns pe măsură.

Justin de acum nu mai arăta aceeași dorință constantă să o atingă sau să o mângâie, ca cel din urmă cu două luni. În cele mai multe dintre nopți parcă nici nu părea să îi pese dacă doarme lângă el. Iar Kate, în disperarea de a elimina distanța dintre ei, își dădu seama cât de nesigură devenise și cum încerca să creeze o căldură care altfel, în lipsa acelor eforturi din partea ei, nu ar mai fi existat.

Se hotărî să se așeze mai aproape de el și să își atingă ușor piciorul de al lui.

– Mai vrei vin?

Justin nici nu își luă ochii de la televizor.

– Da. Super.

– Îmi place Fleurie. E o plăcere pe care mi-o mai acord din când în când.

Pufni ca reacție la ceva ce vedea pe ecran, după care se uită la ea în timp ce îi umplea paharul.

– Foarte drăguț.

– Nu cred că știu care e vinul tău preferat.

Își dorea să stea de vorbă unul cu altul ca înainte, să își concentreze atenția pe deplin unul asupra celuilalt, dezvăluindu-și secrete neașteptate, în disperarea de a ceda complet unul în fața altuia: iată-mă, asta sunt, cu bune și cu rele, ia-mă. Atunci când începuse să iasă cu Justin, fusese uluită de ideea că ea ar fi o persoană cu potențial. El părea să vadă în ea posibilități nelimitate, o făcuse să creadă că putea fi mai mult decât era și că împreună ar putea fi și mai mult. Acum, când venea la ea, se așeza cu telecomanda în mână în fața televizorului și o întreba ce au de mâncare la cină.

– Se numește că avem o relație stabilă, îi spusese el într-o noapte, atunci când ea abordase subiectul. Asta arată că mă simt confortabil cu tine. Acum doar nu te aștepți ca pasiunea nebună să dureze la nesfârșit.

Și atunci de ce l-am mai lăsat pe Geoff pentru tine? ar fi vrut ea să-i strige în față. *Măcar cu el nu eram nevoită să gătesc și să spăl vasele.*

Măcar Geoff voia să stea de vorbă cu mine serile. Măcar Geoff mai voia când și când să facem dragoste.

– Păi, care este vinul tău preferat?

– Poftim?

– Vinul tău preferat. Care este?

Simțea cum vocea începea deja să îi sune tăios.

– Vin? Hm... nu m-am gândit niciodată la asta.

Făcu o pauză, ca și cum ar fi încercat să își folosească mintea măcar pe jumătate pentru această întrebare, conștient că era nevoit să furnizeze un răspuns.

– Unele vinuri chileene sunt bune.

Părea că odată ce Geoff și pericolul ca aventura lor să fie descoperită dispăruseră din peisaj, nu mai exista suficient entuziasm cât să îi alimenteze dorința pentru ea. Iar Kate se surprinsese luptându-se împotriva resentimentelor. Suspiciunea că, încetul cu încetul și fără voia ei, începea să fie distribuită într-un alt rol se adeverea. Îi devenise un sol de mamă de a doua, care îi făcea de mâncare și îi oferea un cămin primitor și sigur în timp ce adevăratele lui pasiuni erau undeva, pe un drum îndepărtat, întrezărindu-se prin lentila unui aparat foto.

– Pentru el, e un aranjament bunicel, observase Maggie săptămâna trecută, în clipa când pusese ochii pe genţile cu echipament foto ale lui Justin din hol.

– Ce anume?

– O casă drăguță, un loc în care să stea, unde are parte de mâncare și de sex. Un loc util în care să își depoziteze echipamentul foto. Și nici o responsabilitate. Nici un angajament. Nici o factură.

Își țuguie buzele și o luă rapid spre bucătărie, unde Kate pregătea ceaiul.

– De ce să plătească facturile dacă nu locuiește aici?

Pe Kate o iritase tonul vocii lui Maggie. Însă, în același timp, era și ea pe deplin conștientă că genţile cu echipamentele lui Justin se tot înmulțeau; și mai avea sentimentul că Sabine nu o să fie chiar așa de înțelegătoare față de prezența lor, cum era ea.

– Nu are absolut nici un motiv. M-am gândit doar că, după atâta vreme, poate că vrea să se mute aici.

– Uite care e treaba, Maggie, nu toată lumea vrea să fie ca tine și Hamish. Justin e un spirit liber. Și mai mult decât atât, eu tocmai am avut parte de despărțire urâtă. Știi și tu cât de urâtă. Și ultimul lucru pe care mi-l doresc e ca cineva să dea iar buzna aici, în viața mea, și să mi-o încarce inutil, înainte să fi apucat și eu să mă bucur puțin că sunt pe cont propriu.

Cu vorbele astea aproape că se convinsese și pe ea.

– Ah. Nu mi-am dat seama că te-ai despărțit de Geoff ca să fii *pe cont propriu*. Scuze, dragă. Credeam că ai spus că vrei să fii cu Justin. Sunt așa de uitucă! O fi vreun început de Alzheimer.

Și, cu o privire piezișă, Maggie încheie eficient conversația.

Avea dreptate, bineînțeles. Însă Kate nu voia sub nici o formă să își recunoască greșeala, pentru că asta ar fi însemnat că toată această durere, tot acest haos, surparea și mai adâncă a relației și așa precare cu fiica ei ar fi fost în zadar. Și ar fi însemnat că, încă o dată, în ciuda faptului că avea treizeci și cinci de ani și o grămadă de relații la activ și s-ar fi presupus că știa exact ce face, Kate se înșelase în privința bărbaților. Din nou.

Se gândi iar, cu o strângere de inimă, la Sabine, cu care nu mai vorbise de mai bine de o săptămână. La telefon, fiica ei fusese chiar drăguță, nu o dojenise pentru nici un neajuns, ba chiar evitase să prindă momeala aruncată atunci când Kate menționase în treacăt numele lui Justin. Dar când Kate îi sugerase că poate că sosise timpul să se întoarcă acasă, Sabine schimbase subiectul, pe un ton politicos, dar hotărât. Și mai îngrijorător decât refuzul aparent era modul în care o spusese. Sabine nu se arătase niciodată preocupată de sentimentele mamei. Din contră, de cele mai multe ori făcea tot ce îi stătea în putere ca să fie o prezență cât mai neplăcută pentru mama sa. Această nouă versiune matură a lui Sabine nu îi spunea doar pe un ton amabil că nu era de acord cu viața pe care Kate o trăia acum, dar aparent își crea și ea propria viață, cât mai departe de mama ei cu putință.

Kate încerca să scape de nodul care i se pusese în gât. Va trebui doar să încerc mai mult, gândi ea, cu privirea ațintită asupra picioarelor lui Justin, lungite în fața ei, în pantaloni de moleschin. O să îi mai dau lui Sabine puțin timp, după care o să îi amintesc de toate lucrurile care îi plac la Londra. Nu o să fiu disperată și posesivă. O să stau și o să o aștept până când o să se simtă pregătită să se întoarcă la mine. Și nu o să mai răstălmăcesc atât comportamentul lui Justin. E un om bun și mă iubește. Pur și simplu am căzut prea rapid în rutina vieții domestice. Trebuie doar să mai condimentez puțin lucrurile.

Kate inspiră adânc și își trecu mâna prin păr, ciufulindu-l un pic.

– Așa deci, spuse ea, punându-și o mână pe piciorul lui. Ți-a plăcut cina?

Gătise file de ton, felul lui preferat. De fapt, chiar începea să fie o bucătăreasă din ce în ce mai bună.

– A fost grozavă. Ți-am mai spus.

Își plimbă mâna ușurel din ce în ce mai sus, pe coapsa lui, și îi șopti la ureche:

– Mă întrebam dacă nu vrei și niște desert...

Ah, Dumnezeule, suna ca o actriță dintr-un film porno de mâna a doua. Dar trebuia să continue. Neîncrederea în sine ar fi stricat tot momentul.

– Grozav, spuse el, luându-și ochii de la televizor și uitându-se la ea. Ce avem?

Kate încerca să își mențină zâmbetul seducător.

– Păăi, ce am eu în minte nu e tocmai un desert convențional.

Justin o privea nedumerit.

– Dar ar putea fi dulce... zic eu...

Of, chiar așa dc greu de cap ești? ar fi vrut ea să strige. În schimb, pornită să își urmeze strategia inițială, își lăsă mâna să îi sugereze la ce se gândea.

Urmă un moment lung de tăcere.

Justin o privi în ochi, apoi își coborî privirea spre mâna ei, după care, din nou, înălță ochii spre chipul ei. Zâmbi și ridică din sprâncene.

– E o idee... drăguță. Dar sincer să fiu, Kate, chiar mi-ai făcut poftă de niște desert. Ai ceva dulce prin casă? Făcu o pauză. O bucățică de ciocolată? Sau înghețată?

Mâna îi rămase încremenită. Se uită cu ochi mari la el.

– Ei bine, tu mi-ai băgat asta în minte, spuse el, cumva defensiv. Nu voiam nimic dulce până să începi tu să vorbești despre desert. Acum chiar vreau ceva.

Pentru o scurtă clipă, Kate se strădui să-și cenzureze impulsul de a merge și a verifica dacă nu avea ceva în congelator. După care se gândi că era în stare acum să îi tragă una. Apoi fu de părere că cel mai bine ar fi fost să părăsească încăperea până se decidea în baza cărei emoții să acționeze. Însă, spre norocul lui Justin, fu întreruptă de țârâitul ascuțit al telefonului.

El dădu să se ridice ca să răspundă, după care, întâlnind ceva în privirea ei, se cufundă din nou în pernele de pe canapea.

– Alo? spuse ea, conștientă că el o privea, amuzat parcă de reacția ei.

– Kate?

– Da?

– Mama ta la telefon.

Sigur e vorba despre Sabine, fu primul gând al lui Kate. A avut un accident.

– Ce s-a întâmplat?

Mama ei nu ar fi avut nici un alt motiv să o sune. Trecuseră ani întregi de la ultima lor convorbire telefonică.

– M-am gândit că ar fi bine să îți spun. Tatălui tău... i s-a făcut rău. S-a prăbușit pur și simplu în seara asta. E... e la spital, o anunță Joy, apoi ezită o clipă, încordată, ca și cum ar fi așteptat un răspuns. Văzând că nu primește nici unul, oftă prelung. Cum spuneam, m-am gândit că ar trebui să știi și tu.

Și închise.

Kate se așeză pe scaun și puse receptorul înapoi în furcă, conștientă că, deși era în stare de șoc, simțea în același timp și o profundă ușurare că Sabine nu pățise nimic. Era atât de ușurată că Sabine era în siguranță încât nici măcar nu fusese în stare să proceseze semnificația cuvintelor lui Joy.

– E vorba de tata, spuse ea în cele din urmă, întâlnind privirea întrebătoare a lui Justin. Cred că e pe moarte. Altfel nu m-ar fi sunat.

Vocea îi era surprinzător de calmă.

– Ai face bine să mergi acolo, spuse el, punându-și o mână pe umărul ei. Biata de tine. Vrei să îți rezerv un bilet de avion?

Trecuse cam o oră de la plecarea lui, în timp ce telefona pe la diferite companii aeriene și își dădea seama cu frustrare și ușurare deopotrivă că, mulțumită unei combinații nefaste de festivaluri de artă, conferințe medicale și defectarea automobilului ei personal, era foarte probabil să aibă nevoie de cel puțin două zile până să aterizeze pe aeroportul Waterford, când avu o revelație. În ciuda tonului său empatic, Justin nu se oferise nici măcar o dată să o însoțească.

Capitolul 9

După spusele doamnei H, Christopher Ballantyne și soția sa, Julia, semănau atât de mult încât, dacă s-ar fi căsătorit cu treizeci de ani în urmă, s-ar fi auzit fel și fel de vorbe în sat. El avea părul brunet și ondulat, de aceeași nuanță cu cel al soției sale, ridicat și ciufulit în creștet, ca o glazură potrivită greșit pe un tort. Amândoi aveau același nas acvilin, aceeași siluetă suplă, păreri similare ferme, în cele mai multe privințe, îndeosebi în privința igienei și politicii, și ambii vorbeau pe același ton exploziv, precipitat, ca și cum fiecare propoziție ar fi fost pompată afară direct din abdomen.

Și amândoi, după cum observase Sabine cu un vag resentiment, o tratau cu același aer de detașare tolerantă cu care tratau orice musafir care le trecea pragul. Atâta doar că, în cazul ei, i se părea că încercau să îi transmită că nu făcea *cu adevărat* parte din familie, în ciuda legăturilor de sânge. Spre deosebire de ei. Și asta era vina lui Kate, desigur.

De îndată ce pusese piciorul în casă în noaptea în care bunicul căzuse cu capul în tocană, Christopher se comportase ca și cum el ar fi fost proprietarul de drept și îi spusese lui Joy – cam fără rost, după părerea lui Sabine – că „o să îi fie bine acum". El și Julia fuseseră la o partidă de vânătoare în Kilkenny, spunând, cumva lipsit de tact, că fusese „un noroc chior" să se afle atât de aproape de casa părintească, și la auzul veștii, veniseră numaidecât cu mașina și își mutaseră lucrurile în camera bună de oaspeți, de lângă cea a bunicii. Sabine nu își pusese niciodată problema de ce nu i se dăduse ei camera bună de oaspeți, care avea un covor mult mai frumos și un dulap mare și strălucitor din furnir de nuc, dar atunci când îi mărturisise acest lucru doamnei H, ea îi răspunsese că lui Christopher „îi place să aibă camera lui“ când vine acasă. Și că el și Julia „vin des în vizită“. Cu alte cuvinte, nu ca mine și mama, gândi Sabine. Dar nu spuse nimic.

Dacă observase supărarea lui Sabine, Joy nu comentă în nici un fel. Ce-i drept însă, părea și foarte absentă acum că Edward nu mai era acasă și nu mai avea de cine să se îngrijească. Medicii de la Spitalul General din Wexford deciseseră să îl țină sub observație și, deși Sabine nu dorise să întrebe ce i se întâmplase (nu părea să mai fi rămas mult din el de observat), cu siguranță era ceva grav, nu doar pentru că bunica devenise palidă la față, agitată și nefiresc de tăcută, dar și pentru că de fiecare dată când Joy nu era în cameră, Christopher verifica în spatele mobilelor și pe sub covoare după niște abțibilduri scrise de mână, ca să vadă dacă se produseseră modificări în privința obiectelor pe care mama lui începuse deja cu câteva luni în urmă să le împartă între cei doi copii, în eventualitatea morții lui Edward.

– O idee foarte rezonabilă, mamă, îi spusese el. Ne scutește de multe dubii pe termen lung. Dar Sabine îl auzise cum i se văita Juliei că nu i se pare corect că ceasul din hol al bunicului și pictura în ulei în ramă aurită, din sala unde serveau micul dejun, aveau abțibilduri cu numele lui Katherine. De când a început, mă rog, să se arate ea interesată de locul ăsta? spusese el, iar Sabine se strecurase pe furiș afară de acolo și își propusese să analizeze atent fiecare abțibild din casă, pentru a se asigura că Christopher nu începe cumva să le schimbe între ele.

Între timp, Julia insistase să dea „o mână de ajutor“ prin casă. Și, făcând exces de zel, reușise să preschimbe expresia de obicei afabilă a doamnei H într-una din ce în ce mai încremenită, de parcă ar fi fost pusă în aspic. Julia „organizase“ deja bucătăria, astfel încât să poată găti pentru toată lumea, și luase la analizat fiecare aliment din frigider, întrebând dacă era efectiv necesar să păstreze toate resturile acelea învechite și dacă nu ar fi mai ușor să meargă ea să cumpere niște „pâine bună de la magazin“ decât să coacă doamna H în fiecare zi acea pâine grea cu bicarbonat. Când părăsise încăperea, Sabine îi spusese doamnei H încă o dată că Julia e o vacă băgăcioasă, dar doamna H îi răspunsese doar că „are intenţii bune", observând, precum cineva care repetă o mantra, că nu avea să mai dureze mult până când cuplul se va întoarce la Dublin.

Luând în calcul că erau singurii unchi pe care îi avea, Sabine ar fi trebuit probabil să fie mai surprinsă de faptul că îi mai văzuse pe Christopher şi pe Julia doar de câteva ori până atunci. O dată la nunta lor, în Parsons Green, când era foarte mică. Tot ce îşi mai amintea legat de acea ocazie era că fusese invitată să ducă florile, dar mama ei îi croise cumva rochia uşor diferit de cea a celorlalte fete, probabil ca rezultat al unui tipar prost decupat, şi îşi petrecuse ziua într-o disperare mută pricinuită de mânecile ei bufante, în timp ce micuţele zeiţe blonde purtătoare de flori din jurul ei, simţind prezenţa unei inadaptate, o trataseră cu răceală. Cea mai recentă ocazie avusese loc în urmă cu câţiva ani, înainte ca unchii ei să se mute de la Londra la Dublin, când organizaseră o mică petrecere şi, în spiritul reconcilierii, îi invitaseră şi pe Sabine, pe mama ei şi pe Geoff. La petrecere erau numai locuitori aroganţi din City şi avocaţi, şi nu trecuse multă vreme până când Sabine se furişase în dormitorul lor ca să se uite la televizor alături de pisicile Juliei, încercând să îl ignore pe puştiul pubertar din colţ care o pupase de o albise pe iubiţica lui de treisprezece ani aproape pe tot parcursul filmului *Trenul salvator* şi întrebându-se când o să poată pleca acasă. Ca şi cum cineva acolo sus ar fi auzit-o, la mai puţin de o oră de când ajunseseră, Geoff şi mama ei veniseră s-o salveze, iar Geoff îşi petrecuse tot drumul înapoi spre casă bodogănind despre capitalişti, în timp ce Kate intervenea din când în când, spunând „Păi da, dar sunt rudele mele, ştii?", dar fără a părea că le-ar fi luat apărarea.

În mare parte din cauza neplăcerii crunte pe care i-o provoca prezenţa lui Christopher şi a Juliei, Sabine preluă tacit unele sarcini ce vizau îngrijirea bunicului ei, atunci când acesta se întorsese acasă, două zile mai târziu, fragil, înfăşurat într-o pătură şi aparent ţintuit într-un scaun cu rotile. Din respect pentru sentimentele lui Joy, fiul şi nora ei păreau să o lase doar pe ea să se ocupe de el (asta era scuza lor, oricum, după cum îi spusese Sabine doamnei H, dar ea știa că de fapt voiau doar să iasă la călărit), însă Joy părea încântată atunci când venea Sabine și mai stătea cu el sau îi citea rubrica de poștă a redacției din revista *Horse and Hound*. În cea mai mare parte a timpului, Edward nu părea să îi observe prezența, dar Sabine era sigură că figura lui căpăta o expresie de profundă iritare atunci când sora medicală tânără și repezită, pe care Christopher o plătise să stea cu el aproape toată ziua, îl ajuta veselă să se ridice din pat și îl anunța că e timpul să meargă „să facă treaba mică". Și uneori, când Sabine îi povestea ce isprăvi mai făcuse împreună cu călutul ei cenușiu sau îi împărtășea crâmpeie din ce zicea Thom în curte, era destul de sigură că ochii îi scânteiau cu un licăr de interes, ca un nor trecător asupra chipului său.

Între timp, Joy reacționase la întoarcerea soțului ei acasă devenind mai ocupată ca niciodată. Aparent, era mai mult de lucru în curte, casa era un dezastru, iar dacă Liam și John-John nu se apucau să curețe o parte din harnașamente, aveau să se facă bucățele. Nu menționase niciodată ce spuseseră doctorii, de ce Edward părea să nu mai mănânce nimic sau de ce, mai nou, tot patul lui era înconjurat de echipamente medicale ce bipuiau înfricoșător, setate parcă pentru a se afla într-o stare de alertă maximă față de un pericol iminent. Din când în când, doar îi mai spunea lui Sabine, cu o formulare relativ vagă, că face o „treabă tare bună", își mai strecura capul pe ușă, ca și cum ar fi vrut să verifice dacă Edward mai era în viață, după care, dacă era posibil, petrecea și mai multe ore ocupându-se de calul ei bătrân și obosit din curte.

– E totul în regulă acum, spuse Sabine, după ce sora medicală se făcuse nevăzută, iar ea se așezase pe scaunul de la capul patului, recunoscătoare din nou că putea evada din vâltoarea de la parter. Ne putem relaxa. Am scăpat de ei încă o dată.

Îi trase pătura mai sus pe pieptul concav, observând că starea lui precară nu o mai făcea să se simtă incomod. Era recunoscătoare că părea liniștit și că trăia și nu era acoperit cu sos de roșii.

– Să nu îți faci griji că mă plictisesc sau ceva de genul, îi șopti ea la ureche, în timp ce se pregătea să îi citească dintr-o carte veche de

Rudyard Kipling, pe care o găsise în bibliotecă, despre polo călare în India.

Știa că el o aude, chiar dacă asistenta ridicase dintr-o sprânceană de parcă ce făcea ea ar fi fost o tâmpenie.

– Voisem să îți spun de data trecută, zise ea încet. Uneori și mie îmi place să stau așa, pur și simplu.

La aniversarea de optsprezece ani, Kate Ballantyne primise trei cadouri cu însemnătate. Primul de la părinții ei, o șa maronie, din piele de porc, de foarte bună calitate și potrivită pentru toate ocaziile, pe care o despachetase exasperată, pentru că le ceruse expres părinților să-i dea bani, pentru că avea nevoie de bani pentru un sutien nou și o pereche de pantaloni. Al doilea fusese tot de la părinții ei, o invitație să pozeze pentru un pictor din oraș, ca să marcheze printr-un portret momentul trecerii la viața de adult. Nici acest cadou nu suscitase o reacție de recunoștință din partea ei: îl aleseseră tocmai pe artistul care terminase recent o pictură mare în ulei, înfățișând noul cal al mamei ei, Lancelot. Al treilea cadou... ei bine, al treilea cadou l-a primit ca rezultat indirect al celui de al doilea. Și a venit mult mai târziu.

Șaisprezece ani și jumătate mai târziu, Kate se gândea la asta în timp ce se afla pe bancheta din spate a taxiului și inspira mirosul înțepător al odorizantului de mașină, pe drumul de la aeroportul din Waterford spre Kilcarrion. De când se mutase de acasă, la scurt timp după aniversarea celor optsprezece ani, revenise la casa părintească de fix trei ori. O dată ca să le-o prezinte pe Sabine după ce se născuse, a doua oară cu Jim, când se gândise că dacă le arată că face parte dintr-o „familie", s-ar putea să îi mai îmbuneze, iar a treia oară acum, la vreo zece ani distanță. Oare de ce plouă mereu aici? se gândi ea cu mintea în altă parte, în timp ce ștergea aburul format pe fereastra mașinii. Chiar nu îmi amintesc de nici o ocazie în care să nu fi plouat.

Îi luase aproape două zile să rezerve un zbor spre Waterford, iar Kate știa deja că revenirea ei întârziată la Kilcarrion avea să fie folosită ca un bici pe spinarea ei, deși Joy făcuse efortul de a o suna și a-i spune că tatăl ei se „stabilizase". Nu îi păsase îndeajuns încât să vină imediat, asta avea să se tot șoptească pe la colțuri. Și asta deși tatăl ei era în pragul morții. Prea ocupată cu ultimul ei amorez, cel mai probabil. Oftă adânc, gândindu-se la ironia ultimei ei conversații cu Justin. Păruse mai puțin șocat și deranjat de felul abrupt în care punea capăt relației decât de insistențele ei de a-și lua genţile cu echipament înainte ca ea să plece în Irlanda.

Nici măcar nu era sigură pentru ce se ducea acolo: în afară de nevoia disperată de a-și revedea fiica, nu avea nici o altă legătură emoțională cu acel loc. Tatăl ei nu i se mai adresase pe un ton cald și politicos de când avea optsprezece ani, fratele și soția lui aveau să o trateze de sus și să arunce cu vorbe grele care să le susțină drepturile mai mari asupra casei părintești, iar mama ei se simțea de mult timp mai confortabil să vorbească cu câinii ei. Am venit pentru că tata e pe moarte, își spuse în sinea ei, vrând parcă să testeze cuvintele ca să vadă dacă, după atâta amar de vreme, mai erau capabile să producă sentimentul dureros al unei posibile pierderi. Dar tot ce simțea era groază la ideea de a reveni în casa aceea, groază potolită doar de ușurarea de a-și revedea fiica.

O să rămân câteva zile, își spuse ea, în timp ce taxiul oprea la marginea localității Ballymalnaugh. Sunt adultă, doar. Pot să plec când vreau eu. Sunt doar câteva zile, n-o să mor din asta. Și poate că reușesc să o conving pe Sabine să vină acasă cu mine.

– Vii de departe?

Evident, acum că se apropiau de destinație, șoferul simțise nevoia să își asigure bacșișul.

– De la Londra.

Ochii lui, doi gândăcei pitiți sub tufe, îi întâlniră pe ai ei în oglinda retrovizoare.

– Londra. Am rude în Willesden. Îi făcu cu ochiul. Stai liniștită, drăguță. Nu o să te întreb dacă îi cunoști.

Kate zâmbi în colțul gurii, privind pe geamul mașinii la peisajele cunoscute: acolo era casa doamnei H, biserica cu hramul Sfântului Petru, terenul de șaisprezece hectare pe care părinții ei îl vânduseră unui fermier prima oară când rămăseseră fără bani.

– Ai mai fost, deci, pe aici? Nu e o zonă unde se plimbă mulți turiști. De obicei îi duc mai departe, spre nord. Sau spre vest. Nu-ți vine să crezi câți merg spre vest acum.

Kate șovăi, fixându-și privirea pe zidul de piatră care împrejmuia casa familiei Kilcarrion.

– Nu, niciodată, spuse ea.

– Te duci într-o vizită, atunci.

– Ceva de genul.

Gândește-te că mergi să o iei pe Sabine acasă, își spuse ea. Asta o să facă totul mai suportabil.

Atâta doar că nu Sabine fu cea care îi deschise ușa, ci Julia, îmbrăcată în pantaloni de călărie, o vestă groasă, din lână, de culoare stacojie, și șosete asortate. După o avalanșă de pupături și exclamări, îi spuse, cumva accentuând cuvintele, că nu are „nici cea mai vagă idee“ unde ar putea fi Sabine.

– Pare să își petreacă cea mai mare parte a timpului fie ascunzându-se în curte, fie izolându-se în cameră cu Edward.

Julia vorbea întotdeauna pe un ton care exprima un vag amuzament față de ceea ce făceau ceilalți.

Încercând să își ascundă iritarea provocată de modul mult prea personal în care Julia se referea la tatăl ei, Kate decise că Julia înțelesese probabil greșit. Lui Sabine nu i-ar plăcea să își petreacă timpul printre cai și cu atât mai puțin să se izoleze cu tatăl ei.

– Vai, dar ce-i cu mine? exclamă Julia, luându-i lui Kate una dintre genți din mână. Intră, te rog. Unde îmi sunt manierele?

Au fost călcate în picioare de instinctele tale de parvenire, gândi Kate nervoasă, după care se dojeni, în sinea ei zicându-și că nu avea nici un drept să gândească așa: nu era ca și cum, în ultimii șaisprezece ani, ei i-ar mai fi păsat dacă domeniul Kilcarrion era al ei sau fusese demolat ca să facă loc pentru un McDonald's drive-thru. Își potrivi ochelarii pe nas (evident că își uitase lentilele de contact), în încercarea de a asimila această casă care nu mai era a ei.

– Te-am instalat în camera italiană, ciripi Julia, în timp ce o „conducea“ pe Kate la etaj. Nu cred că picură prin tavan la momentul ăsta.

În deceniul care trecuse de la ultima ei vizită, casa părea să fi îmbătrânit în ani câinești, se gândi Kate în timp ce se uita în jur. Fusese dintotdeauna rece și umedă, dar parcă nu își amintea de petele astea de apă întinzându-se pe pereți, ca niște hărți trasate în sepia, ale unor continente îndepărtate. Nu își amintea nici ca totul să fi arătat atât de ponosit și jerpelit. Covoarele persane se uzaseră într-atât, încât ajunseseră o rețea de petice țesute din fire de bumbac decolorat, iar mobilierul era tocit și scorojit și se vedea că toate aveau nevoie de reparații serioase. Nu își amintea nici de miros; un iz ce indica prezența câinilor și a cailor se împletea acum cu miasma mucegaiului și a paraginii. Și nu își amintea nici de aerul acela glacial. Nu era un frig uscat, cum experimentase acasă atunci când se stricase boilerul, ci un frig umed, permanent, pe care îl simțea deja în oase la doar câteva minute de la sosire. Kate privi cu alți ochi spatele vestei groase a Juliei. Cu siguranță că părea mai călduroasă decât toate hainele pe care și le adusese ea.

– De fapt, am reușit să încălzim puțin casa, spuse Julia, deschizându-i lui Kate ușa spre camera ei. Nu ți-ar veni să crezi cât de rece ajunsese să fie. I-am spus lui Christopher că nu e de mirare că Edward s-a îmbolnăvit.

– Credeam că a fost un atac cerebral, spuse Kate, pe un ton calm.

– Da, a fost un atac cerebral, dar e bătrân și extrem de fragil. Iar persoanele în vârstă au nevoie de confort, nu-i așa? I-am spus lui Christopher că ar trebui să îl luăm cu noi la Dublin, să stea într-un apartament cu o încălzire centrală ca lumea. Deja am pregătit o cameră. Dar mama ta, să nici n-audă. Vrea să îl țină aici.

Tonul pe care fuseseră rostite ultimele cuvinte o lăsă pe Kate perfect lămurită în privința opiniei Juliei vizavi de decizia lui Joy. Subtextul spunea că, ținându-l pe soțul ei la Kilcarrion, Joy îi semna sentința la o moarte prematură. Însă Kate se simți brusc cuprinsă de un sentiment de apropiere față de mama ei: tatăl ei ar fi preferat oricând să fie aici, în ciuda frigului și a umezelii, decât sufocat până la moarte în îmbrățișarea pastelată și călduroasă a casei Juliei.

– Acum fie vorba între noi, Kate, abia aștept să mă întorc acasă, spuse Julia, trăgând de unul dintre sertare să verifice dacă era gol.

Avea obiceiul să mai facă astfel de false „destăinuiri", cuvinte care nu însemnau nimic, dar care erau menită să sugereze o anumită intimitate cu interlocutorul.

– Chiar mi se pare deprimant locul ăsta, deşi lui Christopher îi e atât de drag. Vecinul are grijă de pisicile noastre şi ştiu că trebuie să fie deja tare mâhnite, sărăcuţele. Nu le place deloc când plecăm.

– Ah! Pisicile tale, spuse Kate politicoasă, reamintindu-şi de pasiunea Juliei pentru cele două feline obraznice. Le mai ai tot pe aceleaşi?

Julia îşi puse o mână pe braţul ei.

– Ah, Kate, e foarte amabil din partea ta că întrebi, dar nu, nu mai sunt aceleaşi. Armand e încă alături de noi, ce-i drept, dar din păcate Mam'selle s-a dus primăvara trecută.

Kate dădu din cap, cu un aer temător, acum că ochii Juliei se umpluseră de lacrimi.

– Totuşi, a dus o viaţă bună..., îngână ea, căzută pe gânduri. Să ştii că acum avem o dulceaţă de fetiţă, care să îi ţină de urât lui Armand. Am numit-o Poubelle, râse ea cu poftă, recăpătându-şi brusc buna dispoziţie. Asta pentru că don'şoara stă toată ziua bună ziua în coşul de gunoi din bucătărie.

Kate încercă să schiţeze un zâmbet, întrebându-se cât mai avea oare până se va putea elibera din strânsoarea cu miros de frezii a Juliei, ca să poată să îşi localizeze fiica.

– Cred că abia aştepţi să despachetezi. O să te las, zise Julia. Dar nu uita, ceaiul e la patru şi jumătate punct. Am convins-o pe Joy să servim ceaiul în camera unde iau micul dejun, pentru că e mai uşor de încălzit. Ne vedem jos atunci.

Fluturând din degete în semn de rămas-bun, ieşi din cameră.

Kate se aşeză încet pe pat şi aruncă o privire în jur, la încăperea aceea pe care nu o mai văzuse de zece ani. Nu era însă camera ei. Julia îi spusese că Sabine stătea acum în camera ei, iar ea şi Christopher stăteau în camera care fusese a lui. Cealaltă cameră de oaspeţi „uscată" era locuită acum aparent de mama ei. Asta nu o mira pe Kate: îi suspectase de mult că dormeau în camere separate, încă de pe vremea când locuia cu ei – din cauza sforăitului zgomotos al tatălui ei, îi explicase Joy, deloc convingătoare. Însă cu greu putea să lege ceva, orice, din camera în care se afla de vremea copilăriei sau a adolescenței ei. Se simțea de parcă locuința îmbătrânise mai repede decât ei toți, ștergând în timpul acesta orice semne de familiaritate penru Kate, care o percepea acum ca și când nu ar mai fi avut nici o legătură cu ea.

De ce ar trebui să îmi pese? gândi Kate, în treacăt. Doar n-am mai trăit aici de când s-a născut Sabine. Viața mea e la Londra.

Cu toate acestea, se surprinse aruncându-și privirea peste fotografiile atârnate pe pereți, trăgând cu ochiul prin dulapuri, ca și cum s-ar fi așteptat să găsească ceva cunoscut care să îi trezească amintirea, chiar melancolia, unei vieți trecute și mai puțin complicate.

Tocmai cobora scările, când o zări pe Sabine. Era cu spatele la ea, aplecată și înconjurată de cei doi câini, și își scotea cizmele de călărie, dojenindu-i drăgăstoasă pe Bella și Bertie, care își împingeau boturile în fața ei, spunându-le că erau „tare prostovani". Entuziasmat peste măsură, Bertie sărise pe ea, trântind-o pe spate, pe covorul din hol, iar Sabine râse și îl împinse la o parte, încercând să se șteargă, în timp ce el o tot lingea pe față.

Nici măcar nu mai arăta ca fiica ei. Kate rămase pironită-n loc și privi atentă, simțind deopotrivă bucurie la vederea acestei scene de o afecțiune neîngrădită și, în același timp, o durere surdă la gândul că acest loc, acest tărâm înghețat și golit de orice emoție, reușise să o facă pe Sabine capabilă de astfel de sentimente, în timp ce ea eșuase.

Simțind că cineva o privea, Sabine se întoarse și tresări când o văzu pe mama ei pe scări.

– Sabine, spuse Kate instinctiv, desfăcând larg brațele.

Nu era pregătită pentru impactul emoțional imens pe care prezența lui Sabine îl va avea asupra ei. Trecuseră săptămâni întregi.

Sabine se ridică în picioare, iar pe chip i se citea indecizia.

– Ah... ăă, bună, mamă, spuse ea și, făcând un pas înainte, îi permise lui Kate să o îmbrățișeze.

După care se retrase ușor atunci când simți că îmbrățișarea dura prea mult.

– Uită-te la tine, exclamă Kate. Arăți... arăți... ei bine, arăți grozav.

Arăți de parcă ești de-a locului, ar fi vrut să spună. Dar aceste vorbe ascundeau atât de multe insinuări periculoase, încât îi înghețară pe buze.

– Arăt ca dracu, spuse Sabine, holbându-se la blugii înnoroiți și la puloverul supradimensionat, în care erau ici-colo înfipte paie.

Își lăsă privirea în jos și își trecu mâna uscățivă prin păr, după care redeveni într-o clipită vechea Sabine: stânjenită, exagerat de critică și prudentă până la disperare cu orice compliment.

– Porți ochelari.

Tonul pe care o spusese suna acuzator.

– Știu. Cu toată graba asta, am uitat să îmi pun lentilele. O prostie!

Sabine rămase cu ochii fixați pe fața ei.

– Ți-ar trebui niște rame noi, zise ea, după care se întoarse la câini.

Urmă un scurt moment de tăcere, timp în care Sabine se apleca să își ia cizmele.

– Așa deci, spuse Kate, conștientă că vocea îi devenise prea acută, prea dornică... Ai fost la călărit?

Sabine încuviință din cap, așezându-și cizmele în spatele ușii.

– Nu m-aș fi gândit că bunica o să te pună să călărești. Îți place? Ți-a făcut rost de un cal?

– Da. A împrumutat unul.

– Minunat... minunat. E frumos să redescoperi pasiuni vechi, nu? Și ce altceva ai mai făcut?

Sabine o privi, deja iritată.

– Nu prea multe.

– Cum așa? Doar ai călărit?

Ușa de la camera unde se servea micul dejun era deschisă. Kate observă cu ușurare că încă nu era nimeni acolo.

– Nu. Am mai dat câte o mână de ajutor. Am făcut chestii pe aici.

Sabine alungă câinii în camera unde se servea micul dejun, după care, cu un gest izvorât parcă dintr-o obișnuință veche, își puse un picior, în șosetă, pe una dintre sobe.

– Și... ești fericită? Merge totul bine? Abia... abia dacă am primit vreun semn de la tine în ultima vreme. M-am tot întrebat dacă ești bine.

– Sunt bine.

Urmă o tăcere lungă, timp în care Sabine nu își luă privirea de la fereastră, cu ochii ațintiți asupra cerului care se întuneca.

– De obicei, noi nu ne bem ceaiul aici, spuse ea în cele din urmă. Îl bem în sufragerie. Dar *Julia* – îi pronunță numele apăsat, cu un oarecare dispreț – crede că soba cu lemne nu încălzește suficient camera. Așa că acum o să îl bem aici.

Kate se așeză timidă pe unul dintre scaune, încercând să nu arate cât de mult o durea indiferența lui Sabine. „De obicei, noi...", așa se exprimase. „De obicei, noi...", de parcă și-ar fi trăit acolo toată viața. Ca și cum locul ăsta i-ar fi aparținut.

– Așa, spuse Kate veselă, vrei să știi ce mai face Goebbels?

Foindu-se de pe un picior pe altul, Sabine se uită la mama ei.

– E bine, nu?

– Da, e în regulă. Mă gândeam că poate te interesează ce a mai făcut.

– E o *pisică*, spuse Sabine pe un ton dezaprobator. Ce ar fi atâta de spus?

Dumnezeule, gândi Kate. Nu știu ce cursuri li se predau adolescenților despre cum să îi facă pe oameni să se simtă insignifianți, dar eu, cu Sabine, mi-am primit porția.

– Nu vrei să mă întrebi nimic? Cum îmi merge la muncă? Ce mai e pe acasă?

Sabine se încruntă la mama ei, încercând să își dea seama ce îi cerea mai exact să spună. Părea disperată să scoată vreo vorbuliță de la ea, ca și cum s-ar fi așteptat să o acapareze toată și să o bombardeze cu solicitări de a o pune la curent cu noutățile de pe acasă și să țopăie pe acolo ca la o reuniune a actorilor, la multă vreme după terminarea unui serial celebru. Și poate că în urmă cu o săptămână sau două așa ar fi făcut, dar în acel moment avea altă părere despre locul ăsta, iar faptul că își revedea mama atât de neașteptat... ei bine, asta o făcuse să se simtă ca pe ace. Nevoia de a o vedea se evaporase odată cu sosirea ei. Era ca și cu băieții: îți petreci toată săptămâna gândindu-te la un tip, ești nerăbdătoare să îl vezi, și atunci când se întâmplă, e așa de complicat totul încât nu mai știi dacă îți mai doreai de fapt să îl vezi. Cumva ca și cum ar fi mai bun în imaginația ta decât în viața reală.

Aruncă o privire pe furiș la mama ei, care se uita în jur, prin cameră, având un aer ușor pierdut și jalnic. Pe parcursul ultimelor două luni, nu se gândise decât la lucrurile bune, iar Kate o susținuse și îi arătase bunăvoință, ceea ce o făcuse să îi spună orice. Iar acum, în timp ce o privea cum stătea acolo, copleșită de emoții, nu mai simțea decât... enervare? Un sentiment vag că spațiul îi era invadat? Privind-o pe Kate, Sabine își reaminti de toată povestea cu Justin/Geoff. Ascultând-o, își reaminti că mama ei nu putea niciodată să se relaxeze și să o lase în pace, ci o presa întotdeauna să îi dea mai mult decât o făcea să se simtă confortabil. De ce nu poți și tu să fii relaxată? ar fi vrut să îi spună. De ce nu ai fi putut și tu să saluți numai și să mă lași pe mine să vin la tine? De ce trebuie să mă presezi așa de tare încât să mă faci să te resping? Dar nu făcu altceva decât să rămână acolo, încălzindu-și picioarele de sobă și reprimându-și sentimentele.

– Ah, Katherine, spuse Christopher, intrând în cameră. Julia mi-a spus că ai venit.

Își puse o mână pe umărul ei și o sărută distant pe obraz.

– Ai călătorit bine? Ai luat feribotul în cele din urmă, nu?

– Nu. Avionul. Nu am găsit zbor mai curând, spuse Kate, conștientă că deja începuse să ia o poziție defensivă.

– Ah! Da. Da. Am auzit. Nu contează, se pare că bătrânul s-a mai înzdrăvenit puțin.

– Nu, nu s-a mai înzdrăvenit, mormăi Sabine. Mi-am petrecut aproape fiecare zi cu el și starea lui nu s-a îmbunătățit deloc.

– Și cât stai?

Ignorând-o pe Sabine, se așeză pe scaunul tatălui său și aruncă o privire în jur, ca și cum ar fi așteptat-o pe Julia sau pe doamna H să intre cu tava cu ceai. Kate nu știu cum să răspundă. Până când moare, ar fi vrut ea să spună. Credeam că de asta am venit cu toții aici.

– Nu sunt încă sigură, zise ea.

– Noi va trebui probabil să ne întoarcem mâine, anunță Christopher. Cei de la lucru sunt cam neliniștiți și vor să mă întorc și, sincer să fiu, acum că s-a mai îmbunătățit situația, nu pare să mai fie așa mare urgența ca în urmă cu câteva zile.

Când eu nu eram aici, își zise Kate în sinea ei.

– O să vin probabil în weekenduri, continuă el, doar ca să mă asigur că sunt bine amândoi. Să îi mai supraveghez. Și să mă asigur că au grijă să îi fie suficient de cald, genul ăsta de lucruri.

– Focul arde continuu la el în cameră, interveni Sabine.

Christopher abia dacă părea să o vadă.

– Da, da, însă e o umezeală înfiorătoare în casa asta veche. N-are cum să-i facă bine. Așa, bun, unde e Julia? Și mama? Credeam că ne strângem la ceai la patru și jumătate punct.

Ca un răspuns la întrebarea lui, Joy apăru în pragul ușii. Părul ei, care rareori stătea perfect ordonat, se desfăcuse în șuvițe rebele, dintr-un soi de aranjament lejer care îl ținuse prins, și semăna cu un burete de vase suprauzat. Puloverul ei bleumarin avea petice în coate, iar șosetele vizibile pe sub pantalonii din reiat ponosiți erau desperecheate.

– Katherine. Da. Ce mai faci?

Înaintă prin încăpere, șovăi o clipă, după care își sărută fiica pe obraz.

Kate, amețită de amestecul familiar al mirosului vag de levănțică, cu un iz vag de cal, observă oarecum șocată cât de mult îmbătrânise mama ei de ultima oară de când o văzuse. Pielea ei, arsă de soare înainte, arăta acum de parcă ar fi fost bătută și aspriță de toate intemperiile, razele soarelui și aerul rece lăsând-o palidă, plină de vinișoare și cauciucată, brăzdată de riduri adânci. Părul ei, cândva cenușiu-închis, era alb de-acum. Însă ochii erau cei care sugerau cele mai grele încercări ale vârstei; ochii ei, care înainte erau vii și atenți, acum i se adânceau ușor în orbite și aveau o privire distrasă. Arăta cumva mai mică, mai puțin robustă. Mai puțin înspăimântătoare.

– Ai călătorit bine? Îmi cer scuze, nu am știut că ai ajuns. Eram afară în curte.

– E în regulă, zise Kate. Julia m-a condus la mine în cameră.

– Și ai văzut-o pe Sabine. Bun. Bun... Sabine, vrea ceai bunicul?

– Nu, doarme.

Sabine stătea pe jos, flancată de câini.

– Mai merg să verific într-o jumătate de oră.

– Da. Foarte bine. Așa, unde e doamna H cu ceaiul?

Și Joy dispăru din cameră. Kate rămase cu ochii pironiți asupra locului unde stătuse mama ei. Asta a fost tot? se gândi ea. Nu ne-am mai văzut de zece ani, tata e pe moarte și asta a fost tot?

– Cumva, nu a mai fost prea... prezentă de când tata s-a îmbolnăvit, spuse Christopher.

– Cu siguranță nu e în apele ei, spuse Julia, care intrase și ea în cameră după ce Joy plecase. De parcă s-ar fi îmbolnăvit și ea.

– E în regulă, spuse Sabine, pe un ton defensiv. E doar puțin distrasă.

– E puțin uitucă, replică Julia, clătinând din cap. A trebuit să îi spun de două ori că ne întoarcem duminică.

– Cred că ar trebui să găsim pe cineva să aibă grijă de ei. De amândoi.

Christopher se ridică și trase cu ochiul pe coridor, ca și cum ar fi verificat dacă nu ascultă cineva pe la uși.

– Nu cred că se descurcă singuri.

– Și e incredibil de greu să faci ceva pentru ei, spuse Julia. Au așa niște fixisme.

– Doamna H are grijă de ei. Și ați mai adus-o și pe sora aia medicală. Oricum nu suportă că ați adus-o și pe ea. Nu mai vor pe nimeni altcineva.

Kate se holbă la fiica ei, uluită de modul în care sărise să apere stilul de viață al bunicilor ei. Christopher se holbă la Sabine, după care se uită la Kate, ca și cum ar fi acuzat-o pe ea pentru această impertinență neprevăzută. Însă Kate, prinsă între ei, nu se simțea în măsură nici măcar să se aventureze într-un schimb de replici.

Sabine ridica tot mai mult tonul vocii:

– Nu *suportă* să vină oameni din afară să se bage în treburile lor. Doamna H face oricum totul și a zis că e dispusă să facă și mai mult dacă e nevoie. Nu văd de ce nu puteți să îi lăsați să trăiască așa cum vor.

– Da, bine, Sabine, e foarte drăguț din partea ta, dar abia dacă îi știi pe bunicii tăi de cinci minute. Eu și Julia îi ajutăm de ani de zile. Cred că știm de ce au și de ce nu au nevoie părinții mei.

– Nu, nu știți deloc, spuse Sabine furioasă. Nu i-ați întrebat o singură dată. Pur și simplu ați dat buzna aici și ați făcut ce ați vrut voi. Nu ați întrebat-o niciodată pe bunica dacă vrea o asistentă medicală – i-ați băgat-o pur și simplu pe gât. Iar bunicul o urăște. Începe să scoată un sunet ca un mârâit atunci când intră la el în cameră.

– Bunicul tău e foarte bolnav, Sabine, spuse Julia delicat. Are nevoie de îngrijire de specialitate.

– Nu are nevoie de cineva care să facă pe șefa cu el și să îi spună că nu e în stare să meargă la toaletă așa cum trebuie. Nu are nevoie de cineva care să îi spună să își mănânce legumele de parcă ar fi un bebeluș, ca apoi să vorbească despre el ca și cum nici nu ar fi de față.

Christopher ajunsese la capătul răbdării.

– Sabine, habar nu ai tu ce le trebuie și ce nu le trebuie părinților mei. Tu și Katherine nu ați avut practic nimic de a face cu familia asta ani de zile și te înșeli amarnic dacă îți închipui că poți să mărșăluiești aici și să ne dictezi cum să avem grijă de casa asta, zise el, începând să se înroșească la față. Sunt niște vremuri foarte dificile pentru noi toți și aș aprecia dacă nu te-ai amesteca în probleme care nu te privesc.

– O să plec atunci când o să îmi zică ei să plec, nu când vreți voi, spuse Sabine pe un ton ridicat. Și, oricum, știm cu toții că pe voi vă interesează doar obiectele lor de valoare. V-am tot văzut cum verificați mobilele, să nu credeți că nu!

Ridicându-se împleticit de pe podea, cu obrajii roșii ca focul, ieși în fugă din cameră, strigând în timp ce trânti ușa după ea:

– Ce dracului, încă n-au murit, știți?

Apărând din nou în încăpere cu tava cu ceai, Joy tresări la ieșirea furtunoasă a nepoatei.

– Unde a plecat Sabine?

– Ah, are niște toane adolescentine, spuse Christopher, pe un ton disprețuitor.

Părea să fie și mai roșu în obraji decât fiica ei, observă Kate. Orice ar fi zis Sabine despre mobilă avea totuși un sâmbure de adevăr.

– Ah.

Joy se uită pentru o clipă spre ușă, ca și cum s-ar fi gândit dacă n-ar putea să o urmeze pe Sabine, după care decise, cumva împotriva acestui impuls, că trebuia probabil să rămână în camera unde se servea micul dejun.

– Poate că o să vină înapoi, zise, cu glasul plin de nădejde.

Se aplecă spre ceainic, manevrându-l cu grijă și punând ceștile pe farfurioare.

– Îmi place să o am prin preajmă.

Privi spre Kate aproape cu un soi de timiditate, în timp ce rosti acele cuvinte. Martoră la asemenea manifestare emoțională nemaiîntâlnită – echivalentul unui membru al familiei Kilcarrion pentru o persoană normală care își sfâșie hainele de pe ea și își declară dragostea eternă printr-o portavoce –, pe Kate o trecu un fior.

Ora ceaiului n-a trecut ușor, mai ales că absența lui Sabine lăsase un gol în cadrul întregii ceremonii, ca și cum s-ar fi tăiat în grabă capul uneia dintre rude într-o fotografie de familie. Joy își tot făcea griji pentru Sabine și se întreba dacă ar trebui să îi păstreze și ei o bucată de chec cu fructe, în timp ce Christopher stătea în continuare îmbufnat, iar Julia vorbea prea tare despre fel și fel de banalități, încercând să păstreze aparența unei atmosfere vesele. Kate, care stabilise deja că acea vizită era un coșmar și mai mare decât își închipuise, nu spuse aproape nimic, se limitase doar să răspundă la întrebări politicoase legate de muncă, observând lipsa oricărei referințe la viața ei sentimentală și încercând să reziste impulsului de a merge să vadă dacă Sabine era în regulă. S-ar fi dus de mult după ea, dar ceva îi spunea că Sabine avea să îi spună să plece sau să o acuze că nu o înțelege și nu era sigură dacă putea suporta atât de multă respingere într-o singură zi.

Dar era doar începutul. Atunci când Joy ieși din cameră, după ce anunțase, cu ceașca de ceai pe jumătate băută, că merge să vadă ce mai face Edward, Christopher, aparent încă rănit în orgoliu de remarcile lui Sabine, o întrebase tăios pe Kate când avea de gând să o învețe pe fiică-sa bunele maniere.

– Chris, te rog, hai să o lăsăm așa, spuse Kate extenuată. Sunt obosită și nu îmi arde de așa ceva.

– Ei bine, va trebui să le învețe de undeva, nu-i așa? Și e evident că nu de la tine.

– Ce vrea să însemne asta?

– Ce ai auzit. Nu se poate spune că te dai peste cap să te asiguri că știe cum să se comporte în societate.

Kate îl fixă cu privirea, simțind cum i se urcă sângele la cap. Deja începuse. Ajunsese abia de două ore și el deja începuse, ca și cum ultimii șaisprezece ani nici nu ar fi existat, iar ei erau doar un frate și o soră care stăteau amândoi cu părinții, iar el se lua iarăși de ea pe motivul „incapacității de a se comporta cum se cuvine".

– Ah, pentru numele lui Dumnezeu, Chris, abia am ajuns. Las-o baltă.

– Haide să nu începem, dragă.

Julia, care, din câte se zicea, era alergică la cea mai mică ceartă de familie, se ridică, de parcă ar fi vrut să părăsească încăperea.

– De ce s-o las baltă? S-a întors aici, acum că bătrânul trage să moară, după ce s-a asigurat înainte că fiică-sa s-a dat bine pe lângă mama. Mi se pare corect să audă și ea niște adevăruri din partea mea în schimb.

– Ce ai spus?

Oricât ar fi fost de pregătită pentru ce avea fratele ei să scoată pe gură, lui Kate nu îi veni să creadă ceea ce tocmai auzise.

– M-ai auzit bine. E cât se poate de evident ce planuri ai, Katherine, și ascultă la mine,

e ceva demn de dispreț.

– Crezi că eu am vrut să mă întorc aici? Crezi că Sabine vrea să fie aici? Doamne Sfinte, am știut întotdeauna că ai o părere proastă despre mine, dar asta parcă întrece orice măsură.

Christopher își băgă mâinile adânc în buzunare și se întoarse încruntat cu spatele spre ea, apropiindu-se de șemineu.

– Păi, e cam prea convenabil pentru tine, nu? Nu te-ai interesat câtuși de puțin de sănătatea vreunuia dintre ei atâta amar de vreme și acum că el mai are un pic și dă colțul, tu și cu fiică-ta roiți pe aici ca niște ciori deasupra unui leș.

Kate se ridică în picioare.

– Cum îndrăznești? spuse ea furioasă. Cum îndrăznești să mă acuzi că m-ar interesa banii părinților mei? Dacă n-ai mai fi așa de adâncit în paranoia asta a ta nenorocită, poate că ți-ai aminti că m-am descurcat destul de bine până acum fără nici un bănuț de la ei. Spre deosebire de alte persoane, aici de față.

– Banii ăia au fost un împrumut.

– Da. Un împrumut pe care încă nu l-ai plătit nici până acum de – stai așa, cât timp, unsprezece ani încoace? Deși propriii tăi părinți tremură într-o casă fără încălzire centrală, care stă să se prăbușească în orice clipă. Al dracului de generos din partea ta, ce să zic.

– Ah, vă rog, opriți-vă, spuse Julia. Vă rog..., zise ea, uitându-se când la unul, când la altul, până când își dădu într-un final seama că nimeni nu avea de gând s-o ia în considerare și părăsi camera.

– Și cine crezi că plătește pentru ceea ce au?

Christopher se ridicase și el în picioare acum și, fiind mai mare de statură, părea să planeze amenințător asupra ei, în timp ce țipa.

– Cine crezi tu că plătește asistenta medicală, care costă patru sute de lire pe săptămână? Cine crezi că plătește ca ea să își întrețină caii bătrâni, doar ca să poată pretinde că viața ei e la fel cum a fost întotdeauna? Cine crezi că le pune bani în cont în fiecare lună și le spune că sunt venituri pasive din investițiile lor, știind că altfel nu ar accepta nici un bănuț afurisit? Uită-te în jurul tău, Katherine. Deschide ochii. Dacă ți-ar fi păsat suficient cât să vii mai des, și nu o dată la zece ani, ți-ai fi dat seama că părinții noștri sunt la sapă de lemn.

Kate se uită la el cu ochi mari.

– Dar bineînțeles, niciodată nu te-a interesat prea tare nimic din ce se întâmplă mai departe de propriul buric, nu-i așa? Sau mai bine zis, sub buric. Presupun că o să îl cauți pe Alexander Fowler, cât timp ești aici, acum că ai scăpat de ultimul, nu-i așa? Sunt sigur că o să vrea să se bage la una mică – singurul tip de călărie care chiar ți-a plăcut, dacă îmi amintesc bine.

Brațul lui Kate țâșni pe lângă corp și îi dădu fratelui ei un dos puternic de palmă peste față.

Brusc, aerul din jurul lor păru să dispară. Kate rămase pe loc, gâfâind, șocată de propria-i faptă și fixându-și ochii asupra mâinii în care simțea înțepăturile pricinuite de violența impactului. El o privi înapoi, ținându-și o mână pe obrazul lovit.

– Așa deci, spuse el, cu vocea gravă și plină de venin. Ea știe deja? Are vreo idee fiică-ta care îi sunt originile nobile? Îi cercetă cu luare-aminte chipul, în căutarea unei reacții. Și-a cunoscut vreodată tatăl? Sau poate că ai putea să îi aranjezi și ei să îi pozeze. Ce portret de familie drăguț ar ieși.

– Să te ia dracu'! spuse Kate și ieși valvârtej pe lângă el din cameră.

Casa de vară nu fusese niciodată genul de casă de vară care-ți vine în minte când auzi cuvintele respective. În primul rând, nu avusese niciodată un aer prea văratic; ferestrele fuseseră întotdeauna întunecate și înțesate de licheni, mai degrabă decât strălucitoare și radiind în lumina soarelui; interioarele nu conțineau piese de mobilier din fier forjat, vopsite în culori vesele, ci geamantane, cutii cu vopsea și lac uscate, care nu mai puteau fi deschise, și creaturi care mișunau prin tot soiul de crăpături neidentificate în lemn. Nu se organizase niciodată vreo petrecere de vară acolo sau vreun bufet și nici nu constituise punctul de atracție principal a ceea ce mai rămăsese din grădinile oficiale ale domeniului Kilcarrion. Dar acesta nu fusese niciodată scopul casei de vară, cel puțin în ceea ce o privea pe Kate. În copilăria ei, căsuța îi servise drept ascunzătoare, un loc în care putea să evadeze și să viseze la familia care avea să vină curând să o salveze de acolo. În anii ei de adolescență, îi oferise un loc tainic și sigur în care putea să învețe cum se fumează, să asculte muzică la radio și să viseze la băieții cărora nu le-ar fi plăcut niciodată de ea pentru că trăia în casa cea mare și nu știa niciodată cum să se îmbrace. Puțin mai târziu, când apăruse un băiat în viața ei, căsuța fusese un loc secret unde se puteau întâlni departe de ochii îngroziți ai familiei.

Acum, era un loc unde putea să își dezlănțuie adevăratele sentimente provocate de această vizită.

– Să-i ia mama naibii pe toți, izbucni ea în lacrimi, lovind cu pumnul în peretele din fața ei, într-o încercare neputincioasă de a-și descărca furia, zgâlțâind becul cel vechi care lumina încăperea și făcându-l să pâlpâie. Să-i ia naiba pe toți. La naiba cu ei. Cu toți. Naiba să-l ia pe nenorocitul de Christopher. La naiba și cu Justin. *La naiba! Cu tot!*

Se simțea din nou ca la șaisprezece ani, incapabilă să se comporte adecvat după standardele familiei ei, neajutorată în fața adevărurilor lor incontestabile și a părerilor lor comune despre viață. Eul ei profesional, statutul ei de mamă, stima ei de sine – toate aceste straturi îi fuseseră sfâșiate cu repeziciune, lăsând-o neputincioasă în fața furiei fratelui mai mare, la fel cum se întâmpla în urmă cu trei decenii, ca atunci când o trântea la pământ, se punea deasupra ei, îi imobiliza brațele cu genunchii și îi arunca mici insecte pe față.

– La dracu', am treizeci și cinci de ani, spuse ea, adresându-se păianjenilor și cutiilor vechi de erbicid. Cum de mă fac să mă simt așa? Cum dracului le iese? Cum reușesc să mă facă să mă simt ca un copil?

Se opri, conștientă cât de stupid suna, ceea ce o înfurie și mai tare.

– Cum... cum? Abia am venit de două ore și am ajuns să înjur ca un birjar, la un nenorocit de perete?

– Deci, te bucuri de întoarcere?

Kate se răsuci brusc pe călcâie, cu fața împietrită la vederea vizitatorului neanunțat. După care rămase așa nemișcată, cu gura căscată, ca o imbecilă.

– Thom? spuse ea sacadat.

– Cum merge?

Thom făcu un pas și intră în casa de vară, iar ea putu să îi vadă chipul sub lumina chioară a becului. Ținea două pungi de îngrășământ sub un braț, iar în cealaltă mână avea o ladă veche.

– Nu am vrut să te sperii, spuse el, continuând să o privească în ochi. Eram în magazie și am văzut lumina aprinsă. Am crezut că am uitat eu să o sting.

Fața i se mai lățise. Pe vremea când stătea ea aici, fața lui era mică și îngustă, aproape sfrijită. Dar pe atunci se antrena ca să își ia licența de jocheu și era destul de preocupat să își țină greutatea sub control.

Acum avea umerii lați, iar pe sub puloverul gros, părea să se ascundă un trup robust, zdravăn. Era trupul unui bărbat. Însă ultima oară când îl văzuse, era doar un puștan.

– Arăți... arăți bine, spuse ea.

– Și tu arăți minunat, răspunse Thom, cu un zâmbet ușor amuzat. *Vorba* parcă nu-ți mai e așa de dulce ca odinioară.

Kate se înroși, ducându-și instinctiv o mână la ochelarii care nu o avantajau deloc.

– Ah, Dumnezeule. Îmi pare rău. E... ei bine, știi cum e familia mea. Nu s-ar putea spune că scot ce e mai bun din mine.

El dădu din cap. O fixa și acum cu privirea. Kate simți cum roșeața din obraji i se întinde ușor spre gât.

– Dumnezeule, spuse ea. Chiar... chiar nu m-am așteptat să te văd.

El rămase nemișcat.

– Nu credeam că mai lucrezi aici.

– Nu am mai lucrat. M-am întors abia acum câțiva ani.

– Unde ai fost? Adică, știu că ai mers în Anglia după ce m-am mutat eu. Dar nu știu ce ai făcut acolo.

– Am fost la Lambourn. Am lucrat la un hipodrom. Apoi m-am mutat la altul, în Newmarket. Am dat-o în bară și am decis să mă întorc acasă.

– Ai reușit să devii jocheu? Îmi cer scuze, nu citesc niciodată revistele de specialitate, așa că nu știu.

– Da, am fost jocheu pentru o vreme. Nu unul prea grozav, să fiu sincer. Am avut un accident, așa că în cele din urmă am ajuns să lucrez la hipodrom.

Abia atunci, când își ridică brațul, Kate îi văzu mâna. Tresări atunci când băgă de seamă că lipsa ei de animare nu avea nimic de-a face cu felul liniștit de a fi al lui Thom. El o privi atunci când ochii îi căzură pe proteza lui și se uită în jos. Asta îl făcu să se simtă ușor jenat și începu să se foiască de pe un picior pe altul. Kate își dădu seama că era din cauza ei și se simți prost.

Urmă o clipă lungă de tăcere.

– Ce s-a întâmplat?

O privi din nou în ochi, simțindu-se mai în largul său cu întrebarea ei directă.

– Am rămas înțepenit într-o poartă de start când eram călare. Până m-au scos de acolo, nu mai era nimic de salvat.

Își ridică brațul, de parcă acum el era cel care îl analiza.

– E în regulă. Nu mă mai deranjează. Mă descurc bine și așa.

Kate se simți copleșită de tristețe la gândul că, dintre toți oamenii, tocmai Thom, cu energia lui debordantă, cu bunătatea și cu abilitățile sale fizice incredibile, să fie infirm.

– Îmi pare rău, spuse ea.

– Să nu îți pară.

Vocea i se mai aspri. Era evident că nu își dorea mila ei.

Rămaseră acolo în liniște preț de câteva clipe, Kate cu privirea în pământ, iar Thom în continuare cu ochii numai la ea. Când Kate ridică ochii spre el în cele din urmă, păru să fi fost surprins în mijlocul unei fapte pe care nu ar fi trebuit să o facă.

– E timpul să o iau din loc. Trebuie să îmi termin treaba la cai.

– Da.

Kate observă că își dăduse, fără să bage de seamă, ochelarii jos și îi rotea pe toate părțile cu o mână.

– Ne mai vedem.

– Da. O să mai fiu aici câteva zile, cel mai probabil.

– Asta dacă familia ta nu o să te scoată din sărite, nu?

Kate lăsă să îi scape un mic hohot de râs, dar nu pentru că era amuzată.

Se întoarse și se îndreptă spre ușă, coborându-și capul atunci când ajunse în dreptul pragului.

– Fiica ta, Sabine, spuse el, întorcându-se dintr-odată cu fața la ea. E minunată. Serios. Ai făcut o treabă tare bună cu ea.

Kate își simți buzele arcuindu-se într-un zâmbet larg, probabil pentru prima oară de când ajunsese aici.

– Mulțumesc, zise ea. Mulțumesc mult.

După care el se făcu nevăzut, o siluetă palidă dispărând în întuneric.

Capitolul 10

Nu e niciodată ușor să te întorci în locul în care ai copilărit. În special atunci când mama ta e vizibil stânjenită de simplul fapt că ai crescut. Însă Joy, care nu se aștepta ca prea multe lucruri în viață să fie fără ocolișuri, nu se așteptase nici ca revederea cu mama ei să fie una călduroasă sau ușoară.

Mai ales în situația de față, în care trecuseră șase ani de la ultima vizită a lui Joy în Hong Kong, șase ani în care îl urmase pe Edward în jurul lumii, în diferitele lui detașări, șase ani în care, dacă nu devenise o cu totul altă persoană, atunci cu siguranță că se transformase într-una cu o încredere în sine și niște așteptări ce le-ar fi eclipsat pe departe pe cele ale lui Joy din trecut. Șase ani, timp în care tatăl ei murise, iar mama ei se închisese din ce în ce mai mult în sine și devenise tot mai plină de amărăciune cu privire la viața care îi mai rămăsese.

Joy primise vestea despre infarctul tatălui ei printr-o telegramă, în timp ce se aflau în taberele ofițerilor navali din Portsmouth. Jelise în taină, sub povara sentimentului de vinovăție că nu fusese acolo când murise și a suspiciunii cum că, dacă și-ar fi îngăduit, și-ar fi dorit poate ca mama ei să se ducă prima.

– Ei bine, presupun că a obținut ce își dorea, îi spusese ea lui Edward, care ridică din sprâncene la auzul tonului ei ascuțit. Acum poate să se mărite cu altcineva. Cu cineva care să corespundă standardelor ei.

Dar departe de a se simți eliberată de moartea lui, Alice făcuse din răposatul Graham Leonard noul scop al vieții ei, devenind, în măsura în care așa ceva era cu putință, și mai furioasă pe el decât atunci când trăia. „E prea târziu pentru mine acum", scria ea, în depeșele ei tot mai dezordonate, sugerând, printre rânduri, cum că nu s-ar mai fi aflat în asemenea situație dacă el ar fi avut bunăvoința să se ducă mai devreme, înainte ca talia să i se îngroașe, pielea să îi atârne, iar griul să devină culoarea dominantă a părului ei, și nu doar o aluzie care să prevestească lucrurile ce aveau să vină. Înainte ca Duncan Alleyne, înspăimântat de disponibilitatea ei subită, să își întoarcă atenția spre mult mai tânăra Penelope Standish, al cărei soț, deși destul de des absent, era cât se poate de viu. În acele scrisori, reușise să îi sugereze cumva, pe un ton de martiră, că regreta absența lui Joy, dar că, totodată, nu s-ar fi așteptat ca ea să se reîntoarcă în casa părintească, pentru a fi alături de mama ei. „Tu ai viața ta acum", era propoziția care se repeta poate de cele mai multe ori, atunci când Joy îi oferea, cumva sperând că nu o să accepte, câte o cameră liberă în locuințele provizorii în care ajungea odată cu detașările soțului ei. Deslușea tonul sarcastic al lui Alice din spatele cuvintelor: „Doar nu vrei să te împovărezi cu o femeie bătrână". (Dacă Joy ar fi folosit cuvintele „femeie bătrână" în urmă cu cinci ani, limba lui Alice ar fi fost atât de ascuțită încât ar fi sfâșiat hârtia.)

„Dragă mamă", îi scria ea sec înapoi, „după cum ți-am spus, Edward și cu mine ne-am bucura să vii oricând să stai cu noi." Era o propunere destul de sigură, știa: Alice nu și-ar fi lăsat casa ei din Robinson Road, cu podelele acoperite cu parchet și priveliști frumoase (moartea soțului ei fusese neprevăzută, dar bine asigurată), pentru ceea ce ea considera a fi condițiile inumane și „imorale" în care ofițerii navali trăiau în înghesuială împreună cu soțiile lor. Însă în fiecare scrisoare, Joy se asigura că face cel puțin o aluzie la vreo infestare cu paraziți, la vreun comportament necuviincios din partea servitorilor sau la vreun copil gălăgios din vecini, doar așa, pentru orice eventualitate.

Joy nu voia să se întoarcă la Hong Kong. În cei șase ani de când se căsătorise cu un ofițer naval, simțise că o lăsase în urmă pe vechea Joy, cu libertatea ei îngrădită, cu ciudățeniile și nefericirea ei și, în loc să simtă presiunea de a fi la fel precum ceilalți, se bucurase pur și simplu de libertatea de a fi. Dorința ei nestăvilită de a descoperi lumea de afară îi fusese potolită de călătoriile frecvente în jurul lumii, de la Hong Kong la Southampton, apoi la Singapore, cu o scurtă oprire în Insulele Bermude, iar în cele din urmă la Portsmouth. Edward remarcase odată că soția lui era singura din mulțimea de soții de ofițeri navali care întâmpina reapariția valizelor cu un zâmbet entuziast mai degrabă decât cu un oftat de resemnare. Însă Joy, care momentan nu avea grija copiilor (se puseseră de acord că cel mai bine ar fi să mai aștepte) sau vreo dorință de a se stabili într-un loc, se bucurase de fiecare locșor în care fusese trimisă, fie că era vorba despre norii cenușii, aducători de ploaie din sudul Angliei, fie că era vorba despre nisipurile încinse de la tropice. Oriunde mergea, era nou. O ajuta să își lărgească orizonturile precum lentila unei camere de fotografiat, ce îi oferea o vedere panoramică asupra lumii și îi îmblânzea frica de a fi obligată să trăiască o viață plină de restricții și reguli.

Și, cel mai important, aceste călătorii îi permiteau să fie cu Edward, care, deși devenise o figură ceva mai pământeană în prezența ei, îi dăruise mai multă afecțiune și atenție decât putuse vreodată să spere și avusese nevoie de mai mult de trei ani ca să renunțe la rugăciunile zilnice de mulțumire. Era fericită; testase de atâtea ori aceste cuvinte, ca și cum simpla lor rostire ar fi putut asigura un soi de barieră superstițioasă, menită să-i protejeze fericirea, ca să nu dispară. Îi plăcea sentimentul că erau o echipă, doi oameni care colaborau în tandem, spre deosebire de părinții ei sau multe alte cupluri pe care le observase în copilăria și adolescența ei, împovărate de dezamăgiri, obligații și visuri spulberate. Joy nu fusese nevoită să renunțe la visurile ei: abia acum ajunsese în punctul în care își putea permite să le aibă.

Cu toate acestea, trebuise să se deprindă cu anumite obiceiuri; fusese nevoită să învețe cum să aibă grijă de o casă (și în această privință, Joy își descoperi o oarecare empatie neașteptată pentru mama ei, atunci când se confrunta cu probleme precum servitorii „dificili", boilerele zgomotoase și întrebarea necontenită, sâcâitoare cu privire la ce să mai gătească). Fiind de felul ei o persoană destul de solitară, care se simțea probabil cea mai fericită în propria companie (fapt ce o ajutase să treacă ușor peste absențele îndelungate ale soțului ei), trebuise să se împace și cu ideea că Edward era un bărbat care avea nevoie de multă atenție. Atât de multă, încât pe parcursul primilor ani de căsnicie trebuise să se lupte cu senzațiile de claustrofobie pe care le avea când el revenea acasă și o urmărea dintr-o cameră în alta, ca un câine care cerșește să fie scărpinat pe burtă. Trebuise de asemenea să învețe să fie mai sociabilă: poziția lui Edward îi cerea să îi întrețină pe noii colegi, parteneri de afaceri sau omologi ai săi de pe navele aflate în trcere. Și lui Joy îi revenea datoria de a organiza dineurile, de a concepe meniul serii, de a instrui personalul și de a se asigura că soțul ei are suficiente uniforme (uniformă albă pentru zi, jachetă scurtă și uniforma albastru-închis pentru seară) ca să arate așa cum trebuia.

Însă nu o deranja: petrecerile erau cumva diferite, în calitate de soție a lui Edward, lipsite de prezentări interminabile ale potențialilor parteneri și fără comentarii tăioase de la fel și fel de pețitoare care nu își vedeau dorințele împlinite. Nu îl făcea mai niciodată de rușine în zilele acelea, chiar și atunci când nu mai avea nimic de zis. El îi spunea întotdeauna că oricum preferă mai degrabă compania ei decât a celorlalți. Uneori, ceilalți bărbați, cu zâmbetele parcă cimentate pe chip, îl mai dojeneau pentru că era prea atent cu soția lui. Aparent, nu se cădea să arăți atât de mult interes față de propria consoartă.

Așa că ea și Edward inventaseră un cod: se frecau la nas dacă cineva era din cale-afară de plictisitor, își netezeau părul de mai multe ori ca să sugereze pompozitate exagerată sau se trăgeau ușor de urechea stângă dacă erau disperați să fie salvați dintr-o siuație. Iar Edward o salvase de fiecare dată, sosind imediat lângă ea, cu o băutură sau o glumă, pregătit să scoată persoana dezagreabilă din joc. Mai aveau un cod, menit să sugereze o oarecare nerăbdare de a rămâne doar ei doi. Acest cod o făcea mereu pe Joy să roșească. Edward de-abia aștepta să rămână doar ei doi, singuri.

Dar ar fi fost cu siguranță altfel în Hong Kong. Era sigură de asta. Ar fi devenit din nou Joy Ciudățica, pe care mama ei o bătea întruna la cap, recunoscută pentru stângăcia ei atunci când se afișa în societate și nu vreo mare frumusețe. Fata bătrânului Graham. (Vai, ce păcat! S-a dus așa de tânăr...) Norocoasă că a luat-o și pe ea cineva de nevastă. Dar a trecut cam mult timp și tot nu au copii. (Ce o să zică lumea?)

Se întorseseră în colonie într-unul dintre cele mai ploioase sfârșituri de săptămână înregistrate vreodată, când cartierele ofițerilor navali, de pe Victoria Peak, erau în permanență învăluite într-o ceață groasă, iar umiditatea crescută din aer îi încrețea părul lui Joy, făcându-i-l imposibil de aranjat, și o obliga să își schimbe hainele de cel puțin trei ori pe zi, doar ca să fie cât de cât prezentabilă. Dar blocul abia fusese construit, iar Joy, supraveghiindu-i pe chinezii care îi ajutau să își urce mobilierul în spațiosul apartament de la etajul trei, fusese nespus de entuziasmată să constate nu doar că aveau o cameră de zi imensă și luminoasă, cu priveliște spre portul Aberdeen, o sufragerie separată și nu mai puțin de trei dormitoare, dar că înăuntru se găsea și unul dintre acele dezumidificatoare ultramoderne care, deși zgomotos, ajuta la combaterea omniprezentei amenințări a mucegaiului, inevitabilă în sezonul ploios.

Femeile din colonie purtau o bătălie neîncetată împotriva mucegaiului, bătălie în care se avântaseră cu aceeași pornire furioasă cu care soții lor îi înfruntau pe japonezi. Dar nu aveau de ales: dacă nu îți instalai mici reșouri electrice în șifoniere sau dacă nu îți ștergeai necontenit încălțămintea de piele, spațiile închise, călduroase și umede ale apartamentelor garantau că în două săptămâni lucrurile tale aveau să fie acoperite cu o peliculă verde, iar cele mai bune haine, brodate inevitabil cu filigrane verzi. Tabachera (Joy descoperise că, și dacă nu erai fumător, era important să ai o tabacheră pentru oaspeți) trebuia să fie îngrijită cu o atenție deosebită. Nu era nimic mai rușinos decât să vezi cum vreun musafir încearcă să își aprindă o țigară umedă. Și asta în timp ce acel miros fetid, neplăcut plutea în aer, ca un soi de avertisment la omniprezența invizibilă a sporilor. Joy pornise dezumidificatorul chiar de dinainte ca toate lucrurile lor să fie aduse în apartament, iar ea și cei trei băieți chinezi rămaseră pe loc, încuviințând din cap, atunci când aparatul începu, cu un huruit surd, să absoarbă umezeala din aer.

Avuseseră noroc să prindă un astfel de apartament, după cum îi spusese o altă soție de ofițer, în timp ce îi dădea sfaturi lui Joy despre cum era mai bine să trimiți un coș pe o sfoară atunci când fluiera poştaşul (era atât de enervant să cobori de fiecare dată până în stradă). De când ajunseseră comuniştii la putere în China, valuri de chinezi se refugiaseră în Hong Kong, ceea ce cauzase probleme mari de cazare. Şi totul arăta cumva mai haotic, mai aglomerat, cu toate acele ghetouri apărute pe dealuri şi cu fiecare centimetru de port plin ocupat de barcagii pe sampanurile[1] lor micuțe. De asemenea, colonia devenise între timp un centru comercial şi mai important şi, cu ocazia asta, tot felul de oameni se mutau acolo, punând mâna pe locuințele cele mai bune şi aruncând în aer prețurile chiriilor.

Însă avuseseră parte şi de progrese bine-venite: cu toate că cel mai simplu era să o trimită pe *amah* să cumpere zilnic alimente proaspete de la piață, noul lanț de magazine Dairy Farm le permitea să cumpere tot felul de delicatese pentru petreceri, ca de exemplu stridii aduse tocmai din Sydney. Erau tot mai multe magazine, care vindeau fel şi fel de lucruri. Acum era mai uşor să obții diverse reviste şi cărți, iar afluxul de sore medicale şi profesori tineri te scutea de orice bătaie de cap când trebuia să întruneşti numărul necesar de invitați la cină. Majoritatea asistentelor erau destul de simpatice, după cum descoperise Joy: înăsprite prin prisma experienței, dar pline de umor când povesteau despre viața lor pe front; se făceau destul de plăcute, mai cu seamă în rândul ofițerilor tineri decât al profesorilor, care erau mai liniştiți din fire şi, în plus, şi mult mai în vârstă. De asemenea, sorele medicale erau suficient de curajoase încât să îi însoțească pe bărbați în lumea vieții de noapte strălucitoare din Wan Chai, unde cluburi precum Smoky Joe's şi Pink Pussycat apăruseră precum ciupercile după ploaie, alimentând atât dorințele trupelor staționate, precum şi ale comercianților singuratici, de a avea parte de puțină distracție după lucru. Joy era destul de curioasă cu privire la aceste cluburi şi ar fi dorit să descopere ce le făcea atât de scandaloase, dar Edward nu păruse interesat şi nici nu era genul de loc în care o femeie respectabilă să meargă singură, mai ales după căderea serii.

Între timp, mama lui Joy se văita întruna despre vacarmul interminabil de pe şantiere şi despre toate priveliştile frumoase care

[1] Mică navă cu vele utilizată în Orientul Îndepărtat pentru traversarea fluviilor şi conectarea insulelor cu țărmul continentului

dispăreau în umbra blocurilor intruse ce se construiau mai departe spre țărm. Deja nu mai putea să vadă marea de la ferestrele ei cu vedere spre vest, după cum bine băgase de seamă, din cauza clădirilor de birouri răsărite pe Central Road și Des Voeux Road, iar mersul cu tramvaiul devenise una dintre activitățile cele mai neplăcute. Ceea ce însemna că era destul de impresionată de mașina lui Joy, un Morris 10 alb, pe care Joy îl conducea zi de zi cu grijă pe drumul spre port, ca să își întâmpine soțul după o zi de lucru.

– Pot să te duc la Stanley Market, dacă vrei, spusese Joy, observând uluirea de pe chipul mamei atunci când scotea mașina din garaj.

Pe Alice o uimea peste măsură independența fiicei sale. „Neobișnuit" era cuvântul pe care îl folosea de față cu Joy. „Un pic prea masculin pentru gusturile mele", îi spusese mamei Stellei. Își permitea să recunoască asta de față cu doamna Hanniford, din moment ce toată lumea știa că Stella își părăsise soțul pilot, iar familia ei se afla într-o poziție în care nu avea dreptul să îi judece pe ceilalți.

– Nu aș vrea să te abați din cale pentru mine, spusese Alice, strângându-și poșeta în brațe, ca și cum și-ar fi ținut măruntaiele.

– Zău, mamă, chiar nu e nici o problemă. Trebuie să aleg niște fețe de masă și tu ai putea să mă ajuți cu niște sfaturi. Haide, o să fie distractiv.

Alice făcuse o pauză.

– O să mă gândesc la asta.

Dacă previziunile lui Joy privind stângăcia ei în contexte sociale și regresul la statutul de adolescentă nu se materializaseră odată cu reîntoarcerea la Hong Kong, cele în privința dificultății de a interacționa cu mama ei se dovediseră în schimb agasant de corecte. Deși interferențele materne erau rare (mai degrabă ea era cea care trăgea de Alice să o însoțească ici și colo), se confrunta în continuare cu țâțâiturile dezaprobatoare și cu aerul tăios de dezamăgire, acompaniate acum însă și de un soi de martiriu și un iz puternic de invidie. Atunci când Edward se întorcea acasă de pe șantierul naval, dacă încerca să îi arate soției lui vreun gest mai afectuos decât un banal sărut pe obraz, Alice își întorcea rapid capul, ca și cum ar fi fost pe rotițe, luându-și în mod explicit privirea de la cei doi amorezi. Dacă el o invita pe Alice la cină (Joy era recunoscătoare și considera că Edward are o răbdare de fier, dar asta pentru că amândoi știau că Alice nu avea aproape nici un impact asupra vieții lui), ea accepta după lungi insistențe și după ce le spunea de mai multe ori că nu își dorește „să deranjeze". Dacă îi sugera cumva lui Joy să meargă la călărit în Noile Teritorii, doar ei singuri, Alice ridica imediat din sprâncene, de parcă i-ar fi propus să meargă să-și satisfacă perversiunile sexuale înainte de servirea aperitivelor.

Joy încerca să o înțeleagă, dar după cum îi spusese și lui Edward între patru ochi, era destul de deranjant să trebuiască să-și reprime fericirea personală ca să asigure buna dispoziție a mamei.

– Știu, îi spusese ea lui Alice, la scurt timp după vizita ei neînsoțită la Stanley Market, în timp ce mama analiza proaspăt achiziționatele fețe de masă, cu o expresie aproape nedisimulată de dezaprobare. Poate îmi dai o mână de ajutor să găsesc o *amah*.

– Ce fel de *amah*?

– Nu știu, spuse Joy epuizată. Una oarecare, să îmi mai dea o mână de ajutor, să mai spele o rufă. Nu mi-am dat seama că Edward o să aibă nevoie de atâtea cămăși cu umezeala asta.

– Dar cine îți gătește?

– Am tot gătit eu până acum, spuse Joy de parcă aproape și-ar fi cerut scuze. Atunci când nu avem oaspeți, vreau să zic. Îmi place destul de mult să gătesc pentru el.

– Ai nevoie de o *amah* care să îți spele rufele și o *amah* principală, care să se ocupe de gătit, spuse Alice pe un ton ferm, după ce încrederea în sine îi crescuse brusc la auzul deficiențelor casnice ale lui Joy. Și apoi, principala *amah* poate să aibă grijă și de copii atunci când va fi cazul.

Nu păru să observe privirea tăioasă pe care Joy i-o aruncase la auzul acestor vorbe.

– Așa, spuse ea, frunzărind prin agenda ei cu contacte îmbrăcată în piele, e o *amah* pe nume Mary, în Causway Bay, care spală rufe și își caută acum de lucru. Mi-am permis să îi cer numărul de telefon săptămâna trecută pentru că Bei-Lin era absolut imposibilă și voiam să îi arăt că nu e de neînlocuit, indiferent cât de mult timp a lucrat pentru noi. Știi, s-a schimbat de când tatăl tău a murit. E mult mai țâfnoasă. Și sunt sigură că Judy Beresford a spus că știe o *amaha* principală, a cărei familie se mută în străinătate. O să îi dau un telefon să o întreb dacă mai e disponibilă. O să îți prindă tare bine ajutorul ei.

Făcu o pauză și privi spre Joy, încruntându-și ușor sprâncenele, suspicioasă.

– Asta dacă nu mă bag prea tare în treburile tale, spuse ea.

– O veste bună, în ceea ce privește cămășile, spusese Edward în timpul cinei. Ai multe puncte forte, draga mea, dar spălatul rufelor nu e unul dintre ele. Aproape că ajunsesem să cred că trebuie să mi le spăl singur. Dar pentru numele lui Dumnezeu, de ce mai avem nevoie de încă un ajutor în casă? Nu e ca și cum am avea copii.

Joy își ridică privirea din farfurie.

Edward îi întoarse privirea. După care rămase cu ochii pironiți pe masa din fața ei.

– Cum se face că nu bei nimic? o întrebă el.

Kate stătea în spatele ușii, privind din hol cum mama și fiica ei ședeau aproape lipite una de alta și discutau despre una dintre fotografiile în sepia din mâinile bătătorite ale lui Joy. Aplecată asupra fotografiei, Sabine exclama că mașina cea veche și albă era „așa de tare", în timp ce Joy râdea, amintindu-și cât de frică îi era pe atunci să conducă pe drumurile deja foarte aglomerate ale Hong Kongului.

– Abia învățasem să conduc, spunea ea. Bunicul tău m-a învățat, pentru că instructorii auto erau tare costisitori, dar trebuia să cam strângă din dinți când eram eu la volan. Și de fiecare dată după aceea, trebuia să ne oprim să bem un pahar de coniac.

Kate își dădu seamă că, ori de câte ori o căuta pe Sabine, aceasta fie călărea, fie se izola cu unul dintre bunicii ei – citindu-i bunicului sau bombardând-o pe bunica cu întrebări despre viața „de pe vremuri", așa cum îi spunea ea, chiar și acum, când amenințarea cuplului Christopher-Julia se îndepărtase până la Dublin. Asta însemna că, pe parcursul ultimelor câteva zile ale șederii ei, Kate, cumva în plus, nu făcea altceva decât să dea tristă târcoale prin casă și prin curte, întrebând cam jalnic pe unul și pe altul dacă i-au văzut fiica, fiind recunoscătoare pentru fiecare clipă pe care Sabine alegea să o petreacă în compania ei.

Însă Sabine părea să vrea să petreacă cât mai puțin timp posibil în compania ei. Iar Kate își spunea că nu se simțea atât respinsă (Sabine nu mai voise oricum să petreacă prea mult timp cu ea de când împlinise treisprezece ani), cât amuzată de noua pasiune a fiicei sale pentru tot ce era irlandez. Își îmbrățișa bunicii cu o afecțiune neînfrânată, își descoperise o dragoste neașteptată pentru călutul cenușiu din grajdurile din spate și, cel mai surprinzător lucru dintre toate, renunțase la dorința ei urbană de a fi „cool". Nici măcar nu îi mai păsa dacă tenișii îi erau plini de noroi. Dar, în același timp, nici nu se străduia să își ascundă enervarea provocată de încercările lui Kate de a o ajuta, fie că era vorba să se ofere să care ea tava cu prânzul bunicului până în camera lui sau să o lase pe Sabine să se mai odihnească și să îi citească ea în schimb.

– A început să fie destul de posesivă cu el, spusese doamna H, cu un soi de afecțiune în glas. Nu ai fi zis asta vreodată, judecând după atitudinea ei atunci când a sosit aici.

Doamna H era vocea lucidității în casa aceea și îi oferise lui Kate cel mai călduros bun-venit dintre toate (termenul de bun-venit, se gândi Kate cu amărăciune, putea fi folosit doar într-un sens foarte larg în cazul de față) și o liniștea spunându-i că fericirea fiicei ei la Kilcarrion era doar o evoluție relativ recentă a lucrurilor. Însă Kate mai observase și felul în care Sabine i se adresa doamnei H, ceea ce o făcu încă o dată să se simtă exclusă și nelalocul ei.

Existase un singur moment de vagă apropiere între ea și Sabine, atunci când Kate îi făcuse o vizită la ea în cameră și îi dăduse din proprie inițiativă vestea că ea și Justin nu mai erau împreună. Considera că era de datoria ei să o informeze pe Sabine și îi spusese asta precaută, conștientă de posibilitatea ca o discuție prea îndelungată să fie interpretată ca încă o intruziune în viața fiicei sale (și, de asemenea, și de posibilitatea de a izbucni în lacrimi dacă își permitea cumva să o descrie altfel decât succint și rece). Dar Sabine nu făcuse altceva decât să asculte liniștită, ca și cum era ceva la care se așteptase de multă vreme, după care, pe un ton plin de satisfacție, îi spusese că nu era „nici pe departe o surpriză".

– Deci nu te deranjează?

– De ce m-ar deranja? Era un cretin.

Kate încercă să nu tresare la evaluarea directă a lui Sabine. Aproape că uitase cu câtă diplomație și delicatețe putea să se exprime uneori Sabine.

– Deci crezi că am făcut ce trebuia?

– De ce mi-ar păsa mie de ce ai făcut tu? E viața ta.

Sabine își luă privirea de la ea, dându-i de înțeles că era dornică să reia lectura cărții pe care o ținea în mână.

– Mă așteptam oricum la asta, mormăi ea, cu privirea fixată asupra paginii din fața ei.

Kate rămase așezată, uitându-se cu luare-aminte la fiica ei.

– Păi nu ți-ai asumat niciodată un angajament prea serios, nu-i așa? Nici una dintre relațiile tale nu a durat cine știe cât. Spre deosebire de cea dintre bunica și bunicul.

Aceste cuvinte fuseseră rostite în șoaptă, dar avuseseră efectul unui foc de armă, iar Kate, rănită, părăsi camera. Începând din acel moment, Sabine o tratase cu ceva mai multă căldură, dându-și cumva seama că poate fusese prea dură cu ea, dar încă părea să se simtă mai în largul ei în prezența oricui altcuiva din casă.

Și în dimineața aceasta, nu reușise deloc să dea de ea, și află și de ce atunci când o surprinse în birou, alături de bunica ei.

Văzându-le cum stăteau acolo, apropiate, relaxate, simțindu-se confortabil una în compania celeilalte, mult mai mult decât fiecare dintre ele se simțise vreodată în compania ei, lui Kate i se puse un nod în gât și o cuprinse senzația copilărească cum că era lăsată pe dinafară. Se întoarse, închise încet ușa în urma ei și o luă în jos pe scări.

Dacă Sabine ar fi știut câte lacrimi vărsase mama ei cât timp ea lipsise, poate că ar fi avut vreun sentiment de vinovăție sau vreo dorință să o împace. La urma urmei, nu era o fată rea. Dar avea doar șaisprezece ani și lucruri mai importante la care să se gândească, de exemplu dacă era sau nu cazul să iasă cu Bobby McAndrew. O sunase de două ori după ziua cu vânătoarea (dornic, dar nu obsedat, după cum observase ea aprobator) și îi sugerase să iasă într-un pub sau la film sau oriunde i-ar face ei plăcere. Joy, care răspunsese prima oară la telefon, nu făcuse altceva decât să îi paseze telefonul lui Sabine, albă ca varul, menționând doar că „unul dintre micuții ei prieteni e la telefon". Bobby, care auzise foarte bine anunțul bunicii, râsese, spunând în receptor: „Micul tău prieten, Bobby, la telefon", și cu asta spărsese gheața, iar lui Sabine nu i se mai păruse așa de ciudat să iasă la întâlnire cu un băiat irlandez.

Însă acum, că duminica era la distanță de doar câteva zile, observă că nu avea nici o tragere de inimă să meargă. I-ar fi fost ușor să iasă din casă (nimeni nu părea să stea prea mult cu ochii pe ea la momentul de față), dar nu era foarte sigură, la urma urmei, dacă își dorea să petreacă o seară întreagă cu Bobby. Nu își amintea dacă îi plăcuse de el, în primul rând: chipul lui îi apărea încețoșat, cu trăsături vag conturate, și tot ce reținuse e că nu avea părul castaniu-închis și nici tenul măsliniu, ceea ce stabilise ea, cu ajutorul uneia dintre revistele pentru femei ale doamnei H, că era „genul ei". Iar el probabil că va vrea să i-o tragă la finalul serii, mai ales dacă mergeau înainte la cinema, și, chiar dacă i-ar fi plăcut de el, nu știa sigură dacă asta nu ar fi însemnat oarecum că era infidelă. Pentru că, deși Thom nu arătase până acum vreun semn că vrea să i-o tragă, nu voia să excludă momentan acea posibilitate. Poate că era doar timid.

Annie nu îi era nici ea de prea mare ajutor. Într-adevăr, îi ascultase păsul lui Sabine, dar în felul ei caracteristic, ce presupunea să se uite în tot acel timp pe fereastră, să își frece încontinuu mâinile, să schimbe programul la televizor de câteva ori, după care să umble fără țintă prin cameră, ca și cum ar căuta ceva ce pierduse (dacă și-ar fi amintit măcar despre ce era vorba).

– Ar trebui să mergi, spusese ea vag. O să îți prindă bine să îți faci prieteni.

– Nu am nevoie de alți prieteni.

– Păi, atunci o să îți prindă bine să mai ieși din casă. Deja ai petrecut enorm de mult timp cu bunicul tău.

– Dar dacă el vrea să fim mai mult decât simpli prieteni?

– Ei bine, atunci te-ai ales cu un iubit.

– Și dacă nu știu dacă îmi doresc un iubit?

În acest moment, Annie părea să fi ajuns cumva la capătul răbdării și îi spuse lui Sabine că nu știa nici ea și că era îngrozitor de obosită, după care, în cele din urmă, o întrebă dacă nu se supăra să vină mai târziu înapoi pentru că ea ar fi vrut să tragă un pui de somn.

Spre frustrarea lui Sabine, cam așa se desfășura în mare parte orice conversație cu Annie din ultima vreme. Sabine și-ar fi dorit să discute cu mama ei și poate chiar să o roage să îi cumpere ceva nou de îmbrăcat. Însă mama fie ar fi început să se agite aiurea din cauza „întâlnirii" lui Sabine, așa cum ar fi numit-o, și ar fi făcut-o de râs insistând să o ducă ea cu mașina, ca să poată să îl salute pe băiat, fie s-ar fi simțit rănită pentru că Sabine își făcea o viață în Irlanda și nu ar mai fi zis nimic. Știa că pe mama ei o deranja că se simțea bine acolo. *Dar nu e vina mea*, ar fi vrut ea să îi strige atunci când o vedea cum se furișează peste tot prin casă, cu o față lungă cât o zi de post, după cum ar fi zis doamna H. *Tu ești cea care ne-a dat viețile peste cap. Tu m-ai făcut să vin aici.*

Era destul de mulțumită de ce se întâmplase cu Justin, chiar dacă nu dorise să îi spună lui Kate. Însă era evident că el îi dăduse papucii mamei ei, și nu invers, iar asta o făcea pe Sabine să își piardă și mai mult respectul față de ea.

În cele din urmă, alese să îi spună bunicului. Era destul de ușor să discute cu el zilele astea, acum că nu mai țipa întruna la ea să vorbească mai tare sau nu se mai supăra din cauza nerespectării orelor de masă. Pur și simplu îi plăcea ca ea să vină și să stea cu el și să îndruge verzi și uscate: își dădea seama de asta pentru că fața i se relaxa, asemenea untului care se topește, și, uneori, când îi lua mâna într-a ei (avea cumva textura hârtiei și era moale, nu înspăimântătoare, așa cum se așteptase), el i-o strângea ușor de tot la sfârșit, ca și cum i-ar fi zis că o înțelege.

– Probabil că l-ai plăcea, îi spusese ea, urcată de tot cu picioare în pat, lângă el, pentru că e mare amator de vânătoare și e un călăreț destul de bun. Nu se ține de coama calului sau ceva de genul atunci când se pregătește de salturi. Ba chiar s-ar putea să îi cunoști și familia. Îi cheamă McAndrew.

Aici Sabine fu sigură că simte o creștere ușoară a presiunii strângerii de mână.

– Dar nu e vreo întâlnire serioasă sau ceva de genul. Vreau să zic că nu o să mă mărit și o să am copii cu el. Pur și simplu, mi-ar prinde bine să îmi mai fac niște prieteni.

O dâră subțire, transparentă de salivă i se prelinsese în colțul gurii, ca un pârâiaș croindu-și drum la vale pe un versant. Sabine luă batista de pe noptieră și îl șterse cu grijă la gură.

– Mi s-a întâmplat și mie asta o dată în metrou, spuse ea rânjind. Fusesem în oraș până târziu în noaptea aia, deși mama nu știa, pentru că atunci stăteam acasă la o prietenă, și am adormit pur și simplu pe un bărbat care stătea lângă mine. Și când m-am trezit, avea o pată mică, udă, pe umăr, acolo unde am salivat eu pe el. Am simțit că mor.

Privi spre el.

– Ei bine, mi-a fost tare rușine, oricum. Dar cred că nu e un truc rău deloc. Dacă decid că nu îmi place de Bobby McAndrew, pot pur și simplu să salivez pe el la cinema. Asta ar trebui să îl pună pe fugă.

Sabine sări din pat, dându-și seama că se apropia ora la care asistenta medicală se întorcea din pauza de prânz.

– O să te țin la curent cu ce se mai întâmplă, spuse ea voioasă, dându-i o sărutare pe frunte. Ține-te tare!

În urma ei, îngropat sub straturi de pături și înconjurat de santinelele lui piuitoare, bunicul lui Sabine închise gura.

Kate scrisese patru opțiuni pe bucățele de hârtie: întoarce-te la Londra, întoarce-te la Londra într-o săptămână, mergi și stai la un hotel și dă-le încolo de costuri și nu-i lăsa pe nemernici să te calce în picioare. După spusele lui Maggie, bilețelele trebuiau împăturite, aruncate în aer, urmând ca apoi să alegi unul și să o lași pe Fortuna să decidă ce instrucțiuni să urmezi (sau poate că pe Freud, Kate uita mereu). Această metodă nu eșuase niciodată în a da răspunsul greșit. În timp ce fiecare părticică din ea o îndemna să ia cât mai repede feribotul înapoi spre Fishguard, metoda bilețelelor de hârtie îi sugeră numărul trei, o soluție pe care știa prea bine că nu și-o putea permite și care prezenta cele mai mici șanse de a rezolva problema.

La asta ajunsese după o săptămână în casa părintească, se gândea ea, în timp ce o lua la goană furioasă de-a lungul râului, spre câmpurile mocirloase. Trucuri de școlăriță și superstiții. O enervare adolescentină cauzată de părinții ei. Incapacitatea de a vorbi fără să spună ceva greșit. O vârstă emoțională de cincisprezece ani.

Nu așa își plănuise întoarcerea: își dorise să pășească cu pompă, calmă și grațioasă, o scriitoare de succes, poate chiar cu două-trei cărți la activ. Cu un partener chipeș și inteligent și o fiică fericită și iubitoare. În posesia unei încrederi în sine firești, care i-ar fi obligat pe toți să recunoască faptul că ea avusese dreptate – că mai erau și alte moduri în care să îți duci viața decât al lor. De asta sunt drăguți cu tine, ar fi vrut ea să îi strige lui Sabine, pentru că tu faci totul așa cum le place lor. Le e ușor să se comporte frumos cu tine atunci când faci ce vor ei. Când faci ce vrei *tu,* atunci se complică treaba.

Dar bineînțeles că viața nu era ca în imaginația ei. Se întorsese dacă nu ca oaia neagră a familiei, atunci sigur ca o făptură călcată în picioare, proastă și bună de terfelit. Din nou, ea era cea care nu își găsea locul în rândul lor: cea care nu călărea, care arăta excentric, care nu era în stare să aibă o slujbă ca lumea, o relație ca lumea - o convingere atât de extinsă, încât acum până și propria ei fiică o privea prin aceleași lentile deloc favorabile. Și pentru că nu avea o slujbă bine plătită sau un bărbat bine alături, nu putea nici măcar să iasă cu mașina singură la o plimbare sau să dispară într-un pub sau poate chiar să vadă un film, cum ar fi făcut orice adult normal. Nu, pentru ea, singura opțiune reală ca să evadeze din teroarea casei părintești era să alerge ca o nebună pe câmpurile udate de ploaie.

Ballymalnaugh nici măcar nu avea peisaje rurale prea pitorești, doar șiruri întregi de câmpuri și coline monotone, iar presupusa lor culoare verde-smarald se preschimbase într-o nesfârșită întindere maronie, sub cerul întotdeauna întunecat, doar ici și colo mai zărindu-se câte un pâlc de arbuști mărăcinoși și o răscruce de drumuri dezolantă, măturată de vânt. Nu avea farmecul unduitor al regiunii Sussex Downs sau frumusețea sălbatică și neîmblânzită a munților din Hong Kong. Tot ce avea Ballymalnaugh, gândi ea cu amărăciune, erau oi plouate. Și copaci ca niște scheleți, din care picură apă. Și noroi.

Bineînțeles că începuse iar să plouă. Pentru că toată viața ei făcea parte dintr-o mare glumă cosmică. Și bineînțeles, pentru că era o prostănacă venită de la oraș, nu se gândise să ia cu ea nici o pelerină de ploaie, nici o umbrelă. În timp ce ploaia i se furișa cu hotărâre prin gulerul hainei, Kate privea în sus spre cerul încruntat, care se întuneca pe măsură ce se însera și se gândea cu jind la opțiunea numărul unu. Pleacă, pur și simplu. Întoarce-te la Londra. Tatăl ei părea să se fi stabilizat îndeajuns: ar putea să o mai ducă așa luni de zile. Doar nu se aștepta de la ea să ia o pauză de la viață până când avea să se întâmple ceva, nu? Însă mai era ceva: Sabine. Pe Kate o neliniștea bănuiala că, dacă ar dispărea pur și simplu la Londra, orice șansă de a o aduce acasă pe Sabine ar dispărea odată cu ea.

Ca și cum i-ar fi oglindit starea de spirit, ploaia se înteți, transformându-se dintr-o burniță neguroasă în niște fâșii sticloase, aproape solide. Îndreptându-se înainte spre un crâng, Kate își dădu seama că abia mai putea întrezări ceva în jurul ei, în atmosfera aceea ostilă și întunecată, în care totul era învăluit în ceață. De ce nu s-au inventat oare ștergătoare pentru ochelari? se întrebă ea nervoasă, tremurând în jacheta de lână aproape îmbibată cu apă, în timp ce se îndrepta spre niște copaci sub care să se adăpostească.

În clipa aceea auzi un sunet înnăbușit, puternic, cu un ritm neregulat, îngânat când și când de un clinchet îndepărtat. Mijind ochii, Kate privi printre copaci în direcția din care venea sunetul. Abia dacă mai vedea ceva prin lentilele aburite, însă, puțin câte puțin, reuși să distingă prin ploaie silueta unui cal care se îndrepta către ea dinspre crâng. Imens și sur, forăind înspăimântat pe nări, înconjurat de aburii produși de propriul corp, animalul arăta precum armăsarul unui cavaler medieval întors de la o luptă aprigă. Kate se dădu îndărăt spre copaci.

Dar bestia îi luă seama. Încetini și se apropie, lăsându-și capul în jos ca să îi confirme prezența. În clipa aceea îl văzu. Călare pe cal, pe jumătate ascuns sub o uriașă pelerină de ploaie maronie și o pălărie cu boruri largi. Era Thom. Se uită încă o dată la ea, ca și cum ar fi vrut să se asigure că e Kate, după care opri.

– Ești bine?

Kate trebui mai întâi să se smulgă din încremenirea pricinuită de apariția lui neașteptată. Când deschise gura, rosti cuvintele cu o nonșalanță care nu reflecta deloc adevăratele ei sentimente.

– Da, nu-i nimic ce nu ar putea fi rezolvat cu o umbrelă, niște haine uscate și o viață nouă.

Își dădu părul la o parte de pe față.

– Aștept numai să se mai oprească ploaia ca să pot să mă întorc.

– Pari udă leoarcă, zise el și se mută mai în spate pe șa. Vrei să urci? Flăcăul ăsta e de încredere. O să te ducă înapoi mult mai rapid.

Kate aruncă o privire spre calul imens, cenușiu, îi văzu copitele mari cât farfuriile, tropăind agitate tot mai aproape de picioarele ei, capul masiv din care scutura de nerăbdare să scape cât mai repede de ploaie. Ochii i se roteau, lăsând la vedere mici pete albe, în timp ce răsuflarea îi ieșea pe nări în rotocoale de abur fierbinte, de-ai fi zis că e un dragon.

– Mulțumesc. Cred că o să stau și o să aștept.

Thom rămase nemișcat. Știa că o privește și se simțea în dezavantaj, fiind atât de jos față de el. Își șterse ochelarii.

– Sunt bine, serios.

– Nu poți să rămâi aici. Ploaia asta nu o să se oprească, abia se întețește. Ai putea să aștepți toată noaptea.

– Thom, te rog...

Însă el se aplecă puțin în față, își trecu piciorul peste șa și descălecă. Ținând hățurile calului într-o mână, se îndreptă spre ea, cu cizmele lipăindu-i în noroi, și își dădu jos pălăria de pe cap.

– Uite, spuse el, ia asta.

Își trecu mâna udă prin părul scurt și negru, care se ridică în țepi scurți și lucioși.

– Și asta.

Își dăduse jos pelerina de ploaie și i-o oferi. Kate o primi fără să zică nimic, uitându-se la el, rămas acum în puloverul gros, pe care se așezaseră deja primii stropi furișați prin frunzișul copacilor de deasupra lor. Era imposibil să îți dai seama de brațul lui, observă ea, dacă nu te uitai direct la mână.

– Haide, îmbrac-o, spuse el. O să te duc eu înapoi.

– O să te faci leoarcă.

– Dar nu o să dureze mult. În schimb, tu, dacă mai rămâi multă vreme pe-aici îmbrăcată doar cu asta, spuse el, arătând dezaprobator spre jacheta ei, suficient de călduroasă pentru cea mai rea vreme din Londra, o să faci pneumonie. Haide, o să te apere de ploaie.

– Mi-e... mi-e..., începu ea, cu glas șovăielnic.

– Frig. Și ești leoarcă. Haide. Cu cât te hotărăști mai repede, cu atât mai rapid ne putem întoarce.

Kate îmbrăcă pelerina. Croită cât să acopere atât șaua, cât și călărețul, pelerina îi ajungea aproape până la glezne și îi foșnea pe gambe. El rânji în timp ce ea își puse pălăria pe cap.

– De ce nu o iei înapoi călare? zise ea implorându-l. În felul ăsta nu o să te uzi așa de tare. Mie îmi e bine cu toate astea pe mine.

– O să te duc înapoi, spuse el ferm, și ea nu mai insistă.

Urmară cursul râului, iar tropăitul calului și clinchetul metalic ocazional al zăbalei frecându-i-se de dinți erau singurele zgomote care interferau cu tăcerea lor. Dincolo de crâng, ceața se lăsase în jos, astfel că acolo unde de obicei se puteau întrezări coșurile de fum îndepărtate de la Kilcarrion, acum rămăsese doar o întindere pustie și gri. Kate nu se putea abține să nu tremure.

– E vreun motiv anume pentru care te-ai aventurat până aici de una singură?

Erau nevoiți să vorbească nefiresc de tare, ba chiar să țipe, ca să se poată auzi prin ropotele de ploaie.

– Și nu călare pe un cal, vrei să spui?

Thom râse.

– Știi ce vreau să spun.

Kate își fixă privirea pe cizmele ei. Își târa picioarele alene, fără nici o cadență.

– Nu e așa de ușor, spuse ea în cele din urmă. Vreau să zic, să revin aici.

– Asta e clar.

– Dar tu de ce ai făcut-o?

Kate se opri și îl privi.

– De ce te-ai întors?

Thom, care la rândul său lăsase privirea în pământ, se uită acum la ea cu ochi mici, după care întoarse capul.

– Ah. E o poveste prea lungă.

– Avem cel puțin o jumătate de oră la dispoziție. Asta dacă nu trece cumva vreun taxi pe aici.

– Așa este. Dar tu prima.

– Păi, eu m-am întors pentru că tata e pe moarte. Sau, cel puțin, cred că e pe moarte. Dar tu probabil că știi mai multe despre asta decât mine.

Îl privi atent, dar el ridică din umeri, cumva contrazicând-o. Observă cu un sentiment de vinovăție cum puloverul începuse să îi atârne, tras în jos de greutatea apei.

– Și am vrut să o văd pe Sabine. Însă pare să se fi întâmplat ceva în tot acest timp de când a venit aici. Iar ea..., zise Kate și își ridică bărbia, încercând să își suprime un sughiț de plâns, ... nu vrea să se întoarcă, aparent.

Asta era. Recunoscuse. Îl privi pe Thom în așteptarea unui răspuns, a vreunei sugestii din partea lui despre cum să abordeze problema, dar el doar continua să meargă cu privirea în pământ.

Kate suspină.

– Nu pot să spun că o învinovățesc. Atmosfera de acasă... ei bine, a fost destul de agitată în ultima vreme. Mi-am părăsit partenerul pentru altcineva, iar acest altcineva nu s-a dovedit a fi... să zicem că nu s-a dovedit a fi cine credeam eu. Așa că am sfârșit singură.

Se împiedică și îl privi în ochi, încercând să zâmbească.

– Probabil că nu te surprinde în nici un fel asta.

Dar Thom doar mergea mai departe. Kate ezită din nou, înfrânându-și cu greu impulsul apăsător de a izbucni în lacrimi.

– Cu toate astea, am crezut că o să se bucure. Am crezut că o să vrea să se întoarcă și să fim doar noi două. Pentru că niciodată nu i-a plăcut prea mult de nici unul dintre partenerii mei. Și am crezut că o să urască locul ăsta, cu toate regulile și orele de masă stupide și toată ziua, bună ziua, doar vânătoare și iar vânătoare. Vezi tu, întotdeauna mi-am dorit ca ea să crească departe de toate astea. Departe de toată rigiditatea asta. Departe de toată formalitatea asta. Departe de sentimentul ăsta că lucrurile sunt fie corecte, fie greșite. Am vrut doar ca ea să fie fericită, am vrut să fim prietene. Dar... – în acest moment își scoase ochelarii și se șterse cu degetul la ochi, recunoscătoare că, de sub pălăria cu boruri largi, părea doar că ploaia îi dădea bătăi de cap – ... ei pare să îi placă. De fapt, pare să prefere să stea aici decât cu mine. Așa că, sinceră să fiu, motivul pentru care eram singură aici, în ploaie, e că mă simt în plus. Și nu știu ce să fac cu mine. Și nu știu ce o să fac cu mine. Și nu cred că cineva de aici știe.

Lăsă să îi scape un oftat prelung, tremurător.

– Am cam ajuns o epavă, serios, spuse ea cu părere de rău.

Thom, care între timp își pusese un braț în jurul gâtului plecat al calului, părea să fi căzut pe gânduri și nu băga de seamă firișoarele de apă care i se scurgeau de pe păr pe linia maxilarului, picurându-i apoi pe gulerul puloverului.

Continuară să meargă așa, în liniște, până când ajunseră la o poartă cu cinci bare, pe care o deschise cu grijă, ținându-și calul îndărăt, până când ea trecu de partea cealaltă.

– Chiar e stupid, spuse ea, simțind nevoia să umple tăcerea, acum că potopul se mai domolise. Nu își imaginase că e atât de liniște la țară. Am treizeci și cinci de ani și tot nu sunt în stare să îmi organizez viața. Ai crede că până la vârsta asta i-am dat deja de cap. Fratele meu a făcut-o. La fel și cei mai mulți dintre prietenii mei. Uneori am impresia că sunt singura persoană căreia nu a primit setul de reguli... știi tu, cele care îți spun cum să te maturizezi.

Își dădu seama că vocea i se ridicase. Începuse să bată câmpii.

– Nu ai de gând să zici nimic? întrebă ea, de îndată ce Thom închise poarta în urma lui.

El o privi. Ochii lui, conturați de genele negre și ude, erau surprinzător de albaștri. Sau poate pentru că totul în jur părea atât de cenușiu.

– Ce ai vrea să zic? răspunse el.

În mod straniu, sunase ca o întrebare sinceră.

La vreo jumătate de kilometru distanță, într-o cameră doar cu o idee mai puțin umedă, Sabine și Joy răsfoiau un album de fotografii. Sugestia venise din partea lui Joy, fapt ce o surprinsese pe Sabine, dar multe aspecte din comportamentul lui Joy o surprindeau zilele astea: că fusese de acord ca Sabine să iasă cu un băiat, fără să aibă nimic de comentat, că dintr-odată îi lăsase pe câini să doarmă noaptea la ea în pat, spre aparenta lor desfătare, că părea dornică să facă aproape orice altceva decât să se afle în aceeași cameră cu soțul ei.

Pe care îl adora.

Sabine rămăsese cu ochii pironiți asupra fotografiei oficiale a cuplului, în ziua aniversării a șase ani de căsnicie. Joy stătea pe un taburet, îmbrăcată într-o rochie cu nasturi, închisă la culoare, cu un guler larg, în dungi, și o fustă amplă, afișând un zâmbet care sugera că se abținea să nu pufnească-n râs. Iar el, din nou în costumul alb de ofițer, stătea în spatele lui Joy, cu o mână pe umărul ei, iar cu cealaltă strângând-o pe a ei, cu un soi de afecțiune relaxată. El privea în jos, spre creștetul ei, străduindu-se și el să nu izbucnească-n râs.

– Cel mai prost fotograf, spuse Joy, cu drag, ștergând o urmă invizibilă de praf de pe pagina albumului. Era un chinez tare de treabă, dar care folosea cele mai îngrozitoare expresii în limba engleză, despre care ofițerii probabil că îi spuseseră că însemnau cu totul altceva. Credea că ne spune să stăm mai aproape unul de celălalt, dar de fapt ne spunea ceva teribil de urât în argou, înțelegi tu..., zise Joy și îi aruncă o privire cu subînțeles lui Sabine. În orice caz, și eu, și bunicul ne chinuiam din răsputeri să ne păstrăm o mină serioasă pentru poză. Dacă îmi amintesc bine, am izbucnit în hohote de râs după aceea.

Sabine rămase cu ochii fixați asupra fotografiei, reînsuflețindu-i în imaginația ei pe cei doi amorezi, râzând complice unul la altul, cuprinși de o emoție împărtășită în timp ce ieșeau, clipind, în lumina soarelui. Era ca și cum ar fi avut un scut invizibil în jurul lor, ca și cum nu ar mai fi fost loc pentru nimeni altcineva în fericirea lor. Vreau un bărbat care să se uite la mine așa, cugetă Sabine. Vreau să mă simt iubită.

– Te-ai certat vreodată cu bunicul?

Joy acoperi la loc coala albumului cu folia protectoare.

– Bineînțeles că ne-am mai și certat. Bine, nu ne-am certat ca atare, mai degrabă am avut discuții în contradictoriu. Își ridică privirea și se uită pe fereastră. Cred că generației noastre i-a fost un pic mai ușor, Sabine. Știam care ne erau rolurile. Nu era ca acum, când te agiți și te cerți că unul a făcut așa și pe dincolo.

– Și în plus, aveați servitori. Nu se iscau discuții cu privire la spălatul vaselor.

– Nu. Asta ajută, într-adevăr.

– Dar cu siguranță că te mai și supăra din când în când. Sigur vă urați de moarte din când în când. Nimeni nu e perfect.

– Nu l-am urât niciodată de moarte, cum zici tu atât de drăgălaș.

– Dar trebuie să vă fi luat la harță. Toată lumea se ia la harță.

Te rog, spune-mi că nu doar mama face asta, își spuse ea în gând.

Joy strânse din buze, ca și cum și-ar fi cântărit cu atenție fiecare cuvânt.

– A existat o zi, o singură zi, în care bunicul tău m-a supărat foarte tare.

Sabine aşteptă o explicaţie pentru acea faptă cumplită, dar nu se întrezărea nimic.

După care Joy trase adânc aer în piept şi continuă:

– Am fost foarte, foarte nefericită după aceea şi mă gândeam, de ce Dumnezeului să mai rămân? De ce să mai suport asta? E prea dificil. Şi apoi mi-a venit în minte acel pasaj ridicol... din ceremonia de încoronare. În tinereţea noastră, am fost destul de obsedaţi de încoronare. Şi cum am înţeles eu pasajul la vremea aceea, vorbea despre nevoia de a fi perseverent în ceea ce faci ca să îţi primeşti răsplata. Era vorba despre datorie. Şi onoare. Şi mă gândeam cât de entuziasmată era toată lumea de femeia asta tânără, care renunţa la viaţa ei alături de soţul ei chipeş, ca să îşi îndeplinească datoria – să domnească peste „regatul ei vremelnic", aşa cum îl numiseră. Şi m-a făcut să îmi dau seama că viaţa nu se rezumă doar la tine, la propria ta fericire. Ci e vorba despre ceilalţi, pe care nu trebuie să îi dezamăgeşti şi să le spulberi visurile.

Privi în gol pe fereastră, captivă pe moment în propriile amintiri.

– Aşa că am rămas. Erau atâţia oameni pe care i-aş fi dezamăgit dacă nu aş fi făcut-o... ei bine, cred că au fost mai fericiţi aşa.

Dar *cu tine* cum rămâne? ar fi vrut Sabine să spună. Dar dintr-odată, vocea bunicii deveni din nou abruptă.

– Sfinte, uită-te cum plouă, zise ea. Nici nu am băgat de seamă. Haide, trebuie să luăm caii de pe terenul din spate. Poţi să mă ajuţi înainte să pleci.

Capitolul 11

Thomas Keneally părăsise Irlanda la vârsta de nouăsprezece ani, fără bani și fără perspectiva unui loc de muncă, și se îndreptase spre Lambourn, în Anglia, unde colegii lui jochei îl asiguraseră că un bărbat cu mâini ușoare ca ale lui și, mai mult decât atât, cu sângele lui rece, o să găsească de lucru ca jocheu. Lăsase în urmă un loc de muncă bun, cel puțin două oferte de lucru de la antrenori respectabili din Irlanda și pe părinții lui îndurerați, care, deși erau conștienți că băiatul lor adolescent crescuse și urma să se mute din casa părintească, crezuseră întotdeauna că fratele lui mai mare, Kieron, o să fie primul care pleacă. Tatăl lui Thom sperase că așa o să se întâmple. Kieron făcuse deja două accidente cu mașina și nu îi dădea niciodată mamei lui o parte din salariu pentru „gospodărie", cum făcea Thom. Părinții refuzaseră să-și întrebe fiul de ce pleacă, dar fuseseră informați discret de mătușa lui, Ellen, care lucra la casa cea mare, că „s-ar putea să aibă ceva de a face cu fiica stăpânilor". Din pricina asta, până în clipa în care a murit, nouă ani mai târziu, mama lui Thom i-a purtat o ranchiună cruntă lui Kate Ballantyne, chiar dacă în secret, cu toate că Thom nici nu-i pomenise numele, ieșise cu ea doar de două ori și până și Kate plecase din Ballymalnaugh într-un mod suspect câteva luni înaintea lui Thom. Bineînțeles, mai era și însărcinată, însă Thom i-o retezase scurt atunci când îl întrebase dacă are vreo legătură cu asta. Încă de pe atunci nu era genul de tip pe care să-l presezi cu întrebări.

Așa cum se așteptase, reușise să își găsească de lucru destul de ușor la un hipodrom cu patruzeci de cai, condus de o antrenoare cunoscută, care reușea să combine abilitatea firească de a cocheta cu toți afară de animalele ei, rezistența și constituția tipică unui cal de tracțiune și un temperament cu care ar fi putut să provoace arsuri de gradul trei. Îl plăcea pe Thom, pentru că era direct, știa cum să se ocupe de cai și, mai mult decât atât, nu îi era frică de ea. Circulau bârfe răutăcioase în rândul băieților care deja lucrau acolo că îl place și din alte motive, însă Thom era atât de ambițios și muncitor, încât nimeni dintre cei care petreceau ceva timp cu antrenoarea sau cu călărețul nu le-ar fi luat în serios.

Nu era asemenea celorlalți băieți, după cum se exprimau cei care veneau la curse. Nu dispărea vineri seara cu tovarășii în vreun pub ca să-și spargă salariul sărăcăcios pe bere, nici nu aducea fete din partea locului în rulotele friguroase, înghesuite una într-alta, în care erau cazați, ca să mai bea un păhărel, nici nu își făcea veacul diminețile după ce termina treaba la grajduri cu o cană de cafea neagră cu îndulcitor, plângându-se de leafa proastă și de programul extenuant al jocheilor ucenici. Muncea, studia clasamentele, călărea de câte ori avea ocazia și le trimitea părinților bani din puținul pe care îl câștiga. Un comportament cam grețos, după cum avea să recunoască chiar el mai apoi.

Și, din acest motiv, atunci când patru ani mai târziu un armăsar de patru ani pe nume Niciodată Duminica gonise înspăimântat în grajduri și îi zdrobise mâna lui Thom atât de tare încât mai rămăseseră din ea doar două tendoane atârnânde și un os sfărâmat, singura persoană care chiar îi plânsese de milă fusese antrenoarea (plângea și de mila ei: nimeni nu mai muncise atât de mult pentru ea de când își pornise afacerea) și agenții de pariuri, care observaseră de mult cu satisfacție abilitatea lui bizară de a câștiga locul doi. Ceilalți băieți, deși se arătaseră plini de compasiune (la urma urmei, în locul lui ar fi putut să fie oricare dintre ei), nutreau o bucurie ascunsă la necazul lui, șușotind pe la colțuri că nu ajungi nicăieri când ești „preferatul profesorului".

Thom și-a petrecut o bună parte a anului ce a urmat în spital, la început din pricina unei infecții rezultate în urma amputării, iar mai apoi, pentru ajustarea protezei. Nu s-a adaptat imediat la noul handicap, în ciuda eforturilor antrenoarei, care renunțase pe neașteptate la încăpățânarea caracteristică (schimbare ce l-a determinat până și pe Thom să se întrebe dacă nu cumva se înșelase în privința sentimentelor ei pentru el) și îi spusese că poate să rămână și să lucreze toată viața la hipodromul ei.

Însuflețirea cu care îi făcuse oferta a slăbit din ce în ce mai mult odată ce Thom s-a apucat de băut. A fost retrasă cu totul când, după douăsprezece halbe de bere australiană și un interludiu scurt cu o barmaniță care pretinsese că își dădea seama de anumite lucruri despre el judecând după mărimea pantofilor, Thom a intrat cu Range Roverul antrenoarei într-un șanț la primele ore ale dimineții, abandonându-l nepăsător acolo. A pornit pe jos spre casă, fără să țină seama de lovitura la cap și de faptul că alarma mașinii trezise deja jumătate de Berkshire. Atunci când antrenoarea dăduse năvală în rulota lui și îi ceruse (mai degrabă îi ordonase) să își facă bagajele, el era încă adormit în cearșafurile pătate de sânge.

După asta, mai lucrase la câteva hipodromuri mai puțin cunoscute, unde oamenilor puțin le păsa de înclinația lui tot mai mare spre băutură și femei, convinși că pot să profite de hărnicia de care dăduse dovadă înainte și de eficacitatea lui în materie de cai. De obicei, reușea să îi dezamăgească în vreo șase luni: se pricepea în continuare la cai, dar nu se înțelegea deloc cu ceilalți băieți, avea un temperament vulcanic și, mai rău, era adesea impertinent cu proprietarii. Ultimul tip care îndrăznise să facă o glumă despre proteza lui se trezise atârnat cu capul în jos de cârligul de care curățau frâiele, cu un scobitor de copite înfipt într-un anume orificiu, fapt ce l-a transformat rapid într-o legendă a locului.

Acest cerc vicios a culminat cu ultimul lui loc de muncă, când a lucrat pentru un antrenor, și el tot din Irlanda, ale cărui metode și companie ridicaseră niște sprâncene în cercurile de amatori de curse de cai în care Thom se învârtea înainte. Handicapat mai degrabă din cauza reputației decât din pricina brațului și ignorând cu încăpățânare rugămințile părinților să se întoarcă acasă, s-a pomenit că acceptă oferta de lucru lui JC Kermode cu un soi de zel și ardoare.

JC era un jocheu scund și vânos, cu o minte la fel de ascuțită precum dinții de metal ai unui pieptene pentru cai și cu un umblet la fel de alunecos precum uleiul pentru copite. Nu i-a luat mult lui Thom să își dea seama că aceste două calități, esențiale pentru orice antrenor, sunt mai puțin demne de admirație atunci când li se alătură abilitatea de a deforma adevărul așa cum deformează iluzionistul Uri Geller o lingură veche.

Cel mai mare dar al lui JC nu era să antreneze cai (performanțele lui erau modeste), ci capacitatea de a-i convinge pe proprietarii creduli nu doar să își țină caii în grajdurile sale, ci chiar să cumpere mai mulți, apoi să nu se sinchisească de facturile tot mai mari de la hipodrom, pe care reușea să le umfle în baza „rutinei speciale de antrenament". Cel mai bun exemplu au fost Dean și Dolores, un cuplu de divorțați din Solihull cu aspirații tot mai mari la înalta societate, lângă care stătuse JC într-un avion de la Dublin. Până să aterizeze avionul, JC reușise să îi convingă că „or să se distreze copios" însoțindu-l la cursele de la Uttoxeter și, dacă o să le placă, are o mânză numai bună pentru ei. Dean, directorul executiv supraponderal și antipatic al unei firme producătoare de ustensile de bucătărie, nu mai văzuse niciodată pe nimeni care să vorbească cu așa o capacitate de convingere despre firma lui minunată. Proaspăta sa soție, Dolores, care era în continuare în stare de șoc după divorțul care îi cauzase expulzarea din crema societății din Solihull, așa cum o numise ea, a fost cucerită de felul șarmant în care vorbea JC și de admirația pe care o arăta la palmaresul afacerilor lui Dean. Când stewardessa i-a rugat să-și pună centurile de siguranță pentru aterizare, cuplul deja se imagina printre câștigătorii de la Ascot (Dolores se visa arborând un zâmbet sclipitor spre camerele TV și, implicit, spre toate cățelele alea din Solihull care îi dădeau târcoale fostului ei soț), iar JC era pe punctul de a vinde o mânză de trei ani destul de problematică pe nume Drăguța lui Charlie, cu gâtul țeapăn și o capacitate imprevizibilă de a te azvârli din șa.

Dacă Dean și Dolores erau „vaca de muls" a lui JC, așa cum obișnuia el să vorbească despre ei în fața lui Thom, tot ei aveau să fie și cei care să îi pună capac. Deși fuseseră inițial seduși de lumea curselor de cai și de ideea de a deveni proprietari (o viziune susținută și de reușita complet neprevăzută a Drăguței lui Charlie la cursa de cai cu scoatere la licitație a calului câștigător de la Doncaster și de tendința lui JC de a-l lua pe Thom cu el – Dolores îl plăcea pe Thom), facturile uriașe care s-au acumulat pe seama celor patru cai i-au provocat lui Dean mai mult decât o indigestie după „zilele lor de distracție" de la hipodrom. Era sigur, după cum îi mărturisise lui Dolores, căreia nu îi venea să creadă, că JC „pune ceva la cale". Dolores, ale cărei ținute vestimentare pentru zilele de curse erau asortate perfect la culorile purtate de jochei, îi spusese că așa ceva era ridicol. Dar când Thom se plictisise să mai flirteze cu ea (asta îl făcea să se simtă ca un idiot, îi repeta el cu încăpățânare lui JC, care era tot mai exasperat), începuse și ea să pună la îndoială beneficiile prieteniei cu minunatul JC.

Apoi și-a făcut apariția vechiul prieten al lui JC din Irlanda, Kenny Hanlon. Probabil că primise de veste că bătrânul lui prieten a tras lozul câștigător în materie de afaceri pe cârca britanicilor ăstora naivi și decisese că vrea și el o bucățică din câștig. Cunoscut mai ales pentru firma lui destul de controversată care închiria aparate de jocuri de noroc (se spunea că la aproape toate aparatele lui de sloturi cu fructe lipsea câte o prună), începuse să se afișeze la întrunirile organizate în jurul curselor de cai. Salutându-l jovial pe JC, se așeza pe scaunul eliberat recent de Thom și o copleșea cu laude și complimente pe Dolores, care se simțea din ce în ce mai nesigură, ignorând furia mustită a lui JC de la celălalt capăt al mesei (umbla vorba că avea un succes teribil la sexul frumos pentru un bărbat cu urechi de conopidă). N-au trecut nici câteva săptămâni până să înceapă, mai ceva decât Iago, să-i sufle lui Dolores la ureche, în cazul ei, o ureche cu mai mulți cercei, tot felul de indicii: era sigură că JC nu pune nimic în plus pe factură? Ar face bine să știe că era cunoscut pentru asta. Chiar era sigură că îi procura cei mai buni cai și nu doar niște mârțoage bătrâne? La urma urmei, nu prea avuseseră mulți cai câștigători în ultima vreme. Nu era cumva interesată să își mute caii la un alt hipodrom? Știa el un loc perfect și putea să-i garanteze că facturile lui Dean pentru hrană și veterinar aveau să scadă cu cel puțin o treime. Oare știa ce apetisant arată în nuanța aia de mov?

Thom și JC se treziseră într-o dimineață și descoperiseră că o mașină cu remorcă pentru cai tocmai evacua din grajduri toți caii cuplului din Solihull ca să îi mute la un alt hipodrom din Newmarket. Un hipodrom proaspăt deschis, le spusese șoferul implacabil, în timp ce lui JC i se urca sângele în cap. Un tip l-a chemat pe Kenny Hanlon. Și în acel moment lucrurile scăpaseră de sub control. JC înțepase roțile remorcii de cai cu o furcă, iar șoferul chemase poliția. După care urmase o serie de raiduri nocturne între cele două hipodroame, marcate de oameni care ridicau șei, covoare și chiar și un cuptor cu microunde, cumva „în loc de plată" pentru ambele părți. Însă în clipa în care Kenny Hanlon fusese prins de autorități pentru că nu își plătise impozitele pe afacerea cu sloturi, o acuzare care culminase cu o condamnare la închisoare vreme de câțiva ani, urmată de incendierea hipodromului lui JC, în spatele căreia cam toți bănuiau cine se află, Thom hotărâse că se săturase de scena curselor de cai. S-a lăsat de băutură și s-a întors acasă.

Îi spusese lui Kate toată povestea asta – mai puțin partea cu sentimentele mamei lui față de ea – în timpul plimbării agale spre Kilcarrion. Încetiniseră și mai mult pasul atunci când, înainte să ajungă la poarta casei, Thom îi sugerase să mai aștepte câteva clipe sub acoperământul unei stații de autobuz părăsite. Așezați acolo, pe băncile din stație, în timp ce calul cel mare și gri moțăia și mai lua când și când câte un mentosan Polo din mâna lui Thom, i-a povestit, cumva într-un mod mai puțin emoțional decât o făcuse Kate mai devreme, despre ultimii șaisprezece ani și ceva din viața lui.

După ce ea pomenise că i se părea ciudat că ajunseseră amândoi înapoi acolo, Thom o privise în ochi timp de câteva clipe bune, ceea ce o făcuse pe Kate să roșească și să se simtă puțin descumpănită. De fapt, multe dintre reacțiile ei în preajma lui Thom păreau să o descumpănească: de exemplu, atunci când mai dădea de el prin casă sau prin curte, descoperea că rămânea fără cuvinte și, mai rău decât atât, roșise de cel puțin două ori. De asemenea, felul în care o privea fix în ochi atunci când vorbea cu ea o făcea să nu se mai concentreze deloc la ce zicea. În plus, pe parcursul ultimelor nopți în camera cu nume italian nepotrivit (asta doar dacă nu cumva se gândiseră la Veneția, cugetă ea, cu ochii pe ultima pată de umezeală care se întindea pe pereți), descoperise că în minte îi apărea chipul lui Thom și nu al lui Justin.

Fusese dintotdeauna atât de atrăgător? Sau cumva umbrele suferinței și ale durerii prin care trecuse o făceau să îl vadă cu alți ochi? (Maggie o acuzase în repetate rânduri că are o atracție nesănătoasă față de „răniții ambulanți", cum îi numea ea.) O ascultase dintotdeauna cu atâta interes? O privise oare mereu cu atâta atenție? Nu ar fi știut să zică. Acel Thom pe care îl cunoscuse ea la nouăsprezece ani era complet altul, un personaj cu mai puțină încredere în el. Iar acea Kate de pe atunci era mult mai încrezătoare, mult mai impulsivă și încăpățânată. Atât de sigură că o așteptau lucruri mai importante și mai bune de la viață.

Fraiero, se dojenise ea într-una dintre după-amiezi, când stătea întinsă pe pat ca o adolescentă și cugeta la astfel de întrebări. Ce naiba, ești incapabilă să stai într-un loc fără să nu te gândești la fel și fel de scenarii romanțioase. Fix asta te-a băgat în belele în ultima vreme. Fix ăsta e motivul pentru care te critică Maggie atât de mult.

Așa că se hotărâse să îl evite pe Thom. Își făcea de lucru la ea în cameră, ocupându-se de proiecte scriitoricești care așteptau de mult să fie terminate și pe care le adusese cu ea, împrumutase mașina mamei și mersese să exploreze împrejurimile și, cel mai important, evita locuința de vară, terenurile din spate, curtea cu grajdurile – pe scurt, orice loc unde credea că există și cea mai mică posibilitate să dea de el.

La început, el păruse să nu observe, până când, într-o dimineață, pe când străbătea aleea spre mașină, el își făcuse apariția lângă ea – fapt ce o făcuse să tresară – și o întrebase:

– Mă eviți cumva?

Negase, se bâlbâise încercând să îi explice că bineînțeles că nu îl evita, era ocupată, trebuia să ajungă în oraș, avea mult de lucru. Dar el doar dăduse din cap și ridicase dintr-o sprânceană, iar ea știuse că își dăduse seama. Și decisese cu și mai multă înverșunare că trebuie să se țină departe de el. Departe de orice necaz.

Și îi răspunsese cu da atunci când o întrebase dacă i-ar plăcea să meargă să ia cina în oraș.

Ușa de la casa lui Annie era descuiată, ca de obicei, dar Joy ciocăni de două ori cu oarecare prudență înainte să intre. Ținând cont de ce se întâmplase în ultima vreme, nu știa la ce să se aștepte. După ce văzu că nu vine nici un răspuns, deschise ușa și intră, oprindu-se în prag ca să își obișnuiască ochii cu lumina chioară. Camera de zi nu numai că arăta neglijent, dar parcă vreo tornadă se năpustise recent asupra ei, împrăștiind cărți și hârtii pe orice bucățică de suprafață disponibilă în calea ei. Draperiile trase învăluiau încăperea în întuneric, iar cele câteva firicele argintii de lumină care pătrundeau la punctele de îmbinare prinseseră particulele de praf suspendate în aer odată cu intrarea lui Joy. Arăta precum scena unei crime catastrofale, iar în aer plutea liniștea aparentă deasupra secretelor tulburătoare.

– Annie? zise ea, strângând tava de prăjituri la piept.

Nici măcar nu mai ieșea prin sat zilele astea, acum că erau atâtea treburi de rezolvat pe acasă, mai ales că Sabine o ajuta să pună ordine în toate hârtiile vechi. Mai important, bănuia că ar ispiti soarta dacă s-ar aventura prea departe. Pe Edward îl lăsase cu Sabine, care se apucase să se uite peste câteva dintre suvenirurile vechi pe care Edward obișnuia să i le aducă lui Joy atunci când venea acasă. Părea să se bucure că petrece timp cu Sabine. Sabine putea să stea cu el. Joy putea să se ocupe de restul treburilor de afară. Lucrurile erau mult mai ușoare.

– Ești aici?

Drept răspuns, auzi un foșnet din bucătărie.

– Annie?

– Salutare, se auzi o voce de bărbat.

De după ușă apăru capul unui bărbat cu trăsături ascuțite și păr scurt, ca un om de afaceri, cel mai probabil la patruzeci și ceva de ani.

– Nu am dat de nimeni, zise el pe post de scuză, așa că m-am gândit să-mi pun singur micul dejun. Sper că e în regulă.

– Ah, spuse Joy, sunt sigură că nu e nici o problemă. Sunteți oaspete, nu-i așa?

– Anthony Fleming, spuse el, întinzându-i mâna.

Purta o geacă de fâș și cei mai mulați pantaloni scurți pe care Joy îi văzuse vreodată. În culori deschise și dintr-un soi de nylon strălucitor, i se mulau pe picioare, scoțându-i în evidență părțile din anatomia masculină într-un fel care i-ar fi colorat lui Joy obrajii într-un roșu-sângeriu, dacă ar fi fost genul care să roșească. În schimb, doar clipi apăsat și își mută privirea.

– Joy Ballantyne, spuse ea, întinzându-i mâna cu ceva mai puțină hotărâre. Stau peste drum. Annie e prin zonă?

– Nu am mai văzut-o de aseară, răspunse bărbatul, care se întorsese deja la castronul lui cu cereale. Mi-a dat drumul în casă și mi-a găsit un loc unde să îmi las bicicleta – fac un tur cu bicicleta prin Irlanda –, dar în dimineața asta nu am mai dat de ea. Sincer să fiu, mi s-a cam luat de asta, că mă tot învârt pe aici de ceva vreme. Și fulgi de porumb cu lapte aproape expirat nu sunt chiar ceea ce îmi imaginam eu că o să mă aștepte la demi-pensiune.

– Ah, exclamă Joy, neștiind ce ar putea să îi ofere acestui bărbat în schimb. Mă tem că nu te pot ajuta cu nimic.

Făcu o scurtă pauză.

– Annie... spuse ea, ușor. Annie nu prea a avut parte de noroc în ultima vreme. De obicei e mai bine organizată.

Era conștientă de lipsa de greutate a cuvintelor ei raportată la haosul sinistru din jur.

– Se prea poate, spuse Anthony Fleming, în timp ce își clătea castronul sub jetul de la robinet și își potrivea mai bine încălțămintea de biciclist pe picior, dar nu pot să spun că sunt nerăbdător să revin. Nu asta îmi imaginam eu când mă gândeam la ospitalitatea irlandeză. Nu e ca ultimul loc în care am stat, în Enniscorthy, The White Horse. Sau House, nu mai țin minte. Îl știți?

Joy nu auzise de el, însă bărbatul, împăcat că putuse să își exprime nemulțumirea în fața cuiva, își luă bicicleta dintr-una dintre anexele casei și plecă după ce-i lăsă curtenitor lui Joy suma întreagă de bani pe care o datora pentru șederea din noaptea precedentă.

După ce îl urmări cum se îndepărtează cu bicicleta pe drum, se întoarse în bucătărie și se uită bine la ea pentru prima oară. Nu era tocmai o priveliște încântătoare: un morman de vase în chiuvetă, pe jumătate afundate într-o apă scârboasă, plină de grăsime, o pâine uscată mâncată pe jumătate lăsată cu fața în jos pe un tocător din plastic, o colecție de ambalaje de carton de la produse semipreparate care formau turnuri instabile cu mai multe etaje pe suprafețele pe care nu erau aruncate ambalaje de ciocolată, firimituri de pâine uscată și cutii de lapte expirat – indicatori biologici ai unei vieți în curs de dezintegrare.

Totuși, asta nu o surprindea foarte tare. Doamna H i se confesase mâhnită că soțul lui Annie, Patrick, se săturase în cele din urmă de o soție care părea să nu îi mai observe prezența, o soție care nu mai voia nici să îi mai împărtășească ceva, nici să mai vorbească sau să se certe cu el. Așa că plecase.

– El e om bun, spusese ea, în timp ce Joy stătea și asculta, puțin cam stânjenită din pricina confidențelor nesolicitate, și nu pot să îl învinovățesc. În ultima vreme, și sfânt să fii și ți-ar fi pus răbdarea la încercare, așa cum plutește în derivă în lumea ei. Nu vrea să vorbească despre Niamh, nu recunoaște că asta e cauza stării ei. Nu vrea să se deschidă în fața lui cu nici un preț. De cele mai multe ori, nici cu mine nu vrea să vorbească.

Tocmai această manifestare publică și necaracteristică a doamnei H o împinsese pe Joy să îi facă o vizită lui Annie. Starea lui Annie se înrăutățise într-atât în ultima săptămână și ceva, încât refuzase să o mai lase să intre, așa că atunci când Joy îi sugerase să treacă pe neașteptate pe la ea cu o cutie cu fursecuri, doamna H acceptase recunoscătoare.

– Nu o să se aștepte să veniți, spuse ea. Cel mai probabil că o să vă deschidă ușa.

Dar ce Dumnezeu aș putea să îi spun? se gândi Joy, privind în jur. Nu voia să se bage în viața lui Annie, nu-i stătea în fire. În general, oamenii ar trebui să fie lăsați în pace să își rezolve singuri problemele, dacă asta e ceea ce își doresc.

Dar situația asta...

– Annie? spuse ea, ieșind pe ușa din spate în grădina de lângă bucătărie.

Răsadurile din grădină, de care Annie se mândrea cândva că produc legume proaspete, păreau acum golașe și sterpe. Zona acoperită cu iarbă se împrăștia haotic dincolo de margini, acolo unde rămășițele ofilite și sfărâmicioase ale plantelor de astă vară se încolăceau triste pe pământ.

Intră înapoi în casă, închizând ușa în urma ei. Debaraua, care cândva fusese bine aprovizionată cu hârtie igienică, hârtie de bucătărie, saci de cartofi și altele asemenea, era acum rece și aproape goală. Sufrageria era acoperită de o poleială subțire de praf.

– Annie? o strigă ea în sus pe scări. Ești aici?

Camera lui Niamh fu ultima în care intră Joy. Oricine o știa pe Annie ar fi fost reticent să intre acolo, nu din cauza vreunei superstiții legate de fetița care trăise cândva între cei patru pereți, ci pentru că era conștient de profunzimea și fragilitatea supărării lui Annie. În sat se spunea că cineva care își pierde copilul trebuia să fie lăsat să îl jelească așa care își dorește. Durerea era de neimaginat, într-atât încât, spre deosebire de alte evenimente din viața omului – nunți, botezuri, plecarea unui soț –, nimeni nu se simțea în măsură să dea sfaturi despre cum să treci peste asta.

– Annie? zise ea.

Annie stătea așezată pe pătuțul de copil făcut cu grijă, cu spatele la ușă și cu o păpușă de plastic în mâna dreaptă. Nu se întoarse imediat când Joy o strigă, ci continuă să se uite pe fereastră la câmpurile pământii de dincolo de ea, ca și cum nu ar fi auzit.

Joy rămase în pragul ușii, privind jucăriile, draperiile de culoare deschisă, posterele care începuseră să se desprindă de pe pereți, nesigură dacă să înainteze sau nu. Deja avea sentimentul că deranjează.

– Ești bine? întrebă ea cu reținere.

Annie își mișcă ușor capul la dreapta, ca și cum ar fi examinat păpușa. O ridică încet și își trecu degetele peste fața ei.

– De când tot zic că dau cu aspiratorul, zise ea. E cam dezordine pe aici.

Își întoarse capul ca să o vadă pe Joy, cu un zâmbet ciudat, lipsit de expresie.

– Treburi casnice, nu-i așa? Mereu uiți de ele.

Annie era palidă și obosită; părul lins îi acoperea chipul, iar mișcările îi erau lente și precise, ca și cum până și ideea de a se mișca o extenua. Stătea acolo într-o poziție nefirească, încotoșmănită în straturile ei obișnuite de haine, înfășurată bine parcă din dorința de a scăpa de lumea din afară. Joy, care abia dacă o mai văzuse de la cearta cu Sabine, se minună cu durere în suflet cum poate necazul să transforme pe cineva dintr-o tânără mamă senină și plină de viață, așa cum era în urmă cu trei ani, în acest robot sedat care se afla acum în fața ei. Asta o făcu să se gândească și la Edward, gând pe care și-l alungă imediat.

– Ți-am... ți-am adus niște fursecuri.

Suna ridicol. Dar Annie nu păru câtuși de puțin surprinsă.

– Fursecuri cu unt. Ce drăguț!

– Voiam să știu cum mai ești. Nu prea te-am mai văzut în ultima vreme.

Urmă o clipă lungă de tăcere, timp în care Annie examină chipul păpușii cu mare atenție, ca și cum ar fi verificat dacă era ceva în neregulă cu ea.

– Mă întrebam dacă nu cumva ai nevoie de ajutor. La cumpărături, poate. Sau – nu ar fi vrut să spună curățenie, cu toate conotațiile pe care le aducea – poate puțină companie. Sabine e mereu foarte încântată să te vadă. Poate aș putea să îi spun să treacă pe aici mai încolo. Își aminti de banii pe care îi ținea în mână. Ah, și domnul Fleming, oaspetele tău, ți-a lăsat asta.

Întinse mâna spre ea, după care, văzând că nu are nici o reacție, făcu un pas înainte și puse banii pe măsuța de machiaj.

– Cum mai e domnul Ballantyne? spuse Annie dintr-odată.

Joy trase adânc aer în piept.

– E bine, mulțumesc. Puțin mai bine.

– Grozav.

Puse păpușa cu grijă pe pat și se îndreptă din nou spre fereastră.

Joy nu era sigură dacă prin asta îi dădea de înțeles să o lase în pace. În cele din urmă, făcu un pas în față și împinse cutia cu fursecuri pe pat. Biata fată era cu gândul în altă parte. Joy nu prea putea face mare lucru. Avea să îi spună doamnei H că Annie avea nevoie de ajutor, poate chiar să stea în casa părinților ei pentru o vreme. Poate ar trebui să i se acorde – cum îi spun oamenii în ziua de azi? – niște terapie.

Cu sunetul pașilor înnăbușit de covorul gros, Joy se întoarse și vru să părăsească încăperea.

– Știți, Patrick m-a părăsit, îi auzi vocea.

Joy se întoarse. Annie era în continuare cu fața spre fereastră. Era imposibil să îi vadă expresia feței.

– Mă gândeam că ar trebui să știți, spuse ea.

Sâmbătă seara erau două persoane în casa Kilcarrion care ieșeau la întâlnire, deși ambelor li s-ar fi strepezit dinții să audă că ieșirile lor în oraș ar fi fost catalogate drept întâlniri. Sabine hotărâse că vrea să iasă cu Bobby McAndrew și îi acceptase oferta să meargă la fim. Îl ajutase să aleagă un film din ziarul local, după care își petrecuse ultimele zile îngrijorându-se dacă nu cumva el o să vrea să se așeze pe rândul din spate și să își bage mâna sub bluza ei. Nu era sigură, dar credea că s-ar putea să își verse din nou nervii pe el.

– O să port puloverul negru, cel cu guler polo, ca să nu îi vină vreo idee, îi spusese ea bunicului, și blugi, ca să nu pară că m-am străduit prea tare sau ceva.

Bunicul își rotise ochii în direcția ei. În spatele lui, aparatele închise în carcasele lor de plastic, pâlpâiau regulat.

– Nu te uita așa la mine, zisese ea, mustrându-l. E suficient de elegant acum. Doar pentru că voi pe vremea voastră purtați costume și mai știu eu ce când ieșeați în oraș.

Bunicul își întorsese din nou privirea dinspre ea. Sabine îi zâmbise și îi pusese mâna înapoi pe cuvertură.

– În plus, dacă o să fie ca un cățeluș care cerșește atenție, aș vrea să arăt cât de îngrozitor se poate.

Însă Bobby McAndrew nu arătase deloc ca un cățeluș. Purtase o pereche de pantaloni de culoare verde-închis, cizme maro-închis cu talpă masivă și, la rândul lui, un pulover negru cu guler polo, ceea ce o făcuse să chicotească. Probabil că era înspăimântat că o să vrea să sară pe el. Mai mult, venise cu mașina lui, ceea ce o impresionse. Era doar un Vauxhall micuț, dar culoarea era drăguță. Iar lui Sabine, care nu mai fusese niciodată la o întâlnire cu cineva care conducea (de fapt și de drept, nu prea fusese mai deloc la întâlniri), îi cam surâsese ideea de maturitate oferită de un iubit pe patru roți. Îi mai plăcuse și cavalerismul arătat de Bobby când îi amintise să își pună centura de siguranță (când îi reamintea mama ei, o făcea mereu pe un ton cicălitor). Se aplecase în față și dăduse drumul la casetofon, iar vocea unei cântărețe celebre inundase mașina, scoțând triluri despre iubiri pierdute și nopți nedormite. În timp ce asculta melodia, Sabine își dăduse seama că trecuse mai bine de o lună de când ascultase ultima oară muzică pop. Vocea femeii, cândva una dintre cântărețele ei preferate, suna aproape străin, nostim, cu o oarecare urmă de supraapreciere. Se aplecase din nou și închisese casetofonul.

– Nu îți place muzica? întrebase Bobby, aruncându-i o privire.

Mirosea a loțiune de după bărbierit. Nu mirosea rău deloc.

– Nu prea am chef acum de muzică, răspunsese ea, uitându-se pe fereastră, încercând să pară detașată și relaxată, mândră de felul în care îi ieșiseră cuvintele pe buze.

Fuseseră devreme la cinema, iar filmul fusese suficient de amuzant încât să o facă să râdă fără să se gândească, iar Bobby nu reușise să se facă de râs sau să o facă de râs apucând-o de mână în întunericul din sală (Sabine petrecuse o bună bucată din prima jumătate de film pe marginea scaunului, pregătită să riposteze), așa că atunci când o întrebase dacă are poftă de pizza, Sabine îi spusese că da. Nimeni nu menționase la cât trebuie să se întoarcă și, trăind la Kilcarrion, trebuia să te bucuri pur și simplu de astfel de șanse. Și, mai mult decât atât, trebuia să recunoască faptul că nu o deranja să petreacă ceva mai mult timp cu Bobby. După atâta vreme, era plăcut să fie în preajma cuiva de vârsta ei. Chiar dacă uitase cât de nesuferiți pot fi băieții adolescenți.

– Vegetariană, nu? întrebă Bobby, surprinzând-o atunci când alese o pizza de pe meniu.

– Da. Și?

– Și mergi la vânătoare?

Oftă și privi în jur la restaurantul plin de oameni. Chelnerița o privise de parcă ar fi fost prea tânără ca să fie acolo.

– Am mers doar o dată să văd cum e. Și oricum nu e ca și când am prins ceva, nu?

– Porți încălțăminte de piele?

Se aplecă, ca și cum ar fi vrut să se uite sub masă.

– Da, port. Până nu o să se facă una decentă de cauciuc, nu prea am de ales.

– Mănânci jeleuri? Știi că sunt făcute din chestii de la vacă? Au gelatină în ele.

Sabine făcu o grimasă, dorindu-și ca Bobby să schimbe subiectul. O ținuse așa într-una de când plecaseră de la cinema, chestia asta cu conversația ca un soi de competiție, făcând glume și încercând să obțină puncte pe seama ei. La început i se păruse amuzant, acum era exasperant.

– Dar ai de gând cumva să încetezi? spuse ea, schițând un zâmbet ca să mai atenueze tăișul cuvintelor.

– Să încetez?

– Pur și simplu nu mănânc carne. Nu vreau să mă cert cu nimeni pe tema asta.

– Înțeleg ce zici.

După care o privi pe sub gene, afișând pe chip o ușoară expresie de stânjeneală. Din spatele lui, chelnerița, care purta tocuri groase și prea mult machiaj, trânti un pahar de cola pe masă.

– Deci, ce mai face unchiașul? Am auzit că e pe picior de plecare.

– E bine. Sabine simți în mod inexplicabil nevoia să ia o poziție defensivă. Ce te interesează pe tine de familia mea?

– Ți-am spus, londonezo. Aici, ne place să știm totul despre treburile fiecăruia.

– Băgăcioși.

– Nu, doar culegători eficienți de informație. Cunoașterea înseamnă putere, să știi.

– Aș prefera să am bani.

Bobby își trecu un deget peste marginea farfuriei.

– De fapt, am întrebat pentru că voiam să știu când te întorci în Anglia.

Sabine se opri, cu furculița rămasă la jumătatea drumului spre gură.

– Logic ar fi ca atunci când el, dacă ai venit aici să îi ajuți și să ai grijă de el, iar el – ei bine... Am auzit că cel mai probabil o să te întorci curând acasă.

De ce ți-ar păsa? ar fi vrut Sabine să întrebe. Dar ar fi fost prea direct.

– Nu e pe moarte, dacă asta încerci să spui.

– Deci mai stai o vreme prin preajmă. Vreau să zic, mămucă-ta nu o să te târască acasă cu ea.

– Mama nu are nici un cuvânt de zis legat de ce fac eu, spuse Sabine pe un ton obraznic, trăgând cu furculița de o ciupercă. Aș putea să rămân aici de tot, dacă vreau.

– Nu îți lipsește prea tare Londra, nu?

Sabine cugetă pentru o clipă.

– De fapt, în afară de câțiva tovarăși de-ai mei, nu îmi lipsește deloc.

Deveni mai ușor după asta. Bobby o lăsă mai moale cu duelul lui conversațional maniac, iar Sabine se simțea acum ca și cum ar vorbi cu unul dintre prietenii ei. O tachina însă în continuare, se prostea de prea multe ori cu tot felul de voci și era puțin cam „înflăcărat", cum ar fi zis doamna H, dar o privea într-un fel drăguț, așa că hotărî în drum spre casă că, dacă încerca să-i bage limba în gură, probabil că n-avea să-i dea o palmă sau ceva. Nu foarte tare, în tot cazul.

– Deci, unde e tatăl tău? întrebă el.

Fredonaseră o melodie de pe una dintre casetele lui, care tocmai se oprise ca să se întoarcă pe partea cealaltă.

– Tatăl meu bun? Nu ne vedem.

– Ce? Deloc?

– Neah.

– S-a certat cu maică-ta sau ce?

– Nu chiar.

Sabine își mișcă degetul pe fereastra aburită, formându-și inițialele cu un scris caligrafic.

– Nu cred că au fost împreună prea multă vreme până să apar eu. Și cred că nu și-a dorit prea tare să devină tată, iar mama oricum nu a vrut să îl implice prea mult. În plus, ea voia să trăiască în Anglia.

Asta era versiunea oficială a poveștii, cea pe care i-o spusese mama ei în primii ani de adolescență, când fusese pentru scurt timp fascinată de originile ei.

– Nu te deranjează?

Bobby părea să nu o creadă.

– De ce m-ar deranja? Nu l-am cunoscut niciodată. Dacă cineva nu își dorește să îmi fie tată, nu am nici un motiv să îl caut, nu-i așa?

– Știi cine e?

– Nu îi știu numele. Cred că mi-a spus mama, dar am uitat. Am impresia că a fost ceva artist.

Sabine nu se exprima vag intenționat; pentru ea chiar nu era mare lucru cine era și ce făcea tatăl ei. În Londra erau mulți tineri de vârsta ei care nu aveau contact cu tații lor adevărați. O deranjase doar atunci când era mult mai mică și se întreba de ce familia ei nu e la fel precum cele din cărțile pe care le citea. Se gândise totuși puțin la el de când venise în Irlanda. Era inevitabil, ținând cont că știa că locuiește undeva în apropiere. Însă după cum zisese și ea: Sabine era mult prea mândră ca să meargă să caute pe cineva despre care știa că nu fusese niciodată prea interesat de soarta ei. Pe lângă asta, știa că genul ăsta de reuniuni nu prea funcționează adesea, doar văzuse asta la televizor.

Dar nu îi spusese și partea a doua. Partea pe care mama i-o povestise odată când era cam cherchelită, și anume că se combinase cu el pe vremea când îi era model. Singurul băiat căruia i se mai confesase avusese comentarii răutăcioase și începuse să îndruge fel și fel despre ședințe foto cu sânii goi și dacă nu cumva mama ei era „cam curviștină". Sabine nu credea că Bobby ar face asta, dar în același timp nici nu îl cunoștea destul de bine ca să fie sigură.

Bobby tăcu pentru o clipă, verificându-și oglinzile retrovizoare în timp ce semnaliza și cotea spre Ballymalnaugh. Conform ceasului de la bord, era aproape unsprezece fără un sfert. Sabine spera că nu o să comenteze nimeni despre asta când ajunge acasă.

– Tații sunt oricum al naibii de plictisitori, zise el, privind în față. Probabil că ți-e mai bine fără. Al meu mă bate întotdeauna la cap pentru orice. Prea exasperant, înțelegi?

Sabine dădu din cap, de parcă ar fi înțeles. Știa că e drăguț cu ea pentru că îi este milă. Dar era în regulă.

Cealaltă întâlnire nu mergea la fel de bine. De fapt, nu mergea deloc. După ce rămăsese în fața reflexiei sale din oglinda din cameră timp de vreo trei sferturi de ceas, Kate decisese că nu poate să meargă la cină cu Thom. În primul rând, din cauza lui Christopher, care urma să se întoarcă în seara aceea. În momentul în care avea să descopere ce planuri are sora lui, avea să facă remarci acide și să susțină indiscret în fața Juliei că nu aveai la ce altceva să te aștepți din partea ei. Apoi, mai era din cauza mamei sale, care odată ce ar fi descoperit că fiica ei „se coboară sub nivelul ei", așa cum ar vedea ea lucrurile, cu siguranță că le-ar răci și mai mult relația deja rece. Nu îi plăcuse atunci când Kate ieșise cu Thom în adolescență. Cu siguranță că nu își schimbase părerea între timp. Probabil că oricum nu se cădea să ieși la întâlniri cu bărbați, mai ales când tatăl tău e pe moarte. Ar trebui să își petreacă timpul îndurerată, la capul patului său. Dar asta ar îndepărta-o pe Sabine, care deja își petrecea cea mai mare parte a timpului sus la el și părea enervată ori de câte ori se oferea să o ajute. Însă, în sinea ei, Kate se simțea ușurată, trebuia să recunoască, pentru că nimeni nu părea să își dorească de la ea să petreacă mai mult timp cu el. Abia dacă mai vorbiseră de când plecase de acasă și, judecând după atitudinea lui, era puțin probabil ca lucrurile să se schimbe vreodată.

Nu doar că această întâlnire era nepotrivită din atâtea puncte de vedere. Mai mult decât atât, nu ar fi făcut nimic altceva decât să reconfirme cele mai urâte presupuneri la adresa ei: că e incapabilă să funcționeze fără un bărbat, că pare să îi caute doar pe cei nepotriviți, că se lăsa purtată ca o epavă pe marea imensă și neliniștită a dragostei. A sosit timpul să pun piciorul în prag, își spuse Kate, privindu-și cu atenție tenul, care începuse să se usuce de la frig. A sosit timpul să învăț să trăiesc de una singură. Să îmi pun fata pe primul loc. Să fiu un adult responsabil, orice ar vrea să însemne asta.

Ce ar face Maggie? se întrebă ea (o întrebare pe care și-o punea adesea, o întrebare care îi grăbise sfârșitul prematur al relației cu Justin, lucru care pe el nu-l rănise cine știe ce). Ea ar fi anulat întâlnirea, conchise ea, împotrivindu-se să recunoască înțepătura mică de dezamăgire pe care o invoca verdictul lui Maggie cea imaginară. Cu siguranță că ea ar fi anulat. De fapt, nu avea cum altfel: oricum ai fi privit problema, era imposibil ca Maggie să nu fi anulat. O știa: încercase. Kate respiră adânc, își trase încă un pulover peste cap și merse în curte să îl caute pe Thom.

– Nu pot să vin.

Sunase ceva mai direct decât își închipuise.

Thom strângea firele unei plase de fân într-unul dintre grajduri, sub lumina palidă a unui bec electric pâlpâitor. În spatele lui, calul cel mare și gri pe care îl văzuse în acea zi ploioasă în crâng scormonea inchizitor cu botul lui cauciucat prin rămășițele din găleata cu nutreț.

Thom nu își ridică privirea.

– De ce?

– Pentru că... e un pic dificil. Trebuie să am grijă de Sabine.

– Sabine e la întâlnire.

Termină de legat un nod în plasa de fân, îl strânse de câteva ori, după care îi dădu calului o palmă peste crupă și ieși din grajd, trăgând cele două zăvoare de la ușă. Îi răsunau pașii în curtea care acum era întunecată și aproape goală.

Kate rămase nemișcată, cu gura întredeschisă.

– Nu știai? A ieșit în oraș cu unul dintre frații McAndrew. E un băiat de treabă, nu trebuie să te îngrijorezi.

Durerea, furia și umilința o izbiră pe Kate frontal, ca într-un accident de mașină, mutilându-i încrederea și stăpânirea de sine. Sabine nici măcar nu pomenise de băiatul ăsta în prezența ei, și totuși, toată casa știa că astă-seară ieșea cu el. În ce ipostază o punea oare asta? Era mama ei și, cu toate astea, ultima care află. Ce îi făcuse lui Sabine ca să vrea să o rănească așa de tare?

Își strica reputația, după cum ar fi spus Maggie, un lucru foarte important în cercurile de asiatici. Sabine se asigurase oricum că mama ei are reputația deja compromisă.

Mai rău decât atât, făcea din ea o mincinoasă în fața lui Thom.

Thom se îndreptă spre următorul grajd, așa că, deși fusese prinsă pe picior greșit, fu nevoită să îl urmeze. El deschise ușa, trase o privire înăuntru, după care scoase de acolo o găleată cu apă pe jumătate goală.

– Deci, și ce alte motive mai ai de nu poți să vii? spuse el, folosindu-și brațul bun ca să verse apa în scurgere.

Kate îl privi în ochi, încercând să-și dea seama dacă era vreo urmă de furie în tonul vocii lui. Nu părea să fie.

– Pur și simplu, e prea complicat, spuse ea scurt.

Thom apucă găleata cu brațul cel bun și o puse înapoi în grajd, închizând ușa după el. Se opri pentru o clipă și se sprijini de învelișul metalic de deasupra.

– Pentru că...?

Avea o privire blândă, ușor amuzată. Părul scurt și negru îi era presărat cu bucățele de fân, ca blana unui animal. La adăpostul buzunarelor, mâinile ei tânjeau pe ascuns să i-l curețe. Nu mă face să zic asta, imploră Kate în tăcere. Nu mă face să înșirui motivele.

– Thom...

– Uite ce e. Nu e cine știe ce. Voiam doar să ieșim să înfulecăm ceva. M-am gândit că ți s-a cam acrit cu locul ăsta și știu că familia ta nu e neapărat cea mai agreabilă. Voiam doar să îți mai acord o pauză. Nu te stresa prea tare.

Merse apoi mai departe spre următorul grajd, lăsând-o în spatele lui în curte.

– Altădată, da? strigă el peste umăr cu voioșie.

Kate rămase acolo nemișcată, copleșită de cât de stupidă se simțea. Interpretase greșit: el nu voia decât să îi ofere câteva ore într-o companie prietenească departe de familia ei. După cum spusese fratele ei, de ce își imagina că lumea se învârte în jurul ei? Își trecu greutatea de pe un picior pe altul, dându-și seama că degetele îi amorțiseră; totuși, nu voia să se întoarcă în casă.

Haide, o îndemnă o voce interioară. Nici să nu îndrăznești, zise Maggie cea imaginară.

– Thom?

– Da?

Era în magazie acum și își scoase capul, văzând că ea se apropie. Expresia de pe chipul lui era neutră, dar prietenoasă.

– Aș da ceva pe gât, totuși.

El se opri, iar ea resimți din nou aceeași stare de dezorientare odată ce ochii lui îi fixară chipul.

– Bine.

– Deci vii? Putem doar să bem ceva și atât.

– Ne întâlnim la Black Hen. Îți amintești unde e?

Râdea de ea. Era singurul pub din sat.

– La – se uită la ceasul de mână – șapte jumate. Așa să fie. Ne vedem acolo.

Kate merse pe drumul neiluminat spre pub, jucându-se cu ochelarii din buzunar. Îi punea pe nas, după care, cu o mișcare la fel de rapidă, îi dădea jos și îi punea înapoi în buzunar. Era o repetiție ceva mai animată a prestației ei de acum o oră, când stătuse la masa de machiaj din camera ei, încercând să își îmblânzească părul, ba aplicându-și machiajul, ba ștergându-l și întrebându-se dacă nu cumva fusese dusă de nas și convinsă să meargă totuși, într-un fel extrem de subtil. Păruse sincer atunci când zisese că nu îl afectează prea mult dacă ies sau nu, ceea ce înseamna că nu era o întâlnire în acel sens al cuvântului. Dar parcă tot nu era ceea ce trebuie: mamă proaspăt despărțită ajunge la casa părintească, tatăl e pe patul de moarte, iese cu un bărbat arătos la zece zile de la sosire. Toți ceilalți ar presupune că e o întâlnire.

Și chiar dacă știa că nu este, parcă tot nu îi plăcea gândul să iasă în oraș cu ochelarii ăștia care nu o avantajau.

Îi dau jos, decise ea. Chiar dacă nu era o întâlnire, nu avea nici un motiv să nu arate atrăgător. După dezastrul cu Justin, stima ei de sine avea nevoie de toată confirmarea pe care o putea obține. Mai bine îi pun, gândi ea, după ce aproape că intră într-un gard viu. Îi dau jos, se hotărî, odată ce ajunse la ușa pubului Black Hen. Și o împinse în direcția greșită cu câteva clipe înainte să fie deschisă de cineva dinăuntru care voia să iasă.

Pentru că vederea îi era atât de slabă, auzul îi era ascuțit și concentrat să distingă acel ton calm și ușor de recunoscut în conversație pe măsură ce înainta în pubul cald și neaerisit. Însă celălalt avantaj conferit de faptul că nu vedea bine era că o făcea de-a dreptul indiferentă la părerea celorlalți. Nefiind în stare să distingă expresiile curioase de pe fețele celor din jur, care de cele mai multe ori culminau într-un murmur de recunoaștere, Kate înaintă cu mai multă încredere prin fumul atât de gros că puteai să îl tai cu cuțitul, simțindu-se mai confortabil decât oricare altă femeie care ar fi pătruns într-o astfel de instituție pe cont propriu (și, la modul sincer, în Black Hen nici nu era prea multă competiție din partea altor femei).

Dar erau și inconveniente, și anume că se împiedica de scări nemarcate, intra în băutorii care își transferau cam stângaci rundele de alcool de la bar la masă și era aproape imposibil să localizeze persoana pe care o căuta în lumina aia chioară. Astfel că se punea problema, cam spinoasă de altfel, dacă să își recunoască înfrângerea și să își pună ochelarii pe nas, și prin urmare să își recunoască aroganța în public, sau să continue așa, mijindu-și ochii în timp ce încerca să separe contururile încețoșate dintre mese și corpurile din jurul lor.

– Îmi pare rău, spuse ea apucând strâns cotul unui bărbat, după ce îi vărsă aproape tot conținutul halbei pe încălțăminte. Dă-mi voie să-ți cumpăr alta.

– Nu, dă-mi mie voie, spuse o voce, și dincolo de lumina slabă și norii de fum de țigară, Kate întrezări recunoscătoare forma feței lui Thom.

– Sunt aici, spuse el, ghidând-o printre mese spre cea la care stătea el. Așază-te și eu merg să îți iau ceva de băut.

Kate încercă să se decidă dacă să își scoată sau nu ochelarii din buzunar. În pubul ăsta întunecat era și mai chinuitor să vadă în jur decât în mod normal. Dar ochelarii ăia nu o avantajau deloc. Încă o mai bântuia expresia batjocoritoare a lui Sabine de când o văzuse cu ei pe nas. Thom puse un pahar de vin alb pe masa din fața ei.

– Nu pot să-ți garantez că e de calitate, spuse el, ducându-și paharul de suc de portocale la buze. Țin doar o sticlă aici și aia cu dop de plastic. Dacă are gust de oțet, merg să îți iau altceva.

– Tu ce bei?

– Ah, asta. Suc de portocale.

Kate îl privi întrebătoare.

– Nu prea am mai băut de pe vremea când participam la curse. Am ajuns la concluzia că sunt unul dintre acei oameni – cum li se zice? – care nu pot să bea doar un păhărel, ci zece.

– Personalități predispuse la dependență.

– Ceva de genul.

– Nu pari a fi genul, zise ea. Ești prea atent.

Aproape că întrezări un zâmbet pe chipul lui.

– Ah, Kate Ballantyne. Asta pentru că nu m-ai văzut aproape jumătate de viață.

Vinul chiar avea gust de oțet. Îi făcuse gura pungă, ca și cum ar fi supt o tulpină de rubarbă. El râse și îi cumpără o halbă de Guiness.

– Se spune că are alt gust aici, zise ea, simțind nevoia irațională să mențină conversația la un nivel neutru, dar ținând cont că nu sunt băutoare de Guiness nici acasă, nu pot să îmi dau seama.

El își sprijinea mâna pe masă, în fața ei. Nu era neastâmpărată precum cea a lui Justin, care se muta necontenit de la cheile de la mașină la pachetul de țigări și care bătea darabana în ritmuri neregulate. Doar se odihnea acolo pe masă, lată și cu degete ca niște lopeți, cu pete maronii și bătută de vreme. Kate se întreba dacă era aspră la atingere de la toată munca pe care o făcea în curte și se abținu cu greu să nu o atingă.

– Deci, ai lămurit lucrurile cu Sabine?

Kate simți din nou un junghi bine-cunoscut.

– Nu chiar, spuse ea. Vreau să zic că nu se mai enervează pe mine așa cum o făcea în Londra, dar se comportă în continuare ca și cum aș fi doar cineva care o bate la cap, ba chiar cineva care nu contează.

– Pare mai fericită, zise el.

Kate își ridică privirea.

– Decât ce?

– Decât atunci când a venit aici.

Kate se încordă.

– Nu am vrut să insinuez nimic cu asta.

– Îmi pare rău. Cred că sunt eu prea emotivă când vine vorba de Sabine.

Luă o înghițitură din bere. Avea un gust puternic, cu un oarecare iz de metal.

– Ți-am spus, îmi place de ea. Cred că e grozavă.

– Și ea te place. Cred că îți povestește mai multe decât îmi povestește mie.

– Îți plângi de milă sau mi se pare mie?

Kate zâmbi și se relaxă pentru prima oară în seara aia. Își dădu seama că umerii îi fuseseră așa de încordați, că-i ajunseseră aproape până la urechi.

– Cred că sunt doar invidioasă. Pe tine. Pe mama. Pe oricine care poate să o facă pe Sabine să se simtă în largul ei și fericită. Lucruri care mie, aparent, nu îmi ies.

– E adolescentă. O să-și revină ea.

Rămaseră pentru o clipă în liniște, ascultându-și gândurile peste zarva de la oamenii din jurul lor.

– Seamănă cu tine, zise el.

Kate își ridică privirea, dorindu-și să-i fi văzut expresia de pe chip.

– Tu ești, Kate? Kate Ballantyne?

Se întoarse ca să distingă conturul unei femei tinere, care stătea în picioare lângă ea și se aplecase ușor în față, ca să o salute.

– Sunt Geraldine – Geraldine Leach. Mergeam la călărit împreună.

Kate reuși să deslușească imaginea încețoșată a unei fete durdulii, care își purta cozile atât de strâns încât îi provocau bubițe roșii deasupra urechilor. Și nimic altceva. Observă disperată că nu putea să îi distingă trăsăturile feței.

– Salutare, zise ea, întinzându-i o mână. Mă bucur să te văd.

– Și tu? Te-ai întors de tot sau ești numai în vizită?

– Ah, doar în vizită.

– Trăiești la Londra, nu? Ah, mi-ar plăcea mult să stau acolo. Locuiesc în apropiere, la Roscarney. La vreo șase kilometri distanță. Ar trebui să dai o fugă pe la mine dacă ai timp.

– Mulțumesc.

Kate încercă să pară recunoscătoare, fără să își asume vreun angajament.

– E un pic haotic. Am trei copii acum. Și Ryan, soțul meu, de la masa cealaltă, e cel mai mare copil dintre toți. Dar ești mai mult decât bine-venită. Mi-ar plăcea să mai stăm la povești. Nu te-am mai văzut de – cât timp a trecut? Să tot fie vreo douăzeci de ani. Dumnezeule... nu te simți bătrână când auzi asta?

Kate zâmbi, nedorindu-și să se simtă chiar atât de bătrână.

– Arăți la fel, știi. Părul ăsta roșcat și drăguț. Aș fi dat orice să am părul tău când eram mai tânără, mai știi? De fapt, aș da și acum. Uită-te la firele astea albe care au început să apară. Ai și tu copii?

– Doar unul, răspunse Kate, băgând de seamă că Thom tăcea.

– Ah. Minunat. Ce e, băiat sau fată?

– Fată.

Geraldine nu dădea nici un semn că ar vrea să plece.

– Mi-ar plăcea să am o fată. Știi cum se spune. Un băiat îl ai până se însoară, dar o fată îți rămâne pe viață. Aș da orice să am fata ta. Închipuie-ți, băieții mei o să stea cu mine până la treizeci de ani, la tot confortul de care au parte la mama. Dar e vina mea, nu l-am educat niciodată pe tatăl lor cum trebuie.

Se lăsă mai în jos, iar Kate simți o dâră de parfum.

– E vai și amar de pielea lui dacă lucrurile nu îi ies așa cum vrea. Eu spun mereu că s-a născut cu două păhărele prea devreme, înțelegi ce vreau să zic? Nu e de mirare că a ajuns să lucreze pentru oficiul de...

Lui Kate începuse să-i înghețe zâmbetul pe față.

– Ei bine, nu vă mai rețin, zise Geraldine, uitându-se la Thom. Precis aveți multe de discutat. Să treci pe la mine, bine? Black Common Drive, numărul cincisprezece. Mă găsești în cartea de telefon. O să ne distrăm pe cinste.

– Mulțumesc, zise Kate, în timp ce Geraldine pleca. Foarte drăguț din partea ta!

Luă o înghițitură bună din bere și încercă să nu se uite în jur să vadă dacă Geraldine Leach se întorsese la locul ei la bar.

– Aș putea să plec acum, zise Thom rânjind.

Îl privi fix în ochi.

– Să nu îndrăznești.

Râseră amândoi.

– Unde rămăsesem?

Kate coborî privirea spre pahar.

– Cred că vorbeam despre Sabine.

– Așa că hai să vorbim despre tine.

Kate se gândi că era ceva în felul în care o privea care o făcea să se simtă transparentă.

– Nu cred că îmi doresc. Nu sunt o persoană foarte interesantă la momentul de față.

Thom nu zise nimic.

– Ori de câte ori le povestesc oamenilor despre viața mea, simt că nu fac altceva decât să repet la nesfârșit același lanț vechi de dezastre. Mă plictisesc și pe mine vorbind despre asta.

– Ești fericită?

– Fericită? Suna a ceva ce nu se aștepta vreodată să fie întrebată. Se gândi pentru o clipă. Uneori da, cred. Atunci când Sabine e fericită. Atunci când mă simt... ah, nu știu. Când te simți fericit? Tu ești fericit?

– Mai fericit decât eram. Mă consider mulțumit.

– Chiar și acum, întors aici?

– În special pentru că m-am întors aici.

Îi zâmbi din nou. Își dăduse seama judecând după albul dinților care se întrevedea.

– Poți să crezi ce vrei, Kate, dar locul ăsta a fost salvarea mea.

– Mama, îngerul păzitor.

Kate râse cu amărăciune.

– Mama ta e în regulă. Atâta doar că vedeți lumea cu alți ochi.

– Ușor de zis pentru tine.

– Sabine a reușit. Și vreau să zic că la început erau la cuțite.

Erau atât de multe lucruri pe care nu le știa despre viața propriei fiice, că uneori o copleșea. Kate se gândi cu tristețe la fetița ei care ieșea alergând de la școală cu brațele deschise spre ea, împleticindu-se în cuvinte din dorința de a-i spune ce a făcut, pe cine a văzut. Parcă încă îi mai simțea greutatea trupșorului, încolăcit sub brațul ei când stăteau tolănite pe canapea, uitându-se la programe pentru copii și povestind ce făcuseră peste zi.

– Putem, te rog, să nu mai vorbim despre familia mea? Am crezut că mă scoți din casă ca să mă mai înveselești.

Nu-i lăsa să ne strice seara, gândi ea. Nu-i lăsa să îmi invadeze orice colțișor din viață. Își dădu seama că îl voia doar pentru ea.

El își ridică paharul, ca și cum ar fi măsurat dacă poate să mai tragă de el până își termină ea berea.

– Am înțeles. Nu putem vorbi despre tine. Nu putem vorbi despre familia ta. Ce-ai zice să vorbim despre religie? E o temă care pune mereu sângele în mișcare. Sau despre ce s-a schimbat în Ballymalnaugh de când ai plecat? Ar trebui să ne ajungă, să zicem, pentru câteva minute.

Kate râse, fiindu-i recunoscătoare că reușise să o mai înveselească. În prezența lui Thom lucrurile păreau întotdeauna mai bune.

– Kate?

Se întoarse pe scaun și descoperi un bărbat de vârstă medie, aplecat un pic cam mult spre ea, cu o halbă în mână.

– Stephen Spillane. Nu știu dacă îți mai amintești de mine. Am lucrat pe vremuri la căsoi. Toate bune și frumoase, Thom?

– Toate bune, Stevie.

Kate își miji ochii, în încercarea de a desluși contururile feței late și roșcovane.

– Te-am zărit de acolo, din partea ailaltă a barului și mi-am zis „Cea de colo arată ca fata lui Joy Ballantyne". Ei bine, n-am știut dacă să mă apropii sau nu – la urma urmei au trecut, cât? Zece ani?

– Aproape șaptișpe, interveni Thom.

– Aproape șaptișpe ani. Ei bine, și iată-te aici din nou. Ai venit de mult pe la noi?

– Nu, eu...

– Pe cine avem aici, tânăra Kate Ballantyne!

Încă un bărbat, pe care Kate nu îl recunoștea, tocmai ajunsese la masa ei.

– Știam eu că am mai văzut fața asta undeva. Ei, ia uite ce întâmplare. A trecut ceva vreme de când nu te-am mai văzut pe aici.

– Ei bine, Kate, îți amintești de domnul preot, părintele Andrew.

Kate zâmbi şi îşi plecă uşor bărbia, în semn de aprobare.

– Acum, fie vorba între noi, nu dădeai tu prea des pe la slujba de duminică.

– Tinerii au alte lucruri la care să se gândească zilele astea, părinte.

– Și nu doar tinerii, Stevie, nu-i așa?

– Te-ai mutat la Londra? Stephen Spillane își trăsese un scaun lângă ea. Mirosea a tutun de rulat ţigări şi, mai bizar, a înălbitor. Stai cumva aproape de Finsbury Park? Îţi aminteşti de băiatul meu, Dylan? Trăieşte în Finsbury Park. Ar trebui să îţi dau numărul lui. Pun pariu că s-au schimbat multe de la ultima ta vizită acasă, nu-i aşa Kate? Sunt sigur că lui Dylan i-ar plăcea să te scoată în oraş. Se dă în vânt după fete frumuşele. Eşti măritată acum?

– Ah, ia uite-l pe Jackie. Jackie, îţi mai aminteşti de Kate Ballantyne? Fata lui Edward Ballantyne. A venit din Anglia. Jackie, vrei să ne aduci, te rog, ceva de băut?

Fie că era întreruptă frecvent sau incapabilă să desluşească chipurile celor cu care vorbea (sau poate că doar voia să rămână singură, cu Thom), cert e că lui Kate i se păru epuizant să continue schimbul acesta de politeţuri. Nu, spuse ea, nu venise de mult. Da, era frumos să fie din nou acasă. Da, o să îi transmită urările de însănătoșire grabnică tatălui ei. Da, era sigură că vechea partidă de vânătoare nu mai era la fel de când tatăl ei nu mai era maestru. Și, cel mai rău, ar fi drăguţ să treacă să îi salute pe toţi acei oameni pe care nu i-a mai văzut în ultimii şaptesprezece ani, care își aminteau de ea ca adolescentă. Ah, deja erau acolo, în capătul celălalt al barului. Desigur că ar fi grozav să i se alăture la masă. Ce altceva ar fi putut să spună?

– Atâta numai că trebuie să ne întoarcem deja, spuse Thom dintr-odată. Îţi aminteşti că mama ta voia să te întorci devreme în seara asta ca să o ajuţi?

Kate se încruntă confuză.

– I-ai promis că te întorci la opt şi jumătate.

Într-un târziu se prinse şi ea.

– Ah! Da. Uitasem.

Se holbă în jur la feţele binevoitoare învăluite în ceaţă.

– Îmi pare rău. Mai stăm de vorbă data viitoare când mai trec pe aici, bine? Ar fi drăguț, spuse ea cu un zâmbet larg pe față.

Simțind dulcele miros al evadării, își permise să fie cât se poate de cordială.

– Ah, mare păcat. Abia începuserăm.

– Arată minunat, nu? Viața de la oraș te prinde, fato!

– Dar după cum se pare, Thom are alte planuri, nu? Nu am vrea să stăm în calea planurilor lui Thom.

Deși pe jumătate oarbă, Kate putu să vadă cum Stephen Spillane ridica exagerat din sprâncene cu subînțeles.

– Deci, ce facem acum? zise ea în șoaptă, în timp ce Thom o ghida spre ieșirea din bar.

– Tu aștepți afară, spuse Thom. Vin și eu în două secunde.

Câteva clipe mai târziu se ivi cu niște doze de Guiness și două de suc de portocale fixate sub proteză. (Până și ea putea să îi deslușească membrele: era semi-întuneric și, având mânecile suflecate, brațul de plastic îi strălucea în lumina ferestrelor pubului.)

– Se face că mai știu o crâșmă faină, nu departe de aici, zise el. Și acolo nu o să te mai deranjeze nici un localnic.

Lumina produsă de becul electric din casa de vară nu se putea zări din nici o cameră din casa cea mare. Atipic pentru o astfel de construcție, cele două ferestre ale micuței clădiri, deși erau destul de mari, nu aveau vedere spre casa cea mare și își revărsau lumina palidă peste un petic de tufe sălbatice pe o parte și peste rămășițele îmburuienite a ceea ce fusese cândva o grădină pe cealaltă parte. Pe vremea când era copil, Kate se întrebase adesea cine construise căsuța și dacă o făcuse cu gândul să nu lase să pătrundă nici o voce băgăcioasă și curioasă din casa cea mare. Acum se întreba dacă becul neacoperit de nici un abajur îi proiecta umbre pe față și dacă avantajele de a se muta din lumina revărsată din el nu cântăresc cumva mai puțin decât dezavantajul că abia va mai putea să vadă.

– Mă tem că nu e chiar Ritz, zise Thom, deschizând o doză de bere și punându-i-o în mână.

– Oricum mereu am fost de părere că la Ritz nu au suficiente cutii vechi cu lac, spuse ea, așezându-se pe una dintre păturile pentru cai pe care o așternuse peste lăzi. Și nici suficient erbicid.

– Să nu uităm de faună!

Întinse brațul și prinse o pânză de păianjen de deasupra capului ei. Își șterse apoi mâna de pantaloni, se așeză și el pe o ladă, la câțiva metri distanță de ea, și își deschise sucul de portocale.

Ea observă distanța. În goana lor din pub, merseseră la braț, iar ea chicotise într-o stare de frenezie, ca o școlăriță îmbătată cu dulcele nectar al evadării. Parcă încă mai simțea senzația ciudată oferită de brațul lui rigid pe pielea ei.

– Am fi putut să rămânem în pub, spuse el cu părere de rău, dar știi cum sunt toți. Nu te-ar fi lăsat în pace tot restul serii.

– M-am străduit să le fac față.

– M-am gândit că ar fi mai ușor dacă mergem altundeva să stăm de vorbă.

– Am fi putut pur și simplu să ne întoarcem la tine acasă, zise ea, fără să se gândească prea mult.

– Și dacă aș fi sugerat, ai fi plecat acasă.

Kate îl surprinse zâmbind și observă cum propriul zâmbet i se șterge ușor de pe față. Avea dreptate. I s-ar fi părut prea intim, prea riscant. Cu toate astea, ce ar fi putut să fie mai intim decât asta? Ei doi, învăluiți în mireasma amintirilor, refugiați în vechea lor ascunzătoare, unde fiecare bucată de lemn era impregnată cu parfumul dulce-amărui al anilor trecuți.

Kate privi în jur la vechea casă de vară părăginită și se simți brusc stânjenită, ca și cum ar fi fost prinsă undeva unde nu ar fi trebuit să fie. Un gând despre Justin i se înfiripă pe neașteptate în minte. După care un altul despre Geoff. Oare ce fac aici cu bărbatul ăsta? gândi ea. E ridicol. Maggie cea imaginară își făcu apariția în fața ochilor ei, cu buzele țuguiate în semn de dezaprobare, luând-o în derâdere și arătând-o cu degetul ei imaginar.

– Știi ceva? Ar trebui să plec, zise ea cu jumătate de gură.

Se bucura acum că nu putea să îi vadă fața cum trebuie.

El își lăsă băutura jos, după care se ridică. Asta o făcu să îi fie și mai greu să se miște.

– Chiar trebuie să plec.

– De ce te temi?

Urmă un scurt moment de liniște. Încercă să îi localizeze fața, însă el ieșise din lumina becului și ea nu putu să vadă nimic altceva decât reflexia orbitoare a luminii pe o cutie de tablă de vopsea întoarsă cu gura în jos. Mijindu-și ochii în zadar, îi auzi pașii care apăsau ulucile din podea. Luă seama prezenței lui ca o umbră aproape monocromă, care se mărea tot mai mult pe măsură ce se apropia de ea. După care îi simți mireasma subtilă de săpun, combinată cu un iz vag, pământiu de miros de cal, totul învăluit în straturile mai recente de fum și bere.

Imobilizată, tresări atunci când îi simți mâna strecurându-i-se ușor în buzunarul de la pantaloni. Cu mișcări lente, îi scoase ochelarii, îi desfăcu și i-i puse cu grijă pe nas. Simți pentru o clipă plasticul rece de la proteza lui pe obrazul ei.

El se puse pe vine, ca să fie la același nivel cu ea.

– De ce te temi? zise el din nou, aproape în șoaptă.

Putea acum să îi distingă fiecare geană.

– De tine.

– Nu.

Îl privi, deslușind pentru prima oară felul în care ochii i se ridicau ușor la colțuri, felul în care buzele i se închideau atunci când expira. Cicatricea firavă, abia vizibilă, de sub sprânceană. Nu vreau să te văd atât de bine, cugetă ea. Era mai ușor când erai în ceață.

– Nu. Expresia lui părea serioasă. Nu ai nici un motiv să te temi de mine. Nu ți-am făcut niciodată rău.

Continua să îl privească fix.

– Atunci îmi e teamă de mine.

El se aplecă ușor și îi luă mâna într-a lui. A lui se simțea uscată, bătută de vreme, dar ușoară. Se întrebă, absentă, cum se simțea oare cealaltă.

– Stric totul, Thom. Înțeleg totul greșit. Așa o să fac și cu tine.

– Nu, spuse el din nou.

O privea în ochi. Ea simți cum se topește, dar își reamintea constant să respire. Lacrimile începură să-i curgă fără să-și dea seama.

– Nu pot să las asta să se întâmple. Nu mă mai cunoști, Thom. Nu știi cum sunt. Nu pot să am încredere în ce simt, înțelegi? Nu sunt deloc de încredere. Cred că sunt îndrăgostită de cineva și câteva luni mai târziu descopăr că de fapt nu eram. Și rănesc pe toată lumea. Mă rănesc pe mine. O rănesc pe Sabine.

Era cât se poate de conștientă de presiunea din mâna lui. Ar fi vrut să i-o smulgă judecând după strânsoarea aia. Ar fi vrut să și-o miște, să fie înghițită cu totul, să o simtă pe buze, să o simtă pe pielea ei.

Ochii lui Thom o priveau în continuare cu ardoare. Își întoarse privirea și și-o îndreptă spre fereastră, vorbind în gol.

– Nu îți dai seama? Asta se întâmplă doar pentru că sunt aici și singură și prea dornică și pentru că tocmai m-am despărțit de cineva. Știu precis ce se întâmplă. Eu nu pot să îmi văd de viață singură. Eu nu sunt ca tine sau Sabine, care vă simțiți bine în propria companie. Am nevoie de apropiere, de atenție. Și pentru că nu pot să primesc de la ei, o caut la tine.

Vorbea prea repede, iar vocea îi devenea acută.

– Uite, dacă eram cal, m-ai fi scos de la bun început din ecuație pentru că am o postură greșită. Asta am. O postură greșită. Pentru numele lui Dumnezeu, Thom! Nu îți amintești? Nu îți mai amintești oare ce ți-am făcut acum șaptișpe ani? Nu îți pasă deloc de cât te-am rănit?

El își coborî privirea și îi studie mâna, după care își ridică ochii spre ea.

– Dacă ai fi fost cal, spuse el, ți-aș fi spus că ai fost pe mâini greșite.

Kate se uită cu ochi mari la el. Era acum atât de aproape că putea să îi simtă căldura respirației pe pielea ei.

– Ar fi un dezastru, zise ea, iar lacrimi mari i se prelinseră pe obraji. Ar fi un nenorocit de dezastru.

Iar apoi, după ce Thom îi luă cu grijă fața udă de lacrimi în cele două mâini desperecheate, ea se aplecă în față și își lipi gura de a lui.

Capitolul 12

Ducele stătea în colțul grajdului, cu capul plecat și coada strânsă între picioare, ca și cum s-ar fi așteptat să primească o lovitură. Oasele șoldului îi ieșeau în afară, ca piesele unui mobilier dezasamblat, iar părul lui, care cândva strălucea de sănătate, reflectând lumina ca o prismă, era acum tern și aspru, cu textura unui covor vechi și ieftin. Deasupra ochilor avea două adâncituri, acolo unde pleoapele i se odihneau întredeschise, ca o cortină pregătită să fie lăsată în jos.

Veterinarul, un bărbat înalt și subțire, cu alură de om învățat, își trecu mâna peste grumazul lui, îl mângâie, după care se îndreptă, prin stratul gros de paie de pe pământ, spre Joy, care aștepta la ușă.

– Mă tem că nu prea mai e în puteri, flăcăul nostru, doamnă Ballantyne.

Joy clipi de câteva ori și își coborî privirea, ca și cum ar fi procesat o informație pe care se aștepta totuși de multă vreme să o audă.

– Ce are?

– În principiu, osteoartroză. Și analgezicele pe care i le dăm..., zise veterinarul și se încruntă. Fenilbutazona nu mai funcționează. De fapt, cred că îi face mai mult rău decât bine. Se poate să fi făcut ulcer, lucru care se întâmplă des cailor care au luat fenilbutazonă pe o perioadă mai lungă de timp, dar are și diaree și scade în greutate, ceea ce nu e prea grozav pentru un cal de vârsta lui. I-am luat sânge să îl duc la laborator, dar pun pariu că are hipoproteinemie – adică prea puține proteine în sânge.

Făcu o pauză.

– E și istovit, inima i-a încetinit și nu cred că mai poate fi vorba de vreo însănătoșire, bătrânul de el.

Joy rămase nemișcată, cu o expresie serioasă pe chip și trăsăturile rigide. Doar o privire foarte atentă ar fi observat tremurul vag, singurul indiciu al sentimentelor pe care încerca să le ascundă.

– E vina mea că a făcut ulcer? zise ea. I-am dat prea mult?

– Nu. Nu este nici pe departe vina dumneavoastră. E o reacție toxică des întâlnită la caii care au trebuit să ia medicamentul prea multă vreme. Acesta e și motivul pentru care unii doctorii nu îl mai folosesc deloc. Dar în cazul unui cal de vârsta lui, nu prea aveam de ales. Și i-a făcut bine pentru o vreme. Câți ani are acum? Douăzeci și șapte? Douăzeci și opt?

– Nu putem să îi dăm altceva? Să îi schimbăm medicamentele?

Joy își ținea mâinile împreunate în dreptul pieptului, ca și cum l-ar fi implorat.

Veterinarul se lăsă pe vine și își puse instrumentele înapoi în lădița lui, pe care o închise zgomotos. Cerul de afară era senin și nebănuitor la presimțirea cea rea.

– Îmi pare rău, doamnă Ballantyne. A trăit bine cât i-a fost vremea. Dar nu cred că putem să mai intervenim prea mult împotriva sorții. Nu dacă vrem să fim corecți.

Rostise ultima frază uitându-se cu coada ochiului la Joy. Știa cât de mult însemna calul acela pentru bătrână, dar tot amânau, de luni întregi, inevitabilul.

Joy se îndreptă spre cal și îl trase ușor de urechi – un gest automat de afecțiune. Îl privi, după care îi dădu zuluful de păr pe spate, examinându-i fața, și îl scărpină pe nas. Calul se împinse cu capul uriaș spre ea, după care, cu ochii pe jumătate închiși, își sprijini bărbia pe umărul ei acoperit cu o pătură, ceea ce o făcu să își îndoaie ușor genunchii sub greutatea lui. Veterinarul aștepta în pragul ușii. Își cunoștea prea bine clienta ca să o zorească.

– Vreau să veniți mâine, zise ea în cele din urmă, cu voce joasă și fermă. Mâine-dimineață, dacă e bine și pentru dumneavoastră.

Veterinarul dădu din cap în semn de aprobare.

– Între timp, vreau să vă rog să îmi faceți o favoare, zise ea, uitându-se în ochii lui. Vreau să îi dați ceva. Ceva împotriva durerii. Ceva care nu o să îl deranjeze la stomac.

Joy își ridică privirea într-un gest oarecum autoritar.

– Știu că trebuie să aveți ceva.

Veterinarul se foi de pe un picior pe altul.

– Sincer să fiu, doamnă Ballantyne, nu e prea mult...

– Orice, îl întrerupse ea. Trebuie să existe ceva.

Veterinarul trase adânc aer în piept, după care răsuflă ușor, dezumflându-și fălcile. Își fixă ochii pe podeaua acoperită cu fân, căzut pe gânduri.

– Am ceva, zise el într-un final.

Joy aștepta nerăbdătoare să continue.

– E un medicament experimental. Nu e ceva ce aș prescrie în mod normal unui cal cum e al dumneavoastră. Chiar nu am voie. Dar, da, o să îi ia durerea. Din picioare și din stomac.

– Vreau să i-l dați.

– Chiar nu ar trebui. Aș putea să îmi pierd licența.

– E vorba doar de o zi, zise Joy. Plătesc oricât.

– Nu e nevoie.

Își lăsă capul într-o parte. Privi afară, pe ușa deschisă a grajdului. Trase din nou aer adânc în piept.

– În caz că o fac, aș aprecia dacă nu ați spune nimănui. Absolut nimănui.

Joy se întoarse la calul ei și șopti ceva duios. Chipul i se îmblânzise, ca și cum și ea ar fi așteptat nerăbdătoare propria-i ușurare.

– Să îl aduceți azi, zise ea, fără să îl privească pe veterinar.

Îl mângâia din nou pe Duce pe nas, scărpinându-l și trecându-și mâinile ei late și bătrâne peste oasele lui, mișcări născute dintr-o apropiere de ani de zile între ei doi.

Veterinarul clătină ușor din cap. Era prea ușor de înduplecat. Partenerul lui s-ar înfuria teribil dacă ar afla.

– Trebuie să mai ajung undeva în dimineața asta. După aceea vi-l aduc, promise el, după care se întoarse. Apropo, cum se mai simte domnul Ballantyne?

Joy nu își ridică privirea.

– E bine, mulțumesc, răspunse ea.

La câțiva kilometri distanță, Kate se afla în Land Rover și privea prin parbriz la farul Hook Head, un monolit monocrom, a cărui siluetă se profila peste albastrul sclipitor al portului Waterford. Era prima zi senină de săptămâni întregi, iar farul uriaș și căsuțele din jurul lui se înălțau spălate de ploaie și decolorate de lumina slabă a soarelui de iarnă, în timp ce valurile băteau și spumegau neîncetat peste calcarul secular.

Deși plămânii îi erau în continuare mai bine adaptați la noxele atmosferei urbane, Kate trase adânc în piept aerul sărat, purtat de vântul tăios de pe țărmul din fața lor, ca un *connaisseur* care savurează un vin bun, în timp ce asculta la scâncetele pescărușilor și ale guilemotelor, planând, pe cărări nevăzute, deasupra lor. Purta ochelarii și, chiar și de la distanța aceasta, erau împroșcați periodic cu mici stropi de apă, care străluceau ca niște cioburi de diamant în lumina albă.

– Nu prea pui multe întrebări, nu? zise ea, fără să îl privească pe Thom, care stătea lângă ea. Vreau să zic, în legătură cu ce mi s-a întâmplat. Despre Justin, ultimul meu partener. Sau despre Geoff.

Thom se întoarse ca să îi întâlnească privirea.

– De ce? Vrei să te întreb?

Norii derapau pe orizontul îndepărtat, zgâlțâiți când și când de o pală de vânt nevăzută.

– Mă gândeam că poate ai vrea să știi. Majoritatea bărbaților vor. Vor să îți cunoască trecutul.

– Știu tot ce trebuie să știu.

Își întoarse capul spre mare, luând o înghițitură din paharul de plastic, plin cu cafea.

– Uneori pui cam multe întrebări.

– Dar tu nu te întrebi nimic. Nici măcar nu vrei să știi ce cred despre asta. Dacă e un lucru bun.

– După cum spuneam, uneori pui prea multe întrebări, zise el și zâmbi ca pentru sine. Mai ales pentru o persoană ca tine.

Rămaseră acolo timp de aproape o jumătate de oră, bucurându-se în tăcere de scurta lor evadare de la Kilcarrion și de la complicațiile care veneau la pachet. Mai bine de jumătate din timp stătuseră îmbrățișați, se sărutaseră leneș și schimbaseră priviri galeșe, îmbătați de un sentiment de anticipare nerostită. Nu avea să fie azi, asta era de la sine înțeles. Dar nu conta. Era suficient de bine doar să stea unul cu altul, să se țină în brațe, să fie singuri.

Trecuseră câteva zile de când fuseseră împreună în casa de vară și sentimentele de panică și vinovăție ale lui Kate fură treptat înlocuite de nevoia disperată de a fi aproape de Thom, de a-i vedea zâmbetul, de a-l avea doar pentru ea. A doua zi, se trezise cuprinsă de o panică teribilă, toate sentimentele calde simțite cu o noapte înainte fuseseră spulberată de groaza de a se „încurca din nou cu cineva" și mersese să îl caute în curte, neliniștindu-l și spunându-i cu fermitate (și pe un ton aproape isteric) că fusese o greșeală uriașă și că îi părea rău dacă îl lăsase să-și facă speranțe, dar ea chiar trebuia să fie o vreme pe cont propriu. Thom dăduse din cap, spusese că înțelege și rămăsese implacabil, la fel ca și în celelalte trei ocazii din ziua respectivă când ea îl căutase și îi explicase din nou, pe un ton calm, dar imperativ, de ce era imposibil și cum se gândise ea mai bine și își dăduse seama că nu se potrivesc deloc unul cu celălalt și că îl plăcea mult prea mult ca să îi strice viața.

După aceea, Kate mersese sus la ea cameră și izbucni în lacrimi, furioasă pe ea însăși și mâhnită, iar în dimineața următoare, atunci când Thom venise pe neașteptate în camera unde luau micul dejun, ca să o informeze pe Joy că mergea în oraș să cumpere câte ceva pentru magazie, Kate se întrebase dacă nu cumva ar putea să o ia și pe ea. Ar fi avut câteva lucruri de cumpărat din oraș. Christopher, cu abilitatea sa de detectiv de a simți orice indiscreție din partea ei, plecase duminică seara, Sabine nu era acasă, iar Joy nu observase nimic ciudat; părea oricum să nu observe prea multe zilele acelea, în afară de sănătatea șubredă a bătrânului cal și de nesfârșitele treburi de pe lângă casă și din curte, care deodată deveniseră, toate, foarte urgente.

Așa că reușiră să se strecoare afară și să gonească în Land Rover, chicotind pe ascuns ca niște elevi chiulangii. Pentru Kate devenea deja imposibil să își stăpânească dorința de a-l atinge, așa că atunci când îi atinse mâna, fu nevoită să se abțină să nu tresară atunci când, în loc de carnea moale, veni în contact cu plasticul dur.

– O să te obișnuiești, zise el, aparent amuzat. Înainte tresăream în somn atunci când mă scărpinam la nas. Sau mai rău.

Privea într-o parte când vorbea, cu un zâmbet furiș jucându-i-se pe buze.

Kate se înroșise, stânjenită, dar cu siguranță că era o stânjeneală ce ascundea și un sentiment mai plăcut. După asta, nici unul nu mai zise nimic, reduși la tăcere de gândurile pe care cuvintele lui Thom le treziseră.

– Și tu?

Thom își termină cafeaua și își puse paharul pe bord, lângă o pereche de mănuși de lână vechi, un ghem de sfoară și un exemplar îngălbenit din *The Racing Post*.

– Și eu ce?

– Păi, trebuie să fi avut și tu pe cineva. Au trecut mai mult de șaptesprezece ani, la urma urmei.

Thom ridică din umeri.

– Nu am fost vreun sfânt. Dar nu a existat nimeni special.

Kate nu îl credea.

– În tot acest timp?

În tonul vocii ei se simțea o vagă urmă de frică, acaparată de spectrul mai puțin atrăgător al unei obsesii nesănătoase din partea lui.

– Trebuie să fi existat cineva. Nu ai vrut niciodată să te însori? Sau să trăiești cu cineva?

– Au fost câteva fete la care am ținut.

Se întoarse din nou cu fața spre ea și îi luă mâna într-a lui.

– Dar suntem diferiți. Mie nu mi se pare așa de ușor să mă implic într-o relație. Mai degrabă stau singur decât cu o femeie care nu e...

Vocea i se stinse.

Kate completă propoziția în minte. Potrivită? Perfectă? Aleasa? Cu gândul la acel ultim cuvânt, simți că o trec toate apele – era prea devreme să vorbească despre așa ceva. Nu era sigură că luase decizia potrivită în ceea ce privea relația lor, nici așa cum era ea la momentul respectiv. Dar, în același timp, mai exista un gând care o neliniștea, și anume critica insinuată de vorbele lui. Suntem diferiți. Mai degrabă rămân singur decât... decât să fie ca ea? Sugera oare că ea se implica într-o relație așa, cu oricine?

Luă o gură din paharul ei de cafea, formulând și respingând în continuare diverse răspunsuri în minte. Dar nu îl întrebă ce vrusese să spună. După cum zisese și el, uneori punea prea multe întrebări.

Doi bărbați, mici ca două insecte, își făceau de lucru pe lângă o bărcuță, unul dintre ei indicând ceva, iar celălalt gesticulând. Un al treilea își târa picioarele pe țărm, adunând fel și fel de obiecte.

– Ai fost supărat pe mine? zise ea într-un final.

– La început.

Ochii lui albaștri reflectau cerul neobișnuit de senin. Rămaseră ațintiți asupra unui punct îndepărtat, poate chiar pierduți în trecut.

– E greu să fii supărat pe cineva prea multă vreme. Pe cineva de care îți pasă, mai ales.

Kate își mușcă buza.

– Îmi pare rău.

– Să nu îți pară. Eram tineri. Inevitabil aveam s-o dăm în bară, mai devreme sau mai târziu.

– Dar eu am dat-o în bară, nu tu.

– Mi-ai luat-o înainte, atâta tot.

– Ești incredibil de zen zilele astea.

Thom zâmbi.

– Zen? Așa se zice mai nou? Nț... Un zâmbet i se întinse larg pe tot chipul. Pur și simplu am învățat să nu mă las rănit de lucrurile pe care nu pot să le schimb.

Kate șovăi. Nu putu să se abțină.

– Ca de exemplu brațul?

– Da.

Privi în jos spre mâna lui stângă, care i se odihnea ușor pe coapsă.

– Cred că ăsta a fost un început destul de bun. Nu poți să te iei la harță cu o mână sau un picior lipsă... Nu poți să te iei la harță cu nimic lipsă.

Rămaseră acolo în liniște, privind pescărușii care zburau în cercuri deasupra golfului. Bărcuța fu împinsă pe mare și o siluetă mititică le făcea cu mâna celorlalte două care urcaseră în ea. Se zdruncinase la primele câteva valuri, ca un somon care se lupta să răzbată în amonte.

Kate medită la potențialele interpretări ale acelor elemente lipsă. Erau lucruri pe care și le-ar fi dorit să le audă de la el, despre care știa că aveau să o facă să se închidă în ea, lucruri care erau deopotrivă necesare și imposibil de auzit. În continuare plină de contradicții, îi răsună în minte vocea lui Maggie. În continuare obsedată de romantism și de toate posibilitățile lui. În continuare incapabilă să fie pe picioarele ei în viață. Ah, ia mai du-te-ncolo.

– A fost însă ceva care m-a neliniștit, zise el, cu privirea fixată într-un punct dincolo de ea.

Kate trasa linii invizibile cu degetul în palma lui. Se opri.

– O să sune puțin ciudat. Dar m-a neliniștit multă vreme... Am vrut să te întreb... de ce el?

Kate nu se așteptase la asta. Clipi, strângând tare din pleoape.

– Vreau să zic, abia dacă îl cunoșteai. Știu că nu eram împreună de prea mult timp, dar nu am înțeles cum de i-ai dat lui ceva atât de special. Nu am înțeles de ce... ei bine, de ce nu m-ai ales pe mine?

Pentru prima oară, părea tulburat, nesigur pe sine. Își închise și își deschise gura de câteva ori, ca și cum s-ar fi străduit să își stăpânească niște emoții nefamiliare.

– Mă tot uit la Sabine, zise el într-un final, și nu îmi scot din minte gândul... că ar fi putut fi copilul meu.

Kate se gândi la Alexander Fowler, la portretul de ziua ei de naștere, la dorința agresivă și perversă cu care-i deschisese, fără acordul ei, fermoarul rochiei demodate, de catifea, și la îngemănarea sentimentelor de uimire și oportunism ce străbăteau chipul bărbatului, în fața trupului ei adolescentin, proaspăt devoalat. Era cald acolo, își aminti ea, și duhnea a terebentină și vopsea veche, iar pereții erau flancați de portrete pe jumătate terminate ale unor oameni pe care nu îi recunoștea. Își aminte cum se îmbrăcase după aceea, când el dispăruse în casă, să își caute țigările, având senzația că oamenii din portrete o știau acum ceva mai bine.

– Dacă ai fi fost tu, ar fi însemnat ceva, zise ea încetișor. Și presupun că nu am vrut să însemne prea mult.

Calul de dar, asta fusese expresia pe care o folosise el. Și o făcuse să se cutremure.

Thom o privi fix, lipsit de expresie, neputând să înțeleagă. În spatele lui, un pescăruș singuratic făcea rotocoale în aer și țipa.

– Dacă ai fi fost tu, Thom, zise ea, strângându-l mai tare de mână, m-ai fi făcut să rămân.

Stând la fereastra de la etaj, Sabine văzu cum automobilul Land Rover intră pe alee, iar mama ei pășește afară, pe pietrișul din fața casei. Ținea în mână un ziar și ceva neidentificat într-o pungă maro de hârtie: nimic ce nu ar fi putut cumpăra din oraș cu bunica altă dată, observă Sabine. În plus, își mai și trecea mâna prin păr în repetate rânduri – un indiciu clar că îți place de cineva: Sabine citise asta într-o revistă. Cu siguranță că dacă s-ar fi uitat îndeaproape, avea și pupilele dilatate.

Plecă de la fereastră și se îndreptă spre patul în care dormea bunicul, lăsând draperia grea să cadă. Prea ocupată cu bărbații ca să petreacă timp cu tatăl ei, gândi ea cu amărăciune. Ai fi putut să numeri pe degetele de la o mână de câte ori urcase să îl vadă. Bunicul nici nu părea să știe că propria lui fiică e acolo, așa era de implicată. Dar, la urma urmei, în afară de asistenta medicală, Sabine era acum singura care se implica. Bunica era tot timpul prea ocupată. Sau se agita din cauza Ducelui, care, după cum îi spusese John-John cu o vagă încântare, era deja pe drumul spre marea fabrică de mâncare pentru pisici din ceruri.

Sabine se așeză cu grijă pe marginea patului, ca să nu îl trezească. Părea să se simtă mai bine dormind zilele astea. Când era treaz, era adesea agitat și respira greu, cu un gâfâit, fapt ce o neliniștea pe Sabine, care simțea că i se punea și ei un nod în gât. Când se întâmpla asta, Sabine îl lua de mână, încercând să nu se panicheze când strânsoarea îi devenea rigidă, ca și cum ar fi exersat pentru *rigor mortis*.

– A adormit iar? zise Lynda, asistenta, care intrase repede în cameră, aducând o carafă cu apă. Ei, ce să-i faci, așa e cel mai bine pentru el.

Lynda (care pusese „y"-ul de la ea, după cum îi spusese lui Sabine) avea să renunțe la cariera de asistentă medicală cu normă întreagă pentru una în aromaterapie, odată ce avea să termine acea colaborare. Nu menționase niciodată când avea să considere colaborarea încheiată, dar amândouă știau la ce se referise.

– Acum a adormit, zise Sabine.

– De ce nu ieși afară? Mergi și distrează-te. Eu asta aș face în locul tău. Petreci prea mult timp aici.

Sabine așteptă să adauge și că „nu e deloc sănătos", o altă expresie preferată a Lyndei, dar nu o făcu.

– Haide. Rămân eu aici ca să mă uit la telenovelă vreo jumătate de oră, deci poți să pleci liniștită. Și da, nu trebuie să îmi zici, o să dau sonorul încet.

Sabine plecă, dispărând în birou ca să se mai uite o dată peste hârtia aceea care devenise deja un locatar vechi în buzunarul ei. Trecuseră deja două zile de când primise scrisoarea de la Geoff, prin care o informa că se însoară cu indianca aia și tot nu știa ce să facă mai departe. Inițial, presupusese că și mama ei primise aceleași vești, dar nimic în comportamentul ei de atunci încoace nu îi confirmase bănuiala. Ba chiar, era mai veselă acum.

Și nu o neliniștea doar vestea că Geoff, la fel ca și Jim, își găsise o familie nouă, ci și ce spunea asta despre propria ei familie. De ce nici nu se gândise Geoff vreodată să o ceară pe mama ei de nevastă? La urma urmei, fuseseră împreună șase ani și era genul de tip familist. Ba chiar menționase odată sfios că îi era un „tată surogat". Lui Sabine nu îi rămase decât să concluzioneze că mama ei pur și simplu nu era genul de femeie pe care să o iei de soție, spre deosebire de bunica ei, care reușise să fie cerută în căsătorie după doar o zi. Kate era genul de femeie care își permitea să fie folosită și apoi părăsită la nesfârșit. Lipsa ei de respect față de propria persoană era incurabilă. Expresia aia pe care o afișa permanent în preajma bărbaților, prin care le arăta cât e de dornică, ca și cum le-ar fi fost recunoscătoare pentru orice firimituri sentimentale i-ar fi aruncat. Sabine se uita acum la frazele din scrisoare, pe care între timp le învățase pe de rost, mai precis la dorința destul de sinceră „să păstrăm legătura" și la promisiunea că „o să fiu mereu acolo când ai nevoie de mine". Și nu dorința ca mama ei să fie cea care să se căsătorească cu Geoff o făcea să fie și mai enervată pe Kate, ci faptul că Geoff nu o ceruse niciodată de soție. Resimțea acest lucru ca pe încă un eșec.

Se uita acum la fotografiile pe care încă nu apucase să le sorteze cu bunica: fotografiile cu Christopher și Kate pe vremea când erau bebeluși (el arăta pompos încă de pe vremea aia), îmbrăcați în costumașe vișinii, brodate cu aur, și la fotografia înfățișând-o pe Kate și pe băiețelul chinez. Sabine ar fi vrut să știe mai multe despre băiețelul chinez, dar Joy fusese prea stresată să treacă mai repede prin toate pozele, după cum spusese ultima oară când stătuseră acolo, revenind la tonul ei obișnuit, scurt și la obiect. Erau prea multe alte lucruri care trebuiau făcute. Sabine putea să facă ce voia ea cu ele.

Pare să fie singurul tip care a rămas prin preajma ta, cugetă Sabine, trecându-și degetele peste fotografia celor doi copii, care rânjeau cu dinții la vedere, pe sub pălărioarele lor. Orice ai fi avut vreodată, mamă, ai pierdut pe undeva.

– Sabine?

Sabine tresări. Kate se afla în pragul ușii.

– Mă întrebam dacă nu vrei să mănânci de prânz. Bunica a zis că nu îi e foame și bunicul doarme, așa că mă întrebam dacă nu vrei să înfulecăm ceva împreună.

– Sper că nu l-ai trezit, zise Sabine, strecurându-și scrisoarea din nou în buzunar.

– Nu, dragă, doarme. Mi-a spus asistenta.

– Și presupun că nu te-ai gândit să mergi să verifici.

Kate se strădui să își păstreze zâmbetul. Nimic nu avea să îi strice ziua de azi, nici mama ei, care o refuzase tăios atunci când se oferise să gătească (doamna H nu era, se dusese în oraș, în Wexford, la un medic care ar fi putut să îi dea niște sfaturi în legătură cu Annie), nici iritarea vădită a fiicei sale la orice încercare de a-i da o mână de ajutor. Își mută ușor greutatea de pe un picior pe altul, ca să pătrundă în cameră.

– M-am gândit să fac niște supă. Și pâine cu unt. Doamna H a fost drăguță și ne-a lăsat o pâine.

– Bine. Nu contează.

Sabine se întoarse la fotografii. Dar Kate nu plecă.

– Ce faci?

Ce *crezi* că fac? gândi Sabine.

– Făceam doar puțină ordine prin fotografiile astea vechi, zise ea pe un ton neutru. Bunica mi-a dat voie.

Privirea lui Kate ateriză pe capacul cutiei.

– Asta sunt eu?

Merse mai aproape și se aplecă, luând în mână fotografia cu ea și băiețelul chinez.

– Dumnezeule! exclamă ea, aranjându-și ochelarii pe nas. Nu am mai văzut pozele astea de secole.

Sabine nu zise nimic.

– E Tung-Li, spuse Kate, băiatul *amahei* mele. Obișnuiam să ne jucăm împreună... până când..., începu ea să explice, apoi se opri. Era o dulceață. Teribil de sfios. Cred că el a fost primul meu prieten din copilărie. Erau doar câteva luni diferență între noi.

Sabine își călcă pe inimă și întoarse privirea spre fotografie.

– În spatele blocului în care locuiam, în Hong Kong, era o piscină. Și când nimeni din familiile celelalte din bloc nu era prin preajmă, ne jucam de-a dragonii în apă. Sau ne dădeam cu bicicleta mea roșie pe marginea piscinei. Îmi amintesc că am căzut de câteva ori. *Amaha* s-a enervat teribil, zise Kate râzând. Avea mari bătăi de cap să usuce hainele în sezonul umed, așa că era cea mai mare boroboață pe care puteai să o faci, să cazi în piscină cu pantofii buni.

– Câți ani aveai aici?

Kate se încruntă.

– Cred că ne-am mutat în clădirea cu piscină când aveam patru ani... deci probabil în jur de cinci? Sau șase?

– Ce s-a întâmplat cu el?

Expresia de pe fața lui Kate se schimbă. Părea ceva mai puțin însuflețită.

– Păi, cumva am fost nevoită să încetez să mă mai joc cu el.

– De ce?

– Pur și simplu așa stăteau lucrurile înainte. Bunica... bunica ta avea niște idei fixe despre ce se cade să faci și ce nu. Și aparent, nu se cădea să te joci cu Tung-Li. Cel puțin, nu pentru o fată ca mine.

– Chiar dacă fuseserăți prieteni în tot acest timp?

– Da.

Fața lui Kate se întunecă la amintirea nedreptății ce i se făcuse pe atunci. Sabine rămase cu ochii ațintiți asupra fotografiei.

– Nu prea sună a ceva ce i-ar sta în fire bunicii să facă, zise ea.

Kate își ridică privirea. Nu putu să se abțină.

– Deci nu crezi asta, nu?

– Cu mine s-a comportat mereu frumos.

– Ei bine, dragă, într-o zi o să afli că nu e întotdeauna bătrânica drăguță care crezi tu acum că e. Poate fi și foarte dură.

Sabine o privi pe mama ei, șocată de tonul sever neobișnuit și, în același timp, cuprinsă de o dorință perversă de a o contrazice.

– Crezi că e corect să separi doi copii doar din cauza culorii pielii lor?

– Nu, zise Sabine, conștientă că era pusă la perete. Dar lucrurile erau altfel pe atunci, nu? Oamenii nu gândeau cum gândim noi astăzi. Așa fuseseră crescuți.

– Deci crezi că ar fi în regulă dacă acasă te-aș obliga să mănânci carne doar pentru că eu așa am fost crescută? Pentru că știi bine că așa am fost crescută. Dacă aș fi refuzat să mănânc carne aici, mi s-ar fi spus să trăiesc doar cu cartofi sau cu pâine goală.

– Nu, bineînțeles că nu.

– Și atunci, Sabine, de ce orice ar face bunica e cumva în regulă, cumva scuzabil? Și cu toate astea, orice fac eu, indiferent cât de bine intenționată sunt, mi se aruncă înapoi în față?

Kate nu știu de unde îi venise impulsul de a rosti acele cuvinte, dar simpla vedere a fotografiei adusese din nou la suprafață toată ranchiuna din trecut și reușise s-o scoată iarăși din sărite. Se săturase să tragă ponoasele pentru toate greșelile din lume, se săturase să rămână impasibilă la toate comentariile dureroase ale lui Sabine, se săturase să se simtă etern vinovată pentru distrugerea vieților tuturor și să continue așa, dând din cap și zâmbind, sub toată povara acelor sentimente.

– Chit că îți vine să crezi sau nu, Sabine, uneori mama ta e partea vătămată. Ocazional, doar ocazional, are dreptate.

Făcu această observație fără să ia în calcul încăpățânarea nativă a fiicei sale și capacitatea adolescentei de șaisprezece ani de a-și demonstra încrederea în sine combinată cu aroganța.

– Nu pot să cred că ești de părere că ai mereu dreptate, zise Sabine furioasă. În nici un caz, după felul în care te-ai comportat.

– Poftim?

– Foarte bine. Deci bunica te-a obligat să ai alți prieteni atunci când trăiai la Tropice. Probabil că încerca doar să ia cele mai bune decizii pentru tine. Oamenii ar fi început, poate, să te vorbească și toate cele, la cum erau lucrurile pe atunci.

Kate începu să clatine ușor din cap, nevenindu-i să creadă.

– Mi-a povestit multe despre asta, știi. Despre regulile și situația de atunci. Despre cum oamenii te vorbeau dacă lucrurile nu mergeau cum trebuie. Și chiar dacă ai avut dreptate la vremea respectivă, asta nu înseamnă că ți-a mai ieșit vreodată de atunci, nu-i așa? Nu e ca și cum tu i-ai pune vreodată pe ceilalți pe primul loc. Vreau să zic că nici măcar nu te interesează să petreci timp cu tatăl tău, chiar dacă ai crezut că vii aici pentru că era pe moarte. Ești prea ocupată să cochetezi cu oricine îți apare în cale, doar ca să poți să mai adaugi încă o relație eșuată pe lista ta.

– Sabine!

– Păi, așa e.

Sabine era conștientă că întrecea niște limite, dar era prea nervoasă ca să îi pese. Cine era mama ei ca să îi judece pe alții?

– Schimbi bărbații cum schimbă bunicul batistele. Nici nu prea pare să îți pese cum se vede treaba asta. Ai fi putut să semeni mai mult cu bunicul și bunica și să stai să aștepți până când dai de persoana potrivită. Ei au știut să își asume angajamente. Au știut să clădească ceva durabil. Știi tu, dragoste adevărată. Dar tu treci de la un bărbat la altul fără să îți pese măcar. Vreau să zic, uită-te la Justin! Cât a durat? Sau Geoff? Dumnezeule, nici măcar nu îți pasă că se căsătorește.

După ce se pregătise să îi dea lui Sabine o replică la fel de aprinsă, Kate îngheță. Urmă un scurt moment de tăcere.

– Ce ai spus?

– Geoff. Se căsătorește.

Sabine trase adânc aer în piept, conștientizând brusc că mama ei s-ar putea totuși să nu fi primit nici o scrisoare.

– Credeam că știi.

Kate lăsă privirea în jos și întinse mâna să se țină de un raft, ca și cum ar fi avut nevoie să își recapete echilibrul.

– Nu, zise ea cu grijă. Nu știam. Când ți-a spus?

Fără să scoată un cuvânt, Sabine scoase scrisoarea mototolită din buzunarul de la spate și i-o dădu mamei. Kate, care se sprijinea acum de o masă, o citi în tăcere. După care zise:

– Ei bine, nu i-a luat prea mult, nu?

Ah, Dumnezeule, gândi Sabine. Ochii i se umplură de lacrimi.

– Credeam că știi, zise ea din nou.

– Nu, nu știam. E foarte posibil să îmi fi scris acasă, dar nu aveam cum să primesc scrisoarea, dacă sunt aici.

Urmă o tăcere lungă. Afară, cuiva îi căzuse o găleată de apă, ceea ce produsese o izbitură surdă care răsunase în toată curtea, apoi se auzise o voce de bărbat poruncindu-i calului să stea locului. Kate nici măcar nu tresări. Se ridică în picioare, ca o somnambulă, și se îndreptă cu pași mici spre ușă.

– Păi, ziceam că fac o supă, spuse ea, dându-și părul la o parte de pe față. Și niște tartine.

Sabine rămase așezată pe podea, stăpânindu-se cu greu să nu plângă.

– Îmi pare rău, mamă, zise ea.

Kate schiță un zâmbet vag, trist.

– Nu e vina ta, scumpo, zise ea. Nu e vina ta.

Mâncară prânzul într-o tăcere aproape desăvârșită. Ca niciodată, Sabine încercase să lege o conversație, copleșită de vina provocată de bomba pe care o aruncase mai devreme, pe negândite. Kate dăduse din cap și zâmbise, fiind recunoscătoare pentru una dintre rarele ocazii când fiica ei încerca să își împărtășească sentimentele, dar în același timp fu ușurată când terminară de mâncat, ca să poată pleca altundeva, unde proaspăta lor conversație să nu plutească deasupra lor ca un nor prevestind și mai multe averse. În cazul lui Sabine, asta însemna să meargă cu călutul cenușiu la Manor Farm, unde i se spusese că poate folosi terenul de cros de pe domeniul lor ca să își exerseze salturile. În cazul lui Kate, însemna să petreacă pentru prima oară timp cu tatăl ei, așa cum trebuia de când venise la Kilcarrion.

Stătuse mai bine de un ceas pe scaunul de lângă patul său, timp în care Lynda își făcuse de mai multe ori apariția ca să verifice monitoarele și cateterele și să îi ofere o ceașcă de ceai. Deși se făcuseră toate încercările cu putință pentru ca încăperea să fie amenajată cât mai vesel, stând acolo, într-o liniște aproape deplină și privind la chipul acela odinioară plin de viață, la tatăl care o ridicase cândva în brațe și o făcuse să se schimonosească toată când o gâdila, Kate se simți copleșită de melancolie și tristă că nu fusese capabilă să se ridice la înălțimea așteptărilor pe care le avusese de la ea și că el trăgea acum să moară, fără ca ei doi să fi acoperit prăpastia ce se căscase între ei de-a lungul anilor.

– Chiar încerc să fac lucrurile cum trebuie, îi zise. Încerc să fac lucrurile să meargă, să îi pun pe ceilalți pe primul loc, dar tu și cu mama ați stabilit niște standarde greu de atins. Aș vrea ca voi să fi înțeles asta. Aș vrea să i-o fi spus și lui Sabine.

Nu îi răspunse. Nici nu se așteptase să îi răspundă. Rămase în continuare așezată lângă el, trimițându-i gândurile ei mute și răsfoind prin cărțile pe care Sabine i le pusese pe noptieră.

Se întunecase aproape atunci când merse să îl caute pe Thom și îl rugă să se întâlnească în casa de vară. El îi cercetă cu luare-aminte expresia feței, băgă de seamă că ea își ferea privirea și nu spuse nimic.

În clipa când ajunse acolo, făcându-și potecă prin grădina acoperită cu buruieni, nu o sărută, ci se rezemă pur și simplu, cu un aer un pic prea relaxat, de tocul ușii și îi zâmbi.

Ea stătea așezată pe lăzile peste care el pusese o pătură, cu brațele strânse protector în jurul genunchilor, ca un copil, cu părul acoperindu-i pe jumătate fața.

– Trebuie să se încheie. Acum.

Thom lăsă capul în jos, în încercarea de a-i întâlni privirea.

– Până când o să te tot răzgândești? spuse el pe un ton glumeț. Să îți las o jumătate de oră la dispoziție?

Kate își ridică privirea. În spatele ochelarilor, ochii îi erau roșii și plânși.

– Nu. Nu o să mă răzgândesc. Mă întorc acasă.

– Nu înțeleg.

– Nici nu am pretenția să înțelegi.

– Ce vrea să însemne asta?

– Ce ai auzit. Mă întorc acasă. La Londra.

– Poftim?

Era pentru prima dată când vocea lui părea mânioasă. Kate îl privi și observă expresia rănită și confuză de pe chipul lui.

– Uite, Kate, te cunosc. Știu că te răzgândești ca vântul care își schimbă direcția. Dar ce dracului vrea să însemne asta?

Kate își luă privirea de la el, nedorindu-și să îl vadă.

– O fac pentru noi toți, zise ea cu glas slab.

– Ce, mai exact?

– Cum spuneam, e cel mai bine pentru toată lumea.

– Prostii.

– Nu înțelegi.

– Atunci explică-mi tu, te rog.

Kate strânse cu putere din ochi, dorindu-și să fie oriunde altundeva, dar nu aici.

– E vorba despre ceva ce am auzit azi. Ceva ce mi-a spus Sabine. Și m-a făcut să îmi dau seama că orice părere aș avea despre tine, oricum m-aș simți acum, mai devreme sau mai târziu o să fac în continuare aceleași greșeli pe care le-am făcut întotdeauna, zise și își șterse nasul cu dosul mânecii. Nu m-am gândit suficient de bine la asta, Thom. Nici măcar nu m-am gândit dacă are vreo șansă de izbândă. Nu m-am gândit la oamenii pe care i-ar răni dacă nu ar funcționa. Și vezi tu, nu o să funcționeze. Tu și cu mine nu avem nimic în comun. Trăim în țări diferite. Nu ne cunoaștem mai deloc, nu știm decât că ne simțim în continuare atrași fizic unul de celălalt. Așa că, mai mult ca sigur, o s-o dau cumva în bară la un moment dat. Și treaba e că de fiecare dată când o dau în bară, mai pierd o părticică din respectul fiicei mele. Mai rău decât atât, pierd o părticică din respectul față de propria persoană.

Se opri și încercă să nu își tragă nasul, cu fața îngropată în brațele încrucișate, ceea ce îi făcea vocea să sune înfundat.

– În orice caz, m-am gândit la asta azi și am decis că cel mai bine pentru toată lumea e să mă întorc pur și simplu acasă. O să iau feribotul mâine. Tata nu o să îmi ducă lipsa. Nici nu a băgat de seamă că sunt aici. Și mama a făcut tot ce i-a stat în putință să mă ignore de când am ajuns. Cât despre Sabine..., zise ea și oftă lung și apăsat. Am decis ca ea să rămână aici. E mult mai fericită aici decât a fost vreodată la Londra. Chiar și tu ai observat, deși o știi doar de câteva luni. Poate să vină acasă când și dacă are chef. Sau să meargă la facultate. Nu o să o forțez să facă nimic. Dar m-am gândit că ar fi bine să îți spun.

Privi în jos, prin brațele încrucișate. De tălpile pantofilor i se lipiseră paie, de mai devreme, când străbătuse toată curtea în încercarea de a o găsi pe mama ei.

– Așa, deci?

Kate ridică privirea. Thom avea răsuflarea întretăiată și se freca la ceafă cu mâna lui bună.

– Pa-pa, Thom, îmi cer scuze dacă te-am indus din nou în eroare, dar eu am decis ce e mai bine pentru toată lumea și tu va trebui pur și simplu să te conformezi.

Kate se uită cu ochi mari la el.

– Ei bine, astea sunt niște rahaturi, Kate. Rahaturi. Nu am să te las să faci asta din nou. Nu decizi tu de una singură ce se întâmplă într-o relație, și cu atât mai puțin îți permit să acționezi în numele meu.

Se învârtea de colo colo pe podeaua aglomerată de fel și fel de obiecte, neluând în seamă cutiile de tablă pe care le lovea în trecere. Întreaga atmosferă era încărcată de furia lui.

– De zile întregi tot stau și te ascult cum îmi spui ce e bine și ce e rău la relația noastră. Și pentru că te cunosc, am decis că cel mai bine e să mă înarmez cu răbdare și să te las să te descarci. Dar numai pentru că tu ai decis că ceva e greșit, asta nu înseamnă că și este, bine? Doar pentru că ai decis că te-ai afundat prea tare în apă, asta nu înseamnă că poți să scoți dopul când ai chef.

Își încleștă maxilarul, încercând să își domolească răsuflarea, și se așeză greoi pe o găleată întoarsă.

– Uite, Kate, sunt îndrăgostit de tine de multă vreme. Al naibii de multă vreme. Și în timpul ăsta am tot fost cu fel și fel de fete, fete grozave, cu zâmbete mari și cu inimi și mai mari. Crezi sau nu, cu fete și mai grozave decât tine. Și de ce au fost mai multe, de aia mi-am dat seama că dacă lipsește ceva la bază, dacă nu simți chestia aia, chestia aia afurisită, care nu dă niciodată greș, atunci nu are nici un rost. Nu-i așa? Și apoi te-ai întors, lucru la care nu m-am așteptat niciodată, și am știut imediat. Am știut din prima clipă când te-am văzut aici, înjurând la pereți și jelindu-te ca o adolescentă, și am simțit ceva aici – se lovi cu pumnul în piept –, am simțit ceva cum urlă-n mine. Și mi-am zis: „Ah, bun, Deci *asta* e". Și atunci am știut.

Kate îl privea tulburată, cu gura întredeschisă. Nu îl mai văzuse niciodată furios; nici nu îl mai auzise să vorbească atât de mult deodată. Aproape tresări atunci când se ridică de pe găleată și veni să stea lângă ea pe lăzi.

– Uite, Kate, chiar dacă tu încă nu știi asta, eu știu. Și nu îmi pasă de toți prăpădiții ăia cu care ai fost și nu îmi pasă că trăim în locuri diferite. Sau că nici măcar nu avem preferințe comune. Pentru că astea sunt doar detalii. Doar detalii.

Îi luă mâna și i-o strânse între palmele lui.

– Și știu că nu sunt perfect. M-am deprins prea tare să trăiesc de unul singur și devin morocănos din cauza celor mai stupide fleacuri și... și îmi lipsește un nenorocit de braț. Știu că nu mai sunt bărbatul care am fost odată.

Kate scutură din cap, dorindu-și să nu fi menționat acest lucru, să nu-l fi sugerat ca potențial factor.

El se uită înapoi la ea și vorbi din nou, de data asta cu o voce brusc mai liniștită.

– Dar îți spun, Kate, ascultă la mine – dacă pleci acum, te înșeli. Te înșeli amarnic. Și asta pentru că tu ești cea schilodită, nu eu.

După care, ca din senin, îi ridică mâna și îi puse palma peste buzele lui. O lăsă acolo și stătu așa, cu ochii închiși, cumva redus la tăcere de propria faptă.

Kate, pe care deja nu o mai interesau lacrimile care îi curgeau șiroaie pe obraji, își întinse cealaltă mână și îl mângâie pe obraz.

– Dar de unde știm, Thom? zise ea. De unde știu eu?

– Pentru că eu știu, zise el, deschizând ochii. Și măcar o dată în viață trebuie să ai încredere în mine în privința asta.

Ieșiră din casa de vară ca doi călători care se aventurau din nou în natură după o furtună mare, și pentru prima dată nu se gândeau că ar putea fi văzuți. Thom spusese că trebuie să meargă să vadă ce mai fac caii, iar Kate îi zisese că îl însoțește, în speranța de a o găsi pe Sabine. Voia ca Sabine să nu mai aibă mustrări de conștiință, să știe că nu era supărată în privința lui Geoff, chiar dacă nu se simțea încă pregătită să îi spună de ce.

Liam stătea afară, în fața magaziei, pe un balot de paie, și ștergea hățurile cu o cârpă moale, fluierând printre dinți melodia ce se auzea de la radio. Pe măsură ce se apropiau de el, le aruncă o privire cu subînțeles, dar nu spuse nimic.

– Caii sunt pe terenul din spate? întrebă Thom, în timp ce verifica zăvorul uneia din ușile grajdului.

– Mda.

– Sabine s-a întors?

– Tocmai ce l-a băgat pe Cenușiul înapoi în grajd. L-am mutat în grajdul din capătul celălalt pentru că aici începuse să se scurgă apa prin acoperiș.

Thom rosti câteva sudalme printre dinți, cu privirea ațintită asupra țiglelor lipsă.

– O să trebuiască să pun o altă prelată peste el. Nu mai avem țigle să astupăm, nu?

– Le-am folosit pe toate cu luni în urmă, răspunse Liam. Ați fost prin vreun loc drăguț?

O măsură încet pe Kate din cap până în picioare, iar ea simți cum obrajii îi iau foc și cum pielea începe să o furnice.

– Doar am pus ordine în niște documente, zise Thom. Parcă ai spus că toți caii sunt înăuntru.

Liam se întoarse cu fața la el, după care îi urmări privirea peste șopron, până la terenul din spate.

– Sunt.

– Atunci care e acolo?

Liam miji ochii în lumina piersăcie a apusului, ducându-și o palmă deasupra sprâncenelor.

– Pare a fi Ducele, zise el încruntat.

– Dar e beteag de luni de zile. Calul ăla nu-i deloc beteag.

Thom rămase tăcut, cu fața încremenită.

Liam își potrivi mâna la ochi, în încercarea de a vedea mai bine.

– Și cine e călare pe el? E cineva pe cal.

– Ce s-a întâmplat? zise Sabine, care tocmai se apropiase de ei, cu o șa în mână.

Se uită la mama ei, întrebându-se ce făcea în curte.

– Nu pot să văd, zise Kate. Nu bat până într-acolo.

– E doamna Ballan...

Liam se opri atunci când Thom își puse o mână pe brațul lui.

– Haide, zise el în șoaptă. Să îi lăsăm să își vadă de treabă.

– Ce? zise Sabine. Bunica e călare pe cal? Pe ce cal e?

– Fir-aș al dracului. N-a mai călărit de ani de zile.

Vocea lui Liam devenise și mai ascuțită de uimire.

– Haideți, zise Thom, dirijându-i pe toți spre casă. Haideți înăuntru.

În timp ce se îndepărtau, Thom aruncă o privire peste umăr la siluetele îndepărtate, regești ale bătrânei doamne și a calului ei bătrân și țeapăn, conturându-se în lumina soarelui la apus, la capul armăsarului, ridicat semeț, și la urechile lui care se legănau în față și în spate la auzul vocii ei, pe măsură ce își croiau drum spre pădure.

Capitolul 13

Joy nu ieși din camera ei timp de două zile întregi după ce Ducele fu eutanasiat; doamna H spusese că era prima oară când o vedea că se lăsa doborâtă de ceva, cu atât mai puțin de tristețe. Se trezise la răsăritul soarelui și își petrecuse primele două ore ale dimineții în boxa veche a cailor, țesălându-l și vorbindu-i, astfel încât atunci când veterinarul ajunsese în cele din urmă, nu găsise un animal amărât și condamnat la moarte, ci unul care părea să fie în toată puterea, cu coama lui ternă netezită cu strădanie, până căpătase un luciu aproape sănătos. După care ea rămăsese acolo nemișcată, cu o mână odihnindu-se pe fața lui, în timp ce el se sprijinea confortabil cu bărbia pe umărul ei, atunci când veterinarul scosese injecția letală. Ducele era atât de relaxat în poziția asta, așa că atunci când se prăbușise, greutatea lui aproape că o trăsese în jos sub el. Thom, care aștepta în spatele ei, fusese cel care reușise să o scoată de acolo la timp. Apoi rămăseseră cu toții acolo câteva minute, fără să schimbe vreun cuvânt, privind la trupul nemișcat, căzut pe podeaua acoperită cu un strat gros de paie. După aceea, Joy îi mulțumise politicos veterinarului și se îndreptase hotărâtă înapoi spre casă, cu brațele țepene pe lângă corp și bărbia ridicată. Și nu se uitase deloc înapoi.

Așa era felul ei, cugetase doamna H. Vrusese să își vadă calul luându-și rămas-bun cu demnitate. Și își petrecuse atâta timp alături de el.

Spre deosebire de timpul petrecut alături de propriul soț, îi trecu prin minte lui Sabine, știind că la fel gândeau și toți ceilalți.

A doua zi de la acest eveniment, după ce Joy se încuiase în cameră, refuzând să i se aducă mâncare și rugându-i pe musafiri cumva pe un ton formal „să mă lăsați, vă rog, în pace“, Edward începuse să respire din ce în ce mai greoi, iar Lynda își asumase sarcina să cheme doctorul, de teamă că dacă nu o făcea, s-ar fi putut ca bătrânul să nu mai fi fost prin preajmă până se hotăra soția lui să iasă din camera ei.

Cu fața albă de spaimă și vigilentă, Sabine stătuse lângă el și îl ținuse de mână în timp ce doctorul îi luase pulsul și îl apăsase cu stetoscopul pe pieptul lui bătrân și osos, consultându-se în tot acest timp în șoaptă cu Lynda.

– E în regulă zise ea, pe un ton iritat. Puteți să îmi spuneți. Sunt nepoata lui.

– Unde e doamna Ballantyne? întrebă doctorul, ignorând-o.

– Azi nu va ieși din camera ei, așa că va trebui să stați de vorbă cu mine.

Doctorul și Lynda făcură un schimb de priviri.

– I-a murit calul, zise Lynda, ridicând din sprânceană și părând oarecum dezamăgită atunci când doctorul dădu din cap, ca și cum ar fi înțeles.

– Christopher e prin preajmă?

– E plecat.

– Mama ta mai e aici? o întrebă pe Sabine.

– Da, dar ea nu are nici o legătură cu bunicul.

Sabine pronunțase cuvintele apăsat și lent, ca și cum ar fi vorbit cu niște cretini.

– E genul ăla de familie, zise Lynda.

Lynda începuse să își permită în ultima vreme să facă fel și fel de remarci.

– Uitați ce e, de ce nu-mi spuneți mie, și gata? O să îi transmit mai departe bunicii atunci când iese afară.

Doctorul își cântărea răspunsul în minte. Dar după aceea se uită la Sabine și își strânse gura într-o dungă subțire.

– Nu cred că mai putem aștepta atât.

*

La scurt timp după acest moment, încărcată cu energia unui om care se simte iubit, Kate decise să ia problema în mâinile ei. O luă la pas pe coridor, bătu cu putere la ușa mamei sale și, ignorând mormăielile de protest ale lui Joy, intră în camera mobilată modest și îi spuse mamei că doctorul trebuie să vorbească de urgență cu ea.

– Nu pot să vin chiar acum, zise Joy, refuzând să o privească.

Stătea lungită pe patul ei de o persoană, cu spatele la ușă și cu picioarele lungi și subțiri în pantalonii de reiat, ghemuită într-o poziție aproape fetală.

– Spune-i că îl sun eu mai încolo.

Kate, care nu își văzuse niciodată mama atât de vulnerabilă (nici măcar nu credea că se mai aflase vreodată în poziție orizontală ziua în amiaza mare până atunci), încercă să-și mențină glasul ferm, să pară hotărâtă.

– Mă tem că vrea să îți vorbească acum. Tata nu se simte prea bine.

Joy rămase în continuare nemișcată pe pat.

Kate stătea în pragul ușii, în așteptarea unui răspuns.

– Îmi pare rău de ce s-a întâmplat cu Ducele, mamă, dar va trebui să te ridici. Avem nevoie de tine jos.

O auzi pe Sabine afară, mergând pe coridor spre camera ei și suspinând mâhnită. În clipa în care conștientizase cât de gravă e starea bunicului, deși nu îi stătea în fire, izbucnise zgomotos în lacrimi, ca un copil neajutorat, genul acela de plâns în care își apăsa pumnii strânși pe ochi, în timp ce râuri de muci și lacrimi îi curgeau șiroaie spre bărbie. Tocmai starea de șoc pe care o resimțise Kate la vederea acelei izbucniri emoționale necaracteristice pentru fiica ei o îndemnase să acționeze. Mai devreme sau mai târziu, mama ei va trebui să stea de vorbă cu ea. Mersese foarte bine până atunci să lase totul în mâinile lui Sabine, dar în momente ca acestea trebuia să își amintească faptul că nepoata ei avea doar șaisprezece ani.

– Mamă...

– Te rog să pleci, zise Joy, ridicându-și ușor capul, iar Kate băgă de seamă că avea ochii roșii de plâns, iar părul cărunt îi stătea turtit și îi era lipsit de orice strălucire. Vreau doar să fiu lăsată în pace.

Afară, pe coridor, Kate auzi ușa de la dormitorul lui Sabine închizându-se. Își coborî tonul vocii.

– Știi ceva? Ar fi minunat dacă ai putea să mă asculți. Măcar o dată.

Joy privea în gol pe fereastră.

– Uite, indiferent ce părere ai avea despre mine, mamă, sunt în continuare fiica tatei. Și sunt aici. În timp ce Christopher nu. Nu e corect să o lași pe Sabine să se descurce de una singură cu toate astea. Cineva trebuie să decidă dacă ar trebui să îl trimitem pe tata la spital și dacă nu, ce altceva să facem.

Joy își trecu mâna peste pantalonii din reiat, netezind o cută.

– În regulă. Dacă nu cobori în cinci minute, atunci o să decid eu cu doctorul care e cea mai bună soluție pentru tata, conchise ea, cu un oftat adânc.

Kate părăsi apoi încăperea îngustă, închizând cu putere ușa în urma ei.

Joy ajunse în sufragerie tocmai în clipa în care doctorul își termina ceaiul, cu părul netezit pe spate și cu ochii aproape cufundați în pliurile umflate din jurul lor.

– Îmi pare tare rău că v-am lăsat să așteptați, îi zise ea.

Kate stătea în fața lui, într-unul dintre fotoliile de lângă șemineu, și nu știa dacă să râdă sau să plângă.

– De parcă ar face orice îi stă în putință numai să nu vorbească cu mine, spusese ea după aceea, trecându-și absentă degetele peste o curea de piele neidentificată, în timp ce stătea cu Thom în magazie.

Era cufundată într-un fotoliu vechi, cu picioarele lungite lângă reșoul electric alăturat, care, deși strălucea cu putere, nu făcea mare lucru ca să domolească frigul. Aerul, aspru și curat afară, se condensa în mici norișori de abur în timp ce vorbea.

– Vreau să zic că, în vremuri ca acestea, o familie trebuie să fie mai unită. Chiar și o familie ca a noastră. Și totuși, ea doar aleargă de colo colo, ocupându-și tot mai mult timpul, ținându-se cât mai la distanță de tata, dar refuzând să discute cu mine despre ce o să facem mai departe cu el. Christopher e prin Geneva la o conferință, iar Sabine e prea tânără ca să ia astfel de decizii, deci nu e ca şi când ar avea cu cine altcineva să se sfătuiască, nu?

Thom ştergea nişte hăţuri cu un burete ud, desfăcând cu forţă curele şi dezlipindu-le una de alta cu mâna dreaptă.

– Chiar aşa de inutilă sunt? E chiar de neimaginat că aş putea să o ajut?

Thom clătină din cap.

– Nu e vorba de tine. E vorba de ea.

– Ce vrei să zici cu asta?

– E mai uşor pentru ea să îşi plângă calul decât soţul. Mama ta e atât de închisă în ea şi e învăţată să-şi reprime toată suferinţa. Presupun că nu ştie cum să se descurce cu tot ce se întâmplă în jur.

Kate se gândi preţ de câteva clipe.

– Nu sunt de acord. Întotdeauna i-a fost foarte uşor să se supere. Cred că e vorba de mine. Pur şi simplu nu vrea să mă lase să cred că i-aş putea fi de vreun folos, indiferent ce aş face.

Kate se ridică, îndreptându-se spre uşă.

– Nu a fost niciodată mândră de nimic din ce am făcut. În ochii ei, eu am făcut mereu numai greşeli. Pur şi simplu nu vrea să schimbe asta.

– Eşti teribil de crudă cu ea.

– Ea a fost teribil de crudă cu mine. Uite, Thom, cine a zis oare că nu mai pot să stau în casa asta atunci când am rămas gravidă cu Sabine? Ha? Cam ce efect crezi că a avut asta asupra mea? Aveam doar optsprezece ani, pentru numele lui Dumnezeu.

Kate se plimba acum de colo colo prin cămăruţă, trecându-şi degetele, din mers, peste teancurile de şei aliniate în faţa unui perete.

– Am crezut că tu ai fost cea care nu a vrut să rămână.

– Da, nici eu nu am vrut să rămân. Dar asta pentru că amândoi s-au purtat înfiorător cu mine.

Thom ridică hăţurile în lumină, căutând urme de mizerie întărită, după care le coborî din nou pe genunchiul lui.

– Asta a fost acum multă vreme. Ar trebui să treci peste. Noi am trecut.

Kate se întoarse spre el, cu gura schimonosită într-o expresie de încăpățânare, despre care, dacă ar fi văzut-o, bunica ei Alice ar fi remarcat că era identică cu cea a mamei.

– Nu pot să trec peste asta, Thom, până când ea nu încetează să mă mai judece pentru tot ce fac, până când nu mă acceptă așa cum sunt.

Își încrucișase brațele la piept și privea lung spre el, cu părul căzându-i pe față.

El lăsă hățurile jos, se ridică și își înlănțui brațele în jurul taliei ei, ceea ce îi făcu trupul să se relaxeze inevitabil și să devină aproape fluid în strânsoarea lor.

– Haide să mergem.

– Nu pot.

– Până una alta, o să facem ceva care să îți mai ia gândul de la asta.

Vocea îi era caldă și blândă. Kate își trecu un deget peste buzele lui. Cea de jos era ușor uscată de la frigul de afară.

– Și ce planuri ai? zise ea în șoaptă. Casa e plină de oameni, doar știi asta.

El rânji și ridică poznaș din sprâncene.

– Cred că a sosit vremea să călărești.

Kate se blocă, după care se desprinse din brațele lui.

– Ahhh, nu, zise ea. Poate că pe Sabine ai reușit să o convingi, dar nu și pe mine. Mi-am petrecut ultimii douăzeci de ani din viață mulțumindu-i lui Dumnezeu că nu am mai fost nevoită să mă urc pe nici un afurisit de cal. Exclus.

Thom se apropie ușor de ea. Încă zâmbea.

– Am putea să mergem kilometri întregi. E o zi frumoasă.

– Nu, în nici un caz.

– Am putea atunci să o luăm la pas, ușurel, și să ne îndreptăm spre pădure. Unde nu ne poate vedea nimeni.

Kate clătină din cap, cu gura strâns închisă, de parcă ar fi vrut să se salveze de la o sărutare nedorită.

– Nu vreau să călăresc, Thom. Mi-e frică de cai. Aș fi foarte fericită să nu mă mai sui în șa pentru tot restul vieții.

Mâna lui bună i se furişă pe ceafă, trăgând-o uşurel mai aproape de el. Thom mirosea a săpun şi mai avea un iz dulceag, uşor jilav, de iarbă proaspăt cosită.

– Nu trebuie să călăreşti de una singură. Poţi să te urci cu mine pe cal. O să îmi ţin braţul în jurul tău tot timpul.

Kate se simţi uşor ameţită, îmbătată de apropierea lui. Îşi puse braţele în jurul gâtului lui Thom, vrând parcă să se scufunde în fiinţa lui, dorindu-şi să îl simtă scufundându-se în fiinţa ei. Închise ochii şi îşi lăsă capul într-o parte, simţindu-i respiraţia caldă pe gâtul ei descoperit.

– Vreau să fim doar noi doi, singuri, şopti el, iar freamătul vocii lui îi făcu instantaneu să se ridice perişorii fini de pe ceafă.

După care sări ca arsă din braţele lui, de îndată ce auzi trântindu-se una dintre uşile de la grajd.

Urmă sunetul unor paşi apropiindu-se de ei, după care Liam apăru în dreptul uşii, cu chipul lui îngust şi bătut de vreme conturându-se, întunecat, în lumina puternică de afară. Rămase acolo cu o pătură sub braţ, cu privirea când la Thom, care şedea acum şi curăţa din nou echipamentele, când la Kate, care stătea în picioare, sprijinindu-se relaxată de una dintre şei.

– Minunată zi, spuse el.

Replica îi fu adresată lui Thom, dar ochii îi erau în continuare aţintiţi asupra lui Kate.

– Mă gândeam ca deocamdată să las deoparte păturile pentru mânzul roşcovan. Se pare că nu are pielea aşa subţire pe cât am crezut.

Thom încuviinţă din cap.

– Bună mişcare. Chiar mă gândeam să îl scoatem afară, acum că s-a făcut vremea mai frumoasă, zise el.

După care ridică ochii, întrebător, aruncându-i doar o privire furişă lui Kate.

– Şi, ai de gând să stai pe aici toată ziua, Liam?

Sabine se îndreptă cu paşi mărunţi spre grajduri, cu mâinile îndesate adânc în buzunarele de la blugi şi cu bărbia vârâtă în gulerul polo al puloverului. I se mai întrezăreau doar ochii şi nasul, ambele rozalii și cu o tentă de prospețime. Bunicul trăgea să moară, cam asta spusese doctorul, chiar dacă își cosmetizase anunțul, folosind termeni precum „complicații" și „prognoze". Bunicul avea să moară, bunica se comporta bizar pentru că îi murise calul, Annie nu îi mai răspundea la telefon de secole și totul se ducea de râpă. Singura familie adevărată pe care o avusese vreodată se destrăma.

Cu Bertie la picioarele ei, Sabine se așeză pe o bancă de lemn, lângă padoc, și se șterse la nas cu mâneca. Îi venea din ce în ce mai greu să își stăpânească bănuiala că, oricât de stupid ar fi sunat, era ceva legat de ea. Cele două familii pe care le avusese acasă, Jim și Geoff, se destrămaseră. Iar acum, familia ei irlandeză, care păruse perfect normală atunci când ajunsese aici – ei bine, poate că nu chiar normală, conchise ea –, se dezintegra, se fractura și se evapora sub ochii ei. Nimic nu mai era la fel ca atunci când sosise. Absolut nimic. Și dacă nu era legat de ea, atunci care să fi fost problema?

Sabine lăsă să îi scape un oftat prelung și tremurător, ceea ce îl făcu pe Bertie să îi arunce o privire confuză, înainte să își pună din nou botul între labe. Bobby îi spusese că era ridicolă atunci când îi povestise, la telefon, teoria ei.

– Oamenii bătrâni mor. Caii bătrâni mor, zisese el. Asta-i viața. Pur și simplu nu ai mai asistat tu la așa ceva până acum.

Fusese drăguț, nu făcuse glume pe seama asta, ca și cum ar fi înțeles nevoia ei de a vorbi cu cineva. Ar fi vrut să stea de vorbă cu Thom, gândi ea cu amărăciune, dar nici măcar el nu mai era prin preajmă zilele acelea. Nu se mai oferise să iasă cu ea la călărit de secole și chiar și atunci când rămâneau doar ei doi în curte, era doar amabil și glumeț, ca și cum ar fi vorbit cu John-John sau chiar cu vreun străin.

Sabine se ridică, dându-și dintr-odată seama că i se făcuse frig, se frecă la coate și merse spre grajduri, înălțând capul peste fiecare ușă, ca să vadă cine era înăuntru. După care îi veni ideea că ar putea să stea de vorbă cu mama ei. Se înțeleseseră destul de bine în ultimele zile, de când cu scrisoarea de la Geoff. Dar oricâtă empatie ar fi arătat Kate, orice conversație despre Kilcarrion pe care ar putea să o aibă cu ea avea să fie inevitabil dificilă, umbrită de incapacitatea lui Kate de a se înțelege bine cu Joy și tulburată de faptul că amândouă știau că ea voia să părăsească Irlanda cât mai repede cu putință, pe când Sabine nu.

Pentru că treaba stătea în felul următor: chiar dacă bunicul avea să moară, Sabine tot nu voia să plece. Se obișnuise cu viața de aici, cu ritmul și structurile ei, cu caracterul ei previzibil. În cea mai mare parte a timpului. Îi plăceau caii. Casa cea mare. Oamenii. Nu putea să se mai închipuie pierzând ore întregi în jurul blocului lor din Keir Hardie, unde tot ce conta era cu ce te îmbraci și dacă cineva te place sau nu. Dacă ar fi încercat să le vorbească despre călărie sau vânătoare, ar fi luat-o în derâdere și i-ar fi zis că a devenit o fițoasă. Ar face-o să se simtă diferită, mai diferită decât se simțea deja. Cumva, acasă parcă nu mai era acasă. Și avea să îi frângă din nou inima mamei, imediat cum i-ar fi spus asta, gândi Sabine, plină de remușcări.

Deschise ușa de la grajd, pătrunse ușor înăuntru și își încolăci brațele în jurul Cenușiului care, fiind prea concentrat pe plasa lui de fân, o ignoră. După câteva clipe, ieși, închise ușa cu grijă și se îndreptă spre magazie. O partidă bună de călărie, și toți norii grei se împrăștie. Așa spunea bunica.

Liam era singur înăuntru și peria o pătură de cal, cu o perie care părea mai întesată de păr decât materialul pe care încerca să îl curețe.

– Mă gândeam să îl scot pe Cenușiul la o plimbare, zise ea, căutându-i hățurile.

– E o zi numai bună pentru asta, zise Liam rânjind. De fapt și de drept, orice zi e numai bună pentru călărit.

– Ha, ha, zise Sabine, încercând să nu zâmbească. Nu i se părea că Liam ar trebui să fie încurajat cu astfel de replici.

– Mergi singură?

– Da? Și?

– Nimic.

– Zi, ce-i.

Liam ridică din umeri.

– Mă gândeam că poate ți-ar plăcea niște companie. Mă gândeam că poate ai vrea să mergi cu Thom.

Sabine se chinui să își ridice șaua de pe raft, hotărâtă să nu se roșească.

– Ei bine, nici nu știu unde e. Și oricum nu e nimeni prin preajmă azi. Mai nimeni.

– Păi, s-ar putea să fii surprinsă.

Sabine îl privi cu luare-aminte.

– Cred că Thom a pornit spre pădure. Pe calul cel mare, zise Liam, după care aruncă peria într-o cutie și scutură pătura. Nu îmi amintesc dacă mai era cineva cu el sau nu.

Luă la mână următoarea pătură din teanc, cu un zâmbet straniu jucându-i pe buze.

– Să ai o zi bună! zise el.

Sabine se încruntă la el, după care ieși din curte, cu hățurile atârnându-i pe podea în urma ei. Liam era de-a dreptul ciudat câteodată.

„Pădurea deasă, cu mistreți", după cum era cunoscută în rândul localnicilor, nu era nici prea deasă și, din câte se știa, nici nu sălășluiau în ea mistreți. Se întindea pe o suprafață de circa patru sute de metri, de-a lungul unui râuleț care mărginea două terenuri private, și oferea amatorilor de pescuit păstrăvi în sezon, iar vara le permitea adolescenților din partea locului să își facă de cap, departe de privirile părinților. Era însă lungă, urmând cursul râului cale de peste doi kilometri, astfel că aceia care voiau să se convingă că sunt departe de civilizație puteau să o facă, sub ocrotirea și liniștea aproape desăvârșită a copacilor și a tufelor din jurul lor.

Cam la jumătatea acestui drum de-a lungul râului, Thom opri calul lui impunător de vânătoare, își balansă piciorul drept peste șa și sări ușor pe pământul moale, căptușit cu tubă. Înfășurându-și hățurile pe brațul stâng, se întinse ca să o ajute pe Kate să coboare. Cu mișcări ceva mai puțin grațioase, ea se târî la vale pe coapsa calului, după care merse spre un buștean trântit la pământ și se așeză ușor pe suprafața acoperită cu mușchi.

– Nu o să pot să mă mișc mâine, zise ea, frecându-se pe spate și chircindu-se toată.

– Abia poimâine o să fie cel mai nasol.

– Nu e nevoie s-o spui de parcă ai fi încântat de asta.

Thom îşi mângâie calul pe bot, după care îl mână spre alt copac. Desfăcu hamurile din jurul gâtului calului şi le ataşă la zăbală, priponindu-l de o ramură, cu un nod slab. După care se îndreptă cu paşi mărunţi spre trunchiul de copac căzut şi se aşeză lângă ea, dându-i părul la o parte de pe faţă şi sărutând-o pe nas.

– A fost chiar aşa de rău?

Zâmbi cu amărăciune şi îşi coborî privirea, ca şi cum ar fi putut să vadă prin haine cum îi apar deja vânătăile.

– Nu aş fi făcut asta pentru nimeni altcineva.

– Sper că nu. Dacă am fi stat mai aproape unul de celălalt, am fi încălcat orice regulă a decenţei în public.

– Ah, nu mi-am dat seama că te deranjează.

După care se lipiră unul de altul şi se sărutară îndelung, iar Kate adulmeca în timpul acesta miresmele umede, misterioase ale pădurii, izul stătut al frunzelor putrezite şi mirosul puternic al plantelor proaspăt răsărite, amestecat cu parfumul mai subtil al bărbatului de lângă ea. Îşi dădu seama că era, fără doar şi poate, fericită.

– Te iubesc, ştii asta, zise el, atunci când se desprinseră din îmbrăţişare.

– Ştiu. Şi eu te iubesc.

Nu necesitase nici cel mai mic efort. Nici o răscolire a sufletului. Nici o traumă.

Deasupra lor, lumina puternică a soarelui trimitea raze fusiforme prin coronamentul verde, brăzdând pământul din jurul lor cu luminiţe pâlpâitoare şi jucăuşe. Briza făcea să foşnească vegetaţia din jurul lor, ca şi cum o mână invizibilă ar fi trecut uşor peste plantele joase. Se sărutară din nou, iar el avea degetele prinse în părul ei şi o împinse încetişor pe spate pe buşteanul lat, iar în scurt timp îi simţi greutatea trupului deasupra ei. Kate se topi de dorinţă şi îl strânse şi mai tare, încercând să îl aducă din ce în ce mai aproape de ea.

Timpul se opri în loc, minutele se dizolvară în senzaţia produsă de trupurile lor lipite, de răsuflările lor îngemănate, de buzele lui pe pielea ei.

– Ah, Thom, îi şopti ea la ureche. Te vreau.

Îi simți obrazul aspru pe al ei și îi percepu nemișcarea, când el se opri. După care se ridică, sprijinindu-se în mâna bună, și o fixă cu privirea.

– Te vreau, zise el și se opri ca să îi dea un sărut, ca o binecuvântare pe chipul ei.

Kate se întinse după el, simțind că distanța dintre ei era prea mare, și îl trase ușor spre ea. Însă el se opri la jumătatea drumului, încordându-se să mențină distanța dintre trupurile lor.

– Nu, spuse el.

– Poftim?

Ea își miji ochii, după ce o rază de soare pătrunse prin frunzișul umbros de deasupra lor, nemaireușind pentru o clipă să îi vadă chipul iubitului ei. Ah, Dumnezeule, gândi ea. E de la ochelari. Nu ar fi trebuit să port ochelarii.

– Nu vreau să o facem aici. În felul ăsta, zise Thom, apoi se ridică de tot și respira în continuare sacadat. Nu vreau să fie ceva... josnic.

– Dar cum ar putea oare să fie josnic?

Kate, care acum se ridica și ea în capul oaselor, se strădui să își ascundă nerăbdarea din voce.

– Nu josnic atunci. E cuvântul greșit. Îi apucă mâna și i-o întoarse cu fața în jos. Eu doar vreau să fie perfect. Vreau... nu știu... am așteptat atât de mult... e vorba de tine, însemni prea mult pentru mine.

Kate își fixă privirea asupra propriei palme, conștientă că valul de căldură ce năvălise în trupul ei se disipa acum, lăsând loc unei tandreți diferite. Unei puteri diferite.

– Nu o să fie perfect, Thom.

El o privi drept în ochi, doi iriși albaștri perfecți, într-o ramă neagră.

– Nu poți să te aștepți să fie perfect. Dacă îți faci prea multe iluzii, o să ajungem să ne dezamăgim reciproc. Crede-mă. Știu asta, adăugă ea în tăcere.

El privea în jos, studiindu-i în continuare mâna.

– Doar pentru că a durat atât de mult să ajungem aici nu înseamnă că trebuie să facem din asta ceva mai important decât este de fapt, continuă ea. Probabil că o să fie puțin stânjenitor la început. Ce vreau să zic e că va trebui să ne obișnuim unul cu altul.

Privi involuntar către brațul său.

– Amândoi ne-am schimbat, Thom. Amândoi va trebui să o luăm de la început. Cred că va fi perfect... în cele din urmă. Și cred că e mai important să începem pur și simplu de undeva.

Kate zâmbi și privi în jur.

– Chiar dacă nu va fi aici. Sau în următoarele zile. Pentru că, sinceră să fiu, nu cred că o să fiu în stare să îmi mișc picioarele.

Atmosfera se mai detensionă, la fel și starea lor de spirit. El îi întoarse privirea și expiră ușor, ca un râset scurt. După care îi luă mâna într-a lui, i-o ridică, și cu ochii pironiți într-ai ei, îi cuprinse cu buzele dosul încheieturii, mușcând-o ușor cu dinții. Simțindu-i gura pe pielea ei, Kate avu senzația că se topește pe picioare și privirea i se încețoșează chiar și din spatele ochelarilor. Înghiți în sec.

– Ai dreptate, îi șopti el în încheietură, cu ochii scânteind de dorință, uitându-se fix într-ai ei. Nu ar trebui să vedem în asta o chestiune esențială.

Îi dădu drumul și îi așeză mâna la loc în poală. Zâmbi.

– Dar te și înșeli, să știi. O să fie perfect.

Sabine struni calul spre casă, ridicându-și piciorul stâng cu o dexteritate proaspăt dobândită, și slăbi cataramele zăbalei, ca să se poată relaxa și animalul puțin. Îl muncise tare în după-amiaza aceasta, pornită să se concentreze doar asupra senzației fizice provocate de corpul său sinuos galopând cadențat pe iarba de sub copite, asupra stării minunate, neasemuite, stârnite de animalul care se ridica și întindea cu fiecare salt, hotărâtă să nu se gândească la nici o complicație ce ar putea apărea pe drum.

Nu avea de gând să se întoarcă acasă. Pur și simplu trebuia să îi spună asta mamei sale. Îi va explica că avea să o viziteze și să o sune săptămânal, dar va rămâne să trăiască în continuare aici, unde bunica avea nevoie de ea. Aici, unde era mai fericită. Poate că nu îi va spune totuși și ultima parte, gândi ea, slăbind hățurile, ceea ce îl făcu pe cal să își plece capul, recunoscător. Suna puțin cam crud. Chiar și pentru mama ei.

Soarele ce se scufunda pe cer emana o strălucire roșiatică și arunca o lumină blândă, scandinavă peste câmpurile goale, colorând în nuanțe de roz terenurile din spate, încă acoperite cu un strat de chiciură. În spatele ei, Bertie se târșâia epuizat la o distanță sigură de copitele din spate ale calului, iar ghearele lui produceau un clinchet surd pe asfalt. Ar putea oricum să se întoarcă uneori la sfârșit de săptămână, dacă mama ei era chiar atât de disperată. Sabine știa că nu îi plăcea să fie singură. Dar va trebui să înțeleagă că era în parte vina ei, fiindcă, la urma urmei, ea o trimisese pe Sabine acolo. Și nu era vina ei că se înțelegea mai bine cu bunica și bunicul decât o făcuse Kate vreodată.

– Poate chiar o să mă lase să te păstrez, îi zise ea calului, care își ciuli urechile. Un cal în plus sau în minus nu e mare diferență, nu-i așa?

Dar în spatele deciziei nu se afla doar un motiv egoist. Dacă rămânea acolo, putea să o ajute pe bunica să aibă grijă de bunicul. Era și așa mereu prea ocupată cu altele și ar putea astfel să economisească bani dacă ar lăsa-o pe Lynda să plece. În plus, doamna H ar putea fi nevoită să petreacă mai mult timp cu Annie, dacă avea să meargă la terapie, așa că bunicii vor avea nevoie de cineva care să le pregătească prânzul. Atâta vreme cât doamna H se ocupă în continuare de coptul pâinii, se gândi Sabine, va putea mai mult ca sigur să facă față. Și, în tot acest timp, ar putea să călărească în fiecare zi. Și să îi mai înveselească pe ceilalți. Și să stea cu ochii pe Christopher și Julia. Și poate să continue să iasă cu Bobby. Cu siguranță îl voia ca prieten, deși încă nu era sigură de cealaltă opțiune.

Tocmai ce trecea de colțul din spate al bisericii cu hramul Sfântului Petru, când Cenușiul se opri și își ridică brusc capul, cu urechile ciulite înainte. Nările i se lățiseră ca și cum ar fi adulmecat ceva, și scoase un nechezat apăsat în semn de salut. Bertie, care alergase deja în fața lui, privi și el în sus.

Smulsă din reveria ei, Sabine se uită în jur ca să vadă ce îi neliniștise calul. Urmând privirea animalului, zări la distanță calul cel mare din curte, care mergea ușor pe lângă gardul viu de la marginea terenului de șaisprezece hectare. Mergea cu fața spre ea și, de la distanța aceea, i se păru că îi deslușește silueta lui Thom călare pe el și se gândi dacă să îl strige sau nu. După care calul se întoarse ușor spre stânga lui, moment în care Sabine își dădu seama că erau doi oameni pe el. Unul era Thom, iar în spate, se afla mama ei. Îi distingea culoarea roșie a părului, care contrasta cu nuanța pământie a câmpului proaspăt arat. Își ținea brațele încolăcite în jurul mijlocului lui Thom și își odihnea capul pe umărul lui.

Sabine clipi nedumerită, nevenindu-i la început să își creadă ochilor, după care, odată ce viziunea se adeveri, rămase de-a dreptul împietrită la gândul tuturor implicațiilor. Mama ei era speriată de moarte de cai. Nu putea fi decât un singur motiv pentru care era acolo sus, călare. Mintea îi fugi dintr-odată la ceea ce îi spusese Liam.

Așteptă să treacă ei, ignorându-l pe călutul cenușiu care tropăia nerăbdător pe loc, iar privirea îi deveni rece, la fel ca și mâinile și picioarele ei nemișcate. După care, abia când fu sigură că ieșise din câmpul lor vizual, își lăsă calul să o ia spre casă.

Kate stătea lungită în cadă, cu bulele de spumă până la bărbie și cu degetele de la picioare ițindu-i-se din apa fierbinte, la celălalt capăt, ca niște cârnăciori rozalii, aliniați sub robinetul plin de calcar. Începuse deja să o doară tot corpul – știa că așa o să se întâmple –, dar în același timp îi era inundat de o senzație atât de plăcută de ușurare și liniște, că nu îi mai păsa. Thom o iubea. Chiar o iubea. Restul erau doar detalii.

Închise ochii și își aminti de răsuflarea lui pe pielea ei, de brațele lui în jurul ei, de cum se simțise călare pe cal, de senzația oarecum erotică a trupului său lipit de al ei, de liniștea lor în contrast cu tropotul calului în galop. Se gândi la momentul în care, după ce stătuseră de vorbă pe vechiul buștean, Thom își dăduse jos puloverul la insistențele ei și își deschisese cămașa ca să îi arate cum funcționa brațul său. Fusese cam stânjenit la început, își dăduse ea seama, dar după aceea, probabil ca să ascundă asta, începuse să îi arate totul și să îi povestească despre brațul lui, cu o nonșalanță aproape sfidătoare, și, cum îi testa reacția cu fiecare mărturisire, ochii îi scăpărau. Nu era ca și cum asta ar fi putut schimbaa ceva între ei, ar fi vrut ea să îi spună, atâta doar că voia să știe. Era o parte din el pe care nu putea să și-o închipuie, iar acum, că trecuseră de o anumită barieră, trebuia să știe totul.

Mâna, îi explică el, era din silicon. Dispunea de un mecanism ușor de prindere și apucare, dar nu era cine știe ce. (Ar fi putut să opteze pentru un braț cu gheară la capăt, care i-ar fi oferit o capacitate mai bună de prindere și apucare, dar „m-am simțit precum Căpitanul Hook. N-am uitat niciodată cum arăta, cu gheara aia care îi ieșea așa în afară".) Mâna se prelungea cu o încheietură acoperită cu plastic, după care se continua puțin cu o întortochere de cabluri metalice și tuburi aproape cilindrice, înainte să se contopească într-o plasă de curele strânse în jurul umerilor.

– Nu ai putut să îți pui una dintr-acelea electronice, moderne? întrebă Kate, trecându-și degetele peste brațul lui. Dintr-acelea conecatate la nervi sau ceva de genul? Nu ar fi arătat mai realist?

– Nu, dacă voiam să îmi păstrez slujba asta, zise el. Vechiturii ăsteia nu îi pasă de umezeală sau de praful din fân. Nu e făcută din prea multe bucăți care să se încurce între ele. Și, pe lângă asta, de cele mai multe ori mă descurc foarte bine și doar cu mâna dreaptă. Mulți oameni care și-au pierdut un braț nici măcar nu își bat capul cu proteze, zise el. Prea mare daraua și la început e tare incomod.

El, în schimb, perseverase, pentru că nu suporta ca oamenii să se holbeze la el. Și oamenii se holbau, nu se puteau abține.

Kate îi ridică apoi mâna de silicon și i-o sărută, iar Thom o trase mai aproape de el, sărutând-o pe păr în semn de răspuns. După asta, Kate nu se mai gândi deloc la brațul lui. Pur și simplu ideea că nu știa ce se afla sub pulover o îndemnase să-i ceară să i-l arate. Se gândise doar la cum ar arăta viața alături de Thom; la cum ar fi să se trezească și primul lucru pe care să îl vadă să fie ochii lui de un albastru irizat, și să se cuibărească la pieptul lui lat și întărit de muncă.

– Cum îți dai seama? își întrebase ea cândva mama, pe vremurile când discutau pe teme precum dragostea.

– Pur și simplu, îi răspunsese ea, ca și cum ar fi vorbit despre ceva concret, un răspuns care pe Kate nu o mulțumise deloc la acea vreme.

Dar poate că avea dreptate, cugetă ea mirată. Poate, însă doar poate, asta i se întâmpla și ei acum. Nu simțea ceea ce mai simțise până atunci, acel soi de dragoste temătoare, plină de obstacole, pe care o nutrise pentru Justin, sau cea recunoscătoare și timidă, pe care o simțise pentru Geoff. Dragostea față de Thom era pasională, dar solidă, de neclintit, ca și cum nimic din ce ar fi făcut ea nu ar fi putut să o schimbe, nici dacă ar fi încercat. Inevitabilă. Zâmbind ca pentru sine, își îndoi genunchii și își scufundă capul, lăsând căldura apei să o învăluie.

Pentru că petrecea atât de mult timp singură acasă, Kate își pierduse obiceiul de a încuia ușa la baie; n-ar fi avut nici un rost, căci nu avea cine să intre peste ea. Așa că ceea ce urmă fu un adevărat șoc; deschise ochii și o văzu pe Sabine stând în pragul ușii.

– Sabine? făcu ea, ștergându-și stropii de pe față. Ești bine? Ce vrei?

– Nu puteai să-i dai pace, nu? se răsti Sabine.

Își ținea mâinile în șold, iar fața îi era schimonosită de furie.

– Nu puteai să stai și tu fără un tip măcar cinci minute?

Kate se strădui să se ridice, dorindu-și cu disperare să-și acopere trupul de privirea usturătoare a fiicei sale.

– Ce...?

– Ești dezgustătoare! Știai asta? Îmi provoci scârbă! Ești ca o curvă nenorocită!

– Ei, ia stai tu puțin...

Kate se întinse după un prosop din capătul celălalt al băii, împroșcând cu un val de apă podeaua.

– Așteaptă puțin...

– Ba chiar începuse să îmi pară rău de tine! Știai asta? strigă Sabine, clătinând din cap.

Părul ei turtit de la casca de jocheu se ridica în unghiuri bizare.

– Mi-a părut rău de tine, cu Geoff! M-am simțit tare prost pentru tot ce am spus. Și în tot acest timp, tu pur și simplu – se strădui să își găsească cuvintele – tu ți-o trăgeai cu Thom. Și săreai pe el. Dumnezeule, îmi provoci *greață*!

– Nu m-am culcat cu Thom!

Kate se ridică, ținându-se de radiator atunci când ieși din cadă.

– Nu m-am culcat cu nimeni.

– V-am văzut! Te-am *văzut* pe același cal cu el! Te-am văzut cu ochii mei!

Kate rămăsese fără cuvinte, încă marcată de ura de pe chipul fiicei sale.

– Sabine, nu e ceea ce crezi...

– Ce? Vrei să îmi spui că nu ești încurcată cu el?

Kate lăsă să-i scape un oftat.

– Nu, nu asta vreau să zic.

– Atunci nu îmi turna minciuni. Nu încerca să ascunzi. Dumnezeule, mamă, când am ajuns aici, chiar mi-a fost milă de tine, știai asta? Mi-a fost milă că a trebuit să crești în locurile astea. Am crezut că ei erau ăia imposibili.

În acest moment, Sabine începuse deja să plângă, respirând cu sughițuri și strângând din ochi ca să înfrâneze potopul de lacrimi.

– Iar acum, nu pot să zic decât că tare aș fi vrut să cresc cu ei și nu cu tine. Cu oameni care se iubesc în adevăratul sens al cuvântului, chiar dacă nu o arată mereu. Oameni care rămân alături unul de altul, la bine și la greu. Oameni care nu sar imediat în patul oricui altcuiva care le apare în cale. De ce nu ai putut oare să fii și tu ca ei, de ce? De ce trebuie să fii așa o... așa o *târfă*?

Ultimul cuvânt tăie ca o lamă ascuțită aburul fierbinte dintre ele.

– Nu m-am culcat cu el, zise Kate încet, strângându-și prosopul în jurul ei, cu obrajii șiroind de lacrimi.

Dar Sabine plecase.

Fugise din casă, fără să știe ce avea să facă acum, cu mintea încețoșată de gânduri contradictorii, precum cioburile unei oglinzi sparte, reflectându-se unele într-altele, fără vreo noimă. Ajunse într-un final în curte, la grajduri, cumva din instinct, fiind oarecum sigură că avea să se simtă mai în siguranță în tovărășia unor făpturi simple precum caii și câinii, decât în compania exemplarelor umane din casă.

Cum putuse mama ei să facă așa ceva? se întrebă ea, cu brațele încolăcite în jurul gâtului țeapăn al Cenușiului și cu obrajii uzi, lipiți de coama lui. Cum putuse, din atâția bărbați, să sară tocmai pe Thom, singura persoană care chiar o înțelegea pe Sabine de când venise aici? Chiar nu avea nici o fărâmă de autocontrol? De ce trebuia să strice tot?

Sabine își slăbi strânsoarea brațelor și se prăbuși pe podeaua din colțul grajdului, încercând să își amintească ce spusese de fapt mama ei. Pretinsese că nu se culcase cu el. Dar era evident că avea de gând. Dacă închidea ochii, Sabine putea să revadă imaginea ei, lipită de spatele lui Thom, care mâna încetișor calul spre casă. Chiar și de la așa o distanță mare, Sabine deslușise expresia de pe fața ei: încrezută, mulțumită de sine. Desfătându-se cu apropierea dintre ei. Aceeași expresie pe care o afișa atunci când îl privea pe Justin și credea că Sabine nu observă. Își frecă ochii stând acolo, în grajdul din ce în ce mai întunecos, încercând să-și alunge din gând imaginea lor împreună. Ce făcuse ea să merite așa o mamă? Odată, se simțise apropiată de ea și înțelesese că Geoff era un tip dificil, dar mama ei încerca să păstreze un soi de familie, chiar dacă nu era o familie în sensul convențional al cuvântului. Acum nu mai știa cine era mama ei: de când cu Justin, Kate devenise o cu totul altă persoană. Una care nu mai avea nici o limită. Gândul acesta nu doar că o înfuria, îi făcea pur și simplu picioarele să i se înmoaie, ca și cum ar fi stat pe nisipuri mișcătoare.

Se ridică și își cufundă mâinile în găleata cu apă a calului, punându-și-le apoi, înghețate și ude, pe față, încercând să își potolească gândurile febrile. Apa rece ca gheața păru s-o mai liniștească. În timp ce stătea acolo, cu palmele lipite de față, auzi glasul lui, dojenind calul să intre în boxa alăturată, urmat de zgomotul ușor al palmei lui pe crupa musculoasă a animalului. Se auzi apoi un zdrăngănit, urmat de izbitura surdă a calului care dăduse stângaci cu spatele într-un perete. Preț de câteva minute, Sabine rămase nemișcată. Ca și cum s-ar fi gândit.

Doar că nu se gândea la nimic.

Își dădu părul pe spate, își șterse ochii și își slăbi gulerul cămășii. După care, ca și cum între timp îi mai venise un gând, își dădu jos puloverul, trăgându-și-l cu greutate peste cap și atârnându-l cu grijă peste ușa boxei. După care ieși cu pași mărunți din boxa Cenușiului și intră în următoarea, închizând ușa după ea.

Cu balot de paie în spinare, Thom stătea cu fața la perete. Se uită înapoi peste umăr. Pe chip i se reflecta lumina gălbuie a becului de deasupra capului.

– Salutare, zise el, atârnând balotul de un cârlig și făcând un nod ca să se țină mai bine. Ai venit să îmi dai o mână de ajutor?

Sabine se rezemă cu spatele de peretele boxei, cu ochii pironiți asupra lui.

– Mai devreme am scos un pietroi cât un ou din copita flăcăului ăstuia, zise el, aranjând în continuare balotul. Nici nu-ți venea să crezi. Nu e de mirare că șchiopăta ieri.

Sabine se furișă ușor de-a lungul peretelui, venind mai aproape de el.

– A fost vina mea că nu am observat, îngână el, răsucind balotul pentru ultima oară. N-ai zice că poți să mai faci astfel de greșeli și după douăzeci de ani, nu? Și tu pe unde ai mai umblat?

Se întoarse într-un final spre ea, după care își dădu seama că trebuie să mai facă un pas înpoi, fiindcă Sabine era mai aproape decât se așteptase.

– L-am scos pe Cenușiul la plimbare, zise ea, ridicându-și un genunchi și îndoindu-l sub ea. Nu am fost undeva anume.

– Chiar îți vine de minune calul ăsta, zise Thom zâmbind. Te înțelegi bine cu el.

Sabine îl privi pe sub gene.

– Și cu tine?

– Ah, e prea mic pentru mine. Dar da, e genul meu. Un băiețel curajos și ușor de mânuit. Deloc pretențios.

– Nu vorbeam despre cal.

Thom se opri și își înclină capul într-o parte.

– Noi ne înțelegem? Eu și cu tine?

Vocea îi era joasă, mieroasă. În grajd părea să se fi lăsat o liniște apăsătoare, care făcea rumegatul grosolan al calului să se audă și mai tare.

– Ne înțelegem bine.

Thom se încruntă, în încercare de a-și da seama unde bate Sabine. Fata îl privi fix.

– Deci îți place de mine?

– Bineînțeles că îmi place de tine. Mi-a plăcut din prima zi în care te-am cunoscut.

Sabine mai făcu un pas înspre el. Inima îi bătea să îi sară din piept, era sigură că și Thom auzea.

– Și mie mi-a plăcut de tine, șopti ea. Și încă îmi place.

Își trecu vârful limbii peste buze, umezindu-le.

În continuare încruntat, Thom își luă privirea de la ea și se întinse după mătura sprijinită de jgheabul din colț. Se opri. După care se scărpină la ceafă, ca și cum s-ar fi gândit la ceva, și se întoarse, aplecându-se să ridice găleata de apă, aproape goală.

Îi căzu pe jos și zdrăngănitul ei făcu animalul să tresară.

Sabine stătea acum la câtiva pași de el, iar cămașa îi era deschisă până la mijloc. Nu purta nimic pe dedesubt.

– Sabine…

Thom sări spre ea, ca și cum ar fi vrut să o acopere, dar ea îl împiedică. Se apropie de el, punându-și mâna dreaptă pe pieptul lui, lipindu-și trupul subțire de al lui, cu o apăsare delicată.

Îi luă mâna dreaptă într-a ei și, uitându-se o clipă în jos, i-o puse ușor, dar ferm, pe sânul ei stâng, dezgolit.

– Șșș, șopti ea, cu ochii mari, pierduți într-ai lui.

Pielea îi fremăta sub atingerea lui.

Thom făcu ochii mari și simți că i se taie răsuflarea de uimire.

– Sabine..., zise el din nou, dar ea se ridică pe vârfuri, îi trase capul în jos și își lipi buzele de ale lui.

Urmă un scurt moment de tăcere apăsătoare. După care Thom se smulse din îmbrățișare și se trase îndărăt, bâlbâindu-se și clătinând din cap.

– Sabine! Nu. Nu, îmi pare rău, îmi pare rău, dar...

Se întoarse spre ușă, ținându-se de ea. După care ridică găleata cu mâna de silicon, iar cu cea bună se șterse la ochi și pe față, ca și cum ar fi vrut să își alunge o imagine din minte. O luminiță pâlpâia în magazie, iar raza ei fosforescentă se reflecta pe pietrișul din curte. Afară, în curte, Bertie lătra.

– Sabine! Nu pot, ești foarte drăguță, serios, dar...

Sabine începu să tremure. Rămase acolo în fața lui, aproape în beznă, trăgând stânjenită de cămașă în jurul ei, cu buza de jos tremurându-i. Părea foarte fragilă și foarte tânără.

Pe chipul lui Thom se citea deja îngrijorarea și făcu un pas spre ea.

– Ah, Dumnezeule, Sabine, vino încoace...

Dar Sabine năvăli pe lângă el și, scoțând un suspin înăbușit, se avântă în bezna nopții.

Kate o găsi pe Joy în birou, cu un coc ciufulit din păr alb răsărit deasupra spinării țepene, pe care avea o pătură în carouri verzi. Stătea la biroul la care stătuse cândva Edward și sorta o cutie plină cu documente. Pe unele le punea într-un teanc ordonat în fața ei, dar pe cele mai multe le arunca într-un coș de gunoi metalic, aflat la picioarele ei. Nu medita îndelung asupra nici unuia dintre documenta, doar le arunca o privire scurtă, după care le expedia ori în teancul din față, ori în jos. La stânga ei se afla o cutie cu fotografii, prin care Sabine ctrobăise cu două zile în urmă, când Kate o surprinsese în birou, cutie care, aparent, își aștepta și ea rândul la o sortare sistematică și nemiloasă.

Kate, care aproape că alergase pe scări, trase adânc aer în piept și bătu la ușă, deși se afla deja în cameră.

Joy se întoarse în scaun. Păruse destul de surprinsă să își vadă fiica acolo, în prag, și privi în spatele ei, ca și cum ar fi așteptat pe altcineva.

– Ei bine, o să fii încântată să auzi că ai primit ceea ce ți-ai dorit.

Kate înaintă în încăpere, trecându-și degetele peste rafturi și vorbind cu o voce joasă, lipsită de inflexiuni.

Joy se încruntă.

– Serios, mămico, știam că nu mă accepți, dar faptul că ți-au trebuit doar, cât? Două luni și jumătate? E de-a dreptul impresionant. Chiar și după standardele tale.

Joy se întoarse cu totul spre fiica ei.

– Îmi pare rău. Nu prea înțeleg ce vrei să zici.

– Sabine! Ți-a luat doar câteva săptămâni. Dar acum mă disprețuiește la fel de mult ca tine.

Mama și fiica se uitau fix una la cealaltă, în camera veche și prăfuită. Era cea mai lungă întrevedere pe care o avuseseră de când Kate se întorsese.

Joy se ridică de pe scaun; mișcările ei erau mai lente decât își amintea Kate și păreau să îi solicite mai mult efort.

– Katherine, orice s-ar fi petrecut între tine și Sabine nu are nici o legătură cu mine.

Se întoarse cu fața la fiica ei, ținându-și o mână pe spătarul scaunului.

– Nu am nici cea mai vagă idee despre ce vorbești. Acum, dacă îmi permiți, am treabă la parter.

– Vai, dar ce *surpriză*! zise Joy ridicând brusc capul. Ei bine, întotdeauna ai ceva de făcut la parter, nu? Întotdeauna ai preferat să faci orice altceva decât să vorbești cu mine, propria ta fiică.

– Devii isterică.

Joy refuză să o privească pe Kate, care acum îi stătea în drum.

– Nu, mămico. Nu sunt isterică. Sunt cât se poate de calmă. Mă gândeam doar că a venit vremea ca noi două să stăm de vorbă. Mi s-a luat.

Nu putu să se abțină să nu își ridice vocea.

– Mi s-a luat să mă ignori întotdeauna politicos, ca și cum aș fi un soi de miros urât. Aș vrea să vorbesc cu tine și aș vrea să o fac acum.

Joy privi spre ușă, după care se uită în jurul ei, pe podeaua eliberată acum de toate cutiile care zăcuseră împrăștiate acolo ani întregi. Pe covoarele vechi se zăreau pătrate întunecate, ca niște șabloane prăfuite, marcând locurile unde stătuseră.

– Păi bine, atunci, haide să încercăm să rezolvăm rapid. Nu aș vrea să îl las pe tatăl tău singur prea mult timp.

Kate simți cum i se urcă sângele la cap.

– Ce i-ai spus lui Sabine despre mine?

– Poftim?

– Ce i-ai povestit? Era bine când a plecat de la Londra. Bine. Iar acum detestă tot ce fac, tot ce sunt. Și știi ceva, mămico? Unele dintre lucrurile pe care le zice – zău așa, ar putea la fel de bine să iasă direct din gura ta.

Joy stătea acolo țeapănă, pregătindu-se pentru ce urma să audă.

– Habar n-am despre ce vorbești. Nu am vorbit cu Sabine despre tine.

Kate râse ironic.

– Ah, poate că nu ai spus nimic concret, dar te cunosc prea bine, mămico. Te știu cum ești. Știu cum lucrurile pe care nu le spui pot fi la fel de otrăvitoare ca tot ceea ce faci. Și, crede-mă, ceva s-a petrecut. Pentru că propria mea fiică te-a luat drept model de dragoste adevărată. Și orice aș face eu acum e al dracului de greșit.

– Asta nu are nimic de a face cu mine.

Chipul lui Joy era lipsit de expresie.

– Și nu am timp pentru asta. Serios.

Dar Kate era de neoprit.

– Știi ceva? Îmi pare rău că nu pot să fiu la fel ca tine și ca tata, bine? Îmi pare rău că nu am organizat niciodată o nuntă fastuoasă și nu am îmbrăcat rochia de mireasă. Îmi pare rău că nu mai sunt și acum cu iubițelul meu din copilărie. Dar vremurile se schimbă, fie că îți vine să crezi sau nu, și mulți oameni de vârsta mea au procedat la fel ca mine.

Joy își încleștă și mai tare mâna pe spătarul scaunului.

– Nu pot să mă ridic la înălțimea așteptărilor tale, bine? Nu pot să mă ridic la nivelul vostru și al nenorocitei voastre de povești de dragoste, care e un adevărat etalon pentru toate poveștile de dragoste din lume, bine? Dar asta nu mă face un om rău. Asta nu îți dă dreptul să mă judeci pentru orice lucru mărunt pe care îl fac.

– Nu te-am judecat niciodată.

– Ah, *zău* așa, mămico. Nimic din ce am făcut nu ți-a fost pe plac. M-ai judecat pentru Sabine, pentru Jim. Ai spus clar și răspicat că nu ești de acord cu Geoff, deși era medic, ce naiba.

– Nu te-am judecat. Voiam doar să fii fericită.

– Prostii! Rahaturi! Nici măcar nu m-ai lăsat să am ce prieteni am vrut în copilărie. Uite!

Se întinse și extrase din grămadă fotografia cu ea și Tung-Li.

– Îți amintești de el? Pun pariu că nu.

Joy se uită la fotografie, după care își mută privirea.

– Îmi amintesc prea bine cine este, mulțumesc.

– Da. Tung-Li. Cel mai bun prieten al meu. Cel mai bun prieten al meu, cu care nu mi-ai dat voie să mă joc pentru că erai de părere că nu se cuvine ca o fată de situație bună, ca mine, să se joace cu băiatul *amahei* ei.

Dintr-odată, Joy păru istovită. Făcu un pas înapoi și se așeză pe scaun.

– Nu a fost vorba de asta, Katherine. Ai înțeles greșit.

– Ah, chiar așa? Pare-mi-se că ai fost destul de clară în privința asta, la vremea respectivă. „Nu se cade", cuvintele astea le-ai folosit, îți amintești? Pentru că eu țin minte. Fiindcă m-au rănit nespus. Nu se cade.

– Nu așa au stat lucrurile, zise Joy, cu glas aproape șoptit.

– Nu a fost suficient de bun pentru tine. După cum nimic din ce am făcut eu în viață nu a fost suficient de bun pentru tine. Modul în care îmi trăiesc viața, bărbații de care mă îndrăgostesc, felul în care îmi cresc fata. Nu, nici măcar oamenii pe care îi aleg să îmi fie prieteni. La șase ani afurisiți, cât aveam atunci. Nu se cade, la dracu!

– Ai înțeles greșit.

– Cum așa? Cum se poate să fi înțeles greșit? Aveam șase ani!

– Ți-am spus, nu așa stăteau lucrurile.

– Atunci, spune-mi adevărul!

– Foarte bine! Foarte bine. Am să îți spun.

Joy trase adânc aer în piept. Își închise ochii.

– Motivul pentru care nu am putut să te las să te joci cu Tung Li...

Mai trase o dată aer în piept. Afară, unul dintre câini zgâria la ușă și schelălăia să fie lăsat înăuntru.

– Motivul pentru care nu am putut să te las să te joci cu Tung-Li a fost că... nu am putut suporta. Pentru că era prea greu.

Deschise ochii, privind-o pe Kate. Îi străluceau și erau scăldați în lacrimi.

– Pentru că era fratele tău.

Capitolul 14

Joy se simțea atât de rău din pricina grețurilor matinale, încât mama ei le povestise după aceea unor prietene că ginerele ei concediase două *amahe* bucătărese una după alta, ferm convins că încercaseră să o otrăvească. În cazul celei dintâi, Alice o luase cam personal, fiindcă ea fusese cea care depusese eforturi să le asigure serviciile *amahei* principale – o sarcină care presupusese să respingă avansurilor cuiva din familia Jardine –, însă până și ea trebuia să recunoască faptul că grețurile frecvente ale lui Joy și incapacitatea ei de a se mișca de pe canapea timp de săptămâni în șir nu constituiau tocmai o sarcină sănătoasă.

Fiindcă după ce, când abia trecuse de săptămâna a șasea de sarcină, îl informase pe Edward că avea să devină tată, lui Joy începuse să îi fie din ce în ce mai rău, fața îi devenise palidă și căpătase o tentă galben-cenușie, iar părul ei, de obicei rebel, era acum tern și lipsit de vitalitate, în ciuda încercărilor nesfârșite ale mamei ei de a-l aranja. Îi venea greu să se miște și se plângea că îi era rău la orice gest, la fel și atunci când vorbea, fapt ce făcea orice act de socializare aproape imposibil, din moment ce accesele de vomă o apucau adesea violent și fără preaviz. Și nici traiul în acel bloc ticsit de lume nu era de prea mare ajutor, după cum remarcase Alice.

– Toate *amahele* bucătărese care prăjesc usturoi și mai știu eu ce toată ziua, bună ziua. Intestine de porc puse la uscat. Plăcinte de napi prăjite. Fructul acela revoltător care miroase a ceva stricat.

– Da, mulțumesc, mamă, zise Joy și se apleacă să verse într-un lighean.

După ce aflase că avea să fie bunică, Alice se înveselise vizibil (din pricina stării ei fizice, nu fusese un secret pe care Joy să îl poată ține prea multă vreme) și își asumase imediat, cu un soi de satisfacție aproape perversă, rolul de matriarhă la Sunny Garden Towers, numărul paisprezece. O înlocuise pe ultima *amah* principală cu o fată din Guangdong, Wai-Yip, destul de tânără față de cele mai multe *amahe* bucătărese, dar cu o reputație bună pentru că se pricepea la bucătăria engleză și, după cum subliniase Alice, o femeie tânără va avea probabil mai multă energie ca să se descurce cu copiii.

– Ascultă-mă pe mine, Joy, copiii nu numai că îți distrug corpul, te și epuizează complet. Așa că o să ai nevoie de cineva care să ți-i mai ia de pe cap.

Mai angajase și o *amaha* spălătorească, Mary din Causeway Bay, și se asigura că îi amintea cu fiecare ocazie lui Edward de superioritatea calitativă a apretului cămășilor sale.

Între timp, Joy vărsase lacrimi surde, amare, plină de resentimente față de parazitul care creștea în ea, deprimată de grețurile necontenite și frustrată de propria-i neputință. Și mai mult decât orice, blestema acest uzurpator nedorit care se infiltrase între ea și Edward, pentru faptul că acum nu mai putea să îl însoțească la evenimente, pentru felul în care arăta în momentul de față, știind că îl dezamăgea, chiar dacă nu o spunea cu voce tare, și pentru faptul că îi separase cumva, transformând-o nu într-o parteneră, ci într-o viitoare mamă, cocoloșită de toate femeile și doctorii, care nu mai avea voie să călărească sau să joace tenis sau să practice orice altă activitate fizică de care să se bucure împreună. Deja o vedea cu alți ochi, știa asta. Era evident din felul precaut în care se apropia de ea după lucru, ca să îi ofere un sărut cavaleresc pe obraz, în loc să o cuprindă cu nesaț, așa cum o făcea înainte. Simțea asta din privirile lui, în timp ce ea se muta dintr-o cameră în alta, încercând să mimeze că se descurcă și că totul e în regulă, atunci când mama ei remarcase vioaie că nu mai văzuse niciodată pe cineva așa de palid. Dar ce-i mai rău avea să vină la zece săptămâni, când, evident frustrat de lipsa de apropiere fizică dintre ei (la urma urmei, de obicei îi făcea poftele de patru sau cinci ori pe săptămână), se întinsese spre jumătatea ei de pat și începuse să o atingă ușor, aplecându-se peste ea, în așteptarea unui sărut.

Semiadormită, Joy se trezise panicată. Încă nu îi spusese ce era mai rău, anume că simplul miros al pielii lui îi provoca acum greață. Văzând că nu face altceva decât să o sărute pe obraz, reușise să ascundă asta în spatele unui zâmbet forțat. Acum însă, mișcările cadențate ale mâinii lui o făceau să îi fie rău și gura lui peste a ei îi provoca amețeală și dezgust. Ah, Dumnezeule, te rog, nu face asta, se ruga ea în gând, în timp ce el venea deasupra ei, închizând strâns ochii, în efortul de a lupta împotriva senzației ce-o copleșea pe dinăuntru. După care, când știu că nu mai poate suporta, îl împinse cu brutalitate la o parte și fugi la baie, unde se eliberă zgomotos și îndelungat de povara grețurilor.

Acesta fusese începutul: Edward nu voise să îi audă scuzele lamentabile și se retrăsese subtil în camera de oaspeți, vizibil rănit până în măduva oaselor. Nu voise să discute despre asta nici în dimineața următoare, nici măcar atunci când servitorii erau în cealaltă cameră. Însă două nopți mai târziu, după ce stătuse în tot acest timp întinsă în pat, trează, întrebându-se de ce se întorsese așa de târziu de pe șantierul naval, Edward bălmăjise două cuvinte: Wan Chai. Iar inima lui Joy fu cuprinsă de frică.

După acest episod, Joy nu își mai întrebă niciodată soțul unde dispărea trei sau chiar patru nopți pe săptămână. Dar în ciuda faptului că era epuizată peste măsură, Joy continua să stea trează, întinsă pe patul dublu, așteptând să audă zgomotul ușii de la intrare și pe Edward, care intra în casă împleticindu-se, de obicei băut, și se îndrepta apoi spre camera de oaspeți, unde se instalase aproape permanent (cu excepția nopților în care era rupt de beat și uita că nu mai împărțeau patul, caz în care ea era cea care se refugia în afara dormitorului conjugal, din cauza grețurilor provocate de aburii alcoolului). Diminețile nu mai stăteau de vorbă. Lui Joy îi era mai mereu rău și nu era sigură ce să zică, iar Edward suferea de efectele consumației din noaptea precedentă și se afla parcă într-o permanentă goană spre muncă. Joy nu avea pe nimeni cu care să vorbească despre asta. Nu voia să îi dea lui Alice satisfacția – căci ar fi fost pentru ea o adevărată satisfacție – să o vadă pe ea și pe Edward reduși la un soi de nefericire polarizată, atât de răspândită în rândul cuplurilor din jurul lor. Iar acum că Stella era în Anglia, nu mai avea pe nimeni prin preajmă pe care ar fi putut să îl considere prieten. Edward fusese prietenul ei. Nu se gândise niciodată la posibilitatea de a mai avea și pe altcineva.

Astfel că, pe măsură ce timpul trecea, Joy slăbea din ce în ce mai mult, într-o perioadă a sarcinii în care doctorul naval făcuse observația că ar fi cazul să ia în greutate, și devenea tot mai tristă, fiindcă știa că lui Edward îi era mai ușor să nu stea deloc acasă decât să fie acolo cu ea și să îi vadă expresia încărcată de reproș.

După care, la aproape șaisprezece săptămâni de sarcină, se trezi într-o dimineață și băgă de seamă că toată starea de rău aproape că dispăruse, că putea să se gândească la mâncare fără să ofteze, ba chiar că avea poftă să meargă la o plimbare, fără să își facă griji că ar putea da de vreo duhoare neașteptată. Atunci când își zări reflexia în oglindă, observă că își mai recăpătase culoarea în obraji și strălucirea în privire.

– Ia uită-te la tine, zise mama ei, cu doar o ușoară tentă de dezamăgire în glas. Ai început să înflorești. Acum poți să te aranjezi un pic și să arăți mai veselă în fața tuturor.

Dar nu era decât o singură persoană pentru care Joy voia să arate mai veselă. În seara aceea, când Edward se întorsese acasă de la lucru, Joy nu doar că era trează, dar și purta rochia lui preferată și se dăduse cu un strop din parfumul pe care el i-l dăruise el de Crăciun. Puțin speriată, dar mai speriată de ce s-ar putea întâmpla dacă nu ar face-o, Joy se dusese iute la el atunci când deschisese ușa, îl sărută suav și îl cuprinse cu brațele de mijloc.

– Te rog, nu ieși în seara asta, șoptise ea. Stai cu mine.

Iar el o privise drept în ochi, iar privirea lui păru dintr-odată îngrozitor de tristă și de ușurată în același timp și o strânse tare în brațe, astfel că, pentru o clipă, Joy crezuse că rămâne fără aer. Stătură o vreme acolo îmbrățișați, fără să scoată o vorbă, contopiți, până când tensiunea ultimelor săptămâni se evaporă.

– Măi să fie, păreți mai zglobii în dimineața asta, zise Alice, atunci când îi găsi pe amândoi înfulecând micul dejun.

După care se întunecă din nou la față, când își dădu seama de ce.

Christopher Graham Ballantyne se născuse la spitalul naval, vreo cinci luni și jumătate mai târziu, după un travaliu scurt, despre care

Edward glumise apoi că se datora mai puțin dorinței bebelușului de a ieși mai repede afară și mai mult dorinței mamei de a putea călări din nou. Fusese un bebeluș mare și liniștit, adorat de părinți, care, cu toate acestea, erau bucuroși să aibă trupul lui Joy din nou doar pentru ei și nu lăsaseră sosirea lui pe lume să aibă vreun efect prea mare asupra vieții lor sociale sau asupra mersului la călărit. Asta nu o deranjase pe Alice și nu doar pentru că era considerat puțin ciudat ca părinții să petreacă prea mult timp cu copiii lor, dar și pentru că îi permitea să i se dedice în totalitate, să îl cocoloșească, să îl îmbrace în costumașe frumoase, în culori pastelate, cu nasturii înveliți în mătase, și să îl plimbe în căruciorul lui imens Silver Cross, adus din străinătate, dornică să le arate celorlalte împingătoare de cărucioare din colonie superioritatea înfățișării și personalității nepotului ei. Joy privea felul în care Alice îi venera fiul cu un amestec de satisfacție maternă și amuzament. Mama ei părea mult mai capabilă să își arate dragostea necondiționată față de acest copil decât fusese față de ea. Nu își amintea să fi avut parte de îmbrățișările interminabile, de cocoloșirea, de vorbele dulci și de grija de care Christopher se bucura acum zi de zi.

– Nu îți face griji, zisese Edward, bucuros să aibă atenția soției lui aproape numai pentru el. Amândoi sunt fericiți, nu-i așa?

Și fuseseră cu toții pentru următorii doi ani: Edward supraveghea treburile inginerești pe șantierul naval, Alice se bucura de rolul ei de dădacă neoficială, iar Joy, deși era o mamă drăgăstoasă, acum că se întorsese alături de soțul ei, nu voia să mai lase nici un fel de distanță să se strecoare între ei. Și mai presus de toate, Edward era mai iubitor, mai atent, poate chiar recunoscător că Joy nu se metamorfozase în genul acela de mamă veșnic îngrijorată, agitată și obsedată de creșterea copilului, lucru de care se temuse. Nu avea nimic împotriva faptului că nu mai mergea pe mare, spre deosebire de alți ofițeri, care deveneau neliniștiți atunci când staționau prea multă vreme într-un loc. Îi plăcea să fie alături de familia sa. Alături de soția sa. Nu adusese niciodată în discuție perioada Wan Chai, așa cum o numea Joy în secret, iar ea nu făcuse niciodată presiuni asupra lui să îi explice ce făcuse acolo; acum știa deja prea bine pentru ce era renumită acea parte a orașului, ca să mai lase loc de suspiciuni neliniștitoare. Să nu dezgropăm morții, asta era expresia pe care o folosea. Erau cu toții fericiți, mai fericiți decât se așteptase ea să fie, ținând cont de evenimentele de dinaintea nașterii lui Christopher.

Și tocmai din acest motiv, atunci când se trezise într-o dimineață cu binecunoscuta stare de greață apăsătoare, i se strânse inima de frică.

– Ei bine, bănuielile dumneavoastră s-au adeverit, doamnă Ballantyne, zise doctorul naval în timp ce își spăla mâinile în micul lavoar oval. Să fie cam pe la șapte săptămâni, aș zice. Al doilea, nu-i așa? Felicitări!

Doctorul păruse mai degrabă șocat în clipa în care, la auzul veștii, Joy izbucni necontrolat în lacrimi. Stătea acolo, cu fața îngropată în palme, nevenindu-i să creadă că ce era mai rău tocmai i se întâmpla.

– Îmi pare rău, zise doctorul, punându-i o mână pe umăr. Am presupus că a fost planificat. La urma urmei, doar am vorbit despre... metode, după nașterea fiului dumneavoastră.

– Lui nu i-au plăcut, zise Joy, ștergându-și fața. A zis că îi răpesc toată plăcerea, adăugă, izbucnind din nou în plâns. Am crezut că am fost atenți.

După câteva clipe bune, doctorul obosi să o mai consoleze și se așeză la biroul lui, informându-și recepționera la telefon că în scurt timp putea primi următorul pacient.

– Îmi pare rău, zise Joy, scotocind în geanta ei după batiste care nu erau acolo. O să fiu bine într-o clipă. Serios.

– Un copil este o binecuvântare, doamnă Ballantyne, spuse el, cu privirea ațintită spre ea, pe sub ochelarii lui în formă de semilună. Sunt o mulțime de soții care ar fi profund recunoscătoare pentru încă un vlăstar sănătos adăugat familiei lor. Iar grețurile sunt un semn sigur că aveți un bebeluș sănătos, după cum știți.

Joy se ridică să plece, redusă la tăcere de mustrarea subtilă din spatele vorbelor doctorului. Știu asta, își zise ea în minte, dar nu mai voiam încă un copil. Nici măcar nu am fost siguri că îl vrem pe primul.

– Poate că de data asta nu o să îți mai fie rău, zise Alice, foarte bucuroasă la auzul veștii că va mai avea un nepot.

Părea să își raporteze statutul în societate la fertilitatea fiicei ei. Măcar așa avea și ea un rol pe lume, ceva ce nu mai avusese de când Joy se făcuse mare.

– Multe femei nu au grețuri.

Însă Joy, conștientă deja de mirosurile ascunse din colonie, blocată deja la vederea mașinii de gunoi încărcate cu carcase de animale și de mărfurile puturoase ale vânzătorilor ambulanți și de gazele de eșapament de la mașini, știa ce avea să urmeze. Și se simțea neajutorată ca o căprioară încremenită în lumina farurilor, așteptând să fie lovită.

De data aceasta fusese și mai rău. I se recomandă imediat repaus la pat și nu putea să mai mănânce nimic altceva în afară de orez fiert, care i se dădea câte puțin, cu lingura, o dată la două ore, ca să nu îi provoace vărsături. Vomita dacă îi era foame, vomita dacă mânca.Vomita dacă se mișca și vomita mai des dacă făcea orice altceva decât să stea întinsă, sub ventilatorul vâjâitor, dorindu-și mereu ca un camion să treacă odată peste ea și să o cruțe de viața aceea mizerabilă. Nu putea să mai facă nimic, decât să îi șoptească vorbe dulci lui Christopher, care acum mergea în picioare și se agăța de trupul ei firav (cum ar fi putut oare să îi explice că mirosul părului lui îi provoacă greață) și, la scurt timp, i se făcuse atât de rău, încât nu îi mai păsa de ce credea Edward. Pur și simplu își dorea să moară. Era imposibil să se simtă mai rău de atât.

De data aceasta, până și Alice era îngrijorată. Chema des doctorul, care îi prescria lui Joy medicamente pe care ea refuza să le ia, și se îngrijora de ritmul alert în care fiica ei pierdea în greutate.

– Dacă se deshidratează și mai tare, va trebui să îi punem o perfuzie, zisese doctorul.

Iar felul în care o spusese sugera că, deși era cu siguranță neplăcut, Joy va trebui să suporte. Făcea parte din condiția ei de femeie.

– De ce nu te machiezi puțin? spusese el când se pregătea să plece, tamponându-și fruntea cu o batistă, ca să înlăture broboanele de sudoare. Așa te-ai mai înveseli.

Edward, care se arătase înțelegător la început (stătea lângă ea și o mângâia pe creștet și îi amintea, fără nici o putere de convingere, că în scurt timp o să fie din nou pe picioare), începuse să se sature de rolul neoficial de soră medicală și, cu toate că încerca să aibă răbdare și să o înțeleagă, nu putea să își ascundă bănuiala că Joy făcea prea mult caz din asta.

– De obicei e destul de voinică, îl auzise Joy zicându-i unui coleg, când stăteau pe balcon și alungau țânțarii. Nu pot să înțeleg de ce se vaită așa de tare de asta.

Nu încercase deloc să facă dragoste cu ea, pur și simplu își mutase în liniște toate lucrurile în camera de oaspeți, fapt ce o făcu pe Joy să plângă și mai tare.

Nu era de prea mare ajutor nici când alte tinere soții și mame mai treceau pe la ea și îi povesteau despre propriile experiențe. Pentru unele dintre ele fusese inevitabil floare la ureche și îi povesteau vesele că nu le fusese rău nici măcar o clipă, de parcă asta ar fi putut cumva să îi aline suferința. Iar altele, și mai rele, îi spuneau că știu cum se simte, când era evident că nu aveau habar, și îi recomandau diferite remedii, care, după cum garantau ele, aveau să o pună pe picioare în doi timpi și trei mișcări: ceai slab, ghimbir pisat, piure de banane. Joy le încercase pe toate conștiincioasă și vomitase tot, cu un entuziasm la fel de mare.

Zilele se scurgeau una după alta, evaporându-se în sezonul umed, și zilele ce urmau erau deopotrivă jilave și nesfârșite, iar nopțile, îmbibate în sudoare. Lui Joy îi era din ce în ce mai greu să pretindă că e bine în fața fiului ei sau că se va simți curând mai în putere în fața soțului ei (repeta vorbele astea ca pe o mantră, în speranța că o să îl convingă să nu își mai piardă urma în Wan Chai). Slăbită fizic și căzută în prăpastia depresiei, încetase să își mai noteze zilele ca o numărătoare inversă spre o revenire grabnică la normalitate și doar stătea întinsă, în lumina chioară, ascultându-și propria respirație și încercând să nu vomite apa pe care Wai-Yip i-o aducea și i-o reîmprospăta oră de oră.

Când ajunse în cea de-a șaisprezecea săptămână și nu observă nici o îmbunătățire în starea ei, doctorul decise că cel mai bine pentru toți era să o interneze. Acum era deja deshidratată de-a binelea, după cum spusese doctorul, iar asta reprezenta un risc pentru bebeluș. Cu toții erau cumplit de îngrijorați pentru Bebe, pe care îl numeau chiar așa. În clipa de față, lui Joy nu îi mai păsa deloc dacă Bebe avea să trăiască sau să moară, la fel nu îi mai păsa nici de propria viață și acceptă, la îndemnul maică-sii, fără nici un comentariu, să fie internată.

– O să am eu grijă de Christopher, zisese Alice, cu chipul încruntat de frământare. Tu ai grijă doar să te faci bine.

Joy, pentru care acum toate lucrurile treceau prin fața ei ca o miasmă irelevantă, observă chipul neliniștit al mamei ei și încercă să îi strângă mâna în semn de răspuns.

– Nu trebuie să te frămânți pentru nimic, zise Alice. Eu și cu Wai-Yip o să ne ocupăm de tot.

Joy închise ochii în clipa în care fu luată de ambulanță, recunoscătoare că acum nu mai era nevoită să gândească.

Petrecu aproape o lună în spital, până când grețurile îi mai dădură pace, cât să poată să mănânce cea mai fadă mâncare și să fie în stare să meargă fără să fie susținută pe coridoarele secției pentru femei. Timp de două săptămânii fusese pusă pe perfuzii, ceea ce, trebuia să recunoască, o făcuse să se simtă mai bine aproape instantaneu, însă ideea de a mânca ceva era în continuare riscantă, întrucât posibilitatea ca grețurile să revină la fel de neașteptat și exploziv ca înainte era foarte mare. În unele zile, până și o banală felie de pâine uscată era în stare să-i provoace iar grețurile. În alte zile, în zilele mai bune, putea să mănânce și o bucățică de pește fiert fără să își facă griji. Mâncăruri albe, așa spuseseră doctorii, și cu cât erau mai fade, cu atât mai bine. Astfel că Alice, care venea în vizită în fiecare zi (cu toate că, spre groaza ambelor femei, nu avea voie să îl aducă pe Christopher, care era considerat „prea epuizant pentru mamă"), îi aducea fursecuri proaspete, banane nu foarte coapte și chiar și bezele, orice mai născoceau ea și Wai-Yip.

– S-a comportat exemplar, trebuie să recunosc, îi spuse ea lui Joy, în timp ce stătea la patul ei, îmbrăcată într-un costul elegant, albastru, cu o lavalieră la gât, și ciugulea dintr-un fursec. Nu vorbește ea mult, dar muncește din greu, chiar și când arată de-a dreptul extenuată. Îmi plac fetele astea de pe continent. Nu au atitudinea celor din Hong Kong, știi? Mult mai puțin pline de ele. Și Bei-Lin asta, i-am spus că o să o înlocuiesc cu o fată din Guangdong, să vezi de nu am să fac așa.

Joy cugetă după aceea că, în aceste momente, ea și mama ei erau mai apropiate ca niciodată: Alice era împovărată de grija pe care o purta atât propriului copil, cât și nepotului, și își lua datoria în serios, fără să o facă pe Joy să se simtă vinovată pentru asta. Iar faptul că Joy se simțea rău din cauza unor „probleme femeiești“ era un soi de validare pentru mama ei. Le arăta amândurora că Alice era utilă, iar fiica ei ciudățică și nonconformistă se dovedise a fi normală în cele din urmă. Doar suferea ca să îi aducă pe lume soțului ei încă un copil, nu?

Între timp, Joy pierduse lupta. Pe timpul șederii ei în spital, răpusă de starea de rău și de ajutorul necontenit și ușor autoritar al personalului medical, începuse încet, dar sigur să devină pasivă și să accepte feluritele tratamente și reguli care i se impuneau, fiind în același timp recunoscătoare pentru sprijinul venit din partea mamei ei, devenită deja sclavă a rutinei spitalicești. Pur și simplu își dorea ca altcineva să se ocupe de toate astea în locul ei. Aici putea să stea întinsă pe așternuturi albe, netezite, sub ventilatorul bâzâitor, ascultând foșnetul firav al pașilor asistentelor pe linoleu, al fustelor lor apretate, și murmurul surd al vocilor din celălalt capăt al secției, departe de zarva, sudoarea și mirosurile din viața de dincolo de zidul spitalului. Deși o apăsa încontinuu dorul de copilul ei, se consola cu gândul că nu mai trebuia să facă față solicitărilor lui necontenite și nevoilor lui fizice.

La fel și în cazul soțului ei.

Dar după ce mai trecu o lună și Joy începu să se simtă ceva mai bine, resimți o dorință tot mai mare să se întoarcă la familia ei. Alice i-l adusese pe Christopher de două ori în zilele în care aveau voie să stea afară în grădinile luxuriante. Lui Joy i se frânsese inima în clipa în care Alice trebuise să i-l ia, la finalul timpului de vizită, iar copilul țipase și se împotrivise. Mai presus de toate, era îngrijorată însă de faptul că Edward venea foarte rar pe la ea.

Se comportase bizar cu ea, nu încercase nici măcar să o sărute pe obraz cu ultimele două ocazii când venise și doar se foise în jurul patului ei, privind pe fereastră, ca și cum ar fi fost în așteptarea unui mare dezastru, așa că, în cele din urmă, Joy fu nevoită să îl roage să se așeze. Nu îi plăceau spitalele, bombănise el. Îl stânjeneau din cale-afară. Se referea de fapt la secția de femei, era sigură.

Și înțelesese asta pentru că mediile în care se aflau numai femei o făceau și pe ea să nu se simtă în largul ei. Însă el se rățoise la ea atunci când îl întrebase dacă era bine și îi spusese că tare bine ar fi dacă ar înceta să se mai agite, ceea ce o făcuse pe Joy să verse râuri de lacrimi în pernă în clipa în care el plecă.

– Știi cumva dacă Edward a ieșit des în oraș în ultima vreme? își întrebase ea mama după aceea.

Alice rămânea adesea la apartamentul lor, frământată că Wai-Yip nu o să fie în stare să îl alinte pe micuțul Christopher așa cum ar fi trebuit.

– În oraș? Nu chiar. Ah, a fost la o recepție la casa comandantului săptămâna trecută. Și la cursa de cai de la Happy Valley joi. La asta te-ai referit?

– Da, la asta m-am referit, zise Joy, lăsându-se din nou pe spate și rezemându-se de perne, iar pe chip i se citea ușurarea, fapt pe care nu reușise să îl mascheze. Recepția comandantului era importantă. Voiam să mă asigur că nu a uitat de ea.

Edward nu ieșise mai deloc din casă, după spusele lui Alice. Ba chiar, ea îi zisese să iasă mai des, să se bucure de dramul de liberate de acum (lucru puțin cam ironic, gândi Joy, ținând cont că venea de la o femeie care odată își lovise bărbatul în cap cu un tel pentru că venise acasă în zorii zilei). Însă Edward mânca de seară ceea ce îi pregătea Wai-Yip, trecea prin camera fiului său să îi ureze noapte bună, după care se ascundea în biroul lui și lucra. Uneori mai mergea la Happy Valley sau ieșea să facă o plimbare nocturnă în Victoria Peak.

– Trebuie să mă întorc acasă, zise Joy.

– Trebuie să ai grijă de Bebe, îi spuse Alice, palpându-și fața pudrată. Nu ai de ce să te grăbești să ieși de aici, atâta timp cât ne descurcăm și fără tine.

Într-un final, i se dădu voie să meargă acasă în a douăzeci și doua săptămână de sarcină, după ce promisese că avea să se odihnească bine, să evite efortul și să bea cel puțin un litru de apă pe zi, măcar până trece sezonul umed. Îmbrăcat într-o pereche de pantaloni subțiri și cămașă, Edward veni să o întâmpine pe strada Morris numărul 10 și o primi cu o îmbrățișare mai afectuoasă, care o făcu pe Joy să se liniștească instantaneu, convinsă că lucrurile vor intra pe făgașul normal de acum înainte. După rezerva inițială, Christopher se agăță de picioarele mamei lui, în ștrampi noi, și își manifestă dezaprobarea față de toată tevatura aceea trezindu-se de trei-patru ori pe noapte în primele săptămâni de la întoarcerea lui Joy. Între timp, Alice părea să fie cuprinsă atât de uşurare, cât şi de dezamăgire, din moment ce fiica ei nu mai era ţintuită la pat şi dependentă de ajutorul ei.

– Oricum o să mai trec pe aici în primele săptămâni, zise ea, în timp ce Joy deschidea uşa de la apartament, simţindu-se străină în propria casă. O să ai nevoie de ajutorul meu. Iar Christopher trebuie să îşi respecte în continuare programul. Ne-am făcut un program pe cinste, noi doi.

Joy privi în jur la podeaua cu parchet imaculat şi la mobilierul din lemn de tec din casa ei, în încercarea de a reintra în posesia lor. Părea mai degrabă un loc ce îi fusese cunoscut cu mult timp în urmă, şi nu un loc de care aparţinea. Wai-Yip, care adusese o tavă cu băuturi reci, o privi, clătină scurt din cap în semn de salut, după care se retrase. Până şi ea s-a obişnuit cu lipsa mea, se gândi Joy. Pesemne că încearcă să îşi amintească cine sunt. Se îndreptă spre raftul de deasupra şemineului, pe care se afla calul cel albastru pictat pe hârtie albă, aşezat acum pe o montură deschisă la culoare, într-o ramă suflată cu aur. Îl privi preţ de câteva clipe, după care îşi mută privirea pe Edward, care se uita la ea, ca şi când ar fi încercat, la rândul lui, să se deprindă cu prezenţa ei în casa lor.

– Ce bine e acasă, zise ea.

– Ne-a fost dor de tine, spuse Edward, privind-o în ochi. Mi-a fost dor de tine.

Şi, dintr-odată, fără să îi pese de sprâncenele ridicate ale mamei sale, Joy străbătu camera în grabă spre soţul ei şi îşi lipi capul de pieptul lui, simţindu-i trupul zdravăn şi amintindu-şi de parfumul lui pe care îl iubea. El o strânse în braţe şi îşi plecă capul cât să îşi odihnească obrazul pe părul ei.

Alice întoarse ostentativ privirea, până în clipa în care Christopher se întoarse în cameră şi încercă temător să se îndese în spaţiul şi aşa strâmt dintre părinţii lui, întinzându-şi braţele grăsuţe şi strigând „În bla-ţe, în bla-ţe".

Ca şi în cazul sarcinii anterioare, Joy şi Edward se reapropiară odată ce ei îi trecură greţurile de dimineaţă. El era neobişnuit de drăgăstos, chiar şi pentru cineva ca el: îi cumpăra adesea flori şi cutii de bomboane elveţiene, pe care le procura de la ofiţerii care ajungeau în port și o alinta într-atât, încât uneori Alice își pierdea cumpătul și-i spunea „Las-o jos. Nu e bine pentru Christopher să asiste la așa ceva“. Își redescoperise și obiceiul de a se ține după ea prin casă, urmând-o dintr-o cameră în alta, astfel că la răstimpuri Joy se mai simțea nevoită să se încuie în baie, urmărită de ambii bărbați din familia ei. Și, deși își mai pierduse simțul umorului între timp și devenise ceva mai precaut, Joy pusese asta pe seama problemelor de la șantierul naval. Știa că se pune multă presiune pe el la lucru, pentru că îi povestiseră colegii lui într-o seară când veniseră la cină.

– Bătrânul Edward cel plicticos, ziseseră ei. Ia totul mult prea în serios. Și-a pierdut tot simțul umorului în ultima vreme.

Katherine Alexandra Ballantyne se născu cu o săptămână înainte de termen la același spital în care Joy își petrecuse cea mai mare parte a verii, după un travaliu indecent de scurt, după cum îl numise medicul.

– S-a aruncat repede pe poarta de start, micuța, glumise Edward, care, după ce fusese în sfârșit lăsat să intre înăuntru, o privea fascinat pe fiica lui nou-născută.

Și doctorul participa la curse de cai, iar cei doi se mai întâlniseră ocazional la evenimentele de seară de la Happy Valley.

Joy stătea întinsă, cu capul pe perne, deopotrivă încântată și ușurată că se trezise în sfârșit din coșmarul sarcinii.

– Cum te simți, draga mea? spuse Edward și se aplecă să o sărute pe frunte.

– Puțin obosită, dar nerăbdătoare să mă întorc acasă, răspunse ea și zâmbi în colțul gurii. Fă bine și spune-i bătrânului Foghill să se asigure că îmi pregătește calul.

Edward zâmbi în semn de aprobare.

Însă Joy nu apucă să călărească prea mult, cel puțin în primele luni de după naștere. După cum remarca Alice adesea, Katherine era „un bebeluș dificil“, greu de liniștit, care suferea mai mereu de colici și se trezea inevitabil de câteva ori pe noapte. Reușise în scurt timp să epuizeze forțele unite ale mamei ei, ale lui Alice și ale lui Wai-Yip, nimicind toate teoriile și remediile „tradiționale“ ale celor două din urmă cu eficiența unei răzătoare de brânză.

În mod neașteptat, Edward avea cea mai multă răbdare cu ea, având grijă de ea mai bine de o oră când se întorcea de la muncă și renunțând la paharul lui de gin tonic de cu seară ca să o scoată la o plimbare liniștită în jurul muntelui Victoria (sau, cel puțin, ar fi fost o plimbare liniștită dacă bebelușul s-ar fi oprit vreo clipă din plâns). Era drăgăstos cu ea atunci când Joy era prea epuizată și o cuprindea exasperarea și, drept răsplată, Katherine părea să se comporte mai bine în prezența lui, clipind din ochii ei lăptoși în semn de recunoaștere instinctuală.

– Asta e fata lui tata, zise Alice, care era nespus de fericită că se poate dedica în totalitate lui Christopher. Exact așa ai fost și tu.

Pe buzele ei, asta sunase aproape nesănătos.

– Nu îmi pasă a cui fată e atât timp cât se oprește din plâns, zise Joy.

Nu reușise să mai doarmă o noapte întreagă de aproape două luni. Era treaba lui Wai-Yip să aibă grijă de ea în timpul nopții, dar țipetele bebelușului o sculau oricum pe Joy, trezindu-i instincte materne adânc înrădăcinate. Evident, reușise să o epuizeze și pe Wai-Yip, pentru că atunci când se trezea, Joy o găsea pe fată dormind dusă pe patul ei de campanie.

Joy nu își amintea să mai fi fost vreodată în viața ei atât de obosită. Ochii îi erau în permanență aspri și roșii, ca și cum ar fi făcut o alegere nefericită la machiaj, iar văzul îi era adesea încețoșat. Uneori era atât de extenuată că începea să halucineze. Își imagina că mersese la Katherine să o liniștească atunci când nu o făcuse, iar Christopher venea la ea și o trezea, anunțând pe un ton mai degrabă serios că „Bebeluș plânge iar". Încercase să nu îl lase pe Edward să știe cât de greu îi este, în disperarea de a redobândi apropierea dintre ei din zilele de dinainte de Katherine și, de când doctorii le permiseseră să își continue partea fizică a căsniciei, se asigurase că nu îl refuză nici măcar o dată, în ciuda epuizării.

– O să îmi revin de îndată ce o să înceapă să doarmă, îi spunea ea scuzându-se, deși își dădea seama că probabil e la fel de atrăgătoare ca o pătură veche.

– Ești în regulă. Vreau doar să fiu aproape de tine, răspundea el de deasupra ei, iar ochii ei mai că se inundau cu lacrimi de recunoștință.

De data asta, fu de acord cu „metodele" doctorilor.

Joy fusese atât de preocupată cu cerințele propriei familii, că abia dacă observase cât de istovită arăta *amaha* cea mai tânără. Se întâmplase de două ori ca Joy să o găsească dormind dusă ziua, o situație pe care mama ei o considera scandaloasă, dar Joy, care era și ea acum într-o permanentă stare de letargie, se arătase mai înțelegătoare și refuzase să o pedepsească.

– A făcut destule pentru noi cât am stat în spital, îi spuse ea lui Alice, în clipa în care Wai-Yip dispăru în bucătărie ca să le aducă prânzul. A fost foarte bună până acum.

O legăna pe Katherine pe genunchi, încercând să prevină încă un acces de plâns. Doctorul spusese că la trei luni ar fi trebuit să aibă mai puțini colici, însă indiferent cât de atentă era Joy la toate semnele, era alarmant cât de predispusă era în continuare Katherine la crize de plâns.

Alice, care în vremea asta răsfoia o revistă, își ridică privirea în timp ce Wai-Yip punea două farfurii pe masă. După ce făcu o plecăciune scurtă, servitoarea ieși din cameră.

– Începe să nu îmi mai placă deloc de fata asta, zise ea, cu gura schimonosită într-o expresie de dezaprobare. Cred că te trage pe sfoară. Nu îmi displace nimic pe lume mai mult decât un ajutor necinstit.

Neputând să se mai abțină, Katherine urlă din toți rărunchii, iar Joy începu să o legene furioasă pe genunchi, disperată să nu îl trezească pe Christopher, care tocmai mersese la culcare.

– Ce vrei să spui cu asta? întrebă ea.

– Nu te-ai uitat la ea în ultima vreme? Nu vezi cât a luat în greutate? Era slabă ca varga când a venit. Pesemne îți face pagubă la mâncare.

Joy nu avea pic de energie ca să își mai bată capul pentru câteva boluri de tăieței. Dacă ai angajați buni, merită să le ierți slăbiciunile. Unii nici măcar nu încercau și nu aveau nimic de câștigat. Chiar de curând îi spusese Leonora Pargiter de la etajul doi că *amaha* ei îi închiria robotul de bucătărie proaspăt achiziționat atunci când ea nu era acasă. Se pare că făcuse o avere din asta.

– O să trec cu vederea de data asta. Probabil că suferea de foame în China, zise ea, punând-o pe Katherine pe umăr și bătând-o pe spate cu atât entuziasm, că bebelușul făcu ochii mari. Ar putea să fie prima oară în viața ei când are parte de o alimentație decentă.

Însă Joy fu mai puțin înțelegătoare atunci când, o lună mai târziu, pe când stătea pe balcon alături de mama ei, bucurându-se de un scurt moment de liniște cât dormeau copiii, Wai-Yip venise la ea și îi spusese cu ochii în lacrimi că trebuie să se întoarcă în China.

– Ce? Pentru cât timp? zise Joy, înspăimântată la gândul că avea să o piardă.

Katherine tocmai începuse să se atașeze de ea și în ultimele două nopți Joy chiar putuse să iasă în oraș cu Edward, lăsând copila în grija lui Wai-Yip.

– Nu știu, doamnă.

Își lăsă capul în pământ și două lacrimi căzură tăcute pe podeaua de lemn.

– Știam eu. Nu ți-am spus eu că profită de tine? zise Alice, sorbind din paharul de sherry.

– Wai-Yip? Ești bine? Joy privi spre trupul slujnicei aplecat în fața ei și brusc se simți vinovată că nu îi luase epuizarea fizică suficient de în serios. Ești bolnavă?

– Nu, doamnă.

– Bineînțeles că nu e bolnavă. Ai plătit-o așa de bine, cât să își permită să meargă în vacanță. Probabil pe una dintre noile nave de croazieră.

– Wai-Yip, pentru numele lui Dumnezeu, care e problema?

– Nu pot să vă spun, doamnă. Trebuie să plec, să mă întorc acasă, zise ea, fără să o privească pe Joy în ochi.

Alice se întoarse de la balcon cu fața spre slujnica tânără, studiind-o îndeaproape cu o privire usturătoare. Își schimbă poziția în scaun, ca și cum ar fi încercat să o analizeze din mai multe unghiuri.

– A dat de belea, zise Alice în cele din urmă. Uite! A dat rău de tot de belea! O zisese cu un aer triumfător de data asta. Nu e de mirare că s-a îngrășat. A ieșit din casă și a rămas gravidă. Ah, copilă, să îți fie rușine. Trebuie să pleci, știi? Nu încape îndoială.

În acest moment, Wai-Yip izbucni în hohote de plâns, cu umerii cocoșați în jurul unei forme rotunde care, deși fusese bine ascunsă sub îmbrăcămintea largă de bumbac, devenise destul de vizibilă, după cum fu nevoită să recunoască Joy.

– E adevărat, Wai-Yip?

Glasul lui Joy era suav, dar iscoditor.

– Îmi pare rău, doamnă.

Umerii lui Way-Yip tremurau, în timp ce stătea în continuare cu capul scufundat în palmele ei bătute de muncă.

– Nu mie trebuie să îmi ceri iertare, zise ea. Tu ești cea care trebuie să rezolve asta. Presupun că nu ești căsătorită?

Wai-Yip ridică privirea spre ea, ca și cum, pentru o clipă, nu înțelesese ce fusese întrebată, și clătină din cap în semn de negare.

– Bineînțeles că nu e măritată. Probabil că s-a culcat cu vreun soldat american. Asta urmăresc toate acum, să obțină un pașaport pentru SUA.

– Și deci ce ai de gând să faci?

– Vă rog, doamnă, vreau să mă întorc la munca mea. Îmi dau toată silința.

– Și ce are de gând cu bebelușul?

Cu brațele încrucișate, Alice își trase nasul în semn de dispreț.

– Nu știu, doamnă... poate mama mea...

Și începu să plângă din nou.

Joy se gândi la posibilitatea de a mai avea încă un bebeluș în casă. Știa sigur că lui Edward nu o să îi surâdă ideea. Știa că el abia aștepta să se întoarcă ușor, ușor la normalitate, ceea ce însemna doar el și ea și cât mai puțin deranj posibil. Dar ei îi părea rău de Wai-Yip, care era aproape un copil (spre rușinea ei, Joy tocmai își dădu seama că nu se sinchisise niciodată să o întrebe câți ani are). Și își dădea într-adevăr silința și muncea din greu.

– Dacă o lași să-ți aducă un copil în casă, o să profite de tine la nesfârșit, zise Alice.

– Wai-Yip, va trebui să discut cu soțul meu. Înțelegi asta?

Fata dădu din cap, făcu o plecăciune și se făcu nevăzută. Încă o mai auzeau cum suspină pe coridor.

– O să regreți, zise Alice.

*

Conform unei legende chinezești, odinioară erau zece sori pe cer, iar căldura produsă de ei laolaltă pârjolea pământul. Un arcaș pe nume Hou Yi reușise să străpungă cu sulița nouă din cei zece sori, iar Regele Pământului îi dăruise o poțiune magică, ce l-ar fi făcut nemuritor. Frumoasa soție a arcașului, Chang Er, băuse lichidul, fără să știe nimic despre puterile lui magice și se înălțase deodată sus, în înaltul cerului nopții, până când ajunsese la lună.

Arcașului i se făcuse dor de nevasta lui, Doamna Lună, și îl rugase pe Regele Pământului să îl ajute să ajungă la ea. Regele îi dăduse arcașului permisiunea să zboare sus până la soare, dar nu reușise niciodată să ajungă la lună, cu excepția momentelor când era plină și rotundă.

Ca sarcina, se gândi Joy absentă. Când te faci ca o lună mare și grasă, toată lumea se prăbușește în cele din urmă.

În noaptea Festivalului Lunii, familiile de chinezi ieșeau pe străzile coloniei în grupuri, la pas domol, ca să marcheze festivitățile lunare cu lampioane luminoase și ofrande și să-și dăruiască unii altora fursecuri și prăjituri în formă de cerc potrivite ocaziei. Joy îi privea de la balcon, așa cum făcea în fiecare an, captivată la vederea miilor de luminițe care se plimbau pe stradă, îndreptându-se spre portul de culoarea cernelii pentru spectacolul de artificii. Pe cerul senin, luminițele se reflectau în stele, două constelații diferite care își făceau cu ochiul de pe pământ și din ceruri. Chiar și Alice, care până de curând nu manifestase nici o preocupare față de feluritele festivități chinezești (pentru ea, erau un semn în plus al „perversității" chinezești de a nu sărbătorii Anul Nou la aceeași dată ca toată lumea), îi dăduse totuși lui Christopher un lampion micuț de hârtie, iar băiețelul alergase din cameră în cameră, cerându-le celorlalți să stingă lumina ca să poată vedea strălucirea lampionului – o rază de lumină în întuneric.

Atunci când sosise acasă, Edward păruse neobișnuit de vesel. Nu doar că o sărutase pe Joy, dar o și rotise de câteva ori în hol, fapt ce îl făcu pe Christopher să chicotească și să îi implore să li se alăture. În acel moment, Alice anunțase, cu gura strânsă în bine-cunoscuta ei expresie de dezaprobare, că sosise timpul ca ea să se retragă. Edward adusese acasă o cutie de tablă roșie, cu detalii migăloase, plină cu fursecuri în formă de lună, pe care o primise cadou de la unul dintre inginerii chinezi și era nerăbdător să îi povestească lui Joy despre planurile de la șantierul naval, care, dacă aveau să se realizeze, puteau duce la promovarea lui.

– O să fii în continuare staționat aici? întrebă Joy la masă, încercând să își mascheze teama din glas.

– Sigur. Asta nu implică să mă mut altundeva. Dar ar putea să presupună să ne mutăm într-o locuință mai bună – poate într-o casă frumoasă, în loc de apartament. Nu ți-ar plăcea, dragă? O casă? Poate și cu o grădină micuță? Ar fi drăguț pentru copii.

– Presupun că da, zise Joy, căreia începuse să îi placă viața la apartament.

– Știi, nu suntem obligați să ne mutăm. M-am gândit doar că ți-ar plăcea să ai mai mult spațiu, acum că îi avem și pe cei mici.

Joy se gândi că avea sens. Mama ei mereu spunea că le-ar fi mult mai ușor dacă cineva ar putea duce căruciorul lui Katherine până în capătul celălalt al grădinii și ar uita de el pentru o clipă.

Joy zâmbi.

– Cred că promovarea ta e o veste minunată. Bărbat deștept ce ești.

Edward îi apucă mâna peste masă și i-o strânse drăgăstos.

– O să ne meargă mai bine, dragă. Ai să vezi.

Ea se uita la el, la părul lui roșcat și neted, care îi cădea pe frunte înspre ea atunci când mânca, la felul în care înfuleca mâncarea într-o manieră atât de bărbătească și se simți brusc cuprinsă de un val de căldură copleșitor, similar cu felul în care se simțea atunci când își privea copiii. Edward era atât de atent, atât de grijuliu. Știa cât este de norocoasă, mai ales când auzea ce trebuie să îndure alte soții. Iar acum că el era de acord cu metodele sugerate de doctor, nu o să mai aibă alt copil. Puteau să continue în voie ca până acum, să se apropie din cel mai mult unul de altul și să fie din ce în ce mai fericiți...

Joy era conștientă că visa cu ochii deschiși și se îndreptă puțin pe scaun, ca să se pună pe mâncat. La cină aveau tocană de pui – care nu se ridica deloc la standardele normale ale lui Wai-Yip, se gândi ea în timp ce mesteca. Dar, la urma urmei, poate că nu era de mirare.

– Nu o să îți vină să crezi ce am aflat azi, zise Joy, ridicând furculița spre gură. Way-Yip așteaptă un copil. M-a luat complet pe nepregătite, sinceră să fiu. Nici măcar nu am știut că are un iubit.

Edward ridică brusc capul din farfurie. Ochii lui albaștri părură stupefiați pentru o clipă, după care îi căutară pe ai ei cu o mișcare abia sesizabilă. Într-un apartament vecin, cineva tocmai scăpase ceva din metal pe podeaua de lemn, lăsând să răsune tot coridorul de la zdrăngănitul provocat. El nu păru să bage de seamă.

Joy se opri din mâncat. Se aplecă spre el și îl privi fix, analizându-i noua expresie. Parcă observă și cum obrajii îi deveniră mai palizi decât culoarea lor obișnuită.

– Știai?

Edward o privi și clipi repede preț de câteva secunde, după care, în mod bizar, își mută privirea de la ea. Părea să se gândească dacă să spună ceva sau nu, dar în schimb, mai luă o furculiță din porția lui de pui, ridicând-o cu grijă la buze.

Urmă un scurt moment de liniște. Joy continua să îl privească fix.

– Edward, zise ea, cu un glas în care se simțea o notă bruscă de spaimă. Edward. Te rog...

Edward păru să își revină încetișor. Înghiți ce avea în gură fără vreun efort ieșit din comun, după care își duse șervetul la buze, ca să le șteargă cu mișcări lente și meticuloase.

– Mama ta a cam avut dreptate în privința ei. Nu poți să mai ai încredere în ea. Va trebui să plece. Făcu o pauză. O să îi dau vestea la începutul săptămânii viitoare.

Nu o privea pe Joy deloc în timp ce vorbea, dar își ținea ochii pironiți în farfurie.

La capătul celălalt al mesei, în continuare sub efectul șocului produs de soțul ei, Joy începu să tremure – la început un tremur delicat, după care din ce în ce mai violent. Tremura de-a binelea atunci când Edward se ridică și o anunță cu vocea gâtuită de la efortul de a-i evita privirea că merge în biroul său.

Joy își petrecuse noaptea în camera de oaspeți, iar soțul ei nu se opusese. Tremurase până când își trăsese cearșaful alb brodat peste cap, după care, stând așa încolăcită sub ventilatorul cel mare, în camera luminată slab de luna ce se întrezărea prin jaluzelele întredeschise, izbucni într-un urlet de durere, iar suspine chinuitoare îi străbătură trupul ca niște cascade de amărăciune, cu puterea copleșitoare a unui cutremur. Edward, care nu dormea nici el în camera alăturată, veni la ea pe la trei dimineața și o rugă fierbinte, în șoaptă și cu respirația întretăiată, să îl ierte, după care încercă să o cuprindă în brațe. Dar Joy se înfurie și îl alungă cu pumnii, năpustindu-se nervoasă asupra lui, lovindu-l peste cap și umeri și oriunde ajungea, până ce-l făcu să iasă afară, după ce începuse și el să plângă.

Până în zori, Joy rămăsese nemișcată, întinsă pe pat, gândindu-se la tot ce se întâmplase.

Gândurile nu îi mai dădeau pace.

Mama ei ghicise mai mult ca sigur. Ghicise de îndată ce Wai-Yip adusese copilul înapoi în apartament. Nici nu era prea greu să îți dai seama: deși avea aceleași trăsături turtite ca oricare alt bebeluș, Tung-Li avea un nas neobișnuit de coroiat și o nuanță roșiatică a părului care îl scotea în evidență. Alice se comportase exemplar și nu pomenise nimic despre asta fiicei sale, poate fiindcă citise printre rânduri, atunci când Joy anunțase brusc că *amaha* numărul unu o să vină cu ei în noua casă, că orice remarcă de rămas bun din categoria „toți bărbații sunt la fel“ sau „chinezoaicele ăstea pun gheara pe oricine le iese în cale“ nu o să fie bine primită. Conștientă de comportamentul periculos de rigid al lui Joy, își păstrase pentru ea și orice comentariu la adresa faptului că vecinii cu siguranță că o să îi vorbească, în ciuda rezervării ei ieșite din comun. „Ce or să creadă oamenii?“ Lui Joy nu părea să îi pese.

La trei nopți interminabile după cina din ziua Festivalului Lunii, Joy îl puse pe Edward în temă cu privire la planurile ei. I se alăturase la micul dejun, cu părul aranjat, purtând o cămașă albastră apretată, cu mâneci scurte, și pantaloni albi și turnase ceaiul în cești fără să îl privească în ochi măcar o clipă.

– I-am spus lui Wai-Yip că nu o să se întoarcă în China, zise ea, cu voce joasă și cuvinte atent măsurate.

Era pentru prima oară când vorbea din nou cu el.

Edward ridică privirea din farfurie, rămânând cu felia de pâine prăjită la jumătatea drumului spre buze.

– Poftim?

– Am stat de vorbă cu câțiva oameni. Dacă merge în China, o să fie dezonorată. Și ea, și copilul. O să-i fie imposibil să-și găsească ceva de lucru, iar bebelușul va fi ostracizat din cauza... din cauza înfățișării lui. Și, la cum stau lucrurile acolo, cu toți comuniștii și mai știu eu ce, e foarte probabil să moară de foame.

Edward nu făcu nici o mișcare.

– Am decis, suntem răspunzători pentru ea. Ești răspunzător pentru ea. Iar eu nu vreau să am copilul ăsta pe conștiință. Va trebui să te asiguri că noua noastră casă va fi suficient de mare... încât să nu o vedem. O să te descurci tu.

Urmă apoi o clipă lungă de liniște. Edward se ridică și merse spre scaunul ei. Ajuns acolo, îngenunche și își propti fața în mâna ei, ridicându-i-o din poală.

– Am crezut... am crezut că o să pleci, zise el cu vocea gâtuită.

Joy nu zise nimic, dar mandibula îi tremura cum stătea așa cu gâtul încordat, privind spre fereastră. Îi simți lacrimile fierbinți pe piele.

– Ah, Dumnezeule, Joy, te iubesc atât de mult. Îmi pare atât, atât de rău. Pur și simplu am început să mă simt îngrozitor de singur. Eu...

Joy își întoarse capul cu o mișcare repezită și își trase mâna de sub el.

– Nu vreau să mai vorbim despre asta, zise ea. Niciodată.

Capitolul 15

Sabine ședea în casa de vară, pe lada întoarsă cu gura în jos, cu o pătură roasă de molii pe umeri și cu cămașa strânsă bine de trup, tremurând toată de frig. Trecuse aproape o jumătate de oră de când se afla acolo; stătuse nemișcată și ascultase. Ascultase propriile suspine, strigătele disperate ale lui Thom de jos din curte, privise cum apusul se preschimbă-n noapte, învăluind totul în întunericul lui, și vărsase lacrimi în surdină, în adăpostul acela brăzdat de mucegai, atât de paralizată de șocul suferit și de întristare încât nu reușise să își stăpânească degetele tremurânde îndeajuns ca să împerecheze nasturii și găurile cămășii ei acum șifonate.

Nu știuse încotro să o ia, pur și simplu se lăsase ghidată de impulsul copleșitor de a fugi departe de Thom și de a scăpa de gustul amar al umilinței. La început, se îndreptase spre terenurile din vale, după care rătăcise cufundată în propria-i suferință înapoi pe drumul spre sat, pentru ca, într-un final, să se refugieze în casa de vară. Iar acum era blocată aici. Dacă se întorcea în casă, trebuia să îi explice totul mamei. Dacă rămânea aici, avea să înghețe, fiindcă își lăsase puloverul atârnat de ușa boxei Cenușiului. Dar un lucru era cert: trebuia să plece de la Kilcarrion. Era cu neputință să mai rămână după ce făcuse.

Sabine își șterse nasul cu dosul palmei, după care izbucni din nou într-un plâns hohotit, când își aminti de clipa în care îi dusese mâna lui Thom pe sânul ei și de privirea lui îngrozită în urma gestului ei.

Oare ce o fi crezut în momentul acela despre ea? Era la fel de jalnică precum mama ei: nimic altceva decât o curvă. Ce o îndemnase oare să facă asta? Stricase totul acum. După care, un alt gând i se strecură în minte: să fi fost într-adevăr chiar atât de hidoasă? Ce pățea dacă o săruta și el înapoi măcar puțin?

Sabine nu aprinsese lumina, de frică să nu atragă atenția asupra ascunzătoarei ei, dar reuși să distingă pe cadranul ceasului de mână că era aproape cinci și jumătate seara. Din curte se auzeau scârțâitul ușilor și zdrăngănitul găleților, căci era vremea pentru cai să-și primească masa. Bunica probabil că își făcea de lucru pe undeva, peria câinii sau se sfătuia cu doamna H cum să reorganizeze mai bine congelatorul. În casă, Lynda pesemne că număra minutele ultimei jumătăți de oră cât îi rămăsese până să se tireze acasă, în mașina ei mică, roșie și lucioasă. Probabil că acum se uita la una dintre telenovelele ei. Ritmul zilei ei era definit de ele în așa fel încât până și bunicul își primea medicamentele în funcție de programul la care erau difuzate.

Gândul la bunicul o făcu pe Sabine să se frece și mai tare la ochi. Pesemne că se întreba unde era. Abia dacă îl văzuse pe ziua de azi. Probabil se gândea că devenise și ea la fel ca mama ei: nepăsătoare, insensibilă, egoistă. Dar nu putea să se întoarcă acasă. Nu avea unde să plece de aici – nicăieri nu avea pe nimeni pe care să se poată baza. Stând acolo, răsturnă niște ghivece vechi de flori, nepăsătoare atunci când se făcuseră țăndări, fiindcă abia era în stare să mai vadă ceva cu ochii umflați de plâns. După care își ridică privirea și adulmecă în aer ca un câine de vânătoare.

Annie. Ar putea să meargă la Annie. Ea ar înțelege. Iar dacă Annie nu era acasă, ar putea să ceară voie să îi folosească telefonul și să îl roage pe Bobby să vină și să o ia de acolo. Putea să îi spună povestea doar pe jumătate, la urma urmei.

Sabine își dădu pătura jos de pe umeri și, după ce verifică precaută să nu fie nimeni prin jur care să o vadă, o luă la vale prin grădinile sterpe, spre poarta cea neagră, și nu lăsă sughițurile și fiorii care se năpustiră asupra ei în urma lacrimilor vărsate să îi încetinească pasul.

Dintr-un motiv sau altul, felinarele aliniate de-a lungul drumului principal din Ballymalnaugh erau stinse în noaptea aceea, iar Sabine fu recunoscătoare pentru cerul senin de deasupra, în timp ce aproape că o luase la fugă, cuprinzându-se singură cu brațele, și nu auzea nimic altceva decât ecoul pașilor ei pe asfalt. Singura lumină de pe drum venea de la ferestrele caselor pe lângă care trecea și care nu aveau perdelele trase, lăsând la iveală mici tablouri de familie: cuplul tânăr tolănit pe canapea în fața televizorului, copilul lor mic jucându-se pe podea, bătrâna singură care citea ziarul, masa pusă pentru ceai, în timp ce televizorul la care nu se uita nimeni proiecta o auroră boreală de umbre mișcătoare în colțul camerei. În goana ei pe lângă aceste case, Sabine se simți mai singură ca niciodată la vederea oamenilor din ele. Eu nu o să am niciodată o familie adevărată, se gândi ea și izbucni din nou în plâns. Eu o să fiu mereu pe dinafară și o să privesc înăuntru.

Încetini pasul pe măsură ce se apropia de casa lui Annie și încercă să își recapete suflul și să își usuce ochii, ca să nu îi îngrijoreze. La urma urmei, nu își dorea ca Annie să creadă că a murit cineva. Făcuse și așa destul rău pe ziua de azi.

Lumina de la parter era aprinsă, dar perdelele erau trase, așa cum fuseseră și în ultimele dăți când Sabine trecuse călare prin dreptul casei ei. Șovăi o clipă înainte să o ia pe cărarea spre casă, după care își încheie mai bine nasturii de la cămașă și se întrebă dacă, după tot ce povestise doamna H despre Annie, cum că avea nevoie de terapie, ar mai fi fost cazul să intre.

Cum rămăsese acolo încremenită, pe treptele casei, cineva deschise brusc ușa pe dinăuntru, proiectând o rază mare de lumină portocalie în grădină. Un bărbat înalt și slab, cu părul negru și colanți lucioși de ciclist își făcu apariția în prag și se repezi, ca și cum ar fi vrut să o ia în jos pe scări, pe lângă ea. După care, văzând-o pe Sabine, se opri și se agăță de umerii ei.

– Mulțumesc lui Dumnezeu! Ah, ce bine. Avem nevoie de o ambulanță.

Sabine rămase împietrită.

– O ambulanță. Ai un telefon mobil?

Rămase cu gura căscată la el.

Bărbatul clătină din cap, iritat.

– Uite ce-i, eu sunt doar un oaspete aici. Anthony Fleming. Tocmai m-am întors la cazare în seara asta, dintr-o eroare de judecată, permite-mi să adaug, și am găsit-o pe doamna Connolly așa și... ei bine, are nevoie de o ambulanță. Urgent. Ai un telefon? Ăsta din casă pare să fie deconectat.

Lui Sabine i se opri inima în loc și privi pe lângă bărbat înăuntru, în locuința puternic luminată. Știa că Annie se confrunta cu depresia, dar nu se gândise niciodată la posibilitatea ca ea să... pe Sabine o trecu un fior. Dintr-odată, îi apăru în fața ochilor imaginea unei fete de la ea de la școală care își tăiase venele în baie în urmă cu doi ani, după ce niște colegi își bătuseră joc de ea. Sângele țâșnise până în tavan, după cum îi spusese cineva din clasa a noua.

– Adică ea a... vrei să zici că a...? începu Sabine, dar nu izbuti să spună ce gândea.

–Păi, nu sunt expert, dar nu pare să mai aibă mult, zise bărbatul. Nu ne permitem să mai pierdem nici o secundă. Unde găsesc un telefon?

Ignorând protestele bărbatului, Sabine dădu buzna în casă și abia dacă luă seama la haosul din antreu și mirosul de praf și mâncare veche care îi ajunse la nări. Trebuia să o vadă pe Annie. Merse mai departe neabătută, cu inima strânsă de frică, încercând să ignore sunetele teribile ce veneau dinspre bucătărie. Nu îi spusese nimeni nimic despre sunetele acestea. În filme, când cineva se sinucidea, era totul foarte silențios.

Dar ajunsă acolo, văzu că nu era nici urmă de sânge, cel puțin nu pe tavan, ci doar un fel de apă decolorată peste tot pe podeaua bucătăriei acoperite cu linoleum albastru, iar Annie ședea acolo, în baltă, ținându-se strâns, cu ambele brațe, de ușa unui dulăpior, ca și cum ar fi încercat să se azvârle peste ea.

– Annie? zise ea.

– Ah, *Doamneeee...*, gemu Annie, prelung, gâtuit.

Părea că se concentrează pe ceva ce Sabine nu putea să vadă. Era purpurie la față din pricina efortului. Și nu părea să moară.

– Nu e pe moarte, îl anunță Sabine pe bărbatul care reapăruse în spatele ei.

– Bineînțeles că nu e pe moarte, zise el impacientat, cu mâinile tremurându-i, ca și cum le-ar fi scuturat de apă. Naște. Dar eu sunt funcționar la bancă, nu doctor. Și ți-am spus o dată, trebuie să chemăm salvarea.

Sabine se holbă la Annie, clătinându-se pe picioare și încercând să asimileze vorbele bărbatului. După care îi spuse, bălăbănindu-se spre ușă:

– Rămâneți cu ea. Eu merg după ajutor.

Și, cu sângele pompându-i în cap, o luă la goană pe drumul spre Kilcarrion.

Kate se sprijini cu putere de birou, privind atent la fotografia în sepia pe care o ținea încă în mână, la zâmbetul ei larg, deschis și știrb. La fața rotundă ca o lună a lui Tung-Li, holbându-se la ea, dându-și brusc seama de motivul stânjenelii lui în fața camerei, acum încărcată cu o simbolistică mai amplă: trăsăturile lui neobișnuite – fiindcă erau într-adevăr neobișnuite, acum că le studia atent.

– De ce nu mi-ai spus? zise ea, într-un final.

Glasul îi era firav, tremurător.

Joy, care ședea în spatele ei pe un scaun, cu chipul plecat, își ridică privirea cu o expresie de epuizare.

– Nu era nimic de spus. Ce ar fi fost să îți spun?

– Nu știu. Ceva. Ceva care să îmi ofere o explicație... ah, nu știu, zise, clătinând din cap. Ah, Dumnezeule, mamă... atâta amar de vreme...

Afară era întuneric, iar cele două lămpi montate pe pereți aruncau umbre triste, clar-obscure pe pereți, reliefând lungimea rafturilor acum aproape goale, pe care mai stăteau doar câteva cutii ce așteptau să fie sortate. O hartă veche, înrămată a Asiei de Sud-Est căzuse din cui și acum stătea rezemată de perete, cu sticla ciobită.

– Ce s-a întâmplat cu el? întrebă Kate, cu ochii pironiți în continuare asupra fotografiei. Ce s-a întâmplat cu amândoi?

– Nu s-au dus în China. Când ne-am întors în Irlanda, i-am găsit lui Wai-Yip o poziție bună la o familie din batalionul de infanterie Black Watch din Noile Teritorii. Cred că a fost mult mai fericită acolo, sincer. Era mai aproape de familia ei. Iar lucrurile erau..., zise Joy trăgând adânc aer în piept, ... mai simple.

Kate rămase din nou cu privirea fixată pe fotografie, după care o puse cu grijă deasupra cutiei, lăsând o urmă ușoară a amprentelor ei pe suprafața pozei. Se opri scurt, ca și cum s-ar fi gândit dacă era cazul să o întoarcă, dar o lăsă cu fața în sus.

– Nu pot să cred..., zise ea, ca pentru sine. Nu pot să cred că tăticul... am crezut că voi doi sunteți perfecți, zise ea. Chiar am crezut tot timpul că voi doi împărtășiți o iubire perfectă.

– Nimeni nu e perfect, Katherine.

Cele două femei rămaseră acolo în tăcere, în unghi drept una față de alta, ascultând la zgomotul îndepărtat ce venea dinspre grajduri. După cum observă Kate, pentru prima oară asta nu o făcu pe Joy să se ridice și să meargă să vadă ce se întâmplă.

– De ce ai rămas? întrebă ea. Trebuie să fi fost anii șaizeci la vremea aceea, nu? Oamenii ar fi înțeles. Noi am fi înțeles.

Joy se încruntă și își trecu o mână prin păr.

– Nu m-am gândit la asta. Dar erai destul de stigmatizat și la vremea aceea. Și în ciuda a tot ce s-a întâmplat, am decis că asta trebuia să fac. Am considerat că, așa, voi, copiii, o să creșteți în sânul unei familii adevărate. Fără să trebuiască să înfruntați oamenii care șușotesc și vă arată cu degetul și vă vorbesc pe la colțuri. Și clădiserăm o viață împreună. Cred că ne plăceau aceleași lucruri...

Se întoarse ca să o privească pe Kate și expresia feței i se mai îmblânzi.

– Amândoi v-am iubit atât de mult, știi? Fericirea voastră era totul pentru noi. Și deși tatăl vostru m-a rănit nespus de mult..., spuse ea, și în acest moment, tresări ușor, iar Kate își dădu seama șocată cât de vizibile erau încă urmele trădării. Am decis că, la urma urmei, propriile mele sentimente nu sunt cel mai important lucru.

Urmă o clipă lungă de tăcere, iar Kate, rămasă acolo în camera rece, lipsită de dragoste, încerca să își muleze convingerile clădite de-a lungul unei vieți pe informațiile proaspăt aflate. Se simți pentru un moment irațional de nervoasă, ca și cum acest secret păstrat vreme de ani de zile ar fi fost cauza tuturor problemelor dintre ea și părinții ei.

– Christopher știe?

– Desigur că nu știe. Și nici nu vreau să știe. Nu am vrut să știe nici unul dintre voi.

Pentru o clipă, tonul vocii aminti de vechea Joy, cea dură și tăioasă.

– Să nu îi sufli un cuvânt despre asta lui Christopher. Sau lui Sabine. Zilele astea e așa o modă stupidă să spui orice oricui.

Deși vocea ei suna agresiv, ascundea altceva. Ceva aproape dezolant.

Kate rămase pe loc și se uită la mama ei preț de câteva clipe, recunoscând treptat pe chipul ei povestea de dragoste eșuată. După care făcu un pas în față și, pentru prima oară de când nu mai era mică, o îmbrățișă pe Joy, cuprinzând-o cu grijă, acordându-i timp să renunțe la rigiditatea caracteristică și să-i răspundă la îmbrățișare. Mirosea a cai și a câini și a ceva dulceag, cu iz de levănțică. După câteva secunde, o bătu pe Kate ușor pe umăr, absentă, ca și cum ar fi liniștit un animal.

– În toți acești ani, zise Kate, vorbind înăbușit în jacheta ei cu pătrățele, cu vocea gâtuită, în toți acești ani... nu m-am putut ridica niciodată la nivelul tău.

– Îmi pare rău, draga mea. Nu am vrut să te simți așa.

– Nu. Nu asta am vrut să spun. Au trecut atâția ani și eu nu am știut că suferi. Nu am știut cu ce a trebuit să te confrunți.

Joy se desprinse din îmbrățișare și se șterse la ochi, îndreptându-și umerii.

– Ei bine, nu vreau să exagerezi, zise ea, cu glasul ferm. Tatăl tău e un om bun. Nu m-am confruntat cu atât de multe, cum spui tu. Mă iubea, în felul lui.

Când se uită înapoi la Kate, privirea ei era defensivă, aproape provocatoare.

– Da, atât că n-a...

– N-a putut să se abțină?

Joy se întoarse cu spatele la ea, spre fereastră.

Kate privi către uşa ce dădea spre camera în care tatăl ei era căzut în somnul lui alimentat de medicamente, nutrind o furie nemărginită față de bărbatul acela care trădase singura persoană pe care o credea capabilă să o iubească necondiționat.

– Şi nu l-ai făcut niciodată să plătească pentru asta, zise ea cu amărăciune.

Joy urmări privirea fetei, după care se îndreptă spre ea şi o prinse de mână. Trăsăturile ei erau înăsprite, erodate de ani întregi de activitate necontenită.

– Să nu care cumva să îi spui vreo vorbă. Să nu îl deranjezi. Ştii tu, tatăl tău a plătit pentru asta, Kate, zise ea, şi glasul ei vădea o certitudine încărcată de melancolie. Amândoi am plătit.

Nu era nimeni în bucătăria de la parter, nici în sufragerie, astfel că Sabine, şi aşa ameţită de infuzia de adrenalină, alergă prin toată casa, trântind uşi şi strigând după doamna H, cu câinii lătrând şi agitându-se pe urmele ei.

– Unde naiba e toată lumea? urlă ea, în timp ce deschidea şi izbea uşile de la cămară şi magazie.

Casa părea încremenită în aşteptare. Separeul şi camera unde se servea micul dejun erau şi ele pustii, iar liniştea lor amplifică vuietul intrării ei, ce reverberă în toate mobilele.

Rămasă fără suflu după toată alergătura, Sabine o luă în sus pe scări, urcând câte două trepte deodată, împleticindu-se în covorul ros şi alunecând atunci când ajunse sus, nevoită să se prindă de două ori de balustradă ca să nu cadă. În tot acest timp, avea în faţa ochilor imaginea lui Annie, cocoşată de durere, cu expresia ei abătută pe chip, doar că de data aceasta avea parcă o anumită concentrare. Ceva primitiv.

Ah, Dumnezeule, unde oare era doamna H? Annie avea nevoie de mama ei. Cel puţin asta era sigur pentru toată lumea. Cu siguranţă că avea nevoie de mai mult sprijin decât de Anthony Cumlofichemând. Sabine se opri pentru o clipă pe hol, uitându-se după aspirator sau după orice alt indiciu care să dezvăluie dacă doamna H trecuse recent pe acolo. După care i se aprinse un beculeţ: Lynda.

De ce nu se gândise oare la Lynda până acum?

Ea ar ști ce e de făcut și ar putea să aibă grijă de tot. Sabine trânti de perete ușa de la camera bunicului, deschizând deja gura, ca să transmită mesajul urgent. Dar acolo nu dădu de nimic altceva decât de ecranul gol al televizorului stins și de un șir ordonat de pahare de plastic și cutii de medicamente; semne tacite că asistenta plecase deja acasă. Profilul scheletic al bunicului se ridica dintre straturile de cearșafuri și perne, neatins de toată agitația, căzut în somnul lui profund, indus de medicamente.

Sabine nici măcar nu se obosi să închidă ușa. Scoțând un oftat lung de exasperare, Sabine o luă la goană mai departe pe coridor, deschizând cu frenezie fiecare ușă și strigându-le pe doamna H, pe mama, pe bunica, pe oricine, iar cu fiecare pas se lupta să își alunge din minte panica provocată de scena pe care o lăsase în urmă. Dacă între timp bărbatul acela plecase? Părea destul de disperat să scape de acolo cât mai repede cu putință. Dacă erau cu toții plecați? Ar putea să cheme salvarea, dar ea nu știa cum să ajute până la sosirea medicilor. Și o părticică din ea chiar nu voia să se întoarcă de una singură la tot zgomotul acela, la tot sângele de acolo.

Erau în birou. Sabine deschise ușa de perete, fără să se aștepte că era cineva înăuntru, și se opri, răsuflând din greu, atunci când în fața ochilor îi apăru imaginea celor două femei îmbrățișate.

Rămase blocată pentru o secundă, încercând să se convingă că scena la care asista era reală. Încă sub efectul evenimentelor din acea seară, nu putu să o privească pe mama ei în ochi. După care își aminti pentru ce venise acolo.

– Unde e doamna H?

Bunica se desprinse din îmbrățișarea mamei și veni la ea să îi netezească părul ciufulit.

– A plecat în oraș. Cred că se vede cu cineva care să o ajute pe Annie.

Părea aproape jenată că fusese surprinsă în timpul unei îmbrățișări atât de intime.

– Trebuie să vorbesc cu ea.

– Păi, nu o să se întoarcă aici astă-seară. A plecat devreme. Cred că a venit Mack să o ia cu mașina.

Cele două femei se uitau fix la Sabine, care se foia de pe un picior pe altul, neliniștită.

– Pentru numele lui Dumnezeu, ce s-a întâmplat?

– Trebuie să o aducem aici. E vorba despre Annie... cred că naște.

Tăcură toate pentru o fracțiune de secundă.

– *Ce?*

– Naște? Ești sigură?

Afară pe hol, unul din câini lătra, cuprins și el de agitația din casă.

– Annie nu poate să aibă copii, zise Joy neîncrezătoare.

– Sabine? Ești sigură?

– Haideți *odată.* Nu am inventat povestea asta, zise Sabine, trăgând-o de mânecă pe bunica ei. E la ea acasă, cu unul dintre oaspeți. Sunt chestii pe podea și toate cele și tipul zice că e doar funcționar la bancă și că ea nu mai are mult și că trebuie să chemăm salvarea și telefonul lui Annie nu funcționează.

Joy și Kate se uitară una la alta.

– E singur acolo cu ea, zise Sabine, care izbucnise deja în lacrimi la vederea fețelor lor încremenite, cu expresii tâmpe. Annie are nevoie de ajutor. Trebuie să veniți acum.

Joy își duse gânditoare o mână la obraz, după care se repezi spre ușă, dându-le ordine celor două femei mai tinere din fața ei.

– Kate – tu dai o fugă până acolo cu Sabine. Eu o să chem ambulanța și o să strâng câteva lucruri de aici. Ah, Dumnezeule, o să încerc să îl sun iar pe Mack. Sunt sigură că avem unul dintre numerele lui de telefon mobil pe undeva. O să îl pun pe Thom să o facă.

– Ia-o înainte, zise Kate, urmărindu-și fiica cum cobora scările, cu așa o viteză încât aproape că se rostogoli peste câini în goana ei. Ah, biata femeie, zise ea, bătând-o pe Sabine ușor pe umăr. Slavă Cerului că ai găsit-o tu.

Anthony Fleming părea că exersează un soi de dans în fața casei lui Annie, o gigă[1] bizară acompaniată de o ondulație vioaie a brațelor, ca un dansator popular rămas în urmă cu melodia care îi cânta doar

[1] Dans vioi, de origine engleză

lui în minte. Sau cel puțin așa arăta din depărtare. Atunci când Sabine și Kate se apropiară, pline de sudoare și cu răsuflarea tăiată de la fugă, se dovedi că bărbatul doar își muta energic greutatea de pe un picior pe altul din pricina agitației, o pledoarie disperată și haotică pentru ajutor, exprimată de mâinile care o apucară pe Kate de poalele hainei atunci când se repezi pe scări.

– Sunteți doctoriță? o întrebă el speriat și alb ca varul.

– Doctorul e pe drum, zise Kate. Unde e femeia?

– Ah, Dumnezeule... Dumnezeule mare, exclamă Anthony Fleming frângându-și mâinile.

– Unde *este*?

Lăsându-i în urmă și pe el, și pe Sabine, Kate goni spre camera de zi, iar de acolo spre bucătărie, unde îngenunche imediat lângă Annie, care stătea acum pe un taburet și se ținea cu mâinile de el, zgâlțâindu-se înainte și înapoi și scoțând tânguieli ascuțite care îi ridicau lui Sabine părul de pe ceafă.

– O să fie totul bine acum, o să fie bine, Annie, repetă Kate, strângând-o în brațe și netezindu-i părul. Te descurci grozav. O să fie totul bine.

Sabine se holba la cele ce se petreceau în bucătărie, la fusta lungă a lui Annie, pe care o dezbrăcase și acum zăcea într-un colț, lângă chiuvetă, și la o bucată de material roz, pătată, care ar fi putut să fi fost cândva lenjeria intimă. Pretutindeni era sânge diluat, într-o nuanță spălăcită. O făcu să își amintească de ziua în care bunicul căzuse cu fața în tocana de legume.

– Eu nu știu nimic despre bebeluși, repeta întruna Anthony Fleming, mai-mai să-și frângă mâinile. Eu mă ocup doar cu împrumuturi bancare. M-am întors aici doar pentru că avea un loc unde să îmi las bicicleta în siguranță.

Sabine nu știu ce să îi răspundă. Stătea în continuare cu privirea ațintită asupra lui Annie care, pierdută deja în lumea ei, se agățase cu toate forțele de Kate, cu fața schimonosindu-i-se ori de câte ori scotea câte un strigăt animalic. Privind în spatele ei la expresia șocată a lui Sabine, Kate încercă să zâmbească.

– E totul bine, dragă. Serios. Arată mai rău decât e, de fapt. De ce nu mergi tu mai bine afară și aștepți salvarea?

– Eu așa o să fac, izbucni Anthony Fleming, care o luase deja spre ușă. Eu am să aștept salvarea. O să aștept afară.

Kate aruncă o privire exasperată în urma sa. Se tot uita la ceas, încercând să estimeze durata dintre țipetele de agonie ale lui Annie.

– Am înțeles. Bun... hm, Sabine, mergi și caută niște prosoape, te rog. Și o foarfecă și apoi pune apă la fiert și sterilizează foarfeca. Bine?

– Nu ai de gând să o deschizi cu foarfeca, nu?

Rămasă acolo împietrită în pragul ușii, Sabine simți cum i se strânge pieptul de teamă. Nu se credea în stare să vadă și mai mult sânge în fața ochilor.

– Nu, scumpo. E pentru cordonul ombilical. Pentru eventualitatea în care bebelușul o să iasă până vine salvarea. Acum mergi și fă ce ți-am spus, nu avem prea mult timp la dispoziție.

Se întoarse spre Annie, o mângâie pe cap și îi șopti cuvinte de îmbărbătare, fără să bage de seamă că și ea era acoperită toată de lichidul sângeriu în care se așezase, ca să o ajute pe Annie.

– Trebuie să împing, zise Annie, cu părul asudat și strâns în cârlionți în jurul feței.

Erau primele cuvinte pe care Sabine le auzea din gura ei.

– Ah, Dumnezeule, trebuie să împing.

– Sabine! Du-te *acum*!

Sabine ieși în fugă din cameră, neștiind unde să găsească o foarfecă – la urma urmei, casa lui Annie nu părea a fi un loc în care lucrurile să se afle acolo unde te-ai aștepta să le găsești – și dădu peste Joy, cu brațul plin de prosoape.

– Salvarea trebuie să ajungă din clipă-n clipă, zise ea. Thom încearcă să dea de doamna H. Unde sunt?

– Ai adus o foarfecă?

– Da, da... Joy urmă sunetele înăbușite ce se auzeau dinspre bucătărie, care de data aceasta se transformară în ceva de-a dreptul înspăimântător, mai apropiat de un urlet. Avem tot ce ne trebuie. Sunt în bucătărie, nu?

Când se auziră din nou, urletele lui Annie fură și mai oribile. Îi făceau lui Sabine pielea de găină, ca atunci când câinii de vânătoare începuseră să urle în plină noapte. Suna de parcă Annie era pe moarte. Fața-i era schimonosită de durere.

Chipul lui Joy se mai îmblânzi după ce își văzu nepoata atât de înspăimântată și întinse mâna să o mângâie.

– E în regulă, Sabine. Serios. Așa sunt nașterile, o treabă destul de brutală.

– O să moară? Nu vreau să moară Annie.

Joy zâmbi și îi strânse mâna, după care se întoarse spre bucătărie.

– Desigur că nu o să moară. Imediat după ce naște, nu o să își mai aducă deloc aminte de toate astea.

Sabine privea din spatele ușii cum Joy se îndreaptă spre ele și se așază pe vine lângă Kate. Îi dădu prosoapele și o ajută să o întindă pe Annie pe podea. O mângâie apoi pe picioare și îi șopti cuvinte de încurajare. Kate zise ceva despre „tranziție", iar ea și Joy se uitară scurt una la alta pentru o clipă. Pe fețele lor se citea nu doar înțelegerea reciprocă și îngrijorarea, dar și o tentă de bucurie, ca și cum amândouă ar fi știut ceva ce nu puteau încă să recunoască. Urmărind această scenă, ochii lui Sabine se umplură din nou de lacrimi, dar nu pentru că se simțea exclusă: se simțea consolată.

– Bun, Annie, zise Kate, care era la picioarele ei. Pregătește-te să împingi. Îmi spui când vine următoarea contracție.

Annie își pironi ochii mari asupra propriilor picioare, după care, cu bărbia îndesată în piept, izbucni într-un zbierăt prelung, mai întâi printre dinții încleștați, după care prin gura deschisă atât de larg, încât Sabine, care trăgea cu ochiul de lângă marginea ușii, descoperi că propria gură reproduse subconștient gestul ei.

Joy se chircise toată sprijinindu-i mijlocul lui Annie, cu fața roșie din pricina efortului. Kate îi ridică genunchii lui Annie și o șterse pe față cu o cârpă rece. Acum mai avea puțin și plângea.

– E aproape gata, Annie. Îi văd deja capul. Aproape ai terminat.

Annie își deschise pentru o clipă ochii și o privi pe Kate. Privirea îi era istovită, confuză.

– Respiră adânc, Annie. Ține-ți doar bărbia în jos și imediat o să se termine totul.

– Unde e Patrick? întrebă ea cu glas tulburat.

– Patrick vine acum, zise Joy cu fermitate-n glas, cu fața lipită de cea a lui Annie și brațele ținând-o strâns de subsuori. Patrick o să vină și o să vină și părinții tăi și ambulanța o să vină. Nu te îngrijora. Concentrează-te doar pe bebelușul ăsta drăgălaș.

– Îl vreau pe Patrick, zise Annie și izbucni în plâns.

După care lacrimile i se poticniră atunci când o altă contracție îi încleștă trupul, iar suspinele i se transformară într-un alt răcnet răsunător. Înfipse unghiile în brațele care o sprijineau, cu o asemenea sălbăticie, încât Sabine zări grimasa de durere a bunicii, în timp ce Kate se afla în continuare în fața ei, ținând-o strâns de glezne, ca să rămână cu genunchii sus, și încurajând-o tot timpul.

– Vine, Annie. Haide, împinge acum. Chiar vine. Îi văd capul.

Kate chiui de fericire și își ridică privirea spre Annie, cu un zâmbet larg pe față.

Iar Annie căzu epuizată pe spate, în brațele lui Joy.

– Nu pot să o fac, zise ea.

– Ba da, poți, aproape ai terminat, ziseră cele două femei la unison.

– Respiră repede, Annie, zise Kate. Continuă să respiri pentru o clipă. Se uită spre mama ei, adăugând în șoaptă: E bine așa, nu, mamă?

Joy dădu din cap aprobator și schimbară un zâmbet furiș.

– Bun, mai împinge încă o dată, zise Kate.

Și, în clipa aceea, Annie scoase un țipăt prelung, tremurat, într-o notă strangulată, iar Kate începu și ea să țipe. Joy, care stătea chircită de durerea pricinuită de zgârieturile pe care i le făcea Annie, țipă și ea, iar Sabine se trezi că izbucnește din nou în plâns, pe nesimțite, pentru că tocmai atunci când se gândise că nu poate să mai suporte, ceva alunecă șerpuit spre podea, lăsând să țâșnească un val de sânge și bucurie, iar mama ei ținea în brațe chestia aceea, chestia aceea cu brațele liliachii ridicate sus în aer, ca un suporter de fotbal. Joy o săruta pe Annie și râdea, iar Kate înfășă bebelușul cu grijă într-un prosop și i-l puse lui Annie pe piept și toate trei se țineau în brațe. Printre ele, Sabine privea în continuare fix la chipul lui Annie, cu expresia lui primitivă de bucurie și ușurare, după ce trecuse de chinurile facerii, fără să bage de seamă tot sângele și mizeria din jurul ei, fără să bage de seamă zgomotul și fără să-l bage de seamă nici pe Anthony Fleming, care stătea în pragul ușii și se scuza că el pleacă, dar că sosise salvarea.

După care, ca și cum și-ar fi amintit brusc de prezența lui Sabine, Kate își ridică privirea și îi întinse un braț, iar Sabine se îndreptă spre ele și îngenunche. Cum stătea acolo, privi la chestia aceea acoperită de sânge, înfășurată într-un prosop de plajă, mirosind a sudoare și fier. Și în clipa în care își coborî privirea, nu mai văzu bălțile de sânge, prosoapele ude fleașcă, chiloții, pantalonii ei pe care și-i murdărise. Tot ce putu să vadă fură doi ochișori negri, lăptoși, privind-o fix, în felul acela străvechi, sugerând cunoașterea tuturor secretelor lumii. O gură mică și pufoasă rotunjea cuvinte tăcute și îi spunea tot ce nu știuse despre sensul vieții. Își dădu seama, izbită din plin de realitate, că nu văzuse nimic mai frumos de atât în toată viața ei.

– E fetiță, zise Kate, cu ochii înlăcrimați, strângând-o pe Sabine de umeri.

– E perfectă, zise Sabine, întinzând timid mâna spre ea.

– Copilașul meu, zise Annie, privind la ea, nevenindu-i să creadă. Copilașul meu.

După care, pe neașteptate, se puse pe un plâns cu sughițuri, care o făcea să se încovoaie și să se zgâlțâie din tot trupul, sub povara amărăciunii reprimate, ceea ce o făcu pe Kate să îi ia bebelușul pentru o clipă din brațe ca să îl protejeze de chinurile prin care trecea Annie.

Iar Joy se aplecă spre ea și îi prinse capul la piept, plângând și ea.

– Știu, știu, după care, când Annie se mai potoli în cele din urmă din plâns, îi spuse cu glas atât de șoptit, încât Sabine abia auzi, prin zarva stârnită de oamenii care veneau înăuntru. E totul bine acum, Annie. E totul bine. A trecut.

După care Kate, și ea cu brațele tremurânde, o ajută pe Sabine să se ridice de jos, și, cum erau așa îmbrățișate strâns, ieșiră amândouă afară în întunericul nopții, unde ambulanțierii descărcau targa sub luminile albastre ale sirenelor ce se învârteau, în uniformele lor în culori neon și monitorizați prin stațiile pârâitoare de emisie-recepție.

Capitolul 16

Doamnei H nu îi rămăseseră multe lucruri care să o surprindă în viață, după cum ea însăși mărturisise, însă nașterea nepoatei sale fusese cu siguranță unul dintre ele. Spusese asta de atâtea ori, atâtor oameni, dar ochii i se umpleau de fiecare dată de lacrimi de recunoștință, iar faptul că adesea vorbea despre asta cu aceiași oameni nu părea să deranjeze pe nimeni dintre cunoscuții ei. Micuța Roisin Connolly era o veste bună, iar pentru o veste atât de bună merita să suporți povara repetiției.

Patrick se întorsese la Annie în noaptea în care născuse, într-o stare profundă de șoc, dar nespus de fericit de sosirea pe lume a fiicei lui, răsuflând ușurat că avea în sfârșit o explicație pentru comportamentul din ce în ce mai straniu al soției sale din ultimele luni. Annie, care nu reușise niciodată să accepte moartea fiicei lor, își pierduse temporar echilibrul psihic, din pricina șocului cauzat de noua sarcină, după cum spuseseră doctorii, iar felul ei de a gestiona situația fusese să o ignore și să se distanțeze de cei din jurul său. Din câte se părea, nu era o reacție neobișnuită. În ciuda acestui fapt, doamna H păruse mai degrabă jenată deoarece nu observase că propria fiică era însărcinată și se învinovățise pentru traumele suferite de Annie când o născuse pe Roisin, însă Mack și Thom și toți ceilalți îi spuseseră să nu mai abereze – iar mai târziu, până și Annie îi spusese că dacă reușise să-și ascundă atât de bine sarcina față de propriului ei soț, ce șanse ar fi existat ca mama ei să ghicească? Doamna H păruse să se fi calmat pe moment, dar adesea putea fi surprinsă analizând cu atenție taliile femeilor din sat, hotărâtă să fie prima care să ghicească sarcinile viitoare și reușind chiar uneori să mai jignească pe câte cineva întrebând direct.

Annie petrecuse câteva săptămâni în spital, atât pentru a-i ține companie lui Roisin, care venise pe lume cu mai bine de o lună înainte de termen și trebuia să mai petreacă timp într-un incubator, cât și ca să își acorde timpul necesar să se adapteze la rolul ei proaspăt redobândit de mamă, sub privirile atente ale personalului medical. După ce inițial trecuse printr-o perioadă de doliu întârziat pentru Niamh (cu toții erau de acord că cei doi bebeluși semănau izbitor), se recuperase uimitor de repede, fără să sufere de vreo depresie postnatală, despre care doctorii avertizaseră că era aproape inevitabilă în cazuri precum al ei. După aceea, participase la ședințele de consiliere, deși doamna H spusese că a o vedea cu bebelușul în brațe și cu brațul soțului în jurul ei era toată terapia de care avea nevoie. Annie începuse chiar să vorbească despre Niamh, remarcând cât îi semăna Roisin în privința orelor de masă sau al gazelor de la stomac și cât de tare se deosebea de ea la forma degețelelor ei de la mână, cu unghiuțele ca niște scoici, sau la culoarea părului, ba uneori chiar le mustra pe rudele care veneau în vizită și începeau să plângă atunci când ea făcea aceste comparații, spunând că, deși își dorea să țină minte pentru totdeauna că a avut două fete, nu voia ca Roisin să crească în umbra lui Niamh.

Sabine o vizitase de mai multe ori și ținuse copilașul cu grijă în brațe, minunându-se să vadă cât de repede își schimbase chipul schimonosit și însângerat și devenise un bebeluș plin de viață, trandafiriu și cu un miros dulceag. Totuși, nu și-ar fi dorit să aibă vreodată copii, îi mărturisise ea lui Annie. Doar dacă băieții aveau să fie capabili pe viitor să îi nască. Annie (care, după cum preconizase Joy, părea să fi uitat ca prin minune de toată suferința și de tot sângele) râsese la auzul acestor vorbe. Râdea adesea zilele acestea, cu o sclipire șireată în ochi atunci când o tachina pe Sabine în legătură cu Bobby McAndrew, și cu încântare atunci când fetița ei făcea ceva aparent remarcabil, cum ar fi să își fluture mânuța, cu degetele răsfirate prin aer sau să strănute. În sinea ei, Sabine credea că Roisin arăta și acum ca o bulă, dar nu spusese asta cu voce tare. Annie o rugase să îi fie nașă copilului și până și ea știa că nu se cade pentru o nașă să spună așa ceva.

Patrick, care era aproape tot timpul la spital și „stătea pe capul tuturor", după cum spuseseră asistentele cu zâmbetul pe buze, nu făcea altceva decât să șadă lângă fiica lui și să o privească, cu chipul lui lat și întunecat radiind de o satisfacție blândă, și nu își mai întindea temător mâinile ca să își liniștească sau să-și mângâie soția, ci doar și le înlănțuia drăgăstos cu ale ei. Nu mai lucrase de săptămâni bune, zisese doamna H, dar la urma urmei, nu poți să le ai pe toate.

Plânsese cu lacrimi de recunoștință în fața lui Sabine, Joy și Kate când ajunsese acasă, ceea ce o făcu pe Sabine să-i fie puțin rușine de rușinea lui, însă Kate, și ea cu ochii înlăcrimați, îl strânsese în brațe și îi tot spusese că era „atât, atât de fericită", de parcă ea ar fi fost cea care născuse. Joy, la fel de copleșită de emoții ca toți ceilalți, îi spusese lui Sabine că un copil era cel mai mare dar în viață și că o să înțeleagă ea asta într-o bună zi. Sabine se gândi că probabil înțelegea deja. Nu mai fusese niciodată martoră a unei expresii precum cea de pe chipul lui Annie atunci când își privise pentru prima oară fiica nou-născută. Acea combinație explozivă de bucurie, durere și ușurare. Acum că se gândea mai bine la asta, se simți din nou complеșită de emoții, nu că ar fi lăsat pe careva să știe. Erau și așa prea multe sentimentalisme în jur zilele astea. Thom nu îi pomenise nici un cuvânt lui Kate despre tentativa eșuată a lui Sabine de a-l seduce. Sau poate că îi pomenise, însă mama ei decisese să nu comenteze în nici un fel. În orice caz, Sabine era recunoscătoare și puțin confuză pentru că nu știa cui să îi fie recunoscătoare.

Îl revăzuse în noaptea nașterii lui Roisin: venise în fugă pe drum, la scurt timp după ce Sabine și Kate ieșiseră din casă și rămăseseră afară lângă salvare, neștiind ce să facă mai departe. Se oprise în dreptul lor și își plimba ochii de la una la alta, cu un braț pe umărul fiecăreia.

–E totul în regulă? întrebase el. Annie se simte bine? Voi două sunteți în regulă?

O privise foarte îngrijorat pe Sabine atunci când pusese ultima întrebare, iar ea dăduse din cap aprobator, mult prea copleșită de sentimentele venirii pe lume a bebelușului ca să se mai simtă umilită. Dintr-odată, totul părea să se fi petrecut cu mult timp în urmă, ca și cum ar fi fost scenariul unui vis, ca și cum i s-ar fi întâmplat altcuiva. Sabine așteptase încordată ca el să o sărute pe mama ei sau să o cuprindă în brațe, dar nu făcuse asta. Doar se uitaseră unul la altul, după care Kate îi spusese în șoaptă să meargă înăuntru și să o vadă pe Annie. După ce el intrase, Kate o conduse pe Sabine spre casă, spunându-i:

– Nu știu cum te simți tu, iubito, dar mie cu siguranță mi-ar prinde bine un pahar de ceva.

A doua zi îl revăzuse: Thom așteptase ca Sabine să iasă în curte, după care o întrebase dacă n-ar fi vrut să meargă la călărit. Doar ei doi. Ea aruncase atunci o privire spre ușa grajdului unde se afla Cenușiul și îl văzu gata periat și cu șaua pe spinare, și i se păru că nici nu ar fi avut de ales. Sabine se simțise și mai stânjenită atunci, deși era evident din tonul vocii lui că nu avea de gând să se dea la ea sau ceva de genul acesta, însă gândul că ar putea pomeni ceva despre seara precedentă îi deveni cumva și mai insuportabil.

Însă el se comportase ca și cum nimic nu s-ar fi întâmplat. Vorbise doar despre cai, despre Annie, despre bebeluș și despre cât de uimită era toată lumea, după care pornise la o plimbare lungă, sinuoasă, de-a lungul terenurilor de echitație și o încurajase să sară peste câteva șanțuri, ceea ce nu ar fi reușit de una singură, și râsese atunci când ea refuzase cu obstinație să încerce un salt peste un mal de Wexford. Da, zisese ea, încercând să nu pufnească în râs, știa că făcuse asta deja. Doar că era altceva acum, când judeca totul la rece. El dăduse din cap aprobator și îi spusese că avea dreptate. De parcă vorbele ei ar fi fost cu mult mai înțelepte decât fuseseră, de fapt.

Și, cu toate că nu se întâmplase nimic special între ei în timpul plimbării, Sabine se simți din nou ușurată când ajunseră acasă, ca și cum Thom s-ar fi reîntors la ea – cel puțin, ca un prieten cu care putea să vorbească. În plus, se gândi ea, după ce îl studiase îndeaproape când el nu se uita, poate că nici nu îi mai plăcea așa de tare de el, mai ales acum, după ce mama îi spusese cât de aproape fusese Thom de a-i fi tată. După ce auzi așa ceva, nu poți să mai privești persoana respectivă cu aceiași ochi.

Și, după cum preconizase, lucrurile nu merseseră la fel de simplu și cu mama ei. A doua zi după naștere, Kate fusese în continuare foarte sensibilă și marcată de eveniment și spusese că nu poate să mănânce la micul dejun. Visase toată ziua cu ochii deschiși și se vedea că o podideau lacrimile. De asemenea, la masa de dimineață, o luase în brațe pe

Joy, deşi cu o uşoară reţinere, iar Sabine găsi gestul un pic cam exagerat, deşi doamna H mărturisise după aceea că i se părea „minunat" că se reîmprieteniseră toate, mai ales după tot acest timp. (Însă, la urma urmei, doamnei H totul i se părea zilele acelea „minunat"; ba chiar zisese asta şi atunci când Lynda anunţase că primise o amendă de parcare în New Ross.) Sabine, care se simţea din ce în ce mai jenată de felul în care o înspăimântase naşterea şi de modul în care se agăţaseră toate trei una de alta, decisese să trateze totul cu sânge-rece. La urma urmei, era doar un bebeluş, zicea ea, atunci când conversaţia pe tema asta ameninţa să se prelungească la nesfârşit. Dar i se părea destul de enervant cum mama şi bunica îşi aruncau priviri cu subînţeles şi zâmbeau pe furiş una la alta, atunci când ea făcea astfel de remarci, ca şi cum ele ar fi împărtăşit dintotdeauna un soi de comunicare tacită şi ar fi ştiut ce era în mintea lui Sabine.

Şi totuşi, Kate o nimeri şi ea o dată. Venise sus să o vadă, la câteva zile după eveniment, în timp ce ea se schimba. Se aşezase pe patul ei şi o întrebase fără ocolişuri dacă ar prefera să rămână în Irlanda sau să se întoarcă în Anglia. În timp ce îşi trăgea puloverul albastru şi gros pe cap, Sabine îi zisese, prin lâna care îi acoperea jumătate de faţă (uşurată că nu era nevoită să îşi privească mama în ochi), că îi place destul de mult în Irlanda şi că ar putea la fel de bine să îşi dea următoarele examene şi aici. Surprinzător, Kate nu începuse să plângă: ba chiar, cu glas vioi, îi spusese că dacă asta era ceea ce îşi dorea, asta trebuia să facă. După care ieşise din cameră. Fără să intre în discuţii sensibile, fără să sublinieze la nesfârşit cum că ea nu voia decât să îi fie prietenă şi ca ele două să fie fericite, bla bla bla. Fusese scurtă şi la obiect. Sabine avusese un şoc să vadă că plecase deja când ea abia îşi trăsese puloverul pe cap.

După care, câteva zile mai târziu, când rămăseseră singure în sufragerie, o întrebase pe Sabine ce părere ar avea dacă ar vinde casa din Hackney şi s-ar muta amândouă aici, ca să fie mereu aproape de bunica. Vrei să zici, ca să fii mereu aproape de Thom, se gândi Sabine, dar, luată prin surprindere că i se cerea părerea, uită să mai fie răutăcioasă.

– M-am gândit că am putea să cumpărăm una dintre căsuţele mai din deal, zise Kate, care părea veselă ca niciodată în ultimii ani. Undeva în apropiere. Ceva simplu, doar cu două dormitoare. Ne-ar rămâne destui bani după vânzarea casei din Londra. Şi, la o adică, pot bine-mersi să lucrez și de aici. O să fie chiar distractiv să alegem ceva împreună.

Sabine deveni dintr-odată bănuitoare și vru să întrebe dacă Thom avea să se mute cu ele, însă Kate preconizase întrebarea:

– Thom o să rămână momentan unde este. Cred că e și așa destulă forfotă în familia lui în clipa de față. Dar o să petreacă destul de mult timp cu noi, dacă e în regulă și pentru tine.

– De ce, care e faza? Nu a vrut să se mute cu noi? zise Sabine, neizbutind să își suprime tenta ironică din glas.

Părea că istoria se repetă.

– Nu l-am întrebat, dragă, îi răspunse Kate. M-am gândit că a sosit vremea să ne bucurăm un pic că suntem împreună, doar noi două. După care adăugă: În fond, știm amândouă unde să îl găsim, nu-i așa?

Joy fusese și ea de acord cu povestea dintre mama și Thom. Chiar Sabine îi dăduse vestea, cu destul de multă prudență, așteptându-se la o grimasă îmbufnată, de dezaprobare, din partea ei. Însă Joy, care surprinzător părea să știe deja, nici măcar nu își ridicase capul din revista *Horse and Hound* și se mulțumise să spună că Thom e un bărbat bun și că e sigură că știe ce face.

De fapt și de drept, nu zisese același lucru și despre Kate, după cum realizase Sabine ulterior, dar, vorba doamnei H, nu poți să le ai pe toate.

În schimb, Bobby făcuse niște glume cam patetice la auzul veștii că rămânea în Irlanda, ceva de genul că nu putea să mai scape de ea. Dar când într-un final reușise să îl facă să tacă pentru cinci minute, îi spusese totuși apoi că o să se distreze de minune când o să cunoască ceea ce el numea „restul găștii". Și îi mai spusese și despre un bal al vânătorilor care urma să aibă loc în două săptămâni, la care ar putea să meargă, și despre o petrecere în Adamstown, chiar în weekendul acela, unde avea să cânte o formație live și unde, după spusele lui, ar fi petrecut pe cinste. În realitate, Bobby părea să fie destul de încântat. Sabine n-ar fi vrut să îi spună că începuse să îi cam placă un pic de fratele lui mai mare.

Edward Ballantyne muri la trei săptămâni de la nașerea lui Roisin Connoly, retrăgându-se subtil și tăcut din lumea aceasta, între știrile de la ora prânzului și prima telenovelă de după-amiază a Lyndei. Era în regulă, îi zisese Lynda doamnei H după aceea. Se asigura întotdeauna că își înregistrează toate episoadele acasă în cazul unei astfel de întâmplări. Doamna H fusese foarte reticentă în privința ei după acea conversație.

Sabine, care în timpul acesta călărea împreună cu Bobby la Manor Farm, nu se putuse opri din plâns când se întorsese acasă, învinovățindu-se că îl lăsase singur în acea clipă, deși până și ea se văzuse nevoită să admită că, la cum arăta în ultima vreme, nu părea să se mai trezească vreodată. Însă Joy o lăsase să intre la el în cameră și stătuse cu nepoata ei acolo, lângă pat, ținând-o în brațe până când se oprise din plâns, iar Sabine fu în cele din urmă de acord cu bunica ei că bunicul arăta mult mai împăcat acum. Sau, cel puțin, ceea ce mai rămăsese din bunicul: părea că și ultima picătură din esența ființei sale, rămasă după această suferință, se evaporase acum, lăsând în urmă doar un chip bătrân, tras, placid, și niște mâini aproape reci, așezate pe pătura stacojie, ca niște vestigii dintr-o altă viață. Sabine se gândi pentru un moment la episodul în care îi atinsese pentru prima oară proteza lui Thom. Însă mâna lui Thom, deși nu era făcută din carne și oase, era infuzată cumva cu propria lui vivacitate. Mâinile bunicului erau precum niște exponate de muzeu, prăfuite și scofâlcite, purtând în ele doar un răsunet îndepărtat al vremurilor trecute.

– Nu ar fi trebuit să o lași să stea lângă el, zise Kate, care în timpul acesta așteptase pe coridor, albă la față și încruntată, până când ele două ieșiră. O să aibă coșmaruri.

– Prostii, zise bunica, care era neașteptat de stăpână pe sine și avea ochii uscați. A fost bunicul ei. Avea tot dreptul să își ia rămas-bun de la el. Ai face bine să mergi și tu.

Însă Kate, cu mâna la obraz, dispăru în camera ei pentru câteva ore.

Christopher și Julia ajunseseră în aceeași seară. Julia era deja îmbrăcată toată în negru și cu ochii atât de plini de lacrimi, încât Joy trebuia să o liniștească întruna.

– Nu pot să suport, zise ea, suspinând pe umărul bătrânei. Nu îmi plac deloc morțile.

De parcă i-ar plăcea cuiva, zise doamna H, dezaprobator. Julia făcea de asemenea mari eforturi să îi amintească lui Joy cu fiecare ocazie că știe cum se simte. La urma urmei, trecuse mai puțin de un an de când o pierduse pe Mam'selle.

Între timp, Christopher, și el cu fața palidă și cu o înfățișare aproape cadaverică, vorbea de parcă ar fi avut prune în gură. Atunci când coborâse, o mângâiase pe Kate pe spate, în semn de alinare și cu un aer stânjenit, și îi spusese că speră ca lucrurile să nu „se complice". Sabine știa că vorbea despre mobila pe care o etichetase, dar Kate îi spusese că avea de gând să lase totul la latitudinea mamei. La urma urmei, era casa ei, erau lucrurile ei. Nu era ca și cum vreunul din ei doi ar fi avut probleme financiare. Iar Christopher se mulțumise să încuviințeze din cap și o lăsase în pace, fapt ce părea să fie cea mai bună decizie pentru amândoi.

Joy se îndeletnici apoi cu pregătirile pentru înmormântare, refuzând pe oricine voia să dea o mână de ajutor, dar nu în aceeași manieră rigidă și tăioasă din vremea în care soțul ei mai trăia. Acum, deși își păstrase aplombul eficient, devenise mai blândă, ca și cum toate marginile ascuțite îi fuseseră netezite, ba chiar și ușor meditativă.

– O să se piardă ea cu firea mai încolo.

Julia își trase nasul, profund îndurerată, privind-o pe Joy cum iese din sufragerie, după ce luaseră toți cina acolo.

– Doliu întârziat, așa-i zice. Eu, una, nu mi-am dat seama prea bine ce s-a întâmplat până nu am îngropat-o pe Mam'selle.

Dar dacă după aceea a sosit cândva momentul jeluirii, Joy nu a arătat nimic. Și Lynda, cu precădere, părea să fie aproape jignită de lipsa de istericale din casa Ballantyne.

– Am niște sedative, pentru orice eventualitate, le spunea ea tuturor, în timp ce își strângea lucrurile ca să plece. Trebuie doar să îmi cereți.

Julia fu singura care luă unul în cele din urmă. Nu avea neapărată nevoie de el, după cum îi mărturisise lui Kate. Se gândise doar că o să facă o impresie bună. Nu voia ca Lynda să le povestească tuturor din Wexford că familia Ballantyne era lipsită de sentimente.

În ciuda spuselor Juliei, Sabine constata cu uimire cât se întristase mama ei după moartea bunicului. De data aceasta nu era tristețea ei caracteristică, ostentativă și care se manifesta prin lacrimi, păr smuls din cap și rimel întins. (Asta ar fi făcut-o pe Sabine să își iasă din pepeni: simțea cumva că avea un drept mai mare decât mama ei să se jelească după bunicul.) Era doar neașteptat de tăcută și palidă, atât de abătută, încât atunci când Sabine o surprinsese în clipa în care Thom o luase în brațe lângă casa de vară, ca să o consoleze, prima ei reacție nu fusese de furie sau enervare, ci mai degrabă de ușurare că cineva o ajută pe mama ei. În continuare găsea orice formă de contact fizic cu mama inexplicabil de dificilă și, ori de câte ori o îmbrățișa, avea grijă să se retragă cât de repede cu putință, fără să o facă totuși să se simtă jignită.

Dar mâhnirea mamei o afecta: Sabine plânsese necontenit timp de două zile, după care se simțise mai bine în sinea ei. Mama, în schimb, arăta bizar, ba chiar puțin frustrată, ca și cum s-ar fi confruntat cu niște lucruri despre care nu putea vorbi.

– Cum se face că te-a întristat atât de mult moartea bunicului? o întrebase Sabine într-un final, în timp ce erau amândouă în birou, împachetând în liniște ultimele două cutii, cu câte o cană de ceai aproape rece în dreptul lor.

Redusă acum doar la câteva rafturi scheletice și la un tapet decolorat pe alocuri, camera avea să fie redecorată și transformată în dormitor. Din moment ce era una dintre puținele camere uscate din casă, după cum zisese Christopher, trebuia să fie dată-n folosință așa cum trebuia, poate chiar transformată în cameră pentru turiști în regim de demipensiune. Ar rămâne un loc gol pe piață, acum că Annie și Patrick aveau să își închidă porțile casei.

– Nu te îngrijora, îi spusese doamna H lui Sabine, când îi văzuse expresia oripilată la auzul acestei vești. O să îi sperie curând pe toți.

Așa că Sabine și mama ei se ocupară împreună de ultimele cutii rămase în birou. După ce își alesese fotografiile preferate, Sabine făcea acum ordine printre scrisorile rămase, sperând în secret că o să dea peste vreo scrisoare de dragoste savuroasă. Aranjate în ordine cronologică, fotografiile aveau să fie transferate într-un album foto de piele, după ce mama se gândise că ar fi un cadou frumos pentru bunica. În orice caz, cele mai multe dintre ele.

– Nu vreau să par cumva nepoliticoasă, dar nu e ca și când ai fi vorbit prea mult despre el când trăia.

Își privi mama în ochi, conștientă de faptul că vorbele ei nu sunaseră atât de blând pe cât intenționase.

Kate puse capacul pe cutia maro cea mare și nu zise nimic pentru o clipă, ștergându-și praful de pe nas.

– S-au întâmplat multe..., începu ea, după care se opri. Presupun că... presupun că îmi doresc ca eu și tata să ne fi înțeles ceva mai bine. Am pierdut atâta vreme... iar acum e prea târziu. Asta mă enervează și în același timp mă întristează puțin.

Sabine se rezemă de birou și începu să învârtă un stilou între degete, neștiind cum să răspundă. Kate se întoarse cu fața spre ea.

– Presupun că îmi doresc să fi avut măcar o șansă să devenim prieteni mai buni. Am încetat să mai fim apropiați când eram doar cu puțin mai mare decât tine.

– De ce?

– Ah, știi tu, vechile probleme. Nu era de acord cu felul în care îmi trăiam viața. Și a fost și mai puțin de acord în clipa în care te-am născut pe tine. Și nu pentru că nu te-ar fi iubit, adăugă ea imediat.

Sabine ridică din umeri.

– Știu.

Purta în ea convingerea secretă că acum, la sfârșitul vieții lui, bunicul o iubise mai mult decât pe oricine altcineva.

Rămaseră amândouă acolo în tăcere pentru o vreme, răsfoind documente decolorate de vreme, citindu-le doar pe cele care erau scrise de mână. Găsiră o mulțime de cărți poștale adresate lui Kate și Christopher, cu scrisul ascuțit și auster al bunicului, devenit deja familiar, în care le spunea numele diferitelor vapoare pe care urcase și cum era vremea în locurile pe care le vizitase. Părea să fi fost plecat pentru o vreme după nașterea lui Kate, dar nu găsi nici o carte poștală care să îi fie adresată doar bunicii.

Kate ședea și privea pe fereastră, părând în continuare căzută pe gânduri.

– Îmi tot amintesc cât de drăguț era cu mine când eram mică, sparse ea tăcerea, ceea ce o făcu pe Sabine să își ridice brusc capul din scrisori. Mereu mă ducea peste tot: la șantierul naval ca să văd unde lucrează, sus pe munte cu furnicarul, pe insulele din jurul Hong Kongului ca să pot să merg în explorare cu Christopher. A fost un tată destul de bun, să știi.

Sabine o privi și nu putu să nu remarce tonul ușor defensiv al mamei.

– Era în regulă. Pentru un bătrân scorțos.

Încercă să își ascundă urma de haz din voce. Încă îi era dificil să vorbească despre el.

– Cred că mi-ar fi plăcut să fie mândru de mine, zise Kate cu amărăciune. E destul de greu să știi că în ochii celor pe care îi iubești, tot ce faci e greșit.

Își privi fiica, pe buzele căreia se juca un zâmbet furiș.

– Da, fie că îți vine să crezi sau nu, chiar și la vârsta mea.

Pentru o clipă, Sabine o privi în ochi pe mama ei. După care îi întinse mâna.

– Eu nu cred că tot ce faci e greșit, vorbi ea pe un ton jos și repezit, ca și cum i-ar fi făcut o mărturisire. Știu că uneori nu mă comport prea frumos cu tine, dar chiar cred că ești o mamă bună. În general. Adică știu că mă iubești și așa mai departe. Ceea ce este important.

Obrajii îi luară foc.

– Și sunt convinsă că bunicul *a fost* mândru de tine, continuă ea. Chiar pun pariu că a fost, pe bune. Dar nu putea să o arate, pur și simplu. N-au știut niciodată cum să-și arate sentimentele, el și cu bunica. Spre deosebire de mine și de tine. Sincer acum.

O strânse ușor pe mama ei de braț.

– Știu.

De la parter răsună glasul ascuțit al Juliei, care o ajuta pe doamna H să reamenajeze sufrageria pentru masa de după înmormântare. Deslușiră scârțâitul mobilelor mutate, după care urmă o pauză când Julia, aparent, izbucni din nou în lacrimi.

Kate se uită la mâna fiicei sale, după care o privi în ochi și zâmbi ușor.

– Probabil că ai dreptate.

Edward Ballantyne fu înmormântat într-o zi atât de ploioasă, încât drumurile din jurul cimitirului se inundaseră, forțând micul grup al participanților să intre în apă până la glezne ca să ajungă aproape de mormântul care, spre ușurarea tuturor, se afla într-o zonă puțin mai înaltă. Ploua cu găleata de două zile. Cerul căpătase culoarea funinginei ude, iar iarba, pe cea a noroiului, ascunzând buchetele de flori sub ceața celofanului protector. Câțiva dintre vârstnicii satului, care se retrăseseră în nava bisericuței, dădeau din cap și bombăneau despre lipsa de respect din partea vremii, despre semne și simboluri, dar Joy nu făcu altceva decât să zâmbească ciudat, ca pentru sine, fără să îi pese de încălțările ude, și să le spună celor care întrebau că ea consideră vremea a fi potrivită. Ba chiar îi spuse pe un ton sec lui Sabine să meargă și să își pună cizmele de cauciuc dacă vrea, ceea ce inițial o șocă pe nepoata ei, cu ochii plini de lacrimi la prima ei înmormântare. O întrebă apoi pe mama dacă Joy se simțea bine.

– Amintește-ți ce mi-ai spus despre sentimente, îi șopti Kate, iar Sabine, după ce se gândi o clipă, păru oarecum mulțumită cu răspunsul primit.

Venise destul de multă lume la înmormântare, lucru cu adevărat surprinzător, spuse doamna H de sub umbrela ei, ținând seama cât de nemanierat fusese față de mai toți sătenii la un moment sau altul. Dar Thom, acum la braț cu Kate, șoptise că oamenii erau mai deștepți de atât. Și pe lângă asta, era o chestiune de respect, îi spuse el lui Kate, care era la rândul ei uluită de numărul celor prezenți în biserică. Erau câțiva care nu fuseseră de acord cu ceea ce el și familia lui făcuseră pentru vânătoare și câțiva care veniseră pentru Joy.

– E o chestiune de prestigiu. Recunosc imediat cine e de viță nobilă, zise el încet și îi strânse brațul lui Kate.

– Recunosc imediat când vine vorba de o pomană bună, replică doamna H, care la ordinele lui Joy cumpărase două pulpe întregi de șuncă, somon și suficient alcool cât să scufunzi o navă mică, după spusele lui Christopher.

Remarcase cum starea de spirit a celor veniți începea deja să se mai învioreze. Auzea din spate cum, prin pălăvrăgelile lor îndepărtate, dar inteligibile, anticipau o tratație bună acasă, acum că își terminaseră datoria.

Kate se strânse mai aproape sub umbrela lui Thom, simțindu-se incomod în noul ei palton negru, dar recunoscătoare pentru ploaia care o împroșca în față, ștergând astfel orice indiciu că ar fi plâns. Îi fusese imposibil să rămână în continuare furioasă pe tatăl ei: mama ei avusese grijă de asta. Era și el la fel ca toți oamenii, după cum spusese ea fermă, apucând-o de brațe când ea își vărsa furia asupra lui, în noaptea în care murise. La fel era și Kate. Și mai mult decât atât, după cum mai spusese, nu era momentul ca ea să fie furioasă.

Dar asta însemna că nu îi mai rămânea altă opțiune decât să îl jeluiască și să regrete plecarea lui din rândul celor vii. Și mai era și o vină care nu îi dădea pace. Dacă ar fi încercat mai tare, ar fi putut să traseze o punte subțire peste prăpastia care existase preț de prea multă vreme între cele două părți ale familiei ei.

– Sabine a făcut asta în locul tău, zise Thom. Pur și simplu, bucură-te de asta.

Dar era prea devreme ca să fie bucuroasă de ceva.

Vocea vicarului, un murmur monoton sub susurul necontenit al ploii, vorbea despre țărâna din care ne naștem și țărâna în care ne întoarcem și undeva, în spatele lor, Julia, susținută acum de Christopher, începu să plângă zgomotos, până când, după ce se scuză exagerat, fu luată de acolo. O auzeau cum protesta față de incapacitatea ei de a mai suporta, până pe la jumătatea drumului de întoarcere la Kilcarrion.

Cei rămași luară asta ca pe un semn să înceapă să își ia și ei tălpășița de lângă mormânt și plecară, singuri sau în perechi, sub o varietate de umbrele negre sau în amestecuri de culori total nepotrivite pentru o asemenea ocazie. Annie și Patrick stăteau alături, cu micuța Roisin lipită de pieptul mamei sale că abia se mai vedea și cu Patrick aplecat asupra ei ca un urs care își ocrotește puiul. Făcură un pas înainte.

– Să îmi spuneți ce pot să fac pentru dumneavoastră acum, îi zise Annie lui Joy, în momentul în care vicarul, după ce mai clătină o dată din cap și o atinse pe braț în semn de rămas-bun, se îndreptă cât de repede posibil spre adăpostul bisericii, cu roba atârnând grea de la ploaie în urma lui. Vorbesc serios, doamnă Ballantyne. Dumneavoastră ați făcut atâtea pentru mine.

– Ești foarte drăguță, Annie, zise Joy, iar ploaia i se scurgea în râuri învolburate peste umbrelă. Așa am să fac.

– Ba nu o să facă, o auziră pe Annie zicând cu drag, în timp ce se îndepărtau. E încăpățânată ca un catâr femeia asta.

Iar după acest moment, mai rămaseră în liniște în dreptul mormântului doar Thom, Kate, Sabine și Joy, o siluetă înaltă, țeapănă, într-un costum negru care își trăise zilele de glorie prin anii 1950.

Thom se întoarse spre Patrick și Annie care tocmai plecau, hotărând evident că locul lui era cu ei, asta după ce o împinse pe Kate spre mama ei. Dar Kate, de cum zări chipul hotărât al mamei și ținuta neagră ca tăciunele, începu să plângă, și Sabine îi șopti că ar trebui să o ia cu el. Dacă bunica era supărată, ultimul lucru care îi mai lipsea era să o vadă pe Kate cum plânge în fața ei.

Fără să îi pese de noroiul ce i se înălța ușor spre glezne, Joy rămase acolo, lângă grămada de pământ negru, împovărat de flori, și privea în gol. Se așteptase cumva să plângă, dar îi fusese teamă să nu se facă de râs în fața tuturor acelor oameni care se holbau la ea. Știa că probabil îi dezamăgise pentru că nu făcuse asta. Dar cert era că se simțea mai bine acum, ca și cum un nor mare și greu ce planase deasupra ei ar fi fost suflat de vânt.

– Îmi pare rău, dragule, îi spuse ea în șoaptă, de îndată ce conștientiză totul. Știi că nu am făcut-o pentru că nu mi-a păsat.

Îi era parcă mai ușor să îi vorbească lui Edward acum că nu mai era alături de ea, ca și cum dacă nu l-ar mai fi văzut imobilizat la pat, suferind și neputincios, ca o amintire în carne și oase a vieții lor de dinainte, s-ar fi simțit eliberată să îl iubească din nou, simplu, cum o făcuse odinioară. Știa că părea mai liniștită acum, și că Julia, doamna H și toți ceilalți se comportau cu mănuși cu ea, socotind acesta a fi calmul de dinaintea furtunii, și că probabil preconizau că totul urma să înceapă diseară, la pomană, când după calculele lor ea avea să se retragă, copleșită de mâhnire. Îi spusese în șoaptă lui Edward că ar putea la fel de bine să facă și asta, doar ca să îi mulțumească pe toți. Ar fi vrut să îi ofere bun-rămas așa cum se cuvenea, desigur, dar în același timp nu-și dorise să petreacă prea mult timp făcând pe gazda, încercând să îi mulțumească pe niște oameni care erau aproape niște străini pentru ea. Nu reușise nici până acum să prindă gustul festivităților.

Edward ar fi înțeles asta.

Joy clipi, ca trezită din reverie, când își dădu seama că plecase umbrela prea mult în față, și acum stropii de ploaie i se scurgeau pe spate. Se uită în sus, spre cer, întrebându-se absentă dacă peticul de un cenușiu mai deschis decât restul avea să se întindă pe tot cerul, după care se întoarse și o zări pe Sabine lângă ea. Tânăra o privea fix, cu ochii umflați și cu o expresie îngrijorată, și, cu mâna ei tânără, o prinse cu hotărâre de braț, vrând parcă să le consoleze pe amândouă.

– Te simți bine? întrebă ea.

– Mă simt bine, Sabine.

Joy se uită în jos, spre sicriu. Nu părea să aibă nimic de-a face cu Edward.

– Ești tristă?

Joy zâmbi și se gândi ce să răspundă.

– Nu, draga mea, nu foarte. Cel puțin, nu pentru el, zise ea trăgând adânc aer în piept. Cred că bunicul era pregătit să plece. A fost un flăcău destul de vioi la viața lui și nu prea cred că îi plăcea să stea și să nu facă nimic. Nu mi-aș fi dorit să fi trăit mai mult decât a făcut-o.

– Dar nu o să îți fie dor de el?

Joy căzu o clipă pe gânduri.

– Bineînțeles că o să îmi fie dor de el. Dar eu și cu bunicul am trăit niște momente tare frumoase împreună. Și o să le am cu mine pentru totdeauna.

Sabine păru mulțumită de răspuns.

– Și presupun că nu trebuie să îți mai faci griji pentru el, zise ea.

– Nu, nici una dintre noi nu trebuie să își mai facă.

Cerul se mai însenina puțin, într-adevăr. Ploaia cădea acum în stropi mai mici, ca și cum nu ar mai fi fost convinsă de dreptul ei invincibil de a potopi și s-ar fi gândit încotro să o ia mai departe. Cele două se întoarseră și o porniră pe drum, la deal.

– Am ceva pentru tine, zise Sabine dintr-odată, scotocind prin buzunar. Ceva ce am găsit în cutia din birou. M-am gândit să ți-l dau astăzi. Eu nu știu nimic despre religie și chestii de genul ăsta, dar doamna H zice că o astfel de lectură poate fi o alinare mai ales în... în timpuri ca astea.

Îi întinse bunicii un petic de hârtie scris de mână și îngălbenit de vreme. Trebui să se mute mai aproape sub umbrela lui Joy ca să o ocrotească de ploaie, dar chiar și așa, două dintre cuvinte fură împroșcate, făcând cerneala antică să se dilueze în două vinișoare mici, albastre.

... că prin îngăduința milei Sale cerești,
sunteți numită să stăpâniți și să aveți în grijă
popoarele supuse Domniei Voastre,
în prosperitate, pace și evlavie;
și după lungă și glorioasă domnie
peste regatul acesta vremelnic,

cu înțelepciune, prin dreptate și credință,
veți putea lua parte la Împărăția Cerurilor,
prin grația divină a aceluiași Iisus Hristos, Mântuitorul nostru. Amin.

– E scrisul tău, așa că m-am gândit că ar putea să însemne ceva pentru tine. E în regulă? Vreau să zic, e ceva religios, nu? Știu că nu ești tu vreo mare credincioasă, dar m-am gândit că ar fi ceva potrivit pentru bunicul.

Joy se opri pentru o clipă și se uită la peticul de hârtie, care se înmuia și se închidea la culoare de la picăturile de ploaie, și simți că i se pune un nod mare în gât.

– E scrisul tău, zise Sabine pe un ton ușor defensiv.

– Da, e scrisul meu. Și e un text religios, într-un fel, zise Joy, cu vocea gâtuită. Dar da, e în regulă. De fapt, e... e foarte... potrivit. Îți mulțumesc mult.

Sabine zâmbi aprobator, iar mâhnirea dispăru de pe chipul ei tânăr ca norii grei de pe cer.

– Bun. După cum ziceam, uneori nu mă pricep deloc la astfel de lucruri, spuse ea.

După care, pășind un pic nesigur, ca și cum ar fi încercat mai întâi pământul de sub picioare, bătrâna o porni braț la braț cu nepoata ei prin bălțile de pe drumul spre casă.

Mulțumiri

Cartea aceasta nu ar fi ajuns să fie scrisă dacă nu aș fi fost ajutată de memoria limpede a bunicii mele, Betty McKee, de a cărei poveste de dragoste extraordinară cu răposatul meu bunic, Eric, și de ale cărei amintiri viu colorate m-am folosit fără rușine ca să îmi aduc propriile personaje la viață.

De asemenea, aș dori să îi mulțumesc lui Stephen Rabson de la secția de arhivă a P&O, pentru că m-a ajutat să schițez un tablou fidel al vieții la bord din anii 1950, și lui Pieter Van der Merwe și Nicholas J Evans de la Muzeul Național Maritim din Londra pentru informațiile legate de istoria navală. Mii de mulțumiri și lui Brian Sanders pentru amintirile lui despre Canalul Suez și lui Joan Price pentru că m-a învățat tainele din spatele saltului peste un mal de Wexford.

Îi sunt recunoscătoare din suflet lui Jo Frank, de la agenția AP Watt, pentru posibilitatea de a fi publicată în sfârșit și pentru toate încurajările, sfaturile și mesele de prânz grozave din perioada (foarte îndelungată) de dinainte de asta.

În aceeași măsură, mulțumirile mele se îndreaptă către Carolyn Mays și echipa de la Hodder, pentru iscusința lor de alchimiști, și către Vicky Cubitt, pentru entuziasmul ei aparent infinit. Aș vrea și eu puțin din ce iei tu să fii așa.

Le sunt profund recunoscătoare Anyei Waddington și Penelopei Dunn pentru sfaturile și contactele oferite și pentru faptul că nu au ridicat niciodată din sprânceană atunci când le spuneam că am mai scris ceva, peste care aş vrea să arunce o privire. Le mulţumesc şi lui David Lister şi Mike McCarthy de la ziarul *The Independent* şi lui Ken Wiwa, pentru generozitatea şi încurajările lor pe parcursul aventurilor noastre literare. Mult succes în continuare, băieţi!

Le mulţumesc părinţilor mei, Jim Moyes şi Lizzie Sanders, de la care, dacă nu am moştenit genetic darul de a spune poveşti, atunci cu siguranţă că m-am procopsit cu încăpăţânarea de a merge întotdeauna până-n pânzele albe.

Însă cel mai mult aş dori să îi mulţumesc soţului meu, Charles, pentru că le-a purtat de grijă copiilor fără să crâcnească, pentru criticile constructive şi pentru încrederea în mine. Pentru el şi toţi cei pe care i-am plictisit de moarte cu încă o idee de poveste: vă mulţumesc.